A

Charlotte Lucas

Dein perfektes Jahr

ROMAN

ATLANTIK

Atlantik ist ein Imprint des
Hoffmann und Campe Verlags, Hamburg.

1. Auflage 2024
Copyright © 2016 Charlotte Lucas
Für diese Ausgabe: Copyright © 2024
Hoffmann und Campe Verlag, Hamburg
www.hoffmann-und-campe.de
Die Erstausgabe erschien 2016 bei Bastei Lübbe AG, Köln
Umschlaggestaltung: wilhelm typo grafisch
Umschlagabbildung: arvitalyaart und LifesterX / Shutterstock.com
Satz: Pinkuin Satz und Datentechnik, Berlin
Gesetzt aus der Minion Pro
Druck und Bindung: GGP Media GmbH, Pößneck
Printed in Germany
978-3-455-01855-4

HOFFMANN
UND CAMPE

Ein Unternehmen der
GANSKE VERLAGSGRUPPE

Für meine Mutter Dagmar Helga Lorenz
* 08. 03. 1945 – † 20. 10. 2015

Und für meinen Vater Volker Lorenz

Man kann dem Leben nicht mehr Tage geben –
aber den Tagen mehr Leben.

Chinesische Weisheit

»Eine ziemlich platte Weisheit.«
Jonathan N. Grief

An die »Hamburger Nachrichten«
Redaktion/Leserdienst
Per Mail

Hamburg, den 31. Dezember

Wertes Redaktionsteam,

bevor ich Ihnen heute einen guten Rutsch und einen erfolgreichen Start ins neue Jahr wünsche, möchte ich Sie noch kurz auf ein paar Fehler in Ihrer aktuellen Ausgabe hinweisen.

Auf Seite 18 schreiben Sie über den neuen Kinofilm »Eiszeit« mit Henning Fuhrmann: »Henning Fuhrmann (33), der sich in den vergangenen Jahren bereits als Seriendarsteller einen Namen machen konnte ...«

Hierzu möchte ich anmerken, dass Henning Fuhrmann laut Wikipedia am heutigen Tag, also am 31.12., Geburtstag hat. Somit ist er nicht mehr 33, sondern vielmehr 34 Jahre alt, was Ihnen offenbar entgangen ist. Zudem stimmt in dem von Ihnen formulierten Text die Vorzeitigkeit nicht, richtig müsste es heißen: »... der sich in den vergangenen Jahren bereits als Seriendarsteller einen Namen hatte machen können.«

Und auf der letzten Seite titeln Sie zum Thema Elbphilharmonie: »Jetzt gehen sie auf's Ganze!« Hierbei wird »aufs« natürlich ohne Apostroph geschrieben!

Der Duden merkt hierzu an:

»1. Bei den allgemein üblichen Verschmelzungen von Präposition (Verhältniswort) und Artikel setzt man in der Regel keinen Apostroph.

– ans, aufs, durchs, fürs, hinters, ins, übers, unters, vors
– am, beim, hinterm, überm, unterm, vorm
– hintern, übern, untern, vorn; zur«

Wie immer mit hochachtungsvollen Grüßen

Jonathan N. Grief

1

Jonathan

1. Januar, Montag, 7:12 Uhr

Jonathan N. Grief war nicht zufrieden. Wie jeden Morgen hatte er um Punkt 6:30 Uhr seine Joggingschuhe angezogen, sich trotz Minusgraden aufs Mountainbike geschwungen und zu seiner täglichen Laufrunde um die Außenalster aufgemacht.

Und wie jedes Jahr am 1. Januar ärgerte er sich nicht nur über die Überreste von Böllern, Raketen und Chinakrachern, die zusammen mit dem grauen Schneematsch eine hässliche und rutschige Melange auf sämtlichen Bürgersteigen, Radwegen und Laufpfaden bildeten; er ärgerte sich nicht nur über die verrußten und zerbrochenen Sekt- und Bierflaschen, die in der Nacht als Abschussrampen hatten herhalten müssen und bei denen es offensichtlich niemand für nötig befunden hatte, sie anschließend im Altglascontainer zu entsorgen; und er ärgerte sich auch nicht nur über die dicke und diesige Luft, die die feierfreudigen – in Jonathan Griefs Augen verantwortungslosen – Hamburger durch ihr hirnloses Feuerwerksgeballer in einen Albtraum der Feinstaubbelastung verwandelt hatten, und die nun wie eine Dunstglocke über der Hansestadt waberte und ihm das Atmen erschwerte.

(Jetzt natürlich lagen die Silvesterleichen alle noch verkatert und komatös in ihren Betten, hatten ihre Neujahrsvorsätze vom weniger Trinken und nicht mehr Rauchen bereits um eine Minute nach Mitternacht mit einer besonders lautstarken Rakete in den Wind geschossen und bis in die frühen Morgenstunden randaliert und getobt, als ginge es sie nichts an, dass sie mal eben einen Betrag in Flammen aufgehen ließen, mit dem man den Bundeshaushalt im Handumdrehen sanieren könnte.)

Nein, nicht nur das war es, was Jonathan Grief ärgerte.

Am meisten empörte er sich darüber, dass seine Exfrau Tina es sich auch dieses Jahr nicht hatte nehmen lassen, ihm irgendwann im Verlauf der Nacht eine Schornsteinfegerfigur aus Schokolade vor seine Haustür zu stellen; zusammen mit einer Karte, auf der sie ihm wie immer »Ein erfolgreiches und glückliches neues Jahr!« wünschte.

Ein erfolgreiches und glückliches neues Jahr! Als er jetzt über die Krugkoppelbrücke trabte, von der aus der Pfad vorbei am »Red Dog« runter in den Alsterpark führte, erhöhte er sein Tempo auf 14 km/h, sodass jeder seiner Schritte mit einem satten Geräusch auf den Sandweg klatschte.

Ein erfolgreiches und ein glückliches neues Jahr! Jonathans Pulsuhr zeigte ihm eine Geschwindigkeit von 16 km/h und eine Herzfrequenz von 156 Schlägen die Minute an, heute würde er die Runde von 7,4 Kilometern vermutlich in Rekordzeit schaffen. Bisher lag sein schnellstes Ergebnis bei 33,29 Minuten, das würde er toppen, wenn er so weiterrannte.

Auf Höhe vom »Anglo-German Club« allerdings verlangsamte er seine Schritte schon wieder. Das war ja Unsinn. Weshalb sollte er sich über Tinas gedankenlose »Aufmerksamkeit« so sehr aufregen, dass er seine Gesundheit gefährdete und sich womöglich eine Zerrung einhandelte. Immerhin waren sie und er schon seit fünf Jahren getrennt, da durfte ihn ein blöder Schokoschornsteinfeger nun wirklich nicht dermaßen aus der Fassung bringen.

Ja, er hatte Tina geliebt. Sehr sogar. Und ja, sie hatte ihn für seinen (vormals) besten Freund Thomas Burg verlassen, hatte nach über sieben glücklichen Jahren Ehe die Scheidung eingereicht. Jedenfalls hatte Jonathan immer gedacht, sie seien miteinander glücklich. Tina hatte das anscheinend etwas anders gesehen, sonst wäre die Sache mit Thomas wohl nicht passiert.

Zwar hatte sie ihm damals beteuert, es hätte nichts mit ihm, mit Jonathan, zu tun – aber schließlich weiß jeder, der noch alle seine Sinne beisammenhat, dass es in solch einem Fall eben *doch* immer etwas mit einem selbst zu tun hat.

Wobei Jonathan sich bis heute fragte, was das wohl gewesen sein könnte. Schließlich hatte er Tina im wahrsten Sinne des Wortes den Himmel auf Erden bereitet. Hatte für sie ein schönes Stadthaus direkt am Innocentiapark in Harvestehude gekauft und es nach ihren Wünschen umgebaut (sie hatte sogar ihr ganz eigenes Refugium – inklusive Bad und Ankleidezimmer!), hatte es ihr ermöglicht, ihren verhassten Job als Grafikerin in einer Werbeagentur an den Nagel zu hängen und ein freies Leben ganz nach ihren Vorstellungen zu führen.

Er hatte ihr quasi jeden Wunsch von den Augen abgelesen. Egal, ob es ein hübsches Kleid, eine edle Handtasche, ein Schmuckstück oder ein neues Auto war – Tina musste nur erwähnen, dass ihr etwas gefiel, schon hatte er es für sie erstanden.

Ein sorgenfreies Dasein ohne jede Verpflichtung. Der Buchverlag Griefson & Books, den Jonathan von seinem Vater Wolfgang übernommen hatte, wurde von einem Geschäftsführer ganz hervorragend geleitet, sodass er selbst nur hin und wieder als »Frühstücksdirektor« hereinschneien und als Verleger für repräsentative Aufgaben zur Verfügung stehen musste. Sie hatten die teuersten Reisen in die exklusivsten Länder unternommen, waren bei jedem gesellschaftlichen Ereignis der Hansestadt immer gern gesehene Gäste gewesen, ohne sich Gedanken darüber machen zu müssen, ob ihre Privatsphäre vielleicht der Boulevardpresse zum Opfer fallen könnte.

Tina hatte das Leben mit ihm in vollen Zügen genossen, hatte immer exotischere Reiseziele vorgeschlagen, immer raffiniertere Designermode getragen und in regelmäßigen Abständen sämtliche Zimmer ihrer Villa neu eingerichtet.

Gut, manchmal hatte er sich schon gefragt, ob sie sich nicht ein bisschen langweilte – vor allen Dingen, als sie immer wieder mit dieser einen Sache ankam.

Sie hatte nach einem »Mehr« gesucht, das sie lange nicht hatte benennen können, jedenfalls nicht Jonathan gegenüber. Sie hatte es mit Fremdsprachenkursen, Laufgruppen (das hatte Jonathan ihr empfohlen), Gitarrenunterricht, Qigong, Tennis und diversen anderen Aktivitäten versucht, ohne eine davon längerfristig durchzuhalten. Er war schon fast so weit gewesen, das Thema Kinder energischer zur Sprache zu bringen (und nicht nur das, sondern auch Taten folgen zu lassen), trotz Tinas Beteuerungen, dass sie es zu zweit doch so perfekt hätten.

Und dann schließlich war sie bei einer Therapeutin gelandet.

Was genau Tina dort bei ihren wöchentlichen Sitzungen besprochen hatte, entzog sich bis heute Jonathans Kenntnis. Sie hatte es nicht für nötig befunden, mit ihm darüber zu reden. Aber was auch immer es gewesen war, offensichtlich hatte Tina ihr undefinierbares »Mehr« letztlich ausgerechnet bei Thomas gefunden, den Jonathan bereits seit der Schulzeit kannte und der bei Griefson & Books für das gesamte Marketing verantwortlich war.

Gewesen war. Denn nach der Trennung hatte Thomas es vorgezogen, seine Stelle im Verlag zu kündigen, Tina zurück in ihren Agenturjob zu schicken und fortan mit ihr in einer 3-Zimmer-Wohnung in der Schanze zu hausen.

Bei dem Gedanken an die beiden schüttelte Jonathan nun ungläubig den Kopf, während er den Blick weiterhin unverwandt auf seine neongelben Nike-Schuhe heftete. Was für ein verpfuschtes Leben im Namen der Liebe! Und da wünschte ausgerechnet Tina ihm »Ein erfolgreiches und glückliches neues Jahr«? Das war ja der pure Hohn!

Jonathan schnaubte laut aus, wobei sich eine kleine Dunstwolke vor seinem Mund bildete. Er *war* erfolgreich, und er *war* – verdammt! – glücklich!

Seine Schritte wurden wieder schneller, sodass er neben der Hundewiese beinahe ins Stolpern geriet und nur um Haaresbreite der Hinterlassenschaft eines der Köter, die hier von ihren Herrchen und Frauchen leinenlos auf die Menschheit losgelassen wurden, ausweichen konnte.

Schwer atmend blieb er stehen, fingerte aus dem Sportarmband an seinem Oberarm, in dem er neben iPhone und Haustürschlüssel auch kleine Plastikbeutelchen verwahrte, eines der knisternden Säckchen hervor, stülpte es sich über die Hand, um den Hundekot darin mit spitzen Fingern in den nächsten Mülleimer zu befördern. Nichts, was ihm Freude bereitete, aber irgendjemand musste sich ja darum kümmern.

Wieder so eine Sache, über die Jonathan Grief sich maßlos ärgerte. All die großen »Tierliebhaber«, die sich eine Dogge oder einen angesagten Weimaraner unter unwürdigsten Umständen in ihren schicken Altbauwohnungen hielten und es nicht mal hinbekamen, deren Kackehaufen wegzuräumen, wenn sie die armen Viecher für die obligatorischen fünf Minuten durch die Gegend zerrten.

Im Geiste schrieb er bereits eine weitere Mail an die Redaktion der »Hamburger Nachrichten«, an diesem Missstand würde sich im neuen Jahr unbedingt etwas ändern müssen! Da würde der Gesetzgeber energischer durchgreifen und härtere Strafen verhängen müssen, damit auch der Letzte begriff, dass die eigene Freiheit da aufzuhören hatte, wo sie das Leben anderer beeinträchtigte. Und Hundekot am Schuh – das war in Jonathans Augen durchaus eine Beeinträchtigung. Eine, die ihm gewaltig stank.

Während Jonathan langsam wieder anlief, warf er einen schnellen Blick auf die Run-App seines Smartphones und stellte als nächstes Ärgernis fest, dass er durch den kurzen Zwischenstopp natürlich nun die gesamte Statistik ruiniert hatte. Kurz wünschte er sich, den Hundehaufen-übeltäter mitsamt seinem Köter in die Finger zu bekommen, dem würde er was erzählen!

Dann aber wanderten seine Gedanken zurück zu Tina und Thomas. Tina und Thomas, vermutlich nannten sie sich gegenseitig »Tini und Tommy«, vielleicht aber auch »Mausepups« und »Hasenbär«, wer wusste das schon?

Er malte sich aus, wie sie abends gemeinsam bei einer Flasche Rotwein vom Discounter in ihrem zusammen-geschusterten Ikea-Wohnzimmer saßen, während ihre gemeinsame Tochter Tabea – ja, ja, jaaaa, offenbar war das Leben zu zweit doch nicht der Gipfel der Perfektion gewesen, denn Tina hatte etwa dreißig Sekunden nach Bekanntgabe ihrer Liaison mit Thomas ein Baby zur Welt gebracht – friedlich in ihrem Hochbett mit Rutsche aus handgebeizter Bio-Lärche schlummerte. Tini, Tommy und Tabbi also, das war fast so gut wie Tick, Trick und Track.

Tick, Trick und Track in ihrer Schanzen-Bude. Und Tick und Trick machen sich Gedanken um Jonathan und wie es ihm wohl geht. Bis Tick meint, dass sie noch mal eben schnell runter zum Penny will, die hätten da gerade so süße Schokoschornsteinfeger, da könne sie doch einen besorgen und ihrem Ex mit einer Karte vor die Tür stellen, schließlich habe sie ihn damals ja so gemein verlassen und ihm damit das Herz gebrochen.

»Gute Idee, Tick!«, ruft Trick aus. »Und bring dann bitte gleich noch eine Flasche von dem Chateau de Clochard mit, der ist gerade im Angebot, dann feiern wir heute Abend!«

Jonathans Pulsuhr zeigte eine Herzfrequenz von 172 Schlägen pro Minute an, wieder musste er seine Schritte bremsen, wenn er nicht seine Gesundheit gefährden wollte. Er wusste selbst nicht, was an diesem Morgen mit ihm los war, musste sich indes zähneknirschend eingestehen, dass es ihm noch immer nicht gelang, bei den Gedanken an Tina und ihr neues Leben Ruhe zu bewahren.

Und das trotz zwanzig Stunden bei einem Life-Coach, der ihm versichert hatte, das Übel nach nur zwei oder drei Sitzungen mit der Wurzel ausreißen zu können. Noch so ein Stümper, über den Jonathan sich aufregen könnte, wenn er wollte. Der Kerl hatte damals sogar die Chuzpe besessen, ihm mangelnde Kooperation vorzuwerfen, als Jonathan ihn auf methodische Unzulänglichkeiten bei seinem Coaching hingewiesen hatte.

Erstaunlicherweise, dachte Jonathan, während er nun an »Bodo's Bootssteg« (auch hier mit falschem Apostroph, es war zum Verrücktwerden!) vorübertrabte, hatte Tina damals nach der Trennung rein gar nichts von ihm gefordert. Kein Geld, keinen Unterhalt, keinen Anteil vom Haus, kein Nichts.

Dabei hätte sie das alles fordern können, laut Jonathans Anwälten sogar eine ganze Menge mehr. Aber sie war genau so gegangen, wie sie acht Jahre zuvor gekommen war – mittellos und mit einem unterbezahlten Job als Grafikerin. Sogar den von ihm geschenkten Mini und sämtlichen Schmuck hatte sie, entgegen seinem Protest, zurückgelassen.

Jonathans Life-Coach war damals der Meinung gewesen, dass Tina damit Stil und Anstand bewiesen hätte, denn schließlich hätte *sie* ja die Scheidung gewollt. Aber mal abgesehen davon, dass er den Trainer gebucht hatte, damit er die Angelegenheit so schnell wie möglich abhaken konnte, und nicht, um dessen unqualifizierte Meinung über das Verhalten seiner Ex zu hören, sah Jonathan das bis heute ein klein wenig anders: Tinas Verzicht auf alles, was ihr rechtlich zustand, war kein würdevoller Abschied gewesen, sondern nichts weiter als eine kleine, perfide Stichelei, die ihm zeigen sollte, dass sie ihn nicht brauchte. Auch nicht sein Geld. Nicht einmal das.

Zwanzig Minuten später erreichte Jonathan schwitzend und ungewohnt keuchend den Trimm-Fit-Circle am Schwanenwik. Jeden Morgen beendete er hier seine Tour mit einem dreißigminütigem Work-out in dem kleinen Parcours, der um diese Uhrzeit so gut wie von niemandem außer ihm genutzt wurde. Erst recht nicht am Neujahrsmorgen, da schien er weit und breit der einzige Mensch auf Erden zu sein.

Erst machte er fünfzig Liegestütze, dann fünfzig Sit-ups gefolgt von fünfzig Klimmzügen. Die Prozedur wiederholte er insgesamt drei Mal. Danach fühlte er sich fit für den Tag, und als er bei den abschließenden Dehnübungen an sich herunterblickte, stellte er wie so oft erfreut fest, dass sich sein tägliches Sportprogramm durchaus auszahlte.

Für seine zweiundvierzig Jahre war er ausgesprochen gut in Form, in Sachen Fitness könnte er es ohne Weiteres mit jedem Mittzwanziger aufnehmen, und mit einem Gewicht von achtzig Kilo bei einer Größe von knapp 1,90 Metern war er schlanker als die meisten Männer seines Alters. Im Gegensatz zu Thomas, der schon zu Schulzeiten einen deutlichen Hang zu »Lovehandles« im Hüftbereich zu beklagen hatte.

Und ebenfalls im Gegensatz zu Tinas »großer Liebe« verfügte Jonathan über dichtes, schwarzes Haar, das nur an den Schläfen ein paar graue Strähnen aufwies. Ein interessanter Kontrast zu seinen blauen Augen, wie Tina immer gesagt hatte.

Ein Kontrast, der sie nun nicht mehr zu interessieren schien, denn Thomas, der Ärmste, hatte bereits mit Ende zwanzig eine speckig glänzende Stirnglatze entwickelt, die man nur mit liebevollem Blick noch als »Geheimratsecken« bezeichnen konnte. Und dazu eine Augenfarbe, die sich irgendwo zwischen Matschbraun und glasigem Grün bewegte.

Jonathan erlaubte sich ein kurzes Lächeln, als er daran dachte, wie oft er seinen damals besten Freund hatte aufbauen müssen, wenn der mal wieder keinen Erfolg bei Frauen aufzuweisen hatte.

Umso ungerechter war jetzt die Situation. Wenn er nur an Thomas' Spruch damals dachte: »Tja, Jonathan, nimm's nicht so schwer, der Bessere gewinnt«! Der Bessere – pah! Seit seiner Kündigung verdingte Thomas sich als »freier Marketingberater«, was genau genommen ja nur eine nettere Umschreibung für »arbeitslos« war; von Erfolg konnte bei ihm also keine Rede sein.

Jetzt reichte es aber wirklich: Bevor Jonathan noch Gefahr lief, sich ein weiteres Mal in Überlegungen hineinzusteigern, weshalb und warum Tina ihn ausgerechnet für diesen, schon rein objektiv gesehen, »schlechteren« Kerl verlassen hatte, straffte er die Schultern und marschierte zu seinem Mountainbike, das er wie immer am Eingang zum Trimm-dich-Parcours angeschlossen hatte.

Er stutzte, als er die schwarze Tasche sah, die am Lenker seines Fahrrads baumelte. Wie kam die denn dahin? Hatte die jemand vergessen? Aber warum ausgerechnet an seinem Mountainbike? Seltsam. Oder war das etwa noch eine »Aufmerksamkeit« von Tina? Lauerte sie ihm nun schon an seiner morgendlichen Trainingsstrecke auf?

Er nestelte die Henkel der Tasche vom Lenker ab. Sie war relativ leicht und bei näherer Betrachtung nur ein etwas hochwertigerer Einkaufsbeutel aus Nylon mit Reißverschluss, wie man ihn zu einem kleinen Päckchen zusammengefaltet an jeder Supermarktkasse kaufen kann.

Jonathan überlegte, ob er ihn öffnen sollte, schließlich gehörte er ihm nicht. Aber er dachte nur kurz darüber nach, denn letztendlich hatte ihn jemand an *sein* Fahrrad gehängt, also zog er mit einem energischen Ruck den Reißverschluss auf und warf einen Blick ins Innere der Tasche.

Zum Vorschein kam ein dickes, in dunkelblaues Leder gebundenes Buch. Interessiert nahm Jonathan es zur Hand, drehte es von links nach rechts. Das Buch war neu, das Leder von edler Prägung mit abgesteppten weißen Nähten, eine Lasche hielt es per Druckknopf verschlossen.

Ein Filofax, wie es im Zeitalter von iPhone, Blackberry & Co. nur noch wenige Menschen benutzten, jedenfalls, wenn sie jünger als fünfzig waren.

Jetzt war Jonathan verwirrt. Weshalb hängte ihm jemand einen Beutel mit einem altmodischen Terminkalender ans Fahrrad?

2

Hannah

Hannah Marx erwachte und wusste, dass sie verliebt war.

Aber sie hatte keine Ahnung, in wen.

Was sie allerdings wusste: Es handelte sich – und das irritierte Hannah noch viel mehr – auf keinen Fall um ihren Freund Simon Klamm, von dem sie sich schon länger einen Heiratsantrag wünschte. Nur heimlich allerdings, sie hatte es ihm bisher noch nie gesagt oder es auch nur angedeutet. Aber nachdem er und sie nun bereits seit mehr als vier Jahren ein Paar waren, wurde es Hannahs Meinung nach langsam Zeit dafür.

Sie schlug die Bettdecke zurück, setzte sich auf und rieb sich verwirrt die Augen. Was war das nur für ein seltsamer Traum gewesen in der vergangenen Nacht? Noch deutlich spürte sie das angenehme Kribbeln, das ihren gesamten Körper durchzog, und ein schneller Blick in den Spiegel neben ihrem Bett verriet ihr, dass ihre Wangen vor Aufregung gerötet waren. Die roten Locken standen ihr so wild vom Kopf ab, als hätte sie die gesamte Nacht ausgelassen in den Kissen gewühlt, und sogar ihre Lippen glänzten rot und voll wie nach einer längeren Knutscherei.

Keine Frage, Hannah hatte sich im Schlaf verliebt. Nein, kein erotischer Traum über irgendeinen Fremden, das nicht. Auch nicht ein Traum mit jemandem, den sie kannte, mit einem früheren Kollegen, Nachbarn oder jemandem aus ihrem Freundeskreis.

Genau genommen konnte sie sich an gar keinen Mann erinnern, der in ihrem Traum eine Rolle gespielt hatte. Eben nur an das Gefühl. An dieses ganz eindeutige Gefühl von Verliebtheit. Von Wärme und Geborgenheit, von Schmetterlingen im Bauch und Lachen und Gekicher, von übermäßiger Freude und Ausgelassenheit, Verrücktheit. Und von Glück, ja, das auch.

Seufzend schwang sie die Beine aus dem Bett und blieb einen Moment lang auf der Kante sitzen. Sie schüttelte den Kopf, in der Hoffnung, damit wieder Ordnung in ihre Gedanken zu bringen und den nebulösen Traum zu verscheuchen. So angenehm das Gefühl auch gewesen war, sie brauchte heute früh einen klaren Kopf, denn schließlich stand ihr ein wichtiger Tag bevor.

Fast ein halbes Jahr lang hatten ihre beste Freundin und Kollegin Lisa und sie ein heruntergekommenes Ladenlokal im Eppendorfer Weg renoviert und eingerichtet, dazu Businesspläne verfasst und Anträge auf Existenzgründung gestellt, einen Internetauftritt gestaltet und dabei mithilfe von Crowdfunding sogar ein beachtliches Startkapitel zusammenbekommen (ein bisschen hatten Hannahs und Lisas Eltern auch dazugegeben), über Marketing und Außenwerbung nachgedacht, Flyer gedruckt, Lisas alten VW-Bus mit ihrem selbst entworfenen Logo beklebt und, und, und.

Heute, um 14 Uhr, war es endlich so weit: Sie würden

ihren Laden »Rasselbande-Events – die Freizeit-Agentur für Kids« mit einer großen Kinderparty eröffnen!

Die Idee dazu hatte Hannah schon seit Ewigkeiten, wenn auch nur sehr vage im Hinterkopf. Genau genommen träumte sie davon schon seit fast zehn Jahren; seit dem Tag, an dem sie und Lisa gemeinsam nach ihrer Ausbildung zur Erzieherin in derselben Gruppe einer Kita angefangen hatten.

Miese Bezahlung und katastrophale Arbeitszeiten waren das eine, was sie – und auch Lisa! – immer gestört hatte. Aber als viel schlimmer noch hatte Hannah die Zustände empfunden, die in ihrem Kindergarten herrschten: nie genug Geld für vernünftiges Spielzeug und Bastelmaterialien, für Ausflüge oder Zusatzangebote wie Kinderturnen oder Musikkurs; die Sandkiste im Hof war meistens leer, die marode Schaukel daneben lebensgefährlich.

Die Eltern ihrer kleinen Schützlinge wären zwar durchaus bereit gewesen, sich selbst finanziell einzubringen – aber aus irgendwelchen Gründen, die Hannah und Lisa bis zum heutigen Tag ein Rätsel blieben, stellte sich die Kita-Leitung komplett quer, auf solche Mittel zurückzugreifen.

Auch insgesamt drei Wechsel in andere Kindergärten brachten den beiden keine Befriedigung, überall schienen ähnliche Missstände zu herrschen. Und so war in Hannah langsam, aber stetig der Wunsch gewachsen, etwas Eigenes auf die Beine zu stellen. Unabhängig von irgendwelchen Kita-Leitungen und Geschäftsführern wollte sie etwas erschaffen, das Kindern *wirklich* Freude bereitete. Für das Eltern bereit wären, Geld auszugeben, weil sie ihre Schützlinge in guter und liebevoller Obhut wussten.

Und so hatte Hannah vor einem halben Jahr, nachdem sie die Idee wieder und wieder gedanklich hin und her gewälzt hatte, Lisa in ihren Plan eingeweiht und sie davon überzeugt, dass sie es versuchen müssten; dass sie ihre Jobs kündigen und das Projekt »Rasselbande« in Angriff nehmen sollten. Weil sie sonst nie herausfinden würden, ob sie damit erfolgreich sein könnten, und weil man ja bekanntlich am Ende seines Lebens nie die Dinge bereuen würde, die man getan hatte, sondern die, die man *nicht* getan hatte.

Als »ausgemachten Unsinn« hatte Simon ihr Vorhaben bezeichnet, nachdem Hannah ihm davon erzählt hatte. Als etwas, »das die Welt nicht braucht« – und dass es noch dazu Wahnsinn war, eine sichere Stelle zu kündigen, eine »Kamikazeaktion«, nur weil man irgendwelche »Flausen im Kopf« hatte. Dabei dann noch eine Freundin mit »reinzuziehen«, das war in seinen Augen darüber hinaus der »Gipfel der Verantwortungslosigkeit«.

Manchmal war sie fast versucht gewesen, ihm recht zu geben. Nach einem besonders anstrengenden Tag vielleicht, wenn sie nach der Arbeit auch noch mit dem Businessplan gekämpft hatte. Oder wenn plötzlich die Angst an ihr zerrte, dass sie im Falle des Scheiterns nicht nur ihre eigene, sondern auch die Zukunft von Lisa aufs Spiel gesetzt hätte.

Aber mit der Zeit hatte Hannah sowohl sich selbst als auch ihren zur Schwarzmalerei neigenden Freund davon überzeugen können, dass das Land zwar gerade in einer Medienkrise steckte – von der Simon als frisch entlassener Redakteur der »Hamburger Nachrichten« unmittelbar betroffen war (der Chef hatte es eleganter als »freigestellt« formuliert) –, ihre Idee für die Kinder-Event-Agentur aber trotzdem genial war.

Immerhin hatten Lisa und sie sich vor ihrer Doppelkündigung die Mühe gemacht, einen ausgefeilten Fragebogen an mehr als zweihundert Elternpaare zu verteilen, mit dessen Hilfe sie ermittelt hatten, was genau sich Mamas und Papas für ihren Nachwuchs wünschten. Und wie viel ihnen das jeweilige Angebot wert wäre, damit sie in der Zwischenzeit sorgenfrei ihrem Beruf oder der Verbesserung ihres Golfhandicaps nachgehen konnten.

Die Auswertungsergebnisse der Umfrage – und der sensationelle Erfolg beim Crowdfunding – hatten endlich sogar Simon beeindruckt. Er musste Hannah gegenüber eingestehen, dass sie mit ihrer Idee selbst dann, wenn sich nur die Hälfte ihrer Erwartungen erfüllen ließ, locker auf ihr recht spärliches Gehalt kommen würde, das sie als Erzieherin bezahlt bekam.

Der Plan war im Grunde genommen simpel: Lisa und sie würden nachmittags, am frühen Abend und vor allem an den Wochenenden ihr Programm anbieten und damit Familien ansprechen, die auch außerhalb von Kita-Zeiten ihren Nachwuchs unterbringen mussten oder wollten. Für einen unschlagbaren Stundensatz von sechs Euro pro Kind wären sie günstiger als jeder Babysitter – würden aber wesentlich mehr bieten als nur »bezahltes Fernsehen« oder reine Kleinkindverwahrung, die schon als erfolgreich galt, wenn dabei niemand zu Tode kam.

Bei der Rasselbande sollte es anders sein, mit jeder Menge Spaß und Action. Einmal im Monat würden sie

von Samstag auf Sonntag sogar ein »Übernachtungsfest«
veranstalten und damit Eltern die Möglichkeit geben,
mal wieder »auf den Swutsch« zu gehen und anschließend ausschlafen zu können. Bei guter Nachfrage wären
solche Aktionen auch häufiger denkbar.

So stellten Hannah und Lisa es sich jedenfalls vor. Mit
einer Gruppe von höchstens sechzehn Kindern zwischen
drei und sechs Jahren – also acht pro Erzieherin; ein
wirklich luxuriöser Betreuungsschlüssel, denn im Vergleich dazu hatten sie bei ihren früheren Jobs zu zweit oft
zwanzig kleine Racker oder mehr beaufsichtigen müssen – konnten sie tolle Dinge unternehmen: ob Ausflüge
zum Abenteuerspielplatz und zu den Hirschen ins Nien-
dorfer Gehege, zur Feuerwehr oder Polizei, in die Hamburger Bücherhallen, an den Elbstrand inklusive Fahrt
mit der für Kleinkinder kostenlosen HVV-Fähre, zum
Bauspielplatz am UKE, im Sommer zum großen öffentlichen Planschbecken im Stadtpark oder, oder, oder.

Und für das in Hamburg unvermeidliche »Schietwed-
der« hatten sie in ihrem Laden am Eppendorfer Weg genug Platz für Indoor-Aktivitäten. Neben dem vorderen
Bereich mit Anmeldung, Garderobe, Kitchenette und
Toilette mit Wickeltisch war das eigentliche Herzstück
der Rasselbande das fast vierzig Quadratmeter große
Spiel- und Tobezimmer. Hier hatten Lisa und Hannah
in den vergangenen Wochen viele, viele Stunden gewir-
belt und den Raum in ein wahres Kinderparadies verwandelt.

Mit Sprossenwand und dicker Turnmatte, Kaufmanns-
laden und Küche, einer Ritterburg mit Rutsche (für einen
Apfel und ein Ei auf eBay erstanden), Kuschelecke mit

Decken, Kissen, CD-Player und Bilderbüchern, Prinzessinnenzelt, Kostümkiste, Bobbycars, Bauklötzen und Bastelutensilien, Kinderschminke und vielem mehr.

In dem kleinen Hinterhof, der zum Laden gehörte, standen selbstverständlich eine abdeckbare Sandkiste und eine brandneue Schaukel (ebenfalls eBay, zwei Äpfel und zwei Eier), außerdem hatten Hannahs Eltern eine Hängematte, Lisas Eltern ein paar Miniaturgartenmöbel und jede Menge Sandspielzeug gespendet.

Das Nonplusultra – darauf war Hannah besonders stolz – war allerdings, dass sie seit zwei Monaten sogar Gitarrenunterricht nahm, um mit den Kiddies Musik machen zu können. Lisa hingegen hatte sich mit dem Thema »Mini-Disco« beschäftigt und zu beliebten Songs wie »Der Cowboy Jim aus Texas«, »Veo veo« und »Das Lied über mich« ein paar einfache Choreografien einstudiert, wie man sie von Animateuren in Club-Hotels kennt.

Kurz: Sie hatten an alles, wirklich *alles* gedacht, was das Kinderherz nur begehren konnte. Und sie glaubten fest an den Erfolg der Rasselbande, nein, sie waren *überzeugt* davon.

Die ungewöhnlichen Arbeitszeiten an den Wochenenden und abends wären dabei für beide kein Problem. Lisa war seit über drei Jahren Single, obwohl sie nicht nur nach Meinung von Hannah wirklich hinreißend aussah: Mit einer Größe von nur 1,65 Metern war sie zwar klein, aber mit extrem fraulichen Kurven gesegnet, und ihr kurzer schwarzer Struwwelkopf lud einfach nur zum Drüberstreichen ein. Ihre Augen hatten die warme Farbe von Bernstein, und noch dazu hatte sie von Natur aus einen Schmollmund, für den so mancher Schönheits-

chirurg töten würde, wenn er wüsste, wie er so was künst-
lich hinbasteln könnte.

Dennoch, in Lisas Leben war schon ewig kein passender Mann mehr aufgetaucht, was sie laut eigener Aussage
»nicht im Geringsten« störte. Hannah kaufte ihr das zwar
nicht so ganz ab – aber in Hinblick auf die Rasselbande
war Lisas komplette Unabhängigkeit natürlich ideal.

Was Hannah betraf, war sie bis vor Kurzem ebenfalls
davon ausgegangen, abends und am Wochenende un-
gestört arbeiten zu können, weil Simon meistens ewig in
der Redaktion hockte. Das hätte also super gepasst und
wäre sogar ein richtiges Plus für ihre Beziehung gewesen. Momentan galt das ja nun leider nicht mehr, aber
das würde sich hoffentlich bald ändern. Und in der Zwischenzeit, hatte er Hannah versichert, sah er überhaupt
kein Problem darin, wenn sie sich jetzt voll und ganz ihrem Projekt widmete. Sie hatte nicht so richtig gewusst,
ob sie sich über seinen ausbleibenden Protest freuen oder
ärgern sollte, sich dann aber fürs Freuen entschieden,
weil das ihrer Meinung nach in jeder Lebenslage die bessere Einstellung war.

»Du kannst ja auch mitmachen!«, hatte Hannah Simon
sogar vorgeschlagen. »Immerhin hast du jetzt Zeit. Und
wenn es so gut läuft, wie Lisa und ich uns das vorstellen,
brauchen wir über kurz oder lang sowieso noch Leute.«

»Als was soll ich denn da mitmachen?«, hatte er gefragt. »Soll ich meine Fähigkeiten im Kinderschminken
perfektionieren? Oder mich ab sofort morgens in ein
Clownkostüm werfen?«

»Bloß nicht!«, hatte Hannah lachend erwidert. »Du
wärst bestimmt eher so eine Art ›Pennywise‹, vor dem

die Kinder heulend und schreiend wegrennen.« Dabei hatte sie sich allein bei dem Gedanken an den Clown aus Stephen Kings Horrorroman »Es« geschüttelt.

»Was soll das denn heißen?«, hatte ihr Freund beleidigt gefragt. »Ich *liebe* Kinder!«

»Ja. Vor allem, wenn sie schlafen. Oder wenn sie nur durch ein Fernglas an einem sehr weit entfernten Horizont auszumachen sind.«

»Pffff!« Er hatte beide Arme um sie gelegt und sie fest an sich gezogen. »Wenn wir erst einmal eigene Kinder haben, wirst du schon merken, was für ein fantastischer Papa ich bin!«

»Meinst du?«, hatte Hannah ihn gefragt und kieksend gelacht, weil seine Umarmung sie kitzelte.

In Wahrheit hatte ihr Herz bei seinen Worten allerdings regelrechte Aussetzer erlitten. »Eigene Kinder«. Hatte er das wirklich ernst gemeint? Bisher hatten sie ja noch nicht einmal übers Heiraten oder auch nur übers Zusammenziehen gesprochen – lediglich den Schlüssel zu Simons Apartment in Hohenfelde hatte er ihr vor einem halben Jahr feierlich überreicht.

»Ja«, hatte Simon lapidar erwidert und einen Kuss auf Hannahs Nasenspitze platziert, »davon bin ich überzeugt.«

»Dann bin ich mal gespannt.«

»Jedenfalls, was die Rasselbande betrifft«, hatte ihr Freund das Thema leider sofort wieder gewechselt, »stehe ich euch natürlich gern mit Rat und Tat zur Seite und übernehme mit Freuden für euch die Pressearbeit. Aber ansonsten sehe ich mich lieber nach einer neuen Stelle als Redakteur um.«

»Oder du schreibst endlich deinen Bestseller.«

»Also, dafür habe ich jetzt gerade echt keinen Kopf!«

»Warum nicht?«, hatte Hannah wissen wollen. »Ich finde den Zeitpunkt ideal!«

»Ideal?«

»Na ja, du hast im Moment nichts zu tun, bekommst aber trotzdem noch ein halbes Jahr lang dein volles Gehalt. Zusammen mit deiner Abfindung reicht das Geld sogar für ein Jahr – ich finde, du bist ein echter Glückspilz!«

»Ein Glückspilz?« Simon hatte sie fassungslos angestarrt.

»Ein Jahr zu Hause bezahlt rumsitzen und deinen großen Roman schreiben können? Davon träumt doch jeder!«

»Manchmal gehst du mir mit deiner ewigen ›Alles-ist-für-irgendwas-gut‹-Einstellung tierisch auf die Nerven«, hatte Simon fast ein bisschen böse erwidert. »Du weißt ja nicht, was es bedeutet, mit einem krisengebeutelten Beruf wie meinem auf der Straße zu stehen.«

Dazu hatte Hannah nichts mehr gesagt, auch wenn sie es ein bisschen ungerecht fand, dass Simon vollkommen vergaß, wie oft sie in den letzten Jahren völlig fertig gewesen war wegen der Zustände in der Kita. Und dass er selbst bis vor Kurzem immer gern behauptet hatte, wie viel mehr Verantwortung ihr Job mit sich brachte als seiner und wie ungerecht es war, dass sie so wenig Geld dafür bekam.

Sie hatte sich sogar die Frage verkniffen, ob es bei Simon vielleicht Zeit für einen anderen Beruf sein könnte, wenn die Lage in der Medienbranche denn ach so dramatisch war. Denn es stimmte schon: Sie hatte keine Ahnung, was es bedeutete, neben dem sicher geglaubten Job auch die Perspektive zu verlieren. Sie war ja »nur« Erzieherin und hatte nicht einmal Abitur – aber dafür verfügte sie tatsächlich über einen unerschütterlichen Optimismus.

Und der zeigte sich unter anderem darin, dass Hannah der festen Überzeugung war, dass sich mit jeder Tür, die sich schloss, eine andere, oftmals sogar bessere, öffnete. Aber auch das hatte sie Simon nicht gesagt, denn sie hatte sich schon ausmalen können, dass er darauf höchstens ein mauliges »Verschon mich bitte mit deinen Kalendersprüchen!« erwidert hätte.

Nein, Simon musste es allein aus seinem Tief schaffen, da hielt sie sich besser raus. Und bis es so weit war, musste er eben in seinem eigenen Saft schmoren – oder sich vorsichtshalber vielleicht doch ein Clownkostüm zulegen …

Die Sache mit einem neuen Job bei einer Zeitung, einem Magazin oder einer Online-Redaktion entpuppte sich bisher tatsächlich als ganz schön schwierig. Obwohl er sich bei jeder noch so kleinen Klitsche bewarb, hagelte es seit Wochen nur Absagen. Was seine Laune nicht unbedingt hob und gleichzeitig für angespannte Stimmung zwischen Hannah und ihm sorgte.

Denn während sie voller Elan und Begeisterung an der Entstehung ihrer Agentur bastelte, wurde Simons Laune mit jedem Tag, den er ohne Job zu Hause rumsaß, schlechter. Heimlich wünschte sie sich hin und wieder die Anfangszeit ihrer Beziehung zurück, in der Simon sie mit seinem Witz, seinem Charme und seiner liebevollen Art sprichwörtlich aus den Schuhen gehauen hatte.

Hannah hatte ihn in der Kita kennengelernt, als er einmal seinen Patensohn eingesammelt hatte. Sofort war da dieses gewisse Knistern zwischen ihnen gewesen, und in den folgenden Wochen hatte Simon den Jungen plötzlich ziemlich oft abgeholt.

Zufall oder Absicht? Wohl Letzteres, denn nach etwa zwei Monaten hatte er sie gefragt, ob sie sich vorstellen könnte, sich auch mal außerhalb der Arbeit mit ihm zu treffen.

»Wenn ich erst eigene Kinder haben muss, um dich öfter zu sehen, könnte es noch ein bisschen dauern«, hatte er gesagt. »Außerdem wäre der perfekte Zeitpunkt für uns dann wohl vorbei.« Beim Gedanken an Simons originelle Bitte um ein Rendezvous lächelte Hannah nun versonnen.

Die Erinnerung an ihr erstes Treffen flackerte in ihr auf, bei dem Simon sie zu einem Picknick an der Elbe eingeladen hatte. Es war grandios gewesen! Die Sonne hatte an diesem wunderschönen Tag im Mai mit Simon um die Wette gestrahlt, und sie hatten von vormittags bis spät in die Nacht am Strand auf seiner wasserundurchlässigen Campingdecke gesessen, den Schiffen zugeguckt und dabei all die Köstlichkeiten genossen, die Simon in zwei überdimensionalen Taschen angeschleppt hatte: eisgekühlter Weißwein und Champagner, Fruchtsäfte und Wasser, Obst und Käse, Ciabatta, Salate, selbstgemachte Frikadellen (selbst-ge-mach-te!), Pata Negra, Scampi in Öl, gemischte Antipasti – Simon hatte das komplette Catering-Programm aufgefahren, um Hannah zu beeindrucken.

Dazu hatte er sogar richtige Gläser, Geschirr, Besteck

und Stoffservietten im Gepäck gehabt, nach Einbruch der Dunkelheit hatte er zwei mitgebrachte Pechfackeln entzündet – Hannah war sich vorgekommen wie bei einem Galamenü. Nun ja, wie bei einem Galamenü im Sand.

Dann Simons erster Kuss ... So schüchtern und lieb, so aufgeregt und zittrig, sein Herz hatte dabei so wild geklopft, dass sie es hatte spüren können.

Und wenn sie sich nicht gerade küssten, hatte er erzählt. Ohne Punkt und Komma hatte er geredet, von seinem spannenden Job bei der Zeitung berichtet, von seinen Plänen für eine Weltreise, die er irgendwann einmal machen wollte, und von dem großen Roman, den er schreiben würde, sobald er die Zeit dazu hätte. Er hatte gelacht und Witze gemacht und rumgesponnen und Hannah damit in seinen Bann gezogen. So viel Elan, so viel Leidenschaft, so viel Enthusiasmus!

Doch kurz darauf war dann erst Simons Mutter Hilde an Krebs gestorben – wie einige Jahre zuvor sein Vater –, und als er sich von diesem Schock ein bisschen erholt hatte, hatte es in den Medien zu kriseln begonnen.

Mit jedem Kollegen, der daraufhin seinen Platz in der Redaktion hatte räumen müssen, war Simon unsicherer, verzagter und pessimistischer geworden, bis schließlich seine größte Befürchtung, ebenfalls entlassen zu werden, eingetreten war. Manchmal dachte Hannah sogar, er hätte seine Entlassung selbst »herbeigeredet«, so oft, wie Simon darüber lamentiert hatte.

Und seitdem haderte er eben mit dem Leben, dem Schicksal und mit sich selbst, was Hannah zwar einerseits nachvollziehen konnte, ihr andererseits manchmal, so ungern sie es zugab, auf die Nerven ging. Zumal sie davon überzeugt war, dass Simon mit seiner Haltung den komplett falschen Weg einschlug. Er mochte es für Humbug halten, aber Hannah war sich sicher, dass die Energie eines jeden Menschen seiner Aufmerksamkeit folgt: Optimisten erlebten Gutes, Pessimisten Schlechtes, und wer immer nur vom Negativen ausging, dem servierte das Universum auch die dazu passenden Ergebnisse.

Hannahs Ansicht nach hatte Simon, bei Tageslicht betrachtet, zum Jammern überhaupt keinen Grund! Immerhin war er jung und gesund, hatte ein Dach über dem Kopf, genug zum Essen und eine liebende Partnerin an seiner Seite, da ging es vielen Menschen auf der Welt wesentlich schlechter! Sie hoffte wirklich, er würde zu seiner alten Form zurückfinden, sobald ein neuer Job für ihn in Sicht wäre.

Hannahs Telefon klingelte und verscheuchte ihre Gedanken an Simon. Sie sprang vom Bett auf und hechtete in den Flur ihrer kleinen 2-Zimmer-Wohnung in Lokstedt, wo der Apparat auf einer Kommode neben der Tür stand.

»Guten Morgen!«, trötete Lisa ihr ins Ohr, sobald sie abgenommen hatte.

»Guten Morgen!«, erwiderte Hannah und unterdrückte ein Gähnen.

»Oh, tut mir leid, hab ich dich etwa geweckt?«

»Quatsch! Ich bin seit Stunden wach«, flunkerte sie.

»Dann ist ja gut, ich hatte schon Sorge …«

»Nein, alles gut«, unterbrach sie ihre Freundin.

»Und? Bist du bereit?«

»Aber so was von! Ich kann's kaum noch erwarten!«

»Dann treffen wir uns um zehn im Laden?«

»Eher halb zehn, ich bin schon so gut wie fertig.«

»Gut, dann beeil ich mich auch. Soll ich auf dem Weg noch irgendwas besorgen?«

»Wenn du vor mir da bist, könntest du ja schon die bestellten Berliner und Amerikaner bei Werncke abholen.« Das war die Bäckerei schräg gegenüber der Rasselbande.

»Mach ich«, sagte Lisa. »Sonst noch was?«

Hannah überlegte einen Moment. »Nein, sonst ist alles da. Getränkekisten, die Heliumflasche für die Luftballons und das Einweggeschirr hat Simon noch in seinem Auto.«

»Wann kommt er denn?«

»Er meinte, so gegen elf wäre er da.«

»Okay«, sagte Lisa, »Dann sehen wir uns gleich!«

»Gut, bis gleich!«

Kaum hatte Hannah aufgelegt, spürte sie wieder dieses ungeheure Kribbeln aus ihrem Traum in sich aufsteigen. Sie lächelte erleichtert, denn jetzt wusste sie endlich, was es war. Sie hatte sich in der Nacht tatsächlich verliebt, das war ganz eindeutig.

Und zwar in die Idee, dass sie ab sofort keine kleine, unterbezahlte Angestellte mehr war – sondern Hannah Marx, stolze Mitbesitzerin von »Rasselbande-Events«!

3

Jonathan

1. Januar, Montag, 8:18 Uhr

Verstohlen, mit einem beinahe schlechten Gewissen, sah Jonathan sich um. Was natürlich totaler Unsinn war, doch er spürte dieses seltsame Gefühl im Nacken, als wenn ihn jemand beobachten würde.

Aber da war niemand. Noch immer gab es weit und breit keinen einzigen Menschen an der Alster zu sehen, nur drüben auf der Straße fuhren langsam ein paar Autos vorüber.

Jonathan wollte sich schon wieder dem Kalender zuwenden, als er aus den Augenwinkeln eine Bewegung wahrnahm. Da war *doch* jemand! Unten am Ufer, halb versteckt hinter der »Alsterperle«, erkannte er eine schemenhafte Gestalt. Ohne groß darüber nachzudenken, sprintete Jonathan los, das Filofax und die Tasche fest umklammert.

Er hatte sich nicht getäuscht, direkt am Ufer des spiegelglatten Wassers stand jemand und hatte ihm den Rücken zugewandt.

»Hallo!«, rief Jonathan etwas atemlos.

Nichts geschah, die Gestalt blieb weiterhin regungslos stehen, blickte vollkommen versunken auf die Alster.

»He!«, rief Jonathan, diesmal lauter, erhielt aber noch immer keine Reaktion. Er verlangsamte seine Schritte, nun war er nah genug, um zu erkennen, dass es sich um einen groß gewachsenen, schlanken Mann handelte.

Etwas verwundert registrierte Jonathan, dass er lediglich Jeans, Turnschuhe und ein rot-weiß gestreiftes T-Shirt trug. Nicht gerade der passende Aufzug für einen Neujahrsspaziergang an der Alster, immerhin herrschten knappe Minusgrade.

»Hallo?«, fragte Jonathan ein weiteres Mal und tippte dem Fremden vorsichtig auf die Schulter.

Jetzt zuckte der Mann zusammen und fuhr herum. Er war jung, Jonathan schätzte ihn auf Anfang oder Mitte dreißig, und starrte ihn aus weit aufgerissenen Augen erschrocken an. Die Nickelbrille auf seiner Nase ließ seine grünen Augen sogar noch etwas größer wirken. »Meinen Sie mich?«

»Ja«, japste Jonathan.

»Was wollen Sie denn von mir?«

»Gehört das vielleicht Ihnen?« Jonathan hielt dem Fremden den Kalender und die Tasche unter die Nase. Und kam sich augenblicklich bescheuert vor. Wie musste das für den Mann aussehen? Da hechtete ein atemloser Jogger auf ihn zu und streckte ihm irgendwelche Sachen entgegen, das wirkte mit Sicherheit etwas bizarr.

Erwartungsgemäß schüttelte der Mann den Kopf, langsam zuerst, dann energischer. »Nein«, sagte er, »das gehört mir nicht.«

»Ähm, schade«, erwiderte Jonathan. Und sah sich zu einer Erklärung bemüßigt. »Ich habe das an meinem Fahrrad gefunden. Also, das heißt, die Tasche hing am

Lenker meines Rads, und darin steckte dieser Kalender.«
Wie zum Beweis deutete er noch einmal auf das Filofax.
»Und weil ich hier außer Ihnen niemanden gesehen habe,
da dachte ich, ich frage Sie mal, ob Sie die Tasche vielleicht ...« Ihm fehlten die Worte.

»Am Lenker Ihres Fahrrads vergessen habe?«, beendete der junge Mann Jonathans Satz und lächelte.

»Ähm, ja, genau.«

Wieder ein Kopfschütteln, diesmal ein sichtlich amü-
siertes. »Tut mir leid. Ich habe nichts an Ihrem Fahrrad
vergessen.« Nun wandelte sich sein Lächeln zu einem
breiten Grinsen.

Schlagartig musste Jonathan an Harry Potter denken.
Die Nickelbrille und die braunen, etwas zerzausten Haare
in Kombination mit dem jugendlichen Gesicht des Mannes drängten diesen Vergleich nahezu auf.

Für den Bruchteil einer Sekunde blitzte vor Jonathans
innerem Auge das Bild seines Vaters Wolfgang auf, der
bis zu dem Zeitpunkt, als die Demenz ihn in die Knie und
in eine Seniorenresidenz gezwungen hatte, immer wieder
von der größten Schmach seines Lebens gesprochen hatte: als er damals, Ende der 90er-Jahre, empört die Ver-
öffentlichung des deutschen Manuskripts über den kleinen Zauberschüler abgelehnt hatte, obwohl das gesamte
Lektorat sich für den Titel ausgesprochen hatte. Als ein
»Zeichen für den kulturellen Niedergang des Abendlandes!« hatte Wolfgang Grief den Millionenerfolg Harry
Potters bezeichnet, als einen »Schandfleck der westlichen
Literatur«.

Selbst heute, in seinen wenigen lichten Momenten,
sprach er manchmal noch darüber, wenn sein Sohn ihn

alle zwei Wochen in dem luxuriösen Pflegeheim an der Elbe besuchte. Insgeheim fand Jonathan es etwas befremdlich, dass sein Vater selbst in seinem Zustand nichts Besseres zu tun hatte, als sich über ein harmloses Kinderbuch aufzuregen. Er hoffte, ihm selbst ginge das im Fall der Fälle anders. Sowohl was die Demenz als auch das Nachtrauern verpasster Chancen betraf.

Jonathan beruhigte seinen Vater in den Augenblicken der schmerzhaften Erinnerung dann jedes Mal mit der Behauptung, dass die Jugendbücher von Griefson auch ohne Harry Potter ganz hervorragend liefen – eine glatte Lüge, hatte Jonathan den Bereich »Kinder & Jugend« auf Anraten seines Geschäftsführers Markus Bode bereits vor drei Jahren komplett einstellen lassen. Zu sehr verwässerte dieser Bereich ihre Marke, ließ ihr Alleinstellungsmerkmal verschwimmen, hatte Bode ihm erklärt. Lieber setzten sie auf ihr Kerngeschäft der anspruchsvollen Literatur und hochwertigen Sachbücher, die Buchhändler und finanzkräftige Zielgruppen so zu schätzen wussten.

Bode betonte immer wieder, wie sehr sich die Konzentration auf die »wirklich bedeutenden Dinge« ausgezahlt hatte, und Jonathan konnte ihm da nur zustimmen. Der Rubel rollte, die Rendite stimmte. Und Feuilleton-Liebling waren sie damit erst recht.

»Ist alles in Ordnung mit Ihnen?« Die Stimme des jungen Mannes holte Jonathan zurück in die Wirklichkeit. In eine recht kalte Wirklichkeit, jetzt, da er hier bewegungslos am zugigen Alsterufer stand.

»Ja, ja«, beeilte er sich zu versichern. »Ich, äh, also, ich finde es nur seltsam, dass jemand mir diese Tasche ans Fahrrad gehängt hat.«

Der Mann lächelte noch immer und zuckte gleichgültig mit den Schultern. »Vielleicht ein Neujahrsgeschenk?«

»Ja«, erwiderte Jonathan ohne große Überzeugung. »Vielleicht. Also, dann …« Er blieb noch einen Augenblick unschlüssig stehen, bevor er dem jungen Mann verbindlich zunickte. »Also, nichts für ungut. Und Ihnen natürlich ein frohes neues Jahr.«

»Das wünsche ich Ihnen auch!« Er hatte den Satz noch nicht vollendet, da hatte der Mann sich bereits wieder der Alster zugewendet und tat das, was er zuvor auch getan hatte – er blickte stumm über die spiegelglatte Wasserfläche.

Langsam machte Jonathan sich daran, zurück zu seinem Fahrrad zu gehen.

»Schade.«

Es erklang so leise, dass Jonathan nicht sicher war, ob er sich verhört hatte. Er blieb stehen und drehte sich um. Der Mann vom Ufer sah ihn nun wieder an.

»Wie bitte?«, fragte Jonathan.

»Es ist schade, nicht wahr?«, fragte der Harry-Potter-Verschnitt.

»Was ist schade?« Jonathan ging erneut ein paar Schritte auf den Fremden zu.

Der Mann deutete mit dem Kopf Richtung Alster. »Dass die Schwäne weg sind.«

»Die Schwäne?«

»Sie sind jetzt alle im Winterquartier am Mühlenteich und werden erst im Frühjahr wieder hierhergebracht.« Er seufzte. »Ein Jammer.«

»Hm.« Mehr wusste Jonathan dazu nicht zu sagen. Aber weil der junge Mann ihn irgendwie so erwartungsvoll ansah, schob er ein pflichtbewusstes »wirklich scha-de« hinterher.

»Ich sehe den Schwänen gern zu, wissen Sie?«

»Ja.« Jonathan nickte, wenn auch verständnislos. »Schöne Tiere sind das.«

»Seelentiere«, sagte Harry Potter so leise, dass Jonathan es wieder kaum verstand. »Sie symbolisieren das Licht, die Reinheit und die Vollendung, sie stehen für Trans-zendenz.«

»Hm«, gab Jonathan erneut von sich, »faszinierend.« Er wollte gerade nachfragen, woher der junge Mann das wusste, da begriff er, weshalb der am Neujahrsmorgen nur so leicht bekleidet hier in der Kälte herumstand.

Drogen!

Offenbar hatte er eine besonders heitere Silvestersause hinter sich und lebte gerade noch in seiner ganz eigenen Welt. Kurz überlegte Jonathan, ob es seine bürgerliche Pflicht war, einen Krankenwagen oder die Polizei zu ru-fen, damit sich jemand dieses Kerls annahm, bevor er sich noch ernsthafte Erfrierungen zuziehen konnte oder irgendwelche Dummheiten anstellte. Aber er verwarf den Gedanken, eigentlich wirkte der Mann ganz klar. Auch wenn er seltsames Zeug redete und ein bisschen blass aussah, schien er nicht komplett hinüber.

»Sie könnten doch zum Mühlenteich fahren«, schlug Jonathan stattdessen vor. »Also, wenn Sie so gern die Schwäne sehen wollen. Ist ja nicht weit von hier.«

Der Mann nickte. Und lächelte noch immer. »Ja. Ja, das ist eine wirklich gute Idee.« Dann drehte er sich ohne ein weiteres Wort um und stapfte davon, ob Richtung Müh-lenteich oder nicht, verriet er Jonathan nicht.

Einen Moment lang blieb Jonathan noch stehen und sah dem eigenartigen Kauz hinterher. Was auch immer Harry Potter zu sich genommen hatte – es schien eine erstaunliche Wirkung zu haben.

Nachdenklich spazierte Jonathan zurück zu seinem Fahrrad. Schwäne. Seelentiere. Transzendenz. Verrückt!

Erst als er sein Mountainbike erreicht hatte, fiel ihm auf, dass er noch immer die Tasche und das Filofax in der Hand hielt. Was sollte er damit nun machen?

Ein weiteres Mal sah er sich suchend um, aber außer dem jungen Mann, der gerade in einiger Entfernung die Böschung zur Straße hochkraxelte, war noch immer niemand zu sehen.

Jonathan ging zu einer der Bänke neben dem Trimm-dich-Parcours und nahm Platz. Dann strich er mit beiden Händen über den weichen Ledereinband des Kalenders. Zögerte einen Moment. Öffnete schließlich die Schnalle mit Druckknopf und schlug das Büchlein auf.

Dein perfektes Jahr

Genau das stand in geschwungenen Lettern, offenbar per Hand und mit Füller geschrieben, auf der ersten ringgebundenen Seite. Sonst nichts. Kein Name und auch keine Adresse wie bei solchen Kalendern oft üblich.

Jonathan blätterte weiter und gelangte zum 1. Januar des gerade erst begonnenen und noch jungfräulich vor ihm liegenden Jahres. Die Aufteilung des Kalenders war großzügig, für jeden Tag gab es eine ganze Seite, die aber dennoch komplett vollgeschrieben war. Mit derselben schönen Handschrift wie der Titeleintrag:

1. Januar
Man kann dem Leben nicht mehr Tage geben –
aber den Tagen mehr Leben.
Chinesische Weisheit.

Jonathan schüttelte sich innerlich. Was für ein platter Kalenderspruch! Schlimmer war nur »Carpe Diem!«. Oder die oft zitierte und dadurch totgerittene Aussage von Charlie Chaplin, nach der jeder Tag, an dem man nicht gelacht hat, ein verlorener Tag ist. Grauenhafteste Geschenktassen-Lyrik! Dennoch – die Sache interessierte ihn, und so las er den restlichen Eintrag für den heutigen Tag:

Ausschlafen bis 12 Uhr. Frühstück im Bett mit H. Danach:
Spaziergang an der Alster inklusive Glühwein an der Als-
terperle.
Nachmittags: DVD-Marathon-Session. Mögliche Filme:
»P. S.: Ich liebe Dich«
»Das Beste kommt zum Schluss«
»Wie ein einziger Tag«
»Das Schweigen der Lämmer«
Alternative: alle Folgen von »Fackeln im Sturm«
Abends: Tagliatelle mit Kirschtomaten und gehobeltem
Parmesan, dazu eine gute Flasche Rioja
Nachts: Kuscheln, Sternegucken, Wunschgedanken-Flüs-
tern

Nun musste Jonathan lachen. Was für eine Filmauswahl! Wie das »Wunschgedanken-Flüstern« wohl nach dem »Schweigen der Lämmer« ausfallen würde? Und ob es nach sämtlichen Folgen von »Fackeln im Sturm« überhaupt noch zum Essen oder Kuscheln oder sonst was kommen würde, war wohl mehr als fraglich, denn seines Wissens nach lief die Serie unendliche Stunden lang.

Tina hatte ihn vor Jahren mal dazu gezwungen, sich Woche für Woche zusammen mit ihr die schnulzige Liebesgeschichte um Orry und Madeline anzusehen – und wenn er sich recht erinnerte, hatte ihn das ungefähr so sehr gequält wie zehn Kettensägenmassaker-Filme am Stück!

Neugierig blätterte er weiter. Zwar war ihm klar, dass man so etwas eigentlich nicht machte, denn das war ja fast wie das Stöbern in fremden Tagebüchern – aber wo kein Richter, da kein Henker. Während er Seite um Seite überflog, fühlte er ein unleugbares Gefühl der Bewunderung in sich aufsteigen. Denn hier hatte sich jemand die Mühe gemacht, für jeden einzelnen Tag bis zum Ende des Jahres etwas einzutragen. Bis zum 31. Dezember waren sämtliche Seiten ausgefüllt. Trotz der zahlreichen Poesiealbum-Plattitüden, mit der jeder der Einträge begann (*»Man sieht nur mit dem Herzen gut. Das Wesentliche ist für die Augen unsichtbar« Antoine de Saint-Exupéry*), rang ihm das einigen Respekt ab.

Mal waren die Pläne aufwendiger, wie am 25. August:

Campingbus mieten und nach St. Peter-Ording fahren, Muscheln suchen, grillen und im Freien schlafen. Musik nicht vergessen!

Oder es waren auch kleinere Unternehmungen wie am 16. März:

Mein Geburtstag!
Nachmittags ins »Lütt Café« in der Haynstraße –
Kuchen essen, bis uns schlecht wird.

Am 21. Juni hieß es:

Sommeranfang! Um 4:40 Uhr Sonnenaufgang
am Elbstrand gucken!

Während er weiterblätterte und las und las, spürte Jonathan ein seltsames Gefühl von Traurigkeit in sich aufsteigen.

Denn zum einen war dieser Kalender ganz eindeutig nicht für ihn gedacht. Er kannte ja nicht einmal eine oder einen »H«! Wenn er mal von seiner Nachbarin zur Linken, Hertha Fahrenkrog, absah. Aber selbst wenn die Gute am 16. März Geburtstag haben sollte, war sie mit Sicherheit über neunzig Jahre alt und lebte einzig und allein für ihre Königspudeldame Daphne. Dass sie sich über mehrere Wochen täglich hingesetzt hatte, um in zittrigem Sütterlin (was es nicht war, aber zu Hertha Fahrenkrog passen würde) Seite um Seite eines Kalenders für Jonathan zu füllen, hielt er für ausgeschlossen.

Doch genau die Handschrift war der zweite Grund für dieses seltsame Gefühl von Melancholie, ja, Jonathan fühlte sich sogar eigenartig ergriffen davon.

Er brauchte eine ganze Weile, ehe er wusste, was es war: Die geschwungenen Buchstaben erinnerten ihn an seine Mutter Sofia, die sich von seinem Vater getrennt hatte, als Jonathan zehn Jahre alt gewesen war.

Genau so hatte sie geschrieben, mit diesen vielen langen Unterschwüngen. Schon ewig hatte Jonathan nicht mehr an sie gedacht, aber während er nun die Einträge überflog, erinnerte er sich mit schmerzhafter Deutlichkeit an all die Briefe und Zettel, die sie ihm früher überall im Haus hinterlassen hatte.

»Guten Morgen, mein Schatz, hab einen schönen Tag!« – auf dem Frühstückstisch neben seinem Teller mit Rührei und Schinken. Und später, wenn er in der Pause sein Schulbrot auspackte, hatte sie jedes Mal ein »Guten Appetit!« auf das Butterbrotpapier geschrieben und mit rotem Filzstift ein Herz dazu gemalt. »Gräm dich nicht, die nächste Arbeit wird besser!« – ins Schulheft neben einen versiebten Mathetest geklemmt. »Ich wünsche dir wunderbare Träume!« – an wirklich jedem einzelnen Abend hatte sie ihm diesen Wunsch unter sein Kopfkissen geschoben.

Aber das alles waren letztlich nur Zettel gewesen, die auch nichts daran geändert hatten, dass Jonathans Mutter nicht nur ihren Mann, sondern damit auch ihr einziges Kind verlassen hatte. Dass sie zurück in ihre Heimat in der Nähe von Florenz gegangen war, die sie nur widerwillig verlassen hatte, nachdem sie Jonathans Vater bei seinem Studienaufenthalt Ende der 60er-Jahre in Italien kennengelernt hatte.

Und so war sie also vor über dreißig Jahren zurück in ihre schöne, warme Heimat geflüchtet – während Jonathan im kühlen Norden bei seinem ebenso kühlen Vater blieb.

Es war Jonathans gut gehütetes Geheimnis, dass das »N« in seinem Namen für »Nicolò« stand. Fast schien es ihm, als höre er seine Mutter flüstern. »Nicolino, mein

Herz.« Ganz dicht an seinem Ohr. »Ti amo molto. Molto, molto, molto!«

Nun ja, molto hin, molto her, sie war gegangen. Und nach drei Jahren mit gelegentlichen Briefen, Anrufen und wechselseitigen Besuchen, auf der Höhe seiner Pubertät, hatte Jonathan seiner Mutter per Postkarte mitgeteilt, dass sie von ihm aus in Zukunft bleiben konnte, wo die Zitronen wuchsen.

Verwundert hatte er danach zur Kenntnis genommen, dass sie sich tatsächlich daran hielt – er hatte nie wieder etwas von ihr gehört, bis zum heutigen Tag nicht.

Und trotzdem starrte er nun auf diese Schrift, die ihn auf unheimliche Art und Weise an sie erinnerte.

Als ein Regentropfen auf die Seite fiel und die Tinte dadurch leicht verwischte, fuhr Jonathan verwundert mit seinem rechten Daumen darüber. Noch verwunderter war er, als er bemerkte, dass es gar nicht regnete. Wie lächerlich!

Eilig klappte er den Kalender zu, stopfte ihn zurück in die Tasche und zog den Reißverschluss zu. Am besten, er würde das Buch hier auf der Bank zurücklassen, dann würde der Besitzer es sicher finden, wenn er danach suchte. Vermutlich hatte der Beutel zuvor einfach irgendwo auf dem Weg gelegen, und ein aufmerksamer Passant hatte ihn an seinen Fahrradlenker gehängt, in der Annahme, er gehöre dorthin oder wäre so leichter zu entdecken.

Jonathans Hände zitterten, als er sich daranmachte, die Zahlenkombination seines Fahrradschlosses einzustellen. Kein Wunder, er war komplett ausgepowert und hatte noch nichts gegessen. Höchste Zeit, nach Hause zu fahren und dort ein reichhaltiges Frühstück einzuneh-

men! Er sprang auf sein Bike und radelte los, seine Pulsuhr zeigte nach wenigen Metern eine Frequenz von 175.

Drei Minuten später stieg er energisch in die Pedale
und legte eine Vollbremsung hin, die ihn fast aus dem
Sattel schleuderte. Nein. Das war falsch. Die Tasche auf
der Bank liegen zu lassen, damit irgendwer sie mitnahm – das war ja nahezu eine Einladung an jeden belie-
bigen Spaziergänger!

Also kehrte er um. Er würde die Tasche mit dem Filofax mit nach Hause nehmen und dort in aller Ruhe versuchen, den rechtmäßigen Besitzer ausfindig zu machen.
Ja. Das würde er tun. Das schien ihm das einzig Richtige
zu sein.

4

Hannah

»Wenn du nicht sofort ans Telefon gehst, rufe ich die Polizei! Oder bekomme einen Herzinfarkt! Vielleicht auch beides!« Hannah schrie so laut in den Hörer, dass Simon es eigentlich sogar ohne fernmündliche Leitung in seiner Wohnung drüben in Hohenfelde hören musste.

»Sag ihm, wir schicken ihm die Russenmafia auf den Hals!«, krakeelte Lisa aus dem Hintergrund. »Und die Albaner gleich dazu!«

»Hörst du das?«, brüllte Hannah. »Das war Lisa, und die ist gerade alles andere als amüsiert!« Schweigend wartete sie einen Moment, aber bis auf das atmosphärische Rauschen des Anrufbeantworters blieb es still in der Leitung. Niemand hob ab, nicht bei Simons Festnetztelefon, und auch ihre Versuche, ihn auf seinem Handy zu erwischen, waren ins Leere gelaufen. Nichts, nada, niente, Hannahs Freund war nirgends zu erwischen.

Dabei stünden in einer guten Stunde die ersten Gäste für die Eröffnungsfeier der Rasselbande vor der Tür, alles war fix und fertig vorbereitet; der Puppenspieler war pünktlich erschienen und vertrat sich draußen die Beine, die zwei Mädels, die Lisa und Hannah zum Kinderschminken angeheuert hatten, bauten ihre Utensilien auf einem Tisch in der Ecke auf, die kleine Hüpfburg stand auf dem Parkplatz direkt neben dem Eingang, aus den Lautsprechern schallten die Hits von Rolf Zuckowski & Co., das Büfett bog sich nicht nur unter den Berlinern und Amerikanern vom Bäcker, sondern auch unter diversen Kuchen und anderen Naschereien, die Freunde und die Eltern von Hannah und Lisa vorbeigebracht hatten – nur die fünfhundert Luftballons mit aufgedrucktem Logo lagen noch schlaff in einer Tüte, und an der Getränkefront sah es bis auf das Wasser aus der Leitung der kleinen Küchennische und eine handwarme halbe Flasche Cola Light von Lisa bisher ziemlich mau aus. Was ohne das angekündigte Einweggeschirr mit Plastikbechern aber im Grunde egal war.

»Keine Sorge, spätestens um elf Uhr bin ich da und puste dann Ballons auf, als gäb's kein Morgen mehr!«, hatte Simon Hannah noch am Abend zuvor versprochen, als sie sich bei ihm darüber beschwert hatte, dass er die Nacht vor ihrem »großen Tag« nicht bei ihr, sondern wie so oft in letzter Zeit lieber bei sich zu Hause verbringen wollte. »Ich hab das Gefühl, ich habe mir eine leichte Erkältung eingefangen, also geh ich lieber mit einer Wärmflasche früh ins Bett, damit ich morgen voll einsatzfähig bin.«

Voll einsatzfähig! Das sah Hannah ja nun. Simon war wie vom Erdboden verschluckt. Das an sich war schon nicht schön, aber dass er dabei noch die Flasche mit dem Heliumgas für die Ballons, das Geschirr und sämtliche Getränke für die Eröffnung mitgenommen hatte, kam einer Katastrophe gleich!

Sie verstand es nicht! Normalerweise war Simon doch so wahnsinnig zuverlässig. Und sie hatte sich richtig gefreut, als er angeboten hatte, die Sachen in der Metro einzukaufen, wozu er dank seines Presseausweises berechtigt war. »Da sind die Sachen viel billiger«, hatte er gesagt, »und ihr müsst euch außerdem nicht abschleppen, darum kümmere ich mich. Die Kosten übernehme ich auch, das ist mein Eröffnungsgeschenk für euch.«

»Was machen wir denn jetzt?«, wollte Lisa von Hannah wissen. Dabei raufte sie sich mit beiden Händen die kurzen schwarzen Haare, was ihre ohnehin meist auf »Sturm« stehende Frisur umgehend in einen »Out-of-bed«-Look verwandelte.

Hannah zuckte mit den Achseln. »Keine Ahnung.«

»Denkst du, Simon nimmt mir das mit der Russenmafia und den Albanern übel? Das ist mir eben einfach so rausgerutscht.«

Hannah verdrehte die Augen. »Du machst dir jetzt nicht ernsthaft Sorgen darüber, ob er sich über deinen flapsigen Spruch ärgert, oder?«

»Nein, natürlich nicht«, erwiderte Lisa schnell. Hannah wusste, dass sie es dennoch tat. So war sie einfach.

»Gut«, sagte Hannah trotzdem. »Statt uns Gedanken um Simons Befindlichkeit zu machen, sollten wir nämlich lieber unser Getränke-Problem lösen.«

»Ich könnte noch mal drüben bei Werncke nach Saft und Wasser gucken«, schlug ihre Freundin vor. »Vielleicht haben die ja sogar Plastikbecher und -teller.«

»Weißt du, was das kostet? Da zahlen wir doch zwei Euro für jede blöde Capri-Sonne!«

»Hast du eine bessere Idee?«

Hannah überlegte einen Moment lang. »Ja«, entgegnete sie dann, eilte rüber zur Teeküche und schnappte sich dort ihren Mantel vom Garderobenhaken. »Ich fahre zu Simon und sehe höchstpersönlich nach, wo er steckt«, sagte sie, als sie an Lisa vorbei Richtung Ausgang hechtete.

»Und was mache ich so lange?«, rief ihre Freundin ihr hinterher. »Du kannst mich doch hier nicht allein lassen!«

»Fang schon mal an, Ballons aufzupusten. Wenn du dich beeilst, schaffst du bestimmt fünfzig Stück!«

Eine Viertelstunde später brachte Hannah ihren alten Twingo mit quietschenden Reifen vor Simons Wohnung in der Papenhuder Straße zum Stehen. Hektisch riss sie die Fahrertür auf und wollte hinausspringen, verheddete sich aber mit ihrem langen Schal im Lenkrad und hätte sich beinahe selbst erwürgt.

»Ganz ruhig, Hannah«, flüsterte sie sich zu, während sie versuchte, das störrische Teil vom Blinker zu lösen. Zehn Sekunden später hatte sie es geschafft, stieg – diesmal um Ruhe bemüht – aus, warf die Autotür zu und lief auf den Rotklinkerbau zu, in dem Simon wohnte.

Sie legte einen Finger auf das Schild mit der Aufschrift »Klamm« und klingelte. Klingelte noch einmal. Ein drittes Mal, diesmal energisch und lange. Nichts tat sich, auch nicht, als sie ein viertes, ein fünftes und ein sechstes Mal den Klingelknopf betätigte. War Simon nicht einmal zu Hause? Wo steckte er denn nur? Er hatte ihr doch gesagt, dass er sich nicht so gut fühlen und sich deshalb mit einer Wärmflasche ins Bett packen würde!

Oder – der Gedanke fuhr ihr mit unerwartetem Schrecken durch die Glieder – hatte Simon sich gar keine »Erkältung« eingefangen, sondern etwas anderes?

Lag er vielleicht gerade tatsächlich mit etwas Wärmendem in den Federn, nur dass es sich dabei um keinen mit heißem Wasser gefüllten Gummibeutel handelte?

Nein, Hannah schüttelte über sich selbst den Kopf, das war ausgeschlossen. Dafür war Simon nicht der Typ. Für einen Spontanaufriss war er überhaupt nicht, nun ja, spontan genug! Bei ihr hatte er schließlich auch Wochen gebraucht, um sie nach einer Verabredung zu fragen, ein Kerl von der schnellen Truppe war er definitiv nicht.

Und wenn es gar kein »Spontanaufriss« ist, sondern jemand, den er schon länger kennt?, schaltete sich eine kleine, bösartige Stimme in Hannahs Kopf ein. Aber das war ja Unsinn, zwischen ihr und Simon war bis auf seinen Jobverlust alles in Ordnung, und außerdem würde er ihr so etwas garantiert nicht antun, während sie gerade dabei war, mit ihrer neuen Karriere durchzustarten. Simon hatte Stil und Anstand, so etwas passte nicht zu ihm.

»Du hörst die Flöhe husten!«, würde ihre Mutter Sybille in dieser Situation sagen. Von ihr hatte Hannah ihre meist positive Lebenseinstellung geerbt, während ihr Vater Bernhard – ähnlich wie Simon – dazu neigte, »hinter jedem Busch einen Räuber« zu vermuten. Auch so eine Formulierung ihrer Mutter, die gern darüber lachte, wenn ihr Mann mal wieder damit beschäftigt war, sich in Verschwörungstheorien über ihr Umfeld draußen im beschaulichen Rahlstedt zu ergehen.

Da wurde von Bernhard Marx gemutmaßt, die Müllers hätten etwas gegen ihn, nur weil der Nachbar bei der

Begegnung im Supermarkt nicht so freundlich gegrüßt hatte wie sonst – um wenige Tage später zu erfahren, dass Herr Müller lediglich seine Brille verlegt und ihn schlicht nicht erkannt hatte.

Oder Hannahs Vater orakelte darüber, dass der Postbote ein Paket, auf das er dringend wartete, aus reiner Boshaftigkeit zurückhalten würde. Kurz darauf hatte Hannahs Mutter dann mit dem Versender telefoniert und in Erfahrung gebracht, dass der noch nicht dazu gekommen war, das Päckchen abzuschicken. Anschließend hatte sie sich – mit gespielt großer Empörung – bei ihrer Tochter über diesen »unmöglichen Kerl« beschwert, der sie zeit ihres Lebens »in den Wahnsinn« trieb.

Bevor Hannah noch weiter über ihre doch sehr unterschiedlichen Eltern sinnieren konnte, drückte sie die Klingel ein siebtes Mal. Und beschloss dann, dass sie mehr als den Anstand gewahrt und nun jedes Recht hatte, den Schlüssel zu benutzen und nachzusehen, was mit ihrem Freund passiert war.

Ein ungutes Gefühl von Besorgnis mischte sich in ihre Wut, während sie durchs Treppenhaus nach oben zu seiner Wohnung eilte. Denn wenn Simon weder aufs Festnetztelefon noch auf sein Handy oder die Türklingel reagierte, war er entweder wirklich nicht da, über Nacht taub geworden – oder tot.

5

Jonathan

1. Januar, Montag, 9:20 Uhr

Nachdem Jonathan sich ein Eiweißshake (Geschmacks-
richtung Vanille) sowie zwei Eiweißbrote mit magerer
Putenbrust einverleibt hatte, setzte er sich in den gemütlichen Lederarmsessel, der in seinem Arbeits- und Lesezimmer vor dem großen Erkerfenster mit Sicht auf den
Innocentiapark stand, und genoss den Anblick der win-
terlichen Landschaft.

Allerdings wurde dieser heute nicht nur durch den
Dreck der Silvesternacht getrübt, sondern auch durch
den Umstand, dass nicht nur seine, sondern auch sämtliche Altpapier- und Wertstofftonnen in der Nachbar-
schaft überquollen. Was der Tatsache geschuldet war, dass
beide Behälter in diesem Viertel nur alle zwei Wochen
montags geleert wurden. Das war zuletzt am Montag vor
Weihnachten der Fall gewesen, seitdem hatten sich die
Mitarbeiter der Stadtreinigung offenbar kollektiv unter
den Christbaum gelegt und sangen »O du fröhliche!«.
Sicher, jeder sollte die Feiertage genießen und sich eine
Auszeit gönnen – aber so ging es ja nun auch nicht!

Kopfschüttelnd erhob sich Jonathan N. Grief wieder
aus dem Sessel, wanderte zu seinem Sekretär, nahm Platz

und klappte sein Notebook auf. Wenige Minuten später hatte er die Startseite der Stadtreinigung geöffnet, klickte auf den Button mit »Kontakt« und begann zu schreiben.

Werte Damen und Herren,

gleich zu Beginn des neuen Jahres möchte ich dieses Medium nutzen, um Sie darauf hinzuweisen, dass der Zustand der Altpapier- und Wertstofftonnen in unserer schönen Stadt derzeit nicht hinnehmbar ist. Die Behälter quellen über – keine sonderlich attraktive Visitenkarte für Hamburg!

Zwar ist mir bewusst, dass die geballte Ansammlung von Feiertagen zu einem gewissen Rückstau bezüglich der Leerung der Tonnen führt, aber ich würde es doch sehr begrüßen, wenn Sie in diesem Fall eine Notlösung fänden, die sowohl den – steuerzahlenden! – Bürgern dieser Stadt als auch Ihnen und Ihren Mitarbeitern gerecht wird.

Mit freundlichen Grüßen
Jonathan N. Grief
(wohnhaft Innocentiastraße, mit vollen Tonnen vor der Tür)

Er überflog den Text noch einmal, dann schickte er ihn ab und nickte. Ja, sehr gut. Problem erkannt, Problem gebannt.

Nachdem er es sich erneut in seinem Sessel gemütlich gemacht hatte, nahm er sich als Nächstes das Filofax vor. Es war ein gutes Gefühl, die Dinge stringent und zielgerichtet abzuarbeiten, diese Art von Produktivität verschaffte ihm einen wohligen Schauer der Rechtschaffenheit.

Statt sich in der Handschrift und den verschiedenen Einträgen zu verlieren, konzentrierte Jonathan sich diesmal darauf, Informationen zu suchen, die auf den Besitzer des Kalenders schließen ließen.

Vergeblich. Vom Geburtstagseintrag am 16. März mal abgesehen. Hier und da gab es zwar ein paar konkrete Termine, so z. B. gleich für den 2. Januar (19.00 Uhr, Dorotheenstraße 20, 2. Klingel von unten), aber so richtig damit anfangen ließ sich leider nichts. Es sei denn, er wäre bereit, sich morgen Abend um 19 Uhr in der Dorotheenstraße auf die Lauer zu legen in der Hoffnung, dass dort jemand herumirrte und nach einem Filofax schrie. Warum überhaupt stand da anstelle eines Namens »2. Klingel von unten«? Das ließ sich ja nicht einmal googlen! Weshalb so geheimnisvoll? Das war alles überaus seltsam – und nicht im Geringsten dazu geeignet, Jonathan die »Recherche« zu erleichtern. Kurz überlegte er, jetzt gleich zu der angegebenen Adresse zu fahren. Doch er verwarf den Gedanken wieder: An einen Feiertag sollte man niemanden unangekündigt behelligen.

Dann kam Jonathan die Idee, ganz nach hinten zu blättern, denn in den meisten Terminkalendern befand sich dort ein Adressteil. Vielleicht standen hier ein paar Namen und Telefonnummern, bei denen Jonathan gleich morgen sein Glück versuchen konnte! Immerhin war es denkbar, dass er so jemanden erreichen würde, der zumindest den Besitzer des Kalenders kannte und von dessen Verlust bereits wusste. Oder so.

Wieder Fehlanzeige. Hinter der Seite mit dem 31. Dezember kamen unter dem Register »Notizen« nur noch ziemlich viele leere Seiten und dann schließlich der lederne Einband. Allerdings bemerkte Jonathan ein leises Knistern. Im Rücken des Kalenders befand sich ein

Futteral, in dem etwas steckte, eine weiße Ecke Papier lugte hervor. Jonathan zog daran und hielt Sekunden später einen Umschlag mit der Aufschrift »*Für später verwahren!*« in der Hand. Nun wurde die Sache spannend.

Er öffnete das Kuvert – schließlich war es nicht zugeklebt! – und sog scharf die Luft ein. Wie gut, dass er die Tasche nicht auf der Bank hatte liegen lassen! Schnell zählte er durch – ganze fünfhundert Euro hatten in dem Umschlag gesteckt, unterteilt in Fünfziger, Zwanziger und Zehner.

Im Geiste fasste Jonathan zusammen: Es gab also diesen Kalender, den jemand vom ersten bis zum letzten Tag des Jahres ausgefüllt und den er dann an der Alster verloren, weggeworfen oder absichtlich an den Lenker von Jonathans Fahrrad gehängt hatte. Dazu gab es diesen Umschlag mit fünfhundert Euro. Ansonsten nichts. Keine Telefonnummer oder Adresse, keinerlei Hinweis auf den Besitzer.

Was also sollte er, Jonathan N. Grief, damit anfangen? Es war eindeutig, dass er den Terminkalender nicht einfach behalten konnte, irgendjemand würde mit Sicherheit schon verzweifelt danach suchen.

Das Fundbüro!, schoss es ihm durch den Kopf. Er würde die Tasche und das Filofax dort hinbringen, das war die einfachste Lösung! Schließlich war ein Fundbüro genau für solche Fälle zuständig. Jemand verlor etwas, ein anderer fand es und gab es ab, und der Besitzer konnte es wieder einsammeln, so simpel war das!

Jonathan wollte schon aufstehen und zurück zu seinem Notebook gehen, um Adresse und Öffnungszeiten des zuständigen Fundbüros herauszusuchen, als er mitten in der Bewegung innehielt.

War das wirklich eine gute Idee? Immerhin schien der Kalender einen überaus persönlichen Wert zu haben. Und noch dazu das viele Geld! Fünfhundert Euro waren schließlich kein Pappenstiel. Wie vertrauenswürdig waren solche Leute, die in einem Fundbüro arbeiteten? Würden sie das Filofax wirklich ordnungsgemäß archivieren und aufheben, bis sich derjenige, dem es gehörte, meldete?

Oder würden sie nicht vielmehr das Geld einstreichen und den Kalender dann achtlos in irgendein Regal werfen, in dem er zusammen mit anderen Lost-&-Found-Artikeln verstaubte und in Vergessenheit geriet? Wie viel verdiente man als Sachbearbeiter in einem Fundbüro? Ein Vermögen würde es mit Sicherheit nicht sein, so ein unverhoffter finanzieller Segen wäre da schon mehr als nur eine Versuchung.

Nein, die Sache mit dem Fundbüro war keine gute Idee. Immerhin hatte die Tasche an *seinem* Fahrrad gehangen, er war also quasi dafür verantwortlich, dass der Kalender sicher wieder zurück in die Hände desjenigen gelangte, in die er gehörte!

Nun stand Jonathan doch auf und setzte sich an seinen Computer. Denn er hatte einen brillanten Einfall.

An die »Hamburger Nachrichten«
Redaktion/Leserdienst
Per Mail

Hamburg, den 1. Januar

Wertes Redaktionsteam,

diesmal wende ich mich mit einer persönlichen Bitte an Sie: Bei meinem Alsterlauf heute früh habe ich an der Trimm-dich-Station Höhe Schwanenwik eine Tasche mit einem Terminkalender gefunden. Genaueres möchte ich dazu nicht schreiben, um damit die Gefahr zu minimieren, jemanden anzusprechen, der nur eine »Gelegenheit« wittert.

Sollte sich der rechtmäßige Besitzer bei Ihnen melden, möge er eine genaue Beschreibung von Terminkalender und Tasche abgeben, die Sie bitte an mich weiterleiten, dann lasse ich ihm seinen Kalender gern über Ihre Redaktion zukommen.

Es wäre überaus freundlich, wenn Sie diesen Aufruf in Ihrer nächsten Ausgabe abdrucken könnten!

Wie immer mit hochachtungsvollen Grüßen
Jonathan N. Grief

P. S.: Nochmals einen guten Rutsch ins neue Jahr!

6

Hannah

2 Monate zuvor,
29. Oktober, Sonntag, 13:24 Uhr

Simon war *nicht* tot. Aber so richtig lebendig wirkte er auch nicht, als Hannah zwei Minuten später im Schlafzimmer vor seinem Bett stand. Er lag unter mehreren Decken begraben, nur sein blasses, verschnupftes Gesicht lugte hervor, um ihn herum türmten sich unappetitliche Gebilde aus benutzten Taschentüchern, auf dem Nachttisch stapelten sich diverse Packungen Hustensaft und Halsschmerztabletten, dazwischen steckte ein Fieberthermometer.

»Was ist denn hier los?«, entfuhr es Hannah.

Ihr Freund blinzelte und gab ein verwundertes, schwaches »Hannah?« von sich, als sei ihm soeben der Heilige Geist erschienen. Schwer röchelnd setzte er sich auf und stützte sich mit beiden Ellbogen auf seinem Kopfkissen ab. »Wie kommst du denn hierher?« Seine Stimme zitterte.

War Hannah eben noch erschrocken über Simons miserablen Zustand, schlug ihre Sorge augenblicklich in Ärger um. Gleichzeitig erleichtert und erbost darüber, dass Simon offenbar doch nicht verschieden war, zog sie ihm mit einem Ruck die Decken weg. Darunter steckte der schwer Leidende in Sweatshirt und langer Skiunterhose.

»He!«, beschwerte er sich und schlang beide Arme um den Oberkörper.

»Ich glaub's ja wohl nicht!« Hannahs Stimme zitterte nun ebenfalls, allerdings vor Wut. »Du willst ernsthaft wissen, wie ich hierherkomme? Hast du vergessen, dass wir gleich die Rasselbande eröffnen?«

Mit einem Schlag wurde Simon noch blasser, als er ohnehin schon war. »Die Rasselbande? Oh nein!« Er ließ sich zurück aufs Kissen fallen.

»Oh doch!«

»Es tut mir leid!« Stöhnend setzte sich ihr Freund wieder auf und fuhr sich mit einer Hand durchs zerstrubbelte und klebrig aussehende Haar. »Ich wollte nur ein kurzes Nickerchen machen, aber dann muss ich richtig eingeschlafen sein. Ich … ich …« Er sah sie zerknirscht an und versuchte sich gleichzeitig an einem schiefen Grinsen, das allerdings gründlich misslang. »Wirklich, ich … es tut mir leid.«

»Ja, mir auch!«, gab Hannah immer noch wütend zurück. Allerdings nicht mehr ganz so aufgebracht, Simons Anblick war in der Tat erbärmlich. Shirt und Hose klebten ihm am Körper, er war komplett durchgeschwitzt.

Das Gefühl von Sorge gewann wieder die Oberhand, Hannah breitete die Decken erneut über ihm aus und setzte sich neben ihn aufs Bett.

»In einer halben Stunde geht's los, und ich warte seit elf Uhr auf dich.« Was eigentlich ein Vorwurf hätte sein sollen, klang selbst in ihren eigenen Ohren nur traurig und enttäuscht. Wie sollte sie auch jemanden einnorden, der so krank wirkte wie ihr Freund?

»In einer halben Stunde schon?« Simon machte Anstalten aufzustehen, doch Hannah drückte ihn an den Schultern sanft, aber bestimmt zurück.

»Bleib liegen. Ich sehe ja, wie beschissen es dir geht.«

»Das tut es leider wirklich.« Seufzend und stöhnend ließ er sich auf sein Kopfkissen sinken, seine Augenlider flatterten. »Und Fieber habe ich auch.«

»Wie hoch ist es denn?« Hannah schielte Richtung Thermometer auf seinem Nachttisch.

»Heute morgen waren es 38,2 Grad.«

»Nun ja.« Sie konnte sich ein Schmunzeln nicht verkneifen. »Ich denke, damit kommst du gerade noch durch, da müssen wir nicht sofort einen Rettungshubschrauber rufen.«

»Aber ich schwitze ohne Ende.« Es klang wie eine Rechtfertigung, wenn auch nur eine matte.

»Würde ich auch, wenn ich unter drei Daunendecken läge.«

»Mein Hals ist total geschwollen, guck mal!« Er legte sich beide Hände unters Kinn.

Hannah beugte sich vor und berührte Simons Hals. Tatsächlich war er ziemlich dick. »Stimmt«, sagte sie und zog die Stirn in Falten. »Tut es weh?«

Er schüttelte den Kopf. »Nicht sonderlich. Aber ich hab ungefähr zehn Halsschmerztabletten gelutscht.«

»War's so schlimm?«

Erneut verneinte er. »Eher präventiv.«

»Aha.« Sie fragte sich, ob es typisch Simon oder vielmehr typisch Mann war, sich trotz fehlender Beschwerden eine halbe Packung Medikamente reinzupfeifen. Allerdings konnten ein paar Salbeibonbons, wie Hannah anhand der Schachtel erkannte, wohl kaum größeren Schaden anrichten. Viel nützen würden sie auf der anderen Seite aber auch nicht.

»Ich fühle mich total schlapp und fertig«, setzte Simon sein Klagelied fort. »Mir tut alles weh und mir ist schwindelig. Vorhin habe ich es kaum zur Toilette geschafft, so wackelig bin ich auf den Beinen.«

»Dann schlaf dich am besten weiter aus«, sagte sie und stand auf. Für mehr Mitgefühl fehlte ihr die Zeit, Simons Radiowecker zeigte leuchtend an, dass es kurz nach halb zwei war. »Ich schnapp mir nur deinen Autoschlüssel und lade eben die Sachen in meinen Wagen um.«

»Nein, warte!« Ein weiteres Mal setzte er sich auf, allerdings noch langsamer als vorhin. »Gib mir zehn Minuten, dann komme ich mit!«

»Simon.« Hannah betrachtete ihn mit einer Mischung aus Fürsorge und Strenge. »Zum einen *habe* ich keine zehn Minuten – zum anderen wärst du mir in deinem Zustand echt keine Hilfe. Du hast doch gerade selbst gesagt, dass du kaum stehen kannst. Also bleib lieber hier.«

»Bist du sicher?« Schon während er das fragte, sackte sein Oberkörper wie in Zeitlupe zurück.

»Ja, absolut. Und jetzt muss ich los.«

»Nimm doch einfach meinen Wagen. Dann musst du nicht extra umräumen!«

»Dein Auto?« Sie glaubte, sich verhört zu haben. Simons alter Ford Mustang war für ihn so etwas wie eine heilige Kuh. Also, natürlich als Auto, nicht als Kuh.

»Klar«, erwiderte er, als sei es das Normalste der Welt,

wenn er Hannah ans Steuer seines persönlichen Heiligtums ließ. Bisher hatte er das nur ein einziges Mal getan. Das war vor gut einem halben Jahr an seinem fünfunddreißigsten Geburtstag gewesen, als er zu später Stunde versucht hatte, mit seinen besten Freunden Sören und Niels die Bar des »Hans-Albers-Eck« auf der Reeperbahn leer zu trinken. Es war ihnen nicht gelungen.

Allerdings hatte Simon, als er Hannah angerufen und angefleht hatte, ihn und seine Kumpels abzuholen, weil er den Mustang auf gar keinen Fall auf dem Kiez stehen lassen könne, so geklungen, als wären sie höchstens ein halbes Bier von einem erfolgreichen Missionsende entfernt geblieben.

Da war es halb fünf am Morgen gewesen und Hannah reichlich genervt, nachdem sie zwei Stunden zuvor allein mit der U-Bahn nach Hause gefahren war. Trotzdem hatte sie sich ein Taxi gerufen, war zur Reeperbahn gedüst und hatte ihren volltrunkenen Freund mitsamt seinen Kumpanen in Simons Mustang zu dessen Wohnung kutschiert, damit sie dort ihren Rausch ausschlafen konnten.

Die Kopfschmerzen, über die alle drei am nächsten Tag gejammert hatten, als Hannah gegen Mittag mit einer großen Brötchentüte und drei Litern Orangensaft im Tetrapack bei ihrem Freund aufgetaucht war, hatte sie ihnen gegönnt. Und sie hatte Simon verkündet, dass sie sich im nächsten Jahr, wenn ihr dreißigster Geburtstag anstand, gebührend bei ihm revanchieren würde.

Aber ernsthaft böse war sie ihm nicht gewesen, eigentlich erlebte sie Simon in den letzten Jahren viel zu selten ausgelassen und unvernünftig. Das war beim Tod seiner Mutter losgegangen und hatte sich durch die miese Stimmung in der Redaktion noch mal richtig gesteigert. Meistens war er nun bedächtig und sicherte sich – im Gegensatz zu früher – in jede Richtung fünfmal ab, was Hannah oft mit einem übertriebenen Augenrollen quittierte. Dass er keine drei Monate später seine Stelle verlieren würde … Das hatte ja niemand ahnen können.

»Dir muss es wirklich schlecht gehen«, stellte sie fest.

»Schlechter als schlecht«, sagte er und versuchte das nächste schiefe Grinsen. Diesmal gelang es. »Also, ab mit dir, bevor ich wieder so klar zu Verstand komme, dass ich begreife, was ich da gerade tue.«

»Okay, ich melde mich, wenn wir fertig sind«, antwortete Hannah eilig.

»Lass mich lieber anrufen, vielleicht schlafe ich bis morgen früh durch, damit ich schnell wieder fit werde.«

Für einen kurzen Moment regte sich in Hannah wieder ein Hauch von Misstrauen. Weshalb wollte er nicht, dass sie ihn anrief? Hatte er *doch* etwas zu verbergen und wollte von ihr nicht gestört werden?

Aber der Gedanke war vollkommen idiotisch, ein Blick auf sein blasses Gesicht reichte aus, um zu wissen, dass ihr Freund nichts außer einem ausgiebigen Gesundheitsschlaf im Schilde führte.

Schnell beugte Hannah sich noch einmal zu ihm hinunter und gab ihm einen Abschiedskuss. Eine Sekunde später war sie bereits aus der Tür und sprintete durchs Treppenhaus nach unten. Nur noch zwanzig Minuten. Jetzt musste Simons Pferdchen mal zeigen, was es unter der Haube hatte!

Herrn
Jonathan N. Grief
Per Mail

Hamburg, den 2. Januar

Sehr geehrter Herr Grief,

wir bedanken uns für Ihre Neujahrsgrüße und hoffen, dass auch Sie einen guten Start ins neue Jahr hatten.

Auch sind wir immer erfreut über aufmerksame Leser – und zu diesen zählen wir Sie bereits seit Langem – die uns ein Feedback auf unsere Arbeit geben und dabei auch auf den einen oder anderen Fehler hinweisen, der uns im täglichen und oft hektischen Redaktionsalltag unterlaufen kann.

Ihren Hinweis bezüglich des falsch gesetzten Apostrophs haben wir ohne Umwege ans Korrektorat weitergeleitet.

Was nun Ihren Suchaufruf für Tasche bzw. Terminkalender betrifft, tut es uns leid, Ihnen mitteilen zu müssen, dass wir in unserer Zeitung für so etwas keine Rubrik haben. Abgesehen davon, steht es Ihnen selbstverständlich frei, bei uns eine Anzeige zu schalten. Die Kontaktdaten der Anzeigenabteilung sowie eine Preisliste habe ich dieser Mail angehängt.

Ich persönlich würde Ihnen empfehlen, sowohl Tasche als auch Kalender beim örtlichen Fundbüro abzugeben. Übers Internet lässt sich die zuständige Stelle sicherlich leicht ermitteln.

Mit herzlichen Grüßen

Gunda Probst
Leserdienst »Hamburger Nachrichten«
Von Hamburgern – für Hamburger!

7

Jonathan

2. Januar, Dienstag, 11:27 Uhr

So, so. Man hatte »für so etwas« also keine Rubrik bei den Hamburger Nachrichten? Während Jonathan noch beiläufig den Kommafehler im zweiten Absatz begutachtete, juckte es ihm auch schon in den Fingern, dieser Pute Gunda Probst vom Leserdienst zurückzuschreiben und sie zu fragen, wie genau der Slogan ihrer Zeitung »Von Hamburgern – für Hamburger!« zu verstehen war, wenn nicht damit, dass sich eben um genau solche Anliegen wie dem von ihm geschilderten gekümmert wurde?

Aber er ließ es bleiben und schloss stattdessen verärgert sein Mailprogramm. Ins Fundbüro! Für wie dämlich hielt diese Gundula Gaukel ihn eigentlich? Als wäre er auf diese Idee nicht schon längst selbst gekommen!

Er klappte sein Notebook zu und betrachtete nachdenklich das Filofax, das daneben auf seinem Schreibtisch lag. Schlug es noch einmal auf.

Diese Handschrift! Nicolino.

Ihm kam ein Gedanke. Ein ungeheuerlicher. Ein nahezu abenteuerlicher.

Schnell klappte er den Kalender wieder zu. Das war ja Schwachsinn! Warum sollte ihm seine Mutter die Tasche mit dem Filofax ans Fahrrad gehängt haben? Nach all den Jahren der absoluten Funkstille? Das hieße ja nicht nur, dass sie in Hamburg war, sondern auch, dass sie ihren Sohn beobachtet und sich seinetwegen auf die Lauer gelegt haben musste.

Nein, nein, Schwachsinn.

Jonathan N. Grief schob mit einem Ruck seinen Schreibtischstuhl zurück und stand auf. Er hatte jetzt Wichtigeres zu tun, sein Geschäftsführer Markus Bode erwartete ihn um zwölf Uhr zu einer Besprechung.

Schon am Morgen hatte Bodes Sekretärin angerufen und diesen »dringenden Termin« vereinbart. Jonathan fragte sich, was so eilig sein konnte – schließlich war er erst vor vier Wochen zur Weihnachtsfeier im Verlag gewesen. Was sollte in der Zwischenzeit und über die Feiertage schon groß passiert sein?

Pünktlich wie immer betrat Jonathan die weiße Gründerzeitvilla an der Elbe, die sich bereits seit Generationen im Familienbesitz befand und bis heute die rund siebzig Mitarbeiter von Griefson & Books beheimatete.

Hier hatte sein Ururgroßvater Ernest Grief den Verlag vor beinahe hundertfünfzig Jahren gegründet – und wie immer, wenn Jonathan die mit blauem Teppich verkleideten Stufen der Freitreppe in den 1. Stock erklomm, beschlich ihn ein Gefühl, das irgendwo zwischen Ehrfurcht, Stolz und Unbehagen anzusiedeln war.

Am obersten Absatz, dort, wo die Ölporträts seiner Vorgänger – Ernest Grief, Urgroßvater Heinrich, Großmutter Emilie (man hatte seinerzeit im Kreißsaal eigentlich einen »Emil« erwartet, sich nach der ersten Überraschung aber flexibel gezeigt) und Vater Wolfgang – an der Wand prangten, erreichte dieses Gefühl meist seinen Höhepunkt, um sich hinter der Glastür, die auf der linken Seite zum Büro des Verlegers (also zu seinem) führte, wieder zu verflüchtigen.

»Ein frohes neues Jahr, Herr Grief!«, wurde er von seiner Sekretärin Renate Krug begrüßt, die bei seinem Eintreten gerade dabei war, einen Gummibaum abzustauben. Sie ließ von Bäumchen und Staubtuch ab, kam auf ihn zu und reichte ihm die rechte Hand, während sie mit der linken ihre Brille zurechtrückte und danach mit einem flinken und unauffälligen Griff erst den Sitz ihres dunkelbraunen Kostüms, dann den ihrer Frisur überprüfte.

Wie üblich war ihr schlohweißes Haar zu einer akkuraten Banane hochgesteckt, und auch die Tatsache, dass Renate Krug die sechzig bereits überschritten hatte, änderte nichts daran, dass sie eine sehr, sehr schöne Frau war.

»Das wünsche ich Ihnen auch, Frau Krug!«, erwiderte Jonathan und schenkte ihr sein freundlichstes Lächeln, bevor er ihr zunickte und mit einem »Herr Bode kann dann kommen« in seinem Büro verschwand.

»Ich sage ihm Bescheid«, rief sie, und schon konnte Jonathan hören, wie sie auf ihrem Schreibtisch zum Telefon griff.

Solange er denken konnte – und das war ziemlich lange –, war Renate Krug für seinen Vater tätig gewesen. Nach dessen Ausscheiden hatte Jonathan sie als Assistentin übernommen, und manchmal tat es ihm fast leid, dass sie unter ihm kaum etwas zu tun hatte. Obwohl sie mittlerweile freitags schon am Mittag gehen durfte und montags komplett frei hatte, war ihre 28-Stunden-Woche mit höchstens fünfzehn Stunden tatsächlicher Arbeit erfüllt. Wenn überhaupt.

Andererseits stand Renate Krug mittlerweile selbst kurz vor der Pensionierung, da konnte sie sich vermutlich glücklich schätzen, ihre letzten Jahre als Berufstätige damit zu verbringen ... damit ... damit ... Gummibäume abzustauben. Und ansonsten den herrlichen Ausblick auf die Elbe zu genießen.

Genau das tat Jonathan nun auch, während er auf das Erscheinen seines Geschäftsführers wartete. Er blickte durch die großen Sprossenfenster hinaus aufs Wasser, wo gerade ein riesiges Containerschiff vorüberzog. Ein paar kreischende Seemöwen begleiteten den Kahn stromabwärts Richtung Elbmündung, und Jonathan fragte sich kurz, wohin die Reise wohl gehen würde. Und hatte – ebenfalls nur kurz – den Eindruck, unten am Ufer ein Schwanenpaar zu sehen.

Bei genauerer Betrachtung entpuppten sich die Tiere allerdings als zwei herumfliegende weiße Plastiktüten, weshalb Jonathan sich schulterzuckend abwandte, zu der Besprechungsecke neben seinem Schreibtisch ging und schon einmal Platz nahm.

»Klopf, klopf!« Markus Bode stand in der Tür, hielt eine Aktentasche unterm Arm und schlug mit den Knöcheln gegen den Rahmen.

Jonathan erhob sich wieder und ging ein paar Schritte auf ihn zu.

»Ein gutes neues Jahr wünsche ich Ihnen!«, sagte Bode, während sie sich mit festem Händedruck begrüßten.

»Ihnen auch!« Jonathan registrierte, dass sein Geschäftsführer etwas mitgenommen aussah. Wirkte der Enddreißiger sonst immer wie aus dem Ei gepellt, beinahe schon übertrieben gepflegt in seinem stets gut sitzenden Anzug und mit blonden, ordentlich zur Seite gescheitelten Haaren, fielen Jonathan nun der Dreitagebart, die tiefen Ringe unter Bodes Augen und das leicht zerknitterte Hemd auf. Kurz: Er sah nicht gut aus, überhaupt nicht. Und schien etwas auf dem Herzen zu haben.

»Tja«, kam er dann auch ohne Umschweife zur Sache, sobald sie sich gesetzt hatten. »Wir haben ein Problem!«

»Das da wäre?«

Bode öffnete seine Aktentasche, nahm einen Stapel Papier heraus und legte ihn vor Jonathan auf den Tisch. »Ich bin während der Feiertage«, erklärte er, »schon einmal die vorläufigen Quartalsergebnisse durchgegangen und habe mich zudem ausführlich mit der Planung für die nächsten Monate beschäftigt.«

»Warum tun Sie so etwas?«

Er sah ihn verständnislos an. »Was meinen Sie?«

»Während der Feiertage über die Arbeit nachdenken. Da sollen Sie sich doch erholen und Zeit mit Ihrer Familie verbringen.« Jonathan wusste, dass sein Geschäftsführer eine überaus reizende Frau und zwei kleine Kinder hatte.

»Äh«, erwiderte Markus Bode. Und sah dabei noch ein bisschen verständnisloser aus. »Na ja, ich bin der Geschäftsführer von Griefson & Books. Da hat man andere Arbeitszeiten als die Allgemeinheit, das gehört zum Job.«

»Sicher«, pflichtete Jonathan ihm bei. »Aber denken Sie an Ihre Gesundheit. Auch ein Geschäftsführer muss mal ausspannen.«

»Nicht wenn er feststellt, dass wir unsere Umsatzplanung im vergangenen Quartal um dreißig Prozent verfehlt haben.« Er hüstelte, schlug die Augen nieder und fügte dann etwas leiser hinzu: »Und wenn er gerade von Frau und Kindern verlassen wurde, dann braucht er freie Tage auch nicht unbedingt.«

»Oh.« Nun war es an Jonathan, verständnislos dreinzublicken.

»Hm, tja.«

»Das ist ja nicht schön.« Selbst in Jonathans eigenen Ohren klang der Kommentar grauenhaft unbeholfen. Aber er wusste nicht so recht, was er dazu sonst sagen sollte. Markus Bode und ihn verband ein zwar gutes, aber rein geschäftliches Verhältnis, und diese persönliche Offenbarung überforderte ihn.

»So ist es eben.« Bode sackte noch ein wenig mehr in sich zusammen.

»Sollen wir …« Jonathan stockte und überlegte, was genau er eigentlich sagen wollte. Was sagte man in so einer Situation? Was hatten seine Freunde zu ihm gesagt, als er sie vom Ende seiner Ehe mit Tina unterrichtet hatte?

Gar nichts, rief er sich in Erinnerung. Er hatte damals niemanden »unterrichtet«, sondern sich ganz allein mit der neuen Situation arrangiert. So eng, dass er den Wunsch verspürt hätte, jemanden an seiner privaten Bankrotterklärung teilhaben zu lassen, war er ohnehin mit niemandem. Wenn man einmal von Thomas absah. Aber aus naheliegenden Gründen war der in diesem Fall als Seelentröster ausgeschieden.

Erst später, als die Trennung bereits vollzogen war, hatten sich ein paar Bekannte nach seinem Befinden erkundigt, wobei es vornehmlich um die finanzielle Regelung zwischen Tina und ihm gegangen war. Und die war ja absolut unproblematisch gewesen.

Markus Bode sah ihn abwartend an, offenbar in der Annahme, dass sein Chef seinen »Sollen-wir«-Satz vollenden würde.

»Sollen wir«, setzte Jonathan erneut an, fieberhaft auf der Suche nach den richtigen Worten, »vielleicht ein Bier trinken gehen?«

»Ein Bier?«

»Ja, ein Bier!« Obwohl Jonathan kaum Alkohol trank – wenn, dann nur hin und wieder ein gutes Glas Rotwein –, schien ihm dieser Vorschlag passend. Männer, die von ihren Frauen verlassen worden waren, gingen Bier trinken, nicht wahr?

»Es ist gerade mal zwölf Uhr!«

»Richtig«, stimmte Jonathan ihm zu. Die Idee war vielleicht doch nicht so gut.

»Ich denke, wir sollten lieber über die Zahlen reden.« Bode schien innerlich die Schultern zu straffen, schlagartig wirkte er nicht mehr so zerzaust.

»Gut.« Heimlich atmete Jonathan auf, Zahlen waren ihm dann doch lieber als ein Männergespräch.

»Wie schon gesagt, haben wir unsere Planung um dreißig Prozent verfehlt.« Sein Geschäftsführer tippte mit dem Zeigefinger der rechten Hand auf die Unterlagen auf dem Tisch. »Das ist eine ziemliche Katastrophe.«

»Konnten Sie schon die Gründe dafür analysieren?«

»Zum Teil«, erwiderte Markus Bode. »Wie Sie wissen, hat die gesamte Branche mit sinkenden Umsätzen zu kämpfen. Dazu kommt noch, dass die Verkaufszahlen unseres wichtigsten Autors Hubertus Krull langsam zurückgehen und er aufgrund seiner schweren Erkrankung bis auf absehbare Zeit keine neuen Titel liefern wird«, erläuterte er näher. »Auf die Backlist können wir also nicht mehr setzen, ohne einen neuen Roman von ihm werden die alten Bücher nicht wieder anziehen.« Jonathan nickte bedächtig. Krull hatte noch seine Großmutter Emilie akquiriert, weil sie ihn damals zielsicher als Hoffnungsträger der deutschen Nachkriegsliteratur erkannt und ihn dann als internationalen Bestsellerautor etabliert hatte.

»Außerdem haben wir uns mit einigen Titeln schwer verkalkuliert.«

»Verstehe«, sagte Jonathan. »Mit welchen denn?«

»Zum Beispiel«, Bode nahm den Papierstapel zur Hand, fächerte ihn auf und zog schließlich ein einzelnes Blatt daraus hervor, »mit dem hier.« Er legte seinem Chef die Seite hin.

Jonathan warf einen Blick darauf. »›Die Einsamkeit der Milchstraße‹?«, rief er überrascht aus. »Der war doch im vorigen Jahr für den deutschen Buchpreis nominiert!«

»Mag sein«, gab sein Geschäftsführer ungerührt zurück. »Aber nicht nur, dass wir den Titel viel zu teuer eingekauft haben – von den dreißigtausend Exemplaren, die wir nach der Nominierung gedruckt haben, liegen noch siebenundzwanzigtausend auf Lager. Und die ersten Buchhändler schicken uns bereits Remittenden zurück.«

»Hm. Woran liegt's?«

»Daran, dass die Leute es nicht lesen wollen, würde ich sagen.«

»Aber das ist ein großartiger Roman!« Jonathan hatte das Manuskript gelesen, weil Bode vor dem Erwerb der Rechte seine Meinung hatte hören wollen. Er war absolut überzeugt davon gewesen, »Die Einsamkeit der Milchstraße« war in seinen Augen ein wichtiges literarisches Werk, geschrieben nach allen Regeln der Kunst.

»Das sehen Sie so, und das sehe ich so – aber die Leser wollen eben alle lieber einen dieser Erotikschinken oder einen Grisham.« Er seufzte. »Denk ich an Deutschland in der Nacht, dann bin ich um den Schlaf gebracht.«

»In der Tat.« Jonathan unterließ es, Bode darauf hinzuweisen, dass er – wie so viele – Heinrich Heines »Nachtgedanken« im falschen Kontext zitiert hatte. Der Dichter hatte diese Verse im Pariser Exil verfasst und damit sein Heimweh und vor allem die Sehnsucht nach seiner Mutter zum Ausdruck gebracht und nicht die politische Lage in Deutschland kritisieren wollen. »Was schlagen Sie also vor?«

»Das möchte ich eigentlich Sie fragen.«

»Mich?«

»Nun ja, Sie sind der Verleger.«

»Und Sie der Fachmann«, gab Jonathan reflexartig zurück.

Bode hüstelte in einer Mischung aus Verlegenheit und Stolz. »Das stimmt. Nur kann ich nicht im Alleingang die zukünftige Marschroute von Griefson & Books festlegen.«

»Gemach, gemach«, warf Jonathan ein. »So wenig, wie eine Schwalbe noch keinen Sommer macht, macht ein Misserfolg noch keinen Untergang. Wir müssen also nicht gleich von einer ›neuen Marschroute‹ sprechen.«

»Von *einem* Misserfolg kann leider keine Rede sein.« Er schob seinem Chef über den Tisch ein paar weitere Blätter zu. »Es betrifft vielmehr unser gesamtes Programm. Und das schon seit einiger Zeit, nur habe ich mir das bisher immer mit den branchenüblichen Schwankungen erklärt. Außerdem konnten wir mit Hubertus Krull immer noch vieles rausreißen. Jetzt allerdings wird es dringend Zeit für eine neue Strategie.«

»Hm.« Jonathan lehnte sich in seinem Sessel zurück. »Wenn Sie es sagen. Nur müsste ich darüber schon eine Weile nachdenken.«

»Natürlich meine ich nicht, dass wir von heute auf morgen unser gesamtes Portfolio umstellen sollen«, gab Bode ihm recht. »Aber ich hielt es für unablässig, Sie auf die aktuelle Entwicklung hinzuweisen. Damit wir sie im Auge behalten und zeitnah darauf reagieren können.«

»Ja, ja«, Jonathan nickte, »sehr gut. Dann weiß ich jetzt Bescheid.«

Eine Weile saßen beide schweigend da, jeder hing seinen eigenen Überlegungen nach. Jonathan musste interessanterweise wieder an den jungen Mann von der Alster denken, der ihn so an Harry Potter erinnert hatte. Was der wohl gern las? Vielleicht hätte er ihn fragen sollen!

»Nun«, sagte Markus Bode irgendwann in die Stille hinein. »Dann werde ich mal wieder … Die Unterlagen lasse ich Ihnen zur Durchsicht hier.« Er erhob sich.

»In Ordnung«, antwortete Jonathan und tat es ihm gleich. »Vielen Dank, dass Sie mich informiert haben!« Sie schüttelten sich die Hände. Etwas länger als üblich. Und wieder fragte Jonathan sich, ob es wohl angebracht war, noch etwas zu sagen. Irgendwas. »Dann hoffe ich mal, dass sich bei Ihnen bald wieder alles einrenkt«, erklärte er schließlich und klopfte Markus Bode mit der freien Hand ungelenk auf die Schulter.

»Vielen Dank«, sagte Bode. »Ich hoffe nur, meine Frau kommt nicht zurück.«

»Wie bitte?«

»Das war ein Scherz.«

Kopfschüttelnd blickte Jonathan seinem Geschäftsführer nach, als der aus seinem Büro trottete.

Seltsamer Humor!

8

Hannah

2 Monate zuvor,
30. Oktober, Montag, 10:47 Uhr

»Die gute Nachricht zuerst: Dein Auto steht wohlbehalten und ohne jeden Kratzer unten vor deiner Haustür.«

»Oh nein!«, rief Simon und riss Hannah abrupt in seine Arme. »Es tut mir sooo leid!«, schluchzte er an ihrem Ohr und drückte sie so fest an sich, dass sie kaum noch Luft bekam. »Wirklich, ich kann dir gar nicht sagen, wie sehr!«

Sie befreite sich aus seiner Umklammerung. »Wieso? Hätte ich ihn zu Schrott fahren sollen?« Nur mit Mühe konnte sie ein Prusten unterdrücken.

»Das meine ich doch nicht!«, gab ihr Freund prompt zurück. »Aber wenn das die gute Nachricht ist, dann lautet die schlechte wohl, dass eure Eröffnung ein totaler Reinfall war. Ich Idiot!« Er schlug sich mit der flachen Hand vor die Stirn.

»Nö.« Nun grinste sie breit. »Sie war ein voller Erfolg!«

»Aber du hast eben gesagt, dass du mit der ›guten Nachricht‹ anfängst!«

»Richtig. Und danach kommt die sehr gute!« Hannah lachte ihn fröhlich an.

»Aha.« Simon schüttelte den Kopf. »Dann lass uns mal

in die Küche gehen, ich hab mir gerade einen Tee aufgesetzt.« In Bademantel und Hausschuhen schlurfte er vor ihr her durch den Flur, insgesamt machte er jedoch trotz seines »Hilfe-ich-bin-krank!«-Outfits schon einen wesentlich besseren Eindruck als am Tag zuvor. Immerhin stand er aufrecht und konnte eigenständig gehen. Gut so, denn Hannah hatte etwas mit ihm vor.

»Also, dann erzähl mal«, forderte Simon sie auf, während Hannah auf einem seiner Charles-Eames-Stühle Platz nahm und er ihr eine Tasse Tee einschenkte.

»Über den Tag verteilt waren mehr als hundert Kinder mit ihren Eltern da!«, legte sie sofort begeistert los. »Wir sind bis Weihnachten so gut wie ausgebucht und müssen unseren Plan, erst ab nachmittags Events anzubieten, vermutlich direkt verwerfen und schon vormittags Programm machen. Die Nachfrage ist wirklich unfassbar, die Leute haben uns die Anmeldeformulare regelrecht aus den Händen gerissen!«

»Das ist ja großartig!« Simon bedachte sie mit einem anerkennenden Blick. »Ich muss zugeben, das hätte ich nicht erwartet!«

»Und ich hab erwartet, dass du das nicht erwartet hast.«

»Wieso das?«

»Na, rat mal!«

»Blödfrau!«, erwiderte er grinsend.

»Außerdem klingt ›zugeben‹ irgendwie so negativ«, schob sie noch hinterher.

»Häh?«

»Ich meine, dass du *zugeben* musst, dass du das nicht erwartet hast.«

»Das verstehe ich jetzt nicht.«

»Vergiss es.« Sie macht eine wegwerfende Handbewegung und lachte ihn erneut an. »Besonders toll fanden die Kinder übrigens die Sache mit den Luftballons.«

Simon seufzte erleichtert. »Dann habt ihr es also noch geschafft, die Dinger rechtzeitig aufzupusten?«

»Quatsch«, erwiderte Hannah. »Dafür war ich viel zu spät zurück im Laden, wir haben gerade so eben noch das Plastikgeschirr aufs Büfett werfen und die Getränkekisten hinstellen können, bevor die ersten Besucher kamen.«

»Aber …«

»Es war genial!«, erzählte sie weiter. »Wir haben die Ballons zusammen mit den Kids aufgeblasen – das war das absolute Highlight, jeder wollte mal an die Heliumflasche ran! Und als die Kinder dann entdeckt haben, dass man mit dem Luftballongas lustige Mickey-Mouse-Stimmen machen kann, waren sie überhaupt nicht mehr zu bremsen.« Sie verstellte ihre Stimme und zupfte sich dabei am nicht vorhandenen Adamsapfel. »Hallo, ich bin die kleine Hannah!«

»Dann war es also gar nicht schlimm, dass ich die ganze Sache so verbaselt habe?«, hakte Simon nach und sah sie unsicher an, als würde er auf das dicke Ende warten.

»Im Gegenteil, besser hätte es gar nicht laufen können!«

Nun grinste ihr Freund ebenfalls. »Womit deine Lieblingsthese, dass alles für irgendwas gut ist, mal wieder untermauert wäre.«

»Exakt, mein Schatz.« Sie beugte sich zu ihm vor und drückte ihm einen dicken Schmatzer auf seine rote Nase. »Und noch dazu hast du uns nicht im Weg rumgestanden und alles durcheinandergebracht. Damit war es also quasi für alle eine Win-win-Situation.«

»Was soll denn das heißen?« Er gab sich gespielt beleidigt.

»Gar nichts.« Sie gab ihm noch einen Kuss, diesmal direkt auf seinen schmollenden Mund. »Ich bin einfach nur saufroh, weil alles so prima gelaufen ist. Lisa und ich müssen uns sofort nach einer oder zwei Aushilfen umsehen, allein können wir die Anfragen gar nicht bewältigen.«

»Nun macht mal halblang«, wandte Simon ein, »eine Anfrage ist noch keine verbindliche Buchung.«

»Argh!« Hannah verdrehte die Augen und boxte Simon gegen die Schulter. »Du schon wieder. Verschone mich bitte mit deinen negativen Vibes, du verpestest die Luft!«

»Ich meine doch nur, dass ihr bei aller Euphorie nicht gleich übermütig werden solltet.«

»Keine Sorge. Fürs Ausbremsen habe ich ja dich.«

»Ha, ha. Vielen Dank!«

»Mal im Ernst«, sie griff nach seinen Händen und drückte sie, »mach dir nicht so viele Sorgen. Du weißt doch: Sich Sorgen zu machen ist wie ein Schaukelstuhl – man ist zwar beschäftigt, aber man kommt nicht voran.«

»Den Satz hast du irgendwo geklaut!«

»Stimmt«, gab sie zu. »Ich weiß allerdings nicht mehr, wo, also ist er jetzt meiner!«

»Ich mache mir doch gar keine Sorgen«, behauptete Simon und streichelte mit dem Daumen ihre Finger. »Aber ich will auch nicht, dass du enttäuscht wirst. Und das kann eben passieren, wenn man immer nur von der besten aller Möglichkeiten ausgeht.«

»Das ist wieder typisch für dich. Ich erzähle dir, wie super alles lief – und du sprichst von Enttäuschung.«

»Ach, na ja«, er hob entschuldigend die Hände. »Wahrscheinlich bin ich einfach nur mies drauf.«

»Das glaube ich auch«, stimmte Hannah ihm zu. »Und deshalb finde ich, dass wir das energisch ändern müssen.« Sie stand auf. »Also los!«

»Los? Wohin?«

»Ab unter die Dusche – danach fahren wir zur Rasselbande!«

»Jetzt?« Er sah sie entgeistert an.

»Ja«, erwiderte sie lapidar. »Die Schonzeit ist vorbei, und ich hab dir doch gesagt, wie dringend wir Unterstützung brauchen.«

»Hannah, ich bin immer noch erkältet!«

»Das macht nichts.« Sie grinste ihn an. »99 Prozent aller Kleinkinder haben bis zu zehn Erkältungsinfekte im Jahr – da fällst du gar nicht weiter auf! Und wir haben jede Menge Kleenex-Boxen.«

»Das soll wohl hoffentlich ein Witz sein!«

»Nicht im Geringsten, du brauchst nämlich etwas, das dich aus deinem Leidensmodus reißt.« Sie lachte ihn an. »Ein bisschen Spaß muss sein, also stell dich nicht so an und komm mit zur Rasselbande. Das wird dir guttun, wirst du schon sehen!«

»Äh, und was bitte soll ich da machen?«

»Erst zusammen mit Lisa und mir weiter aufräumen – und um zwei Uhr brauchen wir tatsächlich einen Clown.«

9

Jonathan

2. Januar, Dienstag, 15:10 Uhr

Eigentlich hatte Jonathan den Antrittsbesuch zum neuen Jahr bei seinem Vater erst am Donnerstag erledigen wollen. Aber nach dem Gespräch mit Markus Bode hatte er spontan beschlossen, gleich heute im Pflegeheim Sonnenhof vorbeizuschauen.

Zwar war ihm klar, dass er mit seinem Vater nicht über die neuesten Entwicklungen im Verlag würde reden können – zum einen war Wolfgang Grief geistig überhaupt nicht mehr in der Lage zu solchen Gesprächen, zum anderen hätten sie ihn, selbst wenn er sie noch hätte führen können, viel zu sehr aufgeregt –, aber nachdem Jonathan vorhin eine halbe Stunde lang in der Hoffnung auf eine Eingebung vor dem Porträt seines Vaters gestanden und stumm mit ihm diskutiert hatte, hatte er urplötzlich eine Art Sehnsucht nach seinem alten Herrn verspürt.

Jonathan lenkte seinen dunkelgrauen Saab über die breite weiße Kieseinfahrt, die zum Sonnenhof führte. Das moderne Gebäude machte seinem Namen heute alle Ehre: Im herrlichsten Sonnenschein, den man sich an einem Hamburger Januartag überhaupt vorstellen konnte, thronte der Glaspalast an einem Hang hoch über der

Elbe, das Licht spiegelte sich in den vielen großen Panoramascheiben und brach sich hier und da in glitzernden Reflexen. Bei solchem Wetter konnte man bis weit hinüber auf die andere Seite des Flusses sehen, mit dem Airbus-Gelände zur Linken, dem Alten Land mit seinen weitläufigen Obstplantagen zur Rechten.

Mehr als einmal hatte Jonathan sich gefragt, ob sein Vater überhaupt noch einen Sinn für die Schönheit seiner Umgebung hatte. Denn meist saß er einfach in einem Ohrensessel in seinem Zimmer und lauschte über Kopfhörer mit geschlossenen Augen den Kompositionen von Beethoven, Wagner und Bach.

Dabei war er umgeben von Relikten vergangener Zeiten. Die Einrichtung hatte eine Spedition seinerzeit eins zu eins aus der Verlegervilla ins Heim geschafft; die Handwerker hatten seine Biedermeiermöbel aufgestellt und den antiken Sekretär, an dem Wolfgang Grief nicht mehr saß, ans Fenster gerückt; hatten die hohen Regale aufgebaut und die umfassende Bibliothek mit Hunderten von Büchern, die er nicht mehr lesen wollte oder konnte, nach einem vorgegebenen System eingeräumt sowie die gerahmten Fotos, die er nicht mehr betrachtete, auf dem Sims des unechten Kamins verteilt.

Einzig Bett und Sessel wurden von Wolfgang Grief noch genutzt, so auch heute. Nachdem Jonathan angeklopft hatte und eingetreten war, musste er seinen Vater zuerst auf sich aufmerksam machen. Jedes Mal, wenn er ihn da sitzen sah, vollkommen in die Musik versunken, zögerte Jonathan kurz, ob er ihn überhaupt stören sollte. So friedlich, so entspannt sah er aus, nahezu der Welt entrückt. Keine Spur mehr von dem Mann, den der eine oder andere Verlagsmitarbeiter in früheren Zeiten hinter vorgehaltener Hand als »Despot« oder als »verrückten Patriarchen« bezeichnet hatte.

Nein, der Mann, der dort mit geschlossenen Augen im Sessel hockte, war einfach nur ein harmloser Opa, der mit zitternden Fingern für seinen (nicht vorhandenen) Enkel ein Karamellbonbon aus knisterndem Goldpapier wickelte. Sein dichtes Haar hob sich schlohweiß vom Dunkelrot des Polsters ab, er trug Rollkragenpullover und eine karierte Strickjacke, dazu beigefarbene Cordhosen, seine Füße steckten in dunkelgrauen Filzpantoffeln.

Zu seiner vollen Größe aufgerichtet, maß Wolfgang Grief früher an die 1,90 Meter, aber zum einen war er mittlerweile schon ein ganzes Stück geschrumpft, zum anderen ließ seine Sitzhaltung nichts davon erahnen, dass er die meisten Männer seines Alters normalerweise überragte. Er war noch immer so schlank wie in jungen Jahren, genau genommen wirkte er nun, mit dreiundsiebzig, schon ansatzweise klapprig.

Jonathan spürte ein wenig Traurigkeit in sich aufsteigen. Wie würde es ihm selbst mit über siebzig ergehen? Würde auch er der geistigen Umnachtung anheimfallen und in einer Altersresidenz landen? Mit seinem Sohn – von Renate Krug, die ihrem früheren Chef noch immer treu ergeben war, mal abgesehen – als einzigem Besuch, der sich hin und wieder blicken ließ?

Nein, die Wahrheit war ja noch viel deprimierender, denn bisher sah es nicht danach aus, als würde Jonathan später wenigstens Besuch von einem Sohn bekommen. Oder von einer Tochter. Oder auch nur von Renate Krug.

Die Existenz von Hertha Fahrenkrogs Daphne erschien ihm plötzlich in verständlicherem Licht.

»Hallo, Papa«, sagte er leise und tippte Wolfgang Grief vorsichtig auf die Schulter, ehe er sich weiter in trüben und nicht im Geringsten zielführenden Gedanken verlieren konnte.

Sein Vater schlug die Augen auf. Sie waren klar und stahlblau wie die von Jonathan, nichts an ihnen ließ auch nur ansatzweise auf den verwirrten Zustand schließen, der hinter ihnen lag.

Für den Bruchteil einer Sekunde fühlte Jonathan sich wieder in seine Kindheit zurückversetzt. Wie sehr hatte er sich als Junge vor dem unerbittlichen Blick seines Vaters gefürchtet, hatte sich von seinen strengen Augen bis in den hintersten Winkel seiner Seele durchleuchtet gefühlt.

»Wer sind Sie denn?«, fragte Wolfgang Grief verwundert, während er die Kopfhörer absetzte. Leise wisperten die Klänge von Bachs »Air« aus den Ohrmuscheln, die er nun in seinen von Altersflecken überzogenen Händen hielt. Abrupt fiel das soeben noch heraufbeschworene Bild vom strengen Vater mit unversöhnlicher Miene in sich zusammen, zerplatzte wie eine Seifenblase.

»Ich bin's, Jonathan«, antwortete er, zog sich einen Stuhl heran und setzte sich. »Dein Sohn.«

»Das weiß ich doch!«, bellte sein Vater ihn mürrisch an, als hätte er nicht genau danach soeben gefragt.

»Dann ist es ja gut.«

»Und was willst du hier?«

»Dich besuchen.«

»Bekomme ich etwa jetzt schon Mittagessen?« Er zog die Stirn in Falten. »Hoffentlich nicht wieder so eine

Pampe wie gestern! Die können Sie dann gern selbst essen, das Zeug rühre ich auf keinen Fall noch einmal an!«

»Nein, Papa.« Jonathan schüttelte den Kopf. »Ich bringe dir nicht dein Essen. Mittag ist auch schon lange vorbei. Ich bin dein Sohn und will dich nur besuchen.«

»Sind Sie der neue Arzt?« Jetzt bedachte Wolfgang Grief ihn mit einem misstrauischen Blick.

Erneut schüttelte Jonathan den Kopf. »Nein, ich bin dein Sohn. Jonathan.«

»Mein Sohn?«

»Ja.«

»Ich habe keinen Sohn.«

»Doch, Papa, hast du.«

Sein Vater drehte den Kopf zur Seite und sah aus dem Fenster rüber zur Elbe. Eine ganze Weile saß er nur so da, schweigend, seinen Gedanken nachhängend, und kaute auf seiner Unterlippe herum. Dann wandte er sich wieder Jonathan zu.

»Sind Sie der neue Arzt?«

»Nein«, wiederholte Jonathan. »Ich bin dein Sohn.«

»Mein Sohn?« Nun klang Wolfgang Grief verwirrt. Sekunden später lächelte er fast ein bisschen tumb. »Ja, natürlich, mein Sohn!« Er legte eine Hand auf Jonathans und tätschelte sie.

»Genau«, pflichtete Jonathan ihm erleichtert bei und tätschelte zurück, auch wenn sich das für ihn merkwürdig anfühlte. »Und ich wollte dich besuchen. Heute ist der zweite Januar, ein neues Jahr hat begonnen. Da wollte ich nur wissen, ob du gut reingekommen bist.«

Jetzt zeigte das Mienenspiel seines Vaters Überraschung. Die eine Sekunde später in Entsetzen umschlug. »Was?«, schrie er so aufgebracht, dass Jonathan erschrocken zusammenzuckte. »Ein neues Jahr?« Er machte Anstalten, sich aus seinem Sessel zu erheben.

»Bleib sitzen«, sagte Jonathan und drückte ihn an den Schultern zurück.

»Aber ich muss los!«, rief er und stemmte sich seinem Sohn mit erstaunlicher Kraft entgegen.

»Wo willst du denn hin?« Jonathan hatte Mühe, seinen alten Herrn im Sessel zu halten.

»In den Verlag natürlich! Die warten schon alle auf mich!« Er unternahm einen weiteren Versuch aufzustehen.

»Nein, Papa«, sagte Jonathan und umklammerte immer noch seine Schultern, »es ist alles gut, mache dir keine Sorgen.«

»Papperlapapp!«, fuhr Wolfgang Grief ihn an. »Ich bin nicht da, wo ich sein sollte, wie kann da alles gut sein?«

»Ich war vorhin im Verlag«, erklärte Jonathan so ruhig wie möglich. »Renate Krug und Markus Bode haben alles im Griff.«

»Ach, die Renate.« So schnell Wolfgangs Griefs Erregung gekommen war, so schnell verpuffte sie und wich erneut einem friedlichen Lächeln. »Die gute Seele!«

Jonathan nickte. »Ja, das ist sie.«

»Du musst mich unbedingt daran erinnern, dass ich für sie noch Blumen kaufe«, sagte sein Vater und zwinkerte seinem Sohn zu. »Renate Krug bekommt zum Jahresanfang immer einen Strauß von mir, schon seit Jahren. Weiße Nelken, die liebt sie ganz besonders.«

»Ich weiß«, erwiderte Jonathan. Mit Schrecken fiel ihm ein, dass er diese Tradition, die er von seinem Vater übernommen hatte, heute komplett vergessen hatte. Gedanklich machte er sich eine Notiz, dass er das schleunigst würde nachholen müssen. »Darum kümmere ich mich.«

»Gut, gut.«

»Du siehst also, es ist alles bestens, und es gibt keinen Grund zur Sorge.« Während er das sagte, fühlte er sich in Anbetracht der Tatsache, was Markus Bode ihm erst vor wenigen Stunden eröffnet hatte, wie ein Heuchler. Aber was hätte er tun sollen? Es war schlicht nicht möglich, mit seinem Vater darüber zu reden. Wolfgang Grief würde im Verlag nicht mehr helfen können, selbst wenn er Jonathan nicht gerade für seinen neuen Arzt oder den Pfleger hielt, der ihm das Essen brachte.

Wobei – ein kleiner bösartiger Gedanke blitzte in Jonathan auf und brachte ihn beinahe zum Kichern –, andererseits könnte er seinem Vater durchaus von den Problemen bei Griefson & Books berichten, sie im Gegenteil sogar in den düstersten Farben ausmalen. Denn er wusste ja, dass sein alter Herr drei Sekunden später ohnehin alles würde vergessen haben. Demenz war nicht *nur* von Nachteil, mitunter war sie auch ein gnädiger Segen.

Aber, nein, natürlich würde Jonathan das nicht tun, natürlich nicht, er war schließlich ein moralischer Mensch.

Eine Weile saßen sie nur so nebeneinander da. Ein nach außen hin harmonisches Bild von Vater und Sohn an einem Fast-Neujahrstag. Wäre da nicht der Umstand gewesen, dass Jonathan sich den Kopf darüber zerbrach, was er als Nächstes sagen könnte.

Immerhin war er noch keine zehn Minuten da, sich gleich wieder zu verabschieden erschien ihm nicht nur unhöflich, sondern auch herzlos. Selbst wenn er nicht einmal wusste, ob sein Vater seine Anwesenheit überhaupt zu schätzen wusste oder ob es ihm unterm Strich nicht vollkommen egal war, ob er hier allein rumsaß oder nicht. Ob er es im Gegenteil nicht sogar vorziehen würde, wieder in seine Einsamkeit und seine Musik abtauchen zu können.

Wie bei einem Komapatienten, bei dem man auch nicht genau wusste, ob er überhaupt bemerkte, wenn Freunde und Verwandte an seinem Bett saßen. Gut, der Vergleich hinkte ein wenig, immerhin war Wolfgang Grief noch bei Bewusstsein. Allerdings war er trotzdem schon länger nicht mehr da. Und erst kürzlich hatte Jonathan sich dabei ertappt, dass er von seinem Vater bereits in der Vergangenheitsform gesprochen hatte.

»Erzählen Sie Ihrem Vater einfach etwas bei Ihren Besuchen«, hatte ihm die zuständige Ärztin Dr. Marion Knesebeck – zu Wolfgang Griefs hin und wieder geäußerten Empörung wurde er von einer Frau betreut! – einmal geraten. »Etwas Spannendes oder Heiteres, etwas aus Ihrem Alltag. Über die ganz normalen Dinge, die Sie so tun, lassen Sie Ihren Vater an Ihrem Leben teilhaben, das ist in seinem Zustand besonders wichtig für ihn.«

Tja. Leichter gesagt als getan, denn Jonathan wollte beim besten Willen nichts einfallen, wovon er seinem Vater berichten könnte. Dafür passierte schlicht zu wenig in seinem Leben, es plätscherte ruhig und beständig dahin, ohne besondere Höhen oder Tiefen. Nicht dass Jonathan sich darüber beschweren wollte, im Gegenteil. Er mochte es genau so – aber für heitere Anekdoten war sein normaler Tagesablauf nun einmal nicht geeignet.

Er suchte weiter nach passenden Themen für einen unverfänglichen Plausch unter Verwandten. Das, was Markus Bode ihm eröffnet hatte, schied also aus. Die Tatsache, dass Tina ihm einen Neujahrsgruß hatte zukommen lassen, ebenfalls. Wolfgang Grief war nie ein großer Fan seiner Schwiegertochter gewesen – und das hatte ganz auf Gegenseitigkeit beruht. Das war demnach auch nichts.

»Ach, das muss ich dir erzählen!«, rief Jonathan schließlich aus und klatschte sich mit beiden Händen auf die Oberschenkel, so erleichtert war er darüber, dass ihm tatsächlich etwas eingefallen war, von dem er seinem Vater berichten konnte. »Gestern morgen ist mir etwas Seltsames passiert.«

»Ja?« Sein Vater sah ihn abwartend an, tatsächlich schien er einen Moment lang seiner Lethargie entrissen. Als hätte man in einem dunklen Zimmer ein Licht angeknipst, sein Blick zeigte vollkommen normale Aufmerksamkeit.

Jonathan nickte, immer noch begeistert darüber, dass er urplötzlich mit einer regelrecht geheimnisvollen Geschichte aufwarten konnte. Und dass damit die Chance auf ein paar Minuten ganz entspannte Unterhaltung mit seinem alten Herrn bestand.

»Also«, sprach er weiter, »ich bin wie immer eine Runde um die Alster gelaufen, und als ich damit fertig war und zurück zu meinem Fahrrad kam, hing da auf einmal eine fremde Tasche an meinem Lenker.« Er machte eine Pause, ohne zu wissen, ob sein Vater für solche dramaturgischen Finessen noch das geeignete Publikum war.

»Was war drin?«, wollte Wolfgang Grief wissen und hibbelte unmerklich auf seinem Sessel hin und her. Wie ein Kind, das in der ersten Reihe vorm Kasperletheater auf das Erscheinen der Puppen wartet.

»Ein Terminkalender«, ließ Jonathan die Bombe platzen.

»Ein Kalender?« Nun blickte sein Vater enttäuscht drein, offenbar hatte er etwas anderes erwartet. Ein Bündel Geldscheine vielleicht oder das Goldene Vlies. Oder ein verdächtig tickendes Paket. Aber Jonathan war ja noch lange nicht fertig mit seiner Geschichte.

»Ja«, fuhr er unbeirrt fort, »und zwar ein *ausgefüllter* Kalender, ein Filofax! Mit Terminen für das komplette nächste Jahr!«

»Hm.« So richtig schien das Wolfgang Grief nicht aus seinem Sessel zu hauen. »Ein altes Filofax?«

»Nein«, korrigierte Jonathan ihn, »eben nicht. Kein altes aus dem vergangenen Jahr, sondern eins fürs neue!«

»Na und?«

»Aber, Papa, das ist doch komisch!«, rief Jonathan aus. »Da hat jemand schon das gesamte neue Jahr durchgeplant, alles in einen Kalender geschrieben – und hängt ihn dann an mein Fahrrad?«

»Wahrscheinlich hat irgendwer die Tasche nur verloren und ein Spaziergänger hat sie gefunden und gedacht, dass sie zu deinem Fahrrad gehört«, mutmaßte Wolfgang Grief.

»Kann sein«, gab Jonathan zu. »Aber dann ist die spannende Frage, wer den Beutel mit dem Kalender verloren hat.«

Sein Vater zuckte mit den Schultern und zog dabei ein übertrieben gelangweiltes Gesicht. »Das geht doch dich nichts an. Gib das Ding im Fundbüro ab und gut. Du hast sicher Besseres zu tun, als dir über so einen Unsinn Gedanken zu machen.« Sein Blick war jetzt vollkommen klar. Vollkommen klar – und missbilligend.

»Es steckte auch noch ein Kuvert mit fünfhundert Euro darin«, begehrte Jonathan auf. »Hinten im Umschlag.«

»Das hast du nun wirklich nicht nötig.«

»Das meine ich doch gar nicht!« Er kämpfte gegen die aufkeimende Enttäuschung an, gegen das ohnmächtige Gefühl, einfach abgebügelt zu werden wie ein kleiner dummer Junge. Er sagte sich, dass es ja nur darum ging, mit seinem Vater überhaupt ein paar zusammenhängende Sätze austauschen zu können, völlig egal, über was und wie.

So ganz funktionierte es allerdings nicht, die Enttäuschung blieb. Also setzte er seine Bemühungen, Wolfgang Grief von der Ungewöhnlichkeit des Vorfalls zu überzeugen, fort. »Aber zum einen lag die Tasche mit dem Kalender ja nicht einfach irgendwo auf dem Weg, sondern hing an meinem Fahrrad. Als hätte sie jemand da mit Absicht platziert.«

»Wie ich schon sagte, das war vermutlich ein Spaziergänger.«

»Vielleicht aber auch nicht.« So leicht wollte Jonathan sich nicht unterkriegen lassen. »Und zum anderen …« Er zögert einen kurzen Moment, unsicher, ob es richtig war, seinem Vater zu erzählen, warum der Kalender ihn so sehr in seinen Bann gezogen hatte. Aber schließlich war es das eigentlich wichtige Detail. »Zum anderen sahen die handschriftlichen Einträge beinahe so aus, als hätte Mama sie geschrieben.« Das »beinahe« strich er im Geiste, aber ausgesprochen hörte es sich besser an.

Nun sagte Wolfgang Grief nichts mehr. Sah seinen Sohn nur mit hochgezogenen Augenbrauen an, das Gesicht zu einer überraschten Grimasse erstarrt, als hätte er einen Schock erlitten. Im nächsten Augenblick wendete er den Kopf zur Seite, starrte wieder stumm aus dem Fenster und kaute wie eben auf seiner Unterlippe herum.

»Papa?«

Keine Reaktion.

»Hörst du mir noch zu?« Er strich seinem Vater mit einer Hand über die Schulter.

Nichts.

Sie sprachen nicht über Jonathans Mutter. Nie, schon seit Jahrzehnten nicht. Nachdem sie ihren Mann verlassen hatte, hatte Wolfgang Grief mit grimmigem Schweigen mehr als deutlich gemacht, dass das Thema für ihn erledigt war. Und nach Jonathans Postkarte und der daraus resultierenden kompletten Funkstille war ihr Name in all der Zeit kein einziges Mal mehr gefallen.

»Das ist doch mehr als eigenartig«, sprach Jonathan hilflos weiter. »Ich meine, ich weiß natürlich, dass es nur ein Zufall ist und irgendjemand genau dieselbe Handschrift wie Mama hat – aber dass nun ausgerechnet an meinem Fahrrad ...«

»Sofia.« Er zuckte zusammen, als sein Vater leise den verbotenen Namen murmelte. Noch immer starrte er mit unbewegter Miene aus dem Fenster.

»Genau«, pflichtete Jonathan ihm unsicher bei. »Das hat mich im ersten Moment ziemlich irritiert.«

»Sofia«, wiederholte Wolfgang Grief. Schloss die Augen, seufzte tief und knabberte etwas schneller auf seiner Unterlippe herum.

»Na ja, und jetzt habe ich mich gefragt, ob ich nicht versuchen sollte herauszufinden, wem der Kalender gehört«, redete Jonathan etwas konfus weiter.

Schweigen.

»Die Sache mit dem Fundbüro … Ich weiß nicht, das erscheint mir irgendwie nicht das Richtige zu sein. Am Ende verschwindet er da einfach. Oder der Besitzer kommt gar nicht auf die Idee, dort nachzufragen«, teilte er seinem Vater seine Bedenken mit.

Keine Reaktion.

»Ich jedenfalls wäre froh, wenn ich so etwas verlieren würde und sich jemand die Mühe machte, es mir zurückzugeben.«

Stille.

»Und deshalb denke ich, dass ich versuchen sollte, den Besitzer ausfindig zu machen.« Jonathan merkte, wie er immer schneller sprach; ein hilfloser Monolog, den niemand hörte. »Gestern hab ich sogar schon an die Hamburger Nachrichten geschrieben, ob sie nicht einen Aufruf veröffentlichen können – aber diese Ignoranten haben das rundheraus abgelehnt und mir geantwortet, ich könne ja eine kostenpflichtige Anzeige aufgeben, stell dir das mal vor!« Er lachte bemüht auf. »Ich meine, ›Von Hamburgern – für Hamburger‹ – und wenn man als Bürger dann *wirklich* mal ein Anliegen hat, wird man abgewimmelt. Vielleicht schreibe ich denen noch einmal, dann aber direkt persönlich an den Chefredak– «

»Sie war hier«, wurde er von seinem Vater unterbrochen.

»Papa, hör mir doch zu!« Er war nicht bereit, sich auf den abrupten Themenwechsel einzulassen, wie Wolfgang

Grief sie seit seiner Erkrankung häufig vollzog, nicht dieses Mal. »Ich könnte natürlich auch tatsächlich eine Anzeige schalten.«

»Sie – war – hier!« Er brachte die Worte so energisch hervor, dass Jonathan der Schreck durch die Glieder fuhr.

»Wer?«

»Sofia.« Wolfgang Grief drehte sich wieder zu seinem Sohn und lächelte ihn an, seine blauen Augen leuchteten. »Sofia war hier.«

»Was?« Jonathan schluckte schwer, ein heißkalter Schauer ging ihm durch und durch. Er glaubte, sich verhört zu haben. »Mama war hier?«

Sein Vater nickte.

»Du meinst hier? Im Sonnenhof? Also, in letzter Zeit?«

»Ja.« Er nickte ein weiteres Mal. »Sie kommt mich sogar sehr oft besuchen.«

»Äh.« Jonathan wollte etwas sagen, aber seine Kehle war wie zugeschnürt.

»Wir reden viel, wenn sie kommt«, erzählte Wolfgang Grief weiter. »Über früher.«

»Tut mir leid, Papa«, brachte Jonathan etwas gefasster hervor. »Aber das kann gar nicht sein.«

»Sie hat mir alles verziehen, weißt du«, sprach er weiter, als hätte sein Sohn überhaupt nichts gesagt.

»Was hat sie dir verziehen?«

»Es ist schon so viele Jahre her, und jetzt sind wir beide alt, da zählt das alles nicht mehr.«

»Was redest du denn da? *Was* hat dir Mama verziehen?« In seinem Kopf ging es drunter und drüber. Nicht nur dass sein Vater offensichtlich fantasierte, Jonathan hatte nicht die geringste Ahnung, wovon er sprach. Seine Mutter hatte damals von heute auf morgen die Familie verlassen, wenn da also überhaupt irgendjemand irgendwem irgendwas verzeihen musste, dann doch wohl eher umgekehrt. Aber anstelle einer Antwort erhielt Jonathan nur ein weiteres entrücktes Lächeln. »Papa«, hakte er nach, »kannst du mir bitte sagen, wovon du sprichst? Mama ist schon seit Jahren fort. Wir haben ewig nichts mehr von ihr gehört, du redest gerade Unsinn.«

Wolfgang Griefs Lächeln wich einem fragenden Gesichtsausdruck. »Sind Sie der neue Arzt?« Dann wanderte sein Blick erneut zum Fenster und verharrte dort.

10

Hannah

Ich habe einen kleinen Papagei – PAPAGEI!
Der macht den ganzen Tag ganz viel Geschrei – VIEL GE-
SCHREI!

Mit einem Knacken erstarb die Musik, die in ohrenbetäubender Lautstärke aus dem CD-Player plärrte. Simon reckte beide Hände in die Höhe und verharrte in dieser Pose, während es ihm neun giggelnde und kreischende Kinder gleichtaten.

Erfreut betrachtete Hannah die Szene. Ihr Freund machte sich wirklich nicht schlecht als Clown, auch wenn das bunte Kostüm an ihm ziemlich schlackerte und die Schminke auf seinem schweißnassen Gesicht deutliche Auflösungserscheinungen zeigte.

Kein Wunder, seit zwanzig Minuten tobte er wie ein Derwisch durchs Spielzimmer, der »Stopp-Tanz« schien ihm genauso viel Spaß zu machen wie den kleinen Rackern. Hannah hatte mit ihrer Vermutung, dass Simon sich gleich viel besser fühlen würde, wenn er sich nur dazu aufraffte, also recht behalten.

Das Spiel an sich war ziemlich simpel. Solange die Musik lief, mussten die Kinder einfach nachtanzen, was Simon ihnen vorgab – sobald sie stoppte, sollten alle wie festgefroren in ihrer Bewegung innehalten. Wer sich bewegte oder umkippte, flog raus. Was allerdings nicht schlimm war, denn die Ausgeschiedenen durften zusammen mit Lisa in der Teeküche Popcorn machen und daraus mit Nadel und Bindfaden Ketten basteln.

Ein wichtiger Aspekt bei der Kleinkindbetreuung, so hatte Hannah während ihrer Ausbildung gelernt: Richtige Verlierer durfte es nicht geben, sonst waren Tränen und Wutanfälle unausweichlich. Von daher stürzten die rausgekegelten Tänzer mit Begeisterung zu Hannahs Kollegin in die Küche, hin und wieder ließ sich ein Knirps sogar absichtlich fallen, um sich so endlich zur »Popcorn-Station« vorzuarbeiten.

Unter der Decke des Spielzimmers hingen bereits mehrere meterlange weiße Schlangen, die noch wesentlich länger wären, wenn die Hälfte des Popcorns nicht in kugeligen Kinderbäuchen landen würde.

Beschwingt drückte Hannah wieder auf »Play«, erneut dröhnte das Lied vom Papagei durch den Raum und Simon vollführte dazu ausgefallene Moves wie Aerobic-Queen Sydne Rome in ihren besten Zeiten.

»Entschuldige, wenn ich mich da einmische«, raunte Lisa ihrer Freundin zu, als sie an der Wand direkt hinter ihr die nächste Kette festtackerte. »Aber denkst du nicht, er sollte langsam mal eine Pause machen?«

»Er ist gerade so schön in Schwung«, erwiderte Hannah, »und die Kids haben einen Mörderspaß.«

»Stichwort ›Mörder‹«, sagte Lisa und betrachtete Simon sorgenvoll, »ich finde, er sieht aus, als würde er jeden Moment umkippen. Guck dir mal sein Gesicht an, das ist ja schon komplett nass. Und ich wette, unter der Schminke leuchtet er rot wie ein Feuermelder. Sorry, wenn ich das so sage, aber das ist eben meine Meinung.«

»So schwitzt er wenigstens die Reste seiner Erkältung aus«, entgegnete sie.

»Ist das die Rache für gestern?«, wollte Lisa wissen.

»Was heißt hier ›Rache‹?« Hannah lächelte harmlos. »Simon hat uns beide hängen lassen, und jetzt macht er es wieder gut. Das ist doch nur gerecht, und so haben wir alle etwas davon. Außerdem war es seine eigene Idee, den Vortänzer zu geben.«

»Vermutlich, weil er immer noch ein schlechtes Gewissen hat. Ich hätte jedenfalls eins.«

»Das kann er sich auch gleich wegtanzen«, erwiderte Hannah lachend. »Einfach alles rauslassen, alle angestauten negativen Gefühle.«

Lisa warf ihr einen Blick zu, den sie nicht deuten konnte, und zog schulterzuckend wieder ab Richtung Teeküche. Dabei murmelte sie etwas, das Hannah nicht richtig verstand, was sich aber verdächtig nach »grauenhafte Freundin« anhörte.

Mit einer energischen Bewegung drückte sie wieder auf die Stopp-Taste des CD-Spielers. Schwer atmend blieben sowohl Simon als auch die Kinder stehen. Nur ein Junge namens Finn ließ sich prustend auf den Hosenboden plumpsen und krabbelte eilig Richtung Teeküche davon. Lisa hatte recht, musste Hannah sich eingestehen, als sie ihren Freund genauer betrachtete. Tatsächlich sah er reichlich mitgenommen aus, nach der nächsten Runde würde sie Schluss machen.

Zum letzten Mal warf sie die Musik an, das Lied wäre in wenigen Minuten vorbei und Simon damit erlöst. Dann wäre es ohnehin kurz vor fünf, sie würden noch eine halbe Stunde lang Popcorn-Ketten basteln und aufhängen und schließlich mit den Aufräum- und Putzarbeiten beginnen, während nach und nach die Eltern eintrudelten, um ihre Kinder einzusammeln.

Insgesamt konnte Hannah diesen Nachmittag schon jetzt als vollen Erfolg verbuchen. Ihre kleinen Klienten hatten sich amüsiert wie Bolle und bei sämtlichen Spielen voller Elan und Euphorie mitgemacht. Es hatte weder Streit noch Geheul noch »Ich-will-zu-Mama!«-Forderungen gegeben und – das Wichtigste überhaupt! – es war zu keinen Unfällen gekommen.

Dank Simon hatten sie anstelle von sechzehn gleich vierundzwanzig Kinder betreuen können, sodass sie bei der Anmeldung niemanden hatten ablehnen müssen. Hannah erschien es gerade für die Anfangszeit enorm wichtig, keine enttäuschten Kunden wegschicken zu müssen.

Von den Einnahmen mal ganz abgesehen, denn bei vier Stunden pro Kind zu je sechs Euro die Stunde machte das … vierundzwanzig mal vierundzwanzig … also … und dann durch zwei … na gut, durch drei … vor Steuern natürlich … dann machte das …

»Argh!« Hannah sah von ihren Händen auf, mit deren Hilfe sie gerade versucht hatte, den Endbetrag zu errechnen. Sie blickte in erschrockene Kindergesichter, die alle in dieselbe Richtung guckten. Sie tat es ihnen gleich. Und bekam gerade noch mit, wie Simon – seine rechte Hand gegen den Brustkorb gepresst – zu Boden ging.

Eine Schrecksekunde lang starrte sie den leblosen Clown, der mitten im Raum mit dem Gesicht nach unten lag, einfach nur an. Dann hörte sie einen markerschütternden Schrei. Einen Schrei, der aus ihr selbst kam. »Siiiiiiimon!«

11

Jonathan

2. Januar, Dienstag, 16:04 Uhr

Eine halbe Stunde später, in der er vergeblich versucht hatte, seinen Vater noch einmal zum Reden zu bewegen, saß Jonathan am Steuer seines Autos. Aufgewühlt und gleichzeitig frustriert. Er konnte sich nicht einmal dazu aufraffen, den Motor zu starten, so gelähmt und durcheinander fühlte er sich. Ratlos.

Obwohl ihm natürlich klar war, dass Wolfgang Grief durch die Demenz schon längst in ein Paralleluniversum abgedriftet war, hatte Jonathan an der Behauptung, er erhielte regelmäßig Besuch von Sofia, schwer zu knacken. Immerhin ging es um seine Mutter!

Vorm Verlassen des Sonnenhofs hatte Jonathan sogar noch mit Frau Dr. Knesebeck sowie zwei Pflegerinnen gesprochen, halb hoffend, halb befürchtend, sie würden die Geschichte seines Vaters bestätigen – aber wie zu erwarten gewesen war, hatten sie ihm versichert, dass sie bisher noch nie Bekanntschaft mit einer Sofia Grief gemacht hatten. Auch mit keiner Sofia Monticello, wie der Mädchenname seiner Mutter lautete.

Und, nein, ein regelmäßiger Besucher wäre ihnen garantiert nicht entgangen, schließlich sei der Sonnenhof keine »Bahnhofshalle«, bei der die Leute rein- und raus-spazieren konnten, »wie sie lustig waren«, sondern »das erste Haus am Platze«. Letzteres hatte Frau Dr. Knesebeck sogar zweimal wiederholt, was in Jonathans Ohren wie eine Rechtfertigung für die nicht unbeträchtliche Summe, die sie ihm Monat für Monat in Rechnung stellten, geklungen hatte.

Trotzdem. Der Hauch eines Zweifels, ein Fitzelchen an Verunsicherung blieb.

Bei allen Häusern und ersten Plätzen noch dazu – Fort Knox war die Seniorenresidenz nun auch wieder nicht, mehr als einmal war Jonathan hier schon durch verwaiste Flure gegeistert, gerade während der Mittagszeit glich auch der Sonnenhof einem verlassenen Bürogebäude. Und sein Vater hatte vorhin so klar, so selbstverständlich über Sofia und deren Besuche gesprochen, dass es für einen gesunden Menschen nur schwer vorstellbar war, dass sie lediglich seinem kranken Geist entsprungen sein sollten.

Und, natürlich, da gab es ja noch diesen Kalender. Das Filofax, das zu Hause auf Jonathans Schreibtisch lag, und dessen Existenz ihm nun, nach der Unterhaltung mit seinem Vater, umso mysteriöser erschien.

Konnte es sein? War es *tatsächlich* möglich?

Nein, noch immer verwehrte Jonathan sich gegen diesen Gedanken. Selbst *wenn* seine Mutter beschlossen haben sollte, nach beinahe dreißig Jahren Funkstille aus der Versenkung aufzutauchen, so gäbe es weitaus unkomplizertere Wege der Kontaktaufnahme. Sie hätte anrufen können, zum Beispiel. Einen Brief schreiben. Oder einfach vorbeikommen.

Nun, meldete sich die mittlerweile schon vertraute innere Stimme bei ihm, *für den Fall, dass sein Vater die Wahrheit sagte, war sie zumindest bei Wolfgang Grief in der Tat einfach vorbeigekommen.*

So unsinnig es auch schien, Jonathan *musste* dieser Sache nachgehen, sonst würde sie ihm keine Ruhe lassen.

Mit einer energischen Handbewegung drückte er den Knopf mit dem kleinen grünen Telefonhörer am Bordcomputer seines Autos und ließ sich per Sprachbefehl mit Renate Krug verbinden. Wenn es jemanden gab, der mit Sicherheit wusste, ob sein Vater Besuch von seiner früheren Frau erhielt oder nicht, dann war es seine langjährige Assistentin.

»Hallo, Herr Grief«, meldete sich Renate Krug, die die Handynummer ihres Chefs sofort erkannt hatte, dienstbeflissen und freundlich.

»Ja, hallo, Frau Krug!«

»Was kann ich für Sie tun?«

»Sagen Sie …« Er hüstelte. »Ich war gerade bei meinem Vater …«

»Ist alles in Ordnung mit ihm?«, kam es erschrocken vom anderen Ende der Leitung.

»Was? Ach so, nein, nein, also, ja natürlich, alles bestens. Aber ich hätte da eine, nun, etwas eigenartige Frage.«

»Eine eigenartige Frage?«, wiederholte sie. »Schießen Sie los!«

»Also, das klingt vermutlich wirklich etwas seltsam, aber wissen Sie zufällig, ob mein Vater in letzter Zeit Besuch von meiner Mutter bekommen hat?«

Renate Krug schwieg.

»Sind Sie noch dran?«

»Ja«, antwortete sie. »Aber ich fürchte, ich habe Sie nicht richtig verstanden. Sie fragen nach Ihrer Mutter?«

»Genau«, bestätigte Jonathan. »Sofia Grief, meine ich. Oder Monticello, das könnte auch sein.«

»Wie kommen Sie darauf?«

»Papa hat erzählt, dass sie da war.«

Wieder ein kurzes Schweigen. Dann ein »Ach, Jonathan«. Sie nannte ihn nie beim Vornamen, jedenfalls nicht, seit er älter als achtzehn war, da war Renate Krug ganz alte Schule. Nun aber klang sie, als würde sie mit einem minderjährigen Schützling reden. »Sie wissen doch, wie es um Ihren Vater bestellt ist.«

»Natürlich weiß ich das«, versicherte er eilig und kam sich im selben Moment unfassbar dumm vor, dass er Renate Krug überhaupt danach gefragt hatte. »Ich wollte nur sichergehen, denn Papa hat … Also, er hat dabei so klar gewirkt, überhaupt nicht verwirrt.«

»Ja, das ist das Tragische an dieser Krankheit.« Er hörte, wie sie schluckte. »Für den Betroffenen ist das, was er erlebt, absolut wahr, er hält es für die Realität.«

»Dann wüssten Sie also nichts davon, dass meine Mutter in Hamburg war oder ist?«

»Nein, Jonathan, das ist sie ganz sicher nicht.«

»Haben Sie …« Nun hatte er sich ohnehin schon zum Idioten gemacht, da konnte es nicht schlimmer werden. »… denn überhaupt in den vergangenen Jahren noch einmal etwas von ihr gehört oder gesehen?«

»Nein«, erwiderte Renate Krug. »So wenig wie Sie oder Ihr Vater.«

»Wissen Sie denn, wo sie jetzt lebt?«

»Soweit ich weiß in der Nähe von Florenz. In Italien.«

»Ja, das ist mir auch klar. Ich dachte nur, Sie hätten vielleicht eine aktuelle Adresse.«

»Wenn es nicht mehr ihre frühere Anschrift ist, dann leider nein. Haben Sie es denn da schon versucht?«

»Nein«, gab er zu. »Dazu gab es bisher keinen Grund.«

»Und jetzt gibt es den?«

»Eigentlich nicht. Es ist eben nur ... Na ja, nachdem mein Vater sagte, sie sei öfter bei ihm im Sonnenhof gewesen, da ...«

»Also, wenn Sie sich darüber Gedanken machen«, wurde er von Renate Krug unterbrochen, »kann ich Ihnen zu hundert Prozent versichern, dass das nicht möglich ist.« Sie machte eine Pause, als würde sie kurz darüber nachdenken, ob sie es wirklich ausschließen konnte. »Woher sollte Sofia auch wissen, wo Ihr Vater überhaupt ist? Bei mir hat sie sich jedenfalls nicht gemeldet und danach gefragt. Bei Ihnen etwa?«

»Nein«, erwiderte Jonathan. »Natürlich nicht.« Schon seit vielen Jahren nicht, fügte er in Gedanken hinzu.

»Sehen Sie«, sagte Renate Krug. »Es ist also nicht nur unwahrscheinlich, sondern unmöglich, dass Ihre Mutter im Heim war.«

»Hm, ja, gut. Danke!«

»Keine Ursache.« Sie zögerte. »Gibt es sonst noch etwas, was ich für Sie tun kann?«

»Nein.« Er wollte sich schon verabschieden, als ihm noch etwas einfiel. »Das heißt, doch!«

»Ja?«

»Mein Vater sprach darüber, dass meine Mutter ihm etwas verziehen hätte. Haben Sie eine Ahnung, was er damit gemeint haben könnte?«

»Nicht die geringste«, antwortete sie.

»Sie wissen nichts über einen Streit oder so? Irgendetwas, das damals zwischen ihr und meinem Vater vorgefallen sein konnte?«

»Nein, Jonathan, da gab es nichts. Sie war hier oben im Norden nicht glücklich und wollte wieder zurück in ihre Heimat, das war alles.« Sie machte eine Pause. »Und sicher hatte sie sich ihr Leben etwas anders vorgestellt als an der Seite eines Mannes, der immer so viel arbeitete wie Ihr Vater. Als Italienerin hatte sie da andere Wertvorstellungen. Ich denke, das ist, was Ihr Vater meint, wenn er davon spricht, dass sie ihm verziehen hat. Einfach nur, dass sie sich von ihm vernachlässigt gefühlt hat.«

»Hat meine Mutter Ihnen das damals erzählt?«

Renate Krug lachte auf. »Das nun nicht gerade«, erklärte sie, »wir waren ja nicht miteinander befreundet. Sie war lediglich die Gattin meines Chefs. Aber Ihr Vater hat es mir gesagt, und ich sah keine Veranlassung, an seinen Worten zu zweifeln.«

Keine Veranlassung, an seinen Worten zu zweifeln. Nun, zumindest *das* hatte sich mittlerweile geändert.

»Tja«, sagte Jonathan. »Dann ist das vermutlich etwas, das sich nur in seinem Kopf abgespielt hat.«

»Ich befürchte es.«

»Trotzdem ist es sehr verwirrend«, sagte Jonathan. »Er hat noch nie von ihr gesprochen, in all den Jahren nicht. Und heute behauptet er auf einmal, dass er sie sogar oft sehen würde? Das ist doch seltsam!«

»Nehmen Sie sich das nicht so zu Herzen«, erwiderte Renate Krug. »In der Demenz leben die Menschen mehr in der Vergangenheit als in der Gegenwart, das ist vollkommen normal. Plötzlich scheint ihnen das, was vor vielen Jahren war, näher als das, was gerade passiert.«

»Ich weiß.« Kurz überlegte er, ob er der Assistentin seines Vaters ebenfalls von dem geheimnisvollen Kalender erzählen sollte, entschied sich dann aber dagegen. So privat waren sie einander nicht verbunden, auch wenn er sie bereits seit seiner Kindheit kannte. »Jedenfalls danke ich Ihnen für die Auskunft.«

»Keine Ursache.«

»Also, bis demnächst dann. Und, ach, Frau Krug?«

»Ja?«

»Ihren Neujahrsstrauß bekommen Sie natürlich auch noch, tut mir leid, dass ich das heute vergessen habe.«

Renate Krug lachte leise. »Nichts für ungut, Herr Grief, aber ich fand diese Nelken schon immer furchtbar. Ich bin froh, wenn sie mir dieses Jahr nicht das Büro verpesten.«

»Ach, wirklich? Warum haben Sie das meinem Vater denn nie gesagt?«

Erneut erklang ein Lachen. »Sie haben über Frauen noch einiges zu lernen.«

»Wie meinen Sie das denn jetzt?«

»Das werden Sie irgendwann schon verstehen.«

Sie verabschiedeten sich und legten auf. Zurück blieb Jonathan. Allein in seinem Saab, mit den Fingern nervös aufs Lenkrad trommelnd. Und mit einem seltsamen Gefühl in der Magengegend. In welchen Dingen hatte sein Vater sich eigentlich noch getäuscht? Und was, bitte schön, hatte er über Frauen zu lernen?

12

Hannah

2 Monate zuvor,
30. Oktober, Montag, 19:23 Uhr

»Ja, ja, ja und noch einmal: ja! Du hattest recht. Ich bin
eine grauenhafte Freundin. Genau genommen bin ich
das Allerletzte. Bist du nun zufrieden?« Wie eine arme
Sünderin vorm Kirchgang hockte Hannah auf einem
Stuhl im Wartebereich der Notfallambulanz des Univer-
sitätsklinikums Eppendorf, den Kopf in beide Hände gestützt, die Ellbogen auf den Knien.

»Nimm das bitte nicht so ernst!«, erwiderte Lisa, die
neben ihr saß und gemeinsam mit ihr auf das Erscheinen des diensthabenden Arztes wartete. »Tut mir leid,
dass ich das überhaupt gesagt habe, so habe ich es gar
nicht gemeint. Natürlich bist du *nicht* grauenhaft. Und
es geht hier nicht darum, ob ich zufrieden bin. Es geht
um Simon.«

»Ja, natürlich.« Hannah seufzte. »Hoffentlich ist es
nichts Schlimmes!«

»Das glaube ich nicht.« Lisa legte einen Arm um ihre
Freundin und drückte sie tröstend an sich. »Wahrscheinlich war das alles nur ein bisschen viel für ihn.«

»Es ist so furchtbar!«, jammerte Hannah. »Aber ich

konnte doch nicht wissen, dass er uns gleich zusammenklappt!«

»*Wissen* nicht«, erwiderte Lisa mit einem schiefen Grinsen. »Erahnen konnte man es bei seinem Anblick schon irgendwie. Ich habe mich jedenfalls etwas erschreckt, als du ihn heute Mittag in der Rasselbande angeschleppt hast. Für mich wirkte er wie jemand, der ins Bett gehört und nicht mitten in eine lärmende Kleinkindhorde.«

»Das hättest du ja mal sagen können!«, gab Hannah schmollend zurück.

»Mit Verlaub, das *habe* ich gesagt!« Noch immer grinste sie. »Oder wie genau hast du mein ›Auweia, der sieht aber scheiße aus!‹ verstanden?«

Hannah zuckte mit den Schultern. »Das muss ich wohl überhört haben.«

»Und deshalb hast du geantwortet, dass das gar nicht mehr auffällt, wenn du ihn erst geschminkt hast?«

»Ist ja schon gut!«, ruderte Hannah zurück. »Aber du kennst doch Simon und seinen Hang zur Übertreibung.«

»Ja«, stimmte Lisa ihr zu. »Den kenne ich. Ich kenne allerdings auch deinen Hang, alles etwas rosiger zu sehen, als es ist. So, wie es dir gerade am besten in dein Weltbild passt.« Sie knuffte ihr in die Seite. »Sorry, wenn ich das sage, aber so bist du eben.«

»Das ist doch besser, als immer nur vom Schlimmsten auszugehen«, verteidigte sie sich.

»Kommt darauf an.«

»Worauf?«

»Na ja, wenn es damit endet, dass man in der Notfallambulanz landet, ist es meiner Meinung nach *nicht* unbedingt besser.«

»Menno!« Abrupt setzte Hannah sich aufrecht hin und verschränkte die Arme vor der Brust. »Ich hab ja schon gesagt, dass ich grauenhaft bin.«

»Fang bloß nicht schon wieder damit an. Sorry. Lass uns doch erst einmal abwarten, bevor wir uns hier die Köpfe heißreden.«

»Okay.«

Eine Weile saßen sie schweigend nebeneinander. Verstohlen betrachtete Hannah dabei die anderen Menschen im Wartebereich. Die meisten von ihnen schienen wie sie und Lisa nur Begleitpersonen zu sein, aber hier und da hockte auch jemand mit einem Verband oder Krücken. Hinten links in der Ecke hatte eine Mutter ein kleines Mädchen auf dem Arm, das seinen Kopf an ihrem Hals vergraben hatte und immer wieder herzzerreißend aufschluchzte.

Hannah konnte nicht umhin zu denken, dass die Situation gerade zwar alles andere als angenehm war – aber wenigstens saßen sie nicht wegen eines Kindes hier. Nicht auszudenken, was passiert wäre, wenn sie gleich am ersten Tag mit einem ihrer Schützlinge ins Krankenhaus gemusst hätten! Keine sonderlich gute Visitenkarte für die Rasselbande.

Die Tatsache, dass sie für Simon einen Rettungswagen hatten rufen müssen, der just in dem Moment, in dem die ersten Eltern eintrafen, mit lautem »Lalü-Lala« im Eppendorfer Weg vorgefahren war, hatte hingegen schon fast wieder etwas Komisches gehabt.

Die Kinder jedenfalls waren in heller Aufregung gewesen und hatten mit großen Augen und äußerst interessiert mitverfolgt, wie der lustige Clown erst von einem

Sanitäter untersucht und dann von ihm und einem Kollegen mittels Trage aus dem Laden in den Krankenwagen bugsiert worden war. Ganz großes Kino!

Hannah war gleich mit ihrem Freund mitgefahren, Lisa war eine halbe Stunde später, nachdem sie alle Kunden beruhigt und verabschiedet hatte, nachgekommen. Da hatten die Sanitäter den stöhnenden Simon bereits nach sonstwohin weggekarrt, und seitdem saßen sie eben hier und harrten irgendwelcher Neuigkeiten.

Hannah hörte Lisa prusten.

»Was ist?«, wollte sie wissen und sah ihre Freundin an.

Die machte eine wegwerfende Handbewegung. »Ach, nichts.«

»Sag schon!«

»Ich musste gerade nur an die Szene mit dem Krankenwagen denken.«

»Ich auch«, gab Hannah kichernd zu.

»Das war echt keine schlechte Showeinlage für unseren ersten Tag.«

»Das kannst du wohl laut sagen!«

»Auf jeden Fall sind wir jetzt mit einem Schlag im ganzen Viertel berühmt. Kommt ja nicht alle Tage vor, dass ein halb bewusstloser Clown durch die Gegend getragen wird, noch dazu umgeben von einer aufgeregten Menschentraube.«

»Denkst du, das schadet unserem Image?«

»Nur wenn der Clown stirbt, würde ich sagen.«

»Lisa!«

»Verzeihung«, gab sie eilig zurück. »Das war jetzt ein ziemlich blöder Witz.« Dann legte sie Hannah beruhigend eine Hand auf den Arm. »Alles ist gut. Ich hab den

Eltern gesagt, dass dein Freund gerade eine neue Diät ausprobiert und wohl deshalb umgekippt ist.«

»Eine Diät? Simon ist schon fast mager!«

»Was anderes ist mir auf die Schnelle nicht eingefallen. Oder hätte ich lieber sagen sollen, dass seine Freundin ihn trotz Fieber und Schüttelfrost als Animateur missbraucht hat?«

»Ha, ha!«

»Eben. Jedenfalls musst du dir keine Sorgen machen, morgen haben wir ab 14 Uhr wieder volles Haus.«

»Hoffentlich geht's Simon bis dahin besser.«

»Du willst ihn nicht etwa gleich wieder anheuern?« Lisa sah sie ungläubig an.

»Aber klar doch«, gab sie so ernst wie möglich zurück. »Solange er noch stehen kann, muss er ran.«

»Dann hoffe ich mal für ihn, dass er so schnell nicht wieder auf die Beine kommt, sonst bringst du ihn noch um!« Sie mussten beide lachen, so laut, dass die anderen Wartenden sie verwundert musterten. Aber das war Hannah egal, es tat einfach gut, sich einen Moment lang etwas Erleichterung zu verschaffen.

»Frau Marx?« Ein junger Mann – etwa Anfang dreißig – im weißen Kittel war unbemerkt zu ihnen getreten und blickte durch eine randlose Brille auf sie herab.

In dem Versuch, ihr Lachen aus dem Stand zu unterdrücken, entfuhr Hannah ein schriller Kiekser. »Äh, ja?«, brachte sie krächzend hervor.

»Mein Name ist Dr. Robert Fuchs. Und Sie sind«, er schlug die dünne Akte auf, die er bis dahin unter seinen Arm geklemmt hatte, und warf einen schnellen Blick hinein, »die Frau von Herrn Klamm?«

Hannah nickte, was ihr einen verwunderten Seitenblick von Lisa bescherte. Bei der Anmeldung hatte sie sich kurzerhand als Simons Gattin ausgegeben. Sie hatte Sorge gehabt, je nach Ernst der Lage vielleicht nicht bis zu ihrem Freund vorgelassen zu werden. Kannte man ja aus »Emergency Room« und »Grey's Anatomy«, da mussten die armen Freundinnen auch immer draußen im Flur hocken bleiben, während der Liebste einer brandgefährlichen Gehirn-OP unterzogen wurde. Ohne irgendein Recht auf Auskunft, zur nervenzermürbenden Ahnungslosigkeit verdammt. Gut, die Befürchtung, es könne Hannah im UKE ebenso ergehen, war vielleicht ein wenig übertrieben und dramatisch – aber sicher war sicher.

»Sie können jetzt zu ihm. Mögen Sie mir folgen?«

Hannah sprang auf. »Sicher!«

Lisa erhob sich ebenfalls, und noch bevor der Arzt etwas zu ihr sagen konnte, klärte Hannah ihn mit einem »Sie ist die Schwester von Herrn Klamm« auf.

»Finde ich gut«, wisperte Lisa ihr zu, als sie hinter Dr. Fuchs herliefen.

»Dass du Simons Schwester bist?«, flüsterte sie zurück.

»Nein. Dass du beschlossen hast, deinen Mädchennamen zu behalten. Tut mir leid, aber Hannah Klamm geht ja wohl gar nicht!«

Sie unterdrückte ein Kichern und boxte Lisa verstohlen in die Seite. Das Letzte, was sie Dr. Fuchs gerade präsentieren wollte, war ein hysterischer Lachanfall der besorgten Ehefrau.

Sie folgten dem Arzt durch schier endlose weiße Gänge, vorbei an Wartenden und Patients. Das Krankenhaus schien überfüllt zu sein, teilweise standen sogar entlang der Flure Betten mit schlafenden oder unglücklich dreinblickenden Menschen.

In Hannah breitete sich ein Gefühl von Beklemmung aus, mit einem solchen Ende des Nachmittags hatte sie nicht gerechnet. Und abgesehen von der Tatsache, dass sich wohl niemand gern in einer Klinik aufhielt, hatte sie urplötzlich wieder die Zeit vor knapp vier Jahren präsent, als sie zusammen mit Simon beinahe täglich im UKE gewesen war.

Damals hatte seine Mutter Hilde im Sterben gelegen, nachdem sie monatelang erfolglos gegen eine Krebserkrankung gekämpft hatte. Operation, Chemo, Bestrahlung – nichts hatte geholfen, sie war einem bösartigen Tumor in der Lunge erlegen und am Ende – anders konnte man es nicht bezeichnen – elendig verreckt, ihr Sterben hatte sich über Wochen hingezogen, und mehr als einmal hatte sie wimmernd geäußert, nicht mehr zu können und erlöst werden zu wollen.

Damals hatten Simon und Hannah sich erst sechs Monate gekannt, kurz nach ihrem Picknick an der Elbe hatten die Ärzte seiner Mutter mitgeteilt, dass sie nichts mehr für sie tun konnten. Trotz ihrer noch jungen Beziehung hatte Hannah Simon bei seinen Besuchen so oft wie möglich begleitet, hatte versucht, ihm in dieser schweren Zeit eine Stütze zu sein. Zumal er mit seiner Mutter sein letztes verbliebenes Elternteil verlor, sein Vater war bereits seit über zehn Jahren tot und ebenfalls an dieser bösartigen Erkrankung gestorben.

Man sagt ja immer, dass Jungs besonders darunter leiden, wenn sie ihre Mutter verlieren. Simon war bei Hildes Tod schon ein erwachsener Mann von einunddreißig Jahren gewesen – trotzdem hatte er bei ihrer Beerdigung geweint wie ein kleines Kind und war auch noch Monate nach ihrem Tod manchmal unvermittelt in Tränen ausgebrochen, sodass Hannah in ihrer Hilflosigkeit gar nicht gewusst hatte, wie sie ihn trösten sollte.

In Allgemeinplätze wie »Die Zeit heilt alle Wunden« oder »Wir müssen alle mal sterben« hatte sie sich dabei nicht flüchten wollen – aber so richtig was Schlaues war ihr auch nicht eingefallen. So hatte sie sich meist darauf beschränkt, Simon in den Arm zu nehmen, ihm über den Kopf zu streicheln und zu warten, bis seine Tränen versiegt waren. Manchmal hatte sie sich gedacht, dass es vielleicht einfacher gewesen wäre, wenn Simon Geschwister gehabt hätte, mit denen er die Trauer hätte teilen können, doch er war genau wie sie selbst Einzelkind.

Als Hannah jetzt, während sie und Lisa mit eiligen Schritten Dr. Fuchs folgten, an diese Zeit zurückdachte, nahm sie sich fest vor, mit ihrem Freund in Zukunft nicht mehr so hart ins Gericht zu gehen. Denn es stimmte ja: Simon hatte schon einige schlimme Krisen überwinden müssen, und es war ungerecht, dass sie, Hannah, dazu neigte, mit einem lapidaren »Das wird schon wieder!« darüber hinwegzugehen.

Sie hatte gut reden, ihre Eltern lebten schließlich beide noch und erfreuten sich bester Gesundheit. Sogar ihre Großeltern mütterlicherseits – Marianne und Rolf, fünfundachtzig und siebenundachtzig Jahre alt – erweckten den Eindruck, als hätten sie vor, noch einige Jahrzehnte über unseren schönen Planeten zu wandeln. Und auch die Mutter von Hannahs Vater, Elisabeth, war mit ihren genau neunzig Jahren ein Ausbund an Vitalität und Rüstigkeit.

»Da wären wir«, unterbrach der Arzt Hannahs Gedanken und blieb vor einer weißen Zimmertür stehen. Er drückte die Klinke hinunter und ging hinein, Hannah und Lisa blieben ihm dicht auf den Fersen.

13

Jonathan

2. Januar, Dienstag, 18:56 Uhr

Es war ja nichts dabei, nicht das Geringste. Jonathan würde einfach bei der angegebenen Adresse klingeln, sich höflich vorstellen und sein Anliegen vorbringen. Und ein paar Minuten später wäre das Thema endgültig vom Tisch. Wer auch immer um 19 Uhr einen Termin in der Dorotheenstraße 20 hatte – er oder sie würde sich freuen, den Kalender zurückzubekommen –, und Jonathan hätte sich davon überzeugt, dass das Filofax *natürlich nicht* von seiner Mutter stammte. So einfach war das. Keine große Sache, das nun wirklich nicht.

Trotzdem bemerkte er jetzt, als er vor dem weißen Mehrfamilienhaus aus der Jahrhundertwende auf und ab spazierte, um dort Punkt sieben auf die zweite Klingel von unten zu drücken, dass seine Hände schweißnass waren. Unangenehm. Und vollkommen unangebracht. Denn es gab überhaupt keinen Grund zur Nervosität.

Jedenfalls murmelte Jonathan das immer wieder wie ein Mantra vor sich hin, während er die Tasche mitsamt Kalender auf Höhe seines rechten Knies hin und her baumeln ließ. Nur wollten sich weder seine Schweißporen noch sein Herzschlag von ihm überzeugen lassen. So

hatte er sich zuletzt vor der mündlichen Abschlussprü-
fung seines Philosophie- und Literaturstudiums gefühlt.
Und eigentlich nicht einmal da, er war hervorragend vorbereitet gewesen und hatte sämtliche Examina mühelos
und mit Bravour bestanden.

Der lange Zeiger seiner Armbanduhr sprang auf eine
Minute vor sieben, Jonathan N. Grief erklomm die drei
Stufen zur Nummer zwanzig und suchte nach dem rich-
tigen Klingelknopf. Da, der zweite von unten, »Schulz«.

Ehe er es sich noch anders überlegen konnte, betätigte er ihn, drei Sekunden später erklang der Türsummer.
Kein »Hallo?« oder »Wer ist da?« – offensichtlich wurde
tatsächlich jemand für 19 Uhr erwartet. Oder der bzw. die
Bewohnerin verfügte über ein großes Maß an Gottver-
trauen. Jonathan hätte ja sonst wer sein können. Gerade
zu dieser Jahreszeit klingelten zum Beispiel oft die Männer von der Müllabfuhr und baten um eine kleine Spende.
Wogegen prinzipiell nichts einzuwenden war. Solange sie
das Jahr über gute Arbeit geleistet hatten – warum nicht?

Unwillkürlich musste Jonathan wieder an seine Mail
an die Stadtreinigung denken. Bisher hatte er keine Antwort erhalten und fragte sich, ob sie noch Wirkung zeigen würde. Die Tonnen vor seiner Tür waren jedenfalls
bisher nicht geleert worden. Aber er wollte nicht zu ungeduldig sein. Und sich vor allem jetzt, bitte schön, nicht
von Gedanken an Altpapier ablenken lassen!

Langsamen und gemessenen Schrittes marschierte Jonathan hoch in den zweiten Stock, wo er Herrn oder Frau
Schulz vermutete. Er ließ sich Zeit. Schließlich wollte er
weder außer Atem noch verschwitzter, als er ohnehin
schon war, dort ankommen.

Das Treppenhaus war großzügig geschnitten, hell und freundlich, an den Wänden klebten noch die original Jugendstilkacheln mit farbenfrohen Ornamenten, am oberen Rand wurden sie von einer Zierleiste abgeschlossen. Ein gepflegtes Haus, das konnte man nicht anders sagen. Seiner Mutter jedenfalls hätte so etwas gefallen, sie hatte – soweit er sich erinnern konnte – den für Italiener so typischen sicheren Geschmack.

Noch dazu lag der Altbau mitten im Hamburger Innenstadtteil Winterhude, mit zahlreichen Cafés und Geschäften direkt vor der Tür. Sofia hatte sich in dem Familienbesitz draußen an der Elbe stets etwas fernab vom Schuss gefühlt und gelangweilt. Oft hatte sie von den pulsierenden Straßen in Florenz geschwärmt, genauer gesagt vom Marktplatz des Örtchens Fiesole, aus dem sie stammte.

Jonathan konnte sich noch dunkel entsinnen, wie sein Vater bei solchen Beschwerden stets auf die katastrophale Parkplatzsituation in der Stadt hingewiesen hatte, und auch er selbst war vorhin mit seinem Saab fast eine Viertelstunde lang ums Karree gegurkt, ehe er einen legalen und von der Größe her ausreichenden Stellplatz ergattert hatte. Und das auch nur durch die hohe Kunst des Paralleleinparkens, denn direkt vor ihm stand ein Golf, dessen Fahrer es offensichtlich für vollkommen in Ordnung gehalten hatte, in einem Abstand von gut und gern fünfzig Zentimetern zu einem Baum zu parken.

Nachdem Jonathan es durch angestrengtes Kurbeln schließlich gelungen war, die Lücke hinter dem Golf zu okkupieren, hatte er für den Parkrüpel auf seinem stets mitgeführten Block eine Notiz verfasst und sie ihm hinter den Scheibenwischer geklemmt:

Werter Verkehrsteilnehmer,

Sie haben sehr rücksichtslos geparkt, Ihr Wagen blockiert den Platz für zwei! Nur mit Mühe habe ich hinter Sie gepasst, wären Sie ein Stück vorgefahren, hätten Sie Ihren Mitbürgern das Leben erleichtert.

Mit freundlichen Grüßen

Jonathan N. Grief.

Als wäre das alles noch nicht ärgerlich genug gewesen, hatte Jonathan sich dann beim Erstehen eines Parkscheins mit absoluten Wucherpreisen konfrontiert gesehen. Vier Euro pro Stunde! Als würde er die Parkbucht nicht mieten, sondern gleich kaufen wollen! Noch so ein Thema für die »Hamburger Nachrichten«, vielleicht würde er die Redaktion in einer weiteren Mail auf die modernen Raubrittermethoden der Stadt hinweisen. Im Geiste formulierte er bereits.

Wertes Redaktionsteam,

als Auto fahrender Bürger unserer schönen Hansestadt wende ich mich heute an Sie mit der Bitte, sich in Ihrer Zeitung einmal des Themas »Wegelagerei bei Parkgebühren« anzunehmen …

Nun gut, er wollte sich ja nicht mehr aufregen. Vielmehr sollte er sich jetzt voll und ganz auf sein Anliegen in Sachen Kalender konzentrieren, dafür war er schließlich hier.

Als er den Absatz zum zweiten Stock erreichte, wurde er dort bereits von einer Dame erwartet, die lächelnd in der Tür zu ihrer Wohnung stand. Spontan musste Jonathan an die Sängerin Cher denken, denn diese Frau war genauso schön – glücklicherweise aber nicht genauso operiert. Er schätzte sie auf Mitte fünfzig, wobei sie auch gut und gern zehn Jahre jünger sein könnte. Oder älter, es war schwer zu sagen.

Ihr langes schwarzes Haar fiel ihr glänzend auf die Schultern, ihre markanten Gesichtszüge hatten in der Tat etwas Indianisches, sie trug einen schmal geschnittenen Hosenanzug in Anthrazit, der wunderbar mit ihren ebenfalls dunkelgrauen Augen korrespondierte. Alles in allem war sie eine echte Erscheinung. Zeitlose Eleganz, so hätte es wohl ein Autor formuliert.

Jonathan räusperte sich, als er einen weiteren Schritt auf sie zuging und ihr seine Hand entgegenstreckte. »Guten Tag, Frau Schulz. Mein Name ist ...«

»Pssst!«, wurde er von der Frau abgewürgt. Sie legte einen Zeigefinger an die Lippen und lächelte dabei noch immer, jetzt aber irgendwie verschwörerisch. »Keinen Namen!«, fügte sie leise hinzu. Ihre Stimme war dunkel und rauchig. Hätte Jonathan für Frau Schulz eine Synchronsprecherin suchen müssen – er hätte für sie genau die Stimme gewählt, die sie hatte. Allerdings nicht den Namen »Schulz«, der passte so gar nicht zu ihr. »Kommen Sie herein.« Sie ließ die Tür nach innen aufschwingen und trat einen Schritt beiseite.

»Äh, ja«, brachte Jonathan stotternd hervor, während er seine Schuhe auf der Fußmatte abtrat und ihrer Einladung folgte. »Also, Frau Schulz ...«

»Sarasvati«, unterbrach sie ihn erneut.

»Saras-watt?«

»Ich heiße Sarasvati.«

»Ach was? Sarasvati Schulz?«

Sie lachte laut auf, es klang heiter und perlend. »So in der Art. Sarasvati ist mein spiritueller Name. Mein Seelenname.«

»Spirituell, ah ja.« Jonathan kämpfte gegen den Impuls an, sich auf der Stelle zu verabschieden und das Weite zu suchen. So schön diese Frau auch war, umso eigenartiger schien sie ihm zu sein.

Sofort musste er wieder an Harry Potter von der Alster denken, der ja auch etwas von »Seele« gefaselt hatte. War in Hamburg gerade irgendwas im Trinkwasser? Oder was war hier los?

Natürlich ging Jonathan *nicht*. Dafür war seine Neugier viel zu groß. Seine Neugier – und das Gefühl, gerade eine Art Abenteuer zu erleben.

»Sarasvati ist die indische Gottheit der Weisheit und der Gelehrsamkeit«, erklärte Frau Schulz, während sie Jonathan in ihr Wohnzimmer führte. Es war sehr stilvoll eingerichtet, in einer Mischung aus hellen, modernen Möbeln und ausgewählten antiken Stücken aus dunklem Holz, vor allem eine Standuhr mit filigranen Schnitzarbeiten fiel ihm ins Auge. An den drei großen Fenstern hingen wollweiße Vorhangschals, ein dicker Teppich mit afrikanischen Mustern verlieh dem Raum in Verbindung mit der marokkanischen Deckenlampe exotische Wärme und Gemütlichkeit.

Frau Schulz aka Sarasvati deutete auf einen der Stühle vor dem Esstisch aus Teak, auf dem ein sechsarmiger Kerzenleuchter thronte. Daneben standen eine Kristallkaraffe mit Wasser und zwei leere Gläser, ein Päckchen Spielkarten lag in der Mitte des Tischs. »Bitte, setzen Sie sich doch!«

»Hier liegt ein Missverständnis vor«, sagte Jonathan, ohne den ihm angebotenen Platz einzunehmen. »Ich möchte gar nicht zu Ihnen.«

»Möchten Sie nicht?« Sarasvati zog eine ihrer perfekt gezupften Augenbrauen in die Höhe.

»Doch, ja, schon. Aber ich will eigentlich nur etwas abgeben.«

»Nun?« Sie streckte ihm auffordernd eine Hand entgegen. »Dann geben Sie es ab.«

Unwillkürlich umklammerte Jonathan die Tasche fest mit beiden Händen und presste sie gegen seinen Oberkörper. »Nein, das geht nicht, es ist nicht für Sie!«

»Nicht für mich?« Es folgte die zweite Augenbraue. »Dann verstehe ich nicht, warum Sie hier sind. Sie scheinen mir etwas durcheinander zu sein, junger Mann.«

»Lassen Sie mich es Ihnen erklären.« Klammheimlich ärgerte er sich über den »jungen Mann«, wusste doch jeder, dass in dieser Bezeichnung etwas Herablassendes mitschwang. Aber er überging es geflissentlich und erzählte Sarasvati stattdessen von seinem Alsterlauf und seinem Fund, der ihn heute zu ihr geführt hatte.

»Verstehe«, kommentierte sie, sobald er geendet hatte, und sah ihn amüsiert an. »Aber dann können Sie den Kalender mit ruhigem Gewissen bei mir lassen. Ich werde ihn meinem Kunden übergeben, sobald er eintrifft.«

»Ihrem *Kunden*?« Jonathan N. Grief ließ erneut seinen Blick durch den Raum schweifen und versuchte sich nicht anmerken zu lassen, welche Gedanken ihm dabei durch den Kopf schossen.

Vergeblich. Sarasvati lachte erneut. »Nicht, was Sie jetzt denken!« Sie deutet auf den Tisch. »Ich lege Karten.«

»Karten?«

Sie nickte.

»Sie sind also Wahrsagerin?«

»Ich bevorzuge die Bezeichnung ›Lebensberaterin‹.«

»Aha.« Die nächsten Gedanken in Jonathans Kopf waren nur bedingt schmeichelhafter als die vorangegangenen, kamen doch Begriffe wie »Scharlatanerie« und »Hokuspokus« darin vor.

»Davon halten Sie nichts, wie?« Immerhin – über gewisse hellseherische Fähigkeiten schien die Dame durchaus zu verfügen.

»Nun ja«, erwiderte Jonathan ausweichend, »ich habe mich damit noch nie beschäftigt.«

»Das sollten Sie, es ist faszinierend!«

»Hm, ja …« Er beschloss, ihren Vorschlag zu ignorieren. »Zurück zu meinem eigentlichen Anliegen: Ich möchte nur sichergehen, dass das Filofax wieder in die richtigen Hände gelangt.«

»Und meine Hände halten Sie nicht für richtig?«

»Wie kommen Sie denn darauf?«

Die Kartenlegerin zuckte mit den Schultern. »Sie wollen mir den Kalender nicht überlassen, obwohl ich Ihnen versichert habe, dass ich ihn weitergebe.«

»Nehmen Sie es mir nicht übel«, antwortete Jonathan, »aber ich kenne Sie ja gar nicht.« Er dachte an die fünfhundert Euro in der Seitentasche und kam nicht umhin, sich innerlich einzugestehen, dass eine Wahrsagerin bei ihm nicht gerade den besten Leumund genoss. Auch wenn das vielleicht ein böses Vorurteil war – es war eben so.

»Nehmen Sie es mir ebenfalls nicht übel – aber ich

kenne Sie *auch* nicht«, gab Sarasvati zurück. »Trotzdem stehen Sie mitten in meinem Wohnzimmer.«

»Sie haben mich hereingelassen!«

»Weil ich dachte, dass Sie ein Kunde sind.«

»Sehen Sie«, trumpfte er auf und konnte sich ein Grinsen nicht verkneifen, »und genau deshalb sollte man im Leben immer sichergehen!«

Sie schüttelte den Kopf. »Sie sind mir ja vielleicht einer!«

»Wieso?«

Sie winkte ab. »Vergessen Sie's.« Erneut deutete sie auf einen der Stühle. »Aber dann machen wir es einfach so: Sie nehmen Platz und warten, bis der geheimnisvolle Filofax-Besitzer auftaucht.«

»Störe ich Sie denn nicht?«

»Nein, gar nicht. Die nächsten drei Stunden habe ich voll und ganz für meinen Termin geblockt, da können wir uns gern miteinander die Zeit vertreiben, bis der Kunde da ist.«

»Drei Stunden?«, wunderte sich Jonathan, während er sich an den Tisch setzte und die Tasche mit dem Kalender neben seinem Stuhl abstellte. »So lange dauert das?«

»Bei einer Erstberatung schon«, erwiderte Sarasvati und nahm ihm gegenüber Platz. »Da können es auch mal fünf Stunden werden.«

»Fünf?«, rief Jonathan fassungslos aus. »Was bespricht man denn bitte in fünf Stunden?«

»Das Leben«, erwiderte sie lakonisch. »Und glauben Sie mir: Manche Kunden kommen immer wieder, weil unser Dasein so komplex ist. Eine einzige Beratung reicht da längst nicht aus.«

»Was verdienen Sie dabei denn so?«, rutschte es ihm heraus. Seine Neugier war einfach zu groß.

»Und was verdienen Sie so in Ihrem Job?«, stellte sie die Gegenfrage. »Was machen Sie überhaupt?«

»Verzeihung.« Er spürte, wie er rot wurde. »So was fragt man nicht.« Dann stach ihn erneut der Hafer. »Allerdings, wenn Sie Hellseherin sind, müssten Sie ja wissen, was ich mache.«

»Lebensberaterin«, korrigierte sie ihn.

»Wie auch immer. Ich wollte Ihnen nicht zu nahe treten, es hatte mich einfach nur interessiert, was man in Ihrem …«, er schaffte es gerade noch so eben, das Wort »Gewerbe« zu umschiffen, »… Metier so verdient.«

»Es kommt darauf an«, antwortete Sarasvati freundlich.

»Worauf?«

»Auf den Menschen, der meinen Rat sucht.«

»Sie entscheiden das nach Sympathie?«

»Auch«, bestätigte sie. »Und danach, was der Kunde sich leisten kann.«

»Es gibt also einen Sozialhilfesatz?«

»So könnte man es nennen«, bestätigte sie. »Dann richtet es sich noch nach der Schwere des jeweiligen Problems.« Sie zwinkerte ihm vergnügt zu. »Bei Ihnen würde es sicher nicht billig werden.«

»Sie wissen doch gar nichts über mich!«, protestierte er empört.

»Ich weiß bereits genug«, erwiderte sie lächelnd. »Dafür muss ich Sie nur ansehen.«

»So?« Jonathan verschränkte die Arme vor der Brust. Überraschenderweise war er nicht einmal richtig beleidigt. Er war eher … fasziniert. Auch wenn das alles natürlich kompletter Unsinn war – irgendetwas hatte diese Sarasvati an sich, was ihn in ihren Bann schlug. »Verraten Sie mir dann auch noch, was genau Sie sehen? Und wie das funktioniert?«

»Da gibt's nichts zu verraten«, antwortete sie. »Ich weiß es einfach. Das ist eine Gabe, die man hat oder nicht.«

»Und wozu brauchen Sie dann überhaupt die Karten?« Er deutete auf den Stapel auf der Mitte des Tisches.

»Das ist mein Handwerkszeug, so wie ein Zimmermann einen Hammer hat oder ein Maler einen Pinsel.«

»Hammer und Pinsel?«

»Sie helfen mir bei meiner Arbeit. Ich kann damit erkennen, wie sich die Dinge entwickeln.«

Jonathan beugte sich über den Tisch zu ihr vor. »Tut mir leid, aber es fällt mir schwer, das zu glauben.«

»Das steht Ihnen vollkommen frei.«

»Ich meine, das sind doch ganz normale Karten, oder?« Er wollte jetzt nicht lockerlassen, die Sache interessierte ihn schlicht viel zu sehr.

»Es sind Tarotkarten, ja.«

»Und die mischen Sie dann, legen sie aus und, zack!, wissen, was in der Zukunft passiert?«

Ein weiteres Mal erklang ihr perlendes Lachen. »Wenn Sie so wollen, ja. Allerdings mische nicht ich die Karten, sondern meine Kunden. Und dann sehe ich auch nicht die Zukunft, sondern die Möglichkeiten.«

»Aha.« Hatte er es doch gewusst! Möglichkeiten! Ja, möglich war immer vieles. Es konnte auch passieren, dass er morgen aus der Tür trat und von einem Lkw überfahren wurde. Sollte alles schon vorgekommen sein.

»Lassen Sie es mich Ihnen etwas genauer erklären«, fuhr Sarasvati fort. Sie nahm den Stapel Karten zur Hand und begann, ihn vor Jonathan auszubreiten. »Beim Tarot geht es um das ›Gesetz der Entsprechung‹.« Eine Karte nach der nächsten platzierte sie mit einem leisen Plopp auf dem Tisch. »Alle unsere Gefühle, unsere Gedanken, alles, was wir hoffen, ahnen oder befürchten, lässt sich mit einem Bild ausdrücken.«

»Okay«, sagte Jonathan. »So weit, so klar.«

»Gut.«

»Was ich noch nicht verstehe, ist, wie die Karten wissen können, was ich hoffe und fühle oder befürchte.«

»Es sind nicht die Karten, die das wissen. Sie sind es! Ihr Unterbewusstsein reagiert auf die Symbole der Bilder, ähnlich wie bei der Traumdeutung.«

Jonathan schüttelte skeptisch den Kopf, das überzeugte ihn nicht. »Aber mal angenommen, ich mische die Karten und ziehe welche – dann ist das Ergebnis doch rein zufällig und hat nichts mit meinem Wissen oder meinem Unterbewusstsein zu tun!«

»Nichts im Leben ist zufällig«, wurde er von Sarasvati belehrt. »Alles ist mit allem verbunden, das Innere entspricht immer dem Äußeren.«

Er lehnte sich auf seinem Stuhl zurück. »Ich fürchte, da kann ich Ihnen nicht mehr folgen.«

»Soll ich es Ihnen mal zeigen?«

»Wie meinen Sie?«

»Na, indem ich für Sie mal in die Karten gucke.«

»Was?« Er hob abwehrend die Hände. »Oh nein, das ist nichts für mich! Ich bin lediglich hier, um den Kalender abzugeben, das ist alles.«

»Wie Sie meinen.«

»Genau.« Er warf einen Blick auf die Standuhr, die Viertel nach sieben zeigte. »Kann ja nicht mehr lange dauern.«

»Möchten Sie vielleicht einen Schluck Wasser?« Sie griff nach der Karaffe. »Es ist mit Heilsteinen belebt.«

Erst jetzt fiel Jonathan auf, dass am Boden des Kristallgefäßes tatsächlich ein paar lilafarbene Steine lagen. »Nein, danke«, lehnte er ab. Wer konnte schon sagen, was sich in der Plörre tummelte? Im besten Fall nur irgendwelche Bakterien.

»Dann nicht.« Sie goss sich selbst Wasser in ihr Glas und trank davon zwei große Schlucke, ehe sie es aufatmend absetzte. »Ah, das tut gut!«

»Hm.« Jonathan wusste nicht so recht, was er nun sagen sollte. Die eben noch lockere Situation hatte mit einem Mal etwas Beklemmendes, und er hoffte, dass der Kunde sich nicht mehr allzu lange Zeit lassen würde. Eigentlich eine ziemliche Unverschämtheit, sich so sehr zu verspäten. Bei einer zeitlich fest ausgemachten Verabredung – noch dazu einer beruflichen, die es für Frau Schulz schließlich war! – hielt Jonathan selbst das akademische Viertel für absolut unangemessen.

Die Hellseherin schien das allerdings nicht im Geringsten zu stören, sie saß vollkommen entspannt auf ihrem Stuhl, trank ihr Heilwasser und blickte Jonathan offen und freundlich an. Keiner sagte ein Wort, einzig das Ticken der großen Wanduhr erfüllte den Raum.

Um kurz vor halb acht beschloss Jonathan, doch einen Schluck von dem Wasser zu probieren, und schob Sarasvati mit einem »Ich würde dann doch etwas zu trinken nehmen« sein Glas hin. Sie goss ihm lächelnd ein, er führte das Glas zu den Lippen und war überrascht, wie frisch und gut das Wasser schmeckte. Ob nun gerade »belebt«, das vermochte er nicht zu sagen – aber auf keinen Fall schlechter als das von ihm bevorzugte Evian.

Viertel vor acht. Jonathan spielte mit seinem leeren Glas herum. »Es sieht so aus, als würde Ihr Kunde nicht mehr kommen«, stellte er fest.

»Das macht nichts«, erwiderte Sarasvati.

»Aber Sie haben doch extra drei Stunden reserviert!« Wie konnte sie nur so ruhig und gelassen bleiben? Er selbst wurde überaus fuchsig, wenn jemand seine Zeit verschwendete.

»Die sind bereits bezahlt.«

»Sie nehmen Vorkasse?«

»Paypal«, erklärte sie.

»Was ist das?«

»Ein Bezahlsystem, das übers Internet läuft.«

»Oh.«

»Sehr praktisch. Der Kunde kann einfach mit seiner Mailadresse Geld an meine Mailadresse schicken.«

»Geld per Mail? Wie muss ich mir das vorstellen, hängen da Scheine an?«

»Nein.« Sie lachte. »Über die Adresse wird ein Konto verwaltet, das ist alles.«

»Aber dann wissen Sie ja auch, wie Ihr Kunde heißt«, stellte Jonathan fest.

»In diesem Fall nicht«, erwiderte sie, und Jonathan war enttäuscht. »Die Mailadresse, mit der bezahlt wurde, lässt keine Rückschlüsse auf einen Namen zu. Außerdem wurde die Sitzung als Geschenk über meine Homepage gebucht, da kann man direkt alle freien Termine sehen und sich für einen eintragen.«

»Sie haben auch eine Homepage?«

»Natürlich. Ich muss ja mit der Zeit gehen.«

»Ja, natürlich.« Er lächelte. »Sie scheinen eine sehr moderne Wahrsagerin zu sein«, fügte er in anerkennendem Tonfall hinzu.

»Lebensberaterin.«

»Das meine ich doch.«

Erneut verfielen beide in Schweigen. Während die Zeiger der Standuhr quälend langsam vorankrochen.

»Nun«, sagte Sarasvati, als eine dunkle Glocke achtmal schlug. »Sie scheinen mit Ihrer Vermutung, dass niemand mehr kommt, recht zu behalten. Ich kann Ihnen also nicht weiterhelfen. Und da Sie mir den Kalender auch nicht überlassen möchten …«

»Gibt es denn gar keine Möglichkeit, herauszufinden, wer den Termin bei Ihnen gebucht hat?«, fiel Jonathan ihr ins Wort. Er konnte selbst hören, wie verzweifelt er klang, und es war ihm peinlich, dass er beinahe die Contenance verlor. Zumal er sich die Heftigkeit seiner Reaktion überhaupt nicht erklären konnte.

Frau Schulz kniff die Augen zusammen und betrachtete ihn eingehend. »Weshalb ist Ihnen das so wichtig?«, wollte sie prompt wissen. »Sie haben doch mit dem Besitzer nichts zu tun.«

»Das stimmt, aber …« Ja, aber was? *Der Kalender könnte von meiner Mutter sein? Die ganze Sache fühlt sich an, als wäre sie wichtig? In meinem Leben passiert nicht so viel, und das hier ist das erste Mal seit Langem, dass …* »Ach, ich weiß auch nicht«, gab er sich schließlich geschlagen. »Es wird das Beste sein, ich liefere das Filofax im Fundbüro ab und mache mir keine weiteren Gedanken darüber.«

»Glauben Sie das wirklich?« Sie fixierte ihn so intensiv mit ihren mandelförmigen Augen, dass Jonathan ganz warm wurde.

»Nun ja, wenn der Besitzer hier nicht erscheint und Sie auch nicht wissen, wer er oder sie ist …« Ihn durchfuhr ein Geistesblitz, er unterbrach sich. »Sie könnten ja eine E-Mail an die Adresse schicken, mit der bezahlt wurde! So könnten Sie dem- oder derjenigen mitteilen, dass ich einen Kalender gefunden habe, der bei mir abgeholt werden kann. Dann lasse ich Ihnen einfach meine Telefonnummer hier.«

»Das könnte ich«, pflichtete Frau Schulz ihm bei. »Aber warum sollte ich das tun?«

»Äh.« Die Frage macht ihn einen Moment lang sprachlos. »Weil Sie eine nette Frau sind?«

»Stimmt, das bin ich.« Bei diesen Worten strahlte sie regelrecht. »Und weil ich eine nette Frau bin, biete ich Ihnen noch einmal an, für Sie in die Karten zu gucken. Der Termin ist ja immerhin bezahlt.«

»Nein, nein«, wehrte er erneut ab. »Das ist wirklich nichts für mich.«

Sie ließ nicht locker. »Wenn Sie sich mal für eine Sekunde auf den Gedanken einlassen, dass nichts im Leben zufällig geschieht, und sich dann fragen, warum Sie gerade vor mir sitzen – finden Sie es dann nicht spannend, was dabei herauskommen könnte?«

»Öh …« Er zögerte kurz. »Nein?« Was wie eine Feststellung klingen sollte, kam wie eine Frage heraus.

»Das glaube ich Ihnen nicht.«

»Und ich verstehe nicht, warum Sie so darauf beharren, für mich einen Blick in die Zukunft werfen zu wollen!«

»In Ihre Möglichkeiten«, verbesserte Sarasvati ihn.

»Was auch immer. Ich bin nicht interessiert.« Wie um seinen Worten mehr Gewicht zu verleihen, schlug er mit der flachen Hand auf den Tisch und machte gleichzeitig Anstalten, sich von seinem Stuhl zu erheben.

Sein Gegenüber lehnte sich zurück und sah ihn einen Moment lang kopfschüttelnd an. »Sagen Sie«, fragte sie dann, »wovor haben Sie eigentlich so große Angst?«

»Angst?« Er lachte auf und ließ sich zurück auf seinen Sitz plumpsen. »Ich habe doch keine Angst!«

14

Hannah

2 Monate zuvor,
30. Oktober, Montag, 19:53 Uhr

»Hallo!« Simon saß aufrecht in einem Patientenbett am Fenster, hob eine Hand und lächelte sie schwach an, sobald sie den Raum betraten. Er sah noch immer sehr blass aus, von seiner linken Armbeuge führten Schläuche zu zwei durchsichtigen Plastikbeuteln, die an einem Gestell neben seinem Bett baumelten. Beim Anblick ihres angeschlagenen Freundes wurden Hannah die Knie weich. Ihr Herz zog sich schmerzhaft zusammen, und ihr wurde regelrecht flau im Magen.

»Schatz!«, rief sie, zog sich einen Besucherstuhl heran, nahm Platz und griff nach Simons Hand. »Was machst du denn für Sachen?«

Nun wurde sein Lächeln schelmisch. »Die Frage ist doch vielmehr, was machst *du* für Sachen? Mit mir?«

»Es tut mir wahnsinnig leid«, wiederholte Hannah das, was sie bereits Lisa gesagt hatte. »Hätte ich geahnt …«

»Schon gut«, wurde sie von ihm unterbrochen. »Ich hab's ja überlebt.« Er sah zu dem Arzt hinüber. »Laut Dr. Fuchs hatte ich wohl eine Art Schwächeanfall, also alles kein Drama.«

»Ja«, bestätigte der Arzt. »Allerdings sollte man das nicht auf die allzu leichte Schulter nehmen«, fügte er hinzu und blickte medizinisch streng in die Runde. »Sie haben sich überanstrengt, und das kann bei einem nicht auskurierten Infekt sogar richtig gefährlich werden.« Er machte eine Pause, um seine Worte auf die Anwesenden wirken zu lassen. Bei Hannah jedenfalls wirkten sie, sie hatte den Eindruck, auf ihrem Stuhl sichtbar zu schrumpfen. Lisa, die noch immer neben der Tür stand, blickte ebenfalls schuldbewusst drein, dabei hatte sie zu der Situation ja überhaupt nichts beigetragen.

Einzig Simon in seinem Bett machte einen ziemlich fröhlichen Eindruck. Täuschte sie sich oder hatte er tatsächlich ein »Hab ich doch gesagt!« ins Gesicht geschrieben?

»Gerade junge und vitale Menschen unterschätzen oft, was eine simple Erkältung bei ihnen anrichten kann«, dozierte Dr. Fuchs weiter. »Im schlimmsten Fall greifen Erkältungsviren andere Organe an, was zum Beispiel zu einer Herzmuskelentzündung führen kann. Und die endet unter Umständen tödlich.« Nun sogen alle drei erschrocken die Luft ein.

»Jetzt malen Sie nicht gleich den Teufel an die Wand!«, brachte Hannah in einem vorwurfsvollen Ton hervor, sobald sie sich wieder gefangen hatte.

»Es liegt mir fern, das zu tun«, erwiderte der Arzt ein wenig süffisant. »Ich rede nicht vom Teufel – ich rede von dem, was ich als Mediziner hier Tag für Tag erlebe.«

Simon röchelte. »Äh, Tag für Tag?«

»Nun ja, so oft nun auch wieder nicht«, ruderte Dr. Fuchs zurück und räusperte sich. »Aber immer noch häufig genug, um Ihnen für die nächsten Tage absolute Ruhe und Schonung zu verordnen.« Er nahm seine Akte zur Hand und betrachtete den Inhalt mit einem Stirnrunzeln, als würde er gerade abgestürzte Aktienkurse studieren. »Also, Herr Klamm, Ihren Kreislauf haben wir so weit stabilisiert. Sobald die Infusionen durchgelaufen sind, wird die Schwester den Tropf entfernen, damit Sie sich in Ruhe gesund schlafen können. Morgen früh entlassen wir Sie dann.« Er blätterte weiter in der Akte herum. »Ihr Blutdruck ist sehr niedrig, aber das scheint mir nicht weiter verwunderlich zu sein. Allerdings zeigt Ihr Blutbild einige Abweichungen, das sollten Sie noch einmal vom Hausarzt überprüfen lassen.«

»Abweichungen?«, hakte Simon nach.

Der Arzt schlug die Akte zu und sah ihn direkt an. »Zum einen sind Ihre Entzündungswerte erhöht, weshalb wir Ihnen neben der Kochsalzlösung gerade noch ein Antibiotikum verabreichen.« Er deutete auf einen der beiden Plastikbeutel am Tropfgestell. »Das Mittel nehmen Sie bitte die nächsten sechs Tage zu Hause in Tablettenform weiter ein, Sie bekommen es bei Ihrer Entlassung.«

Simon nickte folgsam.

»Darüber hinaus liegt eine leichte Blutarmut vor, meines Erachtens nach eine Infektanämie.«

»Infektanämie?«, wollte Lisa nun wissen.

»Eine Folge der Erkältung, die ich demnach als grippalen Infekt einordnen würde. Eine Lungenentzündung konnten wir glücklicherweise ausschließen.«

»Aha«, sagte Hannah – und fühlte sich noch schlechter als ohnehin schon. Jetzt war es also schon eine Grippe – und sie hatte Simon trotzdem in ein Clownskostüm genötigt!

Na gut, aber es war *keine* Lungenentzündung, immerhin. Das war doch positiv, oder?

»Das wird sich vermutlich von allein regeln, in Ihrem Alter sollte das kein Problem sein«, erklärte Dr. Fuchs. »Dennoch empfehle ich Ihnen, sich in ein paar Wochen, wenn Sie sich wieder besser fühlen, Ihrem Hausarzt vorzustellen. Er sollte noch einmal Blut abnehmen und alle Werte überprüfen.«

Während der Arzt weiter darüber redete, was Simon demnächst zu tun und zu lassen hatte, ärgerte sich Hannah über dessen geschwollene und wichtige Ausdrucksweise. *Seinem Hausarzt vorstellen*, wie affig! »Guten Tag, darf ich mich Ihnen vorstellen? Mein Name ist Simon Klamm.« Pffff, so jung und schon so verstockt, der Herr Doktor!

»… aber das Wichtigste ist und bleibt die absolute Ruhe in den nächsten Tagen«, beendete der Halbgott in Weiß seinen Monolog.

»Dann würde ich lieber hier im Krankenhaus bleiben«, stellte Simon fest.

»Wie bitte?«, fragt der Arzt irritiert nach.

»Also, wenn ich Ruhe brauche, würde ich lieber nicht nach Hause gehen«, antwortete Hannahs Freund, während er ihr dabei verstohlen in die Hand kniff. »Da kann ich mich nämlich nicht erholen, sondern werde von meiner persönlichen Sklaventreiberin zu Höchstleistungen gezwungen. Bei Ihnen auf der Station fühle ich mich einfach sicherer, quasi wie in einer Art Schutzhaft.«

»Schutzhaft?« Nun sah Dr. Fuchs aus, als würde er überhaupt nichts mehr verstehen, während Lisa sich vor Lachen bog und Simon sich offenbar nur mit größter Mühe ein zufriedenes Grinsen verkniff.

»Jetzt hört doch mal auf!«, maulte Hannah. »Die Botschaft ist bei mir längst angekommen, ihr müsst nicht so auf mir rumhacken!«

»Komm, Schatz«, sagte Simon und drückte wieder ihre Hand, diesmal beschwichtigend, »ein bisschen Spaß muss sein. Sagst du schließlich selbst immer.«

»Kommt darauf an, auf wessen Kosten.« Sie war immer noch beleidigt.

»Tja, jeder ist mal dran«, kam es von Lisa.

»Nun, wie dem auch sei«, meldete sich der Arzt wieder zu Wort. »Ich lasse Sie dann mal allein. Morgen früh kommt mein Kollege Dr. Hausmann zur Visite, und wenn dann alles in Ordnung ist, wovon ich ausgehe, können Sie nach Hause.« Er zögerte einen Moment, so als würde er überlegen, ob er noch ein »Wenn Sie denn wollen« hinzufügen sollte. Er tat es nicht, verabschiedete sich stattdessen mit einem knappen Nicken und entschwand.

»Puh!«, entfuhr es Lisa, sobald sich die Tür hinter ihm geschlossen hatte. »Das war ja mal ein Auftritt!«

»Das kannst du wohl sagen«, pflichtete Hannah ihr bei. »Ich kam mir vor, als müsste ich vorm Jüngsten Gericht all meine Sünden bekennen.«

»Damit wären wir aber nicht so schnell durch gewesen«, warf Simon ein und prustete jetzt richtig los. Hannah warf ihm einen bösen Blick zu, er hob abwehrend seine freie Hand. »Also, ich fand den Doc eigentlich ganz gut. Endlich mal jemand, der mich ernst nimmt!«

»Als würde ich dich nicht ernst nehmen!«, gab sie entrüstet zurück.

»Ach, komm schon her und lass dich küssen, du unmögliches Weib!« Er zog sie zu sich heran und fing an, ihr Gesicht über und über mit Küssen zu bedecken. Sie ließ es lachend geschehen.

»Ich geh dann mal besser«, schaltete Lisa sich ein. »Irgendwer muss ja in der Rasselbande aufräumen.«

»Warte!«, brachte Hannah unter Simons Lippen nuschelnd hervor. »Ich komm gleich mit!«

»Lass mal.« Lisa winkte ab. »So viel ist es ja nicht, bleib mal lieber bei unserem Patienten.«

»Bist du sicher?«

»Natürlich bin ich sicher!« Sie grinste breit und war schon bei der Tür.

»Wir sehen uns dann morgen?«, fragte Hannah.

»Wenn Simon auf dich verzichten kann, natürlich!«

»Ich wiederhole mich«, schaltete er sich wieder ein. »Ich brauche RUHE!«

»Pfff!«, kam es von Hannah.

Lisa verabschiedete sich, dann waren sie allein.

»Ach, mein Schatz«, sagte Hannah und bettete ihren Kopf an Simons Brust. »Das war wirklich eine ganz schöne Aufregung.«

»Alles halb so wild, finde ich.« Er legte einen Arm um ihre Schulter. »Außerdem gefällt es mir irgendwie, so von dir umsorgt zu werden.« Er fing an, ihr übers Haar zu streicheln.

»Weißt du«, sagte sie, während sie die Augen schloss und Simons Berührung genoss, »ich hab mich total erschrocken, als du vorhin umgekippt bist.«

»Echt?«

»Ja.« Sie hob den Kopf und sah ihn an. »Ich hatte richtig Angst um dich.«

»Quatsch«, erwiderte er verlegen. »Unkraut vergeht nicht.«

»Das ist gut.« Ihre Stimme zitterte ein wenig. »Du musst nämlich wissen, dass ich dich liebe. Und wenn ich mir vorstelle, dass ich dich verlieren könnte …«

»Pssst!« Er legte ihr einen Zeigefinger auf die Lippen. Dann lächelte er, beugte sich zu ihr vor und küsste sie ganz vorsichtig und zärtlich. »Ich liebe dich auch.« Er küsste sie noch einmal. »Und du musst dir keine Sorgen machen, so schnell wirst du mich nicht los.«

»Hoffentlich nicht!«

»Bestimmt nicht!«

»Nein?«

»Nein, ganz sicher nicht.« Er räusperte sich. »Dabei fällt mir ein, dass ich dich schon die ganze Zeit etwas fragen wollte.«

»Ja?« Hannahs Herz setzte eine Sekunde lang aus – nur um im nächsten Moment wie wild loszuschlagen. Kam nun die Fragen aller Fragen, auf die sie insgeheim schon so lange wartete? Hier etwa? Im Krankenhaus? Aber letztlich war es vollkommen egal, wo Simon ihr einen Antrag machte. Hauptsache, er machte ihn endlich! Vielleicht hatte ihm der Schreck vom Nachmittag sogar vor Augen geführt, dass es an der Zeit dafür war? Dass das Leben kurz und endlich ist und man mit den Dingen, die einem wichtig sind, nicht warten sollte, bis es dafür zu spät ist?

»Also, die Sache ist die …« Er unterbrach sich. »Ach, nein, ich weiß gar nicht, wie ich es sagen soll.«

»Sag's doch einfach«, ermutigte sie ihn.

Er holte tief Luft, dann setzte er erneut an: »Ich wollte dich die ganze Zeit schon fragen – «

»So, Herr Klamm!« Die Zimmertür flog mit Schwung auf und knallte mit einem lauten Rumms gegen die Wand, hereinspaziert kam eine dralle Krankenschwester, deren Pferdeschwanz unter ihren energischen Schritten hin- und herwippte. »Ich befreie Sie dann mal von Ihrem Tropf, der ist jetzt durch.« Routiniert entfernte sie die Kanüle aus Simons Arm und verarztete die Einstichstelle mit einem Pflaster. Dann nickte sie ihm und Hannah verbindlich zu und rollerte mit dem Infusionsgestell von dannen. Hannah sah ihr nach, wie die Tür hinter ihr zuklappte. Wie ein böser Geist, der seinen kurzen, aber wirkungsvollen Auftritt gehabt hatte. Sie hätte Madame Pferdeschwanz umbringen können! Warum gerade in diesem Augenblick? WARUM JETZT?

»Sprich weiter«, forderte Hannah Simon auf, sobald sie wieder allein waren.

»Nein, lieber nicht«, erwiderte er zu ihrer großen Enttäuschung. Und gähnte herzhaft. »Ich bin echt saumüde und brauche dringend eine Mütze Schlaf.«

»Bist du sicher?« Sie gab sich Mühe, nicht allzu enttäuscht zu klingen, dabei spürte sie bereits, wie ihr die Tränen in die Augen stiegen. »Ich kann auch gern warten, während du ein Nickerchen machst.«

»Lieb von dir.« Er lächelte sie an, während er eine Etage tiefer auf sein Kissen rutschte. »Aber wenn ich erst mal weg bin, wache ich bestimmt nicht vor morgen früh auf.«

»Das macht mir nichts«, beharrte Hannah. »Ich bleibe einfach hier.«

»Sei nicht albern, du brauchst auch deinen Schlaf.«

»Ich schlafe hier.«

»Wo?« Er blinzelte. »Auf dem unbequemen Besucherstuhl?«

»Zur Not lege ich mich auf den Boden.« Sie merkte selbst, wie albern das klang. Schließlich ging es gerade nicht darum, bei einem Sterbenden Wache zu halten.

»Lass gut sein«, erwiderte Simon erwartungsgemäß und gähnte herzhaft. »Mir ist es ganz lieb, jetzt ein bisschen allein zu sein.«

»Willst du denn nicht …« Sie zögerte kurz, aber es ließ ihr einfach keine Ruhe. Was hatte er sie fragen wollen? Was? Sie musste es wissen! Gerade eben war er so nah dran gewesen, *so nah!* »Willst du deine Frage denn nicht noch loswerden?«

»Das mache ich ein anderes Mal, okay?« Seine Lider begannen zu flattern, und Hannah sah ein, dass sie sich geschlagen geben musste.

»In Ordnung, mein Schatz.« Sie gab ihm noch einen sanften Kuss auf die Lippen. »Ich komme morgen früh wieder und hole dich ab, ja?«

Statt einer Antwort hörte sie nur noch ein leises Schnarchen.

15

Jonathan

2. Januar, Dienstag, 20:17 Uhr

»Also, das sieht doch schon mal sehr gut aus. Sie haben ein langes und glückliches Leben vor sich!«

Jonathan N. Grief blickte skeptisch auf die dreizehn Karten, die er zuvor mit der linken Hand gezogen und die Sarasvati danach auf dem Tisch nach einem geheimnisvollen System ausgelegt hatte. »Keltisches Kreuz« hatte sie es genannt, für Jonathan hätte auch die Bezeichnung »Böhmisches Dorf« gepasst.

Er tippte mit dem rechten Zeigefinger auf das oberste Bild. Ganz eindeutig: Es zeigte ein Skelett in Ritterrüstung, das auf einem Schimmel saß. »Also, ich will Ihnen ja nicht widersprechen«, sagte er, »aber ich sehe da in erster Linie den Tod liegen … Steht ja sogar unten drauf!« Bei der Berührung der Karte ging ihm ein Schauer durch den Körper.

»Das stimmt«, antwortete sie – und der Schauer verstärkte sich. »Aber der Tod ist nicht wörtlich zu verstehen. Er bedeutet Loslösung, eine tief greifende Veränderung. Eine Transformation.«

»Da bin ich aber beruhigt.« Jonathan schluckte. »Ich meine, wenn man stirbt, ist das ja durchaus eine Veränderung. Allerdings eine, mit der ich gern noch eine Weile warten würde.«

»Wie gesagt, Ihre Karten sehen nach einem langen und erfüllten Leben aus.«

»Wie schön!«

»Aber ...«

»Aha, jetzt kommt der Pferdefuß!«

Frau Schulz brachte ihn mit einem strengen Blick zum Schweigen. »Aber«, setzte sie erneut an und beugte sich über die ausgelegten Karten, »Sie müssen auch bereit sein, sich auf diese Veränderungen einzulassen.«

»Welche wären das denn?«

»Schschsch!« Unwillig wedelte sie mit einer Hand, als würde sie eine Fliege verscheuchen, bevor sie ihre Finger langsam von buntem Bildchen zu buntem Bildchen wandern ließ. »Ich sehe, dass Sie sich Sorgen machen.«

»Wer macht sich bei der heutigen Weltlage keine Sorgen?«

Sie blickte auf und schnalzte mit der Zunge. »Wenn Sie mich bei jedem Satz unterbrechen, kommen wir mit der verbleibenden Zeit garantiert nicht hin.«

»Bin ja schon ruhig.«

Erneut wandte sie sich dem Tarot-Deck zu. »Ja, ich sehe es hier ganz deutlich, in Ihnen tobt eine starke Angst, die Sie lähmt.«

Jonathan verzichtete darauf zu wiederholen, dass er *wirklich keine* Angst hatte. Jedenfalls im Moment nicht, das konnte sich im Verlauf der nächsten eineinhalb Stunden natürlich noch ändern.

»Sie müssen sich aus Ihrer Starre lösen und die Dinge angehen.« Sie tippte auf ein Bild mit der Bezeichnung

»Der Narr«, das einen Jüngling zeigte, der auf einem Fels-
vorsprung an einem Abgrund balancierte. »Die Karten
raten Ihnen zu mehr Leichtigkeit«, erklärte sie. »Lassen Sie die Schwere und den Kummer los, klammern Sie
sich nicht an Ihrem Schmerz fest, werfen Sie allen Ballast
ab.«

»Ich *habe* keinen Kummer!«, entfuhr es Jonathan nun
doch, heftiger als gewollt. »Außerdem, wenn ich mir die
Bemerkung erlauben darf: Der junge Mann da sieht so
aus, als würde er jeden Moment abstürzen.«

Sarasvati gab einen unwilligen Laut von sich und lehnte sich auf ihrem Stuhl zurück. »Tut mir leid, aber so wird
das nichts. Hören wir lieber auf, das hat ja keinen Sinn
mit Ihnen.« Sie machte Anstalten, die ausgelegten Karten
mit beiden Händen zusammenzuschieben.

»Aber nicht doch!«, rief Jonathan erschrocken aus,
schnellte nach vorn und legte seine Hände auf ihre. Erst
als er ihren pikierten Blick bemerkte, räusperte er sich
verlegen und ließ Sarasvati wieder los. »Tut mir leid«, nuschelte er, »ich bin ab sofort still, versprochen!«

»Gut.« Sie wiegte den Kopf hin und her, als würde sie
überlegen, ob sie Jonathans Bitte wirklich Folge leisten
sollte. Doch dann ließ sie ihre Finger erneut über die Karten wandern. »Hier liegt der ›Ritter der Stäbe‹«, erläuterte sie und zeigte auf ein Bild, das einen Mann zeigte, der
wie der Tod eine Rüstung trug und auf einem Pferd saß.
In der Hand hielt er einen Stock oder vielmehr einen Ast,
denn bei genauer Betrachtung entdeckte Jonathan grüne
Knospen daran. »Er fordert Sie zum Handeln auf, sagt Ihnen, dass etwas geschehen muss. Die Stäbe symbolisieren
das Element des Feuers, sie stehen für Lebenskraft und

Bewegung.« Sie nickte. »Ja, es ist an der Zeit, einen vollkommen neuen Kurs einzuschlagen.«

Jonathan hätte zu gern gefragt, welcher Kurs denn um Himmels willen damit gemeint war – aber er traute sich nicht, noch einmal den Mund aufzumachen.

»Sie müssen diesen Weg nicht allein gehen, sondern erhalten dabei Unterstützung.« Sie tippte auf das Bild einer Frau, die mit Krone und einem gelben Kleid auf einem Thron saß, ebenfalls mit einem langen Ast in der Hand. »Jemand gibt Ihnen den ersten Anstoß, zeigt Ihnen den richtigen Weg.«

»Eine Frau?«, hakte Jonathan nun doch nach und kam nicht umhin, sofort wieder an seine Mutter zu denken.

»Möglich. In jedem Fall haben Sie einen starken Begleiter.« Sie zeigte auf eine andere Karte. »Hier liegt noch die Königin der Kelche. Dieser Kelch birgt ein Geheimnis, das in Verbindung mit Ihren Gefühlen und Ihrer Seele steht.«

»Geheimnis? Was denn für ein Geheimnis?«

»Das gilt es herauszufinden. In jedem Fall ist das eine sehr emotionale Karte, die Sie auffordert, mehr auf Ihr Herz und weniger auf Ihren Verstand zu hören.«

»Hmpf.« Langsam nervte es ihn, wie vage Sarasvatis Aussagen blieben. Das konnte schließlich alles heißen – oder auch nichts.

»Hören Sie auf Ihre Intuition«, riet sie ihm. »Wenn Sie genau hinsehen, werden Sie die Zeichen erkennen und sie auch deuten können.«

»Aha.«

Sie schien zu bemerken, dass Jonathan unzufrieden war, denn sie fügte hinzu: »Es ist ganz einfach: Die meisten Menschen gehen mit Scheuklappen durchs Leben und merken gar nicht, wenn das Schicksal ihnen einen Hinweis nach dem nächsten gibt. Öffnen Sie Ihren Blick und Ihr Herz, seien Sie bereit, sich auf neue und ungewohnte Wege einzulassen, dann werden Sie auch Antworten auf alle Fragen erhalten, die Ihnen auf der Seele brennen.«

»Aha«, wiederholte er. Das war in seinen Ohren alles immer noch mehr als schwammig. »Könnten Sie nicht ein kleines bisschen konkreter werden? Bisher kann ich mit dem, was Sie mir da erzählen, noch nicht allzu viel anfangen.«

Er befürchtete schon, ein weiteres Mal von Sarasvati gerügt zu werden, aber stattdessen nickte sie nur lächelnd. »Bitte schön«, sagte sie und ließ ihre Finger über drei Karten wandern, die nebeneinanderlagen. »Sie werden noch in diesem Jahr eine sehr enge und fruchtbare Bindung eingehen.«

Nun wurde es endlich interessant! »Eine sehr enge Bindung?«, hakte er nach. »Was denn für eine? Eine berufliche?« Er hatte sich schon länger mit dem Gedanken getragen, Markus Bode vom Geschäftsführer zum am Umsatz beteiligten Gesellschafter zu befördern. Er war ein fähiger Mann, und gerade ihr letztes Gespräch hatte doch gezeigt, wie sehr er sich Griefson & Books verbunden fühlte – war es vielleicht also der richtige Schritt, seinen Einsatz zu belohnen?

»Tja«, sie schmunzelte, »ich kann es nicht zu hundert Prozent sagen, aber wenn ich mir die Kombination der Karten so ansehe, dann würde ich sagen, dass Sie vielleicht sogar bald heiraten werden.«

Jonathan konnte nicht anders, als in schallendes Gelächter auszubrechen. »Heiraten? Das wüsste ich aber!«

»Unser Unterbewusstsein weiß Dinge, von denen wir keine Ahnung haben.«

Er lachte ein weiteres Mal laut auf. In seinen eigenen Ohren klang es fast ein bisschen hysterisch. »Okay, wissen Sie was? Sie hatten recht! Bis eben hatte ich noch keine Angst, aber wenn Sie mir jetzt sagen, dass ich noch in diesem Jahr ... Also, dann habe ich in der Tat Angst. Sehr große sogar.«

»Kein Grund, sich Sorgen zu machen.«

»Die mache ich mir auch nicht. Weil Ihre Behauptung absoluter Unsinn ist. Ich habe ja nicht mal eine Freundin.« Er warf ihr einen triumphierenden Blick zu. Damit würde sie nicht gerechnet haben, dass er ein standfester Single war, Jahrmillionen von einer Beziehung entfernt.

Doch Frau Schulz zeigte sich gelassen und unbeeindruckt. »Das Jahr ist noch jung«, stellte sie fest.

»Glauben Sie mir«, er musste immer noch grinsen, »selbst wenn ich hier gleich aus der Tür marschiere und in die tollste Frau der Welt hineinlaufe, würde ich sie mit Sicherheit nicht Knall auf Fall heiraten.«

»So? Warum denn nicht?«

»Weil das ganz und gar unvernünftig wäre.«

»Manchmal ist das Unvernünftige das Vernünftige.«

»Das sagt sich zwar sehr schön dahin, taugt aber ganz und gar nicht fürs wirkliche Leben.«

»Damit scheinen Sie sich ja bestens auszukennen!«

»Womit?«

»Na, mit dem *wirklichen* Leben«, äffte sie ihn nach. »Ich schätze Sie auf über vierzig. Und wenn Sie bis jetzt noch immer keine Partnerin gefunden haben, wird das wohl auch nichts mehr werden.«

»Na, hören Sie mal! Ich war sogar schon verheiratet!«

»Mit Betonung auf ›war‹. Muss ja einen Grund geben, dass Sie die Dame nicht halten konnten.«

»Wollen Sie mich beleidigen?«

»Ja.«

»Vielen Dank!«

Einen Moment lang starrten sie sich an. Während sie sich gegenseitig fixierten, spürte Jonathan ein Kribbeln in sich aufsteigen, bemerkte ein nahezu elektrisierendes Knistern zwischen sich und der attraktiven Frau Schulz. Er konnte sich nicht erinnern, wann er so etwas zuletzt verspürt hatte. Und ob überhaupt schon einmal; seine Zeit mit Tina lag gefühlt mehrere Jahrtausende zurück.

Aber es war ihm nicht unangenehm, im Gegenteil. Angepiekst von der ungewöhnlichen Stimmung, die von ihm Besitz ergriffen hatte, ließ Jonathan sich zu einer frechen Bemerkung hinreißen: »Sie scheinen ja auch noch niemanden gefunden zu haben, da sitzen wir also im selben Boot.«

»Ach? Woher wollen Sie *das* denn wissen? Sind *Sie* jetzt der Hellseher?«

»Lebensberater«, korrigierte Jonathan sie.

»Touché!« Nun mussten sie beide lachen.

»Haben Sie denn jemanden?«, wollte Jonathan wissen, nachdem das Gelächter verebbt war. Er konnte sich selbst nicht erklären, was mit ihm los war, dass er sich gerade wie ein ungezogener Teenager benahm. Aber es machte ihm, zugegeben, riesigen Spaß.

»Ja«, sagte sie schlicht, »aber um mich geht es hier gerade nicht. Meiner Meinung nach gibt es in Ihrem Leben nämlich genügend Baustellen, um die Sie sich kümmern sollten.«

Jonathan lehnte sich zurück und verschränkte die Arme. »Wenn ich also mal zusammenfassen darf: Es stehen ein paar einschneidende Veränderungen an. Ich werde eine enge Bindung eingehen, möglicherweise sogar heiraten. Und ich soll auf irgendwelche Zeichen achten und mich einlassen.«

»Ja, so könnte man es sagen.«

»Die Frage ist nur, wie ich die Zeichen erkenne.«

»Das ist relativ einfach.«

»Nämlich?«

»Lernen Sie einfach, Ja zu sagen.«

»Einfach ja? Das verstehe ich nicht.«

Sie verdrehte die Augen. »Bei Ihnen muss ich ja wirklich bei Adam und Eva anfangen.«

»Was hat denn jetzt die Bibel damit zu tun?«

Sarasvati stieß einen übertrieben genervten Laut aus. »Sie machen das wirklich gut.«

»Was?«

»Na, sich absichtlich dumm stellen.«

»Tut mir leid, es war keine Absicht.«

»Also gut, ich erkläre es Ihnen. Probieren Sie mal aus, was passiert, wenn Sie in nächster Zeit zu allem, was Ihnen begegnet, Ja statt Nein sagen. Das kann zum Beispiel eine Einladung sein, der Sie normalerweise nicht folgen würden.«

»Wozu soll das denn gut sein?«

»Um neue Erfahrungen zu machen, um seinen Horizont zu erweitern, um dem Schicksal oder Zufall oder wie auch immer Sie es nennen wollen, eine Chance zu geben. Und das gelingt eben nur, wenn wir Ja zu den Dingen sagen.«

»Sie meinen, wie gerade zum Beispiel, dass mich der Kalender unverhofft zu Ihnen geführt hat und wir deshalb in meine Karten gucken?«

»Heureka! Er hat es begriffen!«

»Sooo schwierig war das ja nicht«, gab Jonathan etwas verschnupft zurück.

»Ziehen Sie bitte noch mal eine Karte«, forderte Sarasvati ihn auf, ohne auf seine kleine Befindlichkeit einzugehen. »Konzentrieren Sie sich dabei auf etwas, das Sie wissen wollen.«

»Okay.« Er ließ seine linke Hand über die vor ihm aufgefächerten Karten wandern. Und stellte sich dabei die Frage, woher denn nun das Filofax kam und was er damit tun sollte. Überraschenderweise verspürte er plötzlich ein leichtes Kribbeln in den Fingern, sodass er seinen Zeigefinger auf die Karte legte, über der seine Hand gerade schwebte. »Die hier.«

»Gut. Decken Sie sie auf!«

Er tat es. Und betrachtete gemeinsam mit Sarasvati »Das Rad des Schicksals«.

»Perfekt!«, rief die Wahrsagerin aus und klatschte erfreut in die Hände. »Deutlicher kann es gar nicht sein!«

»Nein?«

»Das Rad des Schicksals steht für den Sinn des Lebens. Es dreht sich ohne Unterlass.« Sie wirkte jetzt aufgeregt, nahezu euphorisch. »Sagen Sie mir mal bitte Ihr Geburtsdatum.«

Er nannte es ihr.

»Hab ich's doch gewusst!«, rief Sarasvati aus, nachdem sie die Daten aufgeschrieben und nach einem für Jonathan nicht verständlichen System zusammengerechnet hatte. »Ihre Jahreszahl ist auch eine Zehn!«

»Auch?«

Sie tippte auf das »X« auf der Karte, die er gerade gezogen hatte. »Das Rad des Schicksals trägt in der großen Arkana des Tarots ebenfalls die Zehn. Das kommende Jahr steht also nicht nur unter dem Einfluss einer großen Veränderung, sondern auch des Glücks. Alles, was Sie in diesem Jahr angehen, wird Ihnen gelingen.«

»Das können Sie ausrechnen?«, wollte Jonathan verwundert wissen. »Ist ja toll!«

»Ja, das ist es wirklich. Ich würde sagen, vor Ihnen liegt ein perfektes Jahr! Sie müssen nur den Mut aufbringen, es auch anzugehen.«

»Ein perfektes Jahr?« Misstrauisch beäugte er sie. *Dein perfektes Jahr.* Er hatte nicht erwähnt, was auf der ersten Seite des Kalenders steht. Das konnte kein Zufall sein, das wirkte doch schon arrangiert! »Sagen Sie, sind Sie ganz sicher, dass Sie nicht wissen, wem das Filofax gehört?«

Sie blinzelte irritiert. »Nein, wirklich nicht. Wie kommen Sie gerade wieder darauf?«

»Nur so.« Jonathan suchte in ihrem Gesicht nach verräterischen Anzeichen, konnte aber keine entdecken. Lag er mit seinem Verdacht doch falsch? Seit gestern morgen passierten ja die verrücktesten Dinge, vielleicht gehörte das hier einfach dazu? »Tja«, sagt er, »in jedem Fall sieht es so aus, als sei ich für das kommende Jahr bestens gewappnet.«

»Haben Sie weitere Fragen? Ein bisschen Zeit bleibt uns ja noch.«

»Ich hätte sogar noch eine ganze Menge Fragen. Aber die werden wir am heutigen Abend wohl kaum klären können.«

»Sie dürfen gern einen zweiten Termin bei mir vereinbaren.«

Er hob abwehrend die Hände. »Oh, nein, vielen Dank! Das war ein sehr amüsanter Ausflug in die Welt des Übersinnlichen – aber fürs Erste reicht mir das vollkommen.«

Frau Schulz seufzte. »Sie haben es noch immer nicht verstanden. Das hier hat nicht das Geringste mit Übersinnlichem zu tun. Sie sollten es vielmehr als Dialog betrachten, als ein Blick in Ihr Unterbewusstsein, ein Spiegel dessen, was Sie wirklich bewegt.«

»Wie auch immer«, entgegnete er und warf einen Blick auf seine Armbanduhr. »Es wird langsam Zeit für mich. Mein Parkschein ist schon seit über zwei Stunden abgelaufen, und außerdem habe ich noch ein paar Dinge zu erledigen.« Das mit den Erledigungen war zwar gelogen, aber er hatte keine Lust, Sarasvati zu offenbaren, dass er meistens gegen zehn Uhr mit einem guten Buch im Bett lag. Ihren Kommentar dazu konnte er sich ausmalen, ohne ihn hören zu müssen.

»Und was machen Sie jetzt mit dem Terminkalender?«

Er winkte ab. »Ich schätze, ich gebe das Ding doch im Fundbüro ab. Das wird das Vernünftigste sein.«

»Das Vernünftigste vielleicht schon.«

»Was meinen Sie damit?«

»Denken Sie darüber nach.«

Als Jonathan zurück zu seinem Auto kam, stellte er fest, dass

- a) der Golf verschwunden war und er
- b) wegen der abgelaufenen Parkzeit ein Ticket hatte und
- c) noch ein zweiter Zettel unter seinem Scheibenwischer steckte.

Er schnappte sich das kleine Stück Papier und las:

Werter Jonathan N. Grief,
ich wünsche Ihnen auch einen wundervollen Tag und ein Leben voller Glück und Liebe, in dem Lappalien wie etwas enge Parklücken eine derart untergeordnete Rolle spielen, dass sie Ihnen überhaupt nicht mehr auffallen. Und: Das mit dem Knöllchen tut mir leid für Sie!
Herzlich: die rüpelhafte Verkehrsteilnehmerin

Seufzend zog Jonathan nun auch den Bußgeldbescheid unterm Scheibenwischer hervor. Zerknüllte ihn in der Hand. Und musste zu seiner eigenen Überraschung dabei laut lachen.

16

Hannah

14 Tage zuvor,
19. Dezember, Dienstag, 16:47 Uhr

»Huh, ist das kalt da draußen, ich bin ein wandelnder Eiszapfen. Wir brauchen alle einen heißen Kakao, und zwar sofort!« Lisas Wangen glühten dunkelrot, als sie mit sieben bibbernden Kindern im Schlepp durch die Tür zur Rasselbande gestolpert kam. Eine gute Stunde lang war sie mit ihnen im Eppendorfer Park gewesen, weil die Knirpse auf einer Schneeballschlacht bestanden hatten – jetzt hingegen waren sie trotz ihrer Mützen und Schals und den wasserdichten Thermoanzügen durchgefroren, hatten dafür aber allesamt ein seelenvolles Grinsen auf dem Gesicht.

Hannah musste bei ihrem Anblick lächeln, im Schnee zu toben war für die Kleinen eben das Größte, daran hatte sich seit ihrer eigenen Kindheit nichts geändert. Mit einem dicken und festgedrückten Schneeball bewaffnet, vor Freude juchzend, wenn man mit gezieltem Wurf einen »Gegner« mitten auf den Hintern getroffen hatte – da merkte man die Minusgrade überhaupt nicht und störte sich auch nicht daran, wenn die Füße nicht mehr zu spüren waren. Sie selbst hatte als kleines Mädchen auch immer die Begeisterung gepackt, sobald im Winter der erste Schnee gefallen war. Jedes Mal hatten ihre Eltern dann den alten Holzschlitten aus dem Keller geholt, sie darauf hinter sich her zum nächsten Park gezogen, wo sie sich mit ihrem Vater regelrechte Eisschlachten geliefert hatte.

»Hallo? Erde an Hannah, wir haben nach Kakao verlangt!« Lisa stand direkt vor ihr und musterte sie amüsiert.

»Sorry, ich war gerade woanders.«

»Das war nicht zu übersehen«, meinte ihre Freundin, »du hattest einen ganz glasigen Blick.« Sie zwinkerte ihr zu. »Lass mich raten, es ging dabei um Simon.«

»Falsch«, stellte sie fest, »um Erinnerungen.«

»Verstehe. Memories, memories.«

»Genau.« Sie deutete Richtung Teeküche. »Der Kakao steht jedenfalls schon fix und fertig auf dem Herd bereit.«

»Super!« Lisa rieb sich die Hände. »Dann besteht vielleicht doch noch die Chance, dass wir ohne Erfrierungen davonkommen.« Sie zog ihre Winterjacke aus, hängte sie an die Garderobe und machte sich daran, ein Kind nach dem nächsten aus Schneeanzug und Winterboots zu befreien.

Hannah selbst ging wieder zurück in den Gruppenraum, wo sie gerade dabei war, bei molligen zweiundzwanzig Grad Innentemperatur mit acht anderen Kindern Weihnachtssterne und Engel aus goldenem Glanzpapier zu basteln. Eine dritte Gruppe, betreut von Hannahs Mutter Sybille, war mittags zur Besichtigung eines Polizeireviers aufgebrochen und müsste ebenfalls jeden Augenblick wieder im Eppendorfer Weg eintrudeln.

Lisas und ihre optimistische Prognose hatte sich erfüllt, sogar mehr als das. Das enorme Interesse seit der Eröffnung war nicht abgerissen, sondern hatte sich im Gegenteil sogar noch ausgeweitet. Offenbar funktionierte die Mund-zu-Mund-Propaganda hervorragend, und die vier Artikel über die Rasselbande, die Simon hatte unterbringen können – leider als PR-Texte und somit ohne Honorar –, hatte ihnen nicht nur einen etwas sauertöpfischen Anruf ihrer letzten Chefin (»Sie hätten ja mal was sagen können!« – »Das haben wir, aber Sie haben nicht zugehört.«) eingebracht, sondern sogar Kinder aus weiter entfernt liegenden Stadtteilen wie Blankenese und Sasel. Mittlerweile blieb ihr und Lisa gar nichts anderes übrig, als Eltern zu vertrösten und mit Wartelisten zu arbeiten.

Neben ihren Müttern – Sybille und Barbara – arbeiteten bereits diverse Aushilfskräfte wie Pädagogikstudenten oder auszubildende Erzieher in der Rasselbande, weil sie nicht nur schon am Vormittag hatten öffnen müssen, sondern aufgrund der großen Nachfrage auch jedes zweite Wochenende ein Übernachtungsfest anboten. Kurz: Die Rasselbande war ein voller Erfolg, das Konzept hatte eingeschlagen wie eine Bombe! In Sachen Weihnachtsgeld sah es in diesem Jahr wesentlich besser aus als in den vorangegangenen, Lisa und sie hatten sogar jedem ihrer Mitarbeiter einen kleinen »Festtagsobolus« von fünfzig Euro zustecken können.

Manchmal erwischte Hannah sich bei dem Gedanken, wie schade es war, dass sie nicht schon viel früher den Mut gehabt hatte, ihre Idee in die Tat umzusetzen – aber sie ärgerte sich nicht wirklich darüber. »Hätte« war ja schon, und besser spät als nie. Dabei stellte sie sogar schon Expansionsüberlegungen an, die sie aber sowohl Simon als auch Lisa gegenüber erst einmal für sich behielt. Sie wollte nicht als größenwahnsinnig gelten und lieber noch abwarten, ob sich ihr Geschäftsmodell auch auf Dauer so gut entwickelte.

Außerdem: So schön der Erfolg auch war, der Umstand, dass sich bei Simon rein gar nichts tat, versetzte ihrer Begeisterung einen ziemlichen Dämpfer. Leider hatte ihr Freund seit seinem Kollaps vor ein paar Wochen weder die immer noch ausstehende Frage aus dem Krankenhaus gestellt noch einen neuen Job und damit zu einer besseren Laune gefunden.

Und auch in Sachen Gesundheitszustand hatte er noch keine wesentlichen Fortschritte gemacht. Die meiste Zeit verbrachte er zu Hause auf seinem Sofa mit irgendwelchen Fernsehserien, schickte hin und wieder lustlos eine Bewerbung ab und erging sich ansonsten in einem Lamento darüber, dass er überhaupt nicht wieder richtig auf die Beine kam. Es war zum Heulen!

Natürlich war Simon wie die meisten Männer fabelhaft darin, seinen bedauernswerten Zustand zu beklagen – daraus die Konsequenzen zu ziehen und sich medizinischen Rat zu holen, wie ihm Dr. Fuchs ja auch deutlich empfohlen hatte, schien ihm allerdings nicht in den Sinn zu kommen.

Hannah ahnte, was in Wahrheit sein Problem war. Sie war der festen Überzeugung, dass er in einer Art Depression steckte, aus der er schlicht nicht wieder herausfand. Seine körperlichen Beschwerden waren nur ein Symptom seines seelischen Zustands – und gleichzeitig eine perfekte Ausrede dafür, sich komplett hängen lassen zu dürfen.

Gestern früh, nach einer weiteren Nacht, die sie ohne Simon verbracht hatte, weil er sich mal wieder allein in sein Bett hatte verkriechen wollen, hatte es ihr gereicht. Kurzerhand hatte sie ihn höchstpersönlich zu seinem Hausarzt kutschiert, damit er sich noch vor Weihnachten gründlich durchchecken ließ. Die Laborergebnisse wollte man ihm am heutigen Vormittag mitteilen, und nun wartete Hannah bereits seit Stunden auf seinen Anruf in der Erwartung, er würde ihr kleinlaut erzählen, dass der Arzt ihm ein paar Vitaminpräparate verschrieben und ansonsten empfohlen hatte, den Jogginganzug auszuziehen und wieder mit dem Leben loszulegen.

Bisher hatte er sich allerdings noch nicht gemeldet, und langsam, aber sicher wurde Hannah ziemlich nervös. Ihn von sich aus anrufen wollte sie aber auf keinen Fall, sie hatte ihn schon genug gedrängt und nicht die geringste Lust, für ihn zur »nervigen Alten« zu werden, die ihm ständig auf den Füßen stand.

»Hast du gleich noch ein bisschen Zeit?«, wollte Lisa wissen, als sie um Viertel nach sechs die letzten Kinder sowie Hannahs Mutter verabschiedet hatten und mit ein paar schnellen Handgriffen das Chaos im Gruppenraum beseitigten. »Ich dachte, wir könnten noch einmal den Plan für die nächste Woche besprechen. Also nur, wenn es dir passt, natürlich.« Sie hatten beschlossen, die Rasselbande zwischen den Jahren nicht zu schließen, nachdem sich gezeigt hatte, dass ihre Kunden gerade in dieser Zeit – gestresst von all dem Weihnachts- und Neujahrsrummel – vor Dankbarkeit fast weinten bei der Aussicht darauf, ihre Kinder wenigstens für ein paar Stunden vom heimischen Fernseher weglocken zu können. Natürlich bedeutete das für Hannah und Lisa, dass sie die Woche ohne Hilfe bewältigen mussten, denn ihre Aushilfen hatten sich allesamt in den Feiertagsurlaub verabschiedet. Und Simon – nun ja, Simon.

»Klar«, erwiderte Hannah. »Ich hab nichts anderes vor.« Ohne dass sie es verhindern konnte, entfuhr ihr ein lauter und tiefer Seufzer.

»Oh? Das klingt ja gar nicht gut! Was ist denn los?«

»Ach, nichts«, wiegelte Hannah ab. Nur, um sich eine Sekunde später zu korrigieren. »Na ja, ich mache mir irgendwie Sorgen um Simon.«

»Geht's ihm wieder schlechter?«

»Nicht wirklich. Aber auch nicht besser.«

»War er denn noch einmal beim Arzt?«

»Gestern Morgen«, antwortete Hannah. »Nachdem ich ihn praktisch hingetragen habe. Und heute müssten die Ergebnisse der Blutuntersuchung da sein, aber bisher hat er sich noch nicht gemeldet.«

»Dann wird wohl nichts sein«, stellte Lisa lapidar fest. »Du sagst ja selbst immer, dass keine Neuigkeiten gute Neuigkeiten sind.«

»Stimmt. Allerdings würde ich mich freuen, wenn Simon mir diese *keine Neuigkeiten* einfach mitteilen würde. Ich warte schon seit Stunden darauf, dass er sich meldet.«

»Männer!« Lisa verdrehte die Augen. »Die leben in einer anderen Zeitzone als wir Frauen, das ist doch bekannt. Bestimmt ist er irgendwo im Nirwana seines Computers oder seines Fernsehers abgetaucht und kommt gar nicht auf die Idee, dass seine Freundin sich schon die Fingernägel blutig kaut.«

»Tja.« Hannah zuckte ratlos mit den Schultern. »Vermutlich hast du recht.« Offenbar sah sie dabei jedoch ziemlich unglücklich aus, denn sofort trat ein mitfühlender Ausdruck auf Lisas Gesicht.

»Tut mir leid, das war wohl etwas unsensibel von mir. Du machst dir wirklich Sorgen um ihn, oder?«

»Ach was!« Hannah wedelte mit der rechten Hand, als könnte sie damit jeden unangenehmen Gedanken verscheuchen.

»Na ja, dass er sich schon so lange schlapp fühlt, ist tatsächlich seltsam.«

»Aber du hast doch gerade eben erst gesagt, dass es mit Sicherheit nichts ist.«

»Ja, klar, aber ...«

»Wenn du mich fragst«, unterbrach Hannah ihre Freundin energisch, »schlägt ihm in erster Linie seine Arbeitslosigkeit aufs Gemüt, das ist alles.«

»Der Zusammenhang zwischen ›Kein Job‹ und ›Ein Infekt nach dem anderen‹ erschließt sich mir nicht auf Anhieb«, gab Lisa zu bedenken.

»Alles ist mit allem verbunden.«

»Genau.« Ihre Freundin grinste. »Amen!«

Hannahs Handy klingelte, sie stürzte zu ihrer Jacke an der Garderobe und riss es aus der Seitentasche.

»Ha!«, rief sie mit einem Blick aufs Display aus. »Wenn man vom Teufel spricht!« Dann nahm sie den Anruf mit einem atemlosen »Hallo, Teufel!« entgegen.

»Hallo.« Simon klang irgendwie dumpf. Und schon bei diesem einzigen Wort sehr, sehr ruhig. Schlagartig wurden Hannah die Knie wieder so weich wie im Krankenhaus, sie musste sich mit einer Hand an der Wand abstützen. »Ich bin's«, fügte er hinzu und ging mit keiner Silbe auf ihre seltsame Begrüßung ein. Was Hannah wiederum seltsam fand.

»Ist alles in Ordnung?«

»Ja.«

Nur diese zwei Buchstaben, schon schoss eine Welle der Erleichterung durch Hannahs gesamten Körper, kurz wurde ihr heiß und kalt und dann wieder heiß. »Gott sei Dank«, flüsterte sie und schloss für einen Moment die Augen. Erst jetzt wurde ihr bewusst, dass Lisa mit ihrer Vermutung recht gehabt hatte – sie hatte sich ernsthaft Sorgen gemacht, es sich aber nicht eingestehen wollen. »Was hat der Arzt denn gesagt?«, wollte sie wissen und öffnete die Augen. Lisa strahlte sie nickend an und deutete mit beiden Daumen nach oben.

»Das ist nicht so wichtig«, erwiderte Simon. »Wichtig ist nur, dass du jetzt ganz schnell nach Hause fährst, dir dein schönstes Kleid anziehst und darauf wartest, dass ich dich in exakt einer Stunde abhole.«

»Was? Ich verstehe kein Wort!«

»Nach Hause fahren«, wiederholte Simon langsam, und sie konnte dabei regelrecht hören, wie er grinste, »ein hübsches Kleid anziehen, um halb acht bereit sein.«

»Und wozu?«

»Das wird nicht verraten, es ist eine Überraschung.«

»Lass mich raten«, ihre Stimme überschlug sich vor Aufregung, »du hast eine neue Stelle gefunden!«

»Da muss ich dich enttäuschen«, antwortete er, »ich bin noch immer arbeitslos.«

»Könntest du bitte mit der Geheimniskrämerei aufhören und mir sagen, was los ist?«

»Das wirst du noch erfahren.«

»Simon!«, begehrte sie auf. »Ich will auf der Stelle wissen, was du vorhast.«

»Nein.« Mehr sagte er nicht. Stattdessen legte er einfach auf. Hannah betrachtete irritiert ihr Handy.

»Was ist denn?«, fragte Lisa.

»Keine Ahnung. Ich soll mir ein Kleid anziehen und darauf warten, dass er mich zu Hause abholt.«

»Also hat er einen neuen Job?«

Hannah schüttelte den Kopf. »Das wohl nicht.«

»Hm.« Einen Moment lang sah ihre Freundin ratlos aus. Doch dann erhellte sich ihr Gesicht und sie klatschte begeistert in die Hände. »Uii!«, rief sie aus. »Das klingt ja noch viel besser!«

»Was ist besser? Ich verstehe nur Bahnhof.«

»Hannah!« Lisa bedachte sie mit einem strengen Blick. »Die Sache liegt doch wohl auf der Hand! Sonst bist du nicht so schwer von Begriff.«

»Welche Sache?«

»Heute ist der Abend der Abende – er wird dir einen Heiratsantrag machen!«

»Meinst du wirklich?«

»Aber sicher! Was soll es denn sonst sein, wenn es nicht um eine neue Stelle geht? Simon wird dich wohl kaum darum bitten, dich für einen Abend mit ihm herauszuputzen, damit er dir seine aktuellen Cholesterinwerte vorlegen kann.«

»Wohl kaum«, stimmte sie ihr zu.

»Hach, wie schön! Endlich passiert mal was!« Dann verzog sie den Mund zu einem schiefen Grinsen. »Wenn auch nicht in meinem Leben.«

»Entschuldige bitte«, tröstete Hannah sie. »Ich bin mir sicher, dass auch bei dir ganz bald der richtige Kerl auf der Matte steht. Aber in der Zwischenzeit«, sie machte mit beiden Armen eine ausladende Geste durch ihren Laden, »sieh dich mal hier um! Ich finde, in den vergangenen Wochen ist eine *ganze* Menge passiert.«

»Ja, stimmt schon«, wendete Lisa ein. »Aber ich spreche von etwas *wirklich* Wichtigem. Etwas Bedeutendem. Etwas …«, sie suchte nach den richtigen Worten, »etwas Lebensentscheidendem!«

17

Jonathan

3. Januar, Mittwoch, 9:11 Uhr

Nachdem Jonathan im Anschluss an seine Joggingrunde wie üblich geduscht, sich angezogen und gefrühstückt hatte, nahm er an seinem Sekretär Platz und betrachtete den Stapel Unterlagen, die Markus Bode ihm am Vortag überlassen hatte. Er wusste, dass er als Verleger die Verantwortung hatte, sich damit zu beschäftigen – er hatte nur nicht die geringste Lust dazu.

Wenn es nach ihm ginge, könnte Markus Bode einfach vollkommen frei schalten und walten, wie es ihm sinnvoll erschien – er hatte zu ihm das allergrößte Vertrauen. Nur, ihm das so direkt zu sagen, das käme einer verlegerischen Bankrotterklärung gleich, also blieb ihm nichts anderes übrig, als sich zumindest in Ansätzen in die Materie einzuarbeiten.

Jonathan ließ seinen Blick über die langen Zahlenkolonnen wandern, hie und da hatte Bode etwas mit Textmarker angestrichen, doch dummerweise erschloss sich ihm nicht auf Anhieb, was sein Geschäftsführer ihm damit sagen wollte. Es war ihm peinlich, sich das selbst gegenüber so drastisch einzugestehen, aber er fühlte sich wie im finsteren Tal der Ahnungslosen. Sein Vater hatte bei seinem Entschluss, Philosophie und Vergleichende Literaturwissenschaften zu studieren, voller Wohlwollen gelächelt und nur gemeint, die wirtschaftliche Seite würde er später im Verlag ohnehin »von der Pieke auf« lernen.

Letzteres war allerdings unterblieben, nachdem Wolfgang Grief irgendwann beschlossen hatte, sein Sohn wäre wohl eher für die repräsentative Seite des Verlagswesens geeignet. Jonathan wusste bis heute nicht, was seinen Vater zu dieser Einschätzung veranlasst hatte – doch im Grunde war das auch egal, denn ihm war die daraus resultierende Rollenverteilung immer sehr recht gewesen. Nach außen hin trat Jonathan als Verleger auf und sorgte dafür, dass die Autoren sich wohl und beachtet fühlten. Und wer ging nicht gern nett essen und unterhielt sich dabei mit sachkundigen Leuten über schöne Literatur? Die wirklich wichtigen Entscheidungen traf dagegen sein Vater, selbst dann noch, als er schon längst offiziell ausgeschieden war, quasi als graue Eminenz im Hintergrund. Jedenfalls hatten sie es so gehandhabt, bevor Wolfgang Grief so krank geworden war, dass Jonathan auf seine Meinung schlicht nichts mehr geben konnte. Ebenfalls nicht weiter tragisch, denn Markus Bode war ja ein hervorragender Geschäftsführer, und dem Verlag ging es gut. Deswegen hatte Jonathan alles so laufen lassen können wie immer. Bis jetzt. Nun erkannte er, in welcher Zwickmühle er sich befand: Sollte er seinem Geschäftsführer gestehen, dass er von Betriebswirtschaft – und erst recht von Buchhaltung – überhaupt nichts verstand?

Noch ein paar Minuten lang starrte Jonathan auf die Unterlagen, dann schob er sie seufzend beiseite und griff stattdessen nach der aktuellen Ausgabe der »Hamburger

Nachrichten«. Mit dem Verlag würde er sich später beschäftigen, jetzt wollte er erst einmal mit der gemütlichen Morgenlektüre in den Tag starten.

Etwas verärgert registrierte er, dass die Titelseite der Zeitung eingerissen war. Er würde mit dem Zusteller ein ernstes Wörtchen reden müssen, dass dieser in Zukunft etwas achtsamer sein solle, wenn er das Blatt in die dafür vorgesehene Box steckte. Dafür hatte Jonathan sie schließlich anbringen lassen. Und war es wirklich so schwierig, die Zeitung ordentlich zusammengerollt und unfallfrei in die großzügig proportionierte Röhre an seiner Haustür zu schieben? Wohl kaum.

Interessiert überflog er die aktuellen Meldungen, strich hin und wieder mit spitzem Bleistift einen Rechtschreib- oder Grammatikfehler an, übersprang den Sportteil – Sport hatte für Jonathan nur dann einen Sinn und Zweck, wenn man ihn aktiv betrieb, und nicht, wenn man passiv über die Leistungen anderer las – und widmete sich schließlich dem Feuilleton.

Als er die Zeitung eine knappe Stunde später zusammenfaltete und auf seinem Sekretär ablegte, sprang ihm eine Meldung unten auf Seite 1 ins Auge:

In eigener Sache: Mitarbeiter der »Hamburger Nachrichten« seit Neujahr vermisst!
Hamburg. Seit Montag wird der 35-Jährige Simon Klamm aus Hamburg-Hohenfelde vermisst. Es handelt sich bei Herrn Klamm um einen langjährigen Mitarbeiter der »Hamburger Nachrichten«, weshalb wir diesen Aufruf mit höchster Dringlichkeit ver-

öffentlichen. Nach bisherigen Ermittlungen der Polizei kann nicht ausgeschlossen werden, dass Simon Klamm sich etwas antun könnte. Es muss daher von einer Gefahr für Leib und Leben ausgegan

Tja, hier endete der Artikel, dem Zusteller sei Dank. Exakt die Ecke, auf der Jonathan genauere Informationen sowie ein Foto des Vermissten vermutete, fehlte. Eine Schweinerei!

Der Name »Simon Klamm« sagte ihm allerdings irgendwas, da klingelte es bei ihm ganz leise. Aber warum? Kannte er ihn? Nein, das wüsste er, sein Gedächtnis funktionierte hervorragend. Vermutlich hatte er einfach schon mehrere Artikel von ihm gelesen, denn er schien ja zur Belegschaft der »Hamburger Nachrichten« zu gehören, die Jonathan seit vielen Jahren abonniert hatte.

Bevor er weiter darüber nachgrübeln konnte, ließ ihn die Türklingel zusammenschrecken. Er warf einen Blick auf seine Armbanduhr. Es war bereits zehn, und er hatte wie so oft vergessen, dass seine Haushälterin Henriette Jansen mittwochs um diese Zeit immer kam, um in seinem »Junggesellenhaushalt« für Ordnung zu sorgen.

Eilig sprang er auf, lief die Treppe nach unten ins Esszimmer und sammelte dort klappernd Teller, Tasse und Besteck vom Frühstück ein, die er in der Küche in den Geschirrspüler beförderte. Beim zweiten Klingeln hechtete er zur Haustür und riss sie mit einem fröhlichen »Ein gutes neues Jahr!« auf.

»Ihnen auch, Herr Grief.« Resoluten Schrittes trat die 1,60 Meter kleine, breite und tiefe Frau ein, legte ein frisches Bund Amaryllis auf dem kleinen Schrank im Windfang ab und machte sich dann daran, ihr Kopftuch aufzuknoten, sodass ihre blau-graue Mini-Pli zum Vorschein kam. »Na? Haben Sie mal wieder schnell aufgeräumt? Die Küchentür schwingt ja noch nach.« Sie zwinkerte ihm fröhlich zu, um ihre hellbraunen Augen bildeten sich dabei eine Million Krähenfüße.

»Natürlich nicht«, gab er zurück. »Dafür habe ich doch Sie!«

»Genau.« Sie schüttelte amüsiert den Kopf, zog ihre Winterstiefel aus und holte sich ein Paar Gesundheitslatschen, die neben den Filzpantoffeln für Gäste im Flurschrank lagerten. »Heute irgendwas Besonderes?«

»Nein, alles wie immer.«

»Dann fang ich mal an.«

»Ich bin schon so gut wie weg.«

Während Henriette Jansen in der Küche verschwand, ging Jonathan nach oben, um sich aus seinem Arbeitszimmer ein gutes Buch zu holen.

Während der fünf Stunden, die seine Haushälterin nun bei ihm wirbeln würde, würde er sich in irgendein Café setzen und lesen. Das machten sie seit Jahren so, Henriette Jansen schätzte es nicht, wenn man ihr bei der Arbeit »über die Schulter guckte«.

Mehr als einmal hatte sie Jonathan gesagt, er könne ihr gern einen Schlüssel zum Haus geben, damit er nicht immer auf sie warten und sie hereinlassen müsse – aber mit dem Gedanken konnte er sich nicht so recht anfreunden. Nicht dass er seiner Haushälterin etwas Böses zutraute, das nun wirklich nicht. Schließlich hatte Henriette Jansen schon für ihn gearbeitet, als er noch zusammen mit

Tina in der Villa gelebt hatte, und war über jeden Zweifel erhaben. Es war nur ... er fühlte sich eben nicht wohl damit.

Vor dem großen Regal seines Arbeitszimmers ließ Jonathan den Blick über die vielen Buchrücken wandern. Wonach war ihm denn heute? Lyrik? Eher nicht. Ein Sachbuch? Eindeutig nicht. Ein Roman? Für heute nicht das Richtige, er konnte sich irgendwie nicht konzentrieren. Seine Augen sprangen von Titel zu Titel, nichts davon reizte ihn.

Er könnte sich eines der zu prüfenden Manuskripte ausdrucken, die ihm das Lektorat immer in Kopie zur Verfügung stellte, aber weil er dabei prompt an das unerquickliche Thema »Verlag und Zahlen« denken musste, hatte er dazu erst recht keine Lust. Also würde er heute nur ein bisschen spazieren gehen, statt sich mit Literatur zu beschäftigen.

Siedend heiß fiel ihm ein, dass die Unterlagen von Bode noch offen auf seinem Sekretär herumlagen, und auch wenn er Henriette Jansen voll und ganz vertraute, gingen sie die wirtschaftlichen Verhältnisse von Griefson & Books schlicht nichts an.

Er ging zu seinem Schreibtisch, nahm den Stapel mit den Zahlen und schob ihn kurzerhand zwischen die Seiten der »Hamburger Nachrichten«. Einen Moment lang zögerte er. Dann nahm er die Zeitung und beförderte sie nach ganz unten in den Karton fürs Altpapier, der neben seinem Schreibtisch auf dem Boden stand. Sicher war sicher.

Mit einem gewissen Gefühl der Erleichterung lief er wieder runter ins Erdgeschoss, zog sich seine Winterjacke an und ging zur Küchentür, um sich von Henriette Jansen zu verabschieden.

»Ich bin dann mal weg«, sagte er.

»Ist gut«, erwiderte sie, ohne von der Arbeitsplatte aufzublicken, die sie gerade abwischte.

»Ach, noch eine Sache: Altpapier und Müll müssen Sie heute nicht leeren. Die Tonnen draußen quellen eh schon über, da ist kein Platz mehr.«

»Hab ich gesehen, ist in Ordnung.«

»Gut. Dann sehen wir uns nächsten Mittwoch!«

Er hatte schon die Klinke der Haustür in der Hand, als sein Blick auf die Tasche fiel, die an einem Haken der Garderobe hing und zuvor von seiner Jacke verdeckt worden war.

Der Beutel mit dem Kalender.

Nun denn, jetzt wusste er, wie er sich die Zeit vertreiben würde, bis Henriette Jansen ihr Werk getan hätte. Er würde zum Fundbüro nach Altona fahren und das Filofax dort abgeben.

Immerhin hatte er alles unternommen, was ihm möglich war, um den Besitzer ausfindig zu machen. Über alles Weitere würde ab sofort das Schicksal entscheiden. Ja, das Schicksal. Sarasvati Schulz hatte es schließlich selbst gesagt.

18

Hannah

15 Tage zuvor,
19. Dezember, Dienstag, 19:56 Uhr

When the moon hits your eye like a big pizza pie, that's amore …

Dean Martin schmetterte seine Hymne über die Liebe in voller Lautstärke, als sie den Italiener »Da Riccardo« in der Mansteinstraße betraten. Hannah war aufgeregt wie noch nie zuvor in ihrem Leben, sie fühlte sich regelrecht besoffen von der Vorfreude, die wie eine wild gewordene Schmetterlingshorde in ihrem Bauch herumtanzte.

Wie angekündigt hatte Simon sie um Punkt halb acht zu Hause abgeholt, hatte sie galant am Arm zu seinem Auto geführt, ihr die Beifahrertür aufgerissen und sie auch geschlossen, nachdem sie Platz genommen hatte.

Jetzt, im schummrigen Licht des kleinen Restaurants, half er ihr formvollendet aus dem Mantel, bedachte sie mit einem bewundernden Blick und sagte: »Du siehst wunderschön aus!«

»Vielen Dank!« Natürlich hatte sie sich für ihr unverhofftes Date besonders viel Mühe gegeben. Hatte ihre roten Locken, die in ihren Augen meist an ein aufgeplatztes Sofakissen erinnerten, eine halbe Stunde lang mit dem

Glätteisen bearbeitet, sodass sie jetzt in weichen Wellen auf ihre Schultern fielen (mit viel Glück würde es mindestens zehn Minuten lang so bleiben).

Dazu trug sie die kleinen Goldcreolen, die Simon ihr mal zu Weihnachten geschenkt hatte, und hatte zum ersten Mal seit dem Ende ihrer Pubertät ganz tief ins Schminktöpfchen gegriffen und sich an »Smokey Eyes« versucht. Irgendwo hatte sie mal gelesen, dass das bei grünen Augen, wie sie sie hatte, besonders geheimnisvoll und sinnlich wirken würde.

Beim Blick in den Spiegel hatte sie allerdings festgestellt, dass ihr eher das Modell »Panzerknacker« gelungen war, sodass sie alles wieder entfernt und nur ein dezentes Make-up in Naturfarben aufgelegt hatte, abgerundet mit einem Tupfer Lipgloss. Damit fühlte sie sich deutlich wohler, echter. Außerdem hatte sie ja nicht vor, Simon beim Gedanken an die Ehe an ein Gefängnis denken zu lassen.

Wie von ihrem Freund gefordert hatte Hannah für den Abend ihr »schönstes Kleid« angezogen. Die Auswahl war ihr nicht sonderlich schwergefallen, denn sie besaß nur ein einziges. Es gab in ihrem Alltag schlicht keine Anlässe, die nicht in einer Hose zu bewältigen waren, und so hatte sie erst eine ganze Weile suchen müssen, bis sie im hintersten Winkel ihres Schranks zuerst das »kleine Schwarze« und danach ziemlich weit unten in ihrer Sockenschublade eine intakte Nylonstrumpfhose gefunden hatte. Die schwarzen Pumps hatte sie sich seinerzeit für die Beisetzung von Simons Mutter zugelegt, hoffte aber, dass er beim Anblick ihrer Füße nicht automatisch schlussfolgern würde, dass sie »Beerdigungs-Schuhe«

trug. Allerdings ging sie mal schwer davon aus, dass ihr Freund an diesem Abend Besseres zu tun hätte, als sich Gedanken über ihr Schuhwerk zu machen.

»Du siehst aber auch toll aus!«, stellte Hannah fest, als Simon von der Garderobe zurückkehrte, wo er ihre Mäntel aufgehängt hatte. Und es stimmte: So elegant bekam sie ihn selten zu Gesicht, erst recht nicht, seit er aufgrund seines Jobverlusts in Sachen äußerliche Pflege eine gewisse Nachlässigkeit an den Tag legte.

Nun steckte er in einem dunkelgrauen Nadelstreifenanzug, der seine große, schlanke Statur perfekt zur Geltung brachte. Der Kragen seines weißen Hemdes war akkurat gebügelt, er trug einen weinroten Schlips, und unter den Ärmeln seines Jacketts blitzten silberne Manschettenknöpfe hervor. Offenbar war er noch schnell beim Friseur gewesen, denn seine dunkelbraunen Haare hatten tatsächlich wieder eine Form, die sich als »Schnitt« bezeichnen ließ. Sein schmales Gesicht war glatt rasiert, sodass Hannah endlich mal wieder in den Genuss des hinreißenden Grübchens auf seiner Wange kam. Sogar seine Brille hatte Simon zu Hause gelassen und Kontaktlinsen eingesetzt, was er, wie Hannah wusste, nur bei besonders »wichtigen« Anlässen wie zum Beispiel für ein Interview mit einem A-Promi tat. Oder vielleicht auch für einen Heiratsantrag?

»Buona sera!« Ein freundlich lächelnder Kellner trat zu ihnen. »Ich bin Riccardo.« Oha, der Chef höchstpersönlich!

»Guten Abend!«, grüßten sie synchron zurück.

»Sie haben reserviert?«, fragte er.

»Ja.« Simon nickte. »Klamm.«

»Bitte folgen Sie mir«, sagte Riccardo, ohne auch nur eine Sekunde lang zu stutzen oder zu grinsen oder sonst irgendeine Reaktion auf Simons Namen an den Tag zu legen. Das war selten, die meisten Menschen konnten sich eine Bemerkung nicht verkneifen, wenn Simon sich ihnen vorstellte. Hannah nahm es in jedem Fall als gutes Zeichen für einen wunderbaren Abend, denn »lustige« Witzchen wie »Klamm? Na, dann lieber Vorkasse, hö, hö!« riefen sowohl bei Simon als auch bei ihr höchstens noch ein Gähnen hervor. Aber vielleicht lag es nur daran, dass der Mann – seinem Akzent nach zu urteilen – Ausländer war, sodass ihm die Bedeutung des Namens schlicht nicht auffiel. Doch was auch immer der Grund dafür war: Es *war* ein gutes Zeichen!

Der Kellner führte sie an sechs voll besetzten Tischen vorbei in einen hinteren Teil des Ladens, zog einen Vorhang beiseite und gab so den Blick auf ein Séparée frei.

»Oh!«, entfuhr es Hannah. Ein kleiner Tisch war für zwei Personen eingedeckt, auf Hochglanz polierte Wein- und Sektgläser funkelten im Licht der drei Kerzen, die in einem Silberleuchter steckten. Das Besteck war ebenfalls aus Silber, die Tischdecke aus weißem gestärktem Damast, die Stoffservietten hatten exakt denselben dunklen Rotton wie die einzelne langstielige Rose, die auf einem der beiden Brotteller aus Porzellan lag. »Bist du sicher, dass du mit mir nicht einen neuen Job feiern willst?«, fragte Hannah und sah Simon erfreut bis fassungslos an. »Gib ruhig zu, dass du ab sofort Chefredakteur vom ›Spiegel‹ bist!«

»Leider nein«, gab Simon mit einem schiefen Grinsen zurück. »Es geht um etwas anderes.«

»Ich bin gespannt. Sehr!« Hätte Hannah bisher noch den geringsten Zweifel daran gehegt, dass Lisa mit ihrer Vermutung richtiglag, so hätten er sich spätestens beim Anblick des romantischen Arrangements in Wohlgefallen aufgelöst. Es *konnte* nur um einen Heiratsantrag gehen, etwas anderes war gar nicht denkbar. Und wenn doch – dann hätte Simon wirklich einen sehr kruden Humor!

»Signora?« Riccardo zog den Stuhl, der auf der Seite mit der Rose stand, ein Stück zurück, sodass Hannah sich setzen konnte.

»Signorina«, verbesserte sie ihn und nahm kokett lächelnd Platz. Es war vielleicht albern, aber sie konnte sich den kleinen Spaß einfach nicht verkneifen und zwinkerte Simon verschwörerisch zu. Der allerdings machte nicht den Eindruck, als würde er ihre Anspielung verstehen und sich darüber amüsieren.

Im Gegenteil, als er sich ebenfalls auf seinen vom Ober hingerückten Stuhl setzte, sah er erschreckend ernst aus, seine Gesichtszüge wirkten angespannt, nahezu verbissen. Spontan beschloss Hannah, den restlichen Abend über auf weitere Witzeleien zu verzichten, denn anscheinend war Simon über alle Maßen nervös. Was natürlich verständlich war, einen Heiratsantrag machte man schließlich nicht alle Tage.

»Champagner?«, fragte Riccardo und zog klirrend eine Flasche aus dem mit Eis gefüllten Kühler neben dem Tisch.

»Danke, gern!«, erwiderte Hannah und hielt ihm ihr Glas hin, stellte es aber sofort wieder schuldbewusst zurück, als sie den erstaunten Gesichtsausdruck des Kellners bemerkte. Offenbar machte man so etwas nicht, das war wohl »Kneipenbenehmen« und in einem eleganten Restaurant nicht gern gesehen.

Mit geübtem Handgriff und einem leisen »Plopp« öffnete Riccardo den Schampus, schenkte erst Hannah, dann Simon ein, stellte die Flasche zurück, nickte ihnen diskret zu und verschwand ohne ein weiteres Wort hinter dem Vorhang.

Simon hob sein Glas. »Also dann?« Endlich lächelte er.

»Auf uns!«, sagte Hannah, stieß mit ihm an, führte die Sektflöte an ihre Lippen und genoss das prickelnde Gefühl im Mund.

Bells will ring, ting-a-ling-a-ling, schaltete sich Dean Martin wieder ein. *Ting-a-ling-a-ling* echoten die Schmetterlinge in Hannahs Bauch.

Eine Minute lang saßen sie schweigend voreinander und sahen sich nur an. Das heißt, Hannah vermutete, dass sie strahlte wie eine 1000-Watt-Birne, den Kerzenleuchter hätte es überhaupt nicht gebraucht. Eher eine Sonnenbrille für jeden von ihnen.

Hearts will play, tippy-tippy-tay …

»Was ist denn nun der Anlass für dieses schöne Rendezvous?«, platzte es schließlich aus ihr heraus, als Simon so gar keine Anstalten machte, das Schweigen zu brechen. Schon während sie die Worte aussprach, ärgerte sie sich darüber. Auf gar keinen Fall hatte sie damit anfangen wollen, hatte sich fest vorgenommen, Simon die Führung durch den Abend zu überlassen und nicht zu drängeln. *Seine* Einladung, *sein* Tempo!

Aber ihr Mund hatte sich selbstständig gemacht, sich an den Schaltkreisen ihres Gehirns vorbeigemogelt (der

Schurke hatte bestimmt einen Kurzschluss verursacht!) und einfach im Alleingang losgeplappert. Verschämt schlug sie die Augen nieder, sie würde es nie, nie, *nie* schaffen, ein sittsames, geduldiges und wohlerzogenes Mädchen zu werden. Na ja, der Zug für *Mädchen* war eh schon länger abgefahren, aber auch für die Frau sah Hannah schwarz.

»Nicht so eilig, mein Schatz!«, antwortete Simon prompt, griff über den Tisch hinweg nach ihrer Hand und drückte sie. Überrascht darüber, wie kalt seine Finger waren, zuckte Hannah kurz zusammen und blickte wieder zu ihm auf. »Zuerst möchte ich mit dir den Abend und ein vorzügliches Essen genießen. Wir haben doch Zeit.«

»Ja, sicher.« Am liebsten hätte sie laut aufgeschrien. Und dabei mit dem Fuß aufgestampft. Das war die reinste Folter! Wie sollte sie, bitte schön, den Abend und das Essen genießen, wenn die Erwartung ihr nicht nur leichte Stromstöße versetzte, sondern ihr auch noch die Kehle zuschnürte?

Selbst von den Oliven, die in einem Schälchen auf dem Tisch standen, würde sie keine herunterbekommen, nicht eine einzige! Sogar mit einer Erbse hätte sie Schwierigkeiten, ach was, selbst das Schlucken fiel ihr schwer! Sie griff zu ihrem Champagnerglas und leerte es in einem Zug. Na gut, Schlucken ging also noch.

»Auf den Abend«, brachte sie hervor und hoffte, dass sie dabei nicht allzu gequält klang. Außerdem hoffte sie, dass Riccardo schnell erscheinen und ihr Champagner nachgießen würde. Sich selbst die Flasche zu schnappen wäre wohl der nächste grobe Schnitzer gewesen.

»Ach, mein Liebling!« Simon lachte. »Ich weiß ja, dass ich gerade sehr viel von dir verlange.«

»Allerdings«, gab sie zu.

»Ich kann dir versichern, dass es am besten ist, wenn wir den heutigen Abend ganz und gar auskosten.« Er lehnte sich über den Tisch zu ihr hinüber, senkte die Stimme und kniff die Augen zusammen. »Bevor es ernst wird.«

»Ja, gern.« Sie musste wieder schlucken, diesmal ohne Champagner. Himmel, Simon machte aus der ganzen Sache eine solche Inszenierung, von seiner dramatischen Ader hatte sie bisher keinen blassen Schimmer gehabt.

»Dann lass uns zuerst einmal essen.« Wie aufs Stichwort teilte sich der Vorhang, Riccardo erschien und hievte eine schwarze Tafel mit den »Raccomandazioni del giorno« auf einen mitgebrachten Hocker. Eingehend studierten sie die Gerichte, Simon entschied sich für gemischte Antipasti und die gegrillte Dorade, Hannah bestellte Vitello Tonnato und eine Pizza mit Meeresfrüchten, dazu orderten sie eine Flasche Gavi.

»Wunderbar!«, sagte Riccardo, nachdem er alles notiert hatte, griff nach der Tafel und wollte wieder entschwinden.

»Scusi?«, hielt Hannah ihn zurück und deutete auf ihr leeres Champagnerglas. Es war ihr egal, ob das nun die feine Art war oder nicht, anders würde sie ihre Nervosität nicht im Zaum halten können. Und außerdem war die Flasche Schampus sicher bezahlt und musste deshalb weg, bevor der Gavi kam, nicht wahr?

»Certo!«, rief der Kellner aus, nahm die Flasche und goss Hannah einen großen Schluck nach. Als er Simon ebenfalls nachschenken wollte, lehnte der mit Blick auf sein fast noch volles Glas freundlich ab. Gut, sollte Simon einen klaren Kopf behalten. Er hatte ja noch Größeres vor, Hannah hingegen würde nur an der richtigen Stelle »Ja, ich will« hauchen müssen, und das würde sie in jedem Aggregatzustand noch hinbekommen.

When the world seems to shine like you've had too much wine, that's amore ...

»Was hat denn nun dein Hausarzt gesagt?«, schnitt Hannah ein neues Thema an, nachdem sie wieder allein waren.

»Eigentlich nichts«, erwiderte Simon.

»Nichts?«

»Das ist nicht so wichtig«, wehrte er ab. »Ich finde, das Thema hat bei unserem romantischen Essen nichts zu suchen.«

»Dann teile mir doch bitte mit, welche Themen dir genehm sind.«

»Kein Grund, beleidigt zu sein!«

»Ich bin überhaupt nicht beleidigt!«, gab Hannah beleidigt zurück. »Ich finde es nur ein bisschen unfair, was du gerade mit mir veranstaltest.«

»Was ich gerade mir dir veranstalte?«

»Ja.« Sie nickte. »Du weißt ganz genau, dass Geduld nicht unbedingt meine Stärke ist.«

»*Nicht unbedingt deine Stärke* ist maßlos untertrieben.«

»Siehst du! Du weißt also genau, dass das mein absoluter Schwachpunkt ist. Trotzdem spannst du mich hier ohne Not auf die Folter.« Sie hatte es ihm zwar noch nie gesagt, aber das war ihrer Meinung nach generell das größte Problem in ihrer Beziehung: Simons Tempo beziehungsweise sein nicht vorhandenes Tempo trieb sie oft in den Wahnsinn. Und in diesem Moment fast noch mehr als das.

Ihr Freund lachte. »Bitte, Hannah, verdirb uns nicht den Abend.«

»Ach? Jetzt verderbe ich uns also schon den Abend?« Sie wusste, dass sie gerade dabei war, genau das tatsächlich zu tun – und dass es besser wäre, sie würde schnellstmöglich die Kurve kriegen. Aber ihre Nerven waren so dermaßen zum Zerreißen gespannt, dass sie es kaum noch aushielt. Tatsächlich bildete sich bereits ein Kloß in ihrem Hals, es brauchte nicht mehr viel, dann würde sie in Tränen ausbrechen.

Simon schien das zu spüren. Denn mit einem Mal betrachtete er sie voller Zärtlichkeit, nahm ihre Hand und streichelte sanft über ihre Haut. »Liebling«, sagte er leise, »ich will dich bestimmt nicht ärgern oder quälen. Und schon gar nicht will ich dich zum Weinen bringen.« Er seufzte. »Ich hatte einfach nur auf einen unbeschwerten Abend gehofft, aber wenn es für dich so schlimm ist, sage ich dir jetzt gleich, worum es geht.«

»Ach, nein!« Sie wusste nicht, was sie erwidern sollte. Denn natürlich brannte sie darauf, von ihm endlich die magischen Worte zu hören – aber gleichzeitig fühlte sie sich schlecht, dass es ihr nicht einmal gelang, ein kleines bisschen zu warten. Darauf, dass Simon der Moment perfekt erschien.

»Ist schon gut«, sagte er. »Vielleicht ist es ganz gut so, sonst verlässt mich am Ende noch der Mut.«

»In dem Fall bin ich ab sofort ganz Ohr!«

»Also, Hannah.« Er hielt noch immer ihre Hand, nun

etwas fester, als hätte er Angst, dass sie aufspringen und davonlaufen könnte. Was natürlich Unsinn war, weshalb sollte sie so etwas tun? Sie wünschte sich ja genau das Gegenteil, für immer und den Rest ihres Lebens an Simons Seite zu bleiben.

»Ja?« MACH – HINNE!, brüllte ihr kleiner innerer Querulant.

Er räusperte sich. »Zuerst möchte ich dir noch einmal sagen, wie wunderschön du heute Abend bist.«

»Vielen Dank.« LOS – JETZT – ZACK! – ZACK!

»Als ich dich das erste Mal gesehen habe, damals, als ich Jonas abgeholt habe – da habe ich mich in dich quasi schockverliebt.«

Hannah kicherte und murmelte verschämt »Ach, du!«.

»Doch, es ist wahr. Ich habe dich gesehen und gleich gewusst, dass du die richtige Frau für mich bist. Und daran hat sich bis heute nichts geändert.«

»Hm.« Die Röte stieg Hannah in die Wangen. Und sie musste zugeben, dass ihr Simons Tempo mit einem Mal unglaublich gut gefiel. Sollte er sich an seinen Antrag ruhig im Schneckentempo ranrobben, solang er es mit derart zauberhaften Worten tat, war es ihr recht.

»Du bist so voller Energie, voller Lebendigkeit! Dein Elan hat mich von Anfang an mitgerissen, auch wenn ich manchmal dachte, dass es nicht falsch wäre, wenn du mal einen Gang runterschalten würdest.«

»Na ja, ich …«

»Pst!«, unterbrach er sie. »Jetzt rede ich.«

»Okay.«

»Manchmal habe ich schon gedacht, dass unsere gemeinsamen Kinder hoffentlich mehr nach dir als nach mir kommen sollen.« Er lachte sie an. »Denn dann würden sie nicht nur deinen wunderbaren Querkopf und dein positives Wesen, sondern auch deine roten Locken erben.«

Hüstelnd strich sie sich mit einer Hand durchs Haar und fragte sich, ob ihre Frisur eigentlich noch saß oder sich schon wieder selbstständig gemacht hatte.

»Wirklich, Hannah! Du verkörperst alles, was ich mir im Leben je gewünscht habe. Du bist Traumfrau, bester Freund, Ratgeber, Unterstützer, alles in einem. Nach einer Frau wie dir kann sich jeder Mann nur sehnen!« Mittlerweile hatte er die Stimme erhoben und klang so euphorisch und laut, dass es Hannah beinahe etwas peinlich war. Sie hoffte nur, draußen im Hauptgastraum konnte niemand diese völlig übertriebene Lobeshymne hören. Wobei Simons Worte natürlich überaus schmeichelhaft waren.

»Danke, Simon«, sagte sie. »Aber langsam solltest du es gut sein lassen.«

»Nein«, gab er zurück. »Ich lasse es nicht gut sein, denn du bist die Liebe meines Lebens.«

»Und du bist meine.«

Er schluckte schwer. »Deshalb ist das, was ich dir sagen möchte, auch nicht leicht.«

Nun war es an ihr, aufmunternd seine Hand zu drücken. »Sag es einfach.«

»Hannah …« Er schloss einen Moment lang die Augen. Als er sie wieder öffnete und sie unverwandt ansah, wurde ihr ganz schummrig. So viel Gefühl, so viel Liebe lag in diesem Blick, dass sie gewillt war, ihm jedes einzelne seiner vorangegangenen Worte zu glauben, übertrieben oder nicht. »Und deshalb«, er machte eine kurze Pause, »deshalb, Hannah, gebe ich dich frei.«

»Ja!«, jauchzte sie. »Ich will!«

Sie sprang von ihrem Stuhl auf, wollte um den Tisch laufen und Simon um den Hals fallen. Mitten in der Bewegung wurde ihr erst klar, was er soeben gesagt hatte. Verwirrt ließ sie sich zurück auf ihren Stuhl plumpsen.

»Äh, tut mir leid, aber … was hast du gesagt?«

»Dass ich dich freigebe«, wiederholte er. »Ich lasse dich gehen, damit du mit einem anderen glücklich werden kannst. So schwer es mir fällt, aber ich bin nicht der Richtige für dich.«

»Wie bitte?« Sie schüttelte den Kopf, um die Halluzination, die sie ganz offensichtlich hatte, zu verscheuchen. Zwei Gläser Champagner konnten doch wohl kaum zu solchen Aussetzern führen! Mit einem Ruck zog sie ihre Hand aus seiner. »Habe ich das richtig verstanden? Du machst Schluss?« Er *hatte* eine krude Art von Humor!

»Nein«, erwiderte er ruhig. »Ich würde mich nie von dir trennen, nie!«

»Hast du aber gerade gemacht.«

»Bitte«, er wollte wieder nach ihrer Hand greifen, doch sie verschränkte ihre Finger ineinander, »ich kann verstehen, dass dich das verwirrt.«

»Ach, ja?« Sie spürte, wie ihre Augenbrauen in die Höhe gingen. »Wieso denn? Ist doch völlig normal, dass einem der eigene Freund erst in einer langen Rede erklärt, dass man seine absolute Traumfrau ist, um sich dann zu trennen.«

»Lass mich bitte erklären«, sagte er, »ich mache das nicht freiwillig.«

»Du wirst also dazu gezwungen?«

Er zuckte mit den Schultern. »So in der Art.«

»Aha.« Nun verstand sie gar nichts mehr. »Und wer zwingt dich dazu? Führst du ein geheimes Doppelleben als Spion, von dem ich nichts weiß? Musst du untertauchen? Ein Kronzeugenschutzprogramm?«

»Nein, Hannah.« Er sah sie traurig an. »Aber ich möchte, dass du glücklich wirst. Und mit mir geht das nicht.«

»Was redest du denn da?«, fuhr sie ihn an. Jetzt war ihr wirklich zum Heulen zumute, das konnte doch überhaupt nicht wahr sein, das träumte sie nur. Nein, das albträumte sie!

When you walk in a dream but you know you're not dreaming …

»Die Sache ist die, Hannah.« Erneut räusperte er sich, griff nach der Stoffserviette und begann, sie nervös zu kneten. »Es sieht so aus, dass ich das nächste Jahr wohl nicht überleben werde.«

Sie starrte ihn an. Fassungslos. Mit einem Schlag wurde ihr heiß und kalt und schwindelig. Und schlecht. Sehr, sehr schlecht.

»Was?«, fragte sie leise. Ihre Stimme zitterte. »Ich verstehe nicht, was du gerade gesagt hast.«

»Es tut mir leid. In einem Jahr bin ich wahrscheinlich schon tot.«

»Alora!« Der Vorhang wurde zur Seite gerissen, Riccardo trat an ihren Tisch und hielt Simon mit einer schwungvollen Bewegung eine Flasche unter die Nase. »Der Gavi!«

19

Jonathan

3. Januar, Mittwoch, 10:47 Uhr

Nein, es war doch nicht richtig. Was hatte Frau Sarasvati ihm geraten? Er solle ab sofort zu allem Ja sagen und den Mut aufbringen, das Jahr anzugehen. Das, was er hier gerade veranstaltete, war so ziemlich genau das Gegenteil davon. Es war ein deutliches Nein. Immerhin parkte er vorm Eingang des Fundbüros und stand kurz davor, den Kalender irgendwelchen Behördenmitarbeitern in die Hand zu drücken und sich danach nicht mehr darum zu scheren.

Das war sicher vernünftig, das stimmte schon. Aber war es auch *richtig*?

Was, wenn der Kalender ein Geheimnis barg, dem Jonathan auf den Grund gehen sollte? Auch davon hatte die Kartenlegerin gesprochen, von einem Geheimnis, das in Verbindung mit seinen Gefühlen und seiner Seele stünde …

Mit einer energischen Handbewegung riss Jonathan die Tür seines Wagens auf und schwang die Füße auf den Bürgersteig. Er dachte doch wohl nicht gerade ernsthaft über das substanzlose Gerede einer Hellseherin nach!

Schon stand er neben seinem Auto, den Kalender in

der Hand und bereit, ins Fundbüro zu marschieren und das Teil mit einem entschlossenen »Peng« auf den Tresen – oder wo auch immer man dort gefundene Artikel ablieferte – zu knallen. Das Büchlein gehörte ihm ja nicht, es gab demnach nicht den geringsten Grund, sich weiter damit zu beschäftigen.

Doch dann zögerte er erneut. Richtig oder falsch? Falsch oder richtig? Er seufzte, setzte sich wieder hinters Steuer und schloss die Tür. Wenn er das Filofax jetzt einfach ablieferte, würde er nie herausfinden, was es damit auf sich hatte. Wem es gehörte, wer es ausgefüllt hatte und für wen es gedacht war. Und wie zum Teufel es am Lenker seines Fahrrads gelandet war. Würde ihn diese Ungewissheit vielleicht noch verfolgen? Ihn quasi umtreiben, ihn nicht zur Ruhe kommen lassen? Nie wieder?

Er musste sich diese Frage gar nicht erst beantworten, denn tatsächlich tat der Kalender ja bereits in diesem Moment genau das: Er ließ ihn nicht zur Ruhe kommen, er trieb ihn um.

So unwahrscheinlich es auch war – die Möglichkeit, dass seine Mutter Sofia etwas damit zu tun hatte, konnte er schlicht nicht kategorisch und zu hundert Prozent ausschließen. Und die Möglichkeit, dass Jonathan auch dann, wenn das nicht der Fall sein sollte, etwas Interessantes verpassen würde, ebenfalls nicht.

Er nahm den Kalender und schlug ihn noch einmal auf. Blätterte zum Eintrag für den heutigen Tag, den 3. Januar:

Es gibt nur zwei Tage im Jahr, an denen man nichts tun kann.

Der eine ist Gestern, der andere Morgen. Dies bedeutet, dass heute der richtige Tag zum Lieben, Glauben und in erster Linie zum Leben ist.
Dalai Lama

Ach ja, wenn den Leuten nichts mehr einfiel, zitierten sie gern den Dalai Lama, der ging schließlich immer. Wobei Jonathan zugeben musste, dass sich ihm die Logik dieser Aussage durchaus erschloss. Denn natürlich konnte man weder gestern noch morgen etwas tun, dafür musste man wahrlich kein Genie – oder der Dalai Lama – sein, um solche Weisheiten in die Welt zu pusten. Genau genommen lief das unter dem Stichwort »Hausfrauenphilosophie«. Die sich allerdings gut verkaufte.

Er dachte an die Bücher von Paulo Coelho, Sergio Bambaren, Francois Lelord und Konsorten, die mit ihren gefühlsduseligen Machwerken ganze Heerscharen an Lesern in wahre Begeisterungstaumel versetzt und sich monatelang auf den Bestsellerlisten getummelt hatten. Als »Opium fürs Volk« hatte sein Vater Wolfgang das immer in Anlehnung an Karl Marx bezeichnet und betont, dass man bei Griefson & Books derart »billige Erfolge« nicht nötig hatte, schließlich ließe sich auch mit ernsthafter Literatur gutes Geld verdienen. Bei diesen Gelegenheiten hatte sein Vater immer gern in Richtung der ledergebundenen Reihe von Hubertus Krulls Werken genickt, die an prominenter Stelle in seinem Bücherregal platziert worden waren.

Nun. Wenn Jonathan die Aussagen seines Geschäftsführers Markus Bode richtig deutete, hatte der Verlag mittlerweile allerdings durchaus ein paar Erfolge nötig.

Ganz besonders ein paar billige. Oder sollte er besser sagen, schnelle?

Bevor er erneut abschweifen konnte, vertiefte er sich zurück in den Eintrag, denn es stand noch mehr auf der Seite für den 3. Januar. Hier war die Schrift nun so klein, dass er sich zum Handschuhfach vorbeugen und seine Lesebrille herausholen musste. Er setzte sie auf und studierte dann den weiteren Text:

Ab sofort als Aufgabe für jeden Tag:
Schreibe hinten in den »Notizen« morgens 3 Dinge auf, für die du dankbar bist. Etwas, das von Herzen kommt: dafür, dass die Sonne scheint; für deine Freunde; für die Liebe; dafür, dass du laufen kannst; für alles, was dir einfällt.
Am Abend schreib 3 Dinge auf, die heute toll waren: ein gutes Essen; ein freundliches Gespräch; dein Lieblingssong im Radio.
Fang an!

Jetzt wurde es aber wirklich pubertär. Was sollte der Unsinn? Wer hatte für so etwas Zeit? Und vor allem: Was sollte das bringen?

Jonathan wusste, wofür er in seinem Leben dankbar war, das musste er nicht großartig aufschreiben. Im Gegensatz zu seinem Vater war er schließlich noch nicht dement, es bestand also nicht die Gefahr des Vergessens.

Zum Beispiel war er dankbar für … für … dankbar für …

Ja, für was eigentlich?

20

Hannah

15 Tage zuvor,
19. Dezember, Dienstag, 21:23 Uhr

Sie tranken den Gavi nicht. Sie aßen auch keine Dorade und auch kein Vitello Tonnato oder Pizza mit Meeresfrüchten. Sie aßen gar nichts. Stattdessen redeten sie. Nein, Simon redete.

Darüber, dass er den halben Tag im Krankenhaus verbracht hatte, nachdem sein Hausarzt ihn dorthin geschickt hatte. Dass sie ihn dort auf den Kopf gestellt hatten, mit Tastuntersuchungen, weiteren Blutabnahmen und Ultraschall. Dass er irgendwann vor einem Ärztetriumvirat gesessen hatte, das ihm vereint mit sorgenvoller Miene mitgeteilt hatte, dass er ihrer Meinung nach an Lymphdrüsenkrebs erkrankt war, weshalb sie ihm dringend zwecks weiterer Abklärung zu einer baldigen Biopsie raten würden, um die Art des Lymphoms und den Schweregrad der Erkrankung bestimmen zu können.

Dass er vollkommen kopflos die Klinik verlassen hatte. Panisch, verzweifelt, voller Angst. Dass er schließlich zu Hause gelandet war und dort am Computer recherchiert hatte. Und wie er dabei zu der niederschmetternden Erkenntnis gekommen war, dass er innerhalb der nächsten zwölf Monate mit Sicherheit sterben würde.

An dieser Stelle unterbrach Hannah ihn, während sie tapfer die Tränen herunterschluckte. »Aber wie genau kommst du denn darauf? Es steht doch noch gar nicht fest, dass …«

»Hannah!«, schnitt er ihr das Wort ab. »Du warst nicht dabei! Aber *ich* habe die Ärzte gesehen. Wie sie mich angeschaut, wie sie mich vom Scheitel bis zur Sohle abgetastet und dabei immer wieder den Kopf geschüttelt haben. Wie sie mit hochgezogenen Augenbrauen meine Laborwerte und die Ultraschallbilder studiert haben, wie sie sich gegenseitig düstere Blicke zugeworfen haben. Glaub mir, der Krebs ist schon überall, diese ›weitere Abklärung‹, von der sie sprechen, dient nur der Beruhigung. Damit ich nicht sofort von der nächsten Brücke springe.« Er lachte bitter auf. »Was das Thema Krebs betrifft, kenne ich mich leider aus. Meinen Eltern haben die Ärzte auch immer wieder Hoffnungen gemacht, am Ende hat es für beide nur zu jahrelangem Leid geführt.«

»Du kannst nicht wissen, wie es bei dir ist!«, rief Hannah aus, und ihre Stimme überschlug sich.

»Doch«, widersprach er. »Zum einen bin ich genetisch vorbelastet und trage von jeher ein großes Krebsrisiko in mir.« Er zählte an den Fingern auf. »Dann scheine ich bereits an einer B-Symptomatik zu leiden.«

»B-Symptomatik?«

»Das, was wir für eine hartnäckige, aber harmlose Erkältung gehalten haben, ist meiner Meinung nach schon eine Begleiterscheinung des Lymphoms.«

»Deiner Meinung nach.«

»Nein, nicht nur meiner. Das Internet ist voll mit Geschichten über Leute, denen es genauso ging wie mir. Die meisten davon waren innerhalb eines halben Jahres tot. Gerade wenn man so jung ist wie ich, wächst der Krebs rasend schnell. Gib mal bei Google das Suchwort ›Lymphdrüsenkrebs‹ ein, dann verstehst du schon, was ich meine.«

»Verdammt, Simon!« Sie schlug mit der flachen Hand auf den Tisch und starrte ihn fassungslos an. »Bei so einer wichtigen Sache willst du dich hoffentlich nicht auf Dr. Google verlassen!«

»Natürlich nicht. Aber vergiss nicht, dass ich Journalist bin. Ich weiß schon, welche Quellen seriös und ernst zu nehmen sind und welche nicht. Und ich bin eben kein Traumtänzer, der immer nur vom Besten ausgeht und sich sagt, dass schon alles nicht so schlimm sein wird.«

»Meinst du damit etwa mich?« Sie schluckte den nächsten Weinkrampf herunter.

»Nein«, antwortete er schnell. Doch dann verbesserte er sich, suchte nach den richtigen Worten. »Hannah, mir fehlt dein positives Naturell, das ist mir nicht gegeben. Ich halte dich nicht für einen Traumtänzer – sieh nur, wie erfolgreich du das mit der Rasselbande gemanagt hast –, aber wir sind eben sehr verschieden. Und mir ist es lieber, der Tatsache ins Auge zu blicken, dass ich vermutlich in einem Jahr tot bin. Da will ich mir nichts vormachen.«

»Ich weigere mich, mir diesen Schwachsinn länger anzuhören!«, gab Hannah zurück und spürte, wie eine ohnmächtige Wut in ihr aufstieg. Wut über Simons Verbohrtheit, kategorisch jede Möglichkeit auszuschließen, dass es eben nicht so schlimm war, wie er befürchtete. »Wir werden jetzt nach Hause fahren und in aller Ruhe überlegen, wie wir weiter vorgehen. Wenn es sein muss, schleppe ich dich von einem Experten zum nächsten, es kommt überhaupt nicht infrage, dass du den Kopf in den Sand steckst!«

»Nein«, sagte er. »Es gibt kein ›wir‹ mehr.«

»Auf gar keinen Fall! Ich lasse dich nicht gehen, wir stehen das gemeinsam durch!«

Simon antwortete nicht. Sah sie nur traurig an.

»Los!« Sie stand auf. »Wir zahlen am Eingang.«

Er machte keine Anstalten, sich ebenfalls zu erheben, sodass sie sich wieder auf ihren Stuhl sinken ließ. Plötzlich sah sie, dass auch er mit den Tränen kämpfte. Und dann, in diesem Moment, spürte sie, was sie bisher nicht hatte zulassen wollen: Angst. Die sie an der Kehle packte. Die mit kaltem Griff unbarmherzig zudrückte.

»Simon«, flüsterte sie. »Bitte!«

Er nahm erneut ihre Hand. »Ich weiß, wie schlimm das für dich ist. Aber meine Entscheidung steht fest. Zehn Jahre lang hat meine Mutter das Sterben meines Vaters begleitet. Ständig zwischen Bangen und Hoffen, tagein, tagaus. All die Operationen und Chemotherapien, die durchwachten Nächte mit Schmerzen und Kotzerei, die wochenlangen Krankenhausaufenthalte, wieder und wieder und wieder. Die kleinen Fortschritte, die doch immer nur zum nächsten Rückschlag führten. Mama hat ihr eigenes Leben komplett hintangestellt, hat es für Papa auf Eis gelegt. Und dann? Als er endlich tot war und sie die verbliebenen Jahre hätte genießen können, ist sie selbst krank geworden und einen grauenhaften Tod gestorben.

Das will und werde ich dir nicht zumuten, auf gar keinen Fall!«

Hannah schluckte schwer. So, wie Simon es erzählte, klang es tatsächlich grauenhaft.

»Was du da erzählst, weiß ich alles«, gab sie zu. »Aber ich werde dich trotzdem nicht verlassen.«

»Das musst du auch nicht.« Er griff in die Seitentasche seines Sakkos, holte sein Portemonnaie hervor, öffnete es und nahm zwei Fünfziger heraus, die er auf den Tisch legte. »Denn ich verlasse *dich*. Es tut mir leid.« Mit diesen Worten schob er seinen Stuhl zurück und stand auf.

»Das kannst du nicht machen!« Hannah fuhr ebenfalls hoch, so hektisch, dass sie dabei beinahe den gesamten Tisch umstieß. Mit einem Satz war sie bei ihm und fiel ihm um den Hals, klammerte sich regelrecht an ihm fest. »Ich liebe dich doch!« Nun gab es kein Halten mehr, die Tränen liefen ihr unkontrollierbar über die Wangen.

»Ich liebe dich auch.« Simon schlang beide Arme um sie und drückte sie fest an sich. Zärtlich streichelte er ihr übers Haar, beugte den Kopf zu ihr hinunter, um sie vorsichtig aufs Ohr zu küssen. Weinte dabei genauso sehr wie Hannah, wurde von Schluchzern geschüttelt und presste sie noch dichter an sich, so sehr, dass sie der festen Überzeugung war, der Bann wäre damit gebrochen und er würde sie nie wieder loslassen.

Aber er tat es.

Nach ein paar Minuten löste er sich von ihr mit sanfter Gewalt. Sah sie immer noch traurig an, wischte sich aber dennoch mit einer Hand übers Gesicht und strich danach auch Hannahs Tränen fort.

»Ich möchte nach Hause«, sagte er.

»Darf ich mitkommen? Bitte!«

»Nein, Hannah. Ich muss jetzt allein sein.«

»Das musst du gar nicht, du …«

»Bitte«, wiederholte er. »Der Tag war schlimm genug.«

»Und ich mache ihn noch schlimmer?« Sie konnte nicht verhindern, dabei verletzt zu klingen.

»Ja«, sagte er, nahm es aber sofort wieder zurück. »Nein, natürlich nicht. Aber …« Er seufzte. »Mach es mir doch nicht so schwer.«

»Ich will es dir aber schwer machen«, erwiderte sie und versuchte, ein bisschen zu lächeln. »Du kannst nicht von mir erwarten, dass ich das so hinnehme und dich gehen lasse.«

»Lass mir wenigstens ein paar Tage Zeit, okay? In meinem Kopf geht alles drunter und drüber, ich brauche etwas Abstand und Ruhe.«

»Dann nimmst du die Trennung zurück?«

»Ach, Hannah!« Ein weiteres Mal zog er sie an sich und küsste sie auf den Haaransatz. »Hannah«, murmelte er. »Meine verrückte, süße, wunderbare Hannah.«

Sie schob ihn ein Stückchen zurück, hob den Kopf an, stellte sich auf die Zehenspitzen und gab ihm einen langen, zärtlichen Kuss. »Wir schaffen das«, sagte sie leise, nachdem sie sich von ihm gelöst hatte.

Simon blieb stumm.

»Also ich bin mir ganz sicher, dass es keinen Grund zur Verzweiflung gibt. Wenn du den ersten Schock überwunden hast, finden wir Mittel und Wege, um dir zu helfen.« Hannah bemerkte selbst, dass sie in einen nervösen Plappermodus geriet. Aber sie konnte nicht anders. »Und natürlich überlebst du das nächste Jahr! Du hast noch mindestens fünfzig gute Jahre vor dir, das weiß ich ganz genau! Ach, was rede ich denn da, was heißt hier ›gute‹ Jahre? Wunderbare, perfekte!«

Simon sagte noch immer nichts.

»Ich könnte zum Beispiel mal …«

»Lass uns gehen«, unterbrach ihr Freund sie nun doch. »Ich bringe dich nach Hause und lege mich dann hin.«

»Wie gesagt, ich komme gern mit!«

Nun lächelte er, zum ersten Mal. »Ich weiß. Trotzdem bringe ich dich jetzt zu deiner Wohnung, du kleiner Sturkopf. Und über alles andere reden wir noch.«

21

Jonathan

3. Januar, Mittwoch, 16:44 Uhr

Die Dunkelheit war bereits hereingebrochen, als Jonathan seinen Wagen auf die gepflasterte Auffahrt vor seinem Haus lenkte. Er stellte den Motor aus und blieb einen Moment lang im Auto sitzen. Er fühlte sich beschämt.

Denn nachdem er zunächst ein wenig ziellos durch die Stadt gelaufen war und anschließend einige Einkäufe erledigt hatte (Eiweißbrot und Putenaufschnitt waren ausgegangen), hatte er sich schließlich auf einer Bank in »Planten un Blomen« niedergelassen, das Filofax zur Hand genommen und seinen Kugelschreiber gezückt.

Jonathan hatte es tun wollen, hatte seine persönliche Dankbarkeitsliste zu Papier bringen wollen. Einfach nur so, aus Spaß. Weil er schließlich Ja sagen sollte und nicht Nein, bloß deshalb hatte er diese kleine Fingerübung absolvieren wollen. Und genau genommen hatte er ja ohnehin nichts anderes vor, musste lediglich Zeit überbrücken, bis Henriette Jansen ihre Arbeit verrichtet hätte. Warum also dann nicht damit, eine Dankbarkeitsliste zu verfassen? Die ringgebundene Seite hätte er später herausgerissen, das wäre gar nicht aufgefallen, wenn der Kalender letztlich doch bei seinem Besitzer landen würde.

Und dann: nichts.

Absolutes Vakuum in seinem Kopf, ihm war nicht eine einzige Sache eingefallen, für die er dankbar war.

Doch, natürlich, Plattitüden wie »Dass ich nicht im Rollstuhl sitze« oder »Dass mein Konto gut gefüllt ist«, »Dass ich genug zu essen habe« oder »Dass ich ein geachteter und respektierter Mann bin« – so etwas schon.

Aber leider nichts, für das er wirklich, *wirklich* dankbar war. Aus dem tiefsten Innern seines Herzens. Etwas, das tatsächlich die Bezeichnung »Dankbarkeit« verdiente, das ihn mit Glück, Freude und Zufriedenheit erfüllte, an das er morgens beim Aufstehen zuerst denken konnte und zuletzt, bevor er am Abend die Augen schloss.

Wie auch? Seine Frau hatte ihn mit seinem besten Freund betrogen, und er war allein. Sein Vater siechte dahin, seine Mutter hatte ihn bereits als kleinen Jungen verlassen. Wie er seit Kurzem wusste, kriselte es im Verlag, und er würde vielleicht auf der Straße landen. *Und* die Entwicklung der Welt im Allgemeinen und die seiner Mitmenschen im Besonderen brachte ihn häufiger zur Verzweiflung, als dass er dabei Dankbarkeit empfand. Da musste er nur an die Hundehaufen an der Alster denken.

Nein, er war nicht undankbar oder unglücklich, das war es nicht. Sein Leben war … okay. Aber eben nicht mehr. Sein Leben passierte einfach, lief vor sich hin, ohne besondere Höhen oder Tiefen. Es … *funktionierte. Er* funktionierte. Wobei es, wenn er ehrlich war, gar nichts groß zu funktionieren gab. Schließlich hatte er selbst sein Leben so eingerichtet, dass er es weitgehend frei von jeder Verantwortung führen konnte. Frei von jeder Verantwortung – aber damit auch frei von jeder Euphorie.

Deprimierend. Ja, er musste es sich eingestehen: Der Gedanke war einigermaßen deprimierend.

Verärgert hatte er schließlich den Kalender zugeklappt und beschlossen, nun doch zurück zum Fundbüro zu fahren und ihn dort abzugeben. Was sollte er schließlich mit etwas anfangen, das ihn aus seiner wohltemperierten Mitte brachte?

Die Öffnungszeiten des Büros machten ihm allerdings einen Strich durch die Rechnung: Er hatte vor verschlossenen Türen gestanden und ungläubig festgestellt, dass die Einrichtung dienstags nur bis 13 Uhr geöffnet hatte. Mittwochs und freitags war sie gleich ganz dicht, nur donnerstags waren die Mitarbeiter laut Aushang bis 18 Uhr anzutreffen.

Diese Erkenntnis hatte Jonathans Ärger in Wut gesteigert, was war denn das für ein Saftladen? Kein Wunder, dass es mit diesem Land bergab ging, wenn der Beamtenapparat nur noch halbtags oder gar nicht mehr tätig war!

Um sich abzureagieren, war er daraufhin in das Fitnessstudio gefahren, dass er gelegentlich aufsuchte, und hatte sich dort drei Stunden lang ausgepowert. In Jeans und Socken, denn seine Sporttasche lag natürlich zu Hause, wo Henriette Jansen nicht gestört werden wollte. So hatte Jonathan unter den verwunderten Blicken der anderen Studio-Besucher verbissen Gewichte gestemmt und sich immer wieder gesagt, dass Dankbarkeitslisten und anderer Unsinn etwas für kleine Mädchen waren – aber nichts für gestandene Männer wie ihn!

Außerdem, was sollte das eigentlich heißen? Dankbar sein? Ja, wem denn? Dem Schicksal? Dem lieben Gott? Wozu das überhaupt, was sollte das bringen? Ob man nun dankbar war oder in China der viel zitierte Sack Reis umfiel – kam das nicht auf dasselbe hinaus? Und durfte man dann im Gegenzug auch »undankbar« sein für alles, was nicht gut war oder danebenging? Außerdem galt natürlich auch hier wieder die Frage, an wen der Undank dann zu richten wäre.

So saß Jonathan N. Grief also in seinem Auto in der Auffahrt vor seinem Haus und machte sich unsinnige Gedanken. Auf dem Beifahrersitz noch immer dieser verflixte Kalender, der an ihm klebte wie ein Geist, den er schlicht nicht wieder loswurde. Aber er hatte ihn doch gar nicht gerufen! Das hatte er nicht.

Oder?

»Ach, zum Teufel!«, schimpfte er laut vor sich hin, griff sich das Filofax, stieg aus und marschierte zur Haustür.

Als er die Halle betrat, schlug ihm sofort ein erfrischender Zitronengeruch entgegen. Er liebte es, dass Henriette Jansen zum Abschluss ihrer Putzarbeiten sämtliche Böden mit dieser Seifenlauge wischte, sodass der Duft danach noch tagelang in der Luft hing.

Und, so verrückt es war, erst in diesem Moment wurde ihm klar, woran das lag: Der Geruch erinnerte ihn an seine Kindheit, denn seine Mutter hatte stets dasselbe Reinigungsmittel benutzt. Jedes Mal unter dem Protest seines Vaters, der die Ansicht vertrat, es schicke sich nicht für eine »Frau Grief«, die Hausarbeit selbst zu verrichten. Doch da hatte Sofia nie mit sich reden lassen, als waschechte italienische »Mamma« war es für sie überhaupt nicht infrage gekommen, dieses Feld einer fremden Frau zu überlassen.

Schlagartig besser gelaunt entledigte Jonathan sich seiner Jacke und hängte sie an einen Haken der Garderobe, dann lief er die Treppe hoch zu seinem Arbeitszimmer und warf dort den Kalender auf den Sekretär.

Er würde sich von diesem kleinen Büchlein nicht einschüchtern und die Laune verderben lassen, auf gar keinen Fall würde er das! Sollte es einfach hier auf seinem Schreibtisch so liegen bleiben, bis er vielleicht mal wieder dazu käme, das Fundbüro während seiner dreißig Sekunden Öffnungszeit aufzusuchen. Bis es so weit war, würde er ihm keine weitere Beachtung schenken, er hatte schließlich Besseres zu tun. Zum Beispiel ...

Jonathans Blick fiel auf den Altpapierkarton.

Auf den *leeren* Altpapierkarton.

Leer.

Wieso das?

Hatte er Henriette Jansen nicht angewiesen, sich nicht darum zu kümmern?

Doch, das hatte er.

Und während er von einem plötzlichen Schwindelgefühl ergriffen wurde, konnte er auf Anhieb nicht sagen, was ihm mehr zu schaffen machte: die Tatsache, dass seine Haushälterin seine Anordnungen nicht befolgte – oder dass die aktuellen Zahlen von Griefson & Books nun irgendwo im Papiermüll lagen. Die aktuellen und alarmierenden Zahlen, frei zugänglich für jedermann, der sie zufällig fand.

Es waren die Unterlagen, die ihn mehr mitnahmen. Jonathan löste sich aus seiner Starre, machte auf dem Absatz kehrt und rannte hinunter ins Erdgeschoss. Er riss die Haustür auf, sprang über den Treppenabsatz und stürzte auf die noch immer übervolle Papiertonne zu. Schon als er den Deckel anhob, sah er, dass die Unterlagen von Markus Bode hier nicht zu finden waren. Zuoberst lag noch die kleine Geschenktüte, in der Tinas Schokoschornsteinfeger gesteckt hatte (den Schornsteinfeger selbst hatte Jonathan ... nun ja, verputzt, so was warf man ja nicht weg).

Aber wo waren die Zahlen? Wohin hatte Henriette Jansen den Stapel aus dem Karton geräumt?

Jonathan stürmte zurück ins Haus, riss das Telefon von seiner Station im Flur und wählte die Nummer seiner Haushälterin.

»Jansen?«, meldete sie sich.

»Ja, hallo, Jonathan Grief hier.«

»Hallo, Herr Grief! Habe ich etwas vergessen?«

»Nein, ich wollte nur fragen, wohin Sie das Altpapier geräumt haben. Sie wissen schon, das aus dem Karton neben meinem Schreibtisch.«

»Das Altpapier?« Sie klang verwundert. »Das habe ich weggeschmissen.«

»Ich habe Ihnen doch gesagt, dass Sie das nicht tun sollen!« Er konnte sich gerade noch beherrschen, kein »Weshalb widersetzen Sie sich meinen Anweisungen?« hinterherzuschieben. Das erschien ihm angesichts der Situation nicht angemessen.

Nun lachte Henriette Jansen auf. »Ja, das haben Sie. Ich war trotzdem so frei, es zu entsorgen.«

»Und wohin, wenn ich fragen darf?« Er spürte, wie sich auf seiner Stirn Schweiß bildete.

»Na ja«, antwortete sie, »im Altpapier, wo sonst?«

»In der Tonne vorm Haus ist aber nichts!«, schrie er in den Hörer.

»Warum sind Sie denn so aufgebracht?«

»Ich bin nicht aufgebracht!« Er gab sich Mühe, ruhiger zu klingen. »Leider habe ich ein paar Unterlagen weggeworfen, die ich nun dringend benötige«, erklärte er.

»Oh, das ist blöd!« Henriette Jansen klang betroffen. »Ich dachte, Sie freuen sich, wenn …«

»Wo ist es denn nun?«, unterbrach er sie.

»Drüben am Park im öffentlichen Container, da war noch Platz«, antwortete sie. »Der scheint zwischen den Jahren geleert worden zu sein, deshalb habe ich …«

»Alles klar, danke!«, rief er, legte auf und sprintete erneut aus dem Haus Richtung Innocentiapark zu den großen Altglas- und Papiercontainern. Er betete, dass er die Unterlagen dort finden würde.

Nicht auszudenken, was passieren könnte, wenn die Zahlen in die falschen Hände gerieten!

Vor seinem geistigen Auge sah er schon die Schlagzeile im Lokalteil der »Hamburger Nachrichten«: »Traditionsverlag an der Elbe kurz vor dem Aus!«

Er ermahnte sich selbst zur Ruhe. Mit Katastrophenszenarien war ihm jetzt nicht geholfen, und es war ja überhaupt nicht gesagt, dass so etwas passieren würde. Dafür müssten die Unterlagen im Papiermüll erst einmal jemandem auffallen. Dann müsste der- oder diejenige begreifen, worum es sich handelte und zusätzlich den Schluss daraus ziehen, dass die Information für die Medien interessant sein könnte. Und diese müssten wiederum ebenfalls der Meinung sein, dass Jonathans Verlag spannend genug für eine Meldung war. Alles in allem doch mehr als unwahrscheinlich. Mal abgesehen davon, dass Griefson & Books vielleicht derzeit ein paar Schwierigkeiten hatte, aber lange nicht vor dem Aus stand. Das hoffte Jonathan jedenfalls, selbst wenn er aus den Zahlen nicht so richtig schlau geworden war.

Dennoch raste sein Puls, als er die Container erreicht hatte. Er hatte Glück im Unglück, der Papierbehälter hatte nicht nur schmale Einwurfschlitze, sondern auf einer Seite auch eine große blaue Klappe für größere Kartons.

Sie ließ sich mühelos öffnen, Jonathan spähte ins Innere des Containers. Finsterste Dunkelheit, er erkannte rein gar nichts. So weit es ging beugte er sich hinein, tastete mit einer Hand um sich, in der Hoffnung, etwas zu fassen zu bekommen. Doch er griff immer wieder ins Leere; im Gegensatz zu seiner persönlichen Tonne vorm Haus war der Behälter offenbar tatsächlich zwischendurch geleert worden.

Ächzend stellt er sich auf die Zehenspitzen, umklammerte mit seiner freien Hand den Rand der Öffnung und zog sich so weit durch die Klappe, bis er beinahe kopfüber im Container steckte. Jetzt endlich berührten seine Finger ein Stück Papier, er umfasste es und zog daran. Es entglitt ihm wieder, also versuchte er, seinem Ziel noch etwas näher entgegenzurobben.

Als er bemerkte, dass sich der Schwerpunkt seines Körpers zu weit nach vorn verlagert hatte, war es bereits zu spät. Jonathan verlor den Halt, kippte vornüber in den Behälter und landete mit dem Gesicht unsanft auf einem Stück Pappe. Es roch verdächtig nach Pizza.

Jonathan stöhnte auf, zeitgleich erklang ein lautes »Autsch!«

Er stutzte. Denn er hatte nichts gesagt. Diese Stimme gehörte einem anderen.

22

Hannah

15 Tage zuvor,
19. Dezember, Dienstag, 23:17 Uhr

»Es tut mir leid, aber wenn du dich nicht beruhigst, verstehe ich rein gar nichts. Du klingst wie eine Dreijährige mit Schnuller im Mund!«

»Icccccch … icccccch …« Nichts zu machen, Hannah brachte kein klares Wort hervor. Von einem vollständigen Satz ganz zu schweigen. Sie konnte nichts anderes tun, als zu heulen und zu kreischen. Kein Wunder, dass Lisa nicht begriff, was los war.

Vor drei Minuten hatte Hannah ihre Freundin aus dem Bett geklingelt. Lisa hatte sich tatsächlich dafür entschuldigt, dass sie nicht beim ersten Läuten rangegangen war, und wenn Hannah gerade nicht vollkommen andere Sorgen hätte, hätte sie ihr mit Sicherheit erklärt, dass es nicht den geringsten Grund für eine Entschuldigung gab, wenn man nachts nicht auf seinem Telefon schlief.

»Ganz ruhig, Hannah«, sagte Lisa nun. »Atme erst einmal tief durch. Langsam und ruhig, ein und aus! Und ein – und aus.« Sie machte es vor wie eine Yogalehrerin, atmete demonstrativ und laut in den Hörer.

»Okk … Okay.« Hannah unternahm einen Versuch,

dem Rat ihrer Freundin zu folgen. Nie hätte sie gedacht, dass es so schwierig sein könnte, einfach nur zu atmen. Doch es war so, ihr Brustkorb fühlte sich an, als würde er jeden Moment zerbersten.

Bis vor einer halben Stunde war es ihr noch ganz gut gegangen. Oder wenigstens den Umständen entsprechend. Simon hatte sie zu Hause abgesetzt und sich mit einer Umarmung und einem Kuss von ihr verabschiedet. Er hatte ihr versprochen, sich am nächsten Tag bei ihr zu melden, hatte ihr versichert, dass er nicht vorhatte, von einer Brücke zu springen. Und dass er sie, falls er sich doch urplötzlich an einem Geländer wiederfände, von dort aus anrufen würde. So weit, so gut.

Hannah hatte eine erstaunliche Ruhe bewahrt. Sie hatte ihr Kleid ausgezogen, sich abgeschminkt, eingecremt und die Zähne geputzt. Dann war sie in ihr Nachthemd geschlüpft und ohne Umwege ins Bett gegangen, der Abend hatte sie sehr erschöpft.

Doch kaum hatte sie das Licht gelöscht und die Augen geschlossen, war sie wieder hellwach gewesen. Plötzlich waren sie gekommen: die schrecklichen Gedanken und Bilder.

Die grauenhafte Angst, Simon könnte mit seiner Einschätzung richtigliegen und im Verlauf der nächsten Monate sterben. Dass der Krebs sich schon durch seinen gesamten Körper gefressen hatte, dass nichts und niemand ihren Freund würde retten können. Dass sie bald allein wäre.

Hannah hatte versucht, die Furcht aus ihrem Kopf zu verbannen, sie durch schöne und friedliche Erinnerungen zu ersetzen. Sie hatte sogar angefangen, leise vor sich

hin zu singen, in der Hoffnung, das rasende Gedanken-
karussell damit zu stoppen. Es war ihr nicht gelungen.

Sterben. Verschwinden. Einfach nicht mehr da sein,
weg, fort, für immer. *Asche zu Asche, Staub zu Staub.*

Die Vorstellung war ungeheuerlich, sie war … unvor-
stellbar!

Bisher hatte Hannah noch keinerlei Erfahrungen mit
dem Tod gemacht. Von Simons Mutter und ihrem langsamen Sterben mal abgesehen, und das hatte sie nur
noch am Ende mitbekommen, hatte nur noch die letzten
Monate ihres Leidens miterlebt. Natürlich war Hannah
damals traurig gewesen, in erster Linie allerdings traurig für Simon. Darüber, dass er einen für ihn so wichtigen Menschen viel zu früh gehen lassen musste. Für
Hilde Klamm, daran hatte Hannah damals fest geglaubt,
war der Tod eine Erlösung gewesen, ihr Sterben hatte
ganz und gar diesem tröstlichen Klischee entsprochen.

Aber jetzt war es etwas völlig anderes. Zum ersten Mal
war sie selbst unmittelbar betroffen, zum ersten Mal ging
es um einen Menschen, den *sie* liebte. Und zum ersten
Mal – sie schämte sich, es sich einzugestehen, aber es war
eben so – wurde sie sich ihrer *eigenen* Sterblichkeit bewusst. Aufs Schmerzlichste bewusst.

Neben der Angst, Simon verlieren zu können, war da
wie aus dem Nichts ein Gedanke gewesen, der ihr bis zu
diesem Zeitpunkt ziemlich fremd gewesen war: *Eines Tages wirst auch du tot sein, eines Tages wirst auch du diese
Welt verlassen müssen.*

Natürlich, sie wusste, dass dieser Tag kommen würde.
Jeder Mensch wusste das.

Aber es war doch eine recht diffuse, eine recht abstrakte Gewissheit. Etwas, mit dem Hannah – so absurd es klang – nichts zu tun hatte, jedenfalls jetzt noch nicht. Sie war schließlich nicht einmal dreißig, und Simon nur fünf Jahre älter! Sterben – das war irgendwann einmal, irgendwo an einem weit entfernten Horizont. Sterben – das betraf bisher immer nur die anderen.

Langfristig sind wir alle tot. Während Hannah in ihrem Bett gelegen hatte, war ihr der Satz durch den Kopf gegangen, den ihre Großmutter Marianne gern zitierte, wenn es ums Lebensende ging. Bisher hatte sie darüber immer gelacht, hatte sich über den geistreichen Humor ihrer Oma amüsiert und ihr recht gegeben. Langfristig, ja. Lang, ganz, ganz lang.

Simons Offenbarung hatte den Tod nun schlagartig in greifbare Nähe, in ihre eigene Wirklichkeit gerückt, hatte Hannah mitten in die Angst katapultiert. Die Panik war ihr ins Blut geschossen wie ein böses Gift, hatte sich wie ein zerstörerischer Parasit in ihr festgesetzt.

Dazu die Scham, der Ekel vor sich selbst, weil sie angesichts des Umstandes, dass Simon sehr, sehr krank – vielleicht sogar todkrank! – war, nichts Besseres zu tun hatte, als sich um ihre eigene Vergänglichkeit zu sorgen. Es ging schließlich nicht um sie, sie war jetzt ganz unwichtig. Simon war es, der vom Krebs bedroht wurde, sie hatte kein Recht, sich so schlecht zu fühlen. Im Gegenteil, sie hatte die Pflicht, nun für ihn besonders stark zu sein.

Schließlich hatte Hannah in ihrer Verzweiflung keinen anderen Ausweg gewusst, als Lisa anzurufen, egal, wie spät es war. Hatte mit ihr reden wollen, mit ihr reden *müssen*, um nicht auf der Stelle durchzudrehen und etwas Dummes zu tun. Um nicht nach Hilfe schreiend auf die

Straße zu rennen, zum Beispiel. Oder um nicht zu Simon zu fahren und ihn heulend darum zu bitten, jetzt *sofort* mit ihr ins Krankenhaus zu gehen und alle nötigen weiteren Untersuchungen vornehmen zu lassen.

Sie wusste ja, dass das der falsche Weg war, dass sie so höchstens das Gegenteil bewirken und Simon komplett dichtmachen würde. Er hatte ihr mehr als deutlich gesagt, dass er momentan Zeit, Abstand und Ruhe brauchte, damit er das, was die Ärzte ihm mitgeteilt hatten, sacken lassen und verarbeiten konnte. Das wollte Hannah ihm zugestehen, auch wenn sie selbst halb wahnsinnig darüber wurde, zur totalen Untätigkeit verdammt zu sein.

Deshalb also hatte sie Lisas Nummer gewählt. Doch jetzt, als sie ihre Freundin an der Strippe hatte und versuchte, deren Anweisungen zu befolgen und nichts weiter zu tun, als ruhig zu atmen, ebbte die Panik noch immer nicht ab. Im Gegenteil, sie schien sogar schlimmer zu werden, mittlerweile kämpfte Hannah gegen Schwindelgefühle und Benommenheit an.

»Geht's besser?«, wollte Lisa wissen.

»Jjjjj … nnnnei …«

»Pass auf: Ich springe sofort ins Auto und komme zu dir, okay? Es wird leider ein paar Minuten dauern, aber ich mache so schnell wie möglich!«

»Nnnnn …«

»Bis gleich!« Lisa legte auf.

Hannah krabbelte auf allen vieren vom Flur zurück ins Schlafzimmer, kletterte in ihr Bett und zog sich die Decke über den Kopf. Dann wartete sie. Wartete mit klopfendem Herzen darauf, dass diese verfluchte Angst verschwand. Und dass Lisa endlich auftauchte.

23

Jonathan

3. Januar, Mittwoch, 17:04 Uhr

»Ist da jemand?«, wollte Jonathan erschrocken wissen, während er gleichzeitig versuchte, sich mit rudernden Armen in eine aufrechte Position zu bringen.

»Ja, du Penner!«, zischte eine männliche Stimme in der Dunkelheit. »Ich bin hier. Und du bist mir gerade mitten auf den Kopf gesprungen!«

»Tut mir leid!«, entgegnete Jonathan. »Wer sind Sie denn?« Er kniff die Augen zusammen, konnte in der Dunkelheit aber noch immer nicht das Geringste erkennen.

»Viel interessanter ist ja wohl die Frage, was du in meinem Container willst!?«

»Äh, Ihr Container?«

»Vergiss es!« Jonathan hörte Papier rascheln, direkt neben sich spürte er eine Bewegung und rückte so abrupt ab, dass er mit einem metallischen »Boing« gegen die Außenwand des Behälters stieß. »So eine Scheiße!«, fluchte der Mann.

»Tut mir leid«, wiederholte Jonathan, obwohl er sich schließlich selbst gestoßen hatte. »Ich wusste nicht, dass jemand hier drin ist.« Er hüstelte nervös. »Das ist ja auch eher ungewöhnlich, nicht wahr? Außerdem bin ich nur aus Versehen hereingefallen, ich ...«

»Halt mal den Rand«, wurde er barsch zurechtgewiesen. Aus den Augenwinkeln nahm er nun schemenhaft eine Gestalt wahr, die sich neben ihm aufrichtete.

»Also, entschuldigen Sie bitte mal ...«

»Nein«, kam es zurück, »ich entschuldige nicht!« Ein Kopf schob sich an ihm vorbei vor die Luke des Containers, Jonathan vernahm ein angestrengtes Ächzen, dicht gefolgt von einem Klappern und dem dumpfen Geräusch von Schuhsohlen, die auf Asphalt klatschten. Wer auch immer zusammen mit ihm hier im Altpapier gewesen war – er war wieder draußen.

Jonathan gelang es, trotz des wackeligen Untergrunds ebenfalls auf die Beine zu kommen. Mit beiden Händen griff er nach dem Rand der Öffnung und stemmte seinen Oberkörper hinaus. Jetzt konnte er den Mann sehen, der vor dem Container stand. Er trug einen dunkelblauen Armeemantel und musterte Jonathan feindselig.

»Guten Tag!«, sagte Jonathan so freundlich wie möglich und streckte dem Mann eine Hand entgegen, während er sich mit der anderen weiterhin am Rand festklammerte. Sein Container-Bruder ignorierte die Geste und sah ihn stattdessen noch etwas missmutiger an. »Nun ja«, überging Jonathan den peinlichen Moment und machte sich daran, aus seinem Gefängnis zu klettern. Was allerdings nicht so einfach war, denn die Luke war seit seinem Einstieg irgendwie enger geworden.

Eine Weile beobachtete der Fremde Jonathans vergebliche Bemühungen, dann ging er seufzend einen Schritt auf ihn zu und reichte ihm eine Hand.

»Danke«, sagte Jonathan, ergriff sie und wurde von dem Mann herausgezogen und gestützt. »Sehr freundlich von Ihnen«, sagte er, als er wieder auf festem Boden stand und verlegen seine Kleidung abklopfte. Er hatte den Eindruck, nun selbst wie ein Pizzakarton zu riechen. Also wirklich, wussten die Leute denn nicht, dass man verschmutztes Papier im Hausmüll entsorgte?

»Da nich füar«, erwiderte der Mann in breitem Norddeutsch. Tatsächlich lächelte er nun verhalten, was ihn sogleich wesentlich sympathischer aussehen ließ. Er hatte einen weißen Stoppelbart und lange, zu einem Pferdeschwanz gebundene und ebenfalls weiße Haare. Seine Züge wirkten fahl und etwas abgespannt, und sein fast bodenlanger Mantel machte den Eindruck, als stamme er aus der Altkleidersammlung, so zerschlissen war er. Jonathan schätzte den Mann auf mindestens Ende fünfzig, zumindest ließen die tiefen Furchen, die sein Gesicht durchzogen, darauf schließen, dass er nicht mehr der Jüngste war. »Du hast mir echt einen Schrecken eingejagt«, stellte er fest.

»Sie mir auch!« Erneut hielt er ihm seine rechte Hand entgegen. »Jonathan Grief.«

Kurz zögerte der Mann, bevor er sie ergriff und schüttelte. Seine Finger steckten in Handschuhen ohne Kuppen, sein Händedruck war fest. »Leopold«, sagte er.

»Leopold? Was für ein außergewöhnlicher Name! Gerade hier oben im Norden, der ist doch eher süddeutsch!«

»Meine Kumpels sagen Leo zu mir.« Er grinste. »Für dich also Leopold.«

»Gern!«, erwiderte Jonathan. Erst danach verstand er so richtig, was der Fremde gerade gesagt hatte.

»Und, John-Boy? Was wolltest du in meinem Container?«

»Ich habe etwas gesucht.«

»Was denn?«

»Ein paar Unterlagen, nicht so wichtig«, erklärte er mit einer wegwerfenden Handbewegung. Er verspürte keine Lust, dem seltsamen Mann die näheren Umstände seiner Suche zu erläutern.

»So wichtig immerhin, dass du dafür bei Nacht und Nebel jemandem aufs Haupt steigst.«

»Erstens haben wir noch nicht nachts, sondern erst Nachmittag«, korrigierte Jonathan ihn. »Und zweitens wusste ich ja nicht, dass Sie in dem Container sind.« Er musterte ihn mit unverhohlener Neugier. »Was haben Sie da eigentlich gemacht?«

»Was wohl? Mich aufgewärmt.«

»Im Altpapier?«

Der Mann nickte. »Ja, das hält schön warm.«

»Warum gehen Sie nicht einfach nach Hause?«

Nun lachte Leopold laut auf. So laut, dass Jonathan erschrocken zusammenzuckte. »Du bist mir ja vielleicht einer!«, prustete er und schlug sich auf die Schenkel. »Wo haben sie dich denn rausgelassen?«

»Wieso?«

»Nur so!« Der Mann wischte sich ein paar Tränen aus den Augenwinkeln. »Weißt du«, erklärte er dann japsend, »meine Stadtvilla wird gerade leider renoviert, deshalb kann ich da nicht hin.«

»Ja?« Jonathan betrachtete ihn skeptisch. Irgendetwas sagte ihm, dass der Mann ihn gerade gehörig auf den Arm nahm.

»Mensch, Junge!«, bestätigte Leopold sogleich seinen Verdacht. »Von welchem Stern stammst du? Guck mich doch mal an! Ich bin obdachlos!«

»Oh.« Darauf wusste Jonathan N. Grief nichts zu erwidern. Außer dass er sich mit einem Schlag sehr, sehr dumm vorkam. Aber das mochte er dem Fremden natürlich nicht sagen.

»Ja, oh!« Leopold nickte. »Und an besonders kalten Tagen wie heute mache ich manchmal ein Nickerchen im Container.«

»Ist das nicht gefährlich?«, wollte Jonathan wissen. »Könnte schließlich passieren, dass das Ding geleert wird, während Sie schlafen.«

»Ja«, stimmte Leopold ihm zu. Dann tippte er sich mit dem Zeigefinger gegen die Schläfe. »Aber ich habe alle Leerungstermine hier drin.«

»Das ist gut.«

»Allerdings habe ich nicht damit gerechnet, dass mir jemand auf den Kopf springt.«

»Wie gesagt, es tut mir leid.«

»Schon gut. Ist ja nichts passiert.«

»Zum Glück nicht.«

»Und was ist jetzt mit dem Zeug, das du suchst?«

Jonathan zuckte mit den Schultern. »Keine Ahnung«, gab er zu. »Ich hatte gehofft, dass es ganz oben liegt.«

»Hm. Fürchte, ich habe alles ziemlich zerwühlt, als ich mich vorhin häuslich eingerichtet habe.«

Bei den Worten »häuslich eingerichtet« musste Jonathan beinahe lachen. Diese Umschreibung wäre ihm im Zusammenhang mit einem Altpapiercontainer mit Sicherheit nie im Leben eingefallen.

»Hast du eine Taschenlampe?«, wollte Leopold wissen.

»Ja, drüben im Haus«, erwiderte Jonathan und deutete auf die andere Straßenseite zu seiner Villa.

Leopold gab einen undefinierbaren Laut von sich. »Wow! Da wohnst du? Nicht schlecht!«

»Ähm, ja.« Sofort ratterte der Gedanke durch Jonathans Kopf, dass es vielleicht ein Fehler gewesen war, dem Mann so freimütig sein Haus zu zeigen. Schließlich wusste man nie …

»Ein Vorschlag«, unterbrach Leopold seine Gedanken. »Du holst deine Taschenlampe. Dann steige ich noch einmal in den Container, und du leuchtest mir.«

»Ich weiß nicht«, erwiderte er zögernd.

»Dann ist es wohl wirklich nicht so wichtig.«

Vor Jonathans innerem Auge erschien wieder die Schlagzeile der »Hamburger Nachrichten«. »Doch«, gab er widerstrebend zu. »Ich will Ihnen nur keine Umstände bereiten und Ihre Zeit in Anspruch nehmen.«

»Das sind keine Umstände. Und Zeit ist das Einzige, wovon ich jede Menge habe.«

Einen Moment lang überlegte Jonathan noch, dann nahm er Leopolds Angebot dankend an und ging rüber zum Haus, um aus dem Keller eine Taschenlampe zu holen.

Leopold winkte ihm bereits aus der Luke heraus entgegen, als er zum Container zurückkehrte.

»Gut«, sagte der Mann. »Wonach suchen wir denn?«

»Nach einem Stapel Papier mit Zahlen.«

»Geht's noch konkreter?«

»Hier und da ist mit rotem Stift etwas darauf geschrieben.«

»Okay, dann gehe ich mal auf Tauchstation.« Sprach's –
und verschwand in den Tiefen des Containers. Jonathan
beugte sich mit der Taschenlampe so weit es ging hinein
und leuchtete Leopold.

»Ja, so ist es gut«, erklang dessen dumpfe Stimme.
Dicht gefolgt von einem »Uh, wie eklig!« Direkt neben Jonathans Kopf flog eine Bananenschale vorbei und streifte
ihn noch am linken Ohr. »Eine Sauerei, dass die Leute so
was hier reinschmeißen!«, schimpfte Leopold. Da musste Jonathan ihm recht geben, Pizzakartons konnte man
vielleicht noch verstehen, aber Biomüll hatte hier nun
wirklich nichts verloren. Sofort empfand er seinen neuen
Bekannten als noch wesentlich sympathischer, denn er
schien Jonathans Ansichten darüber, was ging und was
nicht ging, zu teilen.

»Ist es das hier?«, erklang Leopolds Stimme. Dabei
hielt er einen zerknitterten Zettel aus der Luke. Jonathan
nahm ihn zur Hand, warf einen Blick darauf.

»Ja«, bestätigte er erfreut, »das ist es! Allerdings nur
ein Teil davon.«

»Moment, da ist noch mehr.« Geraschel, kurz darauf
streckte Leopold ihm weitere Seiten unter die Nase.

»Das auch! Sie sind an der richtigen Stelle!«

»Du«, kam es ächzend zurück. »Wenn ich mich hier
schon für dich durch den Müll wühle, können wir uns
ruhig duzen, finde ich.«

»In Ordnung, du.« Jonathan verzichtete darauf, zu erwähnen, dass Leopold ihn entgegen jeglicher Etikette
schon die ganze Zeit geduzt hatte.

»Wie viele Seiten sind es denn noch?«

»Weiß ich nicht«, gab Jonathan zu. »Ich guck mal eben

nach, die sind nummeriert.« Er zog die Taschenlampe heraus und richtete sie auf die Blätter.

»He!«, beschwerte sich Leopold. »Licht an!«

»Sofort. Ich kann sonst nichts erkennen.« Jonathan klemmte sich die Stablampe zwischen die Zähne und suchte auf den zerknitterten Blättern nach Nummern. »3 von 12« stand unten rechts auf einer der Seiten. Er fing an, sie zu sortieren. 1, 2, 3, 4 … 8, 9, 10, 12. »Vier Seiten fehlen noch!«, rief er Leopold zu.

»Dann her mit dem Licht!«

Jonathan leuchtete wieder in den Container, Leopold wühlte sich auf allen vieren von links nach rechts durchs Papier. »Hoffe nur, es ist wirklich wichtig, was wir hier suchen.«

»Ist es«, beruhigte Jonathan ihn.

»Und warum zum Teufel liegt es dann im Altpapier?«, schnaubte Leopold. Eine Plastikflasche zischte an Jonathans Kopf vorbei.

»Ein Versehen«, erklärte er, während er sich zur Seite duckte. »Können Sie … kannst du bitte etwas aufpassen oder mich vorwarnen, wenn du was rauswirfst?«

»Sorry.« Er konnte Leopolds Grinsen nahezu hören. »Ich pass auf, versprochen.« Kurz darauf flog ein Kissen vorbei, dicht gefolgt von einem »Ups!«

»Das solltest du behalten«, scherzte Jonathan und warf das Kissen zurück. »Damit wird die Nacht mit Sicherheit gemütlicher.«

»Ist nicht nötig«, erwiderte Leopold, steckte den Kopf aus der Luke und hielt mit einer triumphierenden Geste vier weitere zerknitterte Blätter hoch. »Ich würde sagen, ich habe mir eine Nacht im Warmen redlich verdient.«

»Ja?«, fragte Jonathan und nahm dankend die Seiten entgegen. »Wo denn?«

Leopold grinste breit. »Rate mal!« Dann deutete er mit dem Kinn Richtung Jonathans Villa auf der anderen Straßenseite.

»Nein!«, wollte Jonathan N. Grief spontan ausrufen. »Auf gar keinen Fall!«

Doch dann dachte er an Sarasvatis Worte.

Und sagte stattdessen: »Ja, natürlich, gern!«

24

Hannah

15 Tage zuvor,
19. Dezember, Dienstag, 23:52 Uhr

Als ihre Freundin zwanzig Minuten später bei ihr klingelte, schaffte Hannah es mit letzter Kraft, zur Wohnungstür zu stolpern und zu öffnen. Kaum stand Lisa vor ihr, sackte sie ihr schluchzend in die Arme.

»Hannah!«, rief Lisa erschrocken und fing sie auf. »Was ist denn bloß los?«

Anstelle einer Antwort weinte Hannah weiter und genoss das Gefühl der Geborgenheit, von einem lieben Menschen umarmt zu werden. Einfach nur gehalten zu werden wie ein kleines Kind, das sich in die Arme seiner Mama stürzt und dort Zuflucht sucht.

»Tut mir leid, dass es so lang gedauert hat, aber ...«

»Schsch«, gab Hannah nun doch von sich und brachte Lisa damit zum Schweigen. Es war total egal, wie lange es gedauert hatte, Hauptsache, Lisa war in diesem Moment bei ihr.

»Magst du mir erzählen, was passiert ist?«, fragte ihre Freundin irgendwann vorsichtig und strich Hannah dabei über den Kopf.

Sie nickte und gab ein klägliches »Ja« von sich.

Lisa stützte sie am Ellbogen und führte sie in das kleine Wohnzimmer, wo sie sich ganz dicht nebeneinander auf Hannahs Korbsofa und unter eine Decke kuschelten.

Ohne von Lisa unterbrochen zu werden, erzählte Hannah von dem Abend bei »Da Riccardo«. Die Worte purzelten nur so aus ihr heraus, verließen schneller und immer schneller ihren Mund, als hätte sich eine Schleuse geöffnet. Sie erzählte von der Krebsdiagnose, die die Ärzte Simon gestellt hatten. Von seiner Überzeugung, innerhalb des nächsten Jahres sterben zu müssen, von seiner Weigerung, sich noch weiteren Untersuchungen zu unterziehen, weil er sie für sinnlos hielt. Darüber, dass er sich von Hannah trennen wollte, weil er der Meinung war, ihr nicht zumuten zu können, unter diesen Umständen an seiner Seite zu bleiben; dass er ihr nicht dasselbe Schicksal aufbürden wollte, das seine Mutter hatte ertragen müssen.

Und schließlich gestand Hannah ihrer Freundin sogar, mit welchen Ängsten sie selbst zu kämpfen hatte; dass sie in Panik geraten war und an ihre eigene Sterblichkeit hatte denken müssen. Wie sehr sie sich dafür schämte. Schämte, schämte, in Grund und Boden schämte.

»Das ist doch ganz normal«, beruhigte Lisa sie. »Deshalb bist du nun wirklich kein schlechter Mensch.«

»Findest du?«, wollte Hannah kleinlaut wissen.

»Natürlich!«, bekräftigte sie. »Jedem von uns geht das so. Wenn wir auf der Autobahn einen schlimmen Unfall sehen oder etwas Schreckliches in der Zeitung lesen, über eine Naturkatastrophe oder einen Terroranschlag – da ist der Gedanke ›Was, wenn es mich trifft?‹ doch sofort da. Oder, schlimmer noch: Gott sei Dank hat es mich nicht erwischt!«

Hannah atmete erleichtert auf. »Ich bin froh, dass du das sagst und mich nicht für ein Monster hältst! Da fühle ich mich gleich ein bisschen besser.«

»Das solltest du auch.« Lisa zog sie an sich. »Selbstvorwürfe kannst du im Moment bestimmt nicht gebrauchen, das ist alles schrecklich genug.«

»Trotzdem ist es mir peinlich, dass mir überhaupt so etwas in den Sinn kommt.«

»Wie gesagt, es gibt nicht den geringsten Grund dafür, dass dir das peinlich ist.«

»Sagt die Frau, die sich für jeden Mist entschuldigt und ständig ein schlechtes Gewissen hat.«

»Stimmt.« Lisa lachte. »Aber wie du gerade selbst festgestellt hast: Meistens geht es nur um Mist.«

»In diesem Fall geht es leider um wesentlich mehr.«

»Auch wieder wahr.«

Hannah seufzte. »Und ich habe gedacht, Simon lädt mich zu einem romantischen Essen ein, um mir einen Heiratsantrag zu machen. Um mich zu fragen, ob ich bis zum Ende meines Lebens mit ihm zusammenbleiben will!« Sie gab einen bitteren Laut von sich. »Konnte ja nicht ahnen, dass es dabei um das Ende *seines* Lebens geht. Und erst recht nicht, dass dieses Ende schon so kurz bevorsteht.«

»Stopp!«, warf Lisa ein und betrachtete sie mit strengem Blick. »Wer hier wann das Ende seines Lebens erreicht, ist noch lange nicht raus!«

»Das sag mal Simon! Der ist gerade schon dabei, sich seine letzte Ruhestätte und einen Grabstein auszusuchen.«

»Gib mir das Telefon, ich ruf ihn an.«

»Auf gar keinen Fall!«

»Aber du meintest doch, dass ich ihm das sagen soll.«

»Ja … das heißt, nein.« Hannah hatte noch immer Schwierigkeiten, sich zu konzentrieren. »Simon ist absolut von der Rolle. Wenn wir irgendwie Druck auf ihn ausüben, könnte das nach hinten losgehen.«

»Was meinst du mit ›nach hinten losgehen‹?«

»Weiß ich selbst nicht so genau«, gab Hannah fahrig zurück. Sie musste an die Brücke denken. »Jedenfalls glaube ich nicht, dass es gut wäre, jetzt auf ihn einzureden. Außerdem bin ich mir nicht sicher, ob es ihm recht wäre, dass ich es dir erzählt habe.«

»Ob es ihm recht wäre?«, gab Lisa ungläubig zurück. Ungläubig und empört.

»Ist ja schon eine ziemlich private Angelegenheit«, erklärte Hannah.

»Also, ich bitte dich! Was heißt denn hier ›privat‹?«

»Vielleicht schämt er sich …«

»Wofür schämen?«, wurde sie von ihrer Freundin unterbrochen. »Dein Freund hat Krebs und keine Rentnerin ausgeraubt!«

»Ach, Lisa, du weißt doch, was ich meine.«

»Ja, das weiß ich.« Sie nickte resolut. »Und ich sag dir was: Es ist genau richtig, dass du mich angerufen hast! Was erwartet Simon denn? Dass er dir so eine Neuigkeit um die Ohren haut und du schulterzuckend zur Tagesordnung übergehst und so tust, als sei nichts? Dass du das mit dir allein ausmachst, dir gleich morgen ein Profil beim Online-Dating zulegst, während er sich wie ein altersschwacher Elefant zum Sterben ein Plätzchen auf dem Friedhof sucht?«

»Habe ja gar nicht behauptet, dass er das erwartet.«

»Aber du fragst dich allen Ernstes, ob es ihm recht wäre, dass du es mir erzählt hast. Mal ehrlich, solche Überlegungen passen zu mir – aber doch nicht zu dir!«

Hannah schmunzelte. »Das stimmt allerdings.«

»Sag ich doch!«

»Ich habe trotzdem keine Ahnung, was ich tun soll. Was ich überhaupt tun *kann*.«

»Das ist eine schwierige Frage«, gab Lisa zu. »Vermutlich hast du mit deiner Einschätzung recht, dass zu viel Druck eher kontraproduktiv wäre.«

Hannah zuckte ratlos mit den Schultern und sah ihre Freundin unglücklich an. Dann gab sie ein wütendes Grummeln von sich. »Es will mir einfach nicht in den Kopf, wie man so vernagelt sein kann, dass man sogar weitere Untersuchungen ablehnt! Dass Simon sich kurzerhand selbst eine Diagnose stellt und es dann als gegeben hinnimmt. Wäre ich an seiner Stelle, hätte ich bereits die zehn weltweit besten Onkologen kontaktiert – und er macht rein gar nichts, sondern kapituliert einfach und legt schicksalsergeben die Hände in den Schoß?«

»Na ja, ich kann schon verstehen, dass er das erst einmal ein bisschen sacken lassen will.«

»Was gibt's denn da groß sacken zu lassen? Wenn es wirklich so schlimm um ihn steht, wie er denkt, zählt doch jetzt jeder einzelne Tag!«

»Da muss ich dir widersprechen«, sagte Lisa. »Wenn er wirklich Angst hat, dass es so schlimm ist, kann ich erst recht nachvollziehen, dass er nicht sofort zum nächsten Experten rennt.«

»Ja?« Hannah zog verwundert die Brauen hoch. »Das musst du mir bitte erklären!«

»Zum einen hat Simon durch seine Eltern schon wirklich schlechte Erfahrungen mit dem Thema Krebs gemacht …«

»Glaube kaum, dass es jemanden gibt, der damit gute Erfahrungen gemacht hat«, warf Hannah ein.

»Zum anderen«, sprach Lisa unbeirrt weiter, »kann ich mir vorstellen, dass man manche Dinge gar nicht so genau wissen will.«

»Selbst wenn sie so wichtig sind wie in Simons Fall?«

»Vielleicht ist es ihm lieber, dass noch eine Restunsicherheit bleibt?«

»Eine Restunsicherheit?«

»Das könnte doch sein!«, sagte Lisa. »Wenn er die Biopsie verweigert, heißt das ja nicht nur, dass er sich damit die Chance vergibt, von den Ärzten zu erfahren, dass es gar nicht so schlimm ist und sie ihm helfen können – er umgeht damit auch gleichzeitig das Risiko, dass ihm jemand sagt: ›Tja, da können wir leider wirklich nichts mehr für Sie tun. Gehen Sie nach Hause, Sie sind austherapiert.‹ Überleg doch mal, er geht damit der Gefahr aus dem Weg, sein Todesurteil quasi Schwarz auf Weiß und unwiderruflich zu erhalten.«

Erneut brach Hannah in Tränen aus.

»Tut mir leid, sorry!« Lisa schlug sich mit der flachen Hand vor die Stirn. »Ich bin ein Vollidiot! Wie kann ich nur so etwas sagen?«

»Neihein«, erwiderte Hannah schluchzend, »du hast ja recht.« Sie wischte sich mit beiden Händen übers Gesicht und versuchte tapfer, ein wenig zu lächeln. »Es ist eben nur so schwer für mich, das zu begreifen. Ich selbst wüsste immer lieber, woran ich bin, statt im Dunkeln zu tappen. Nur dann kann man sich darauf einstellen und danach handeln.«

»Hm … Bist du sicher, dass du dich so entscheiden würdest? Du warst ja noch nie in so einer Situation.«

»Trotzdem, absolut«, antwortet Hannah ohne Zögern. »Ich würde es wissen wollen.«

Lisa überlegte einen Moment, bevor sie ihren nächsten Gedanken langsam und konzentriert formulierte: »Angenommen, jemand könnte dir zu hundert Prozent die Zukunft prophezeien …«

»So was gibt's nicht.«

»Ist doch jetzt egal, gehen wir einfach mal davon aus, dass es so ist. Und dieser jemand könnte dir auch mitteilen, an welchem Tag genau du sterben wirst – dann würdest du es dir wirklich sagen lassen? Oder wäre es dir nicht doch lieber, der Tod trifft dich irgendwann aus heiterem Himmel, reißt dich ohne jede Vorwarnung mitten aus dem Leben?«

»Das ist ja eine fiese Frage!«

»Genau vor dieser Frage steht Simon aber gerade.«

»Nicht ganz«, widersprach sie, »Simon weiß ja, dass er krank ist, von ›aus heiterem Himmel‹ kann also keine Rede sein.«

»Na ja, zumindest die Diagnose kommt für ihn aus heiterem Himmel.«

»Eher aus wolkigem«, erwiderte Hannah. »So richtig toll ging es ihm ja schon seit Monaten nicht mehr. Weder körperlich noch seelisch.«

»Ich glaub's ja jetzt nicht! Sorry, aber behauptest du hier gerade etwa, dass Simon auf diesen Schock besser vorbereitet sein müsste, weil es ihm schon seit Monaten mies geht?« Lisa wedelte mit der Hand, als Hannah sie entsetzt ansah. »Tust du doch gerade, oder? Denk lieber über meine Frage nach.«

»Okay«, willigte Hannah widerstrebend ein. Tatsächlich musste sie wieder nicht lange überlegen. »Ich möchte es auf jeden Fall wissen«, bekräftigte sie. »Dann könnte ich die Zeit, die mir bleibt, ganz bewusst erleben, jeden einzelnen Tag bis zum Letzten auskosten. Ich könnte meine Angelegenheiten regeln, wie man so schön sagt, mich von allen lieben Menschen verabschieden oder auf Weltreise gehen – und zum Schluss vielleicht sogar noch eine riesige Party schmeißen.«

»Gut«, sagte Lisa. »Das habe ich mir schon fast gedacht. So bist du eben.«

»Wie denn?«

»Pragmatisch.«

»Pragmatisch?«

»Immer den Blick nach vorn gerichtet«, erläuterte Lisa, »sich nicht unterkriegen lassen und aus allem das Beste machen – so in der Art halt. Nur sind die Menschen eben verschieden, und Simon scheint für sich einen anderen Weg zu wählen.«

»Der wählt keinen Weg, der bleibt stehen!«

»Auch Nichtstun ist eine Entscheidung.«

Hannah bedachte sie mit einem erstaunten Blick. »Seit wann redest du wie ein Guru?«

Lisa lief rot an. »Das, ähm, habe ich neulich irgendwo mal gelesen.«

»Wo denn? In der ›Spirituell heute‹?«

»Mach dich nicht über mich lustig! Ich will nur helfen.«

»Tut mir leid, war nicht so gemeint.« Sie knuffte ihrer Freundin versöhnlich in die Seite.

»Das mit dem Entschuldigen ist mein Part«, stellte Lisa fest und knuffte Hannah zurück. »Außerdem bist du doch sonst immer diejenige, die schlau daherredet von wegen ›Krisen als Chancen‹ und so – da dachte ich, ich gucke mir was davon ab.«

»Ha, ha!«

Einen kurzen Moment grinsten sie sich nur an. Hannah war froh, dass ihre Freundin gerade bei ihr war. Das machte die Situation zwar nicht weniger beschissen – aber durchaus erträglicher.

»Und was ist mir dir?«, wollte Hannah schließlich wissen. »Würdest du wissen wollen, wann du stirbst?«

»Keine Ahnung. Darüber denke ich überhaupt nicht nach.«

»Pffff!« Hannah verdrehte gespielt genervt die Augen, dann drohte sie ihrer Freundin mit erhobenem Zeigefinger. »Sooo nicht, meine Liebe! Das lasse ich dir nicht durchgehen, du musst die Frage auch beantworten!«

»Muss ich?«

»Japp.«

»Na gut, lass mich überlegen.« Lisa lehnte sich auf dem Sofa zurück und schloss die Augen. Dachte nach. Lange. Sehr lange.

»Bist du eingeschlafen?«, wollte Hannah nach einer Weile ungeduldig wissen.

»Nein.« Zwar öffnete sie nun die Augen, schwieg aber weiter beharrlich und starrte an die Decke, als gäbe es dort etwas Interessantes zu sehen.

»So schwierig kann es doch nicht sein«, beschwerte

Hannah sich, als weitere zwei Minuten verstrichen waren, ohne dass ihre Freundin den Mund aufgemacht hatte. »Du spielst ja nur auf Zeit!«

Endlich drehte Lisa sich zu ihr und sah sie mit ernster Miene an. »Nein«, sagte sie und schüttelte langsam den Kopf. »ich möchte mein Sterbedatum nicht wissen. Auf gar keinen Fall. Und wenn es mir jemand sagen wollen würde, würde ich es ihm verbieten. Ich möchte auch von niemand anders wissen, wann er stirbt. Es wäre total furchtbar zu wissen, wann du stirbst. Oder meine Eltern.«

Hannah hob abwehrend die Hände. »Kein Grund, gleich so staatstragend zu werden! Keine Sorge, ich könnte es dir eh nicht verraten.«

»Tut mir leid.«

»Was denn jetzt schon wieder?«

»Dass du mich als ›staatstragend‹ empfindest.«

»Ist ja nicht schlimm«, beruhigte Hannah sie. »Es wundert mich nur, dass du das auf einmal so ernst nimmst.«

»Es ist ein ernstes Thema.«

»In erster Linie ist es ein Gedankenspiel. Denn wir *haben* ja niemanden, der uns zuverlässig voraussagen kann, wann wir sterben werden.«

»Nein«, stimmte Lisa ihr zu. »Haben wir nicht.«

»Dann hör bitte auf, so ein Gesicht zu ziehen, das macht mir ja Angst!«

»Tut mir … Ich musste gerade nur an etwas denken.«

»An was denn?«

»Kann ich dir nicht sagen.«

»Wieso denn nicht?«

»Weil es mir unangenehm ist. Es ist mir peinlich.«

»Jetzt machst du mich erst recht neugierig, das ist gemein!«

»Tut … Das wollte ich nicht.«

»Lisa Wagner!« Hannah sah sie streng an. »Wir sitzen hier gerade, weil mein Freund, den ich über alles liebe und von dem ich eigentlich heute einen Heiratsantrag erwartet habe, mir vorhin erzählt hat, dass er sich für todgeweiht hält – glaubst du wirklich, ich hätte da noch die Kraft, mich über dich lustig zu machen, weil es *ganz* vielleicht irgendwas Peinliches in deinem Leben gibt?«

»Tut mir leid.« Ein schuldbewusster Ausdruck trat auf ihr Gesicht.

»Es soll dir nicht leidtun, du sollst es mir erzählen!«

»Na gut«, gab Lisa sich geschlagen. »Ich musste eben nur daran denken, wie mir mal ein Kartenleger meinen Todestag voraussagen wollte. Und wie furchtbar ich das fand.«

»Was?« Hannah sah sie überrascht an. »Du warst mal bei einem Kartenleger?«

»Nicht nur einmal.« Lisa wirkte verlegen. »Ehrlich gesagt geh ich da regelmäßig hin.«

25

Jonathan

3. Januar, Mittwoch, 17:46 Uhr

»Was für ein fantastisches Haus!« Leopold stand in der Eingangshalle und blickte sich anerkennend um. »Ich hab ja schon so einige Hütten gesehen – aber die hier könnte man glatt für eine Wohnzeitschrift abfotografieren, ohne dass vorher noch mal jemand mit dem Staubsauger durchgehen müsste.«

»Äh, danke«, erwiderte Jonathan und empfand dabei eine Mischung aus Stolz, Verlegenheit und Sorge.

Der Stolz lag auf der Hand.

Verlegenheit verspürte er, weil er sich in Gegenwart dieses Mannes in seinem verschlissenen Armeemantel wie ein widerlicher Protz vorkam. Wie ein Vielfraß, der sich vor den Augen hungernder Menschen unbekümmert ein Zehn-Gänge-Menü schmecken ließ. Und der auch noch das, was er selbst nicht schaffte, ungerührt in den Mülleimer beförderte.

Allein die große Vase rechts neben der Tür, in der Henriette Jansen wie jede Woche das frische Bund Amaryllis kunstvoll arrangiert hatte (Tina hatte diese Tradition eingeführt, und Jonathan hatte sie kurzerhand beibehalten), hatte vermutlich so viel gekostet, dass Leopold sich dafür bequem einen Monat lang in ein nobles Hotel würde einmieten können.

Die Bodenfliesen aus Terrakotta stammten selbstverständlich aus einer kleinen italienischen Manufaktur, und der handgewebte Läufer, der zur Treppe in den ersten Stock hinführte, befand sich bereits seit Generationen im Familienbesitz, sodass Jonathan nicht einmal in Ansätzen wagte, seinen Wert zu schätzen.

Nie war er sich seines Reichtums so bewusst gewesen wie in diesem Moment, als er neben einem Mann stand, den er soeben versehentlich aus einem Altpapiercontainer gefischt hatte. So *unangenehm* bewusst.

Aber genau dieser Umstand erfüllte Jonathan N. Grief gleichzeitig mit Sorge. Hatte er mit seiner spontan ausgesprochenen, nein, mit seiner Einwilligung in die quasi erzwungene Einladung einen groben Fehler begangen?

War es nicht hochgefährlich, einen fremden und noch dazu obdachlosen Mann in die eigenen vier Wände zu lassen? Sicher, Leopold machte einen sympathischen Eindruck. Aber was würde es Jonathan nützen, wenn er am Ende mit durchschnittener Kehle in seinem Bett aufwachte? Und was hieß überhaupt »Ich habe ja schon so einige Hütten gesehen«? War Leopold vielleicht ein ganz durchtriebener Kerl, der sich gewohnheitsmäßig bei gutgläubigen Leuten einnistete? Und den man am Ende dann, Gott behüte!, nie wieder loswurde?

Fieberhaft überlegte er, ob ihm irgendein nicht allzu fadenscheiniger Vorwand einfiel, den unverhofften Besucher elegant wieder nach draußen zu befördern.

Sein Blick wanderte zum Fenster in der Tür. Im Lichtschein der Eingangsbeleuchtung sah er Schneeflocken tanzen, die Wetterlage hatte sich ungünstig entwickelt. Nein. Das brachte er nicht übers Herz.

Und es stimmte ja, dass Leopold ihm einen großen Dienst erwiesen hatte, die Seiten mit den Zahlen in seiner rechten Hand erinnerten Jonathan daran.

Er könnte sich heute Nacht in seinem Schlafzimmer verbarrikadieren. Dann würde er höchstens das Risiko eingehen, dass Leopold sich mit einigen Wertgegenständen davonmachte. Das wäre immer noch besser, als sich meuchelmorden zu lassen.

Oder aber er könnte Leopold einschließen. Vielleicht heimlich, sobald er schlief. Das Gästezimmer – vormals Tinas Reich –, in dem er ihn unterbringen würde, verfügte schließlich über ein eigenes Bad, sein Besucher wäre also jederzeit in der Lage, seine Notdurft zu verrichten. Nur käme das Jonathan schrecklich unfreundlich vor. Nun, es *käme* ihm nicht nur unfreundlich *vor*, es *wäre* unfreundlich.

Wobei »unfreundlich« noch eine euphemistische Umschreibung darstellen dürfte, »Freiheitsberaubung« traf es wohl eher.

»Lass mich raten!«, hörte er Leopold sagen.

»Was?« Er blickte irritiert zu seinem Gast, denn er war so sehr in seine Gedanken vertieft gewesen, dass er erst jetzt bemerkte, dass er vermutlich minutenlang schweigend und grübelnd in der Eingangshalle gestanden hatte.

»Dir rattert gerade durch den Kopf, wie du mich doch noch loswirst.«

»Unsinn!«, widersprach Jonathan N. Grief heftig – während er rot anlief.

»Doch«, gab Leopold prompt zurück, wirkte dabei aber nicht im Geringsten verärgert oder beleidigt, sondern vielmehr amüsiert. »Das ist dir deutlich anzusehen, es steht dir in großen Buchstaben mitten auf die Stirn geschrieben. Und ich kann das sogar verstehen.« Er legte eine Hand auf die Klinke der Haustür. »Also werde ich wohl besser ...«

»Nein!« Jonathan schrie auf, so peinlich war es ihm, dass man ihm am Gesicht hatte ablesen können, womit er sich gerade beschäftigt hatte. »Glaub mir, du liegst vollkommen falsch!« Er deutete nahezu unterwürfig auf die Garderobe. »Bitte, mach es dir bequem und zieh deinen Mantel aus!«

Nun verschwand Leopolds amüsierter Gesichtsausdruck. Er zögerte und musterte schüchtern die Jacken und Mäntel, die neben der Haustür hingen. »Bist du sicher? Ich fürchte, meiner ist ziemlich dreckig und ...« Ohne den Satz zu vollenden, blickte er an sich hinab.

»Kein Problem«, sagte Jonathan eine Spur zu gelassen, um überzeugend zu wirken. »Häng ihn ruhig an einen freien Haken. Danach zeige ich dir dein Zimmer.«

»Ich bekomme ein eigenes Zimmer? Ein Sofa ist für mich vollkommen in Ordnung, selbst der Fußboden wäre ein Paradies!«

»Wenn dir das lieber ist, kannst du dich auch gern im Gästezimmer auf den Boden legen.«

»Nein, natürlich nicht, ich schlafe sehr gern im Bett!«, erwiderte Leopold eilig, entledigte sich seines Mantels und seiner schweren Stiefel. Die Socken, die dabei zum Vorschein kamen, ließen Jonathan kurz schlucken, denn bei beiden lugte Leopolds großer Zeh hervor. Aber was

hatte er bei einem Penner auch erwartet? Feinste Herren-
strümpfe von Hugo Boss, wie er selbst sie trug?

Jonathan öffnete die linke Tür des Flurschranks und
holte ein Paar Filzpantoffeln hervor. »Hier.« Er drückte
sie seinem Gast in die Hand, der sie dankbar annahm und
sofort in sie hineinschlüpfte, sichtlich darum bemüht, die
Löcher in seinen Socken nicht zu thematisieren. »Dann
geht's los.«

Es war ein seltsames Gefühl, gemeinsam mit Leopold
das Zimmer seiner Exfrau zu betreten. Seit Jahren hatte
er hier keinen Fuß mehr hineingesetzt, einzig Henriette
Jansen saugte und wischte alle paar Wochen einmal
durch.

Denn auch wenn Jonathan es seit der Trennung als
»Gästezimmer« bezeichnete und es mit bezogenem Bett
und sauberen Handtüchern im angrenzenden Bad allzeit
bereit für Übernachtungsbesuch war – einen Gast hatte
er tatsächlich noch nie gehabt.

Es hatte sich bisher schlichtweg nicht ergeben. Zumal
Jonathan in Hamburg nicht nur geboren und aufgewach-
sen war, sondern die Hansestadt auch noch nie länger als
drei Wochen am Stück verlassen hatte und er damit keine Bekannten in anderen Städten oder Ländern hatte, die
ihn hätten besuchen können oder wollen.

Und selbst wenn, wären seine potenziellen Besucher
vermutlich eher so wie er selbst gelagert und würden eine
Übernachtung im Hotel dem Eindringen in die Privatsphäre eines anderen Menschen bevorzugen.

Der Kontakt zu Jonathans italienischer Verwandtschaft war mit dem Fortgang seiner Mutter beziehungsweise mit seiner finalen Postkarte komplett abgerissen,

aus dieser Richtung war also auch nie etwas zu erwarten gewesen. Jonathan wusste, dass seine Mutter in Italien eine Schwester hatte, er hatte sie als Kind ein paar Mal gesehen. Aber er konnte nicht einmal mehr mit Gewissheit sagen, wie sie hieß; er meinte, sich an etwas wie »Gina« oder »Nina« zu erinnern.

Jedenfalls gab es für Jonathan keinen Grund, sich in Tinas früherem Zimmer aufzuhalten, das restliche Haus bot für ihn allein mehr Platz als genug. Und so wurde ihm nun, als er mit Leopold inmitten der bunten Patchwork-Welt seiner Exfrau stand, flau im Magen. Als würde ihr Geist hier noch in den Wänden stecken, das gesamte Zimmer atmete ihre Gegenwart.

Im Gegensatz zur restlichen Villa hatte Tina bei der Einrichtung ihres ganz persönlichen Bereichs nicht auf moderne Sachlichkeit, sondern auf verspielten Landhaus-Stil gesetzt.

Auf dem 140er-Bett lag ein farbenfroher Quilt als Tagesdecke, darüber baumelte ein angedeuteter Himmel aus Spitze; die restlichen Möbel wie Kleiderschrank, Bücherregal, Frisierkommode und dazu passenden Stuhl hatte Tina eigens mit Kreidefarbe bearbeitet (da hatte sie es gerade mit Do-it-Yourself als Sinngebung versucht), sodass unter der weißen Lasur noch die Holzmaserung durchschien. Als Wandfarbe hatte sie sich für einen zarten Pastellton in Aprikot entschieden, an den Wänden lief auf Augenhöhe eine geblümte Schmuckbordüre einmal ringsum, die Vorhänge am Fenster hatten dasselbe Muster.

Alles in allem war das Zimmer ein wahrer Mädchentraum, wie man ihn sonst nur in abgelegenen Romantikhotels findet, das kleine Ankleidezimmer zur Linken war dabei nur noch das Tüpfelchen auf dem i. Peinlich berührt erinnerte Jonathan sich daran, dass er damals, als Tina ihm ihr fertiggestelltes Werk präsentiert hatte, irgendetwas in Richtung »Durchlebst du gerade deine zweite Pubertät?« gesagt hatte. Daraufhin war Tina in Tränen ausgebrochen, und er hatte sie nicht einmal mit einer Einladung zum Essen in ihr Lieblingsgourmetrestaurant und einer teuren Kette wieder fröhlich stimmen können.

Alle danach folgenden Bemerkungen seinerseits, das Zimmer wäre doch »recht schön« geworden, hatte sie mit einem »das meinst du ja gar nicht ehrlich« und »du hast mich verletzt« quittiert. Nun, bei Lichte betrachtet hatten sie wohl wirklich nicht sonderlich gut zueinander gepasst. Seltsamerweise musste Jonathan in diesem Moment, als er nun Leopold Tinas altes Refugium zeigte, ehrlich einräumen, dass das Gästezimmer tatsächlich sehr schön und einladend war. Ganz und gar nicht seinem eigenen Geschmack entsprechend – aber heimelig allemal.

»Oh«, rief Leopold aus. »Laura Ashley lebt!«

»Wer?«, wollte Jonathan wissen.

»Laura Ashley«, wiederholte Leopold den Namen. »Kennst du nicht?«

»Nie gehört. Wer ist das?«

»Ich glaube, die hat diesen Stil hier erfunden, so Richtung englischer Landadel und so.«

»Was du alles weißt!«

»Haste mir nicht zugetraut, oder?« Er schmunzelte. »Du wirst überrascht sein, aber ich bin nicht in einem Papiercontainer zur Welt gekommen.«

»Äh, das ist ja klar.« Jonathan drohte erneut zu erröten, so sehr hatte Leopold den Nagel zum zweiten Mal binnen weniger Minuten auf den Kopf getroffen. »Hier können Sie es sich gemütlich machen«, erklärte er, um das Thema zu wechseln – und fiel dabei aus Versehen in die Höflichkeitsform zurück. »Du«, schob er korrigierend hinterher. »Ich meine natürlich, dass du es dir hier gemütlich machen kannst.«

»Schon klar.«

»Ja, ähm …«, Jonathan sah sich unschlüssig um, dann straffte er die Schultern. »Ich zeige dir noch schnell die Küche.«

Sie gingen zurück in die Halle und von dort aus rüber in die geräumige Bulthaup-Küche. Jonathan erklärte seinem Gast, wo er Teller, Besteck und Gläser finden würde und wo eine Kiste mit Mineralwasser; sagte, dass Säfte und Milch im Kühlschrank standen, ebenso wie Butter, Aufschnitt und Käse. Mit einem »Du kannst dich gern überall bedienen« klappte er den Brotkorb auf der Arbeitsfläche auf.

»Das ist wirklich sehr, sehr nett und großzügig von dir!«

»Da nich füar«, antwortete Jonathan, woraufhin die zwei Männer sich anlachten.

Das Eis war gebrochen.

Eine Sekunde später fror es wieder zu.

»Tja.« Jonathan klatschte in die Hände. »Ich würde sagen, du fühlst dich wie zu Hause, und ich gehe mal nach oben. Wir sehen uns dann ja morgen früh.«

Leopold sah ihn verdutzt an. »Du willst mich hier allein lassen?«

»Äh, ja?«, erwiderte er fragend und hielt in der Bewegung inne. »Fehlt sonst noch etwas?«

»Das nicht. Aber ich dachte … Also, ich hatte eigentlich damit gerechnet, dass wir miteinander den Abend verbringen.«

»Dass wir den Abend miteinander verbringen?«, echote Jonathan.

Leopold hüstelte. »So, wie du das sagst, klingt es komisch. Ich meine, ich dachte, dass wir vielleicht zusammen was kochen und quatschen oder so. Männerabend halt, dazu hätte ich richtig Lust. Kommt ja nicht so oft vor, dass ich …« Derselbe beschämte Ausdruck wie an der Garderobe trat auf sein Gesicht, er schüttelte leicht den Kopf und senkte dann den Blick. »Nein, vergiss es«, murmelte er. »War ja eh schon sehr dreist von mir, mich selbst bei dir einzuladen.« Er wandte sich Richtung Küchentür. »Ich geh mal wieder rüber und nehm eine Dusche, okay?«

Leopold legte ihm von hinten eine Hand auf die Schulter und hielt ihn so zurück.

»Männerabend klingt irgendwie gut.«

Leopold drehte sich zu ihm um. »Ja?«

»Aber kochen musst du. Ich kann nur Spiegeleier mit Schinken.«

»Wofür hast du dann das Ding hier mit den sechs Gasflammen?«, fragte sein Gast und nickte zum großen freistehenden Kochblock in der Mitte des Raums. »Und wozu acht Edelstahltöpfe und vier Pfannen?« Nun deutete er auf die Profiausstattung, die an einem Gitter darüber baumelte.

Jonathan zuckte mit den Schultern. »Keine Ahnung«,

gab er zu. »Aber sieht doch gut aus, oder? Und auch ein Spiegelei lässt sich nicht in der hohlen Hand braten!«

»Ein Jammer!«

»Dass man ein Spiegelei nicht in der Hand braten kann?«

»Nein.« Leopold lachte. »Dass so eine Küche ein Dasein bei einem Menschen fristen muss, der sie nicht zu schätzen weiß.«

Jonathan N. Grief breitete beide Arme aus und machte damit eine ausladende Geste quer durch den Raum. »Wie schon gesagt: Fühl dich ganz wie zu Hause! Mi casa es su casa.«

»Du kannst Italienisch?«

»Es ist Spanisch«, erklärte Jonathan. Und dachte, dass er nicht mal Italienisch konnte. Ebenfalls ein Jammer.

26

Hannah

14 Tage zuvor,
20. Dezember, Mittwoch, 01:01 Uhr

»Der Typ war ein schwarzes Schaf. Total unseriös.« Hannah lauschte interessiert, als Lisa von ihren Erfahrungen aus der Welt des Wahrsagens erzählte. Sie konnte kaum glauben, dass sich ihre Freundin seit Jahren alle paar Wochen die Karten legen ließ – und dass sie ihr gegenüber darüber noch nie etwas hatte verlauten lassen.

Hannah verspürte ein minikleines Fitzelchen von Enttäuschung und Kränkung, denn eigentlich hatte sie sich beide als so vertraut miteinander empfunden, dass sie das erwartet hätte. Sie versuchte, den Gedanken an diesen »Verrat«, der ja gar keiner war, beiseitezuschieben und ihrer Freundin einfach nur zuzuhören. Schließlich hatte jeder Mensch ein Recht auf Geheimnisse, so auch Lisa.

»Ich hätte das aber gleich wissen können«, berichtete ihre Freundin nun weiter von ihrem Besuch bei dem selbst ernannten »Lebensberater«, der sie ungefragt über ihren Todestag hatte in Kenntnis setzen wollen. »Ich meine, wenn jemand sich schon ›Mister Magie‹ nennt – was willst du da erwarten?«

»Mister Magie?« Hannah verschluckte sich und hustete. »Nicht dein Ernst!?«

»*Meiner* nicht«, sagte Lisa. »Aber seiner.«

»Wie bist du denn an *den* geraten?«

Sie zuckte mit den Schultern. »Übers Internet«, erklärte sie. »Seine Seite sah trotz des beknackten Namens
ziemlich gut aus. Da wollte ich es einfach mal ausprobie-
ren.«

»Das ist das Problem mit dem Netz. Kennt man ja von
Singlebörsen, da entpuppen sich die gut aussehenden
Erfolgstypen beim ersten Treffen in der wirklichen Welt
auch immer als bierbäuchige Muttersöhnchen, die mit
Ende dreißig noch zu Hause in ihrem Jugendzimmer ho-
cken.«

Lisa lachte. »Von *der* Erfahrung darfst du mir gern
auch gleich berichten!«

Hannah machte eine wegwerfende Handbewegung.
»War nur so dahin gesagt, ich hab mich da noch nie rum-
getrieben.«

»Lieber eine starke Behauptung als ein schwacher Beweis!«

»Genau«, pflichtete Hannah ihr bei. »Aber erzähl weiter! Wie hast du reagiert, als er dir das sagen wollte?«

»Na, wie wohl? Ich bin aufgestanden und gegangen!«

»Hätte ich auch getan.«

»Eben hast du noch das Gegenteil behauptet und gesagt, dass du es wissen wollen würdest«, meinte Lisa.

Hannah verdrehte die Augen. »Schon, ja. Aber doch
nicht von einem Kartenleger! Außerdem glaube ich ja
gar nicht daran, dass es möglich ist, das Todesdatum vo-
rauszusagen.«

»So richtig glaube ich das auch nicht«, stellte Lisa fest, »aber trotzdem: In dem Moment, in dem dir jemand sagt, er könnte sehen, wann du stirbst – da kriegst du erst mal Schiss.«

»Wenn er ›Mister Magie‹ heißt, würde ich eher einen Lachkrampf kriegen.«

»Du warst ja nicht dabei«, entgegnete Lisa schmollend.

»Stimmt. Zu jemandem mit so einem Namen wäre ich auch erst gar nicht hingegangen.«

»Hinterher ist man immer schlauer. Und außerdem gibt es eben auch andere als Mister Magie.«

»Das hoffe ich.«

»Nein, ernsthaft«, ereiferte sich ihre Freundin, »mir haben solche Sitzungen schon enorm geholfen.«

»Bei was?« Hannah konnte nicht umhin, eine skeptische Miene aufzusetzen.

»Bei Entscheidungen, zum Beispiel.«

»Nenn mir nur eine einzige!«

Lisa dachte einen Moment nach. »Zum Beispiel, als es um die Frage ging, ob wir uns mit der Rasselbande selbstständig machen sollen ...«

»Du hast dir bei der Entscheidung, ob wir diesen Schritt wagen wollen oder nicht, Rat bei einem Hellseher geholt?«, unterbrach Hannah sie.

»Bei einem Lebensberater.« Ihre Freundin verzog eingeschnappt den Mund. »Und es war außerdem eine Frau.«

»Das ist dann natürlich was *komplett* anderes.«

Lisa seufzte genervt. »Vergiss es! Ich höre sofort auf, dir davon zu erzählen, das ist mir zu blöd.«

»Nein, bitte nicht! Ich finde das spannend.«

»Nö«, sagte Lisa. »Hab keine Lust mehr.«

»Bitte!«, quengelte sie.

»Nein.«

»Bitte, bitte, bitte! Das lenkt mich so schön von diesen verdammten Grübeleien über Simon ab.«

»*Jetzt* greifst du aber tief in die Kiste, das ist unfair! Wie soll ich da noch ›Nein‹ sagen?« Sie verschränkte die Arme vor der Brust und betrachtete ihre Freundin vorwurfsvoll.

»Komm schon!«, bettelte Hannah weiter. »Ich sage auch nichts mehr.«

»Das hältst du doch sowieso nicht durch.«

Hannah drehte einen imaginären Schlüssel vor ihrem Mund um, warf ihn im hohen Bogen fort und machte »Hmpf.«

»Also gut«, gab Lisa sich gnädig. »Ich habe meine Entscheidung natürlich nicht komplett davon abhängig gemacht, was in den Karten lag. Die Sitzung hat mich einfach in meiner Überzeugung bestärkt, dass wir das Richtige tun, weil sämtliche Zeichen dafür auf Erfolg standen.«

»Da bimmich abba foh«, nuschelte Hannah mit verschlossenen Lippen, was ihr einen weiteren strengen Blick von Lisa einbrachte.

»Eigentlich ist es so«, fuhr sie fort, »dass man sich dabei nur selbst die Antworten gibt, die man in Wahrheit schon kennt. Nur ist der Blick darauf verstellt, und die Karten helfen dabei, ihn freizulegen, verstehst du?«

Hannah nickte.

»Nehmen wir noch ein Beispiel.« Nun schien sie wieder in Plauderlaune zu geraten. »Du und Simon, ich weiß genau, dass ihr beide euch fragt, wann ich mich endlich mal wieder nach einem Freund umsehe. Aber wenn ich ehrlich bin, wollte ich die ganze Zeit gar keinen haben, weil ich tief in mir wusste, dass der Zeitpunkt dafür der falsche war. Seit meiner letzten Trennung waren erst einmal wichtigere Dinge dran.«

Hannah horchte auf. »Aha«, schlussfolgerte sie, »du sprichst von ›waren‹, in der Vergangenheitsform – hat sich da etwa was verändert?«

»Du hast zwar immer noch Redeverbot, aber ja.«

»Ja? Du hast jemanden kennengelernt?«

»Noch nicht, aber bald.«

»Bald?«

»Es ist einfach so, dass mir mein Single-Dasein in den letzten Jahren gut gefallen hat«, erklärte Lisa. »Ich habe nichts vermisst, sondern es eher genossen, tun und lassen zu können, was ich will. Und genau das haben mir dann auch immer die Karten gespiegelt, nämlich, dass es gut ist, wie es gerade ist.« Sie machte eine kurze Denkpause. »Erst seit ein paar Wochen, seit wir mit der Rasselbande angefangen haben … Wie soll ich es erklären? Ich fühle mich mit dem Laden so wohl und glücklich, dass ich plötzlich immer öfter daran denken muss, wie schön es wäre, einen Partner an meiner Seite zu haben, der sich mit mir darüber freut.«

»Echt?« Ein Gefühl der Rührung stieg in Hannah auf. Sie griff nach Lisas Hand und drückte sie. »Ich kann dir gar nicht sagen, wie erleichtert ich bin, das zu hören. Manchmal mache ich mir nämlich ein bisschen Sorgen, ob es wohl richtig war, dich zur Kündigung zu überreden. Kann ja auch alles schiefgehen.«

»Das war total richtig!« Lisa nickte heftig. »Hätte ich

gewusst, wie toll das ist, hätte ich das schon viel früher machen wollen.«

»Wie gesagt, ich bin erleichtert.« Sie grinste. »Und da ich jetzt weiß, dass wir sogar Rückendeckung von deiner Kartenlegerin haben, muss ich mir erst recht keine Gedanken mehr machen. Sollten wir am Ende doch pleitegehen, kann ich es auf sie schieben – sie hätte das in ihrer Kristallkugel schließlich sehen müssen.«

»Karten«, korrigierte Lisa sie. »Sarasvati legt mir die Karten, mit Kristallkugeln hat sie nichts am Hut.«

»Sarasvati?«

»Hmpf«, gab Lisa von sich, »das ist mir jetzt nur so rausgerutscht.«

»Gerutscht ist gerutscht«, stellte Hannah fröhlich fest. »Sarasvati klingt jedenfalls noch irrer als Mister Magie!«

»Die ist echt toll!«, ging Lisa in die Verteidigung. »Und bisher ist alles, was sie mir vorhergesagt hat, auch eingetroffen.«

»Dann frag sie doch bitte mal nach den Lottozahlen!«

»Sei nicht wieder so blöd!« Sie sah regelrecht verletzt aus.

»Sorry, ich wollte dich nicht ärgern«, ruderte Hannah zurück. »Erzähl weiter! Diese Sarasvati meint also, dass du bald den Mann fürs Leben triffst?«

»Vom ›Mann fürs Leben‹ hat sie nicht gesprochen. Aber als ich vor zwei Wochen bei ihr war, hat sie gesagt, dass ich im nächsten Jahr eine besondere Begegnung haben werde.«

»›Besondere Begegnung‹ ist ein dehnbarer Begriff.«

»Laut Sarasvati geht es dabei um das Thema Partnerschaft.«

»Vielleich hat sie damit mich gemeint? Wir sind ja schließlich auch Partner. Irgendwie.«

»Erstens kenne ich dich schon, von daher scheidet das aus«, antwortete Lisa, »und zweitens lag in den Karten ein Mann.«

»Okay.« Hannah zwinkerte Lisa zu. »Ein Mann bin ich nicht.«

»Stimmt. Du führst dich nur oft wie einer auf.«

»Vielen Dank!«

»Das war durchaus als Kompliment gemeint.«

»Ich habe ja auch brav Danke gesagt.«

Sie lachten, dann wurde Hannah wieder ernst. »Aber mal davon abgesehen, dass du in Sachen Rasselbande und Traummann scheinbar gute Karten hast – was mache ich denn jetzt mit Simon?«

»Ich weiß es nicht«, gab Lisa zu. »Abwarten, würde ich sagen.«

»Das fällt mir schwer. Am liebsten möchte ich ihn an den Haaren ins Krankenhaus zerren, damit er sich weiter untersuchen lässt.«

»Zwingen kannst du ihn nicht, das muss er schon selbst wollen.«

»Ich weiß. Aber wenn ich ihn nur irgendwie davon überzeugen könnte, dass er in dieser Situation nicht den Lebensmut verlieren darf. Dass er bestimmt nicht bloß noch ein Jahr hat, dass er sich da völlig unnötig in ein Katastrophenszenario hineinsteigert.«

»Wie willst du ihn davon überzeugen? Du weißt es ja ehrlich gesagt selbst nicht.«

»Doch!«, widersprach Hannah. »Ich bin mir ganz sicher.«

»Woher nimmst du diese Sicherheit?«

»Keine Ahnung, ich weiß es eben. Es *kann* gar nicht sein, dass Simon bald sterben wird. Das erlaube ich nicht!« Wieder stiegen ihr Tränen in die Augen. Denn sie wusste selbst, dass sie gerade überaus kindische Argumente vorbrachte. Dass das nichts weiter als magisches Denken war; nichts als der verzweifelte Versuch, sich beide Ohren zuzuhalten, damit das, was man nicht hören wollte, nicht bis zu einem vordrang.

Lisa sah sie traurig an. »Manchmal sind Dinge, die so grauenhaft erscheinen, dass wir sie nicht glauben können, trotzdem wahr.«

»Ja«, sagte sie leise und schluchzte. »Das sind sie. Leider.«

So saßen sie nebeneinander, zwei Freundinnen, die nicht mehr wussten, was sie noch sagen konnten. Lisa fing wieder an, Hannah über den Kopf zu streicheln, als würde sie ihr Trost wegen eines aufgeschlagenen Knies spenden. Und es war eine schlimme Wunde, eine tiefe. So tief, dass sie vielleicht nicht wieder heilen würde.

»Ich glaube, ich habe eine Idee«, sagte Lisa schließlich in die Stille hinein.

»Welche denn?«

»Wir könnten Simon doch zu Sarasvati schicken, damit sie für ihn auch mal in die Karten guckt.«

Hannah setzte sich auf und sah sie zweifelnd an. »Davon halte ich nichts. Erstens würde er sich auf so einen ›Humbug‹, wie er es bestimmt nennt, nie einlassen – und zweitens wissen wir ja nicht, was dabei herauskommt. Am Ende sagt die ihm noch, dass es keine Chance mehr für ihn gibt – und dann?«

Lisa schüttelte den Kopf. »Das würde sie nicht tun, sie ist ja nicht Mister Magie. Sarasvati zeigt ihren Klienten mögliche Wege auf, sie hilft dabei, die eigenen Chancen zu entdecken.«

»Trotzdem. Da macht Simon nicht mit, das weiß ich genau.« Beinahe musste sie wieder lachen. »Wenn ich mir das allein vorstelle! Dass ich zu ihm sage: Hör zu, ich weiß, du denkst, dass du bald sterben musst – aber ich habe hier die Adresse einer tollen Kartenlegerin, da solltest du mal hingehen. Mal ehrlich, der zeigt mir doch einen Vogel!«

»War ja nur ein Vorschlag.« Lisa seufzte. »Ich bin ja auch ganz ratlos, wie wir ihm helfen können.«

»Ach, macht nichts. Mir hilfst du schon dadurch, dass du einfach nur da bist und ich heute Nacht nicht allein sein muss.«

»Das ist doch selbstverständlich.« Lisa lächelte, beugte sich dann zu ihr und gab ihr ein Küsschen auf die Wange. »Und ich bin mir sicher, dass wir zusammen schon eine Lösung finden werden.« Sie gähnte herzhaft und rutschte auf dem Sofa ein Stückchen nach unten. »Nur jetzt vielleicht nicht, aber morgen sieht alles schon ein bisschen besser aus.«

»Das hoffe ich.«

Hannah legte den Kopf gegen Lisas Schulter und schloss die Augen. Obwohl sie ebenfalls hundemüde war, liefen ihre Gedanken weiterhin Amok. Wenn ihr doch nur etwas einfallen würde, mit dem sie Simon aus seinem Loch holen könnte! Wie sie ihm Lebensmut einhauchen könnte. Wie sie ihn davon überzeugen könnte, dass er ganz, ganz sicher nicht im Verlauf des nächsten Jahres sterben würde.

Doch eine Session bei Lisas Kartenlegerin? Nein, das war Quatsch, das würde nichts bringen.

An Lisas tiefem Atmen hörte Hannah, dass ihre Freundin eingeschlafen war. Sie wünschte, sie könnte auch wegdriften und so ihren Grübeleien wenigstens für ein paar Stunden entkommen. Aber da war nichts zu machen, trotz ihrer Erschöpfung gelang es ihr nicht, zur Ruhe zu kommen. Nachdem sie es noch ein paar Minuten lang versucht hatte, schlug sie die Decke zurück und stand vorsichtig auf, damit sie Lisa nicht weckte.

Versonnen betrachtete sie ihre schlafende Kollegin. Sie war wirklich froh, dass sie Lisa hatte. Nicht nur, weil sie mit ihr zusammen erfolgreich ein eigenes Unternehmen auf die Füße gestellt hatte – sondern vor allem, weil sie ohne sie überhaupt nicht gewusst hätte, wie sie die Nacht überstehen sollte.

Hannah ging rüber ins Schlafzimmer, setzte sich aufs Bett und nahm ihr Handy vom Nachttisch. Normalerweise schaltete sie es nachts ebenso aus wie ihr Festnetztelefon, nur heute hatte sie es hier entgegen ihrer normalen Gewohnheit griffbereit deponiert, falls Simon sie anrufen würde. Ein Blick aufs Display verriet ihr, dass er sich nicht gemeldet hatte, aber sie hatte auch nicht damit gerechnet.

Allerdings hatte sie es gehofft. Gewünscht. Gewünscht, dass er ihr vorm Einschlafen noch eine Nachricht geschickt hätte, ein kleines »Ich liebe dich und denke an dich.« Oder auch nur ein »Mach dir keine Sorgen, mir geht es gut.« Irgendwas halt.

Hannah öffnete den Webbrowser ihres Handys. So groß die Versuchung auch war, sich über Lymphdrüsenkrebs schlau zu lesen, Hannah widerstand ihr. Sie wollte nicht das Risiko eingehen, sich ebenso wie Simon von Dr. Google verrückt machen zu lassen. Nein, sie würde Ruhe bewahren und sich nicht von den Meinungen irgendwelcher Leute, deren medizinisches »Fachwissen« aus der Apotheken-Umschau stammte, in eine gedankliche Todesschleife schubsen lassen.

Stattdessen suchte sie nach Anregungen zu den Themen Lebensmut, Zuversicht und Freude. Nach Geschichten, die bewiesen, dass es aus jeder noch so hoffnungslosen Situation trotzdem immer irgendeinen Ausweg gab.

Während sie las und las, ging ihr nur eine einzige Frage durch den Kopf: Wie bringe ich Simon dazu, das nächste Jahr trotz seiner Krankheit voller Zuversicht in Angriff zu nehmen? Wie kann ich ihn davon überzeugen, dass er es selbst in der Hand hat, wie er die nächsten zwölf Monate gestaltet? Dass er den Glauben nicht verlieren darf. Und dass es dabei auf jeden einzelnen Tag ankommt, auf jede Stunde und sogar Minute, die er in vollen Zügen auskosten und genießen sollte. Denn letztlich war es ja so: Vollkommen egal, wie lange man lebte – schlussendlich ging es für jeden Menschen immer nur um das Hier und das Jetzt, um den Augenblick.

Das Display ihres Handys zeigte bereits 6:23 Uhr, als Hannah die rettende Idee kam. Vor Freude stieß sie einen Schrei aus, so laut, dass ihr ein Rumpeln aus dem Wohnzimmer sagte, dass Lisa gerade vom Sofa gefallen war.

Eine Sekunde später stand ihre Freundin in der Tür zum Schlafzimmer und sah sie erschrocken an.

»Um Himmels willen, was ist passiert?«

»Nichts«, gab Hannah zurück und lachte. »Ich habe nur gerade einen genialen Einfall gehabt.«

»Welchen denn?« Lisa hüpfte neben sie aufs Bett und betrachtete sie gespannt.

»Eigentlich ist es ganz einfach.«

»Dann erzähl schon!«

»Du und ich, wir sind doch quasi Event-Managerinnen, oder?«

»Na ja, die Bezeichnung ist vielleicht etwas hoch gegriffen.«

»Dann greifen wir eben hoch. Auf alle Fälle sorgen wir jeden Tag dafür, dass unsere Kinder eine tolle Zeit haben.«

»Ich fürchte, ich kann dir gerade nicht ganz folgen.«

»Es ist ganz simpel: Was Simon braucht, ist eine tolle Zeit!«

»Eine tolle Zeit?«

Hannah nickte. »Exakt!«

»Aha.« Tausend Fragezeichen standen Lisa ins Gesicht geschrieben.

»Ich bin der festen Überzeugung«, erklärte Hannah weiter, »dass Simon tatsächlich in einer Art Depression steckt. Der Tod seiner Mutter und sein Jobverlust – er ist da in eine Krise hineingeschliddert und findet nicht wieder raus.«

»Du vergisst, dass er gerade erfahren hat, dass er todkrank ist.«

»Nein, das vergesse ich nicht, dazu komme ich später. Darf ich weiterreden?«

»Tut mir leid, ja, natürlich!«

»Also, ich habe darüber nachgedacht, wie ich Simon dazu bringen kann, wieder mehr Freude am Leben zu haben. Dabei liegt die Antwort total auf der Hand: Er muss es einfach wieder mehr *leben*, das ist alles! Simon muss aktiv werden.«

»Wie soll das gehen?«, meldete sich Lisa nun doch wieder zu Wort. »Wenn ich dich richtig verstanden habe, plant er gerade seine eigene Bestattung. Das ist vermutlich nicht der beste Moment, ihn aufzufordern, dass er das Leben verdammt noch mal genießen soll.«

»Falsch!«, widersprach Hannah.

»Falsch?«

»Es ist sogar der allerbeste Moment! Denn welcher Zeitpunkt könnte passender sein als der, in dem man die eigene Sterblichkeit vor Augen geführt bekommt? In der man mit aller Deutlichkeit daran erinnert wird, dass wir alle vergänglich sind?«

»Meinst du?«

Hannah nickte heftig. »Absolut!«

»Und was genau ist dein Plan?«

»Ich mache für ihn einen Kalender!«

»Einen Kalender?«

»Ja!« Hannah nickte ein zweites Mal. »Noch heute fange ich damit an, für Simon das nächste Jahr zu planen, überlege mir ganz viele schöne ›Termine‹ und Aufgaben für ihn.«

»Du meinst, du schreibst ihm vor, was er im nächsten Jahr tun soll?«

»Was heißt hier ›vorschreiben‹? Es sollen Anregungen sein. 365 Ideen für jeden Tag!« Ihre Stimme überschlug sich fast vor Begeisterung. »Ich werde ihm Spuren in die Zukunft legen.«

»Spuren in die Zukunft?«

»Ja«, bestätigte Hannah.

»Verstehe ich nicht.«

»Ist ein ganz einfaches Prinzip. Wenn du Spuren in die Zukunft legst, verhältst du dich so, als wäre das, was du dir wünschst, schon heute wahr.«

»Verstehe ich noch immer nicht«, gab Lisa zu.

»Ein praktisches Beispiel: Du kaufst dir eine Hose in Größe 38, obwohl du Größe 40 trägst, aber gern eine Nummer abnehmen möchtest. Indem du dir schon jetzt etwas kaufst, was dir demnächst passen soll, legst du Spuren in die Zukunft.«

»Aha.«

»Es ist wirklich ganz simpel! Unsere Energie folgt unserer Aufmerksamkeit«, erklärte sie Lisa das, was sie aus tiefster Überzeugung glaubte, »und wenn wir unsere Gedanken auf das lenken, was wir wollen, ist die Wahrscheinlichkeit, es auch zu erreichen, sehr viel größer, als wenn wir ständig mit dem hadern, was wir eben *nicht* wollen. Denn dann lenken wir unsere Aufmerksamkeit ja genau auf das, was wir eigentlich vermeiden möchten.«

»Entschuldige mal, aber wenn ich das richtig verstehe, wäre es nach dieser Logik zum Beispiel total falsch, sich beim Autofahren anzuschnallen.«

»Das verstehe jetzt wiederum ich nicht.«

»Ist doch klar: Wenn ich den Gurt schließe, lege ich damit die Spur in die Zukunft, dass mir ein Unfall passieren könnte.«

»So funktioniert das nicht«, gab Hannah genervt zurück. »Eine Spur in die Zukunft legen heißt ja nicht, dass ich den Verstand komplett ausschalte und voller Elan vom Dach springe, weil ich fest daran glaube, fliegen zu können.«

»Schade.«

»Blöde Kuh!«

»Selber blöde Kuh!« Hannah musste kichern. »Für jemanden, der seine Selbssttändigkeit auf Grundlage der Aussagen einer Hellseherin in Angriff genommen hat, bist du überaus kritisch!«

»Lebensberaterin«, korrigierte Lisa. »Außerdem versuche ich nur, Simons Perspektive einzunehmen, und konfrontiere dich deshalb mit möglichen Reaktionen von ihm. Ich *persönlich* würde so einen Kalender große Klasse finden – aber um mich geht's ja leider nicht.«

»Egal, was er sagen könnte, ich machte das trotzdem! Simon glaubt, dass er kein Jahr mehr zu leben hat – also gebe ich ihm das nächste Jahr vor, lege ihm Spuren in die Zukunft, damit er Schwarz auf Weiß vor Augen hat, was für ihn noch alles ansteht. Dass es gar nicht möglich ist wegzusterben, denn dafür lässt ihm der Kalender gar keine Zeit!« Ihre Begeisterung kehrte zurück.

»Ich will dich wirklich nicht entmutigen«, gab Lisa erneut den Advocatus Diaboli, »aber glaubst du ernsthaft, dass er gerade jetzt für so etwas offen ist?«

»Wie ich bereits sagte, ist der Moment sogar besonders geeignet.«

»Das mit der Vergänglichkeit ist zwar schön und gut und klingt auch logisch – aber zwischen Theorie und Praxis besteht doch wohl ein großer Unterschied. Außerdem ist jeder Mensch anders. Der eine erfährt, dass er bald die Biege macht …« Sie unterbrach sich und schob ein kleinlautes »Entschuldigung« hinterher.

»Macht nichts, sprich weiter!«

»Also, der eine erfährt, dass er bald den Löffel abgeben

muss, und haut dann erst mal ordentlich auf die Tonne – so wie du es tun würdest. Und ein anderer igelt sich halt komplett ein.«

Hannah erwiderte nichts, sondern starrte Lisa nur an.

»Hab ich was Falsches gesagt?«

»Nein«, sagte Hanna nachdenklich und legte die Stirn in Falten. Dann strahlte sie Lisa an. »Im Gegenteil!«, rief sie aus. »Du hast etwas ganz Wunderbares gesagt!«

»Habe ich?«

»Ja! Die Löffelliste, genau so soll mein Kalender werden!«

»Was denn für eine Löffelliste?«

»Kennst du nicht den Film ›Das Beste kommt zum Schluss‹?«

»Nö, sollte ich?«

»Unbedingt, der ist toll! Er handelt von zwei Männern, die unheilbar an Krebs erkrankt sind …«

»Na super. Vor allem in der jetzigen Situation.«

»Das ist doch überhaupt nicht der Punkt! Die zwei freunden sich miteinander an und fangen an, gemeinsam ihre Löffelliste zu erstellen. Das ist eine Liste all der Dinge, die sie noch erleben wollen, bevor sie …«

»… den Löffel abgeben«, vollendete Lisa Hannahs Satz.

»Exakt.«

»Und wie geht der Film aus?«

Hannah wand sich ein wenig. »Nun ja, am Ende sterben beide. Aber vorher haben sie noch die Punkte auf ihrer Löffelliste in die Tat umgesetzt.«

Nun war es an Lisa, Hannah anzustarren. »Klingt ja echt großartig! Und so sanken sie voller Erfüllung in die Grube!«

»Ach, du müsstest den Film einfach mal sehen, dann verstehst du schon, was ich meine.«

»Ich verstehe dich durchaus«, gab Lisa zurück. »Du willst Simon dazu auffordern, seine Löffelliste zu verfassen. Ihm also sagen: ›Hey, schreib noch mal kurz auf, was du so machen willst, bevor du den Löffel abgibst. Sind zwar deiner Meinung nach nur noch ein paar Monate oder Wochen, aber einen Ausflug in den Heidepark Soltau kriegen wir noch schnell hin! Und wenn wir Glück haben, hält dich das außerdem so auf Trab, dass du das mit dem Sterben glatt vergisst.‹ Mal ehrlich, wenn du schon Angst hast, er könnte dir den Tipp, eine Kartenlegerin zu befragen, um die Ohren hauen – deine Löffelliste wird *garantiert* auf großen Anklang stoßen!«

Hannah guckte unglücklich. »Ich würde das natürlich nicht als Löffelliste bezeichnen. Überhaupt ist mein Plan ja, dass er sie nicht selbst schreiben muss, sondern dass ich das für ihn tue. Eben dafür soll der Kalender sein, ich gebe ihm seine Löffelliste quasi vor.«

»Und was soll dann drinstehen? Außer dem Ausflug in den Heidepark, meine ich?«

»Weiß ich noch nicht«, gab Hannah zu. »Die Idee ist mir ja gerade erst gekommen, darüber muss ich in Ruhe nachdenken.« Sie rang mit den Händen. »Irgendwelche schönen Sachen halt, etwas, was wir zusammen machen könnten. Ans Meer fahren, zum Beispiel. Barfuß über eine Blumenwiese laufen, bis morgens um fünf die Nacht durchtanzen ...«

»Davon würde ich in Simons Zustand dringend abraten«, warf Lisa ein. »Tut mir leid«, schob sie sofort hinterher, als sie Hannahs Blick bemerkte. »Ich mein ja nur.«

»In dem Kalender kann alles Mögliche stehen, das müssen gar keine riesigen Events sein«, fabulierte Hannah weiter. »Kleinigkeiten, Dinge, die dir ein gutes Gefühl geben. Oder auch nur ein paar tröstliche Gedanken, ich hab da gerade noch keine Ahnung.« Sie überlegte einen Moment. »Ich würde ihm zum Beispiel einen festen Termin eintragen, zu dem er sich endlich hinsetzen und mit seinem Roman anfangen soll.«

»Könnte ein morbides Werk werden. Und ein unvollendetes noch dazu.«

»Lisa!«

»Tut mir leid«, sagte sie erneut und schlug die Augen nieder. »Ich will ja nur nicht, dass du enttäuschst wirst«, murmelte sie.

Hannah seufzte. »Schlimmer als jetzt kann es doch sowieso nicht werden, ich muss es einfach versuchen. Und wenn Simon wirklich denkt, dass er innerhalb der nächsten zwölf Monate sterben wird – was hat er da noch zu verlieren?«

»Eigentlich nichts.«

»Eben. Wenn ich ihn darum bitte, dass er sich mir zuliebe darauf einlässt und es wenigstens versucht – vielleicht macht er es dann ja? Einfach, weil er mich doch noch ein ganz kleines bisschen lieb hat und ich ihm wichtig bin?«

»Könnte klappen«, gab Lisa nun zu.

»Das hoffe ich.«

»Aber was ist mit seiner Krankheit? Die kann er nicht einfach ignorieren, er muss dringend zu einem Arzt oder noch einmal ins Krankenhaus.«

»Weiß ich auch noch nicht. Ich hoffe natürlich, dass ich

es schaffe, wieder so viel Energie in ihm zu wecken, dass er den Kampf aufnimmt und sich helfen lässt.« Sie lächelte traurig. »Und wenn es wirklich so sein sollte, dass Simon mit seinen finsteren Prognosen richtigliegt und ihm nicht mehr viel Zeit bleibt – dann soll es wenigstens die verdammt beste Zeit seines Lebens werden!« Hannah schluckte schwer, und ehe sie es sich versah, fing sie wieder an zu schluchzen. »Scheiße!«, schimpfte sie und schlug mit der flachen Hand auf die Bettdecke. »Wenn es tatsächlich sein letztes ist, dann will ich für ihn erst recht ein verdammt, verdammt, *verdammt* perfektes Jahr!«

Lisa legt einen Arm um ihre Schulter. »Das kriegst du hin«, sagte sie leise. »Ich helfe dir.«

27

Jonathan

3. Januar, Mittwoch, 18:32 Uhr

Zwanzig Minuten später saßen die zwei Männer an dem langen Tisch aus Teak in Jonathans Esszimmer, beide Rührei mit Schinken auf ihrem Teller. Nicht nur, dass Jonathan selbst nichts anderes kochen konnte – er hatte zum »Kochen« auch nichts anderes im Haus.

Zwar hatte Jonathan angeboten, zum Supermarkt zu fahren und ein paar Dinge zu kaufen, die Leopold ihm hätte aufschreiben sollen – aber der hatte nur mit einem »Hauptsache was Warmes« abgewinkt.

Dann hatte er sich für eine schnelle Dusche entschuldigt und war nach einer Viertelstunde in dem geblümten Bademantel, der in Tinas Bad gehangen hatte, in die Küche zurückgekehrt. Dort hatte er fröhlich pfeifend eine Packung Eier aus dem Kühlschrank genommen und sich ans Werk begeben.

Das Ergebnis war zwar inhaltlich von Jonathans Spiegeleiern nicht weit entfernt – geschmacklich lagen allerdings Welten dazwischen. Leopold hatte sich an der Gewürzschublade bedient und irgendeine Mischung zusammengemixt, die das Rührei ohne Übertreibung zu dem besten machten, das Jonathan je gegessen hatte.

»Großartig!«, lobt er seinen neuen Bekannten.

»Das freut mich.«

»Woher kannst du so was?«

Leopold schmunzelte. »Rührei ist nun wirklich keine hohe Kunst.«

»Schmeckt aber so.« Er nickte bekräftigend. »Doch, doch, sehr delikat.«

»Wenn man sich beschränken muss, lernt man, aus dem Minimum ein Maximum zu machen.«

»Verstehe«, sagte Jonathan.

»Außerdem bin ich gelernter Koch.«

»Das erklärt es natürlich.«

»Hier!« Leopold hielt ihm den Korb hin, in dem ein paar Scheiben Graubrot lagen. »Nimm ein Stück dazu, dann schmeckt es noch besser.«

»Danke, nein«, winkte Jonathan ab. »Nach 18 Uhr esse ich keine Kohlenhydrate mehr.«

Leopold verschluckte sich fast an seinem Omelett. »Ist das dein Ernst?«, brachte er röchelnd hervor und hielt sich dabei eine Serviette vor den Mund.

»Absolut! Abends sind stärkehaltige Lebensmittel wahres Gift für den Organismus.«

»Sagt wer?«

Jonathan zuckte mit den Schultern. »Das ist gängige Meinung.«

»Wessen Meinung?«

»Keine Ahnung«, musste er zugeben. »Ich hab's mal irgendwo gelesen, und es erschien mir einleuchtend.«

»Na gut.« Leopold nahm eine Scheibe Brot und biss mit herzhaftem Appetit hinein. »Auf die gängige Meinung«, sagte er kauend.

»Dafür habe ich aber etwas anderes, das sich ganz hervorragend mit der Uhrzeit verträgt!« Jonathan erhob sich, verließ das Zimmer und ging in die Küche, um kurz darauf mit einer Flasche Rotwein und zwei langstieligen Gläsern zurückzukehren. »Ein Bordeaux, ein ganz exzellenter Tropfen für besondere Anlässe«, erklärte er, während er sich wieder setzte, jedem von sich ein Glas hinstellte und sich daranmachte, die Flasche zu entkorken.

»Ich fühle mich sehr geehrt«, sagte Leopold, blickte allerdings bedröppelt drein. »Aber ich fürchte, jetzt muss ich der Spielverderber sein. Ich trinke keinen Alkohol.«

Jonathan hielt mit dem Korkenzieher inne. »Das ist doch nur Wein!«

»Tut mir leid, ich lebe komplett abstinent, also auch kein Wein.«

»Hm.« Nun sah Jonathan ihn ratlos an, unsicher, ob er die Flasche trotzdem öffnen sollte oder nicht. Gleichzeitig ertappte er sich dabei, wie verwundert er darüber war, dass ausgerechnet ein Obdachloser nichts trank – Klischee hin, Klischee her, er war immer der festen Überzeugung gewesen, dass sämtliche Menschen, die auf der Straße lebten, sich ihr Dasein mit Hochprozentigem schöner soffen. Und dann auch noch ein Koch! Er dachte, die hingen latent alle an der Flasche. Eine halbe Pulle Wein in die Sauce, eine halbe in den Mann am Herd. »Schon immer?«, wollte er wissen.

Leopold lachte. »Nein, nicht ›schon immer‹. Im Gegenteil, früher habe ich gern getrunken. Zu gern. Das ist auch der Grund, warum ich Alkohol überhaupt nicht mehr anrühre.«

»Aha.« Noch immer saß Jonathan da, den Öffner zur

Hälfte in den Korken gedreht, und wusste auf einmal nicht mehr, wohin mit seinen Händen. Und wohin mit der Flasche.

»Bitte«, sagte Leopold, »lass dir den guten Tropfen schmecken, mich stört das nicht.«

»Sicher?«

»Ganz sicher.« Er schmunzelte. »Wenn ich es nicht aushalten könnte, dass Menschen in meiner Gegenwart etwas trinken, müsste ich auf eine einsame Insel auswandern. Und selbst da könnte es mir noch passieren, dass mir ein Schiffbrüchiger mit einem Flachmann über die Füße stolpert. Von daher: nur zu!«

Mit einem lauten »Plopp« glitt der Korken aus dem Flaschenhals. Jonathan goss sich einen kleinen Schluck ein, schwenkte dann das Glas und führte es schließlich an die Lippen.

Er verkniff sich jegliche Begeisterungsbekundungen, fühlte er sich doch ohnehin schon wie ein halber Verbrecher, dass er in Gegenwart eines Alkoholikers überhaupt etwas trank. Hätte er das geahnt, wäre er bei dem Wasser geblieben, das er vorhin in ihre Gläser gefüllt hatte.

»Ich habe das noch nicht sehr lange hinter mir«, erzählte Leopold und lehnte sich in seinem Stuhl zurück.

»Was meinst du?«

»Die Trinkerei.«

»Ach ja?«

Er nickte. »Vor sechs Wochen bin ich mal wieder in der Klinik gelandet. Die Polizei hatte mich auf der Reeperbahn eingesammelt, wo ich mich nachts im Eingang einer Spielhalle hingelegt hatte. 3,2 Promille hatte ich auf der Uhr, als ich auf der Entzugsstation aufgewacht bin.«

»3,2 Promille?« Beinahe hätte er ein »Respekt!« hinterhergeschoben, schaffte es aber noch gerade so eben, sich das zu verkneifen.

»Ja.« Leopold wirkte einerseits zerknirscht, andererseits auch irgendwie kämpferisch. »Nach einer Woche war ich wieder so klar bei Verstand, dass ich mir geschworen habe, zum letzten Mal in so einer Einrichtung gelandet zu sein und ich mein Leben ab sofort wieder selbst in die Hand nehme.«

»Aber du lebst immer noch auf der Straße?«

»Was heißt hier ›immer noch‹? So schnell geht das nicht«, sagte Leopold. »Ich habe ja gerade erst angefangen.«

»Bekommt nicht jeder Hartz IV?« Jonathan kannte sich mit Sozialhilfe nicht aus – woher auch? –, aber soweit er wusste, war niemand, der es nicht wollte, in diesem Land gezwungen, auf der Straße zu leben.

»Bei dem Thema könnte ich doch einen Schluck Wein gebrauchen«, stellte Leopold fest, hob aber gleichzeitig abwehrend die Hände, um damit klarzustellen, dass es nur ein Scherz war. »Das ist alles ziemlich kompliziert. Obdachlosigkeit ist ein Teufelskreis, den man nicht so leicht durchbricht, das braucht Zeit. Zeit und Durchhaltevermögen.«

»Kann ich …« Jonathan musste sich selbst ausbremsen, um den Satz nicht mit einem »helfen?« enden zu lassen, sondern ihn in ein etwas ungelenkes »mehr von deiner Geschichte erfahren?« umzubiegen. Es war nett, mit Leopold hier zu sitzen, aber er würde sich nicht von einer spontanen emotionalen Anwandlung dazu hinreißen lassen, den Mann gleich bei sich aufzunehmen.

»Ach, nein«, erwiderte Leopold und machte eine wegwerfende Handbewegung. »Das ist nicht sonderlich
spannend. Erzähl du doch lieber mal was von dir. Bisher
weiß ich noch gar nichts über dich. Außer dass du ein
echt tolles Haus mit einer tollen Küche hast, die du nicht
benutzt. Und dass du wichtige Unterlagen wegwirfst.«

»So richtig viel mehr gibt's da auch nicht zu erzählen.«

»Das glaube ich dir nicht.«

»Ist aber so.«

»Beweis es!«

»Na gut.« Jonathan nahm einen weiteren Schluck
Wein. »Ich bin der einzige Spross einer Hamburger Ver-
lagsdynastie. Den Großteil meines Vermögens habe ich
also nicht selbst erarbeitet, sondern geerbt. Mein Vater ist
herrschsüchtig, aber mittlerweile dement und meistens
milde, meine Mutter habe ich zuletzt vor dreißig Jahren
gesehen. Ich bin geschieden und kinderlos, den Großteil
meiner Zeit verbringe ich mit Lesen, Spazierengehen und
Sport. Das war's.«

»Irgendwelche Hobbys?«

»Ich laufe jeden Tag und lese viel.«

»Und sonst?«

»Was denn sonst noch?«

»Was machst du in deiner Freizeit, von der du ja offenbar eine Menge hast?«

»Was soll ich da schon machen?«

»Keine Ahnung«, antwortete Leopold. »Was man halt
so macht, wenn einem alles offen steht. Reisen, zum Beispiel. Oder irgendwelche Charity-Projekte verwalten. Segeln, Polo spielen, Golfen, so was machen doch Leute wie
du.«

»Es gibt eine Stiftung vom Verlag, die junge Autoren fördert, darum kümmern sich die Angestellten. Vor Pferden habe ich Angst, Segeln finde ich langweilig, Golf ebenfalls, und seit mich meine Frau verlassen hat, habe ich keine große Lust mehr zum Verreisen. Ich bin eigentlich sehr gern zu Hause.«

Leopold starrte ihn ausdruckslos an. Dann sagte er zum zweiten Mal an diesem Tag – und mit einem unüberhörbar ironischen Unterton: »Wow!«

»Hab ja gesagt, dass es nicht viel zu erzählen gibt«, ging Jonathan in die Verteidigung.

»Sicher«, pflichtete Leopold ihm bei. »Aber *so* wenig?«

»Die meisten Menschen führen kein Leben wie Indiana Jones.«

»Dazwischen und einem sinnlosen Dasein gibt's wohl noch was in der Mitte.«

»Wie sinnvoll ist denn ein Dasein im Müllcontainer?«, schoss Jonathan zurück.

Leopolds Augen verengten sich zu Schlitzen, die gerade noch entspannte Atmosphäre schlug von jetzt auf gleich in Feindseligkeit um, und Jonathan rechnete damit, dass sein neuer Bekannter in wenigen Sekunden ein Exbekannter sein würde. Dass er aufstehen und das Haus verlassen würde. Wenn Jonathan Pech hatte, würde er ihm vielleicht sogar vorher noch eine verpassen.

Aber nichts dergleichen geschah.

Stattdessen hob Leopold sein Wasserglas, lächelte und prostete ihm mit einem »Touché!« zu.

»Prost«, erwiderte Jonathan, nahm seinen Wein, und sie ließen die Gläser klirren.

»Noch mal zurück zu unserem Kennenlernen«, sprach

Leopold weiter, nachdem sie getrunken hatten. »Mich würde natürlich brennend interessieren, was du nun so dringend im Altpapier gesucht hast. Ein Liebesbrief war's ja nicht.« Er zwinkerte ihm zu.

»Ach, das ...« Jonathan zögerte. Und beschloss dann, es zu erzählen. Immerhin hatte Leopold ihm die Sache mit seiner Trinksucht gestanden, da war es nur fair, wenn er von diesem Vetrauen etwas zurückgab. Außerdem nahm er nicht an, dass Leopold und er gemeinsame Bekannte hätten, er mit den Informationen also etwas würde anfangen können. Und selbst wenn, seine Intuition sagte ihm, dass der Mann auf der anderen Seite des Tischs ein feiner Kerl war. Vom Leben vielleicht gebeutelt, aber anständig. »Das waren die aktuellen Zahlen meines Verlags, und die sehen vermutlich nicht so rosig aus. Da hatte ich natürlich Angst, dass sie jemand findet und damit was anstellt.«

»Vermutlich?«, wiederholte Leopold. »Die Zahlen sehen *vermutlich* nicht rosig aus?«

»So genau hab ich sie mir nicht durchgelesen.«

»Aber es ist dein Unternehmen, oder?«

»Ja, schon.« Unbehagen breitete sich in Jonathan aus, er hätte das doch für sich behalten sollen. Nun war es allerdings zu spät. »Um das Operative kümmert sich mein Geschäftsführer, ich habe da-« Er unterbrach sich.

»Davon keine Ahnung?«, vollendete Leopold den Satz.

»Nicht so viel«, gab er zu.

»Interessiert dich das nicht?«

»Doch, schon, ich ...« Er suchte nach den richtigen Worten. »Ich weiß auch nicht, Bücher begeistern mich durchaus. Es ist eben nur ...« Jonathan verstummte und sah Leopold hilflos an.

»Traust du es dir nicht zu, deinen Laden selbst zu schmeißen?«

»Natürlich tue ich das!«, rief Jonathan aus. Und trank noch einen Schluck Wein.

Leopold zuckte mit den Schultern. »Tja, wenn es das nicht ist, bleibt ja nur mangelndes Interesse.«

»So einfach ist das nicht.«

»Doch«, widersprach Leopold. »Es ist sogar sehr einfach. Und ich sage dir eins: Wenn mich das Leben eines gelehrt hat, dann, dass man nur die Dinge tun sollte, für die man brennt. Alles andere ist Murks, niemand sollte gegen sein Herz und gegen seine Überzeugung handeln.« Wie um seinen Worten Nachdruck zu verleihen, schlug er mit der Hand auf die Tischplatte.

»Entschuldige bitte mal«, entgegnete Jonathan. »Ich will dir wirklich nicht zu nahe treten, aber wenn ich mir ansehe, wohin dich diese Einstellung gebracht hat, dann ...«

»Falsch!«, wurde er von Leopold unterbrochen. »Eben *weil* ich diese Einstellung erst jetzt habe, bin ich in dieser misslichen Lage. Früher habe ich nie nach meiner Überzeugung gehandelt, habe Dinge getan, die mich so unglücklich gemacht haben, dass ich zum Säufer geworden bin. Dadurch habe ich meine Ehe mitsamt Familie gegen die Wand gefahren, meinen Job verloren und bin schließlich auf der Straße gelandet. Leider habe ich das viel zu spät erkannt, so richtig klar geworden ist mir das erst bei meinem letzten Aufenthalt im Krankenhaus. Da ist es mir wie Schuppen von den Augen gefallen, dass ich jahrzehntelang auf dem falschen Weg war.«

»Ach?«, gab Jonathan zynisch zurück. »Und weil du

also vor sechs Wochen eine Erleuchtung hattest, bist du jetzt als Apostel unterwegs?«

Leopold schüttelte den Kopf. »Nein, überhaupt nicht. Aber ich sehe dich an und denke, dass ich sonstwas darum geben würde, noch einmal fünfzehn Jahre jünger zu sein und dann alles anders machen zu können.«

»Mit Verlaub«, er hüstelte, »weder hänge ich an der Flasche, noch stehe ich auf der Straße.«

»Aber deine Ehe ist bereits im Eimer, und du hast mir doch gerade selbst gesagt, die Zahlen seien vermutlich nicht so rosig. Und so ein Kasten wie der hier unterhält sich ja auch nicht gerade von allein.«

»Ja, aber …«

»In deinem Alter habe ich auch nur hin und wieder einen ›guten Tropfen‹ genossen«, sprach Leopold weiter, ohne auf Jonathan einzugehen, »und ich stand auf der Karriereleiter ganz oben.«

»Als Koch«, gab Jonathan trocken zurück.

»Nein, du Hornochse!« Nun wurde er laut. »Ich wünschte, ich wäre Koch geblieben! Daran hatte ich Freude, das war meine ganze Leidenschaft. Aber ich wollte ja immer mehr, nie hat es mir gereicht. Also habe ich an der Abendschule Abitur gemacht, danach BWL studiert und mich über die Jahre vom Geschäftsführer einer Restaurantkette bis in den Vorstand eines großen Lebensmittelkonzerns hochgearbeitet.«

»Das klingt doch gar nicht schlecht«, warf Jonathan ein.

»Nein, natürlich nicht«, rief Leopold. »Alles toll! Dickes Gehalt, dicker Dienstwagen mit Fahrer, dickes Haus, dickes Segelboot, ganz, ganz dicke Freunde aus der High Society. Dickes Ego. Und dicke Depressionen, weil ich vor lauter Arbeit, an der ich keinen Spaß hatte, gar nicht mehr wusste, wer ich eigentlich bin. Als es dann abwärtsging, waren nicht nur meine Frau und meine Kinder, sondern sämtliche dicken Freunde ebenfalls futsch, und ich blieb allein mit meinem Schnaps und einem riesigen Schuldenberg. So sah das nämlich aus.«

»Oh.« Mehr fiel Jonathan dazu nicht ein.

»Genau, oh! Und deshalb rate ich dir, genau hinzusehen und in dich hineinzuspüren. Wenn der Verlag nicht dein Ding ist, dann verkauf ihn halt.«

»Verkaufen?« Jonathan lachte empört auf. »Das ist unmöglich.«

»Warum?«

»Weil es ein Familienunternehmen mit langer Tradition ist!«

»Das ist kein Grund.«

»Doch.«

»Wenn Familientraditionen der einzige Grund sind, solltest du ihn erst recht verkaufen.«

Jonathans Mund öffnete sich zu einer Erwiderung. Und schloss sich wieder, denn er war absolut sprachlos.

Wer war dieser Kerl? Wie kam er an seinen Tisch? Ein Gedanke schoss ihm durch den Kopf: Das war doch kein Zufall! Seit zwei Tagen passierten ihm so seltsame Dinge – das konnte doch nicht mit rechten Dingen zugehen!

Nein, Unsinn, natürlich war das Zufall! Niemand hatte ahnen können, dass Henriette Jansen die Zahlen ins Altpapier werfen und Jonathan so an Leopold geraten würde.

Doch es war seltsam. Nahezu unheimlich. Oder … märchenhaft? Ja, genau, wie im Märchen war das! Da tauchte auch immer irgendwann ein verhutzeltes kleines

Männchen auf, das den Helden der Geschichte auf den rechten Weg brachte.

Oder auf den falschen, je nachdem.

»Tut mir leid«, riss Leopold ihn aus seinen Gedanken. »Ich habe mich in Rage geredet, das steht mir überhaupt nicht zu.«

»Schon gut«, sagte Jonathan. »In jedem Fall war es ... interessant.«

»Nein, wirklich, das war übergriffig. Ich kenne dich ja gar nicht und habe nicht die geringste Ahnung von deinem Leben. Es scheint ja bei dir ganz gut zu laufen, ich sollte wirklich nicht von mir auf andere schließen.«

»Nein. Das sollte man nie.« Und dabei dachte er: Leopold hat recht. Mein Leben läuft. Nur tut es eben nicht mehr als das. »Weißt du«, sagte er, »mir ist da vorgestern etwas Seltsames passiert.«

»Du meinst etwas noch Seltsameres, als jemanden im Papiercontainer zu finden?«

»Sagen wir: anders seltsam.«

Dann erzählte er Leopold von der Sache mit dem Kalender. Und sein neuer Freund hörte aufmerksam zu.

Viertel nach drei. Viertel nach drei in der *Nacht*! Jonathan konnte sich nicht erinnern, wann er zuletzt bis in die frühen Morgenstunden bei gutem Wein irgendwo gesessen und mit jemandem geplaudert hatte. Ob überhaupt schon einmal in seinem Leben. Er war eben keine Nachteule, und Schlaf war für einen Menschen genau so wichtig wie genug zu essen und zu trinken.

Aber nachdem er Leopold von dem Filofax erzählt und es ihm schließlich auch gezeigt hatte, waren sie darüber ins Spekulieren geraten: woher der Kalender stammen könnte und für wen er gedacht war (Leopold hielt die Theorie von Jonathans Mutter für relativ abwegig). Was von seinem Besuch bei Sarasvati zu halten war und was es mit dem Geld auf sich haben könnte. Und natürlich hatten sie darüber diskutiert, was er damit nun am besten anfangen sollte. Leopold war strikt dagegen gewesen, dass Jonathan den Kalender zum Fundbüro brachte, denn einerseits vertrat auch er die Ansicht, dass es mehr als zweifelhaft war, dass er so zurück zu seinem Besitzer gelangen würde – andererseits betrachtete er die ganze Angelegenheit als »viel zu spannend«, um sie »einfach so« zu beenden.

»Wenn das Schicksal dir so etwas zuspielt, darfst du es nicht ignorieren«, hatte er gesagt.

»Was haben bloß auf einmal alle Leute mit dem Schicksal?«, hatte Jonathan gefragt.

»Auch über diese Frage lohnt sich das Nachdenken«, hatte Leopold erwidert und dabei irgendwie geheimnisvoll gegrinst. Jedenfalls hatte Jonathan es so empfunden, was aber auch am Wein gelegen haben könnte, denn entgegen seiner üblichen Gewohnheit, sich lediglich hin und wieder ein Glas zu gönnen, hatte er im Verlauf des langen Abends fast die komplette Flasche allein geleert.

So lag er nun in seinem Bett, um Viertel nach drei in der Nacht. Sein Kopf dröhnte, was aber weniger mit dem Wein als vielmehr mit den vielen Gedanken zu tun hatte, die sich ein ausgelassenes Pingpong-Match miteinander lieferten. Keine schlechten Gedanken, nur ungewohnte. Er schloss die Augen und seufzte, es waren wirklich ereignisreiche Tage, die hinter ihm lagen.

Er war schon kurz davor einzuschlafen, als ihm noch etwas einfiel.

Abrupt setzte er sich auf, schaltete die Lampe auf seinem Nachttisch an und griff nach dem Filofax, das er dort deponiert hatte. Er schlug es auf und nahm den Stift, den er zwischen die Seiten gelegt hatte, zur Hand. Dann begann er zu schreiben.

> Ich bin dankbar für meine Begegnung mit Leopold und das gute Gespräch, das wir miteinander hatten.

Erfreut betrachtete er den Eintrag. Na also! Es gab etwas, für das er dankbar war, wirklich und aus tiefstem Herzen. Und das hatte ebenfalls nichts mit dem Wein zu tun, auch wenn ihm gleichzeitig mit einem Schmunzeln ein lauter Hickser entfuhr.

Schon wollte er den Kalender wieder zuklappen. Doch dann fügte er noch etwas hinzu:

> Morgen werde ich ihm anbieten, vorerst in Tinas Zimmer zu bleiben. Wenn er annimmt, bin ich ebenfalls dankbar, denn es ist eine schöne Vorstellung, dass er in meinem Haus wohnt.

Jonathan N. Grief legte den Kalender auf den Nachttisch, hickste noch einmal, knipste das Licht aus und rutschte zurück unter die Bettdecke.

Das wird nett, dachte er, bevor ihm endgültig die Augen zufielen. Eine Männer-WG. Warum auch nicht?

28

Hannah

4 Tage zuvor, 31. Dezember, Sonntag,
23:59 Uhr und 59 Sekunden

Als die ersten Raketen in den Hamburger Nachthimmel geschossen wurden, wusste Hannah nicht, was sie sagen sollte. »Ein frohes neues Jahr«?

Nein, das schied aus.

Sie stand mit Simon auf dem kleinen Balkon seiner Wohnung, sah gemeinsam mit ihm rüber zur Alster und betrachtete das Feuerwerk, mit dem die Hanseaten den Jahreswechsel feierten. Er hatte von hinten beide Arme um sie gelegt, sein Kinn ruhte auf ihrem Scheitel, und Hannah wünschte, sie könnte für immer so mit ihm zusammen hier stehen bleiben.

Doch sie wusste, dass das nicht ging. Ein paar Minuten lang hätte sie noch Gnadenfrist, könnte sich in der Vorstellung verlieren, dass dies hier einfach nur eine Silvesternacht wie viele andere war – aber irgendwann würden sie wieder zurück in seine Wohnung gehen. Und dann würde für sie beide die Stunde der Wahrheit schlagen. Nur dass Simon noch nichts davon ahnte und Hannah davor riesige Angst hatte. Wie würde er auf ihr Geschenk reagieren?

Sie hatten über seine Krankheit nicht mehr gesprochen, hatten sie seit dem Abend bei »Da Riccardo« mit keiner Silbe erwähnt. Hannah hatte es nur ein einziges Mal versucht, am darauffolgenden Tag, aber ihr Freund hatte sie gebeten, die Sache ruhen zu lassen, bis er selbst so weit wäre, sich wieder damit auseinanderzusetzen.

Das hatte Hannah akzeptiert, natürlich hatte sie das. Froh darüber, dass er so gleichzeitig auch die panische Kurzschluss-Trennung nicht mehr thematisiert hatte, dass er sie nicht komplett aus seinem Leben ausschloss. Das hatte ihr fürs Erste genügen sollen. Ein Teil von ihr war darüber sogar ein wenig erleichtert gewesen: Dieser Teil hatte versucht, sich vor der Wahrheit zu verstecken, wie ein Kind, das sich die Augen zuhält in dem Glauben, dass man es dann auch nicht sieht.

Doch ihre Verdrängungstaktik war nur von mäßigem Erfolg gekrönt gewesen, und so hatte sie die folgenden Tage, an denen Simon und sie so getan hatten, als wäre nichts passiert, dennoch dazu genutzt, um an ihrem Kalender für ihn zu basteln. Gleich im Anschluss an die Nacht, die Lisa bei ihr verbracht hatte, hatte Hannah losgelegt. Hatte in einem teuren Schreibwarenladen ein besonders schönes Filofax erstanden. Das edle Exemplar war in dunkelblaues Leder gebunden, hatte weiße, abgesteppte Nähte und lag wie ein Schmeichler in der Hand.

Hannah gefiel die Vorstellung, dass das Leder mit den Jahren weicher und weicher werden würde, so weich, dass Simon es sich irgendwann verstohlen an die Wange halten und die Berührung genießen würde. Mit den Jahren, mit vielen, vielen Jahren.

Über den Satz, der auf der ersten Seite der ringgebundenen Einlagen stehen sollte, hatte Hannah nicht nachdenken müssen. »Dein perfektes Jahr«, hatte sie mit einem Füllfederhalter, den sie ebenfalls in dem Schreibwarengeschäft gekauft hatte, geschrieben. Dann hatte sie sich mit Feuereifer in die Arbeit gestürzt, hatte gemeinsam mit Lisa überlegt, woran Simon Freude hätte, was ihn aus seiner Lethargie reißen und ihn begeistern würde. Was ihn vergessen lassen würde, wie es um ihn stand, und ihn vielleicht sogar dazu bringen könnte, sich seiner Krankheit zu stellen und dagegen anzugehen.

Alles, woran Hannah glaubte und wonach sie lebte, hatte sie aufgeschrieben. Alles, alles, alles. Hatte im Internet stundenlang nach wohltuenden und trotzdem nicht platten Sinnsprüchen geforscht, hatte sich in den immer wiederkehrenden Momenten, in denen die Verzweiflung sie zu überwältigen drohte, selbst daran festgeklammert, hatte weitergemacht und weitergemacht und weitergemacht in der Hoffnung darauf, dass das, was sie tat, Simon davon überzeugen würde, sich seinem vermeintlichen Schicksal nicht zu ergeben.

In Sachen Rasselbande war Hannah seit Simons Offenbarung im Wesentlichen durch Abwesenheit in Erscheinung getreten, und sie dankte Lisa, deren Eltern und ihren eigenen, dass sie sie bei ihrem Vorhaben ohne jeden Widerspruch unterstützt hatten. Nie im Leben hätte sie es sonst geschafft, den Kalender bis zur Silvesternacht fertigzustellen, aber es hatte für sie und auch für die anderen außer Frage gestanden, dass sie Simon das Filofax zu diesem symbolträchtigen Zeitpunkt überreichen musste.

Ein Weckruf, ein »Los jetzt!« – nicht mehr und nicht weniger musste dieser Kalender sein, und Hannah hatte all ihre Kraft, all ihre Liebe in jeden einzelnen Eintrag gesteckt. Hatte sich, wie Lisa bei der Lektüre des fertigen Werks anerkennend festgestellt hatte, dabei »selbst übertroffen«. Danach hatten sich beide Freundinnen weinend in den Armen gelegen. Lisa in erster Linie vor Rührung, nachdem sie gelesen hatte, dass Hannah für den 2. Januar tatsächlich einen Termin bei Sarasvati gebucht hatte. »Weil es schließlich«, so hatte Hannah ihr erklärt, »gerade um jeden noch so dünnen Strohhalm geht. Schlimmer kann's ja sowieso nicht werden.«

Abschließend hatte Hannah die Seiten des Kalenders für sich selbst kopiert, damit sie Simon bei der Umsetzung seines perfekten Jahres unterstützen konnte und immer genau wusste, was gerade »dran« war. Sie hoffte, sie hoffte *so sehr*, dass er das Filofax richtig verstehen, dass er sich darauf einlassen würde!

»Komm, wir gehen wieder rein, du zitterst ja schon.« Mit diesen Worten gab Simon das Startzeichen für den bisher schwierigsten Moment in Hannahs Leben. Denn sie hatte keine Ahnung, ob der Kalender, den sie ihm nun gleich überreichen würde, seinen Zweck erfüllen würde. Ob er genau wie Lisa davon gerührt wäre – oder ob …

Nein, einem »ob« wollte sie erst gar keinen Platz einräumen. »Achte auf deine Gedanken, Gedanken werden Wirklichkeit« – wenn das, was Hannahs Mutter ihr von kleinauf predigte, auch nur den geringsten Wahrheitsgehalt hatte, dann war genau jetzt der Moment, um sich diesen Ratschlag zu Herzen zu nehmen.

»Wie siehst du mich denn an?«, wollte Simon wissen, sobald sie auf der Decke saßen, die er vor seinem Sofa ausgebreitet hatte. Hannah hatte sich von ihm gewünscht, dass sie Silvester wie ihren allerersten Abend an der Elbe feiern würden, mit einem Picknick auf dem Boden, in der Hoffnung, mithilfe dieser Stimmung die richtigen Weichen für den Erfolg ihrer bevorstehenden Mission zu stellen. Er war ihrer Bitte amüsiert nachgekommen, hatte sie »meine kleine Romantikerin« genannt und dann angefangen, das vorbereitete Essen vom Tisch auf die Decke zu räumen. »Ist irgendwas nicht in Ordnung?«

Hannah schluckte schwer, bemüht darum, nicht in hysterisches Gelächter auszubrechen. Er fragte sie ernsthaft, ob etwas nicht in Ordnung war? Doch statt ihn anzubrüllen, dass nichts in Ordnung war, rein gar nichts, seit er ihr gesagt hatte, dass er sein baldiges Ableben erwartete, griff sie nach ihrer großen Umhängetasche, die zu ihren Füßen lag, holte das in Geschenkpapier gewickelte Filofax hervor und überreichte es ihm mit einem »Hier, für dich.«

»Was ist das?«

»Mach es auf.«

»Seit wann gibt's zu Silvester Geschenke?«

»Seit heute.«

»Da bin ich aber mal gespannt.« Mit zermürbender Langsamkeit löste er vorsichtig jeden einzelnen Tesafilmstreifen ab – Simon packte Geschenke immer so aus und hatte Hannah mit dieser Eigenart von jeher in den Wahnsinn getrieben.

Schon wieder musste sie sich beherrschen, dieses Mal, um ihm das Päckchen nicht aus der Hand zu reißen und das Papier höchstpersönlich zu zerfetzen. Ihre Geduld wurde auf eine harte Probe gestellt, so viele Omms gab es gar nicht, dass sie ausgereicht hätten, ihre flatternden

Nerven zu beruhigen. Doch dann, endlich, endlich und einen gefühlten weiteren Jahreswechsel später, lag das Filofax in seiner Hand.

»Ein Kalender?« Er sah sie erstaunt an.

»Ja.« Sie nickte. »Für das kommende Jahr.«

»Aber ...« Mehr sagte er nicht. Nur »Aber«. Doch in diesem einzigen Wort lagen hunderttausend Sätze, in Simons Blick mehr als eine Million Erwiderungen. Alles, wovor Hannah sich gefürchtet hatte, schwang in seinem »Aber« mit. *Aber ich habe kein Jahr mehr Zeit, warum schenkst du mir einen Kalender? Aber ich werde bald sterben, ich brauche kein Filofax. Aber ich glaube nicht daran, dass ich dein Geschenk noch nutzen kann, aber ich weiß, dass es keine Hoffnung mehr für mich gibt, aber ich ...*

»Ich habe ihn ausgefüllt«, sagte Hannah, um das lautlose Wummern von Simons Worten in ihrem Kopf zu stoppen. »Für jeden Tag habe ich mir etwas ausgedacht. Das Einzige, was ich mir wünsche, ist, dass du mein Geschenk annimmst und es wenigstens versuchst. Bitte! Für mich! Für uns!«

Simon antwortete nicht, sondern löste stattdessen den Druckknopf der Schnalle und schlug den Kalender auf. Fing an, durch die Seiten zu blättern, las stumm Eintrag für Eintrag durch, lächelte hin und wieder oder runzelte die Stirn, las und las und las und sagte kein Wort.

Dann, nachdem er die letzte Seite erreicht hatte, blickte er wieder auf.

Er war ganz blass.

»Ich«, setzte Hannah an, verstummte aber, als Simon den Kalender zur Seite legte, sie bei den Händen fasste und an sich zog. Er hielt sie genauso fest wie an dem

Abend bei »Da Riccardo«, sie konnte seinen Herzschlag fühlen und spürte, wie heftig er zitterte.

»Danke«, flüsterte er ihr ins Ohr. »Noch nie hat mir jemand etwas so Wunderschönes geschenkt. Ich danke dir.«

»Dann nimmst du es an?« Sie rückte von ihm ab, um ihm ins Gesicht sehen zu können.

Simon lächelte. »Wie sollte ich nicht?«

Mit einem erleichterten Lachen fiel Hannah ihm um den Hals. »Es wird alles gut, mein Schatz!«, rief sie. »Du wirst sehen, wir schaffen das! Der Krebs wird uns nicht in die Knie zwingen, du wirst wieder ganz gesund werden, das weiß ich!«

»Ja«, antwortete er langsam. »Das glaube ich auch.«

»Ich kann dir gar nicht sagen, wie froh ich bin, dass du das sagst! Sobald die Feiertage vorbei sind, suchen wir uns einen guten Onkologen. Ach, was sage ich? Den besten! Und wenn wir dafür bis nach Konstanz fahren müssen! Wenn es sein muss, trampen wir hin, wir gehen zu Fuß! Wir finden einen genialen Fachmann! Der kümmert sich um deinen Körper, und mit dem Kalender kriegen wir auch dein Seelenleben wieder in den Griff.«

»Das klingt sehr gut, so machen wir das.«

Hannah kicherte albern, sie konnte einfach nicht anders.

»Was ist so lustig?« Nun war er es, der sie von sich wegschob und ansah.

»Gar nichts. Ich liebe dich nur so wahnsinnig doll, das ist alles.«

»Ich liebe dich auch. Wahnsinnig doll.«

Es war noch dunkel, als Hannah in Simons Bett erwachte.

Da war es wieder! Genau dasselbe Gefühl hatte sie am Morgen der Eröffnung der Rasselbande verspürt, dieses unglaubliche Kribbeln vor lauter Aufregung und Verliebtheit. Nur dass es in diesem Moment um ein Vielfaches stärker war als vor einigen Wochen.

Hannah drehte sich zur Seite, um sich an Simon zu kuscheln und ihn so zärtlich zu wecken. Sie wollte noch ein bisschen mehr von dem, was sie in der vergangenen Nacht miteinander geteilt hatten, mehr von der Leidenschaft, mit der sie sich bis zur Erschöpfung geliebt hatten.

Er war nicht da. Das Bett war leer, Hannah war allein.

Der Radiowecker auf dem Nachttisch zeigte 7:59 Uhr. Zu dieser Zeit war Simon nicht einmal aufgestanden, als er noch als Redakteur angestellt gewesen war, denn bei der Zeitung hatten sie nie vor zehn angefangen und dafür bis spät am Abend an der Ausgabe für den nächsten Tag gearbeitet.

Sie setzte sich auf und räkelte sich, lauschte gleichzeitig auf ein Geräusch in der Wohnung, erwartete, die Dusche, das Gluckern der Kaffeemaschine oder den Fernseher zu hören. Doch es war totenstill, einzig ein paar Zweige klopften von draußen sachte gegen das Schlafzimmerfenster.

»Simon?«, rief sie. »Wo bist du? Komm zurück ins Bett!«

Keine Antwort.

»Simon?«

Nichts. Hannah wickelte sich in die Decke und robbte über die Matratze ans Fußende, spähte von dort aus in den dunklen Flur. »Siiimon?«, rief sie etwas lauter. »Wo steckst du denn?«

Als er immer noch nicht antwortete, stand sie auf und tippelte so gut, wie es mitsamt der Decke möglich war, hinaus. Ungeduldig warf sie einen Blick ins Wohnzimmer, alles lag noch so da wie am Vorabend, nur von Simon keine Spur. Das gleiche Bild bot sich Hannah in Bad und Küche, er war wie vom Erdboden verschluckt.

Sie beruhigte sich mit dem Gedanken, dass er vermutlich zum Bäcker gegangen war, und beschloss, sich die kurze Nacht unter der Dusche abzuspülen.

Auf dem Weg ins Bad fiel ihr Blick auf die Wohnungstür. Und auf den Zettel, der auf einem Umschlag davor auf dem Boden lag. Zusammen mit Simons Schlüsselbund. Schon von Weitem sah sie, dass auf dem Papier mehr Text als ein schlichtes »Ich hole uns Brötchen« stand.

Sie ging darauf zu, bückte sich und nahm das Blatt zur Hand. Noch während sie las, wurden ihr die Knie so weich, dass sie an die Tür gelehnt nach unten auf die kalten Fliesen rutschte.

Meine geliebte Hannah,
es tut mir unendlich leid, dass ich Dir das antue und Dir so viel Schmerz zufüge – aber wenn Du diesen Brief findest, werde ich nicht mehr leben.

Vermutlich bist du jetzt schockiert. Vielleicht bist Du auch wütend, das hoffe ich sogar. Aber ich kann nicht anders, ich habe nicht den Mut, mich dieser Krankheit zu stellen. Dafür hat das Leiden meiner

Eltern viel zu viele Jahre gedauert, meine Angst, den gleichen Weg gehen zu müssen, ist zu groß. Und noch größer ist die Angst davor, dir genau das anzutun, was meine Mutter erleben musste. Das hast du nicht verdient, das hat niemand verdient!

Heute Nacht ist mir klar geworden, dass du mich nicht verlassen wirst. Und so schön es ist, mir deiner unendlichen Liebe gewiss zu sein, so schrecklich ist es doch auch. Weil ich es nicht schaffe, mich von dir zu trennen.

Das Geschenk, das du mir gemacht hast, ist so wunderbar, so unfassbar großartig, dass mir die Worte fehlen. Nur werde ich mein Versprechen, es anzunehmen, nicht erfüllen können. Ich habe kein Jahr mehr Zeit.

Hannah, bitte glaub mir, wenn ich dir schreibe, dass ich das weiß. Ich spüre den Krebs, ich weiß, dass ich ihn nicht mehr besiegen kann, dafür ist es schon viel zu spät. Ich brauche keinen Arzt, der mir das sagt.

Wenn ich ehrlich bin – und wenn nicht jetzt, wann sollte ich dann ehrlich sein? –, ist mir schon länger klar, dass etwas nicht stimmt. Du hattest vollkommen recht, als du zu mir gesagt hast, dass ich mich verändert habe, dass mir irgendwie die Lebensenergie abhandengekommen ist.

Das ist leider wahr. Ich weiß nicht, ob es mit

Mamas Tod angefangen hat oder damit, dass ich meinen Job verloren habe. Vielleicht mit beiden oder vielleicht auch schon davor. Die Wahrheit ist, dass ich keine Bewerbungen geschrieben habe, nicht eine einzige. Es war gelogen, dass ich mich um eine neue Stelle bemüht habe. Es war gelogen, dass ich bisher nur Absagen erhalten habe, es war alles, alles gelogen!

Ich glaube, es ist gar nicht der Krebs, der mich umbringt. Irgendwas in mir ist schon länger tot, bisher habe ich mich nur nicht getraut, daraus die logischen Konsequenzen zu ziehen. In einem Buch habe ich mal einen sehr tröstlichen Gedanken gelesen: Wenn man stirbt, begibt man sich wieder in den Zustand, in dem man vor seiner Geburt bereits seit Jahrmillionen war: Man ist körperlich nicht mehr da. Es ist also überhaupt nicht schlimm, dass jeder von uns irgendwann diese Welt verlassen muss, wir gehen dann nur ins Universum zurück, wo unsere Seele ohnehin die meiste Zeit ist und war. Für mich ist dieser Moment jetzt gekommen, das spüre ich in aller Deutlichkeit.

Bitte, Hannah, verzeih mir diesen Schritt und werde ohne mich glücklich. Ich weiß, dass dir das mit deinem unschlagbaren Optimismus gelingen wird. Nein, ich bin überzeugt davon, dass du ein tolles Leben haben wirst, ohne mich viel besser als mit mir.

Wie sagst Du immer? Alles ist für irgendwas gut. Glaube mir, es ist gut. Denn es ist die Entscheidung, die ich für mich getroffen habe. Es ist das, was ich mir wünsche.

Bitte sei so lieb und gib meine Wohnungsschlüssel meinem Vermieter. Meine Wohnung kannst du einfach entrümpeln lassen, aber das eilt nicht. Die Abfindung auf meinem Konto reicht noch für ein paar Monate Miete, lös die Wohnung erst auf, wenn du bereit dafür bist.

Den Schlüssel fürs Auto behalte bitte, denn der Mustang gehört ab sofort dir. Du kannst ihn selbst fahren oder verkaufen, Fahrzeugschein und -brief liegen zusammen mit dem Schlüssel auf der Kommode im Wohnzimmer. In dem großen Umschlag findest du eine Generalvollmacht, die dir alle Rechte einräumt und mit der du hoffentlich alles regeln kannst. Es ist leider kein amtliches Formular, aber mit meiner Unterschrift müsste es auch so gültig sein.

Wenn am Ende noch etwas Geld auf meinem Konto übrig ist, ist das ebenfalls für dich. Am liebsten wäre mir, wenn du es in die Rasselbande steckst, dass du es dazu benutzt, um deine wunderbare Idee wachsen zu lassen.

Hannah, ich liebe dich! Und ich bin stolz auf dich!

Aber so leid es mir tut, diese Liebe reicht nicht aus, um es weiter zu versuchen.

Simon

Hannah starrte auf Simons Zeilen, las sie wieder und wieder. Und als sie bemerkte, dass die Buchstaben vor ihren Augen tanzten und verschwammen, dass sie ohnmächtig zu werden drohte, biss sie sich so fest auf die Unterlippe, dass sie vor Schmerzen nach Luft schnappte und Blut schmeckte.

Diese Liebe reicht nicht aus ...

Sie stand auf, ließ die Bettdecke zu Boden fallen, ging rüber in Simons Wohnzimmer und nahm dort das Telefon von der Station. Sie war ruhig, nicht einmal ihre Finger zitterten, als sie die 110 wählte. Nach dem ersten Klingeln nahm eine Frau Hannahs Anruf entgegen.

»Kommen Sie bitte schnell«, sagte sie langsam und deutlich in den Hörer. »Mein Freund will sich umbringen.«

29

Jonathan

4. Januar, Donnerstag, 10:07 Uhr

Es war nicht so, dass Jonathan N. Grief ein wirklich schlechtes Gewissen hatte, als er erst um kurz nach zehn am nächsten Tag erwachte. Der Abend war lang gewesen, da war es nur natürlich, dass er nicht wie sonst um 6:30 Uhr aus den Federn sprang. Aber er verspürte einen leisen Seelenkater, eine gewisse Wehmut, ein undefinierbares ... eben etwas Undefinierbares.

Doch kaum hatte er sich aufgesetzt, verflog diese kleine, nicht zu greifende Sorge schon wieder, denn mit Blick auf das Filofax fiel ihm ein, was er vor wenigen Stunden beschlossen hatte: Er würde Leopold anbieten, vorerst bei ihm einzuziehen.

Gut gelaunt marschierte Jonathan ins Badezimmer, nahm eine ausgiebige Dusche und zog sich an. Keine Sportsachen –, das wäre nach dem Duschen sowieso Unsinn – sondern Stoffhose und Rollkragenpullover. Seine tägliche Joggingrunde würde er später nachholen. Oder sie – ein verwegener Gedanke – heute sogar ganz ausfallen lassen. Ihm war einfach nicht danach, und Leopolds Rat, das Leben mehr nach dem Wie-es-euch-gefällt-Prinzip zu gestalten, erschien ihm mindestens so einleuchtend wie der Verzicht auf Kohlenhydrate nach 18 Uhr. Mindestens.

Er lief die Treppe hinunter, ging zu Tinas Zimmer und klopfte an.

Die Tür schwang nach innen auf, Jonathan trat einen Schritt zurück, um zu verhindern, dass er seinen Gast womöglich kompromittierte, weil dieser noch nicht angezogen war.

»Leopold!«, rief er. »Guten Morgen, ich bin's, Jonathan!« Während er auf eine Antwort lauschte, amüsierte er sich innerlich darüber, seinen Namen genannt zu haben. Wer sonst sollte hier wohl gerade stehen? Es blieb still im Zimmer, also klopfte Jonathan erneut sachte gegen die Tür. »Leopold? Bist du schon wach? Jetzt aber mal raus aus den Federn!« Keine Antwort. Jonathan klopfte noch einmal, dann trat er ein.

Tinas Zimmer war leer, die Tür zum kleinen Bad stand offen, auch hier konnte Jonathan niemanden entdecken. Das Bett war zerwühlt, der geblümte Bademantel und ein benutztes Handtuch lagen darauf. Doch ansonsten deutete nichts auf die Anwesenheit eines anderen Menschen hin.

Verwundert ging Jonathan hinaus in den Flur, wo hatte Leopold sich nur versteckt? Er blickte hinüber zur Garderobe – der Armeemantel war verschwunden, ebenso die Stiefel seines neuen Freundes.

Schlagartig breitete sich Beklemmung in Jonathan aus. War er tatsächlich so ein Idiot? Hatte er sämtliche Vorbehalte in den Wind geschlagen, um nun feststellen zu müssen, dass er einem Schlitzohr, einem Betrüger aufgesessen war? Einem, der seine Gastfreundschaft ausgenutzt und sich schon längst mit allem, was er hatte tragen können, aus dem Staub gemacht hatte? Und er hatte nicht einmal die wichtigen Räume wie Büro oder Esszimmer (das gute Tafelsilber!) abgeschlossen, sondern war weinselig in sein Bett getaumelt.

War er wirklich so ein – wie hatte Leopold ihn genannt? – Hornochse?

Offenbar schon.

Jonathan war, als könne er seinen Vater Wolfgang lachen hören. Laut und voller Schadenfreude darüber, dass sein »nichtsnutziger Sohn« mal wieder seine Lebensuntüchtigkeit unter Beweis gestellt hatte. Intuition? Ha, ha, ha, was für eine Intuition!?

Nein. Jonathan N. Grief straffte die Schultern. Das hätte jedem passieren können. Jedem, der wie er noch an Anstand und Moral glaubte, der …

Ach, was sollte dieser innere Dialog? Er wäre besser beraten, jetzt schleunigst zu überprüfen, mit welchen Wertsachen sich Leopold aus dem Staub gemacht hatte, und dann die Polizei zu informieren. Sollten sich die Beamten ruhig über ihn lustig machen, Hauptsache, sie verrichteten ihre Arbeit und fassten den Dieb. Weit würde Leopold mit seinen kaputten Stiefeln schließlich nicht kommen.

Eine halbe Stunde später hatte Jonathan das gesamte Haus auf den Kopf gestellt.

Nichts.

Es fehlte rein gar nichts. Nicht das Tafelsilber, nicht das Bargeld, das er in einer Kassette auf seinem Schreibtisch aufbewahrte, kein einziger Manschettenknopf, nicht einmal das Leergut aus der Plastikbox auf der Terrasse, das man hätte zu Geld machen können. Alles noch da. Alles – bis auf Leopold.

Einigermaßen ratlos ging Jonathan in die Küche, um sich einen Tee aufzusetzen. Erst da fiel ihm sein Weinregal auf. Und dass darin eben doch etwas fehlte: Die Lücke war vielleicht drei, vier Flaschen groß. Eilig drehte Jonathan sich um und lief hinüber ins Esszimmer, wo hinten links in der Ecke sein Barschrank stand. Auch hier fehlten Flaschen, wie Jonathan sofort registrierte. Er trat näher und stellte fest, dass der Whiskey und der Gin verschwunden waren. Der teure Grappa, den er mal für Gäste gekauft und seitdem kein einziges Mal geöffnet hatte, war noch da. Nur war die Flasche fast leer. Jonathan seufzte tief. Und bemerkte dann den Zettel, der unter der Grappa-Flasche lag. Er nahm ihn zur Hand, setzte sich damit an den Esszimmertisch und begann, das nur schwer leserliche Gekrakel darauf zu entziffern.

Mein lieber Freund,

sieht so aus, als wäre ich auf meiner einsamen Insel dem Kerl mit dem Flachmann begegnet. Tut mir leid, die Versuchung war heute Nacht zu gross. Ich danke dir aufrichtig für den Abend und deine Gastfreundschaft – und schäme mich, dass ich dich so sehr enttäuschen muss.

Dein Leo

P.S.: Wenn ich du wäre – und ich sage aus voller Überzeugung, dass ich froh bin, nicht du zu sein (du

VERSTEHST DIESEN KLEINEN SEITENHIEB SICHERLICH RICH-
TIG, MEIN FREUND) - WÜRDE ICH MIR DEN KALENDER
SCHNAPPEN UND LOSLEGEN. SO EIN GESCHENK BEKOMMT
MAN NICHT ALLE TAGE. ICH WÜNSCHTE, ICH HÄTTE JEMALS
SO ETWAS BEKOMMEN.

Jonathan las die Nachricht noch zweimal. Dann nahm er aus der Schale, die auf dem Sideboard neben dem Tisch stand, einen Bleistift und ergänzte das Komma, das hinter der Parenthese nach »Wenn ich du wäre« fehlte. Ohne weiter nachzudenken, ging er danach in die Küche und warf Bleistift und Notiz in den Mülleimer.

30

Hannah

Am selben Tag,
4. Januar, Donnerstag, 10:53 Uhr

Dreieinhalb Tage. Dreieinhalb Tage wie dreieinhalb Jahre. Wie zehn Jahre, wie zwanzig, fünfzig, hundert. Wie tausend Jahre im Dornröschenschlaf. In einem finsteren, düsteren Schlaf, hinter einer meterhohen Hecke, bestehend nur aus Dornen, ohne eine einzige Rose. Aber niemand kam, um Hannah aus diesem Albtraum aufzuwecken. Niemand kam, um sie zu küssen.

Zuerst Beschwichtigungen. Wohlmeinende Uniformierte, die beruhigend auf Hannah eingeredet hatten, die ihr versichert hatten, dass sie ihren Freund schon finden würden. Die beteuert hatten, dass gerade im Vorfeld angekündigte Selbstmorde nur selten in die Tat umgesetzt würden. Und ja, natürlich, sie würden alles tun, um Simon zu finden, würden ihn zur Fahndung ausschreiben, jede Streife würde nach ihm Ausschau halten, die von Hannah geforderte Hundestaffel und die Taucher in Alster und Elbe seien allerdings angesichts der Größe des Stadtgebietes weder zielführend noch machbar. Ab dem zweiten Tag dann Aufrufe an die Bevölkerung im Radio. Am dritten eine Meldung in der Zeitung. Und die Bitte der Polizisten an Hannah, doch nach Hause zu gehen, sie könne ohnehin nichts ausrichten.

Aber sie konnte nicht, sie konnte nicht nach Hause gehen. Sie war zu nichts anderem fähig, als in Simons Wohnung zu sitzen und darauf zu warten, dass er durch die Tür kam. Dass er ihr erklären würde, der Brief sei ein Fehler gewesen. Ein Scherz, ein übler Scherz. Mal was Neues, nicht zum ersten April, sondern zu Neujahr, ha, ha!

Ja, sicher sei das geschmacklos gewesen, überaus geschmacklos. Es täte ihm auch leid, aber er habe sich von ihr, Hannah, dermaßen unter Druck gesetzt und in die Enge getrieben gefühlt, so überfordert von dem, was sie von ihm erwartet hatte, da habe er einfach … Ja, er verstünde nur zu gut, wenn sie sauer auf ihn wäre. Richtig, richtig sauer oder sogar böse. Wenn sie nie wieder ein Wort mir ihm reden wollen würde. Selbst wenn er bereit wäre, sich nun weiter untersuchen zu lassen und sogar nach ihrem kindischen Kalender zu leben.

Dreieinhalb Tage. 74 Stunden und 38 Minuten. So lange saß sie schon mit diesen Gedanken in seiner Wohnung und wartete auf ihn. Sie konnte nichts anderes tun, als noch immer in dem schwarzen Kleid, das sie nach dem Abend bei »Da Riccardo« zu Silvester gleich zum zweiten Mal in Folge angezogen hatte, zwischen Schlaf-, Wohnzimmer, Küche und Bad hin- und herzulaufen, jedes Mal einen Aufschrei ausstoßend, sobald es an der Tür klingelte oder ihr Handy ging.

Doch er war es nicht, nie. Immer waren es Lisa oder ihre Mutter Sybille, die mehrmals täglich im Wechsel nach ihr sahen und ihr etwas zum Essen vorbeibrachten.

Die ihr sagten, bei der Rasselbande liefe auch ohne sie alles bestens (als ob Hannah sich dafür auch nur in Ansätzen interessieren würde; sie tat es, mit Verlaub, nicht); die Rapport darüber erstatteten, dass auch in Hannahs Wohnung, in die Sybille kurzerhand eingezogen war, kein Simon aufgetaucht war. Und die sie genau wie die Polizisten wieder und wieder beknieten, ihre »Mahnwache« aufzugeben, oder die ihr, wie gestern, eine Ausgabe der »Hamburger Nachrichten« mitbrachten, damit Hannah sich davon überzeugen konnte, dass der Suchaufruf nach Simon auch wirklich wie von seinen Exkollegen versprochen auf der allerersten Seite stand.

Und während Hannah in Simons Wohnung vor sich hin vegetierte – denn mehr als das war es nicht –, alle zehn Sekunden ihr Handy überprüfte, per Fernabfrage ihren Anrufbeantworter zu Hause abhörte und ihr E-Mail-Fach checkte, in der schwachen Hoffnung, irgendeine Nachricht von ihrem Freund erhalten zu haben, wusste sie es dennoch schon die ganze Zeit. Wusste es von dem Moment an, als sie seinen Abschiedsbrief gelesen hatte. Wusste, dass sie schreien und toben und weinen konnte, so viel sie wollte – Simon gab es nicht mehr.

Er war nicht, wie einer der Beamten vermutet hatte, einfach »durchgebrannt«; er hatte nicht »alle Brücken hinter sich« abgebrochen und sonnte sich auch nicht gerade »irgendwo unter einer Palme mit einem Cocktail in der Hand«. Nein. Das alles waren nichts weiter als Durchhalteparolen für sie, Hannah, damit sie nicht randalierend durch die Stadt rannte und besinnungslos auf alles einschlug, was ihr in die Quere kam.

Es war schizophren, *sie* war schizophren. Denn obwohl

sie wusste, wusste, *wusste*, dass Simon kein Mann der leeren Versprechungen war, es nie gewesen war, klammerte sie sich gleichzeitig mit verzweifelter Verve an jede noch so unwahrscheinliche Möglichkeit; und sei es nur ein verdammter Cocktail unter einer noch verdammteren Palme.

Aber seinen Mustang, den hätte er nie zurückgelassen. Egal, wie absurd bis verletzend diese Erkenntnis auch war, so sehr stimmte sie doch. Hätte er auch nur eine Sekunde lang in Erwägung gezogen, den Drink unter Palmen einem Freitod vorzuziehen – er hätte sich hinters Steuer geklemmt und wäre losgefahren. Dass er Hannah zurückließ, hielt sie nicht für gänzlich ausgeschlossen. Doch seinen Wagen? Nein, niemals. Der Autoschlüssel, der zusammen mit dem Abschiedsbrief und der Vollmacht (in Kopie, die Originale hatte die Polizei sichergestellt) im Wohnzimmer lag, war ein erdrückender Beweis für das, was Hannah nicht wahrhaben wollte.

Einzig den Kalender hatte sie nirgends finden können. Nicht in der Wohnung und auch nicht draußen in einer der Mülltonnen, in die sie geschaut hatte in der sicheren Annahme, ihn dort zu entdecken.

Dieses verfluchte Filofax, von Simon als letzte Amtshandlung zwischen klebrigen Eierschalen und Kaffeesatz entsorgt; dieses Machwerk, das Hannah in ihrem, ja, *Machbarkeitswahn* verfasst hatte. In der naiven Überzeugung, ihren Freund mit ein bisschen Trallala und Hupsassa und »Jede-Zelle-meines-Körpers-ist-glücklich«-Gefasel von seiner Todesangst zu befreien.

Allein bei dem Gedanken daran wollte Hannah es Simon am liebsten gleichtun. Wollte sich das Fleischer-

messer aus der Küche schnappen, sich die Pulsadern auf-
säbeln oder den Sprung von seinem Balkon im dritten
Stock wagen, als einzig logische Strafe für das, was sie
angerichtet hatte.

Dafür, dass sie ihn mit ihrem Aktionismus, mit ihren
unsensiblen »Alles-ist-für-irgendwas-gut«-, »Krise-als-
Chance«- und »Das-Licht-erfand-man-in-der-Dunkel-
heit«-Plattitüden überhaupt erst zu dieser Verzweiflungstat getrieben hatte.

Alles ist für irgendwas gut? Wofür, bitte schön, sollte
das hier gut sein? Wenn nicht allein dazu, Hannah de-
mütig in die Knie zu zwingen? Ihr aufzuzeigen, dass das
wahre Leben nichts mit ihrer bunten Pippi-Langstrumpf-
Welt zu tun hatte? Nicht das Geringste.

Das »Bling« ihres Handys ließ Hannah zusammen-
zucken. Eine neue Mail war in ihrem Postfach eingegan-
gen. Eine weitere Nachricht von Lisa oder Hannahs Eltern
oder der Newsletter eines Online-Versandhandels oder
die Mitteilung darüber, dass ein verstorbener Multimil-
lionär aus Nigeria sie zu seiner Alleinerbin erklärt hatte.

Es war nicht der Fall. Sie hatte eine Mail von Sarasvati.

Hannah brauchte einen Moment, um den Namen
einordnen zu können. Der Tag, an dem sie Lisas Kartenlegerin angeschrieben und ihr die Situation erläutert hatte mit der Bitte, ihre Berufsehre über Bord zu werfen und
für ihren todkranken Freund eine »ganz besondere« Sitzung abzuhalten, die ihm vielleicht ein bisschen neuen
Lebensmut schenken würde (und ihm dabei um Himmels Willen nicht zu verraten, dass sie zuvor von Hannah
instruiert worden war), schien in einem anderen Leben
stattgefunden zu haben.

Sarasvati, nun wusste Hannah es wieder. Sie öffnete die Mail.

Liebe Hannah,

normalerweise frage ich nicht nach, wenn jemand zu einem Termin nicht erscheint, denn ich will niemanden bedrängen. Aber in diesem Fall mache ich eine Ausnahme, weil mir die Sache nicht aus dem Kopf geht.

Ihr Freund, von dem Sie mir schrieben, war nicht hier. Aber dafür ein Mann, der seinen Kalender an der Alster gefunden hat. Mehr kann ich Ihnen nicht sagen, und ich habe auch dichtgehalten, was das Zustandekommen unseres Termins betrifft, weil ich mir nicht sicher war, ob Ihnen das recht wäre.

Nun denke ich gerade, dass das vielleicht ein Fehler war, ich habe ein ganz seltsames Gefühl. Von daher wollte ich nur nachfragen, ob bei Ihnen alles gut ist. Wie geht es Ihrem Freund?

Licht und Liebe

Sarasvati

Noch nie im Leben hatte Hannah so schnell eine Nummer gewählt. Ihre Finger flogen nur so über die Tastatur ihres Handys, als sie die Ziffern eintippte, die in der Signatur unter Sarasvatis Mail standen.

Wenige Sekunden später hatte sie die Lebensberaterin am Apparat.

»Ha … Hannah Marx hier«, rief sie so hektisch ins Telefon, dass sie sich dabei verhaspelte.

»Hallo, Frau Marx!«, erklang eine freundliche und warme Stimme. »Ich habe nicht damit gerechnet, dass Sie mich sofort anrufen.«

»Mein Freund ist verschwunden«, fiel Hannah mit der

Tür ins Haus. »Er hat mir einen Abschiedsbrief geschrieben, in dem steht, dass er sich umbringen will.«

»Oh, mein Gott!« Eine Sekunde lang lieb es still in der Leitung, dann forderte Sarasvati Hannah auf, ihr zu erzählen, was passiert war.

»Ich habe Simon an Silvester den Kalender geschenkt, davon hatte ich Ihnen ja schon geschrieben. Und er hat mir versprochen, dass er versuchen will, sich das kommende Jahr danach zu richten. Dass er den Kampf nicht aufgeben wird, bevor er überhaupt begonnen hat.« Sie schluckte schwer bei der Erinnerung an ihren letzten gemeinsamen Abend. »Am nächsten Morgen war er verschwunden und hat mir einen Abschiedsbrief hinterlassen. Seitdem wird er von der Polizei gesucht. Und von mir natürlich auch.«

»Gott, das tut mir so leid!« Sarasvati schnaubte hörbar aus. »Wie idiotisch von mir, dass ich nicht gleich darauf gekommen bin, dass etwas nicht stimmt, als dieser Mann mit dem Kalender bei mir aufgetaucht ist. Aber ich habe nur gedacht, dass Ihr Freund die Idee nicht gut fand. Sie hatten mir ja geschrieben, dass Sie nicht wüssten, ob er sich darauf einlässt. Nein, wie dumm von mir!«

»Was war das für ein Mann? Wie hieß er?«

»Das weiß ich leider nicht.« Sie klang aufrichtig zerknirscht. »Ich habe ihn nicht danach gefragt, das mache ich meistens so. Viele Leute denken nämlich immer gleich, ich würde mich dann über irgendeinen versteckten Knopf im Ohr oder sonstwie heimlich über sie schlaumachen.«

»Wissen Sie denn, wie er an den Kalender gekommen ist?«

»Er sagte, er habe ihn in einer Tasche gefunden, die am Lenker seines Fahrrads hing.«

Hannahs Hoffnung sank. So sehr hatte sie gewünscht, so sehr darum gebetet, Simon hätte das Filofax jemandem persönlich gegeben, ihn aus irgendwelchen Gründen verschenkt oder jemandem zur Aufbewahrung gegeben. Hätte vielleicht mit dem- oder derjenigen noch ein paar Worte gewechselt oder sogar erzählt, was los war und was genau er vorhatte.

Manchmal war es leichter, einem wildfremden Menschen zu offenbaren, was das Herz bewegte, als sich einem Vertrauten mitzuteilen. Anders konnte Hannah sich nicht erklären, dass Simon ihr nichts vom Ausmaß seiner Verzweiflung gesagt hatte.

Sofort korrigierte sie sich stumm. Doch, er *hatte* es ihr gesagt. Zwar nicht wörtlich, aber er hatte es gesagt. Nur hatte sie, Hannah, nicht gut genug zugehört. Sie hatte überhaupt nicht zugehört, sondern ihn sofort mit ihrem Kopf-hoch-Optimismus überrollt. »Die Tasche hing also an seinem Fahrradlenker?«, fragte sie und beendete damit ihre erneute Selbstanklage.

»Das hat er jedenfalls behauptet. Er hat erzählt, er sei am 1. Januar wie jeden Tag an der Alster zum Joggen gewesen, und als er nach seinem Lauf zu seinem Rad zurückkehrte, war die Tasche auf einmal da.«

»Hat er sonst noch was gesagt?« Hannah umklammerte das Telefon so fest, dass ihre Finger bereits schmerzten und der Handballen weiß hervortrat. »Ist ihm irgendetwas aufgefallen? Hat er Simon vielleicht gesehen?«

»Darüber hat er nichts gesagt. Er meinte, er wüsste selbst gern, wem der Kalender gehört, und sei nur deshalb zu dem Termin bei mir erschienen, weil Tag und Uhrzeit in das Filofax eingetragen waren. Er hat wohl geglaubt, der Besitzer würde bei mir erscheinen.«

»Er wollte den Kalender also nur zurückgeben?«

»Jedenfalls meinte er das«, erwiderte Sarasvati. »Allerdings schien er ungeheuer erpicht darauf zu erfahren, wem das Filofax gehört. Er wollte unbedingt warten, bis der Besitzer bei mir auftauchte. Und um uns die Zeit zu vertreiben und weil die Sitzung ja bereits bezahlt war, habe ich dann eine Beratung mit ihm gemacht. Ein merkwürdiger Typ.«

»Haben Sie ihm das erzählt, worum ich Sie für Simon gebeten hatte?«

»Natürlich nicht!« Sie sagte es sanft, aber bestimmt. »Und auch Ihrem Freund hätte ich nur das gesagt, was ich für ihn in den Karten gesehen hätte, wäre mir dabei allerdings der besonderen Umstände bewusst gewesen.« Dann schob sie hinterher: »Den Betrag für die Sitzung erstatte ich Ihnen selbstverständlich!«

»Das ist nicht nötig«, versicherte Hannah. »Mir geht es einzig und allein darum, Simon zu finden. Und die Tatsache, dass er am Neujahrsmorgen offenbar noch irgendwo an der Alster gewesen sein muss … Das könnte immerhin ein kleiner Anhaltspunkt sein, wenn auch nur ein winziger. Aber besser als nichts!«

»Was meint denn die Polizei dazu?«

»Die weiß das mit der Alster ja noch gar nicht, aber ich werde da sofort anrufen.«

»Ich meinte eigentlich, was sie bisher getan hat.«

Hannah seufzte. »Meiner Meinung nach noch nicht so viel. Die Polizei sucht nach ihm und hat ihn zur Fahndung ausgeschrieben, aber er könnte natürlich überall stecken.« Sie verbot sich, ein »wenn er überhaupt noch lebt« auch nur zu denken. »Sein Handy liegt zu Hause, eine Ortung war also sinnlos. Aber jetzt gibt es ja wenigstens einen Ausgangspunkt für eine Suche, und vielleicht haben ihn auch noch Spaziergänger oder Anwohner an der Alster gesehen.«

»Ich wünschte wirklich, ich wüsste den Namen des Kerls, der hier aufgetaucht ist!«

»Wie sah er denn aus?«

»Er war um die vierzig und ziemlich gut aussehend. So blaue Augen sieht man nicht oft, noch dazu mit schwarzen Haaren. Teure Kleidung und sehr höflich, aber das war's auch schon. Tja, und irgendwie wirkte er reichlich angespannt und nervös, aber das ist mir erst im Nachhinein seltsam vorgekommen.«

»Damit können wir wohl nichts anfangen.«

»Nein«, stimmte die Lebensberaterin ihr zu. »Außerdem hat er Ihren Simon ja gar nicht gesehen, sondern hat nur den Kalender.«

»Es könnte aber trotzdem sein, dass er sich an etwas erinnert, wenn man noch einmal mit ihm spricht. Eine Kleinigkeit, die er für bedeutungslos hält, und die erst im Kontext einen Sinn ergibt. Natürlich ist mir das Filofax selbst ganz egal – aber wir haben sonst keinen einzigen Anhaltspunkt, und wenn die Chance besteht, dass irgendjemand Simon noch zu Lebzeiten gesehen hat, muss ich dem einfach nachgehen!«

»Ja, das verstehe ich. Ich wünschte, ich könnte Ihnen da helfen. Aber nach der Sitzung ist er gegangen und hat auch den Kalender wieder mitgenommen. Hätte ich …«

»Hat er denn gesagt, was er damit vorhat?«, unterbrach Hannah sie.

»Ja. Er wollte ihn ins Fundbüro bringen.«

»Dann rufe ich da gleich mal an! Vielleicht führen die Protokoll über die Finder«, gab Hannah sich optimistisch. »Und falls ja, müssen sie es spätestens der Polizei sagen.«

»Einen Versuch ist es in jedem Fall wert.«

»Ja«, sagte Hannah. »Ich danke Ihnen, dass Sie sich bei mir gemeldet haben.«

»Schätzchen!« Diese plötzlich so vertraute Anrede erschien Hannah überraschenderweise überhaupt nicht unpassend. »Ich wünschte, ich könnte viel mehr tun!« Sie überlegte einen Moment. »Möchten Sie vielleicht mal vorbeikommen? Dann könnte ich für Sie in die Karten gucken.«

»Ist es denkbar, dass wir so Simon finden?«

»Nein.« Eine andere Antwort hatte Hannah auch nicht erwartet. »Aber wir könnten etwas anderes finden.«

»Das ist wirklich lieb von Ihnen. Aber etwas anderes außer Simon will ich gar nicht finden.«

»Das verstehe ich. Trotzdem, melden Sie sich gern jederzeit bei mir! Und halten Sie mich bitte auch auf dem Laufenden, was die Suche nach Ihrem Freund betrifft.«

»Das mache ich«, versprach Hannah. Sie verabschiedeten sich und legten auf.

Direkt danach rief Hannah zuerst die Polizeibeamtin an, die ihr ihre Visitenkarte gegeben und gesagt hatte, sie könne sie jederzeit kontaktieren, falls sie neue Erkenntnisse habe.

»Simon war an der Alster!«, schrie sie in den Hörer, sobald die Frau abgenommen hatte. »Sie müssen ein paar Leute losschicken, sofort!« Dann – obwohl ihr klar war, dass ein »Und setzen Sie bitte endlich Taucher ein!« für eine eher pessimistische Erwartungshaltung sprach und damit ihrem Credo vom »Spuren in die Zukunft legen« komplett zuwiderlief – forderte sie genau das.

»Wir schicken jetzt erst einmal ein paar Kollegen zum Alsterufer«, entgegnete die Polizistin ruhig. »Dann sehen wir weiter.«

Hannah legte auf und atmete tief durch. Gut. Die Polizei würde wieder verstärkt nach Simon suchen, diesmal mit einem konkreten Hinweis auf seinen letzten Aufenthaltsort.

Als Nächstes googelte sie die Nummer des Fundbüros und fragte den Mann, der ihren Anruf entgegennahm, nach dem Filofax. Fehlanzeige, seit Silvester hatte niemand etwas abgegeben, was auch nur entfernt an einen Kalender erinnerte. Hannah bat den Mann darum, sich bei ihr zu melden, sobald jemand mit einem Terminplaner aus dunkelblauem Leder auftauchte. Seine etwas mürrische Erwiderung, er sei nicht die Auskunft, hatte sie erwartet – und ihm kurz und freundlich die Sachlage erläutert. Daraufhin versprach der zerknirschte Fundbüromensch, sie sofort anzurufen, sobald er oder seine Kollegen eines Kalenders habhaft werden sollten.

Hannah bedankte sich artig und beendete das Gespräch. Was noch? Was konnte sie noch tun?

Sie nahm ihr Handy ein drittes Mal zur Hand und rief in der Redaktion der »Hamburger Nachrichten« an, berichtete dort ebenfalls von ihren Neuigkeiten und bat darum, am morgigen Tag noch einmal einen Aufruf zu veröffentlichen. Sie sollten den Finder des Kalenders oder andere mögliche Zeugen, die Simon in der Nähe der Alster gesehen hatten, auffordern, sich umgehend zu melden. Man versprach ihr, es zu tun und wieder auf der ersten Seite dafür Platz zu schaffen.

Fieberhaft dachte sie weiter darüber nach, welche Schritte sie als Nächstes unternehmen könnte. Sie musste den Mann finden, der den Kalender hatte! Weshalb hatte er ihn nicht wie angekündigt im Fundbüro abgegeben? Was hatte er stattdessen damit gemacht?

Gut, ihm war sehr wahrscheinlich nicht klar, dass er vielleicht wertvolle Hinweise liefern konnte, dass er am Neujahrsmorgen an der Alster in eine Sache geraten war, bei der es im wahrsten Sinne des Wortes um Leben und Tod ging. Er konnte nicht wissen, wie dringend er gesucht wurde. Bei dem Gedanken daran, dass gerade wertvolle Zeit verstrich, fühlte Hannah sich hilflos, ohnmächtig und sehr, sehr wütend. Wie könnte sie den Kerl auftreiben, der Simons Kalender gefunden hatte, wie nur?

Ihr kam noch eine Idee. Der Finder hatte Sarasvati einen Besuch abgestattet – vielleicht würde er es noch einmal woanders versuchen und einen weiteren Termin wahrnehmen, bevor er zum Fundbüro ging? Die Kartenlegerin hatte ja gesagt, dass er unbedingt hatte wissen wollen, wem der Kalender gehörte. Aus welchem Grund auch immer, aus Neugierde oder aus einem stark ausgeprägten Pflichtbewusstsein heraus, völlig egal. Eine kleine Chance bestand, also kramte Hannah die Kopie, die sie von Simons Kalender angefertigt hatte, aus ihrer Tasche und blätterte mit fahrigen Händen durch die Seiten. Wo stand der nächste Eintrag mit Datum, Uhrzeit und Ort, bei dem der mysteriöse Kalender-Finder auftauchen könnte?

Voller Enttäuschung musste sie feststellen, dass das erst wieder in zehn Tagen, am 14. Januar, der Fall sein würde. In zehn Tagen! Wenn Simon bis dahin noch nicht wieder aufgetaucht oder entdeckt worden war, dann …

Sie untersagte sich, den Satz zu vervollständigen, und konzentrierte sich wieder auf den Eintrag. Am 14. Januar hatte sie für 19 Uhr eine Lesung mit Sebastian Fitzek auf Kampnagel vermerkt. Fitzek war Simons absoluter Lieblingsautor, er verehrte ihn regelrecht und hatte alle seine Thriller mit Begeisterung verschlungen.

Zwar konnte Hannah ü-ber-haupt nicht verstehen, wie man sein Gehirn freiwillig mit Mord und Totschlag vernebeln konnte (Stichwort: Achte auf deine Gedanken!), aber Simon hatte es ihr stets damit erklärt, dass das für ihn wie eine Art »Psychohygiene« sei. »Ein schöner Schmöker von Fitzek – und ich bin danach immun gegen all die Schreckensmeldungen, die ich Tag für Tag als Journalist lesen oder schreiben muss. Und die im Gegensatz zu einem Thriller leider *echt* und *wahr* sind.«

Deswegen hatte sie sich total gefreut, als sie im September entdeckt hatte, dass der Autor für eine Lesung nach Hamburg kommen würde. Hatte es als einen Fingerzeig des Schicksals betrachtet (zwar ein großes Wort für eine Lesung, aber Hannah hatte es eben so empfunden), Simon mit einem Besuch bei seinem Lieblingsschriftsteller langsam, aber sicher in Richtung »Fang endlich mit deinem eigenen Buch an!« zu schubsen und sofort online zwei Tickets reserviert. Eigentlich hatte sie ihm die zu Weihnachten schenken wollen, sie dann aber für sein perfektes Jahr kurzerhand zweckentfremdet.

Die Karten würden nun am 14. Januar an der Kasse mit der Bestellnummer 137 hinterlegt sein, auch das hatte sie im Kalender vermerkt. Sie hatte es Simon überlassen wollen, ob er sie als seine Begleitung mitnahm oder lieber auf Sören zurückgriff, der seine Vorliebe für düstere Geschichten teilte. Beides wäre ihr recht gewesen – als sie die Lesung in den Kalender eingetragen hatte, war ihr nämlich der Gedanke durch den Kopf geschossen, dass sie sich durch Fitzeks Geschichten womöglich den einen oder anderen lebhaften Albtraum einhandeln könnte.

Nun allerdings hätte sie etliche Albträume in Kauf genommen, wenn Simon den Abend mit *überhaupt* noch irgendjemandem verbringen *könnte*. Oder dass zumindest der Mann, der den Kalender an seinem Fahrrad entdeckt hatte, an der Abendkasse auftauchte, um nachzusehen, wer die Bestellung Nummer 137 abholen wollte.

Noch zehn Tage bis dahin, eine unermesslich lange Zeit! Nein, so lange würde sie unmöglich durchhalten, bis dahin wäre sie schon verrückt geworden. Warum nur hatte sie nicht mehr Termine gemacht? Warum hatte sie es für den Anfang ruhig angehen lassen wollen und nach dem »Kickoff« bei Sarasvati hauptsächlich »Aufgaben« gewählt, die Simon zu Hause und für sich allein hätte bewältigen können?

Sicher, da sie davon ausgegangen war, dass sie in den ersten Tagen des neuen Jahres viele Arzt- und Klinikbesuche würden einplanen müssen, hatte sie die Zeit frei von Aktivitäten gehalten. Außerdem hatte sie natürlich auch immer noch ihre eigene Arbeit im Auge behalten müssen, die sie jetzt allerdings – wenn auch mit dem Segen der anderen – sträflich vernachlässigte, was sie aber ja nicht hatte ahnen können.

Nun verwünschte sie sich dafür, dass sie nicht auch für den heutigen Tag etwas arrangiert hatte, eine genaue Uhrzeit mit auf den Millimeter genauen Koordinaten, die es unmöglich machen würden, sich zu verpassen. Aber auch hier: *hätte*.

Hätte, hätte, hätte. Hätte sie doch nur eine Ahnung, wie sie diesen blöden Jogger auftreiben könnte!

Diesen blöden Jogger?

»Er hat erzählt, er sei am 1. Januar wie jeden Tag an der Alster zum Joggen gewesen«, hallten Sarasvatis Worte in Hannahs Ohren nach. DAS war es!

Zwanzig Minuten später raste sie mit einer Schachtel Reißzwecken und fünfzig Ausdrucken, die sie an Simons Computer erstellt hatte, die Treppe hinunter zur Haustür.

Sie rannte die Papenhuder Straße entlang, nahm die Kurve in die Hartwicusstraße so eilig, dass sie beinahe gestürzt wäre und sich nur mit Not und Mühe auffangen konnte. Am Ende der Straße konnte sie bereits die Alster sehen, und genau dort wollte sie mit ihren Zetteln hin. Jede Bank, jeden Baum, jeden Strauch und jeden einzelnen Grashalm würde sie hier mit ihrem Suchaufruf pflastern, der ein Bild des Kalenders – sie hatte von der Internetseite des Herstellers eine Abbildung heruntergeladen – und ein Foto von Simon zeigte. Mit einer knallroten Überschrift: »Wer hat diesen Mann oder diesen Kalender gesehen???«

Wenn der Typ, der bei Sarasvati aufgekreuzt war, hier wirklich jeden Tag laufen ging, wollte Hannah ihm nicht die geringste Chance lassen, ihren Aushang zu übersehen. Und selbst wenn der Mann nicht darüber stolperte – irgendjemand musste Simon doch bemerkt haben, irgendjemand! Denn ihr Freund war am Neujahrsmorgen dort gewesen!

Schwer atmend blieb Hannah vor der »Alsterperle« stehen, bei dem beliebten Ausflugslokal würde sie anfangen. Als sie den ersten Zettel an einen Baum pinnte, fühlte sie sich besser. Sie konnte endlich etwas tun!

31

Jonathan

4. Januar, Donnerstag, 11:16 Uhr

Jonathan N. Grief hatte seine Sportsachen bereits angezogen, saß auf der kleinen Telefonbank im Flur und wollte sich gerade die Joggingschuhe für seine – wenn auch
verspätete – Laufrunde an der Alster zubinden, als er mitten in der Bewegung innehielt.

War das richtig? Dass er nach dem gestrigen Abend
weitermachte wie bisher? Dass er sich wie ein nasser
Hund einmal kräftig die Tropfen aus dem Fell schüttelte
und dann gelassen seines Weges weitertrottete, als sei er
nicht Sekunden zuvor noch einem verführerischen Knochen nachgejagt, der sich lediglich als blödes Stöckchen
entpuppt hatte?

Denn genauso empfand Jonathan. Er war enttäuscht,
fühlte sich hintergangen. Und gleichzeitig bemerkte er
einen Anflug von Schuldgefühlen und Scham, denn er
befürchtete, dass er an Leopolds »Rückfall« nicht ganz
unschuldig war. Da hatte er sich Sorgen um seine Wert-
gegenstände und Leib und Leben gemacht – und hätte in
Wahrheit besser daran getan, darauf zu achten, dass Leo
keinen freien Zugang zu seinen beachtlichen Alkoholvor-
räten hatte. Er fragte sich, ob er es nicht sogar provoziert

hatte, dass der Obdachlose bei Nacht und Nebel mit diversen Wein- und Schnapsflaschen abgehauen war. Wäre es am Ende besser gewesen, er hätte sich geweigert, ihn mit ins Haus zu nehmen, und ihn einfach im Altpapier sitzen lassen? Aber natürlich hatte er das alles nicht ahnen können, beruhigte Jonathan seine Selbstvorwürfe.

Er seufzte. So schön hatte er sich das vorgestellt, so erfrischend, so belebend. Leopold und er, in einer schrägen Männer-WG. Der Penner und der Verleger, sein Vater hätte sich die Augen gerieben! Jedenfalls für den Fall eines lichten Moments, in dem er bei Jonathans Berichten über dessen neuen Freund überhaupt begriffen hätte, dass es etwas zum Augenreiben *gab*.

Ha! Ein Odd Couple allererster Güte, das war schließlich der Stoff, aus dem Romane waren! Unterhaltungsromane zwar, demnach solche, die es bei Griefson & Books niemals ins Programm schaffen würden – aber immerhin Romane.

Jonathan streckte die Beine von sich und starrte versonnen ins Leere. Ließ den gestrigen Abend und die Nacht noch einmal Revue passieren. Die Dinge, die Leopold ihm erzählt hatte, dieses offene und vertraute Gespräch unter Männern. Und die beiden Einträge, die er weinselig im Bett liegend noch schnell verfasst hatte. Ja, verdammt, er fühlte sich schuldig und schlecht. Nur: Was sollte er tun? Sollte er sich auf den Weg machen und nach Leopold suchen? In der Hoffnung, ihn irgendwo zu finden, damit er ihn wieder mit nach Hause nehmen konnte? Wenn es sein musste, mit Gewalt?

Aber er war ja weder Streetworker noch Therapeut, mit so einer Aufgabe übernahm er sich. Mal ganz davon abgesehen, dass Hamburg groß war, die Wahrscheinlichkeit, den Penner irgendwo zu entdecken, ging damit gegen null. Sollte er seinen neuen »Freund« also einfach vergessen, jetzt seine Nikes zubinden und einfach wieder zur Tagesordnung übergehen?

Nein, das fühlte sich überhaupt nicht richtig an.

Entschlossen kickte Jonathan N. Grief die Schuhe von den Füßen und begab sich besockt, wie er war, nach oben in sein Arbeitszimmer. Die Alster wäre auch morgen noch da. Zumindest heute würde er Leopolds Rat beherzigen und sich den Kalender schnappen.

Er machte es sich in seinem Lesesessel bequem und schlug das Filofax am Tag des 4. Januar auf. Las den Eintrag und lachte auf. Auch wenn Leopold verschwunden war – seine Ansichten waren offensichtlich hier geblieben.

Das Leben ist zu kurz, um sich mit Dingen zu beschäftigen, die keinen Spaß machen.
Schreibe heute zwei Listen. Eine mit allem, was dich mit Freude erfüllt. Und eine mit allem, das du zwar tust, was dir aber gar keinen Spaß macht.
Streiche ab sofort konsequent alles, was auf der zweiten Liste steht, und lebe nur noch nach der ersten! Ausschließlich! Schreib auch auf, was dir Freude machen würde, wenn du es tätest – und tu es! Und zwar noch HEUTE! Egal, wie verrückt es ist. Mach mindestens eine Sache von der ersten Liste SOFORT!

Na, das war ja mal eine Aufforderung! Eine ziemlich weltfremde, wenn Jonathan genauer darüber nachdachte.

Denn wer konnte sein Leben schon rein nach Lust und Laune gestalten und ausschließlich das tun, was ihm Spaß machte? Kein Mensch konnte das – von wenigen Privilegierten mal abgesehen. Oder von solchen vielleicht, die bereits so kurz vor ihrem Ableben standen, dass es vollkommen egal war, wie sie ihre restliche Zeit verplemperten. Alle anderen mussten sich nun einmal den gesellschaftlichen Konventionen beugen und irgendeiner Tätigkeit nachgehen, die ihren Lebensunterhalt sicherte. Und wenn das am Fließband Kugelschreiber zusammenschrauben war, dann war es eben am Fließband Kugelschreiber zusammenschrauben. Egal, ob es Spaß machte oder nicht.

Andererseits: Was stürzte Jonathan sich schon wieder in Grübeleien über andere Menschen? Er *war* ja schließlich in der privilegierten Situation, tun und lassen zu können, was er wollte, das hatte Leo schon ganz richtig erkannt. Wer, wenn nicht er, könnte sich den Luxus dieses kleinen Gedankenspiels erlauben?

Jonathan N. Grief zückte einen Kugelschreiber. Also, was wollte er? Woran hatte er Spaß?

Er hatte das »J« von »Joggen« noch nicht vollendet, als er stoppte.

Zwar lief er jeden Tag, aber während er das gerade aufschreiben wollte, überlegt er, ob er es eigentlich *gern* tat.

Er hatte sich diese Frage noch nie gestellt, war noch nicht einmal auf die Idee gekommen. Warum auch? Sport war gesund, das wusste jeder. Die tägliche Laufrunde gehörte zu seinem Leben wie das Zähneputzen, das musste er nun wirklich nicht anzweifeln. Oder doch?

Nachdenklich kaute er auf dem Ende seines Kugelschreibers herum, versuchte, sich in die Situation des Laufens hineinzuversetzen. Machte es ihm Freude?

Eigentlich nicht. Es kam eher einer Pflichterfüllung gleich. Der Moment *nach* dem Laufen, der hatte schon eher was mit Spaß zu tun. Wenn die Schinderei vorbei war, wenn er seine Dehnübungen machte und sich darüber freute, den inneren Schweinehund des frühen Aufstehens und des Sports mal wieder überwunden zu haben und auch Resultate zu sehen.

Erneut setzte er den Stift an und schrieb:

Es macht mir Freude, gejoggt *zu sein* und Sport gemacht zu *haben.*

Etwas ratlos betrachtete er seinen Eintrag. Was bedeutete das nun? Gehörte Joggen damit zu den Dingen, die auf die »Spaßliste« mussten und also fortgesetzt werden sollten? Oder eher nicht? Auch wenn die Vorstellung, seine Laufrunde mit sofortiger Wirkung abzuschaffen, natürlich überhaupt nicht in die Tüte kam.

Wenn irgendetwas wusste, dann, dass jeder Psychologe und jeder Sportmediziner und sogar die Bild-Zeitung körperliche Ertüchtigung als Wundermittel gegen so gut wie alles empfahlen. Sowohl bei physischen als auch seelischen Leiden, nichts half so gut, wie die »Maschine Mensch« einmal täglich so richtig in Schwung zu bringen. Jedenfalls wenn die körperlichen Beschwerden nicht gerade in einer Querschnittslähmung bestanden, denn dann wäre doch eher Gehirnjogging angesagt.

Sport war und blieb also Pflicht. Nur – musste es zwingend das Laufen um die Alster sein? Wenn Jonathan ehrlich war, konnte er sich spaßigere Dinge vorstellen als im Morgengrauen und bei jedem noch so miesen Wetter durch die menschenleere Stadt zu traben, einzig und allein von gelegentlichen Ärgernissen wie Hundehaufen oder Kamikaze-Radfahrern aus der monotonen Langeweile seiner Schritte gerissen.

Das viel zitierte »Runners High«, dieser süchtig machende Zustand, von dem so viele sprachen und der dafür sorgte, gar nicht mehr anders zu *können* als Kilometer für Kilometer hinter sich zu bringen – er persönlich hatte das bisher noch nie erlebt, sondern sich einfach nur immer selbst überwunden.

War Laufen … vielleicht gar nicht der richtige Sport für ihn?

Tennis. Der Gedanke kam wie aus dem Nichts. In seiner Kindheit hatte er gern Tennis gespielt. Nicht so richtig und auch nicht im Verein, aber hin und wieder hatte er zusammen mit seiner Mutter im Garten ihrer Villa an der Elbe ein paar Bälle über eine gespannte Wäscheleine geschlagen. Ja, das hatte ihm Spaß gemacht, sogar großen. Allerdings hatte er diese Sportart nicht weiter verfolgt, in der Familie Grief spielte man Golf. Denn, so hatte sein Vater ihm schon in frühester Jugend eingetrichtert, auf dem Golfplatz konnte man die besten Geschäfte machen.

Was Unsinn war, noch nie hatte Jonathan in Karohosen und mit Stollenschuhen an den Füßen einen großen Deal eingetütet. Was aber zum einen daran liegen konnte, dass er von dem Moment an, als er durch die Krankheit seines Vaters in die Position des Verlegers nachgerückt war, erleichtert den Putter in die Ecke gestellt hatte, denn Golf hatte ihn zeit seines Lebens schrecklich gelangweilt. Zum anderen war er selbst ja gar nicht für die großen Geschäfte zuständig, dafür hatte er schließlich Markus Bode.

Bode. Es war wirklich höchste Zeit, dass er sich mit seinem Geschäftsführer kurzschloss, vermutlich wartete der schon auf einen Anruf von ihm.

Aber zuerst wollte er seine »Spaßliste« weiter bearbeiten – und Telefonate mit Markus Bode über die Zukunft des Verlages gehörten eindeutig nicht in diese Kategorie. Dann doch lieber Tennis.

Er schrieb es auf: Tennis spielen.

Gleich darauf kritzelte er darunter: Singen. Das hatte Jonathan schon vollkommen vergessen! Er hatte als kleiner Junge auch gern gesungen, hatte die neapolitanischen Volkslieder, die seine Mutter oft voller Hingabe geschmettert hatte, nachgeträllert.

Tja. Von seinem singenden Junior hatte sein Vater natürlich noch viel weniger gehalten als davon, einem kleinen gelben Filzball hinterherzujagen, und so hatte Jonathan seine musikalischen Ambitionen mit Sofias Verschwinden eingestellt. Nach dem Stimmbruch hatte er nicht einmal mehr heimlich unter der Dusche gesummt.

Jonathan holte tief Luft und setzte an.

Guarda, guarda, stu giardino
Siente, siesti scuranante …

Er brach abrupt ab. Das klang ja grauenhaft! Wenn er nicht aufhörte, würde Daphne von nebenan sicher gleich in wildes Geheul ausbrechen. Außerdem hatte er keine Ahnung, wie der Text weiterging. Die Erkenntnis schmerzte ihn, denn er konnte sich genau daran erinnern, dass er als Junge sehr wohl den kompletten Text von »Torn a Surriento« auswendig gekannt hatte.

Verschüttet und verloren, wie so vieles.

Er überlegte. Tennis und Singen also. Was noch? Gedankenverloren tippte er mit der Kugelschreiberspitze auf dem Papier herum. Spornte sich dabei innerlich an. Ihm würden doch sicher noch mehr als diese zwei kläglichen Punkte einfallen!

Nichts.

Dann eben die Liste mit den Dingen, die ihm überhaupt keinen Spaß machten. Joggen? Ja? Nein? Ja?

Sein Telefon klingelte.

Das Display zeigte Markus Bodes Namen an.

Zufall? Oder ein Hinweis – so deutlich wie der Schlag mit einem Gartenhaus – auf die Dinge, die ihm verhasst waren? Er nahm ab.

»Jonathan Grief«, meldete er sich.

»Hallo, Herr Grief. Markus Bode hier.«

»Herr Bode! Wie schön, dass Sie sich melden! Gerade wollte ich Sie auch anrufen!«

»Haben Sie sich bereits Gedanken gemacht und ein paar Ideen?«

»Durchaus«, antwortete Jonathan.

»Wollen wir uns gleich im Verlag treffen?«

»Nein.«

»Nein?«

»Nein«, wiederholte Jonathan schmunzelnd. »Ich habe mir in der Tat Gedanken gemacht. Und da frage ich mich gerade: Sagen Sie, mein Lieber, spielen Sie eigentlich Tennis?«

»Tennis?«

32

Hannah

Am selben Tag,
4. Januar, Donnerstag, 16:14 Uhr

Obwohl ein unangenehmer Schneeregen eingesetzt hatte, der alles mit einer nasskalten Eisschicht überzog, saß Hannah auf einer Bank an der Krugkoppelbrücke und umklammerte den letzten ihrer Ausdrucke. Diesen einen hatte sie nach ihrer Plakatierungsaktion noch behalten, um ihn Passanten unter die Nase halten zu können. Nur kamen bei diesem Wetter kaum Spaziergänger vorbei, und das Blatt Papier, das sie nur halbwegs unter ihrem Mantel schützen konnte, sah auch schon recht mitgenommen aus. Sie hätte die Blätter in Prospekthüllen stecken sollen, aber daran hatte sie vorhin in der Eile natürlich nicht gedacht.

Morgen würde sie neue und geschützte Ausdrucke aufhängen, sie hatte ohnehin nichts anderes zu tun. Und für den Rest des heutigen Tages würde sie auf ihrer Bank ausharren; sie würde hier so lange sitzen bleiben, bis sie jemanden fand, der ihr helfen konnte, weil er vielleicht etwas gesehen hatte. Oder so lange, bis sie festgefroren war. Im Moment beschlich sie der leise Verdacht, dass Letzteres zuerst eintreten könnte.

Fast die gesamte Alster hatte sie umrundet und ihre Aushänge angepinnt, bis nur noch dieser eine übrig geblieben war. Dabei waren ihr zweimal Polizisten begegnet, die ihr sagten, sie würden nach Simon Ausschau halten. Immerhin *das* lief!

Natürlich hatten die Beamten sie gebeten, nach Hause zu gehen und mit einem Blick auf Hannahs Ausdrucke annähernd beleidigt festgestellt, sie würden ihre Arbeit schon machen, es gäbe für sie da keinen Grund zur Sorge. Aber Hannah Marx wäre nicht Hannah Marx ... wenn sie nicht Hannah Marx wäre.

Ihr Handy klingelte, sie fummelte es mit steifen Fingern aus ihrer Manteltasche und nahm den Anruf entgegen.

»Sag mal, bist du immer noch draußen?« Es war Lisa, mit der sie bereits dreimal telefoniert hatte. Die hatte Hannahs Idee mit dem Suchaufruf zwar gut gefunden, war aber ebenfalls der Meinung, dass ihre Freundin nach Hause gehen sollte, weil sie sich bei diesem »Schietwetter« eher den Tod holen als Simon finden würde.

»Ich will noch warten, bis es dunkel wird.«

»Guck mal zum Himmel! Das passiert gerade in diesem Augenblick.«

»Hier stehen jede Menge Laternen, es geht schon.«

»Hannah!«

»Bitte, Lisa, hör auf. Ich weiß wirklich, was ich tue.«

»Es tut mir leid, aber da bin ich mir gerade nicht mehr so sicher. Wenn du dir eine Lungenentzündung einfängst, hilft das Simon auch nicht.«

»Und was, wenn ich jetzt abhaue und genau zwei Minuten später spaziert hier jemand entlang, der ihn gesehen hat?«

»Wer soll denn, bitte schön, bei Minusgraden und im Schneeregen an der Alster *entlangspazieren*?«

»Ich bleibe nur noch eine halbe Stunde. Versprochen!«

»Wo genau steckst du eigentlich?«

»An der Krugkoppelbrücke.«

»Dann setz dich wenigstens irgendwo rein. Da an der Ecke ist doch das ›Red Dog‹, da kriegst du sicher einen heißen Tee.«

»Weiß gar nicht, ob die offen haben.«

»Dann geh hin und sieh nach!« Liebevolle Ungeduld schwang in Lisas Stimme mit. So hörte sie sich an, wenn sie mit bewundernswerter Langmut versuchte, ein Kind davon zu überzeugen, doch bitte, bitte seine Mütze und die Handschuhe anzulassen.

»Aber von da aus sehe ich ja nicht ...«, setzte Hannah an.

»Keine verrückten Spaziergänger, schon klar.« Sie seufzte. »Süße, du hast wirklich alles getan, was überhaupt möglich war. Ein bisschen musst du dem Schicksal, das du immer so gern bemühst, auch vertrauen. Es liegt nicht alles in deiner Hand.«

»Das weiß ich doch selbst.« Gegen ihren Willen musste Hannah schon wieder aufschluchzen. Sie hatte keine Ahnung, wie viele Tränen sie in den vergangenen Tagen bereits vergossen hatte, aber es waren mit Sicherheit mehr als insgesamt in ihrem bisherigen Leben.

»Ich würde ja zu dir kommen, aber das geht leider nicht. Hier toben gerade noch zwanzig Kinder um mich herum, die kann ich unmöglich mit meiner und deiner Mutter allein lassen.«

»Nein«, stimmte Hannah zu. Ein schlechtes Gewissen

breitete sich in ihr aus. Denn eigentlich *hatte* sie etwas Besseres zu tun, als hilflos und im Schneeregen auf dieser Bank zu sitzen. Und wenn schon nichts Besseres, dann doch zumindest etwas anderes. »Pass auf«, sagte sie. »Ich bleibe wirklich nur noch eine halbe Stunde, und danach komme ich zur Rasselbande und helfe dir wenigstens beim Aufräumen, okay?«

»Das wäre schön! Wir könnten dann noch was zusammen essen gehen.«

»Äh …«

»Oder wir fahren zu Simons Wohnung und bestellen uns dahin eine Pizza? Und eine gute Flasche Wein?«

Hannah lächelte ins Telefon. »Ich hab dich lieb!«

»Ich dich auch.«

Um Viertel vor fünf erhob sich Hannah wie versprochen von ihrer Bank, nachdem in den vergangenen dreißig Minuten wirklich kein einziger Mensch an ihr vorbeigegangen war. Ihre Glieder schmerzten vor Kälte, und bei dem Versuch, einen Fuß vor den anderen zu setzen, fühlte sie sich wie mit einem Muskelkater nach untrainiertem Marathonlauf.

Kurz überlegte sie, sich ein Taxi zu rufen und damit zum Eppendorfer Weg zu fahren. Aber sie hatte am Vormittag nicht nur keinen Gedanken an Prospekthüllen verschwendet, sondern auch kein Geld eingesteckt. Aus dem Kaffee im »Red Dog« wäre also ohnehin nichts geworden. Aber wenn sie sich schon kein Taxi leisten konnte und somit gehen musste, könnte sie auf dem Weg noch dem einen oder anderen Fußgänger ihren Ausdruck zeigen.

»Alles ist für irgendwas gut«, sagte sie laut und energisch zu sich selbst, dann stapfte sie los Richtung Harvestehuder Weg. Wenn sie stramm marschierte, würde sie die Strecke bis zur Rasselbande in zwanzig Minuten schaffen. Mit gelegentlichen Zwischenstopps bei Passanten in dreißig, bis dahin hätte sie wohl noch keine Lungenentzündung. Sie hustete.

Nach neun Minuten hatte Hannah gut die Hälfte des Weges hinter sich gebracht, denn sie war mehr gerannt als gegangen und bis auf ein paar Fahrradfahrern und einem Mann, der sie auf ihre Ansprache hin nur verwundert angestarrt hatte und dann wortlos weitergegangen war, keiner Menschenseele begegnet.

Was war nur mit den Hamburgern los? Das bisschen Schneeregen konnte sie doch nicht ernsthaft ins Bockshorn bzw. aufs heimische Sofa jagen! Als echter Hanseat war man doch sturmerprobt und hatte zu Hause mindestens drei Friesennerze und einen Südwester griffbereit im Schrank.

Am Innocentiapark hechtete Hannah im Schutz der umliegenden Villen das schneenasse Pflaster entlang. Mittlerweile war sie so durchgefroren, dass sie die Gefahr einer Lungenentzündung für durchaus gegeben hielt. Sie hätte doch ein Taxi nehmen und sich bei der Rasselbande das Geld dafür von Lisa leihen sollen, aber ihr Dickkopf hatte sich mal wieder entgegen jeglicher Vernunft durchgesetzt. Und nun lohnte es sich nicht mehr, über Handy einen Wagen zu rufen.

In dreißig Metern Entfernung sah Hannah im Lichtschein eines Hauseingangs eine kleine Gestalt hinaus auf den Bürgersteig treten. Ein Kind? Sie legte an Tempo zu, Kind hin oder her, wenigstens dieser einen Person wollte sie noch ihren Suchaufruf zeigen, dann hätte sich ihre Eiswanderung vielleicht doch gelohnt.

Beim Näherkommen erkannte sie, dass es sich nicht um ein Kind handelte, sondern um eine kleine, ältere Frau, die einen Pudel an der Leine führte. Sie trug einen Regenmantel und eine Plastikhaube, der Hund steckte ebenfalls in einem Mäntelchen.

»Hallo!«, rief Hannah und stürzte auf die Dame zu, die zusammenzuckte. »Keine Angst, ich will Sie nur was fragen!«

Anstelle einer Antwort flitzte die kleine Frau mit erstaunlicher Geschwindigkeit zurück zum Eingang ihrer Villa, den armen Hund schleifte sie dabei regelrecht hinter sich her.

»Hallo!«, rief Hannah noch einmal, hob ihren vollkommen durchweichten Zettel hoch, machte einen großen Satz auf die Hundebesitzerin zu und legte ihr von hinten eine Hand auf die Schulter. »Warten Sie doch!«

»Lassen Sie mich sofort los!« Sie war nicht nur erstaunlich schnell, sondern verfügte auch über ein noch erstaunlicheres Organ, der Satz ging Hannah durch Mark und Bein. Erschrocken zog sie ihre Hand zurück, die alte Frau fuhr zu ihr herum und sah sie böse an. Böse, aber auch ängstlich, was Hannah sofort leidtat. »Was wollen Sie von mir?«, keifte sie. »Lassen Sie mich in Ruhe!«

»Verzeihung, ich wollte doch nur …« Hannah machte einen, wie sie meinte versöhnlichen, Schritt auf sie zu und streckte ihr die rechte Hand entgegen.

»Hilfe!«, kreischte sie nun. Dicht gefolgt von einem in Anbetracht des Hundes überaus kurios anmutenden »Daphne, fass!!!«

Der Pudel fletschte weder die Zähne noch knurrte er, fing aber hektisch an zu kläffen, sodass Hannah aus Sorge, den mürrischen Wadenbeißer gleich in der Kniekehle hängen zu haben, vorsichtshalber zurücksprang.

»Sie verstehen das vollkommen falsch«, rief sie und gab sich dabei Mühe, möglichst beruhigend zu klingen, während sie gleichzeitig abwehrend die Hände hob. »Ich ... ich ...«

»Was ist denn hier los?«

Zeitgleich fuhren beide Frauen nach links herum in die Richtung, aus der die männliche Stimme kam. Im Dunkel der Eingangstür vom Haus nebenan standen zwei Gestalten und spähten hinaus.

»Alles in Ordnung bei Ihnen, Frau Fahrenkrog?«, wollte der Mann wissen.

»Alles bestens!«, rief Hannah, bevor die Dame mit dem Pudel wieder Zeter und Mordio schreien konnte. »Nur eine Verwechslung!«

Dann marschierte sie so schnell, wie es gerade eben noch würdevoll erschien, Richtung Brahmsallee davon. Hinter sich hörte sie noch immer Daphne kläffen, aber wenigstens schrie die alte Dame nicht mehr, und von den Gestalten aus der Nachbarvilla schien ihr auch keine nachzusetzen.

Beinahe musste sie lachen. Offenbar war sie nur um Haaresbreite einer Anzeige wegen eines tätlichen Angriffs entkommen. Dabei hatte sie die Hundebesitzerin nur nach Simon fragen wollen. Was hatte die Frau wohl befürchtet, was Hannah von ihr wollte? Ihr ein Zeitschriftenabo verkaufen? Jetzt musste Hannah wirklich lachen – obwohl die Gesamtsituation ja alles andere als lustig war.

33

Jonathan

4. Januar, Donnerstag, 16:56 Uhr

»Donnerwetter, Bode, Respekt!« Jonathan lag hingefläzt in einem der Ledersessel im Wohnzimmer seines Hauses, wohin er seinen Geschäftsführer nach ihrem Tennismatch noch auf einen »Absacker« – ein erfrischendes Glas Eistee – eingeladen hatte. Er grinste, denn er war nicht nur erschöpft, sondern gleichzeitig nahezu euphorisch. Ja, das Spiel mit Markus Bode hatte ihm riesigen Spaß gemacht. Obwohl ihm dabei die Bälle nur so um die Ohren geflogen waren und seine Glieder schmerzten, als wäre er unter einen Lastwagen geraten. »Hätte nicht gedacht, dass Sie so mit dem Schläger umgehen können!«

»Warum denn nicht?« Markus Bode grinste ebenfalls, und zwar unübersehbar stolz.

»Keine Ahnung.« Jonathan zuckte mit den Schultern. »Ich hätte es halt einfach nicht gedacht.«

»Dass Sie so schlecht sind, hätte ich auch nicht vermutet«, erwiderte der Geschäftsführer und grinste noch ein wenig breiter. »Immerhin haben Sie die Runde vorgeschlagen, also nahm ich an, Sie könnten Tennis spielen.«

Jonathan lachte. »Da habe ich ja noch nicht geahnt, dass Sie ein zweiter John McEnroe sind.«

»Vielen Dank, dass Sie mich nicht mit Boris Becker vergleichen.« Markus Bode schmunzelte. »Aber ernsthaft, Sie sind mit jeder Minute besser geworden.«

»Sie müssen mir keinen Honig um den Bart schmieren, nur weil ich Ihr Chef bin.«

»Ich meine das ernst. Man merkt, dass Sie mal gespielt haben. Sind halt nur ein bisschen eingerostet. Wie lange ist das letzte Match denn her?«

»Von einem ›Match‹ kann überhaupt nicht die Rede sein«, erklärte Jonathan. »Als kleiner Junge habe ich zusammen mit meiner Mutter hin und wieder im Garten ein paar Bälle geschlagen, mehr war's eigentlich nie.«

Bode zog fragend die Augenbrauen in die Höhe. »Und woher jetzt die plötzliche Idee dazu?«

»Ach«, erwiderte Jonathan ausweichend. Ausgeschlossen, seinem Geschäftsführer zu erzählen, dass er sich nach einem mysteriösen Kalender richtete. »Keine Ahnung. Mir ist danach, im neuen Jahr ein paar Dinge anders zu machen. Ich will etwas mehr Schwung in mein Leben bringen und dachte, ich probiere das mit dem Tennis mal aus.«

»Verstehe.« Bode nickte nachdenklich und senkte den Blick auf sein halbvolles Glas Eistee. »Der Jahreswechsel bringt für uns beide einige Veränderungen, was?«

»Sieht so aus«, gab Jonathan ihm recht. »Wie läuft es bei Ihnen denn im Moment?«, wollte er dann wissen, weil er sich implizit dazu aufgefordert fühlte, sich nach Bodes Befinden zu erkundigen.

»Es geht. Meine Frau und ich sind ›im Gespräch‹, wie man so schön sagt.«

»Aha? Na, das klingt doch ganz gut!«

»Kommt darauf an, über was man so spricht. In unserem Fall sind es ehrlich gesagt nur die Anwälte, die für uns miteinander im Gespräch sind, und im Wesentlichen geht es dabei um die Höhe meiner zu leistenden Unterhaltszahlungen und wie oft ich die Kinder in Zukunft sehen darf.«

»Oh.« Jonathan sah ihn beschämt an. »Das klingt dann natürlich nicht so gut.«

»Nicht wirklich.«

»Nun ja, Herr Bode.« Er bemerkte selbst, wie er wieder ins Schleudern geriet und in seiner Not in einen unpassend jovialen Ton abglitt, aber irgendetwas Schlaues musste er dazu schließlich sagen. »Lassen Sie sich von einem Mann, der das bereits alles hinter sich hat, versichern: Auch das geht vorbei.«

»Hm.« Sein Geschäftsführer nickte. »Allerdings hatten Sie und Ihre Exfrau keine Kinder.«

»Das stimmt«, gab Jonathan zu.

»Und soweit ich weiß, war sie nach der Trennung überaus anständig und hat nicht mal Unterhalt von Ihnen gefordert.«

»Woher wissen Sie das denn?«, fragte Jonathan überrascht. Überrascht und peinlich berührt.

»Ich bin seit fünfzehn Jahren bei Griefson & Books. Seit dem Ausscheiden Ihres Vaters sogar als Geschäftsführer, falls Ihnen das entgangen ist.«

»Doch, sicher weiß ich das. Aber was hat das denn damit zu tun?«

»Sagen wir mal so: Als Geschäftsführer gehört es ebenfalls zu meinem Job, über alle Belange im Verlag informiert zu sein.«

»Mir war nicht klar, dass meine gescheiterte Ehe zu den ›Belangen des Verlags‹ zählt.« Jonathan gelang es nicht, seinen entrüsteten Tonfall zu unterdrücken.

»Nein, natürlich nicht!«, versicherte Markus Bode eilig und lief rot an. »Tut mir leid, ich wollte damit nicht ...«

»Schon gut«, entgegnete Jonathan. »Es ist ja eigentlich auch egal.«

»Doch, doch, es tut mir leid«, wiederholte der Geschäftsführer. »Aber als Verleger stehen Sie nun einmal im Mittelpunkt des Interesses, da ist es doch klar, dass die Leute reden.«

»Die Leute?« Erneut brandete ein Gefühl von Peinlichkeit in Jonathan auf. »Was denn für Leute?«

»Na, die Angestellten, Ihre Mitarbeiter. Die interessieren sich nun mal für ihren Chef.«

»Aha.« Die Vorstellung, dass sein Privatleben Diskussionsgegenstand unter seinen Angestellten war, war ihm überaus unangenehm. Nie hätte er mit so etwas gerechnet. Er hatte eigentlich immer angenommen, sie sähen in ihm als Verleger nur eine diffuse Lichtgestalt – oder wenigstens eine Gestalt –, die hin und wieder auftauchte und die für sie ansonsten nicht weiter von Belang war. Nun von Bode zu erfahren, dass das nicht der Fall war – das war, das war ...

»Sie müssen sich darüber wirklich keine Sorgen machen«, unterbrach Markus Bode seine Gedanken. »Das ist doch total normal, Klatsch und Tratsch sind für die meisten Menschen ein Grundbedürfnis. Das ist quasi wie eine Fernsehserie oder wie ein guter Unterhaltungsroman.«

»Sie vergleichen mein Leben jetzt nicht gerade ernsthaft mit dem Inhalt einer Fernsehserie, oder?«

»Ach, kommen Sie schon! Wie sagte der große Oscar Wilde mal so passend? Es gibt nur eine Sache, die schlimmer ist, als wenn über einen geredet wird – wenn *nicht* über einen geredet wird.«

»Der muss es ja gewusst haben«, kommentierte Jonathan trocken. »Soweit ich informiert bin, verbrachte der liebe Mr Wilde seine letzten Jahre unter unwürdigsten Umständen im Gefängnis und verstarb kurz nach seiner Entlassung vollkommen vereinsamt und verarmt.«

»Trotzdem hat er schlaue Sachen gesagt.«

»Nur genützt haben sie ihm nichts.«

»Seiner Nachwelt dafür umso mehr.«

»Das wird ihm sicherlich post mortem noch ein großer Trost sein.«

»Tja«, Markus Bode breitete die Arme aus. »Ist es nicht das, war wir tagtäglich versuchen? Große Literatur für die Nachwelt zu hinterlassen?«

»Mir wäre es lieber, sie würde bereits von *dieser* Welt geschätzt und honoriert.«

Sofort nahm Markus Bode Haltung an. »Wollen wir nun vielleicht über das Geschäftliche reden?«

»Ähm.« Mist! Mist, Mist, Mist! Da hatte er sich unabsichtlich selbst aufs Glatteis manövriert, das Thema hatte er schließlich so lange wie möglich umschiffen wollen. Sauber! Doch weil ihm auf die Schnelle keine gute Ausrede einfiel, gab er sich geschlagen. Und beschloss, auf »Angriff« zu schalten. »Gern«, sagte er. »Aber da Sie ja eben Ihre langjährige Erfahrung im Verlag betonten, würde mich natürlich in erster Linie interessieren, wie Ihre Vorschläge aussehen.«

»Da geht es mir genau umgekehrt«, gab Bode zurück.
»Ich würde gern hören, was Sie als Verleger zu der aktuellen Entwicklung meinen, die sich ja leider so deutlich in den Unterlagen abzeichnet.«

»Bitte, nach Ihnen!«

»Nein, nein, ich lasse Ihnen gern den Vortritt!«

Jonathan hüstelte. Was war das hier? Loriot mit versteckter Kamera? Weshalb scheute Markus Bode sich derart, ihm seine Ansichten mitzuteilen? Hatte er etwa … Angst?

Angst vor ihm, Jonathan N. Grief? Das konnte er sich kaum vorstellen, er war ja nicht sein Vater. Außerdem – Angst, die hatte er schließlich selbst.

Hatte er das gerade wirklich gedacht?

»Mal ehrlich, Herr Bode«, sagte Jonathan und gab sich Mühe, einen autoritären Ton anzuschlagen. »Sie sind für das operative Geschäft verantwortlich und kennen sämtliche Zahlen und Entwicklungen wesentlich genauer als ich. Sie haben einen besseren Überblick über den Markt, da wäre es doch dumm von mir, mir nicht zuerst Ihre Expertenmeinung anzuhören.«

»Denken Sie das?«

»Ja, natürlich.«

»Sie wollen also ganz frank und frei meine Meinung hören?«

»Ich bitte darum!«

Markus Bode zögerte einen Moment. Dann stellte er sein Glas auf dem Couchtisch neben sich ab, rutschte in seinem Sessel nach vorn bis an die Kante, stellte die Beine auf und verschränkte die Hände in seinem Schoß.

»Wenn ich ehrlich bin, sieht es für mich so aus: Die

Marschroute, die der Verlag seit seiner Gründung stets beibehalten hat, können wir so nicht weiter fortsetzen. Damit sind wir nicht länger konkurrenzfähig.«

»Können Sie das genauer erläutern?«

»Griefson & Books steht für gehobene Literatur. Nur kauft die kaum noch einer. Wenn Sie mich fragen, müssen wir dringend populärer werden.«

»Populärer?« Er spuckte das Wort aus, als hätte er einen widerlichen Geschmack im Mund.

Markus Bode nickte.

»Was meinen Sie damit?«

»Ich meine, dass wir dringend ein paar Titel aus dem Unterhaltungsgenre brauchen. Liebesromane. Krimis und Thriller. Historische Schmöker.«

»Auf gar keinen Fall!«

»Habe ich mir gedacht, dass Sie so reagieren. Aber ich sehe keine andere Möglichkeit.«

»Dafür steht Griefson & Books nicht!«

»Wenn es so weitergeht, steht der Verlag bald für gar nichts mehr.«

»Trotzdem«, beharrte Jonathan. »Wenn man eine Schraubenfabrik besitzt, kann man auch nicht von heute auf morgen beschließen, ab sofort lieber Dübel zu verkaufen, weil die besser laufen.«

Markus Bode sah ihn irritiert an, was Jonathan sogar verstehen konnte. Er wusste selbst nicht, welchem Teil seines Gehirns auf einmal die Sache mit den Schrauben entsprungen war. Musste eine Art panische Kurzschlussreaktion sein, es klang sogar für ihn selbst überaus wirr. »Nein«, gab sein Geschäftsführer ihm dennoch recht. »Man muss einfach *andere* Schrauben verkaufen.

Wenn man das nicht will, muss man seine Fabrik nämlich dichtmachen, weil gar nichts mehr läuft.«

»Na, *so* dramatisch wird es ja wohl nicht sein!«

»Haben Sie sich die Zahlen denn mittlerweile mal genau angesehen?«

»Natürlich habe ich das!«

»Dann müsste Ihnen klar sein, dass es durchaus so dramatisch ist.«

»Aber …« Jonathan suchte nach den richtigen Worten. Ihm fielen keine ein. Außer ein bockiges »Wir werden uns trotzdem nicht an der Verdummung der Welt beteiligen, um Profit zu machen!« brachte er nichts Sinnvolles heraus.

»Woher kommt eigentlich Ihre fast schon pathologische Abneigung gegen alles, was auch nur im Entferntesten nach Unterhaltung riecht?«, wollte Bode wissen.

»Das ist doch keine Abneigung!«, entgegnete Jonathan patzig und fragte sich gleichzeitig, ob er und sein Geschäftsführer sich eigentlich gerade stritten. Es klang beinahe so.

»Nein?«

»Ich dachte bisher immer, wir seien auf einer Linie und Sie würden voll hinter unserem Programm stehen.«

»Das tue ich auch! Es geht allerdings nicht nur um meinen persönlichen Geschmack – oder um Ihren –, sondern auch darum, was sich verkauft. Griefson & Books ist immer noch ein Wirtschaftsunternehmen und trägt eine Verantwortung gegenüber seinen Mitarbeitern.«

»In erster Linie ist es ein Unternehmen, das in einer langen Familientradition aufgebaut wurde. Dieser Tradition bin ich ebenfalls verpflichtet.«

»Das verstehe ich ja«, gab Markus Bode beschwichtigend zurück. »Ich schlage auch gar nicht vor, dass wir ab sofort nur noch Westernromane rausbringen. Nur hin und wieder einen verkaufsträchtigen Titel, mit dem wir unser Hauptprogramm finanzieren können.«

»Das halte ich für Heuchelei!«

»Ich halte es für schlau.«

»Dann sind wir da wohl nicht einer Meinung.«

Sie starrten sich an. Schweigend. Ohne auch nur zu blinzeln. *High Noon* am Innocentiapark.

Gerade wollte Jonathan sich räuspern und zur Deeskalation irgendwas in die Richtung sagen, dass sie sich ja wohl ganz schön in Rage geredet hätten, als von draußen ein greller Schrei erklang.

»Lassen Sie mich sofort los!«

Wie von der Tarantel gestochen fuhr Jonathan aus seinem Sessel hoch, Markus Bode tat es ihm gleich, und gemeinsam stürzten die Männer durch den Flur zur Haustür.

»Hilfe!«, hörten sie die Stimme nun kreischen. »Daphne, fass!«

»Das ist Frau Fahrenkrog, meine Nachbarin!«, stellte Jonathan fest, riss die Eingangstür auf und spähte nach draußen. Markus Bode blieb dicht an seiner Seite. Ein paar Meter entfernt auf dem Bürgersteig vor ihrer Villa entdeckte Jonathan die alte Dame. Sie stand im Halbdunkel vor einer anderen Frau, mit der sie offenbar stritt.

»Alles in Ordnung bei Ihnen, Frau Fahrenkrog?«, rief Jonathan ihr zu und wollte bereits zur ihr hinstürzen.

»Alles bestens!«, erwiderte die fremde Frau. »Nur eine Verwechslung!« Ihre Stimme hatte etwas Beruhigendes, einen Augenblick lang glaubte Jonathan ihr tatsächlich, es wäre alles in Ordnung. Dann aber eilte sie so schnell davon, dass Jonathan ihr hätte nachlaufen müssen, um sie einzuholen. Zunächst wollte er sich allerdings um seine Nachbarin kümmern.

»Geht es Ihnen gut?«, fragte er, sobald er bei ihr war.

»Ja.« Die kleine Frau Fahrenkrog zitterte wie Espenlaub. »Danke, es geht mir gut.« Daphne gab wie zur Bestätigung ein kämpferisches »Wuff« von sich.

»Was wollte die Frau denn von Ihnen?«

»Das weiß ich nicht.« Sie hörte sich kläglich an. »Ganz plötzlich hat sie mich angefallen, einfach so.«

»Soll ich die Polizei rufen?«

Hertha Fahrenkrog lächelte ihn zittrig an. »Das wird nicht nötig sein, Herr Grief. Dank Ihnen ist ja nichts weiter passiert.«

»Sind Sie sicher, dass Sie klarkommen?«

Hertha Fahrenkrog nickte. »Ich gehe jetzt rein und koche mir eine gute Tasse Tee.«

»Tun Sie das«, erwiderte Jonathan. »Und wenn noch irgendetwas ist: Ich bin nebenan.«

Ein weiteres Lächeln, diesmal schon entspannter. »Gut zu wissen.« Sie nickte ihm zu, zupfte an Daphnes Leine und wackelte langsam über den gepflasterten Weg auf ihre Haustür zu.

Jonathan wollte sich schon umdrehen und ebenfalls zurück ins Warme gehen, als ihm noch etwas einfiel.

»Ach, Frau Fahrenkrog?«, rief er.

Sie dreht sich zu ihm um. »Was denn?«

»Wann haben Sie eigentlich Geburtstag?«

»Im Mai. Warum?«

»Nicht am 16. März?«

»Nein.« Sie sah irritiert aus. »Am 7. Mai, ganz sicher. So tüdelig bin ich noch nicht, dass ich das nicht mehr wüsste.«

»Natürlich nicht«, antwortete er. »Dann wünsche ich Ihnen einen ruhigen und erholsamen Abend!«

Er ging zurück zu seiner Haustür, in der noch immer der wartende Markus Bode stand.

»Was war denn los?«, fragte er, sobald sie beide wieder in der Eingangshalle von Jonathans Villa standen.

»Meine Nachbarin ist von einer wildfremden Frau angefallen worden.«

»In diesem Viertel hier?« Sein Geschäftsführer schüttelte verwundert den Kopf. »Denkt man gar nicht.«

»Ja, ich bin auch etwas geschockt.«

»Eine Freigängerin aus der Psychiatrie?«

»Möglich. Wobei sie sich eigentlich ganz normal anhörte.«

Markus Bode nickte. »Das sind ja bekanntlich die Schlimmsten.«

»Wollen wir wieder reingehen?«

»Das würde ich nur zu gern, aber ich muss jetzt leider los.« Er warf einen demonstrativen Blick auf seine Armbanduhr. »Ich habe noch einen Termin mit meinem Anwalt, Sie wissen ja … Also müssen wir unseren … unsere Diskussion ein anderes Mal fortsetzen.«

»Wie schade«, sagte Jonathan. Und dachte das genaue Gegenteil: Hurra!

34

Hannah

5. Januar, Freitag, 6:53 Uhr

Sieben Uhr. Warum zum Teufel öffnete der Bäcker an der Ecke erst um sieben Uhr? Gab es nicht genug Menschen, die um diese Zeit bereits bei der Arbeit sein mussten? Ja, die vielleicht sogar schon einen halben Tag in der Firma hinter sich hatten? Was war mit denen? Mussten die morgens ohne Brötchen und Kaffee los?

Während Hannah vor der verschlossenen Tür des »Hanseaten Bäckers« von einem Fuß auf den anderen trat, überlegte sie, ob sie vielleicht schnell zum Auto laufen und zur Tankstelle am Horner Kreisel fahren sollte. Die hatten rund um die Uhr geöffnet und mit Sicherheit schon eine aktuelle Ausgabe der »Hamburger Nachrichten« im Zeitschriftenregal.

Eigentlich hatte sie bereits heute Nacht um drei dort hindüsen und sich die Spätausgabe sichern wollen, aber Lisa hatte sie nach dem gemeinsamen Genuss einer Flasche Rotwein davon abgehalten, sich noch ans Steuer ihres Twingos zu setzen. Sehr energisch hatte sie das getan, sie hatte Hannah den Autoschlüssel aus der Hand genommen und sie mit strenger Miene dazu verdonnert, jetzt »mindestens mal sechs Stunden zu schlafen!«

Bis halb sieben hatte Hannah sich natürlich trotzdem mit den düstersten Gedanken in Simons Bett herumgewälzt, während ihre Freundin auf dem Sofa im Wohnzimmer dem Schlaf der Gerechten gefrönt hatte. Dann war Hannah aufgestanden und ungewaschen und verstrubbelt, wie sie war, zum »Hanseaten Bäcker« geflitzt.

So stand sie nun also hier, zerrupft wie eine streunende Katze, und widerstand der Versuchung, am heruntergelassenen Rollgitter zu rütteln und lauthals schreiend Einlass zu verlangen.

6:56 Uhr. Doch zur Tanke? Aber selbst Hannah musste einsehen, dass der Aufwand für vier Minuten nicht lohnte und es noch dazu letztlich länger dauern würde, ein Exemplar der »Hamburger Nachrichten« in die Finger zu bekommen, wenn sie ihren Posten vor der Tür jetzt aufgab. Hoffentlich war der Bäcker schon beliefert worden! Wenn nicht, würde sie an Ort und Stelle einen hysterischen Heulkrampf erleiden.

Um 6:59 Uhr erklang das lang ersehnte Klacken eines Schlüssels, der von innen drehte, Sekunden später fuhr das Rolltor hoch. Die ältere Dame hinter der Tür sah ziemlich empört zu, wie Hannah – kaum dass sie aufgesperrt hatte – in den Laden stürzte, grußlos nach einer Ausgabe der »Hamburger Nachrichten« verlangte, gleichzeitig zur Glastheke hechtete und eine Zeitung von dem dort liegenden Stapel griff.

»Sie bekommen noch Wechselgeld!«, rief die Bäckereiverkäuferin trotzdem diensteifrig, als sie einen Fünfeuroschein in die Hand gedrückt bekam. Aber da war Hannah schon längst wieder draußen auf der Straße.

Schwer atmend und noch an Ort und Stelle faltete

Hannah ihr Exemplar der »Hamburger Nachrichten« auseinander. Sie war erleichtert, man hatte in der Redaktion Wort gehalten. Der Aufruf nach Simon stand unübersehbar unten auf Seite 1, mit einem großen Foto ihres Freundes und sogar mit einem Bild des Kalenders. Sollte irgendjemand Simon am Neujahrsmorgen an der Alster gesehen haben oder jemand im Besitz des Filofax sein – mithilfe dieses Artikels würden sie ihn finden. Garantiert, etwas anderes war überhaupt nicht vorstellbar!

35

Jonathan

5. Januar, Freitag, 6:15 Uhr

Als der Wecker klingelte, fuhr Jonathan wie jeden Morgen in seinem Bett hoch. Und brauchte drei Sekunden, um zu begreifen, dass es gar keinen Grund fürs Hochfahren gab. Im Gegenteil, es war Zeit zum Runterfahren, denn seine tägliche Laufrunde vor Einbruch der Dämmerung war für ihn mit sofortiger Wirkung Geschichte.

Tennis hieß das neue Joggen, also brachte Jonathan seinen Radiowecker mit einem gezielten Schlag zum Verstummen und ließ sich zurück auf sein Kissen sinken, zog sich die Bettdecke bis hoch über die Nase und mummelte sich wohlig ein. Herrlich! Er würde einfach so lange lieben bleiben, wie er lustig war.

Und er *war* lustig, sehr sogar. Denn abgesehen von der unschönen Wirtschaftslage des Verlags – und der Befürchtung, dass Markus Bode nicht lockerlassen würde –, ging es ihm so gut wie schon lange nicht mehr. Er konnte selbst nicht sagen, weshalb das so war, denn eigentlich war ja überhaupt nichts passiert. Aber es war eben so.

Um halb neun wurde er zum zweiten Mal wach. Jonathan N. Grief grinste verwegen, nachdem er zu seinem

Wecker gelinst hatte. Halb neun an einem Wochentag, das war doch schon eher die richtige Uhrzeit für einen Mann von Welt, für einen Connaisseur des Lebens, als den er sich ab heute betrachten wollte. Seinen Wecker könnte er eigentlich auch gleich abschaffen, denn es gab für ihn ja überhaupt keinen Grund, sich jeden Tag in aller Herrgottsfrühe aus den Federn bimmeln zu lassen.

Er setzte sich auf, schlüpfte in seine Filzpantoffeln vorm Bett, ging rüber zum Schaukelstuhl und griff nach seinem Morgenmantel, um ihn sich überzuwerfen. Jetzt eine gute Tasse Kaffee, ein frisch aufgebackenes Croissant und dazu die Zeitung, so gefiel ihm der Start in den Tag.

Schon während er die Treppe hinunter zur Küche spazierte, fiel es ihm schwer, sich vorzustellen, dass er diesen ersten Gang des Tages bisher immer in Laufklamotten getätigt hatte, meist etwas müde und mürrisch. Was hatte ihn da all die Jahre nur geritten? Und warum, zum Teufel, war er auch noch zu nachtschlafender Stunde losgejoggt, obwohl es für ihn als Privatier überhaupt keinen Grund für eine solche Verrücktheit gab?

Es musste wohl die Macht der Gewohnheit gewesen sein. Seit Jahren, seit er mit dem Studium begonnen hatte, war er morgens laufen gegangen, und mit der Zeit war ihm dieses Ritual so sehr in Fleisch und Blut übergegangen, dass er es niemals hinterfragt hatte. Stumm bedankte er sich bei dem Kalender, denn ohne diesen Denkanstoß hätte er sich vermutlich so lange Morgen für Morgen um die Alster gequält, bis ihn ein Pfleger hätte schieben müssen.

Nachdem Jonathan in der Küche die Kaffeemaschine angeworfen und ein Croissant aufs Backblech in den Ofen gelegt hatte, holte er die »Hamburger Nachrichten« aus der Zeitungsröhre neben der Haustür und drapierte das Blatt zur Lektüre bereit auf dem Esszimmertisch. Dann ging er zurück in die Küche, um sich sein Frühstück zu holen. Der Kaffee war noch nicht fertig durchgelaufen, also eilte er noch einmal nach oben in sein Arbeitszimmer und schnappte sich dort den Kalender. Damit würde er beginnen, noch vor dem Studium der Zeitung.

Er würde es sich zum neuen täglichen Ritual machen, morgens den Eintrag für das jeweilige Datum zu lesen. Und dabei nicht – so groß die Versuchung auch sein mochte – weiter vorzublättern. Zwar hatte er einige der Einträge bereits überflogen, aber das »galt« nicht, denn da hatte er ja noch eine andere Absicht verfolgt; hatte den Besitzer ausfindig machen wollen und so gar keine andere Wahl gehabt.

Doch ab jetzt wollte er das Filofax, das offenbar niemand vermisste (oder das das Schicksal, ja, das SCHICKSAL!, ihm zugespielt hatte), wie einen Adventskalender betrachten, bei dem nicht mehr als ein Türchen auf einmal geöffnet werden durfte, denn sonst gab es, hi, hi, was auf die Finger. Und so würde er mit einer schönen Überraschung in jeden neuen Tag starten. Mit seiner ganz persönlichen Wundertüte, seinem Morgenorakel, seinem … nun ja, seinem heimlichen Unterhaltungsprogramm.

Im Reinen mit sich und der Welt saß er zehn Minuten später an dem großen Tisch im Esszimmer, biss herzhaft in das herrlich warme und weiche Croissant, schlug den Kalender am 5. Januar auf und begann zu lesen.

Mach eine Mediendiät!

Eine Mediendiät? Was war denn das nun wieder? Interessiert las er weiter.

Unsere Energie folgt unserer Aufmerksamkeit. Also meide schlechte Nachrichten. Keine Zeitung, kein Fernsehen, kein Radio (nicht für immer, nur für eine Weile). Du weißt ja, dass die Medien meistens nur Negatives berichten, lass es nicht mehr an dich heran!

Deine Aufgabe stattdessen: Denk nach, wie du dir dein Leben vorstellst! Schreib eine Liste all der kleinen und großen Dinge, die du dir wünschst. Erfolg, Geld, Liebe, ein neues Hobby, zehn Kinder ... Finde Bilder dafür, suche sie in Zeitschriften, schneide sie aus und kleb sie auf einen Bogen Bastelkarton. Den hängst du auf, wo du ihn gut sehen kannst, das wird dein »Vision-Board«! Leg deine Spuren in die Zukunft, die Bilder werden deinem Unterbewusstsein dabei helfen, all deine Träume wahr werden zu lassen! Denn: »Wenn wir nicht wissen, welchen Hafen wir ansteuern sollen, ist kein Wind günstig.« (Seneca) Und noch eins: »Wünsche sind Vorahnungen von Dingen, die man tatsächlich verwirklichen kann.« (Johann Wolfgang Goethe)

Aha. Bastelstunde. Das lag für Jonathan noch länger zurück als Tennis, irgendwann im Kindergarten hatte er zuletzt mit Schere und Tonpapier hantiert. Aber sei's drum, das klang nach einer amüsanten Tätigkeit. Und das Goethe-Zitat gefiel ihm natürlich. Auch wenn der Verfasser oder die Verfasserin dabei frech das »von« unterschlagen hatte. Jonathan nahm einen Stift zur Hand und quetschte ein »v.« hinter »Wolfgang« noch hinein. Immerhin war der Schriftsteller 1782 von Kaiser Joseph II. geadelt worden, so viel Zeit musste also sein!

Vision-Board. Er ahnte natürlich, worauf die Sache hinauslaufen sollte. Er war ja nicht dumm, nein, das war er wirklich nicht. Diese Übung diente ganz offensichtlich dazu, die eigene Wahrnehmung für die Dinge zu schärfen, die einem wichtig waren. Und sie sich mithilfe der Bilder immer wieder in Erinnerung zu rufen, sie quasi in den Fokus zu rücken.

Man kannte das ja: Kaum beschäftigte man sich mit einem Thema, stolperte man plötzlich an jeder Ecke darüber. So wie schwangere Frauen mit einem Mal überall nur noch Kinderwagen und Babys sahen, so in der Art war das. Zwar war Jonathan noch nie schwanger gewesen, aber dafür reichte sein Abstraktionsvermögen durchaus.

Nicht mehr und nicht weniger war Sinn und Zweck dieses Vision-Boards, Jonathan war sich da ganz sicher.

Unwillkürlich musste er an den *anderen* Wolfgang denken. An seinen Vater. Wie hatte Wolfgang Grief das gelegentliche Aufbegehren vereinzelter Mitarbeiter, die für den Verlag »neue Visionen« gefordert hatten, stets pariert? Mit dem berühmten Zitat des verschiedenen Altkanzlers Helmut Schmidt: »Wer Visionen hat, sollte zum Arzt gehen.« Das hatte Wolfgang Grief gern und oft gesagt, meist coram publico und vor versammelter Mannschaft. Danach hatte er dröhnend und süffisant gelacht.

Jonathan hatte sich in den Momenten, in denen er dabei zugegen gewesen war, stets in einer Art seelischem Dilemma befunden. Gefangen zwischen stolzer Ehrfurcht vor seinem omnipotenten Vater – und einem Gefühl von klammheimlicher Scham über dessen beinah schon penetranten Platzhirschgebaren.

Bei der Erinnerung daran musste Jonathan sich kurz schütteln. Er hatte von dieser Art tatsächlich rein gar nichts geerbt. Hatte im Gegenteil, wie sein Erzeuger es immer genannt hatte, keinen »Knochen im Schnurrbart«. Das hatte Wolfgang Grief durchaus als Beleidigung gemeint, aber Jonathan hatte es nie ändern können. Ihm fehlte schlicht dieses Alpha-Gen der Familie Grief, da schlug bei ihm eher die italienische Ader durch. Jedenfalls vermutete er das, mit Gewissheit konnte er es natürlich nicht sagen, denn er hatte keine wirkliche Vorstellung davon, wie seine italienische Familie eigentlich war.

Was sein Vater wohl zum Vorschlag von Markus Bode sagen würde, den Verlag »populärer« aufzustellen? Jonathan konnte es sich lebhaft vorstellen. Und schon allein deshalb war es sinnlos, auch nur einen einzigen Gedanken an eine neue Marschroute zu verschwenden. Mochte man über seinen Vater im zwischenmenschlichen Bereich sagen und denken, was man wollte – wie man einen erfolgreichen Verlag führte, das wusste er! Und auch wenn Jonathan auf dem Papier mittlerweile der Verleger und Wolfgang Grief nur noch in Teilen zurechnungsfähig war, sah er sich in der Pflicht, das Haus nach bewährter Tradition weiterzuführen.

Es lag ihm zwar fern, die Kompetenzen von Markus Bode anzuzweifeln – in der Tat hielt er von den Fähigkeiten seines Geschäftsführers eine ganze Menge –, allerdings … allerdings … allerdings … Ein kleiner rebellischer Gedanke schlich sich in sein Hirn. Zumindest bei Harry Potter hatte sein Vater *nicht* recht gehabt, der kleine Zauberlehrling hatte bestimmt mehr junge Menschen fürs Lesen begeistert als die ebenso hochpädagogische wie –defizitäre Kinderbuchabteilung von Griefson & Books, die er auf Bodes Anraten hin deshalb hatte abschaffen müssen. Außerdem war Hubertus Krull, auf den Wolfgang Grief so große Stücke hielt, eben nicht seine literarische Entdeckung gewesen, sondern die von Großmutter Emilie. Und wenn Jonathan ehrlich in sich hineinhorchte, fand er Bodes Vorschlag gar nicht sooo vollkommen abwegig.

Ruckartig setzte er sich auf. Was er hier betrieb, das war ja – das war ja geradezu geistiger Vatermord! Und wie sollte er die Verantwortung für den Verlag übernehmen? Konnte er das? Durfte er das? Oder war es nicht viel besser, es blieb einfach alles so, wie es war? Eine so weitreichende Entscheidung wie die, das Portfolio von Griefson & Books total auf den Kopf zu stellen, konnte man schließlich nicht mal »so im Vorbeigehen« treffen.

Bevor Jonathan Gefahr lief, sich noch tiefer in diesen unerquicklichen Themen zu verstricken, beschloss er, zu duschen, sich anzuziehen und sich danach der Aufgabe zu widmen, die für den heutigen Tag im Kalender stand. Würde er eben ein Vision-Board basteln. Wenn auch nicht mit Schere und Papier, so rückschrittlich war Jonathan nicht! Nein, er würde an seinem Notebook ein hoch professionelles Dokument erstellen. Ein PDF mit Bildern von all den Dingen, von denen er träumte und die er sich wünschte.

Zum Beispiel … von einem richtig guten Tennisschläger. Ha! Das erste Motiv stand bereits fest, das war ja ein

Kinderspiel! Und mit Sicherheit würde er im Netz auch ein Foto des Tennisvereins an der Rothenbaumchaussee finden, in dem er gestern mit Markus Bode gespielt hatte. Da würde er am besten gleich Mitglied werden oder wenigstens ein paar Trainerstunden buchen. Spuren in die Zukunft legen, genauso ging das! Und im Zuge dessen würde Jonathan auch endlich seine Mitgliedschaft im Golfclub kündigen, für die er seit Jahren bezahlte, ohne sich dort blicken zu lassen. Er würde es seinem Vater ja nicht erzählen müssen.

Beschwingt sprang Jonathan von seinem Stuhl auf, der Tatendrang wälzte ihn nahezu nieder. Er war schon halb aus der Tür, um sich nach oben zu begeben, als er noch einmal kehrtmachte und sich die »Hamburger Nachrichten« griff. Die würde er ungelesen im Altpapier entsorgen, schließlich sollte er ja Mediendiät halten. Ohnehin hatte er heute Spannenderes vor, als sich über die Arbeit dieser unqualifizierten Schreiberlinge zu ärgern und Verbesserungsvorschläge zu machen, die letztlich sowieso nur ungehört verhallten.

Knappe vier Stunden später betrachtete Jonathan N. Grief begeistert sein Werk. Begeistert – und über sich selbst erstaunt. Und ein kleines bisschen verlegen. Diese Collage, die er mithilfe von Fotos aus dem Internet erstellt und dann ausgedruckt hatte, würde er garantiert nirgends aufhängen. Jedenfalls nicht so, dass sie außer ihm jemals irgendjemand zu Gesicht bekam, selbst Henriette Jansen nicht. Auch wenn seine Haushälterin wirklich über jeden Zweifel erhaben war. Aber ob sie *so* erhaben wäre?

Im Verlauf der »Arbeit« waren Jonathan ein wenig die Pferde durchgegangen, anders konnte er sich nicht erklären, was nun Schwarz auf Weiß – oder besser gesagt in Vierfarbdruck – auf seinem Schreibtisch vor ihm lag. Denn neben dem Schläger und dem Logo des Tennisclubs hatten sich noch Bilder dazugesellt, die Jonathan teilweise selbst ein Rätsel waren. Als hätte er sie irgendwie fremdgesteuert ausgewählt.

Gut, den Sänger am Mikrofon konnte er sich erklären, schließlich hatte er gerade erst erkannt, dass Singen eine verschüttete Leidenschaft von ihm war. Das Gleiche galt für das Foto des alten Ford Mustang, das er ausgewählt hatte. Auch wenn er seit Jahren ausschließlich Autos der Firma Saab fuhr, denn neben der Marke Volvo gab es seiner Meinung nach nichts Zuverlässigeres – wann immer Jonathan einen dieser ausladenden amerikanischen Straßenkreuzer erblickte, stellte er sich vor, wie es wohl wäre, mit offenem Verdeck und begleitet von gutem Swing die Route 66 entlangzugondeln. Und dabei unterwegs in runtergerockten Motels zu übernachten, um abends mit einem kühlen Budweiser in der Hand auf dem Laubengang zu sitzen und das Treiben der anderen Gäste zu beobachten.

Als er Tina vor Jahren einmal vorgeschlagen hatte, gemeinsam eine solche Reise zu unternehmen, hatte sie ihn darauf hingewiesen, dass er Bier als »Proletengesöff« verabscheute und beim Anblick der Kakerlaken, die mit hundertprozentiger Sicherheit in den Etablissements entlang der Route 66 auf sie warten würden, aus dem Verfassen von Beschwerdebriefen an den jeweiligen Motelmanager überhaupt nicht mehr herauskäme. Sie hatte ihn mit dieser Bemerkung verletzt (vielleicht ein kleiner Racheakt für seinen flapsigen »Zweite-Pubertät«-Kommentar über ihr Patchwork-Zimmer, wer wusste das schon?), aber den Nagel damit natürlich auch mitten auf den Kopf getroffen. So war es bei der rein theoretischen »Sollten wir-vielleicht-mal?«-Überlegung geblieben, denn Tina hatte mit ihren Einwänden ja durchaus recht gehabt.

Als nächstes betrachtete Jonathan das Haus am Meer, einsam und verlassen gelegen hinter Dünen und wildem Schilf. Auch das zählte noch nicht zu den »fremdgesteuerten« Motiven, denn wäre er nicht dem Verlag und seinem Hamburger Leben verpflichtet, könnte er sich vorstellen, genauso zu wohnen: abgeschieden in rauer Natur, weit und breit kein Mensch in Sicht, der ihn störte. Fernab vom Schuss an der Nordseeküste, vielleicht sogar auf einer kleinen Insel oder Hallig, in der besten aller Welten ohne Internet oder Handyempfang. Nicht dass es bei Jonathan ständig klingeln oder er permanent Mails erhalten würde, aber irgendetwas in ihm sehnte sich dann und wann nach geradezu klösterlicher Abgeschiedenheit.

Umso unerklärlicher deshalb auch das Foto der beiden Kleinkinder, das Jonathan aus einer Laune heraus direkt daruntergepackt hatte. Das passte ja vorn und hinten nicht zusammen! So wenig wie das händchenhaltende Paar, das gemeinsam über einen Strand in den Sonnenuntergang lief.

Okay, immerhin waren die beiden ebenfalls am Meer, und auch die Kinder spielten im Sand – aber das war auch schon die einzige Gemeinsamkeit, die die Bilder miteinander hatten. Nahm er dann noch das Foto der Menschen hinzu, die in geselliger Runde beim Essen um eine große

Tafel im Garten saßen, war eigentlich nur ein einziger Schluss möglich: Schizophrenie. Seine Collage zeigte ein gewisses Grad an Schizophrenie.

Doch es war halt so, dass Jonathan einerseits Ruhe oder sogar Einsamkeit genoss, weil er sich sehr gut mit sich allein beschäftigen konnte – auf der anderen Seite hatten ihm der Abend mit Leopold oder das Tennismatch mit Markus Bode überaus gut gefallen. Und dass er keine Kinder hatte, hieß ja nicht automatisch, dass er sich nicht welche wünschte.

Als er noch verheiratet gewesen war, hatte er durchaus an Nachwuchs gedacht, allein schon deshalb, weil das dazugehörte. Mit Tinas Weggang war die Überlegung hinfällig geworden, aber tief in seinem Innern schien er sich mit dem Thema offenbar noch zu beschäftigen, selbst wenn der »äußere« Jonathan es eigentlich schon abgehakt hatte.

Er strich mit beiden Händen über sein Vision-Board, als könnte er so erspüren, welches der Bilder ihn besonders ansprach. Das eine oder andere Foto würde er wohl wieder rausschmeißen müssen, denn man konnte im Leben schließlich nicht alles haben.

Wobei: Wer sagte das eigentlich?

Wer hatte je behauptet, dass man im Leben nicht alles haben konnte? War das ein unumstößliches Gesetz? Sicher, es entsprach dem gesunden Menschenverstand – aber war es deshalb auch wahr?

Jonathan N. Grief stand auf, um sich unten in der Küche einen weiteren Kaffee zuzubereiten. Über diese Frage würde er etwas länger nachdenken müssen.

36

Hannah

10. Januar, Mittwoch, 23:51 Uhr

Nichts. Nichts, nichts, nichts. Seit fünf Tagen rein gar nichts, der Artikel hatte nicht die geringste Wirkung gezeigt, es war fast so, als hätte ihn kein einziger Mensch gelesen.

Auch Hannahs Aushänge an der Alster, die sie noch zweimal erneuert hatte, hatten nichts weiter gebracht als einen einzigen Anruf auf ihrem Handy. Und da hatte ihr jemand nur mitteilen wollen, dass er glaubte, mit Simon zusammen die Grundschule besucht zu haben, er hätte ihn auf dem Foto erkannt.

Hannah war versucht gewesen, den Mann am anderen Ende der Leitung anzubrüllen, ob er eigentlich noch ganz bei Trost sei, sich mit einem derartigen Schwachsinn bei ihr zu melden und sie damit an den Rand eines Herzinfarkts zu bringen. Doch sie hatte sich nur matt bedankt und dann aufgelegt.

Auch die Polizei hatte keine neuen Erkenntnisse. Allerdings klang die Beamtin, mit der Hannah in Kontakt stand, nicht mehr ganz so optimistisch wie zu Beginn der Suche. Sie sagte zwar nicht direkt, dass sie davon ausging, dass sie Simon nicht mehr finden würden – aber es war ihrem sanften und tröstenden Tonfall mehr als deutlich anzuhören. Dieser behutsame Art, mit der man Angehörigen möglichst schonend beizubringen versuchte, dass es keinerlei Hoffnung mehr gab.

Es konnte doch nicht wahr sein, es *durfte* nicht wahr sein! Wo war Simon nur? Wo – war – er nur? Diese Frage kreiste ohne Unterlass durch Hannahs Kopf. Auch jetzt, als sie wie so oft auf Simons Bett lag, konnte sie an nichts anderes denken; eng in seine Decke gewickelt, den letzten Rest seines Geruchs, der noch in den Laken steckte, einatmend.

Sie schluchzte. Schluchzte wie ein kleines Kind. Sie fühlte sich so leer und schwach und einsam und hilflos, dass sie glaubte, nie wieder von diesem Bett hochkommen zu können. Bis zum Ende ihrer Tage würde sie hier so liegen bleiben. Oder so lange, bis Simon endlich wieder bei ihr wäre.

»Bitte«, flüsterte sie leise vor sich hin. »Bitte, lieber Gott, mach, dass er noch lebt. Mach, dass er zu mir zurückkehrt. Oder mach wenigstens, dass er irgendwo in der Karibik einen Cocktail schlürft. Alles ist besser als dieser Albtraum hier, bitte, lieber Gott, hilf mir! Bitte, bitte, bitte!«

37

Jonathan

14. Januar, Sonntag, 9:11 Uhr

Jonathan N. Grief war zufrieden. Wie jeden Morgen seit fast zehn Tagen saß er bei frischem Kaffee und einem warmen Croissant im Morgenmantel an seinem Esszimmertisch und nahm gespannt den Kalender zur Hand. Was würde die Wundertüte heute für ihn bereithalten?

Seit er sich nach den Vorgaben des Filofax richtete, hatte er bereits eine Menge interessante Erfahrungen gesammelt. So zum Beispiel, dass er rein gar nichts vermisste, wenn er beim Frühstück nicht in die Zeitung guckte, sondern sie ungelesen im Altpapier entsorgte. Die Welt drehte sich auch weiter, ohne dass Jonathan darüber Bescheid wusste, wie genau sie das tat.

Er zog bereits in Erwägung, sein Abonnement zu kündigen, so wenig fehlte ihm die Lektüre. Und dass er mit seinen Anregungen an die Redaktion – oder an Gundel Dingenskirchen vom Leserdienst – jemals Begeisterungsbekundungen hervorgerufen hätte, konnte man nun auch nicht gerade behaupten. Von daher: Das Blatt nicht mehr zu lesen war für keine der beiden Seiten ein größerer Verlust.

Stattdessen hatte Jonathan wie empfohlen weiterhin jeden Morgen und jeden Abend drei Punkte aufgeschrieben, für die er dankbar war – und es war ihm immer leichter gefallen, etwas zu finden.

Zum Beispiel seine stetig wachsende Begeisterung für den Tennissport. Dreimal hatte er sich in den vergangenen eineinhalb Wochen schon mit Markus Bode abends zum Spielen getroffen. Des einen Leid, des anderen Freud – für Jonathan stellte es sich als kleiner Glücksfall heraus, dass sein Geschäftsführer momentan nach der Arbeit nichts anderes zu tun hatte, als allein in einem Hotelzimmer zu hocken. Oder eben mit ihm zusammen ein paar Bälle zu dreschen.

Jonathan hatte erfreulich schnell Fortschritte gemacht, vor allem seine Vorhand hatte es in sich. Im Geheimen gab er sich bereits den etwas kindischen Beinamen »Bumm Bumm Jonathan«, und vorgestern hatte er sich einen eigenen Schläger in Profiqualität sowie ein schnittiges Tennis-Outfit zugelegt. Einer Eroberung sämtlicher Hamburger Center Courts stand also nichts mehr im Wege, Jonathan N. Grief war bereit!

Über das weitere Vorgehen des Verlags hatten er und Bode nicht mehr gesprochen, Jonathan war es stets gelungen, das Thema elegant zu umschiffen, sogar vor sich selbst. Markus Bode hatte er etwas vage damit vertröstet, die Entwicklung des noch laufenden Geschäftsjahres abwarten zu wollen, und hoffte ansonsten, dass sich schon von allein alles irgendwie zum Guten wenden würde. Vielleicht widerfuhr Hubertus Krull ja eine überraschende Genesung und der Autor würde ein flammendes Pamphlet nach dem nächsten in seinen Computer hacken? Oder die ganzen enthusiastischen Kritiken, die »Die Einsamkeit der Milchstraße« bekommen hatte, würden sich doch noch auf die Verkaufszahlen auswirken?

Um der Sache etwas nachzuhelfen, hatte Jonathan sein Vision-Board noch einmal etwas umgebastelt und dafür eine kleine Fotomontage angefertigt: Er hatte sich das Ranking der hundert erfolgreichsten Verlage vom »Buchreport« ausgedruckt, das Firmenlogo von Griefson & Books ganz frech auf Platz 1 geklebt, die Seite dann eingescannt und unübersehbar in der Mitte seiner Collage platziert.

Mehrmals täglich öffnete er nun die Türen seines Kleiderschranks – dort hatte er das Board hinter seinen Hemden versteckt – und betrachtete seine Visionen für die Zukunft. Wenn es wirklich stimmte, dass er damit sein Unterbewusstsein auf die Erfüllung seiner Wünsche programmierte – dann sollte sein Unterbewusstsein halt zeigen, was es so draufhatte!

Auch ansonsten erfüllte Jonathan wie ein gelehriger Schüler alle Aufgaben, die der Kalender ihm bisher gestellt hatte: Er hatte einen Tag lang sämtliche Menschen, die ihm begegnet waren, fröhlich angelächelt und dabei durchweg gut gelaunte Reaktionen hervorgerufen. Okay, ein älterer Herr hatte wissen wollen, ob er sich nicht wohl fühle und Hilfe brauche, und ein paar pubertierende Mädchen hatten ihn kichernd ignoriert, aber ansonsten hatten alle sein Lächeln erwidert. Er hatte angefangen, täglich ein paar Minuten zu meditieren, und nach anfänglichen Schwierigkeiten festgestellt, wie gut es ihm tat, sich hin und wieder in seinen Sessel zu setzen, sich ruhig zu sammeln, dabei an gar nichts zu denken und ausschließlich im Hier und Jetzt zu sein.

Dann war er schon zweimal »einfach so« ans Meer gefahren und dort drei Stunden lang bei eisigem Wind am Strand entlangspaziert, als der Kalender für den Tag ein »Mach heute nur, wonach dir ist« empfohlen hatten, und seine Freude am Singen pflegte er mittlerweile wieder mit großer Inbrust – wenn auch nur unter der Dusche und im Auto.

Jonathan hatte sogar – in der Hoffnung, dass ihn niemand dabei beobachtete – im Innocentiapark einen Baum umarmt, diese Übung für sich allerdings unter dem Begriff »Humbug« verbucht. Außer einem harzigen Fleck auf seiner Lammfelljacke hatte ihm das nichts gebracht.

Wesentlich besser hatte ihm da der vorgeschriebene Trödelmarktbesuch gefallen, der ihn vergangenen Samstag zur Flohschanze geführt hatte mit der Aufgabe, sich dort »irgendwas Besonderes« zu kaufen. So was hatte Jonathan noch nie gemacht, weil sich ihm Sinn und Zweck solcher Second-Hand-Börsen bisher noch nie erschlossen hatte – und umso begeisterter war er gewesen, als er tatsächlich zwischen den wuseligen Ständen, die allen möglichen und unmöglichen Tinnef anboten, ein regelrechtes Kleinod entdeckt hatte: einen sehr gut erhaltener Gedichtband von Joseph Freiherr von Eichendorff aus dem Jahr 1837 (!), den er für 120 Euro ergattern konnte – obwohl das Buch wohl eher das Zehnfache wert war. Aber Jonathan konnte schließlich nichts dafür, dass die Leute keine Ahnung hatten, was sie da verscherbelten. Jetzt stand das Büchlein in seinem Lesezimmer im Regal, und immer wenn sein Blick darauf fiel, freute er sich.

Jonathan biss in sein Croissant und schlug den Kalender auf der Seite für den heutigen Sonntag auf, begierig darauf, zu erfahren, was als Nächstes auf dem Programm stand.

Dein Lieblingsautor liest heute auf Kampnagel – und du bist dabei! Zwei Tickets liegen für dich und eine Begleitung deiner Wahl an der Kasse unter der Bestellnummer 137 bereit, Einlass ist um 19:00 Uhr. Viel Spaß dabei!
P. S.: Wenn du nicht weißt, wen du mitnehmen sollst – ich wüsste da jemanden ☺

Jonathan war wie elektrisiert. Eine Lesung!

Nicht dass er davon ein besonderer Fan war – die meisten Veranstaltungen dieser Art, bei denen eine blasse Gestalt in schwarzem Rollkragenpullover in sein Wasserglas murmelte, langweilten ihn schrecklich, und er vertrat von jeher die Auffassung, dass ein Schriftsteller schreiben und nicht vorlesen sollte –, aber nachdem er bereits mehrfach den Eindruck gehabt hatte, der Kalender hätte auf geheimnisvolle Art und Weise etwas mit ihm persönlich zu tun, wurde dieser Verdacht nun ein weiteres Mal verstärkt. Schließlich war das schon ein kurioser Zufall, dass man ihn als Verleger zu einer Lesung einlud.

Noch ein kurioserer Zufall wäre es allerdings, wenn heute Abend auf Kampnagel tatsächlich sein Lieblingsautor auftauchen würde. Denn das war Thomas Mann – und der war schon eine ganze Weile tot.

38

Hannah

14. Januar, Sonntag, 17:14 Uhr

»Wann genau hast du eigentlich zum letzten Mal etwas gegessen?« Lisa wirkte regelrecht schockiert, als sie vor Simons Wohnungstür stand, um Hannah für die Lesung von Sebastian Fitzek auf Kampnagel abzuholen.

»Was?«, fragte Hannah zerstreut, während sie mit fahrigen Händen an ihrem Mantel herumnestelte. Sie wollte ihn schließen, aber ihre Finger zitterten so sehr, dass es ihr kaum gelang, die Knöpfe durch die engen Löcher zu schieben. Sie fühlte sich kraftlos und unterzuckert, so als würde sie jeden Moment umkippen. Aber das würde sie nicht tun, sie würde mit Lisa zu dieser Lesung gehen, denn es war der letzte Hoffnungsschimmer, den sie noch hatte. »Alles okay«, murmelte sie, »wir können los.«

»Hannah!« Lisa legte ihr beide Hände auf die Schultern und betrachtete sie sorgenvoll. »Du siehst ganz schrecklich aus, nur noch wie ein Geist von dir selbst.«

»Mir geht's gut«, behauptete Hannah, »wirklich.«

»Das glaube ich dir nicht.« Sie seufzte. »Hätte ich gewusst, dass du in einen Hungerstreik trittst, hätte ich dich schon längst zu mir mitgenommen und dich höchstpersönlich gefüttert.«

»Ich *habe* was gegessen!«

»Vor einer Woche?«

»Ist doch egal! Lass uns los, sonst verpassen wir die Lesung.«

»Wir haben noch jede Menge Zeit«, erklärte Lisa resolut, hakte Hannah bei sich unter und bugsierte sie sanft zurück ins Simons Wohnung. »Bevor wir da hinfahren, schmiere ich dir ein Brot.«

»Das wird schwierig«, erklärte Hannah. »Hier ist der Kühlschrank leer.«

»Okay, dann essen wir eben unterwegs was.«

»Das dauert doch viel zu lange! Lisa, bitte! Ich muss unbedingt an der Kasse sein, sobald der Schalter öffnet! Wenn jemand die Karten abholt, darf ich ihn auf keinen Fall verpassen.«

Ihre Freundin nahm sie bei der Hand und zog sie hinter sich aus der Tür. »Keine Sorge, wir werden schon rechtzeitig da ankommen. Aber irgendwas nimmst du jetzt zu dir, und wenn es nur eine Laugenstange von der Tanke ist. Keine Widerrede!«

»Okay«, antwortete Hannah kleinlaut und schlurfte folgsam hinter Lisa her. So grauenhaft sie sich fühlte, ein kleines bisschen war es auch schön, so liebevoll entmündigt zu werden.

Sie wusste ja selbst, dass sie bald nicht mehr konnte. Dass die vergangenen eineinhalb Wochen, in denen sie abgesehen von gelegentlichen Besuchen an der Alster, um ihre Aushänge zu checken, nichts weiter getan hatte, als auf Simons Bett zu liegen, zu weinen und ihr Handy auf seine Funktionsfähigkeit hin zu überprüfen, sie an die Grenzen ihrer Kräfte gebracht hatten. Dass sie so nicht weitermachen konnte, ohne dabei selbst draufzugehen, dass die komplette Aufgabe ihres eigenen Lebens ganz bestimmt nicht dafür sorgen würde, dass Simon wieder auftauchte.

Während sie nun hinter Lisa die Treppe hinunterstolperte, war sie gedanklich schon auf Kampnagel. Würden ihre Gebete nun endlich erhört werden? Würde – wenn schon nicht Simon selbst – bei der Lesung derjenige auftauchen, der seinen Kalender hatte? Und würde er ihr sagen können, was mit ihrem Freund geschehen war?

Sie war voller Skepsis, dass das passieren würde, konzentrierte sich aber trotzdem mit aller Macht darauf, sich vorzustellen, wie jemand vor ihr stand und ihr sagte, er wisse um Simons Aufenthaltsort. Und wie er ihr erklärte, die Sache mit dem Selbstmord sei einfach nur ein riesengroßes Missverständnis, denn natürlich sei ihr Freund bei allerbester Gesundheit.

Doch wie auch immer dieses Missverständnis aussehen könnte und sosehr Hannah auch versuchte, das Bild des unbekannten Erlösers heraufzubeschwören, es in greifbare Nähe zu rücken, ihr fehlte die nötige Kraft dazu. Um ihren unerschütterlichen Glauben daran, dass am Ende alles irgendwie gut werden würde, erneut zum Leben zu erwecken, bräuchte es wohl wesentlich mehr als eine Laugenstange.

39

Jonathan

14. Januar, Sonntag, 18:23 Uhr

Zwar hatte Jonathan noch nie in seinem Leben ein Rock-konzert besucht, aber so in etwa stellte er sich das vor: Von der Eingangstür bis hin zum Parkhaus des Kampnagel-Geländes zog sich eine unüberschaubar lange Schlange wartender Menschen, hauptsächlich bestehend aus kichernden und quasselnden Mädchen.

Er war irritiert. War er hier am richtigen Ort? Und zur richtigen Zeit? Er holte den Kalender aus seiner Akten-tasche und schlug die Seite noch einmal auf. Doch, hier stand es: Sonntag, 14. Januar, 19:00 Uhr auf Kampnagel.

Aber weshalb waren hier so viele Leute? Die konnten doch unmöglich alle zu einer Lesung wollen! Er selbst kannte solche Veranstaltungen bisher nur mit einem, nun ja, andächtigen Publikum. So andächtig, dass die Lesungen der Autoren, die bei Griefson & Books ver-öffentlichten, in der Regel die Ausgelassenheit und den Lautstärkepegel einer gehobenen Trauerfeier erreich-ten. Dem entsprach auch das dezente Taschentuchra-scheln und der Altersschnitt der Anwesenden, der sich unabhängig vom Alter des Autors stets jenseits der sieb-zig befand.

Aber das hier? Das passte eher zu einem Auftritt der »Rolling Stones«. Dafür war das Publikum allerdings zu jung, Jonathan sah sich von Teenagern umzingelt. Das war doch nicht möglich! Nicht nur *ausgelassene* Menschen, sondern auch noch *junge*, das passte ja noch viel weniger zu einem kulturellen Ereignis!

»Entschuldigen Sie?«, wandte er sich an die zwei Mädchen, die in der Schlange direkt vor ihm standen. »Wer liest denn hier heute Abend?«

Die beiden starrten ihn aus so großen Augen an, als hätte er sie soeben gefragt, ob die Welt vielleicht doch eine Scheibe sei. »Sebastian Fitzek«, quiekte die Linke der beiden aufgeregt.

»Fitzek?«, fragte er nach.

»Ja.« Nun nickte die Rechte. »Es ist seine Jubiläumstournee«, fügte sie hinzu und bedachte Jonathan dabei mit einem Blick, als sei er nicht ganz zurechnungsfähig.

»Vielen Dank!« Die Mädchen drehten sich wieder nach vorn und steckten kichernd die Köpfe zusammen, während Jonathan noch einmal seinen Blick über die Menschenmassen wandern ließ.

So viele Leser lockte ein Fitzek an? Er wusste natürlich, dass der Autor überaus erfolgreich war, aber solche Dimensionen hätte er sich in seinen wildesten Träumen nicht vorstellen können.

Jetzt bemerkte er, dass nicht wenige der Wartenden gleich mehrere Bücher des Schriftstellers unterm Arm klemmen hatten, einige hielten sogar große Fotos von ihm in der Hand, was Jonathan sich damit erklärte, dass sie hofften, ein Autogramm zu ergattern. Hier und da wurden Handys gezückt, die Mädchen schossen von sich und ihren Freundinnen Selfies, um diesen offenbar für sie so wichtigen Moment festzuhalten und in den sozialen Medien zu teilen.

Erstaunlich, es war wirklich erstaunlich. Niemals wäre Jonathan von sich aus auf die Idee gekommen, eine Veranstaltung von Sebastian Fitzek zu besuchen. Nun allerdings war er gespannt, was es mit diesem regelrechten Fan-Kult – anders konnte man das nicht bezeichnen – auf sich hatte. Wobei er gleichzeitig darüber verwundert war, dass das Filofax diesen Termin vorsah. Immerhin war es erst wenige Tage her, dass darin eine »Mediendiät« verordnet worden war, mit deren Hilfe sämtliche negativen Meldungen gemieden werden sollten. Soweit Jonathan wusste, handelte es sich bei Fitzeks Büchern um ziemlich brutale Thriller, da hätte er den Urheber des Filofax nur zu gern gefragt, wie er diesen Widerspruch erklärte.

Es dauerte eine ganze Viertelstunde, bis Jonathan in der Schlange endlich bis zur Kasse vorgerückt war. Nur gut, dass er wie üblich genügend Zeit eingeplant hatte, obwohl er natürlich nicht damit gerechnet hatte, dass bei der Veranstaltung dermaßen der Teufel los war.

Gerade wollte er dem Mann am Ticketschalter die Bestellnummer für seine Karten nennen, als er auch noch so heftig angerempelt wurde, dass er kurz ins Taumeln geriet. Die Verursacherin – eine Frau, die hektisch in ihr Handy bellte – bemerkte es nicht einmal, sondern boxte sich dicht gefolgt von einer Freundin mitten durch die wartende Menge nach draußen.

Herrje, das war ja hier nahezu lebensgefährlich! Ob das Gewühl den Bestimmungen der Brandschutzverordnung entsprach, mochte stark bezweifelt werden, im Fall einer Massenpanik hätten die Anwesenden alle denkbar schlechte Karten!

Pikiert blickte Jonathan den zwei Frauen nach, wurde dann aber mit einem unsanften Stoß in den Rücken und einem »Machen Sie mal voran!« von dem Mädchen hinter sich dazu aufgefordert, nicht länger den Verkehr aufzuhalten.

»Guten Abend«, wandte Jonathan sich wieder an den Mann am Ticket-Counter. »Für mich müssten unter der Bestellnummer 137 zwei Karten hinterlegt sein. Ich brauche allerdings nur eine.«

»Moment«, antwortete er und blätterte durch einen Kasten, in dem mehrere weiße Umschläge steckten. »Hier.« Er zog ein Kuvert heraus. »Nummer 137, bitte schön!«

»Ich brauche, wie gesagt, nur eine Karte.«

Der Mann zuckte mit den Schultern. »Die sind eh schon bezahlt, dann verschenken Sie halt eine. Die Lesung findet in Halle K6 statt.«

»Danke.« Jonathan nahm den Umschlag entgegen.

In diesem Moment legte sich ihm von hinten eine Hand auf die Schulter. Jonathan wollte schon herumfahren und das drängelnde Mädchen anblaffen, dass er ja schon Platz machte, als eine Stimme erklang. »Hallo«, sagte sie. »Ich nehme die zweite Karte.«

Jonathan zuckte zusammen. Damit hatte er nun überhaupt nicht mehr gerechnet. Er drehte sich um in der Erwartung, nun dem Besitzer des Kalenders gegenüberzustehen.

40

Hannah

14. Januar, Sonntag, 18:48 Uhr

Körperlich ging es Hannah nach einem belegten Brötchen und einem halber Liter Orangensaft zwar etwas besser, aber seelisch durchlitt sie wahre Höllenqualen, als sie mit Lisa direkt neben dem Ticketschalter stand und mit Argusaugen jeden einzelnen Besucher der Lesung fixierte. Ihre Freundin hatte Wort gehalten, sie hatten das Kampnagel-Gelände erreicht, als die Türen noch nicht geöffnet waren, und so sofort nach Beginn des Einlasses ihren Posten beziehen können.

Lisa hielt Hannahs Hand und drückte sie immer wieder, während sie beobachteten, wie vor allem Mädchen im Teenageralter ihre Karten abholten, nur vereinzelt waren ein paar Jungs sowie ältere Frauen und Männer zugegen. Bei jedem Mann, der an den Tresen trat, hielt Hannah die Luft an, denn schließlich wusste sie durch Sarasvati, dass der Entdecker des Kalenders männlich war.

Doch bisher wurde sie jedes Mal enttäuscht, keiner von ihnen nannte die Nummer 137. Hannah fühlte sich wie bei der Verkündung der Lottozahlen oder beim Bingo. Als würde sie händeringend darauf warten, dass diese eine für sie so lebenswichtige Zahl gezogen wurde – aber es passierte einfach nicht.

»Er kommt nicht!«, jammerte sie, als schon wieder ein männlicher Besucher die falsche Nummer genannt hatte. »Er kommt einfach nicht!«

»Bleib ruhig«, sagte Lisa und drückte ein weiteres Mal ihre Hand. »Da draußen stehen noch so viele Leute, er kann immer noch auftauchen!«

»Ich hoffe es«, murmelte Hannah und biss sich nervös auf die Unterlippe. »Ich hoffe es so sehr!«

Im nächsten Moment hörte sie ein leises Klingeln und spürte eine Vibration in ihrer hinteren Hosentasche, wo ihr Handy steckte. Einen kurzen Moment lang dachte sie, dass sie es ignorieren sollte, um auf keinen Fall zu verpassen, was am Ticketschalter vor sich ging. Dann aber holte sie es doch hervor und warf einen Blick aufs Display.

Erschrocken schlug sie eine Hand vor den Mund, diese Nummer kannte sie, denn sie hatte sie in den vergangenen Tagen nahezu ständig gewählt. Es war die Polizistin, die Hannah gesagt hatte, sie könne sie immer und jederzeit anrufen.

Lisa sah sie fragend an, ihr war Hannahs Reaktion nicht entgangen. »Wer ist es?«

»Die Polizei«, sagte Hannah, und ihre Stimme zitterte dabei. Sie nahm den Anruf entgegen und schloss die Augen. »Marx?«

»Hallo, Frau Marx.« Es war tatsächlich die Polizistin. »Wo sind Sie gerade?«

»Auf Kampnagel«, erwiderte sie.

»Sind Sie allein?«

»Nein. Ich habe eine Freundin dabei.«

»Gut.« Sie machte eine kurze Pause. »Könnten Sie mit ihr zusammen bitte zur Wache kommen? Das Revier am Wiesendamm ist ja gleich um die Ecke.«

»Was ist los?« Hannahs Stimme überschlug sich.

»Kommen Sie bitte erst einmal hierher.«

»Nein!« Nun schrie sie. »Sagen Sie mir sofort, was los ist!«

Die Polizistin antwortete etwas, was Hannah nicht verstand, weil um sie herum in diesem Moment ein paar Mädchen in lautes Gelächter ausbrachen.

»Moment!«, brüllte sie ins Handy. »Ich kann nichts hören und gehe kurz raus!« Mitten durch die Warteschlange stürzte sie auf dem direktesten Weg auf den Ausgang zu und ignorierte dabei die murrenden Laute der Menschen, die sie in ihrer Hektik anrempelte. Lisa folgte ihr auf dem Fuße.

»Was haben Sie gesagt?«, rief Hannah, sobald sie draußen vor der Tür stand.

»Ich möchte Sie bitten, zu uns aufs Revier zu kommen«, wiederholte die Polizistin.

»Nein«, beharrte Hannah. »Sagen Sie mir bitte gleich, was los ist, sonst bewege ich mich keinen Zentimeter. Haben Sie Simon gefunden?«

Schweigen am anderen Ende der Leitung.

»Hallo?«, schrie Hannah. Ihre Nerven waren zum Zerreißen gespannt. »Haben Sie ihn gefunden?«

»Ja«, antwortete die Polizistin leise. »Wir haben ihn.«

Erneut schloss Hannah die Augen, ihr Atem ging schwer, und sie hatte das Gefühl, dass ihr jeden Moment die Knie wegknicken könnten. »Geht es ihm gut?« Schon als sie die Frage stellte, wusste sie, wie die Antwort lauten würde.

»Nein«, bestätigte die Beamtin. »Es tut mir leid, Frau Marx. Simon Klamm ist tot. Ein paar Spaziergänger haben vor einer Stunde seine Leiche entdeckt.«

»Sind Sie sicher? Sind Sie ganz sicher, dass er es ist?«

»Ich fürchte schon. Wir konnten ihn anhand seines Personalausweises, die er bei sich trug, identifizieren. Aber um ganz sicherzugehen, müssen wir die Untersuchung des Gerichtsmediziners abwarten.«

»Dann könnte es also doch eine Verwechslung sein?«

»Frau Marx, ich möchte Sie wirklich bitten, jetzt zum Revier zu kommen.«

»Sagen Sie mir erst, ob noch die Möglichkeit einer Verwechslung besteht!«

Die Beamtin seufzte. »Die besteht nur rein theoretisch, wir gehen wirklich davon aus, dass er es ist.«

»Wo?«, schrie Hannah. »Wo ist er gefunden worden?«

»Er lag in einer Böschung am Mühlenteich. Offenbar ist er ertrunken.«

Hannah schnappte nach Luft, sackte in sich zusammen und wurde im letzten Moment von Lisa aufgefangen. »Gut«, krächzte sie ins Telefon. »Wir kommen.«

41

Jonathan

14. Januar, Sonntag, 18:50 Uhr

»So, so. Sie gehen also zu einer Lesung von Fitzek? Nun, Sie sehen mich durchaus überrascht!« Es war nicht ein Fremder, der seinen Kalender zurückhaben wollte – sondern Markus Bode. Und der grinste amüsiert von einem Ohr zum anderen.

»Tja«, Jonathan lachte bemüht auf, »ich dachte, ich schaue mir das mal an. Recherche, wenn Sie so wollen, ich muss mir ja einen Überblick über den Markt verschaffen.« Er fühlte sich unangenehm ertappt, hatte er seinem Geschäftsführer doch erst vor Kurzem auseinandergesetzt, dass er Bücher wie die von Fitzek quasi für den Untergang des kulturellen Abendlandes hielt. Es war beinahe so, als hätte sein Geschäftsführer ihn in einem Swingerclub oder einem Pornoshop erwischt. Wobei er in diesem Fall dann ja ebenfalls dort wäre, und so läge eine Pattsituation vor, die entweder beiden oder keinem von ihnen peinlich sein müsste. Allerdings hatte Bode bereits zugegeben, sich aus wirtschaftlichen Erwägungen in letzter Zeit durchaus für Swinger ... für Unterhaltungsliteratur zu interessieren.

»Sie müssen sich vor mir wirklich nicht rechtfertigen«,

sagte Bode nun. Es klang gönnerhaft. »Im Gegenteil, welch schöne Fügung! Die Lesung ist nämlich komplett ausverkauft, und ich hatte gehofft, an der Abendkasse noch eine Karte zu ergattern. Wie es aussieht, habe ich da Glück gehabt.« Er schmunzelte. »Jedenfalls, wenn Sie so nett sind, mich mit hineinzunehmen.«

»Ja, ähm«, erwiderte Jonathan. »In der Tat, was für ein Zufall! Und natürlich können Sie das zweite Ticket gern haben.« Er öffnete den Umschlag, holte die zwei Karten heraus und gab eine davon Markus Bode.

»Vielen Dank!«, sagte der Geschäftsführer und nahm sie nickend entgegen. »Was bekommen Sie dafür?«

»Ich bitte Sie!« Jonathan war empört. »Sie sind selbstverständlich eingeladen!« *Wenn auch nicht von mir,* schob er im Geiste hinterher.

»Nochmals danke«, erwiderte Bode. »Dann wollen wir uns das mal ansehen.«

Von der schnatternden Menschentraube ließen sie sich in Richtung K6 treiben, stellten sich erneut wartend an und reichten schließlich dem Kontrolleur am Eingang ihre Karten. Er riss sie ab und ließ die beiden Männer in den Lesungssaal passieren.

»Wow!«, rief Markus Bode aus und blieb wie angewurzelt stehen. Eine treffende Beschreibung der Situation, denn das hier war »Wow!«, ganz eindeutig war es das. Und es hatte wahrlich nicht das Geringste mit den Autorenveranstaltungen zu tun, die Jonathan bisher kannte:

An der rechten Seite der Halle war eine riesige Bühne aufgebaut, auf der tatsächlich bequem eine zehnköpfige Rockband Platz hätte. Darauf standen mehrere Mikrofonständer, die ein Schlagzeug in der Mitte umrahmten, das von rotierenden Scheinwerfern in buntes Licht getaucht wurde. Direkt darüber baumelte eine große Leinwand von der Decke, auf die das Cover von Fitzeks aktuellem Thriller projiziert wurde. Schlagzeug? Leinwand? Was genau erwartete sie gleich?

Offenbar eine ganze Menge, denn im Publikum waren ausschließlich euphorische Gesichter zu entdecken. Zu Hunderten (Hunderten!) saßen die Zuhörer auf der Tribüne (Tribüne! Keine Stuhlreihen, eine richtige Tribüne!), die Stimmung war aufgeladen wie beim Endspiel der Fußball-WM Deutschland gegen Brasilien, nur die Vuvuzelas und fahnenschwingende Fans fehlten noch. Keine einzige Siebzigjährige mit Taschentuch in Sicht, dafür hübsche Mädchen, die Eis und Getränke anboten. Und Popcorn gab es, unter Jonathans Füßen knirschte es, als er sich gemeinsam mit Bode durch die Reihen zu ihren Plätzen quetschte.

Sie setzten sich ziemlich weit vorn mit guter Sicht auf die Bühne hin, der anonyme Spender hatte vorzügliche Karten ausgewählt. Jonathan warf einen Blick auf seine Uhr, in einer Viertelstunde wäre es 19:30 Uhr, dann würde das Spektakel beginnen.

Und es begann, das Spektakel. Um Punkt halb acht gingen die Lichter aus, in ohrenbetäubender Lautstärke ertönte Musik, und auf der Leinwand erschien ein überlebensgroßes Bild von Sebastian Fitzek, dicht gefolgt von einem rasant geschnittenen Trailer zu seinem neuen Buch. Das Publikum johlte, Applaus setzte ein, brandete mehr und mehr auf und mündete schließlich in wildem Fußgetrappel, als der Autor selbst endlich die Bühne betrat und ein »Herzlich Willkommen und guten

Abend, Hamburg! Mein Name ist Sebastian Fitzek!« in sein Headset schrie.

Ekstatisches Kreischen, Menschen sprangen im Begeisterungstaumel von ihren Sitzen auf, Deutschland schoss das 1 : 0! *Das* war mal ein Auftritt! Würde Jonathan es gerade nicht mit eigenen Augen sehen und erleben – er würde es nicht für möglich halten. Donnerknispel!

»Tja.« Mehr sagte Markus Bode zuerst einmal nicht, als sie nach der Lesung in einer Weinstube um die Ecke saßen, um dort bei einem guten Glas den Abend gemeinsam Revue passieren zu lassen.

»Tja«, stimmte Jonathan ihm zu. Sie sahen sich schweigend an, beide noch einigermaßen erschüttert. Sebastian Fitzek hatte in den vergangenen zwei Stunden ein wahres Feuerwerk der Unterhaltungskunst abgebrannt.

Hatte souverän durch den Abend geführt, fesselnde Passagen aus seinem Thriller vorgelesen und mittels einer ausgefeilten Power-Point-Präsentation die Hintergründe der Geschichte erläutert. Er hatte sich selbst interviewt, Leute aus dem Publikum auf die Bühne geholt und einen Witz nach dem nächsten gerissen. Dann hatte eine Band den »Soundtrack zum Buch« gespielt, Fitzek hatte dazu am Schlagzeug die Sticks geschwungen, und die Zuschauer waren in regelmäßigen Abständen wieder und wieder ausgeflippt. Schlüpfer waren nicht geflogen, aber auch das hätte Jonathan überhaupt nicht mehr gewundert.

Im Anschluss an die Lesung hatte der Autor einen im Foyer aufgebauten Büchertisch bezogen, und die Leute waren in Heerscharen zu ihm hingepilgert, um sich ihre

Bücher signieren zu lassen, sich ein Autogramm zu holen oder von ihm und sich ein Foto zu machen. Sehr wahrscheinlich, dass Fitzek noch bis zum nächsten Morgen dort sitzen würde, um dem Ansturm gerecht zu werden, die ganze Sache hatte etwas von einer Heiligenverehrung.

»Tja«, sagte Markus Bode noch einmal und unterbrach damit Jonathans Gedanken. »Verstehen Sie jetzt, was ich meine, wenn ich sage, dass Griefson & Books gut daran täte, einen solchen Autor unter Vertrag zu haben? Ein einziger Schriftsteller vom Kaliber eines Fitzek – und wir könnten uns zehn weitere Buchpreisträger leisten.«

»Eher zwanzig«, gab Jonathan zurück und nickte. »Ja, ich verstehe voll und ganz, was Sie meinen.« Und nicht nur das, klammheimlich musste er sich selbst gegenüber etwas eingestehen, was er Markus Bode allerdings mit Sicherheit nicht verraten würde: Er hatte sich bestens unterhalten gefühlt, der gesamte Abend war an ihm wie im Zeitraffer vorbeigerauscht.

Kein Vergleich zu den Lesungen, denen er sonst beizuwohnen pflegte. Die hatten doch immer etwas recht Beklemmendes an sich gehabt, und jede Minute, die der Autor dabei im Bewusstsein seiner eigenen Wichtigkeit aus einem Werk vorgetragen hatte, hatte sich so endlos lange hingezogen wie ein tot gekautes und fades Stück Kaugummi. »Hätten wir denn«, fragte er zaghaft nach, »überhaupt irgendwelche Manuskripte als Angebot vorliegen, die in eine so populäre Richtung gehen?«

»Bisher nicht. So was bekommen wir natürlich nicht zugeschickt, denn wie Sie selbst schon sagten, steht Griefson & Books nicht für eine solche Art der Literatur. Wir müssten uns danach umsehen.« Er blickte Jonathan erwartungsvoll an. »Soll ich das mal tun? Ich könnte ein paar Agenten anrufen und sie darum bitten, uns auch mit solchen Stoffen zu versorgen.«

»Lassen Sie mich darüber nachdenken«, bremste Jonathan ihn aus. »So schnell kann ich das nicht entscheiden.« Außerdem wollte er dazu erst mit seinem Vater sprechen. Und dafür natürlich einen Moment der geistigen Klarheit erwischen. Er hoffte, dass Wolfgang Grief für solch ein wichtiges Gespräch noch genug bei Verstand war, wenigstens ein paar Minuten lang. Sonst müsste Jonathan allein eine Entscheidung treffen, und das ...

Gleich morgen früh würde er seinem Vater im Sonnenhof einen Besuch abstatten!

42

Hannah

15. Januar, Montag, 8:05 Uhr

*Manchmal sind Dinge, die so grauenhaft erscheinen, dass
wir sie nicht glauben können, trotzdem wahr.*

Wieder und wieder ging Hannah dieser Satz durch den
Kopf. Dieser eine schlimme Satz, den Lisa erst vor wenigen Wochen zu ihr gesagt hatte. Und er stimmte. Es war
grauenhaft. Und es war wahr. Simon hatte sich umgebracht, er hatte es tatsächlich getan.

Zwar hatte Hannah seine Leiche, die ein älteres Paar
beim einem Spaziergang am gestrigen Abend am Mühlenteich gefunden hatte, nicht gesehen, aber die Polizei
war sich zu 99 Prozent sicher, dass es sich bei dem toten
Mann um Simon handelte.

Eine Identifizierung durch Hannah hielten die Beamten für nicht nötig (sie hatten ihr auch dringend davon
abgeraten, ihn noch einmal zu sehen), und letzte Gewissheit würde die von der Staatsanwaltschaft angeordnete
gerichtsmedizinische Untersuchung bringen, denn die
Todesursache stand noch nicht ganz fest.

Man ging zwar davon aus, dass er ertrunken war, dass
er sich tatsächlich im eiskalten Wasser der Alster das
Leben genommen hatte – dafür sprach nicht nur sein

Abschiedsbrief, sondern auch der Umstand, dass ersten Ermittlungen zufolge keinerlei Fremdverschulden fest-zustellen gewesen war –, aber Hannahs Ansprechpart-nerin hatte ihr erklärt, dass sie mit Hilfe einer Obduktion ganz sicher gehen wollten. Direkte Zeugen für seinen Selbstmord hatte es nicht gegeben, und so sollten die In-dizien, die dafür sprachen, noch mit eindeutigen Bewei-sen untermauert werden.

Hannah brauchte diese Sicherheit nicht mehr. Für sie stand fest, was sie im tiefsten Innern ihres Herzens eigent-lich die ganze Zeit gewusst hatte. Auch wenn sie es bis zu-letzt nicht hatte wahrhaben wollen: Simon hatte sich an dem Neujahrsmorgen, an dem sie nichts ahnend in sei-nem Bett geschlafen hatte; an dem sie beim Aufwachen noch gedacht hatte, dass sie ihn mit ihrem Kalender er-reicht hatte, dass es ihr gelungen war, ihm neue Hoffnung zu geben; genau an ebendiesem Morgen hatte er sich um-gebracht. Hatte eine einsame Entscheidung getroffen, hatte Hannah zurückgelassen, ihr nicht einmal mehr die Chance zugestanden, mit ihm darüber zu reden und nach einer Lösung zu suchen. Stattdessen hatte er für sich den letzten, den endgültigsten aller Auswege gewählt.

Sie saß in Simons Küche auf einem seiner Charles-Eames-Stühle und fühlte sich wie erstarrt. Lisa hatte sie vor einer Stunde nach Hause geschickt, nachdem ihre Freundin die erste Hälfte der Nacht mit ihr zusammen auf dem Polizeirevier, die zweite Hälfte in Simons Woh-nung verbracht hatte. Lisa war ratlos gewesen. Sprachlos. Bis auf ihr übliches »Es tut mir leid« hatten ihr die Worte gefehlt. Aber was sollte man dazu auch sagen? Außer dass es einem tatsächlich leidtun konnte.

Um Simon. Um Hannah. Um alles, was hätte sein können und nun ein für alle Mal nie wieder würde möglich sein. Aus. Vorbei. Für immer.

»Bist du sicher, dass du allein klarkommst? Sonst rufe ich deine Eltern an«, hatte Lisa vorgeschlagen, als Hannah sie darum gebeten hatte zu gehen, weil sie ganz für sich ihren Gedanken nachhängen wollte.

»Ich will jetzt niemanden sehen. Aber es wäre schön, wenn du Mama und Papa anrufst und ihnen erzählst, was passiert ist, das schaffe ich gerade nicht«, hatte sie erwidert und war selbst erstaunt gewesen, wie ruhig sie dabei geklungen hatte. Schon auf dem Polizeirevier war sie so unnatürlich gefasst geblieben, war wie betäubt gewesen, als hätte man sie unter starke Medikamente gesetzt. Der von ihr und allen anderen erwartete Zusammenbruch war ausgeblieben, sie hatte wie im Schockzustand reagiert. »Mach dir um mich keine Sorgen, ich komme schon klar. Und du musst ja auch später zur Rasselbande.«

»Dass du daran überhaupt denkst! Das ist jetzt wirklich nicht wichtig.«

»Doch, das ist es«, hatte Hannah Lisa widersprochen, »es ist ja das Einzige, was ich noch habe. Sobald es mir ein bisschen besser geht, bin ich auch wieder voll dabei, ich brauche nur noch ein paar Tage.«

»Lass dir damit alle Zeit der Welt, ich bin ja da und halte die Stellung, und unsere Mütter helfen mir.«

»Wofür denn?«, hatte sie darauf wissen wollen. »Wofür soll ich mir alle Zeit der Welt lassen? Damit ich hier rumsitze und darüber nachdenke, dass Simon wirklich tot ist? Dass er wirklich und wahrhaftig nie wieder zurückkommen wird? Dass ich ihn nieder wieder im Arm halten oder küssen kann, dass das alles nie, nie, nie wieder sein wird?« Dann endlich waren die erlösenden Tränen gekommen, hatten sich in regelrechten Sturzbächen entladen. So heftig und so laut hatte Hannah geschluchzt, dass es sie am ganzen Körper geschüttelt hatte.

»Schsch!« Lisa hatte sie in den Arm genommen und sie sachte hin- und hergewiegt. »Ist ja schon gut, meine Süße. Es ist gut.«

Doch es war nicht gut. Nichts war gut, und nichts würde je wieder gut sein. Das wurde Hannah nun, während sie allein in Simons Küche saß, mit brutalster Deutlichkeit bewusst. Mit einem Mal fühlte sie sich hier fremd, in dieser Wohnung eines Toten.

Was sollte sie hier noch? Das waren nicht ihre Sachen, von denen sie gerade umgeben war, und der, dem sie gehörten – der brauchte das alles nicht mehr. Nicht seine heiß geliebten Charles-Eames-Stühle, nicht seine ausgeklügelte italienische Espresso-Maschine, nicht mehr die Teller und das Besteck im Schrank oder den bescheuerten Becher aus Steingut mit der Aufschrift »Chef«; nicht mehr die Klamotten, die immer noch im Trockner lagen, nicht mehr die vielen Bücher im Wohnzimmerregal, nicht mehr das Rennrad, das im Flur an der Wand hing, und auch nicht mehr seine grauenhaften Hausschuhe von Birkenstock, bei deren Anblick Hannah, als sie sie zum ersten Mal an seinen Füßen gesehen hatte, gesagt hatte, dass so etwas eigentlich ein sofortiger Trennungsgrund sei.

Nichts davon, nichts, nichts, *nichts* brauchte er noch. Das waren alles nur *Sachen*! Tote und leblose Sachen, vollkommen nutzlos ohne ihren Besitzer.

Hannah sprang vom Küchenstuhl auf und wanderte rastlos durch die Wohnung. Nach den Tränen kam nun die Wut. Die rasende, die unermessliche Wut auf Simon, dass er so feige gewesen war.

Feige, feige, *feige!*

Selbstmord, das war so eine rücksichtslose, so eine *memmenhafte* Lösung! Alles hinschmeißen, ohne auch nur einen einzigen Gedanken zu verschwenden an diejenigen, die man damit zurückließ. Einfach »Stecker ziehen und nach mir die Sintflut«, das war so egoistisch, so gemein, so … so absolut unmenschlich! Ja, der, der gegangen war, hatte es leicht, für ihn war danach alles egal, er bekam es ja nicht mehr mit. Und die anderen konnten dann zusehen, wie sie klarkamen; wie sie die Trümmer zusammenfegten, wie sie irgendwie zurück ins Leben fanden, wie sie weitermachen konnten.

Rumms! Mit einer energischen Bewegung schubste Hannah die Espressomaschine von der Arbeitsplatte, die mit einem lauten Knall auf dem Küchenfußboden landete und dabei zwei Fliesen zerschlug. Das fühlte sich gut an, sehr gut.

Sie riss die Türen der Oberschränke auf, fegte alles aus den Regalen, sah Teller, Tassen, Gläser zu Bruch gehen und spürte mit jedem Stück, das zersprang, wie die feinen Haarrisse, von denen ihr Herz durchzogen war, ebenfalls zerbarsten. Dann folgten Packungen mit Nudeln, Konserven, Marmeladengläser, Teedosen, Zucker, Salz, Mehl, alles schleuderte sie voller Inbrunst zu Boden, bis die Küche einem Schlachtfeld glich.

Sie ging hinaus in den Flur und setzte ihr Werk im Wohnzimmer fort, kippte den Fernseher um, wischte eine Blumenvase samt Inhalt vom Tisch, nahm Bilder von den Wänden und zertrümmerte sie auf einer Ecke der Fensterbank, riss sämtliche Vorhänge aus den Laufschienen und schmiss CDs durch die Gegend.

»Arschloch!«, brüllte sie laut, während sie nach einem gerahmten Foto von Simon und sich griff, das auf der Kommode neben dem Sofa stand. Mit voller Wucht donnerte sie es gegen eine Wand. »Du riesengroßes, blödes Arschloch! Wie konntest du mir das antun?«

Sie stampfte mit dem Fuß auf, schrie noch einmal »Arschloch!«, diesmal so laut, dass sie jeden Moment mit dem Klingeln eines Nachbarn rechnete. Ja, wie hatte Simon ihr das antun können? Egal, wie groß seine Angst auch gewesen war, wie riesig seine Sorge, dasselbe Schicksal erleiden zu müssen wie seine Eltern – das hier war unfair!

Es war unfair, weil es Hannah der Chance beraubte, sich wenigstens von ihm verabschieden zu können. Wenigstens noch einmal seine Hand halten zu dürfen, ihn noch einmal in den Arm zu nehmen und ihm alles zu sagen, was sie ihm noch hätte sagen wollen. Er hatte einfach einen Schnitt gemacht und ließ Hannah sprachlos zurück mit einem läppischen Brief und der Feststellung, dass *seine Liebe nicht ausreichte, um es weiterzuversuchen?* Raaaah!!!!

Hannahs Blick fiel auf die Autoschlüssel, die neben Fahrzeugschein und –brief auf der Kommode lagen. Simons Mustang. Sein Heiligtum.

Sie schnappte sich die Schlüssel, stürzte damit aus der Wohnung und war zwei Minuten später unten beim Auto angelangt. Im ersten Moment wollte sie den Wagen demolieren, wollte die Scheinwerfer einschmeißen, die Scheibenwischer verbiegen, die Außenspiegel abtreten, wollte mit dem Schlüssel am dunkelroten Lack entlangfahren und mit einem kreischenden Geräusch tiefe Kratzer hinterlassen. So tief und scharfkantig, wie die Kratzer in ihrer Seele waren.

Doch dann besann sie sich. Schwer atmend stand sie vor dem Mustang, während sie sich langsam wieder beruhigte. Sie hatte genug getobt und gewütet, hatte sich die nötige Erleichterung verschafft. Statt das Auto in Schutt und Asche zu legen, stieg sie ein und startete den Motor.

Mit Simons Schätzchen hatte sie andere Pläne.

43

Jonathan

15. Januar, Montag, 8:33 Uhr

Es war schon erstaunlich. Kaum hatte Jonathan sich am gestrigen Abend dazu durchgerungen, den Versuch eines Gesprächs mit seinem Vater zu unternehmen, war es, als würde ihn der geheimnisvolle Kalender in seinem Vorhaben bestärken.

Probleme kann man niemals mit derselben Denkweise lösen, durch die sie entstanden sind.
Albert Einstein

Mit diesem Zitat begann der Eintrag für den heutigen Tag, und Jonathan musste zustimmend nicken, als er den Satz las. Auch der weitere Text gefiel ihm:

Mach heute immer das genaue Gegenteil von dem, was du sonst tust. Und sei gespannt, was dabei herauskommt. »Veränderung« kommt von »anders machen«, denn nur so kannst du neue Erfahrungen sammeln, die dich vielleicht überraschen. Brich mit deinen Gewohnheiten, probiere dich aus, erweitere deinen Horizont! Telefoniere mit links, wenn du den Hörer sonst in der rechten Hand

hältst. Kaufe in einem anderen Supermarkt und andere
Marken ein, nimm den Bus und nicht das Auto, sei beson-
ders freundlich zu Menschen, über die du dich normaler-
weise ärgern würdest, bestell im Restaurant etwas, was du
sonst nie isst, erlebe die Welt um dich herum einmal voll-
kommen neu, als wärst du ein anderer Mensch und nicht
du selbst. Viel Spaß dabei!
P. S.: Und weil der liebe Herr Einstein zu dem Thema so
viele schlaue Dinge gesagt hat, dass ich mich gar nicht
entscheiden konnte, hier noch ein zweites Zitat des alten
Relativitätstheoretikers: »Die Definition von Wahnsinn ist,
immer wieder das Gleiche zu tun und andere Ergebnisse
zu erwarten. «

Jonathan lachte laut auf und schüttelte den Kopf. So hatte er das noch nie gesehen, obwohl es natürlich absolut stimmte. Das *war* Wahnsinn!

Die meisten Menschen taten ständig dasselbe, folgten ihrem Gewohnheitstrott und wunderten sich am Ende darüber, dass stets ein und dasselbe dabei herauskam. Und Jonathan war da keine Ausnahme, das wollte er überhaupt nicht von sich behaupten. Erst seit er den Kalender gefunden hatte, war sein Leben angefüllt mit ungewöhnlichen Ereignissen.

Sarasvati, Leopold, das Tennisspielen mit Markus Bode und nicht zuletzt die Lesung von Sebastian Fitzek, die er unter normalen Umständen niemals besucht hätte. Er hatte das, was das Filofax ihm für heute empfahl, also eigentlich schon die ganze Zeit in die Tat umgesetzt. Nur war es ihm nicht bewusst gewesen.

Und heute nun also das Gespräch mit seinem Vater.

Hatte er bisher immer noch leichtes Bauchgrummeln verspürt bei dem Gedanken daran, seinem alten Herrn gegenüber zu offenbaren, dass Griefson & Books in einigen Schwierigkeiten steckte und dass er deshalb nach neuen Lösungen suchen musste, sah er sich nun darin bestätigt, dass es richtig war, es zumindest zu versuchen.

Was sollte auch schon groß passieren? Am wahrscheinlichsten war doch, dass Wolfgang Grief seinen Ausführungen gar nicht mehr richtig würde folgen können, und dann wäre er zwar hinterher nicht schlauer als zuvor, aber immerhin auch nicht dümmer.

Nachdem Jonathan gefrühstückt, geduscht und sich angezogen hatte, nahm er seine Aktentasche mitsamt dem Kalender und seine Autoschlüssel, um sich Richtung Sonnenhof an der Elbchaussee aufzumachen.

Draußen in der Auffahrt klickte er die Türen seines Saabs auf und wollte sich gerade ans Steuer setzen, als er innehielt. Der Kalender empfahl ihm ja, heute auf öffentliche Verkehrsmittel zurückzugreifen. Wenn er jetzt in den Wagen stieg, bedeutete das, diese Anweisung zu missachten, also ließ er den Autoschlüssel in seiner Manteltasche verschwinden und marschierte stattdessen zu Fuß los.

Erst nach einigen Metern fiel ihm auf, dass er gar keine Ahnung hatte, wohin er eigentlich gehen sollte, denn er war seit seiner Kindheit tatsächlich nie wieder mit dem Bus oder der U-Bahn unterwegs gewesen. Warum auch? Er besaß ein Auto, es gab also überhaupt keinen Grund, die Hamburger Verkehrsbetriebe zu bemühen.

Wie genau er mit öffentlichen Verkehrsmitteln vom Innocentiapark zur Elbchaussee gelangen sollte, wusste er nicht. Nur dass es eine ziemlich weite Strecke war, mit der

er selbst auf eigenen vier Rädern eine halbe Stunde benö-
tigte. Wie lange würde es von Tür zu Tür dauern, wenn er
nicht den Saab nahm, sondern in einen Bus stieg? Mit Sicherheit mindestens eine Stunde. Das wäre doch Zeitver-
schwendung, oder nicht? Und Verschwendung – darauf
reagierte Jonathan in allen Lebensbereichen allergisch.

Er ging zurück zu seinem Auto, in diesem Fall würde
er sich über die Empfehlung des Filofax hinwegsetzen,
denn er hatte schließlich keine Zeit zu verschenken.

Erneut klickte er mit dem Schlüssel die Fahrertür auf –
erneut hielt er inne. Hm. So ganz richtig fühlte sich das
nicht an. Als würde er etwas Verbotenes tun. So als würde
er sich glatt ohne Führerschein hinters Steuer setzen (was
er natürlich nie, nie, *nie* tun würde; wobei ihm allerdings
auch kein Grund einfiel, weshalb man ihm jemals seine Fahrerlaubnis wegnehmen sollte). Klick, er schloss die
Tür, drehte sich um und ging wieder die Straße herunter.

Aber wohin?

Er machte kehrt und ging wieder zur Auffahrt zurück.

Kurz davor drehte er erneut ab.

Vielleicht könnte er als Kompromiss ein Taxi nehmen,
überlegte Jonathan. Schon zückte er sein Mobiltelefon,
um sich eins zu rufen, doch dann ließ er es wieder sinken.

Nein, er sollte sich auch nicht selbst betrügen, ein Taxi
wäre nicht mal ein fauler Kompromiss, sondern reinste
Augenwischerei. Schließlich ging es um neue Erfahrungen, darum, seinen Horizont zu erweitern – wie sollte das
mit einer Taxifahrt möglich sein? Es sei denn, Jonathan
traf zufälligerweise auf einen Fahrer, der ihm neue Erkenntnisse vermittelte. Nein, eine Fahrt mit dem Taxi
wäre irgendwie geschummelt.

»Guten Morgen, Herr Grief!« Die Stimme hinter ihm ließ ihn herumfahren. Hertha Fahrenkrog kam auf ihn zuspaziert, wie immer hatte sie ihre Pudeldame dabei. »Was stehen Sie denn hier herum wie bestellt und nicht abgeholt?«

»Wie bitte?«

»Nun ja«, sie schmunzelte, »ich habe Sie vom Küchenfenster aus beobachtet und kam nicht umhin zu bemerken, dass Sie einen etwas verwirrten Eindruck machen. So, wie Sie hier draußen hin und her laufen, scheinen Sie nicht so recht zu wissen, wohin Sie wollen.«

»Doch, doch«, erwiderte Jonathan. »Ich will meinen Vater besuchen. Nur weiß ich nicht, wie ich da hinkomme.«

»Ist Ihr Auto kaputt?«

»Nein. Aber ich dachte, ich fahre mal mit den öffentlichen Verkehrsmitteln.«

»Wieso?« Sie sah ihn verständnislos an. »Ich denke, Ihr Wagen ist nicht kaputt, dann nehmen Sie doch den.«

»Ja, ich, ähm …« Wie erklärte er das? Busfahren als Selbstfindungstrip – er bezweifelte, dass Herta Fahrenkrog die nötige Bewusstseinsebene hatte, um das zu verstehen. »Ich muss danach noch zum Augenarzt«, log er und hoffte, dass er dabei nicht allzu rot anlief. Denn normalerweise kam nicht einmal die kleinste Schwindelei über seine Lippen, ohne dass man es ihm auf der Stelle ansah. Sein Vater hatte sich darüber oft amüsiert, seine Mutter hingegen hatte es als Zeichen dafür gesehen, dass er das Herz am rechten Fleck trug. »Da wird eine Untersuchung gemacht«, erklärte er, der das Herz am rechten Fleck trug, weiter, »und dafür bekomme ich ein paar

Augentropfen verabreicht, nach denen ich nicht Auto fahren darf.«

»Ach so.« Hertha Fahrenkrog nickte verstehend. »Grauer Star, was? Das hatte mein Heinzi auch.« Sie seufzte. »Gott hab ihn selig, am Ende hat er kaum noch was gesehen.« Sie beugte sich hinunter zu ihrem Pudel. »Nicht wahr, Daphne, Herrchen hat uns zum Schluss fast gar nicht mehr erkannt.«

»Äh, ja«, stotterte Jonathan.

»Aber so ist das im Alter«, setzte seine Nachbarin lächelnd noch einen drauf, »da müssen wir alle mit ein paar Zipperlein leben.«

»Richtig«, bestätigte Jonathan. Und rief sich gleichzeitig in Erinnerung, dass er erst beim Frühstück gelesen hatte, dass er heute gut daran täte, zu Leuten, über die er sich normalerweise ärgern würde, freundlich zu sein. Und so war er freundlich zu Hertha Fahrenkrog, er war sogar *sehr* freundlich. So freundlich, dass er darauf verzichtete, ihr auseinanderzusetzen, dass er erst zweiundvierzig Jahre alt war und demnach im Gegensatz zu ihrem verschiedenen Gatten nicht aus der Zeit des deutschen Kaiserreichs stammte. Denn auch wenn er nicht mehr das Vergnügen gehabt hätte, den lieben »Heinzi« noch persönlich kennenzulernen, würde er in Anbetracht des Umstandes, dass die werte Frau Fahrenkrog selbst unmittelbar vorm Erreichen des Zentenariums stünde, davon ausgehen, dass …

»Warum rufen Sie sich nicht einfach ein Taxi?«, ging seine Nachbarin dazwischen, ehe Jonathan sich gedanklich noch tiefer in komplizierte Satzkonstruktionen verstricken konnte.

»Das ist eine gute Frage!«

»Und warum nicht?«

»Weil … weil … weil ich heute mal mit dem Bus fahren will.« Warum sollte er nicht einfach die Wahrheit sagen? War doch nichts dabei!

»Mit dem Bus?« Daphne winselte. »Sie?«

»Warum denn nicht?«

»Na ja, Sie haben doch genug Geld für ein Taxi.«

»Nur weil ich genug Geld habe, muss ich es nicht gleich aus dem Fenster werfen!«

Hertha Fahrenkrog kicherte.

»Was ist denn bitte so lustig?«

»Gar nichts«, erwidere sie. »Ich kann Sie mir nur nicht so recht in einem Bus vorstellen. «

»Das müssen Sie mir erklären.«

»Nun ja«, setzte sie an. »Das ist doch eher was für gewöhnliche Leute.«

»Und Sie halten mich nicht für gewöhnlich?«

»Auf gar keinen Fall.«

»Das klang jetzt nicht gerade wie ein Kompliment.«

»Das ist Ihre Sache.«

»Was ist meine Sache?«

»Was Sie aus meinen Sätzen raushören.« Sie grinste ihn fröhlich an, und Jonathan war nahezu schockiert darüber, dass es im Kopf dieser kleinen, hutzeligen Frau so schnell ratterte wie eine Nähmaschine. Erstaunlich! Bekam sie dafür Medikamente von ihrem Hausarzt? Oder hielt Daphne sie geistig fit? Dann sollte er doch die Anschaffung eines Hundes in Erwägung ziehen, nur für den Fall, dass die Demenz seines Vaters sich am Ende als erblich herausstellen sollte.

»Wie dem auch sei«, meinte Jonathan. »Ich habe jedenfalls beschlossen, mich mit Bus und Bahn bis zur Elbchaussee durchzuschlagen.«

»Wie Günter Wallraff«, setzte seine Nachbarin den nächsten Stich.

Den konnte Jonathan allerdings sogar parieren. »Genau! ›Jonathan N. Grief ganz unten‹«, zitierte er frei den bekannten Titel des Buches von Wallraff, mit der er sich in den 80er-Jahren einen Namen als Undercover-Journalist gemacht hatte. Soweit Jonathan wusste, war auch das ein Bestseller gewesen, wie Griefson & Books ihn dringend gebrauchen könnte. Irgendwie wurde er immer wieder zu diesem Thema zurückgeführt, das Vision-Board schien ganze Arbeit zu leisten. »Also dann!« Er hob die Hand zum Gruß, drehte sich um und spazierte davon.

»Wo wollen Sie denn hin?«, rief Hertha Fahrenkrog ihm nach.

Er wandte sich ihr wieder zu. »Zum Bus«, erklärte er.

»Dann würde ich an Ihrer Stelle in die andere Richtung gehen«, sagte sie. »Da vorne fährt gar kein Bus.«

»Natürlich nicht«, antwortete er und schlug den entgegengesetzten Weg ein.

»Wenn Sie zur Elbchaussee wollen, sollten Sie sowieso die U-Bahn nehmen.«

Erneut blieb er stehen. Und gab sich geschlagen. Es war ja Unsinn, so zu tun, als hätte er auch nur die geringste Ahnung, wohin er musste. Dann würde er sich eben von einer Hundertjährigen erklären lassen, wie er mit öffentlichen Verkehrsmitteln sein Ziel erreichte.

Zwanzig Minuten später fand Jonathan, dass der Wall-raff-Vergleich gar nicht so sehr hinkte. Er saß in der U3 von der Station Hoheluftchaussee Richtung St. Pauli (von dort aus sollte er den Bus Nummer 36 Richtung Blankenese nehmen, hatte ihm seine Nachbarin eingeschärft) und konnte dabei feststellen, dass es durchaus Leute gab, die Bier für ein passendes Getränk zum Frühstück hielten.

Etwas verängstigt saß er in die Ecke einer Sitzbank gequetscht und beobachtete zwei Männer, die unweit von ihm mit jeweils einer Dose Astra in der Hand schwankend im Mittelgang der Bahn standen und so laut miteinander diskutierten, dass es eher nach einem handfesten Streit klang.

Jonathan hatte ein klein wenig Sorge, die zwei könnten jeden Moment eine Schlägerei beginnen, in die er dann möglicherweise hineingeraten würde. Er wandte den Blick ab, um die beiden Biertrinker nicht aus Versehen zu provozieren, und beobachtete stattdessen die anderen Fahrgäste.

Die meisten von ihnen lasen, waren dafür aber weder in eine Zeitung noch in ein Buch vertieft, sondern tippten auf ihren Mobiltelefonen oder einem Tablet herum. Interessant. Und erschreckend.

Er erinnerte sich noch gut daran, wie es vor einigen Jahren im Verlag eine Diskussion ums Thema »Elektronische Bücher« gegeben hatte, die sein Vater seinerzeit mit einem energischen »Das E-Book ist nur eine vorübergehende Modeerscheinung, bei der wir auf keinen Fall mitmachen! Griefson & Books druckt auf Papier, basta!« im Keim erstickt hatte. Allerdings hatte Bode kurz darauf bestanden, dass für das Lektorat die entsprechenden

Lesegeräte angeschafft wurden, weil es, wie er etwas verschämt erläutert hatte, das Prüfen von Manuskripten so deutlich effizienter machte, dass das Lektorat auf keinen Fall länger darauf verzichten wolle. Nun, wenn Jonathan sich in der U-Bahn so umsah, dann schätzten nicht nur seine Lektoren die Vorzüge des digitalen Buchs.

An der Station St. Pauli verließ er die Bahn, obwohl die Tatsache, dass auch die zwei Biertrinker hier ausstiegen, ihn beinahe dazu veranlasst hätte, einfach weiterzufahren. Auch das Informationsschild direkt am Ausgang der U-Bahn-Station, das auf das absolute Waffen- und Glasflaschenverbot in diesem Bezirk hinwies, weckte in ihm nicht gerade das Bedürfnis, an diesem Ort länger als nötig zu verweilen.

Erleichtert stellte er fest, dass die Bushaltestelle der Linie 36 nur ein paar Meter entfernt lag, er würde also nicht einmal kreuz und quer über die Reeperbahn wandern und dabei Gefahr laufen müssen, irgendwelchen finsteren Gestalten zu begegnen, die die Sache mit dem Waffenverbot nicht ganz so genau nahmen.

Er stellte sich neben die Haltebucht und wartete auf den richtigen Bus, laut Fahrplan sollte es nur wenige Minuten dauern.

Ein dunkelroter Wagen fuhr direkt vor ihm vorbei und zog Jonathans Aufmerksamkeit auf sich: ein alter Ford Mustang, und zwar ein besonders schönes und gepflegtes Modell. Als das Auto an der Ampelkreuzung vorm Millerntor hielt, konnte er am Steuer eine rothaarige Frau erkennen.

Jonathan musste grinsen, und das lag nicht nur daran, dass gerade ein Teil seines Vision-Boards quasi blechgeworden vor ihm stand, sondern auch, weil er sich in diesem Moment bei einem gedanklichen Klischee ertappte. In diesem Viertel hätte er eine Frau auf dem *Beifahrer*sitz erwartet, während das Fahrzeug selbst von einem Zuhälter gelenkt wurde. Aber vermutlich hatte er in seiner Kindheit und Jugend von seinen Eltern einfach nur zu viele Räuberpistolen über die Reeperbahn gehört, die den einzigen Sinn gehabt hatten, ihn von Hamburgs sündiger Meile fernzuhalten.

Mit Erfolg, musste er sich eingestehen. Er war noch nie auf dem Kiez gewesen, auch nicht, als er längst erwachsen gewesen war. Warum eigentlich nicht? Gehörte es für einen Hamburger nicht dazu, wenigstens ein Mal auf der Reeperbahn gefeiert zu haben? Von Samstagabend bis in den frühen Sonntagmorgen, mit einem Krabbenbrötchen vom Fischmarkt als krönenden Abschluss einer gelungenen Nacht.

Während er hier stand und etwas verträumt zu dem Mustang hinüberblickte, spürte er glatt die Lust in sich aufsteigen, das mal zu tun. Abgesehen vom Krabbenbrötchen natürlich, denn dieses Getier konnte er auf den Tod nicht ausstehen. Den Rest des Programms fand er allerdings gerade recht verführerisch. Vielleicht wäre Markus Bode auch für so eine Kiez-Sause die richtige Begleitung? Jedes Alternativprogramm zum einsamen Abend im Hotel müsste bei ihm doch begeisterte Zustimmung hevorrufen.

Die Ampel sprang auf Grün, die Frau im Mustang gab Gas und verschwand kurz darauf mitsamt dem Fahrzeug aus Jonathans Sichtfeld. Er seufzte und wendete sich beinahe ein bisschen traurig ab. Das war ein wirklich, wirklich schönes Auto.

44

Hannah

15. Januar, Montag, 9:59 Uhr

*Reeperbahn, ich komm an. Du geile Meile, auf die ich
kann …*

Hannah war nach allem anderen außer Singen zumute,
als sie in Simons Wagen die Millerntorhochhäuser erreichte, die den Eingang zum Hamburger Kiez markier-
ten. Trotzdem trällerte sie Udo Lindenbergs Hommage
an die Reeperbahn vor sich hin, in einer Art finsterer und
von Galgenhumor geprägter Fröhlichkeit.

Eineinhalb Stunden lang war sie in dem Mustang
durch die Gegend gekurvt. Voller Skrupel, ob sie das,
was sie vorhatte, wirklich in die Tat umsetzen sollte oder
ob sie es in ihrem heiligen Zorn nicht übertrieb. Letztlich war sie zu dem Schluss gekommen, dass es ihr gutes
Recht war, die Dinge zu übertreiben und dass sie irgendetwas tun musste, um für ihren Kummer, ihren Schmerz
und ja, auch für die Wut, die nach wie vor in ihr tobte,
ein Ventil zu finden.

Um ein Zeichen zu setzen. Ein lautes, ein donnerndes
Zeichen, das Simon mit Anlauf von seiner Wolke oder
wo auch immer er gerade rumsaß, schubsen würde. Also

hatte sie schließlich den Kiez angesteuert, es war ihr wie die einzig logische Konsequenz erschienen für den »Verrat«, den Simon an ihr begangen hatte.

Morgens um diese Uhrzeit hatte die Amüsiermeile rein gar nichts von der schillernden Faszination, die sie nachts auf all die Menschen ausübte, die hierher pilgerten, um es mal so »richtig krachen« zu lassen. Keine bunten Lichter, keine Neonreklamen, keine aufgerüschten Frauen und keine laute Musik aus den Bars links und rechts der Straße. Überall nur Dreck, Dreck, Dreck und graue Tristesse, St. Pauli hatte sein hübsches Kleid für die Nacht noch zum Ausschütteln über der Leine hängen. Auf dem Bürgersteig saßen mehrere Punker-Gruppen mit ihren großen Hunden, hier und da lagen Schlafsäcke vor den noch geschlossenen Spielhallen und Bars, in denen Obdachlose ihren Rausch wegdösten.

Auf Höhe von McDonalds entdeckte Hannah eine freie Parkbucht, die groß genug war, um den Mustang unfallfrei hineinzumanövrieren. Sie setzte den Blinker und schlug das Lenkrad ein. Zwar besagte ein Schild, dass die Stellplätze hier ab 20 Uhr ausschließlich für Taxis reserviert waren – aber wenn es so lief, wie Hannah es sich vorstellte, würde der Mustang um diese Zeit schon längst nicht mehr hier stehen.

Sie schaltete den Motor aus und ließ den Zündschlüssel stecken. Dann drapierte sie Fahrzeugschein und -brief so auf dem Beifahrersitz, dass die Unterlagen vom Bürgersteig aus durchs Fenster gut zu sehen waren.

Sie stieg aus. Schlug die Tür zu. Und ging dann pfeifend Richtung U-Bahn-Station davon.

45

Jonathan

15. Januar, Montag, 12:03 Uhr

Als Jonathan um kurz nach zwölf nach einer kleinen Odyssee – die Frau und ihr Mustang hatten ihn offenbar so sehr abgelenkt, dass er zunächst in den falschen Bus mit der Nummer 37 gestiegen war, es aber erst an der Endstation in Schenefeld bemerkt hatte – das Zimmer seines Vaters im Sonnenhof betrat, stand Wolfgang Grief am Fenster und sah hinaus. Ein seltener Anblick. Und ein hoffnungsvoller noch dazu, Jonathan erwischte seinen Vater offensichtlich an einem seiner besseren Tage.

»Hallo, Papa!«, begrüßte er ihn.

Wolfgang Grief drehte sich zu ihm und lächelte. »Hallo, mein Sohn!« Er deutete nickend nach draußen. »Wundervolles Wetter heute, nicht wahr?«

»Ja«, stimmte Jonathan ihm zu. Zwar war der Himmel bewölkt und das Licht eher düster, aber immerhin regnete es nicht. Für Hamburger Verhältnisse konnte das im Januar mit ein bisschen guten Willen schon als »wundervoll« durchgehen.

»Wie geht es deiner lieben Frau Mutter?«, fragte sein Vater, während er sich in seinen Ohrensessel setzte.

Jonathans Mut sank. Es war also doch kein guter Tag.

Er hatte sich mittlerweile von der Möglichkeit, Sofia könne tatsächlich in Hamburg sein und ihrem Sohn den Kalender geschenkt haben, verabschiedet. Das hielt er für ausgeschlossen, schon allein deshalb, weil seine Mutter nie so gut Deutsch gesprochen hatte, dass sie sämtliche Kommata richtig gesetzt hätte. Nein, das Filofax war in keinem Fall von ihr verfasst worden, da war bei Jonathan nur kurzfristig der Wunsch Vater des Gedankens gewesen.

»Du meinst Sofia?«, fragt er deshalb nach. Vielleicht sprach sein Vater ja von einer anderen Dame, wobei er so spontan nicht wüsste, wer das sein könnte.

Wolfgang Grief lachte fröhlich. »Hast du sonst noch eine Mutter?«

»Nein«, antwortete er. »Natürlich nicht.«

»Eben. Also, wie geht es ihr? Kommt sie nachher auch noch vorbei?«

»Papa …« Er stockte. Was sollte er darauf antworten? Er beschloss, das Spiel, das keines war, mitzuspielen. »Ich denke schon«, behauptete er deshalb.

»Wie schön!«, freute sich sein Vater. »Dann können wir nachher zusammen einen Ausflug machen. Ich hätte mal wieder Lust auf Kaffee und Kuchen im Witthüs im Hirschpark.« Er fuhr sich mit der Zungenspitze genießerisch über die Lippen. »Ja, so ein schönes Stück frischer Kirschstreusel wäre heute genau das Richtige für mich!«

»Gute Idee, Papa«, sagte Jonathan und unterdrückte dabei ein Seufzen. »Das machen wir.«

»Dann hoffen wir mal, dass deine Mutter bald kommt.«

»Hm.« Er setzte sich ebenfalls hin. War er eben noch erfreut gewesen, dass er es überhaupt bis in die Seniorenresidenz geschafft hatte, hatte er nun den Eindruck, dass er auch gleich wieder fahren könnte. Diesmal allerdings mit dem Taxi.

Aber er wollte nicht unfair sein. Seinen Vater so guter Laune zu sehen, das war ja immerhin auch schon was. Dass seine Stimmung proportional zum Grad seiner Umnachtung stieg, war eine Tatsache, die Jonathan allerdings durchaus betrübte. Er hatte scheinbar nur noch die Wahl zwischen einem Vater, der bei Sinnen und grantig war, und einem, der auf dem Niveau eines Kleinkindes unbedarfte Heiterkeit verbreitete.

»Was gibt es denn Neues zu berichten?«, wollte Wolfgang Grief wissen.

Jonathan zögerte kurz. Sollte er einen Vorstoß wagen? Auch wenn er sich im Klaren darüber war, dass das Unterfangen vermutlich hoffnungslos war – er sollte es wenigstens versuchen. »Ich würde gern mit dir über den Verlag sprechen«, fing er deshalb an.

»Nur zu, mein Junge! Läuft alles?«

»Ehrlich gesagt nicht so richtig.«

Sein Vater sah ihn verständnislos an, als hätte Jonathan in einer fremden Sprache geantwortet. »Wie meinst du das?«

»Wir haben ein paar Probleme mit den Verkaufszahlen.«

Wolfgang Griefs Augen verengten sich zu zwei Schlitzen. »Definiere ›ein paar Probleme‹!«

»Nun ja, das aktuelle Programm läuft sehr schlecht.«
»Was heißt das in Zahlen?«

Erstaunlich. Es war wirklich erstaunlich. Eben noch im Zustand der seligen Verblödung war es, als hätte jemand in Wolfgang Grief ein Licht angeknipst. Schlagartig schien er hellwach, die Zornesfalte auf seiner Stirn trat deutlich hervor, und er fixierte seinen Sohn aus seinen stahlblauen Augen mit genau dem Blick, den Jonathan zeit seines Lebens immer gefürchtet hatte.

»Es gibt wohl einen Einbruch von dreißig Prozent, der ...«

»Dreißig Prozent?«, fuhr sein Vater ihn an. »Zeig mir die aktuellen Abrechnungen!«

»Die habe ich jetzt nicht mit, aber ...«

»Wie kannst du hier mit so einer Information auftauchen, ohne die nötigen Unterlagen dabeizuhaben?«, donnerte sein Vater.

»Papa, es ist ...«

»Bist du dir eigentlich im Klaren darüber, was du da gerade machst? Was bist du denn für ein Geschäftsmann?«

»Also, ich ...«

»Ach, was rege ich mich auf?« Er schüttelte den Kopf. »Es war ja klar, dass du nicht das Zeug zum Unternehmer hast. Nie hätte ich mich aus dem operativen Geschäft zurückziehen dürfen!«

»Also wirklich, das ist ...«

»Was sagt denn Markus Bode dazu?«, wurde er von ihm unterbrochen.

»Das ist genau der Punkt«, erwiderte Jonathan. »Bode ist der Meinung, wir sollten im Programm auf ein paar massentauglichere Titel setzen. Wir waren gestern zum Beispiel bei einer Lesung von Sebastian Fitzek ...«

»Fitzek? Hast du gerade Fitzek gesagt?«

»Ja, habe ich.« Jonathan straffte entschlossen die Schultern. Er würde sich von seinem dementen Vater nicht länger wie ein Kleinkind behandeln lassen, schließlich war er ein gestandener Mann! »Und wenn du das erlebt hättest, hättest du eine andere Meinung von ihm. Ich jedenfalls finde die Vorstellung, dass wir ebenfalls solche Titel ins Programm nehmen, eigentlich ganz …«

»Jonathan!«, unterbrach er seinen Sohn. »Ich bitte dich! Du willst mit mir nicht ernsthaft darüber diskutieren, ob Griefson & Books in die Untiefen der Unterhaltungsliteratur absteigen sollte. Das ist ja absurd!«

»So absurd finde ich das gar nicht«, gab Jonathan zurück. Und es stimmte, er fand es gar nicht mehr so absurd. Zumal sein Vater ja selbst zuerst nach den Zahlen gefragt hatte, er war eben durch und durch Kaufmann. Vielleicht wollte er nur nicht verstehen, dass sich die Zeiten geändert hatten und es immer weniger Leute gab, die für gehobene Literatur Geld ausgeben wollten? War es dann nicht Jonathans Aufgabe, nein, seine Pflicht, seinen Vater eines Besseren zu belehren …?

»Nein, mein Junge, darüber müssen wir gar nicht weiterreden. Bring mir die aktuellen Zahlen, und dann sehen wir, wie wir weiterverfahren.«

»Ich denke aber, dass …«

»Und ich denke, dass nicht«, schnitt er ihm das Wort ab.

»Papa, ich …«

Es klopfte an der Tür, eine Sekunde später betrat Renate Krug das Zimmer.

»Oh, hallo!«, begrüßte sie die beiden Männer. »Störe ich gerade?«

Sofort breitete sich ein Lächeln auf Wolfgang Griefs Gesicht aus. »Sofia!«, rief er aus, eilte leichtfüßig auf seine frühere Assistentin zu und umarmte sie. »Wie schön, dass du da bist! Natürlich störst du nicht! Ich habe eben schon zu Jonathan gesagt, dass ich mich darauf freue, mit euch beiden einen Ausflug zu machen.«

»Aber gern, mein Lieber!«, sagte Renate Krug und lachte, als sei es das Normalste auf der Welt, dass Wolfgang Grief a) sie für seine verschollene Frau hielt und b) mit ihr und seinem Sohn etwas als Familie unternehmen wollte.

»Äh.« Jonathan sah Renate Krug irritiert an, sie erwiderte seinen Blick mit einem verschwörerischen Nicken, das wohl so viel bedeuten sollte wie »Lassen Sie Ihren Vater doch in dem Glauben«.

Jonathan seufzte innerlich erneut. Nun gut, dann würde er eben mit seinem Vater und seiner »Mutter« einen Ausflug machen.

46

Hannah

15. Januar, Montag, 13:19 Uhr

»*Was* hast du gemacht? Bist du irre?« Lisa starrte Hannah entsetzt an. »Oh, tut mir leid«, schob sie dann schnell hinterher und sah noch ein kleines bisschen entsetzter aus. »Das wollte ich nicht sagen, also, nicht dass du irre bist, das natürlich nicht, das ist mir nur so rausgerutscht, aber …«

»Schon gut«, erwiderte Hannah gelassen. »Vielleicht ist es irre. Ziemlich sicher ist es das sogar. Es fühlt sich trotzdem verdammt gut an.«

»Du kannst doch aber Simons Auto nicht einfach mit Schlüssel und allem auf dem Kiez stehen lassen!«

»Keine Sorge.« Hannah kicherte und fand selbst, dass sie dabei ein kleines bisschen wahnsinnig klang. »Ich bin mir relativ sicher, dass der Mustang da mittlerweile nicht mehr steht. Mit dem ist längst jemand über alle Berge.« Sie schnappte sich ein Toffifee aus der offenen Packung, die auf der Arbeitsplatte der kleinen Teeküche lag, steckte es sich in den Mund, kaute genüsslich und grinste Lisa unbekümmert an.

»Los!«, rief ihre Freundin, schnappte sich ihre Jacke von der Garderobe und zog sie an.

»Wohin willst du denn?«

»Na, zur Reeperbahn, wir holen das Auto zurück! Vielleicht ist es ja noch da.«

»Nein«, sagte Hannah bestimmt. »Das tun wir ganz sicher nicht. Wir bereiten uns jetzt in aller Ruhe auf den Nachmittag mit den Kindern vor und machen einfach weiter wie bisher.«

»Aber das ist doch vollkommen verrückt! Du kannst doch nicht … Simons Auto ist bestimmt … also, keine Ahnung, aber ein paar Tausend Euro wert!«

»Ich tippe auf zehn«, gab Hannah ungerührt zurück. »Ist ja top gepflegt und ein echtes Liebhaberstück.« Sie nickte. »Ja, doch, so zehntausend Euro, das hat Simon immer gesagt.«

»Du bist *echt* irre.« Nun schüttelte Lisa ratlos den Kopf. »Wie kannst du den auf dem Kiez abstellen? Hast du mal darüber nachgedacht, was wir mit der Kohle anstellen könnten? Hier in der Rasselbande? Damit könnten wir draußen im Hof eine Kletterburg der Superlative hinstellen und was weiß ich nicht noch alles anschaffen!«

Nun zuckte Hannah kurz zusammen, für den Bruchteil einer Sekunde fühlte sie sich schuldbewusst. Dann schüttelte sie langsam, aber energisch den Kopf. »Mag sein, dass du recht hast«, gab sie zu. »Allerdings würde ich das Geld für die Rasselbande gar nicht wollen. Ich meine, wenn wir damit irgendwas anschaffen, müsste ich jedes Mal, wenn ich es ansehe, daran denken, dass die Kohle dafür von Simons Mustang stammt. Und das würde sich irgendwie … ach, ich weiß auch nicht, wie Leichenfledderei würde sich das anfühlen.«

»Leichenfledderei?«, wiederholte Lisa fassungslos. »Simon hat dir doch sogar geschrieben, dass du sein Geld in unseren Laden stecken sollst, da …«

»Bitte, Lisa!«, unterbrach Hannah sie. »Ich habe das eben so entschieden, und jetzt bleibt es dabei.«

»Du bist in einem Schockzustand«, sagte ihre Freundin und sah sie mitfühlend an. »Morgen wird es dir sicher leidtun.«

»Nein, wird es nicht. Und ich bin auch nicht im Schock, ich bin so klar wie schon lange nicht mehr.« Sie hatte den Satz noch nicht ganz zu Ende gesagt, als sie schon in Tränen ausbrach.

»Hannah.« Lisa legte beide Arme um sie, zog sie an sich und strich ihr über den Kopf. »Es ist gut, lass das alles raus.«

»Ich … ich … ich«, stotterte Hannah und klammerte sich an Lisa, als wäre es das Einzige, was ihr gerade noch ein wenig Halt geben könnte. Ein wenig Halt in einer Zeit, in der es sich anfühlte, als würde sie ungebremst ins Bodenlose stürzen.

»Ich weiß, meine Süße, ich weiß …«

»Wie soll ich nur weitermachen?«, schluchzte sie. »Wie soll das gehen?« Sie wischte sich mit einer Hand den Schnodder von der Nase. »Das alles kommt mir wie ein Albtraum vor! Das kann einfach gar nicht wahr sein! Ich denke die ganze Zeit, dass ich jeden Moment aufwachen muss. Wie soll ich jetzt weiterleben, wie soll das funktionieren?«

»In kleinen Schritten und jeden Tag, anders geht das nicht.« Sie schob Hannah ein kleines Stückchen von sich weg und sah sie aufmunternd an. »Man kriegt immer nur so viel Last aufgeladen, wie man tragen kann.«

Hannah betrachtete ihre Freundin durch den Tränenschleier. »Glaubst du das wirklich?«

Lisa überlegte einen Moment lang, dann schüttelte sie langsam den Kopf. »Nein, ehrlich gesagt ist das totaler Schwachsinn. Nur ein blöder Kalenderspruch für Leute, die keine Ahnung haben. Es gibt Lasten, die sind leider viel zu viel, ich nehme also alles zurück und behaupte das Gegenteil.«

Gegen ihren Willen musste Hannah lachen. »Trotzdem danke für den Versuch.«

»Immer wieder gern!«

»Komm«, sagte Hannah und wischte sich erneut übers Gesicht. »Lass uns anfangen. Ich denke, mit Arbeit kann ich mich gerade am besten ablenken.«

»Und das Auto willst du wirklich nicht zurückholen? Ganz sicher nicht?«

»Nein, das habe ich vorhin dem Universum übergeben.« Sie seufzte. »Mir graut schon davor, Simons Wohnung auflösen und mich um alles kümmern zu müssen.« Ein sichtbarer Schauder überkam sie. »Die Beerdigung ...«

»Mach dir darüber jetzt keine Gedanken. Ich habe schon mit deinen Eltern gesprochen, dass wir die Organisation der Bestattung übernehmen und uns um alles kümmern. Wenn du willst, räumen wir auch Simons Wohnung aus.«

»Lieb von dir, aber zumindest das mit seiner Wohnung werde ich auf jeden Fall allein machen, das fühlt sich richtiger an, als wenn da fremde Leute ...« Sie unterbrach sich. »Entschuldige, so war es nicht gemeint.«

»Das ist mir doch klar! Aber nur, damit du es weißt:

Wenn du es willst, helfe ich dir gern bei allem. Wir schaffen das schon, so schlimm wird es nicht.«

»Danke«, sagte Hannah. »Ohne dich wüsste ich gerade wirklich nicht weiter.«

»Das ist doch selbstverständlich.«

»Ist es nicht«, erwiderte Hannah. Und dann fing sie noch einmal zu weinen an. »Es ist überhaupt gar nicht selbstverständlich, und ich danke dir aus vollem Herzen!«

47

Jonathan

15. Januar, Montag, 18:08 Uhr

»Also, Frau Krug, mich würde nun etwas wirklich brennend interessieren.« Jonathan N. Grief saß neben seiner Assistentin im Fond eines Taxis und versuchte, seine Gedanken zu ordnen. Der Nachmittag war zwar schön, aber überaus absurd gewesen.

Zu dritt hatten sie einen Ausflug an die Elbe unternommen und waren danach zu Kaffee und Kuchen ins »Witthüs« eingekehrt. Wie eine ganz normale Familie an einem ganz normalen Nachmittag. Nur dass sie eben gar keine Familie waren, eine normale schon gar nicht, mit einem dementen »Papi« und einer nicht blutsverwandten »Mutti«.

Nichtdestoweniger hatte Wolfgang Grief Renate Krug beharrlich »Sofia« genannt, und diese hatte nicht den geringsten Versuch unternommen, ihn über dieses Missverständnis aufzuklären.

Absurd, kurios, wie bei Loriot!

»Seit wann hält mein Vater Sie für meine Mutter?«

»Nun …« Sie begutachtete ihre Fingernägel, als wolle sie herausfinden, ob es bald wieder Zeit für eine Maniküre war, »seit etwa einem halben Jahr, würde ich sagen.«

»Und Sie haben bisher keine Veranlassung gesehen, mich davon zu unterrichten? Selbst dann nicht, als ich Sie direkt danach gefragt habe?«

»Stimmt, das war falsch von mir.« Dann aber stahl sich ein trotziger Ausdruck auf ihr Gesicht. »Trotzdem, es ist vollkommen egal, was Ihr Vater glaubt. Und wenn er glücklich ist mit der Vorstellung, dass ich seine Frau bin – wen stört das denn?«

»Ähm«, erwiderte Jonathan, »mich, zum Beispiel?«

»Warum?«

»Na, weil Sie ganz einfach nicht meine Mutter *sind*!« Er räusperte sich. »Sie können doch nicht einfach so tun als ob.«

»Ich sehe keinen Grund, der das verbieten würde.«

»Wenn man mal von den Regeln des Anstands absieht.«

»Ach, Anstand!« Sie machte eine wegwerfende Handbewegung. »Anstand wird überbewertet. Ihr Vater ist sehr krank, und es geht jetzt in erster Linie darum, dafür zu sorgen, dass er sich wohlfühlt.«

»Verstehe. Und deshalb ist es in Ordnung, wenn wir ihn behandeln, als wäre er schwachsinnig.«

Daraufhin schwieg sie, aber Jonathan wusste, was sie dachte. Weil er es ja im Grunde genommen selbst dachte. Sein Vater *war* schwachsinnig, in seinem Kopf herrschte das komplette Chaos. So ein Chaos, dass er seine frühere Assistentin nun für seine Frau hielt.

»Ich verstehe nur nicht, wie er auf die Idee kommt«, sagte Jonathan schließlich. »Seit Jahren hat meine Mutter für ihn überhaupt keine Rolle mehr gespielt, woher dieser plötzliche Sinneswandel?«

»Ich sagte Ihnen ja, dass Demenzkranke vor allem in der Vergangenheit leben. Da werden lang verschüttete Gefühle, Wünsche und Sehnsüchte wieder frei.«

»Sie denken also, die Rückkehr meiner Mutter ist ein lang verschütteter Wunsch meines Vaters?«

»Es scheint so zu sein. Offenbar hat er da irgendetwas noch nicht abschließend verarbeitet.«

»Das kann ich mir vorstellen. Wie soll man es auch verarbeiten, wenn der Mensch, den man liebt, von heute auf morgen einfach verschwindet.«

»Tja.« Renate Krug seufzte. »Das ist schwierig.«

»Trotzdem«, stellte Jonathan klar, »ich habe ein ungutes Gefühl dabei, meinen Vater in seinem Wahn noch zu bestärken.«

»Ich glaube nicht, dass wir damit etwas anrichten oder seine Situation verschlimmern.«

Jonathan dachte einen Moment nach, dann nickte er. »Nein«, sagte er dann, »wahrscheinlich nicht. Es ist eben nur traurig, mitanzusehen wie dieser brillante Geist verfällt.«

»Das kommt darauf an.«

»Worauf?«

»Finden Sie nicht, dass die Krankheit Ihres Vaters auch Vorteile hat?«

»Wie meinen Sie das?«

»Na ja, er ist wesentlich umgänglicher als früher.«

»Wundert mich, dass Sie das sagen. Ich dachte, Sie seien bestens mit ihm ausgekommen.«

Renate Krug lachte schallend. »Ihr Vater war ein Tyrann!«

»Auch für Sie?« Nie hätte er geglaubt, dass die treu ergebene Renate Krug so kritisch über seinen Vater denken würde.

»Vor allem für mich, möchte ich fast sagen. An mir hat er immer alles ausgelassen, jede Laune, jede Missstimmung.«

»Warum sind Sie denn bei ihm geblieben? Sie hätten doch sicher auch etwas anderes finden können.«

Sie senkte den Blick. »Weil er darüber hinaus auch immer ein großer Mann war. Ein Charakterkopf, einer, der genau wusste, was er wollte. So etwas ist selten.«

»Hm«, erwiderte Jonathan. »Was Sie Charakter nennen, würden andere als stur bezeichnen.«

»Reden Sie jetzt gerade von den neuen Plänen, die Sie für den Verlag haben?« Jonathan sah sie überrascht an, Renate Krug blickte verlegen zurück »Ich habe vorhin schon eine ganze Weile draußen vor der Tür gestanden. Da kam ich nicht umhin ...« Sie unterbrach sich.

»Sie haben gelauscht«, stellte Jonathan fest.

»So würde ich das nicht bezeichnen. Ich wollte einfach nur nicht stören und habe dabei etwas mitbekommen.«

»Aha.« Jonathan musste grinsen. »Dann würde mich Ihre Meinung interessieren, wenn Sie schon ›was mitbekommen‹ haben.«

»Meine Meinung?« Sie wirkte überrascht.

»Natürlich!«

»Ach«, sie winkte ab und lief ein kleines bisschen rot an. »Von solchen Dingen habe ich keine Ahnung, da halte ich mich lieber raus.«

»Frau Krug«, beharrte Jonathan, »ich erwarte von Ihnen keine ausgefeilte Expertenmeinung. Ich möchte lediglich wissen, was Sie davon halten, wenn Griefson &

Books in Zukunft auch Unterhaltungsromane auf den Markt bringt!«

»Ich weiß wirklich nicht …«

»Kommen Sie schon!«, unterbrach Jonathan seine Assistentin. »Was lesen Sie denn selbst gern?«

Ihr Teint färbte sich noch eine Spur dunkler. »Äh … Das ist mir etwas peinlich.«

»So schlimm?«, scherzte Jonathan.

Renate Krug nickte. Dann nestelte sie am Verschluss ihrer Handtasche herum, öffnete sie ungelenk und griff hinein. »So was hier zum Beispiel«, sagte sie. Mit diesen Worten überreichte sie Jonathan ein zerfleddertes Büchlein.

Er warf einen Blick darauf.

Unterdrückte ein überraschtes Japsen und sagte stattdessen um Fassung bemüht nur: »Oh.«

Sofort ließ Renate Krug das Buch wieder in ihrer Handtasche verschwinden.

Sie setzten ihre Fahrt schweigend fort und sprachen nicht mehr darüber. Allerdings kämpfte Jonathan mit den Lachtränen und ließ ihnen freien Lauf, sobald sie Renate Krugs Wohnung in Eimsbüttel erreicht hatten und seine Assistentin ausgestiegen war.

Als der Wagen fünfzehn Minuten später vor Jonathans Stadthaus hielt, lachte er noch immer. Laut und fröhlich. Renate Krug hatte ihn heute in mehr als einer Hinsicht überrascht. Aber dass sie Romane las mit so schmissigen Titeln wie »In der Hitze der Leidenschaft« – also, das setzte dem Ganzen die Krone auf.

Was sollte er dazu noch sagen? Und vor allem: Was würde sein Vater dazu sagen?

48

Hannah

24. Januar, Mittwoch, 12:03 Uhr

»Und meine Seele spannte, weit ihre Flügel aus, flog durch die stillen Lande, als flöge sie nach Haus.« Stumm murmelte Hannah die Worte mit, die der Pastor zum Abschluss der Beisetzung an Simons Grab sprach. Es war ein Zitat von Joseph Freiherr von Eichendorff, das Simon sehr geliebt hatte, und deshalb hatte Hannah es für die Trauerfeier ausgewählt.

Nun war sie also hier, am Grab des Mannes, von dem sie bis vor Kurzem gedacht hatte, dass sie mit ihm ihr Leben verbringen würde. *Asche zu Asche, Staub zu Staub.*

Lisa stand direkt neben ihr und drückte ihre Hand. Sie hatte Wort gehalten, war ihrer Freundin in den vergangenen Tagen nicht von der Seite gewichen und hatte gemeinsam mit ihr alles durchgestanden. Hatte sie gemeinsam mit Hannahs Eltern zum Vorgespräch mit der Bestatterin und dem Pastor begleitet, ihr geholfen, eine Grabstelle auf dem Ohlsdorfer Friedhof auszuwählen, und gemeinsam mit ihr die Einladungen entworfen und verschickt.

Über zweihundert Menschen waren gekommen, um Simon die letzte Ehre zu erweisen, das Redaktionsteam der »Hamburger Nachrichten« war vollständig vertreten, und natürlich waren sämtliche Freunde anwesend sowie die kläglichen Überreste von Simons Verwandtschaft, bestehend aus einem Onkel und einer Cousine.

Sie alle reihten sich in die ewig lange Schlange der Kondolierenden ein, Hannah schüttelte Hand um Hand um Hand, ließ eine Beileidsbekundung nach der nächsten über sich ergehen und fragte sich, wie lange es noch dauern würde, bis sie endlich wieder allein zu Hause wäre und sich dem nächsten Zusammenbruch hingeben könnte.

Denn genauso fühlte sie sich, als würde sie jeden Moment zusammenklappen, in sich zusammensacken wie ein angepiekster Luftballon. Bis gestern Nachmittag hatte sie sich noch einigermaßen wacker gehalten. Aber dann war die nette Polizeibeamtin, die Hannah ihre Nummer gegeben hatte, bei ihr zu Hause vorbeigekommen und hatte ihr – der »Verlobten« von Simon – ganz im Vertrauen das Ergebnis der Obduktion mitgeteilt.

Ja, Simon war ertrunken, das stand außer Frage. Und noch etwas stand für die Gerichtsmediziner zweifelsfrei fest: Er hätte tatsächlich nicht mehr lange zu leben gehabt, höchstens noch ein paar Monate. Seine Krebserkrankung war viel zu weit fortgeschritten gewesen, als dass es noch irgendeine Chance auf Heilung gegeben hätte.

Hannahs Reaktion hatte die Polizistin erschreckt, denn sie war in hysterisches Gelächter ausgebrochen und hatte sich minutenlang nicht wieder beruhigen können. Sie hatte das selbst nicht ganz verstanden. Man hätte doch denken können, diese Information würde sie mit Simons Freitod einigermaßen versöhnen: Immerhin hatte sie nun den Beweis, dass er mit seiner Vermutung, bald sterben zu müssen, recht gehabt hatte und insofern gut daran getan hatte, einem langen und qualvollen Leiden mit einem schnellen Tod zuvorzukommen. Denn schließlich hatte in so einem Fall doch jeder ein Recht auf selbstbestimmtes Sterben, zumindest hatte Hannah das bisher immer geglaubt.

Und trotzdem. Trotzdem hatte Hannah diese Neuigkeit den Boden unter den Füßen weggezogen, denn mit einem Mal war ihr ihr Geschenk für Simon – das rückblickend als Abschiedsgeschenk verstanden werden musste – nur noch widerlich und zynisch vorgekommen.

Wer war sie denn? Sie, Hannah Marx, dass sie sich der Hybris hingegeben hatte, es besser zu wissen? Diese Überheblichkeit, mit der sie Simons Ängste und Sorgen einfach weggefegt hatte; wie sie doch tatsächlich geglaubt hatte, mit ihrem lächerlichen »Spaß-ist-was-du-selbst-draus-machst!«-Kalender den Tatsachen nicht ins Auge blicken zu müssen.

Sie schämte sich. Ja, eine bessere Bezeichnung gab es nicht für dieses Gefühl, das seit dem Besuch der Polizistin in ihr wütete, außer tief empfundene, grauenhafteste Scham.

Und auch jetzt, während Hannah all die Hände schüttelte derer, die ihr ihr Beileid aussprachen, ließ es nicht von ihr ab, sie kam sich vor wie eine Heuchlerin. Als hätte sie nicht das Recht, hier überhaupt zu stehen und als »Witwe« Simons Tod zu betrauern. Sie hatte sich ja sogar fälschlicherweise als seine Verlobte ausgegeben, damit die Polizei ihr alle Informationen gab. Damit sie überhaupt ein Anrecht darauf hatte, über den Stand der Ermittlungen auf dem Laufenden gehalten zu werden.

Simons Verlobte. Hannah schloss die Augen und kämpfte ein weiteres Schluchzen hinunter. Am 11. Mai, an Simons und ihrem Kennenlerntag, hätte es passieren sollen. Sie hatte sich das alles so schön ausgedacht! Hatte bei einer kleinen Goldschmiede in der Eppendorfer Landstraße ein paar Verlobungsringe aus gehämmertem Silber ausgesucht und hinterlegt, hatte der Ladenbesitzerin gesagt, dass jemand kommen und den Schmuck abholen würde.

Jedenfalls hatte sie gehofft, dass Simon die Ringe kaufen würde, dafür hatte sie einen Umschlag mit 500 Euro ins Seitenfutter des Kalenders gesteckt. Die Juwelierin war von ihrem romantischen Plan ganz ergriffen gewesen, hatte vor Freude beinahe gejuchzt, als Hannah sie instruiert hatte, dem Käufer – wenn er denn die Ringe tatsächlich nahm – einen Umschlag zu geben, in dem alle weiteren Anweisungen standen: dass Simon noch am gleichen Abend um 20 Uhr zu »Da Riccardo« kommen sollte, wo Hannah für ihn und sich »ihren« Tisch reserviert hatte. Und wo sie ihm bei seinem Erscheinen einen Heiratsantrag hatte machen wollen.

Tja. Leben ist, was passiert, während du gerade andere Pläne machst, da hatte John Lennon ganz recht. Es würde keinen Heiratsantrag mehr geben, jedenfalls nicht von ihr an Simon. Die Ringe würde irgendwann ein anderer kaufen, ein anderes Paar würde sich damit ewige Liebe und Treue schwören.

Hannah wusste, dass sie der Goldschmiedin Bescheid geben sollte, dass niemand mehr kommen und den Schmuck abholen würde. Dass sie die Ringe zurück in die Auslage legen sollte, dass Simons und ihre Verlobung geplatzt war, bevor sie überhaupt hatte stattfinden können. Aber Hannah schaffte es nicht, brachte es nicht über sich, in dem Laden anzurufen und damit ihr Eheversprechen zu lösen. Es käme ihr wie ein weiterer Verrat vor, als würde sie die Erinnerung an Simon nun noch mit Füßen treten. Sie beruhigte sich mit dem Gedanken, dass der 11. Mai kommen und gehen würde und die Goldschmiedin die Ringe, wenn niemand auftauchte, um sie abzuholen, einfach wieder in den Handel nehmen würde. Was bedeuteten schon ein paar Wochen? Nichts. Im Vergleich zu der Ewigkeit, in die Simon nun ohne Hannah eingetreten war, bedeuteten sie nichts.

»Ich kann es immer noch nicht fassen!« Simons bester Kumpel Sören stand vor Hannah und reichte ihr die Hand. Er sah so aus, wie sie sich fühlte: Seine Augen waren rot und geschwollen, darunter lagen tiefschwarze Schatten.

»Ich auch nicht«, sagte Hannah leise, »ich auch nicht.«

»Kommst du klar?«, wollte Sören wissen.

Sie zuckte die Schultern. »Was heißt das schon? Irgendwie muss es ja gehen.«

»Wenn du irgendetwas brauchst, lass es mich wissen, okay?«

»Ja, natürlich, gern.«

»Was machst du denn mit Simons Wohnung? Soll ich dir beim Entrümpeln helfen?«

»Nein«, antwortete sie, »das hat Zeit. Die Miete wird noch von seinem Konto abgebucht, es ist nicht so eilig.«

»Wäre es trotzdem nicht besser, du bringst das so schnell wie möglich hinter dich?«

»Ich …« Hannah schluckte schwer. Sie dachte an das Trümmerfeld in Simons Wohnung, das sie hinterlassen hatte. Natürlich würde sie es beseitigen, würde die Sachen ihres Freundes ausräumen und dem Vermieter die Schlüssel geben. Irgendwann würde sie das tun, aber in ihrer momentanen Verfassung war sie froh, wenn sie zum Atmen fähig war. »Ich kann das einfach noch nicht.«

»Das verstehe ich gut«, sagte Sören. »Wenn es so weit ist, ruf mich an, okay?«

»Das mache ich.« Sie umarmten sich, dann wendete Hannah sich den nächsten Trauergästen zu.

Eine knappe Stunde später setzte Lisa Hannah vor ihrer Wohnung in Lokstedt ab. Es hatte im Anschluss an die Beisetzung keinen »Leichenschmaus« gegeben, allein bei der Vorstellung, auf Simons Tod eine Runde Kaffee und Butterkuchen auszugeben, hatte sich Hannah der Magen umgedreht. Nachdem sie dem letzten Besucher die Hand geschüttelt hatte, hatte sie einfach nur noch nach Hause gewollt. Sich in ihrem Bett verkriechen, die Decke über den Kopf ziehen und so lange warten, bis der Schmerz endlich nachließ. Obwohl sie sich nicht vorstellen konnte, dass das jemals der Fall sein würde.

»Leg dich am besten ein bisschen hin«, sagte Lisa nun, der sie bereits erklärt hatte, dass ihr nicht mehr nach Gesellschaft war.

»Das werde ich tun«, entgegnete sie. Die beiden Freundinnen sahen sich einen Moment lang schweigend an. Dann beugte Lisa sich vor, nahm Hannah in die Arme und drückte sie ganz fest an sich.

»Es tut mir so leid«, sagte sie leise. »Ich wünschte, das wäre dir erspart geblieben.«

»Ja. Das wünschte ich auch.«

49

Jonathan

16. März, Freitag, 14:23 Uhr

»La professoressa e nell'aula. Anche nell'aula sono gli studenti.« Konzentriert sprach Jonathan die Sätze nach. Er hatte zwar keine Ahnung, wann er jemals in die Verlegenheit geraten könnte, einem Italiener zu erklären, dass nicht nur die Lehrerin im Klassenzimmer war, sondern, welch Überraschung!, auch die Schüler – aber konnte man es mit Sicherheit wissen?

Außerdem: Irgendetwas würden sich die Macher des Italienischkurses, den er sich auf sein Handy heruntergeladen hatte, schon dabei gedacht haben. Und sei es nur, Jonathan mithilfe der Lehrerin, ihrer Schüler und ihres Klassenzimmers die vermaledeiten italienischen Präpositionen einzubimsen. Nel, sul, dal, nella, sulla, dalla – ihm schwirrte der Kopf, während er versuchte, die Sätze so korrekt wie möglich nachzusprechen. Gleichzeitig fragte er sich auch, ob es nicht doch besser gewesen wäre, einen Kurs an der Volkhochschule zu belegen. Aber die Vorstellung, zusammen mit irgendwelchen Pinneberger Hausfrauen (Klischee hin, Klischee her!) die Schulbank zu drücken, war ihm ein wenig suspekt gewesen, und so hatte er sich, als das Filofax vor zwei Wochen vorgeschrieben hatte, eine vollkommen neue Fähigkeit zu erlernen, für die elektronische Variante entschieden.

Er schlug sich nicht schlecht und war selbst ganz überrascht, wie schnell er Fortschritte machte. Immerhin war er schon in der Lage, ein Zimmer mit Dusche (»una camera con doccia«), einen Aschenbecher (»un portacenere« – obwohl er gar nicht rauchte) sowie ein stilles Wasser ohne Eis (»una aqua liscia senza ghiacco«) zu ordern. Darüber hinaus konnte er sich unfallfrei vorstellen (»Mi chiamo Jonathan Grief«) und erklären, woher er kam (»Sono di Amburgo in Germania«).

Vielleicht lag es an der Tatsache, dass er selbstverständlich das große Latinum hatte, dass Jonathan der Zugang zu dieser Sprache relativ leicht fiel – von den Präpositionen einmal abgesehen, die entbehrten jeglicher Logik. Und eventuell spielte seine Herkunft ja auch eine kleine Rolle. Hin und wieder konnte er sich jedenfalls sogar an einige Phrasen aus seiner Kindheit erinnern, obwohl seine Mutter fast immer Deutsch mit ihm gesprochen hatte, denn sein Vater hatte nichts von bilingualer Erziehung gehalten, sondern hatte die Ansicht vertreten, »der Junge« hätte vor allem »vernünftiges Deutsch« zu lernen. Ob das Deutsch von Sofia, das sie ja erst im Erwachsenenalter gelernt hatte, als »vernünftig« einzustufen gewesen war, sei einmal dahingestellt, auf alle Fälle hatte sie den Anweisungen ihre Mannes Folge geleistet.

Nur abends, wenn Jonathans Mutter ihn zum Schlafen gelegt hatte, hatte sie sich immer noch ein paar Minuten lang zu ihm ans Bett gesetzt und ihm etwas aus ihrer Heimat vorgesungen. *Se sei felice tu lo sai batti le mani*, summte ihre warme Stimme bei der Erinnerung daran durch seinen Kopf. *Wenn du glücklich bist, dann klatsche in die Hand!*

Und Jonathan war – irgendwie glücklich. Nicht zum Jubeln und Bäumeausreißen glücklich. Aber wenn er überlegte, wie er sich in den Jahren seit der Trennung von Tina gefühlt hatte (sic! ganz genau genommen auch schon während ihrer Ehe), dann ging es ihm heute wesentlich besser. Er war zufriedener. Ausgeglichener. Mit sich im Reinen.

Oder zumindest fast, denn in Sachen Verlag war er noch immer nicht weitergekommen. Jonathan wusste einfach nicht, welches der richtige Weg für Griefson & Books war. Sooft er sämtliche Argumente, die für ein populäreres Programm sprachen, abwägte gegen die, die dagegenstanden, ging es jedes Mal unentschieden aus.

Das heißt, er, Jonathan, war unentschieden. Es ging ja nicht nur um Ruf und Tradition des Verlages, sondern ganz grundsätzlich auch um seine Wirtschaftlichkeit. Und er hielt es keineswegs für gesichert, dass sie einfach nur ein paar Mainstream-Titel veröffentlichen mussten, schon wären sie finanziell aus dem Schneider.

Nein, so ein Unterfangen konnte auch komplett nach hinten losgehen, wenn Handel und Leser die neue Marschroute überhaupt nicht annahmen. Wenn man sich über sie lustig machen, ihnen ein »Schuster bleib bei deinen Leisten!« zurufen würden. Man stelle sich vor, die großartigen Berliner Philharmoniker würden auf einmal ein Album mit den beliebtesten Musicalmelodien einspielen – da würde zu Recht ein Aufschrei der Empörung durch die Kulturszene gehen! Und ob sie danach noch ähnliche Verkaufszahlen für ihre anspruchsvolleren

Projekte erreichen könnten, bezweifelte Jonathan ebenfalls stark.

Markus Bode hatte ihm den Vorschlag unterbreitet, einfach ein neues Imprint, also einen Unterverlag, ins Leben zu rufen, in dessen Rahmen dann die leichtere Belletristik erscheinen könnte. Jonathans Einwand, dass ein solcher Schachzug seiner Meinung nach überaus heuchlerisch wäre, hatte sein Geschäftsführer mit einem »Ach, das machen doch alle!« vom Tisch gefegt und außerdem erklärt, dass es ohnehin sinnvoll wäre, zuerst den Markt zu sichten und sich dann nähere Gedanken über das weitere Vorgehen zu machen.

Voller Eifer hatte Markus Bode sich bereits ans Werk gemacht und bei verschiedenen Agenturen nach Titeln gefragt, obwohl Jonathan noch gar nicht sein definitives »Go« gegeben hatte. Einer der Agenten hatte Jonathan bereits direkt angerufen und bei ihm reichlich verwirrt nachgefragt, ob mit der Order seines Geschäftsführers alles seine Richtigkeit hätte, denn Markus Bode hatte ihn per Mail um ein paar »schöne Schmöker aus dem Bereich ›Love & Landscape‹, ›Happy Tears‹, ›Urban Fantasy‹ und ›Cosy Crime‹« gebeten, weshalb er einfach nur sichergehen wollte …

»Oh, das muss ein Versehen sein!«, hatte Jonathan den Literaturvermittler im ersten Reflex abgewürgt, so peinlich waren ihm allein die Genrebezeichnungen gewesen. Cosy-Crime? Kuschel-Krimi? Was, bitte, sollte das sein?

»Dann soll ich keine Manuskripte schicken?«, hatte der Agent wissen wollen.

»Äh, nein, ja, doch«, war Jonathan konfus zurückgerudert.

»Ich soll also was schicken?«

»Ja, bitte tun Sie das.«

»Ist bei Ihnen alles in Ordnung?«

»Ja, alles bestens!« Er hatte sich geräuspert. »Wir probieren nur gerade ... was ... was Neues aus. Eine Art ... literarisches Experiment.«

»Aha.« Der Agent hatte eine irritierte Pause gemacht. »Gut, dann sende ich Ihnen und Herrn Bode in den nächsten Tagen ein paar Projekte zu.«

Die »Projekte« lagen bisher unangetastet auf Jonathans Schreibtisch, fünf dicke Manuskripte mit so vielsagenden Titeln wie »In der goldenen Glut der Steppe« oder »Das Primadonna-Komplott«. Selbst wenn diese Werke aus der Feder von Hubertus Krull höchstpersönlich stammen würden – bei solchen Titeln *konnte* das einfach nichts sein!

Und als wäre das nicht alles schon schlimm genug, hatte Markus Bode zusätzlich im Rausch der Euphorie sämtliche Romane erworben, die sich derzeit in der Top-20 der Hardcover- und Taschenbuch-Bestsellerliste tummelten. Jeweils in zweifacher Ausführung, »damit wir uns beide einen Überblick verschaffen können«, wie er Jonathan stolz erklärt hatte, als er ihm vor drei Wochen zwei große Kartons mit Büchern vorbeigebracht hatte. Jonathans schwacher Protest, er sei wirklich nach wie vor der Ansicht, dass sie den Abschluss des Geschäftsjahrs noch abwarten sollten, um fundiert zu beurteilen, wie sich die Lage im Verlag entwickelte, hatte er mit einem »Es schadet doch nichts, wenn wir uns das durchlesen, dann sind wir im Fall der Fälle auf dem neuesten Stand« pariert.

Dann hatte er grinsend eines der Bücher aus dem Karton genommen und Jonathan in die Hand gedrückt. »Das hier möchte ich Ihnen besonders ans Herz legen, es ist eine wunderbar warmherzige Geschichte über einen querschnittsgelähmten Mann, der sich umbringen will, bis ihm eine junge und etwas tollpatschige Pflegerin neuen Lebensmut einhaucht.«

»Ähm, ja, das klingt in der Tat wunderbar warmherzig«, hatte Jonathan nicht ganz frei von Ironie erwidert. Und sich ein bisschen gewundert, was nur in Markus Bode gefahren war. Bisher waren sie in Sachen »literarische Qualität« doch immer einer Meinung gewesen, die Trennung von seiner Frau schien ihn mehr zu beuteln, als ihm anzumerken war. Denn während er rein äußerlich wieder ganz wie der Alte wirkte, gaben Aussagen wie »wunderbar warmherzig« doch Anlass zur Sorge.

Jonathan verscheuchte die Gedanken an das Privatleben seines Geschäftsführers und konzentrierte sich auf die Sätze, die aus seinen Kopfhörern erklangen. Er hatte das ehrgeizige Ziel, zum Ende des Monats das erste Modul, für das eigentlich ein halbes Jahr angesetzt war, hinter sich zu bringen, um dann gleich mit den Lektionen für Fortgeschrittene weiterzumachen. Er wusste selbst nicht so recht, was er letztlich mit seiner Muttersprache anfangen wollte, denn er hatte ja nicht einmal vor, irgendwann nach Italien zu reisen, denn in gewisser Weise war für ihn das Land seit der Trennung seiner Eltern ... ja, er konnte es nicht anders bezeichnen, emotional kontaminiert, aber es war eben die erste spontane Eingebung gewesen, die er gehabt hatte, als der Kalender ihm das Erlernen einer neuen Fähigkeit vorgeschlagen hatte, und so war er ihr einfach gefolgt.

Gerade als die Stimme in seinem Ohr Jonathan dazu aufforderte, nun eigenständig die jeweils richtige Präposition zu finden, wurde die Übung durch ein melodisches Klingeln unterbrochen. Jonathan warf einen Blick auf sein Handy, es war 14:45 Uhr, und der eingestellte Wecker erinnerte ihn daran, dass heute noch ein Termin anstand. Um 15 Uhr wollte er im »Lütt Café« in der Haynstraße sein, um dort so lange Kuchen zu essen, bis ihm schlecht wurde. Oder zumindest ein Stückchen.

Er schaltete den Player aus, erhob sich aus seinem Sessel, ging die Treppe nach unten und schnappte sich seine Jacke. Zu Fuß wären es etwa zehn Minuten bis zu dem Café, er würde dort also pünktlich um 15 Uhr ankommen. Wobei es eigentlich gar kein »pünktlich« gab, im Kalender war nur von »nachmittags« die Rede. Aber nach Jonathans – und wie er glaubte auch nach gängiger Auffassung – begann der Nachmittag nun mal um drei Uhr, also hatte er beschlossen, sich um diese Uhrzeit von seinem Italienischkurs eine kleine Kaffeepause zu gönnen. Zwar rechnete Jonathan längst nicht mehr damit, den Besitzer des Kalenders ausfindig zu machen (wenn er ehrlich war, wollte er das auch gar nicht mehr), aber das genaue Befolgen der Filofax-Anweisungen war zu einer Art Marotte geworden. Und warum auch nicht? Es schadete ja nichts und machte ihm Spaß.

Beschwingt riss er die Haustür auf. Auch wenn er normalerweise nachmittags nie Kaffee und Kuchen zu sich nahm, allein schon, um seinen idealen Body-Mass-Index nicht zu gefährden, freute er sich nun auf einen kleinen Spaziergang durch die Frühlingssonne mit einem anschließenden Stück Torte. Vielleicht hatten sie im »Lütt

Café« ja sogar Stachelbeerbaiser? Den liebte Jonathan seit frühester Kindheit, denn seine Großmutter Emilie hatte nicht nur ein Händchen für Literaten, sondern auch eines für ausgezeichnete Stachelbeertorte mit himmlisch sü-ßem Eiweißschaum gehabt.

Nachdem Jonathan seine Tür wie immer zweimal ab-geschlossen und die Alarmanlage aktiviert hatte, drehte er sich lächelnd um – und kam aus dem Staunen nicht mehr heraus.

»Hallo Jonathan!«

»Mir dir hätte ich nun überhaupt nicht gerechnet!«

50

Hannah

16. März, Freitag, 14:17 Uhr

»Heute kann es regnen, stürmen oder schnei'n, denn du strahlst ja selber wie der Sonnenschein! Heut ist dein Geburtstag, darum feiern wir, alle deine Freunde freuen sich mit dir – alle deine Freunde freuen sich mit dir! So, und jetzt raus aus den Federn und zwar auf der Stelle!«

»Was ist los?« Verwirrt und erschöpft kämpfte Hannah sich unter ihrer Bettdecke hervor und linste mit tränenden Augen ins Tageslicht. »Und was soll überhaupt dieser Lärm?«

»Raus mit dir!«, wiederholte Lisa, die direkt vor Hannahs Bett stand und sie aufmüpfig angrinste.

»Lisa, bitte! Verschwinde!«, maulte Hannah, griff nach ihrer Decke und zog sie sich wieder über den Kopf.

»Tut mir leid«, erklang die dumpfe Stimme ihrer Freundin. »Aber das mache ich unter gar keinen Umständen!«

»Geh weg!«, motzte Hannah ins Laken und strampelte unwillig mit den Beinen. »Und lass am besten gleich deinen Schlüssel hier!«

»Neihein!«, rief Lisa fröhlich. Eine Sekunde später gab es einen kräftigen Ruck, schon lag Hannah ohne ihren schützenden Kokon da.

»Lass das!«, fuhr sie ihre Freundin an und setzte sich auf. Ein Fehler, denn sofort tobte in ihrem Kopf ein Staccato aus Schmerz los, die Bewegung war viel zu schnell gewesen.

»Kater?«, wollte Lisa wissen und deutete auf die leere Rotweinflasche am Fußende des Bettes.

»Und wie«, seufzte Hannah und kratzte sich am Kopf.

»Das kommt davon, wenn man allein in seinen Geburtstag reinfeiert. Noch dazu in den dreißigsten!« Sie beugte sich vor und setzte eine gespielt verschwörerische Miene auf. »So was bringt Unglück. Und Kopfschmerzen.«

»Von ›Feiern‹ kann keine Rede sein«, erwiderte Hannah stöhnend und legte sich eine Hand an die Stirn. »Ich hab mich gestern Nacht wohl eher ins Koma geschossen.«

»Auf jeden Fall hast du dich so angehört.«

Hannah sah sie erschrocken an. »Haben wir etwa telefoniert?«

Lisa nickte. »Ja, haben wir. Sogar dreimal.«

»Ehrlich?«

»Ja, ehrlich.«

»Daran kann ich mich überhaupt nicht erinnern«, gab Hannah zu und spürte, wie ihr heiße Schamesröte in die Wangen schoss.

»Macht nichts«, stellte Lisa fest. »Du hast sowieso immer nur das Gleiche gesagt wie seit Wochen. Na ja, ehrlich gesagt hast du es mehr gelallt.«

»Und was war das?«

»Dass du nicht weißt, wie du ohne Simon weitermachen sollst, dass alles sinnlos ist und er außerdem ein egoistischer Arsch ist, dass er sich umgebracht hat, ohne dich vorher zu fragen. So in die Richtung halt.«

»Scheiße!« Mit einem lauten Seufzer ließ Hannah sich wieder rücklings aufs Bett plumpsen. »Ich hatte so sehr gehofft, ich hätte das alles nur geträumt und wäre jetzt endlich aufgewacht.«

Lisa setzte sich zu ihr ans Bett und nahm ihre Hand. »Tut mir leid, meine Süße, es ist immer noch wahr.«

»Scheiße«, wiederholte Hannah, während ihr gleichzeitig die Tränen in die Augen schossen. So erging es ihr jeden Morgen seit Simons Tod. Sie erwachte, war zunächst etwas benommen und durcheinander von ihren Träumen in der Nacht – und dann, wenn sie langsam wieder klar wurde, breitete sich auf der Stelle dieses grauenhafte Gefühl von Verzweiflung und Hoffnungslosigkeit in ihr aus, legte sich wie eine Eisenklammer um ihre Brust, sodass sie kaum noch atmen konnte, und ließ nicht mehr von ihr ab, bis sie irgendwann spät in der Nacht vollkommen erschöpft ins Bett taumelte.

Seit zwei Monaten lief jeder ihrer Tage genau so ab – und es wurde einfach nicht besser. Wenn die Zeit wirklich alle Wunden heilt, schien sie das in Hannahs Fall in einem Tempo zu tun, dass sie stark bezweifelte, noch zu Lebzeiten auch nur den Hauch einer Linderung zu erfahren. Im Gegenteil: Je länger Simons Tod zurücklag, desto tiefer schien sie in dieses schwarze Loch aus Trauer und Wut zu stürzen, desto schlimmer wurden die Albträume und die Angst, die Hannah jagten.

Ihren Vorsatz, so schnell wie möglich wieder bei der Rasselbande anzufangen, um damit sämtliche düstere Gedanken zu verscheuchen und zurück in den Alltag zu finden, hatte sie bereits zehn Minuten nach ihrem ersten Einsatz abbrechen müssen, weil sie urplötzlich von einer derart massiven Panikattacke heimgesucht worden war, dass es ihr regelrecht den Boden unter den Füßen weggezogen hatte.

Sie hatte inmitten der lärmenden Kinder gestanden und sich auf einmal nicht mehr bewegen oder auch nur sprechen können. Wie in einer Schockstarre war sie gewesen, unfähig, auch nur einen einzigen klaren Gedanken zu fassen außer diesen furchtbaren Sätzen, die wie in einer Endlosschleife in ihrem Kopf rotiert hatten: *Wir müssen alle irgendwann einmal sterben. Auch diese Kinder werden irgendwann sterben, diese kleinen, süßen und unschuldigen Kinder werden irgendwann tot sein. Und deren Kinder auch und deren auch und deren auch und deren auch … Es ist alles sinnlos, sinnlos, sinnlos! Wir leben nur, um uns auf den Tod zuzubewegen, jeder Tag bringt uns dem Ende ein Stückchen näher.*

Ihre Mutter Sybille hatte Hannah schließlich weinend und zitternd nach Hause gefahren, ihre Tochter ins Bett verfrachtet und dann einen Arzt gerufen, der eine posttraumatische Belastungsstörung diagnostiziert und absolute Ruhe verordnet hatte. An diese Anweisung hatte Hannah sich gehalten, sogar mehr als das, sie hatte sich komplett abgeschottet. Mittlerweile ging sie nur noch vor die Tür ihrer Wohnung, wenn es sich überhaupt nicht mehr vermeiden ließ – was dank diverser Pizza-Lieferdienste und des Supermarkts an der Ecke, der Hannah das Nötigste ebenfalls nach Hause brachte, schon länger nicht mehr vorgekommen war. Sie hatte sich eingebuddelt, hatte mit ihrem Kummer und ihrem Schmerz allein sein wollen.

Der gestrige Abend war natürlich besonders schrecklich gewesen, denn statt zusammen mit Simon in ihren runden Geburtstag reinzufeiern, hatte sie heulend auf ihrem Bett gehockt, ziellos durch die TV-Kanäle ihres Schlafzimmer-Fernsehers gezappt und ganz allein eine Flasche Wein geleert.

Erst jetzt, als Lisa neben ihr saß, konnte Hannah sich tatsächlich dunkel an die Telefonate mit ihrer Freundin erinnern, bei denen Lisa mit Engelszungen auf sie eingeredet hatte, dass sie vorbeikommen wollte. Hannah hatte das rundheraus abgelehnt, hatte gesagt, dass sie auch an ihrem Geburtstag niemanden sehen wolle – aber wie sie nun feststellen musste, hatte Lisa sich über ihre Order einfach hinweggesetzt.

»Ich finde, es ist an der Zeit, dass du aufstehst, dich duschst und mit mir nach draußen kommst«, stellte Lisa nun fest, wobei sie gleichzeitig sanft, aber dennoch entschieden klang. »Deine Eltern meinen das übrigens auch, falls dich das interessiert. Sybille legt sogar extra eine Sonderschicht in der Rasselbande ein, ich habe also jede Menge Zeit für dich.«

»Ich will aber nicht raus!«

»Natürlich willst du! Die Sonne scheint, es ist ein wunderbarer Tag.«

»Der Tag *kann* überhaupt nicht wunderbar sein«, gab Hannah bockig zurück und blitzte Lisa aufmüpfig an. »Außerdem hat der Arzt gesagt, dass ich absolute Ruhe brauche.«

»Mag sein«, erwiderte ihre Freundin. »Aber ich glaube nicht, dass er damit meinte, dass du dich zu Hause volllaufen lassen und ...«, sie beugte sich vor, griff unters Bett und holte zwei Pizzakartons hervor, »... nur noch von so

428

einem Mist hier ernähren sollst.« Lisa öffnete einen der beiden Kartons und verzog beim Anblick der vertrockneten Pizzareste darin angewidert das Gesicht.

»Mach ich ja gar nicht!«, schnappte Hannah und entriss Lisa die Packung. Als ihr der Duft von alter Wurst in die Nase stieg, musste sie selbst ein Schaudern unterdrücken. Kurzerhand beförderte sie den Karton auf den Fußboden neben die leere Weinflasche.

»Also, Schatz«, schlug Lisa nun einen schmeichelnden Ton an. »Steh bitte auf und dusch dich. Du riechst nicht viel besser als die olle Pizza. Ich warte hier, bis du fertig bist, und dann gehen wir raus.«

»Ich will aber wirklich nicht.«

»Das ist mir egal.«

»Du kannst mich ja wohl schlecht zwingen.«

»Doch«, erwiderte Lisa. »Das kann ich sehr wohl.«

»Und wie willst du das machen?«

»Ganz einfach«, erklärt ihre Freundin. »Ich bleibe hier so lange sitzen, bis du mit mir kommst.«

»Dann viel Spaß!«, rief Hannah aus, beugte sich vor und wollte wieder nach ihrer Decke greifen. Lisa war schneller, riss sie ihr aus den Händen und warf sie ebenfalls auf den Boden.

»Und ich singe!«, fügte sie hinzu, räusperte sich und setzte an: »*Heute kann es regnen, stürmen oder schnei'n ...*«

»Bitte, Lisa!«, jaulte Hannah auf.

Ihre Freundin ließ sich nicht beirren, sondern trällerte weiter: »*Denn du strahlst ja selber wie der Sonnenschein!*«

»Aufhören!«, befahl Hannah und hielt sich die Ohren zu.

»*Heut ist dein Geburtstag, darum feiern wir ...*«

»Bitte, Lisa! Quäl mich doch nicht noch mehr!«

Sofort verstummte sie, ein schuldbewusster Ausdruck trat auf ihr Gesicht. »Tut mir leid, das wollte ich nicht.«

»Ist schon gut«, erwiderte Hannah. Und bemerkte zu ihrem eigenen Erstaunen, dass sie ein Kichern unterdrücken musste. Aber so leicht wollte sie sich nicht geschlagen geben. »Weißt du«, sagte sie, »es ist ja nicht so, dass ich mich hängen lassen *will*. Ich trauere eben noch.«

»Das verstehe ich. Aber zwei Monate Trauer rund um die Uhr sind meiner Meinung nach genug.«

»Man spricht nicht umsonst vom Trauer*jahr*.«

»Das stimmt«, gab Lisa ihr recht. »Allerdings schließen sich nur die wenigsten ein Jahr lang ein.«

»Jeder, wie er lustig ist.«

»Falsch! Es geht nämlich nicht nur um dich.«

»Aha?«

»Nein«, bestätigte Lisa. »Es ist Zeit, dass du auch mal an andere denkst. An deine Eltern, zum Beispiel, die machen sich nämlich tierische Sorgen. Und ich übrigens auch.«

»Jetzt siehst du ja, dass es mir gut geht«, unternahm Hannah noch einen letzten kläglichen Versuch, ihre Freundin zum Gehen zu bewegen.

»Gut?« Lisa lachte auch. »Hast du gerade ›gut‹ gesagt?« Sie deutete mit beiden Armen in einer ausschweifenden Geste durchs Zimmer. »Du hockst in deiner verwahrlosten Bude, in der es riecht wie in einem Puma-Käfig und siehst aus wie nach einem halben Jahr Dunkel- und Einzelhaft.« Sie schüttelte beinahe belustigt den Kopf. »Tut mir leid, aber ›gut‹ geht vollkommen anders.«

»Immerhin lebe ich noch«, gab Hannah maulend zurück.

»Ich würde das eher vegetieren nennen. Und so leid es mir tut …«

»Du wiederholst dich.«

»Was?«

»Na, dass es dir leidtut, das hast du jetzt schon zum fünften Mal gesagt.«

Lisa grinste sie an. »Na also! In diesem miefenden Etwas, das da gerade vor mir sitzt, steckt ja doch noch ein kleines bisschen Hannah! Ziemlich versteckt zwar unter einer dicken Kruste aus Dreck, aber irgendwo da drinnen ist sie.«

»Ha, ha!«

»Genau.« Sie stand auf. »Also schwing deine verkaterten Knochen aus dem Bett.« Drohend hob sie den Zeigefinger. »Sonst fange ich wieder mit dem Singen an.«

»Aber das Trauerjahr …«

»Du darfst dir gern was Schwarzes anziehen«, erstickte Lisa den nächsten Widerspruch im Keim.

»Okay.« Hannah seufzte. »Ich sehe schon, dass ich keine Chance gegen dich habe.«

»So ist es«, bestätigte ihre Freundin.

»Und wo willst du mich hinschleppen?«, fragte sie, während sie Anstalten machte, sich von der Matratze zu erheben.

»Das müsstest du eigentlich wissen.«

»Ich habe nicht die geringste Ahnung.«

»Du hast doch selbst was für heute geplant«, wurde sie von Lisa erinnert. »Wir gehen ins ›Lütt Café‹ und essen Kuchen.«

Abrupt hielt Hannah in der Bewegung inne. »Das halte ich für keine gute Idee.«

»Warum nicht?«

»Weil ich … weil ich …« Erneut stiegen ihr die Tränen in die Augen. »Weil ich das für Simon und mich geplant hatte, das ist doch unser Lieblingscafé. Und weil …«

»Eben«, würgte Lisa sie ab. »Es ist Zeit, den Dämonen die Stirn zu bieten. Deshalb ist es genau richtig, wenn wir beide zusammen in das Café gehen!«

»Meinst du wirklich?« Hannah hörte selbst, dass sie wie ein weinerliches kleines Mädchen klang.

»Absolut!«

»Wir könnten aber auch woanders hingehen.«

»Könnten wir«, stimmte Lisa ihr zu. »Machen wir aber nicht.«

51

Jonathan

16. März, Freitag, 14:51 Uhr

»Da staunst du nicht schlecht, oder?« Leopold grinste von einem Ohr zum anderen, nahezu im Kreis, und genoss es sichtlich, Jonathan mit seinem Besuch so dermaßen aus dem Konzept zu bringen. »Du kannst aber trotzdem den Mund wieder zumachen, das sieht sonst etwas dämlich aus.«

»Was … was machst du denn hier?«

»Ich will meine Schulden bei dir begleichen.«

»Schulden? Was denn für Schulden?«

Leopold deutete auf einen Karton, der zu seinen Füßen stand und in dem sich diverse Flaschen befanden.

»Drei Pullen Rotwein, ein Riesling, Whiskey, Gin und Grappa«, erkläre er. Dann verzog er entschuldigend das Gesicht. »Ich weiß allerdings nicht, ob es die richtigen Marken sind. Ich hab im Getränkemarkt nach dem Besten gefragt, was sie hatten.« Er zuckte mit den Schultern. »Was genau ich damals bei dir habe mitgehen lassen, daran kann ich mich leider nicht mehr erinnern.«

»Du spinnst ja!«, rief Jonathan aus.

Sofort senkte Leopold den Blick. »Tut mir leid«, murmelte er. »Ich weiß, dass ich da echt Scheiße gebaut habe.«

»Unsinn!« Nun lachte Jonathan. »Ich freue mich riesig, dich zu sehen! Aber du hättest hier nicht mit einem ganzen Flaschenarsenal auftauchen müssen, das wäre wirklich nicht nötig gewesen.«

»Doch.« Nun sah Leo ihn wieder an, ein zaghaftes Lächeln auf den Lippen. »Doch«, wiederholte er. »Das ist nötig. Eigentlich noch viel mehr als das, aber ich dachte, ich fang einfach mal mit den Flaschen an.«

Einen Moment lang sahen sich beide nur lächelnd an und zögerten – dann machte Jonathan einen beherzten Schritt auf Leo zu und umarmte ihn schulterklopfend. Das hatte er noch nie getan, einen anderen erwachsenen Mann umarmt, aber gerade war ihm einfach danach.

»Erzähl!«, forderte Jonathan seinen »heimgekehrten« Freund auf, sobald er sich wieder von ihm gelöst hatte. »Wie ist es dir ergangen? Gut siehst du aus!« Und das stimmte, tatsächlich steckte Leopold in sauberen Jeans, Sweatshirt und Jacke, sein Bart war ordentlich gestutzt, die Haare trug er zu einem straffen Zopf gebunden, er verströmte einen Hauch von Seife und »Old Spice«.

»Doch nicht hier auf der Straße«, sagte Leo.

»Tut mir leid«, sagte Jonathan eilig, »wo hab ich nur meine Manieren? Willst du nicht reinkommen?«

»Störe ich denn nicht? Du wolltest gerade weg, oder?«

»Nicht so wichtig«, erklärte Jonathan, korrigierte sich aber sofort. »Das heißt, doch, ich wollte in ein Café. Und es wäre sehr schön, wenn du mich dorthin begleitest und mir dann in aller Ruhe erzählst, was seit deinem Verschwinden bei Nacht und Nebel so alles passiert ist.«

»Gern!« Leopold lachte fröhlich auf. »Und du wirst mir kaum glauben, was ich seitdem erlebt habe!«

Hannah

16. März, Freitag, 15:23 Uhr

»Es fällt mir echt nicht leicht, da jetzt reinzugehen.« Sie standen vor dem Eingang des »Lütt Café«. Hannah betrachtete skeptisch die vielen miteinander plaudernden Menschen, die hinter der großen Schaufensterscheibe saßen und sich Kaffee und Kuchen schmecken ließen.

»Das ist wie beim Pflasterabreißen«, meinte Lisa. »Je schneller es geht, desto besser. Also einfach Tür auf und rein!«

»Ich weiß nicht …« Hannah deutete auf eine Gruppe von lachenden Frauen. »Wenn ich mir die Leute so ansehe, fühle ich mich wie ein Alien. Als käme ich von einem anderen Stern.«

»Dann sieh dir die Leute einfach nicht an«, sagte Lisa lapidar und zuckte mit den Schultern.

»Darum geht's nicht«, erwiderte Hannah. »Die werden alle *mich* ansehen! Besser gesagt, sie werden mich anstarren!«

»*So* spannend bist du nun auch wieder nicht!«

»Ich habe halt nur das Gefühl, dass man mir die trauernde Witwe meilenweit ansieht.«

»Totaler Unsinn. Du siehst toll aus!« Mit diesen Worten griff Lisa nach der Tür, zog sie auf und versetzte Hannah einen leichten Schubser, sodass ihre Freundin – wenn auch nur widerwillig – einen Schritt in den Laden machte.

Doch schon auf der Fußmatte blieb sie wie angewurzelt stehen.

»Was ist denn?«, fragte Lisa, die prompt in sie hineinstolperte.

»Ich hab's doch gewusst«, zischte Hannah über ihre Schulter hinweg und deutete mit dem Kinn rüber zur rechten Seite des Cafés. »Guck mal, der da drüben. Der starrt mich total an!«

Lisa folgte ihrem Blick. »Wer?«

»Da«, wisperte Hannah und nickte erneut in die rechte Ecke, in der zwei Männer vor Kaffee und Kuchen an einem runden Tisch saßen. Einer der beiden, ein offenbar älterer Herr, denn er hatte lange weiße Haare, die er zu einem Zopf gebunden trug, hatte ihnen den Rücken zugedreht. Aber der andere, ein Mann um die vierzig, dunkelhaarig, schlank, gut aussehend, glotzte Hannah ziemlich unverhohlen an.

»Quatsch«, meinte Lisa, »der starrt dich nicht an.«

»Natürlich tut er das!«, insistierte Hannah. »Der wirkt ja schon fast so, als hätte er eine Erscheinung.«

»Wahrscheinlich ist er nur extrem kurzsichtig«, kommentierte ihre Freundin und gab ihr wieder einen leichten Schubser.

Hannah drehte sich zu ihr um und sah sie flehend an. »Bitte, Lisa! Lass uns wieder rausgehen, ich fühle mich einfach total unwohl.«

»Aber ...«

»Bitte!«, sagte sie noch einmal. »Es ist ja nicht nur dieser Typ da drüben. Hier sind viel zu viele Erinnerungen, ich war mit Simon so oft hier.«

Ihre Freundin seufzte. »Wenn du alle Orte meiden willst, die emotional kontaminiert sind, weil du da schon mal mit Simon warst, musst du vermutlich die Stadt wechseln.«

»Ich weiß«, erwiderte Hannah unglücklich. »Das kriege ich wieder in Griff, versprochen. Nur heute nicht! Lass uns einfach ein bisschen durch die Straße spazieren gehen, okay? Das reicht doch für den Anfang.«

»In Ordnung«, stimmte Lisa zu. »Ich will dich ja auch nicht quälen.«

»Danke!« Mit diesen Worten stieß Hannah die Tür zum Café auf und schlüpfte eilig durch den Spalt nach draußen. Noch immer spürte sie die Blicke des fremden Mannes in ihrem Rücken, aber sie drehte sich nicht mehr nach ihm um. Sie hatte keine Ahnung, weshalb der Kerl sie so intensiv gemustert hatte, sie wusste nur, dass es ihr regelrecht unheimlich erschienen war. Selbst auf die Entfernung von mehreren Metern zwischen der Tür und seinem Tisch waren Hannah seine Augen aufgefallen. Ein so helles und durchdringendes Blau, dass ihr ganz anders geworden war; als hätte er sie mit nur einem einzigen Blick bis auf den Grund ihrer Seele durchleuchtet. Sie schüttelte sich, als müsste sie sich von einer Art Hypnose befreien, und sobald sie draußen auf dem Bürgersteig stand, atmete sie einmal ganz tief durch.

»Geht's?«, wollte Lisa wissen.

»Ja«, sagte Hannah. »Alles in Ordnung.«

»Prima. Und wo sollen wir jetzt hingehen?«

Hannah überlegte einen Moment. »Wir könnten der Rasselbande einen Besuch abstatten«, schlug sie vor. »Vielleicht können deine und meine Mama ja etwas Unterstützung brauchen.«

Lisa sah sie überrascht an. »Bist du sicher?«

Hannah überlegte einen Moment. Dann nickte sie. »Ja. Ich bin sicher. Ich habe gerade sehr große Lust dazu, ein paar kleine Racker zu sehen.«

Lisa grinste sie fröhlich an. »Das klingt doch schon mal sehr gut!«

53

Jonathan

16. März, Freitag, 15:11 Uhr

»Das ist nicht wahr! Du bindest mir einen dicken, fetten Bären auf, oder?«

»Absolut nicht! Es war genau so, wie ich es dir erzähle.« Leopold lehnte sich auf seinem Stuhl zurück und rührte seinen Kaffee um, sichtlich zufrieden, dass Jonathan über seine Geschichte so fassungslos war.

»Ja, aber wer macht denn so was?«, hakte Jonathan noch einmal nach, weil er immer noch nicht glauben konnte, was er soeben gehört hatte. »Wer, um Himmels willen, stellt seinen Wagen mitten auf dem Kiez ab, lässt den Schlüssel stecken und legt die Papiere auf den Sitz?«

»Das kann ich dir nicht sagen«, antwortete Leopold. »Ist mir allerdings auch egal, ich habe dieses Geschenk vom Schicksal einfach angenommen und nicht weiter nach dem Warum gefragt.« Er piekste ein Stück von seinem Erdbeerstreuselkuchen auf und schob es sich in den Mund.

»Was war denn das überhaupt für ein Auto?«

»Ein alter Ford Mustang«, erwiderte Leo kauend. »Ein Oldtimer, aber noch richtig gut in Schuss.«

»Ein Mustang?«

»Ja.«

»Etwa ein roter?«

Leopold nickte überrascht. »Ja, ein richtig schönes sattes Dunkelrot. Wie kommst du darauf?«

»Also, ich …« Jonathan versuchte, seine verwirrten Gedankengänge zu ordnen. »Es ist echt seltsam«, setzte er erneut an, »aber vor ein paar Wochen habe ich eine Frau gesehen, die mit ihrem roten Ford Mustang auf die Reeperbahn gefahren ist.«

»Tja«, erwiderte Leopold lapidar, »vielleicht war das die edle Spenderin. Wer weiß?«

»Was stand denn in den Papieren? Da muss doch der Halter eingetragen gewesen sein.«

»Weiß ich nicht mehr genau«, erklärte Leo.

»Wie kannst du das nicht mehr genau wissen?«

»Mensch, ich hab's mir nicht aufgeschrieben. War auf jeden Fall ein Männername. Irgendwas mit Blank oder so.«

»Blank?«

»Ja, so was in der Art. Stefan Blank, glaube ich.«

»Hm.«

»Das ist doch aber auch total egal.«

»Hast du denn nicht versucht, den Besitzer des Autos ausfindig zu machen.«

Leopold sah ihn verständnislos an. »Warum sollte ich?«

»Na, weil ich finde, dass das richtig gewesen wäre. Man kann doch nicht einfach ein fremdes Auto behalten!« Unwillkürlich musste er dabei an den Kalender denken, den er wie immer in seiner Aktentasche bei sich trug, wie einen gut gehüteten Schatz. Das war allerdings etwas völlig anderes, ein Filofax war schließlich kein teures Fahrzeug. Außerdem hatte Jonathan anfangs ja alles versucht, um den Eigentümer ausfindig zu machen.

»Ich hab's ja gar nicht behalten«, gab Leopold zurück. Mittlerweile wirkte er nicht mehr ganz so ausgelassen wie zu Beginn ihres kleinen Kaffeeklatsches, zwischen seinen Augen hatte sich eine steile Falte gebildet.

»Man kann auch nicht einfach ein fremdes Auto verkaufen.«

»Wenn es einem quasi auf dem Präsentierteller serviert wird, dann schon.«

»Aber ...«

»Hör zu, mein Freund«, wurde er von Leo unwirsch unterbrochen. »Ich kann verstehen, dass jemand wie du findet, dass so was nicht geht. Wenn du allerdings in meiner Lage wärst, würdest du auch nach jedem Strohhalm greifen, den man dir reicht. Oder etwa nicht?«

Jonathan schlug beschämt die Augen nieder und murmelte: »Ja, schon.«

»Eben. Und nichts weiter habe ich getan. Wenn jemand sein Auto mitsamt Schlüssel und Fahrzeugbrief für jedermann sichtbar auf der Reeperbahn abstellt, dann ist das meiner Meinung nach eine Aufforderung an denjenigen, der den Wagen findet, dass er ihn haben darf und damit machen kann, was er will. Denkst du nicht?«

»Doch«, sagte Jonathan und sah ihn wieder an.

»Sag ich ja.«

»Hast du dich denn bei der Polizei erkundigt, ob das alles rechtens ist?«

Nun lachte Leopold laut auf und klatschte sich mit beiden Händen auf die Oberschenkel. »Die Polizei? Bist du verrückt?« Er prustete erneut. »Was denkst du, was die mit einem Penner wie mir gemacht hätten? Die hätten mir doch sofort unterstellt, dass ich den Wagen geklaut habe, und mich eingebuchtet.« Er schüttelte den Kopf mit einem amüsiert-nachsichtigen Lächeln. »Nein, natürlich bin ich *nicht* zu den Bullen gegangen. Ich hab mir das Auto geschnappt und zugesehen, dass ich es so schnell wie möglich wieder loswerde.«

»Aha«, entgegnete Jonathan. »Und wo, wenn ich fragen darf, wird man so ein Auto los?«

»Jedenfalls nicht beim Ford-Vertragshändler«, klärte Leopold ihn auf. »Ich war damit in Rothenburgsort, an der Billhorner Brückenstraße. Da ist ein riesiges Areal, ein Händler neben dem nächsten.«

»Kenn ich gar nicht.«

»Das wundert mich nicht. Da sitzen eher die windigen Jungs. Du weißt schon, Im- und Export, diese Schrottplätze, die eher nach Autofriedhof aussehen, nur mit bunten Wimpelgirlanden oben am Maschendrahtzaun.«

»Maschendrahtzaun?«

»Lass es mich so formulieren: Jemand wie du würde da kein Auto kaufen.«

»Und warum hast du den Wagen dann da hingebracht?«

Leopold verdrehte gespielt genervt die Augen. »Na, weil ich ihn da am einfachsten verscherbeln konnte. Keine großen Fragen – und den Kaufpreis gab's bar auf die Kralle.«

»Wie viel hast du denn für das Auto bekommen?«

Nun grinste Leopold wieder. »5 000 Euro. Und die zwei Taxifahrer, die mich mit dem Auto hingebracht und danach zurück in die Stadt kutschiert haben, haben sie auch noch für mich bezahlt.«

»Zwei Taxifahrer?«

»Na ja, ich war nicht wirklich fahrtauglich in den letzten Wochen«, erklärte Leopold. »Außerdem hab ich gar keinen Führerschein.«

»Nein?«

»Nicht mehr«, gab Leopold zu. »Den müsste ich erst neu machen, aber dafür hat mir bisher natürlich das Geld gefehlt.« Sein Grinsen wurde noch breiter. »Jetzt bin ich ja wieder ein reicher Mann.«

»Verstehe.«

»Schon klar«, meinte Leopold. »Das beeindruckt dich nicht wirklich. Aber für mich reicht's.« Er nahm ein weiteres Stück von seinem Kuchen.

»Doch, doch«, versicherte Jonathan eilig. »Ich bin nur immer noch total … Also, die Geschichte ist einfach unglaublich.«

»Das stimmt, ich hab's zuerst auch nicht glauben wollen. Es war aber so. Und egal, was du davon hältst: Mir hat dieses unverhoffte Geschenk echt den Arsch gerettet.«

»Was hast du denn mit dem Geld gemacht?«

»In Aktien angelegt.«

»Wirklich? Welche?«

Diesmal lachte Leopold so laut und dröhnend, dass sich einige Leute im Café nach ihnen umdrehten und ihnen missbilligende Blicke zuwarfen. Das war man hier im feinen Eppendorf nicht gewohnt. »Natürlich hab ich keine Aktien gekauft!«, erzählte Leo mit gesenkter Stimme weiter. »Zuerst bin ich zurück auf den Kiez. Ich wusste ja gar nicht, wohin. Hab da mit zwei Kumpels über die ganze Sache diskutiert, die meinten, dass wir uns von der Kohle ganz schön lange zudröhnen können.« Seine Mie-

443

ne wurde wieder ernster. »Aber dann hab ich – Gott sei Dank! – einen lichten Moment gehabt. Habe mir gesagt, dass mir das Schicksal gerade eine zweite Chance bietet, die ich nicht wieder versauen darf.« Er machte eine Pause, um noch ein Stück Kuchen zu essen. Jonathan hegte den leisen Verdacht, dass er damit nur die Spannung steigern wollte.

»Und dann?«, fragt er nach, um ihm die Freude zu gönnen.

»Ich hab mich fünf Tage lang in einer billigen Pension eingemietet und da erst mal ausgenüchtert«, sprach er weiter. »War nicht lustig, so ein kalter Entzug auf eigene Faust, aber in die Klinik wollte ich nicht schon wieder. Das letzte Mal bin ich da immerhin mit einem markigen ›Mich seht ihr hier so schnell nicht wieder!‹ abgehauen, da wollte ich nicht zurückkriechen.«

»Hat's denn geklappt?«

»Sieh mich doch an!« Leopold fasste sich an den Kragen seines sauberen Hemds. »Mir ging's schon ewig nicht mehr so gut.«

»Das freut mich, wirklich! Und jetzt machst du deinen Führerschein?«

»Nein.« Leopold winkte ab. »Das ist nicht so wichtig. Ich hab mir eine kleine 1-Zimmer-Wohnung in Barmbek gesucht, und weil ich gleich die ersten drei Monatsmieten auf den Tisch legen konnte, hab ich sie auch gekriegt.« Er seufzte. »Damit hab ich den Teufelskreis der Obdachlosigkeit durchbrochen, denn nachdem ich wieder einen festen Wohnsitz habe, läuft es auch mit der staatlichen Unterstützung. Ich bekomme sogar Wohngeld. Und vom Mustang-Verkauf ist ja auch noch was da.«

»Sozialschmarotzer!«, kommentierte Jonathan scherzhaft.

»Bonze!«, gab Leopold zurück. »Jedenfalls muss ich
jetzt nur noch einen Job finden, und dann habe ich meine Krise hoffentlich überwunden.«

»Suchst du denn schon?«

»Ja. Ist aber nicht so einfach, selbst als Koch nicht.«
Er setzte ein schiefes Lächeln auf. »Auf einen Vierund-
fünfzigjährigen hat leider niemand gewartet, und in meinem Lebenslauf gibt's ja doch ein paar unschöne Löcher.
Du wirst es nicht glauben, aber die Sache mit dem Vorstand ist auch nicht gerade hilfreich: Mir glaubt halt keiner, dass ich wirklich Bock habe, einfach nur am Herd zu
stehen.«

»Warst du denn schon beim Arbeitsamt?«

»Das heißt heutzutage ganz modern Jobcenter«, klärte
Leopold ihn auf. »Und klar war ich da. Schon allein für
die Sozialhilfe. Aber bisher haben die nichts für mich.«
Er kicherte. »Das heißt, doch, eine Sache haben sie mir
sogar angeboten.«

»Und die war nichts?«

»Ging um eine Fußballkneipe, da haben sie eine Tre-
senkraft gesucht. Schien mir nicht ganz die richtige Sache
für mich zu sein, mich an den Zapfhahn zu stellen.«

»Wohl kaum«, pflichtete Jonathan ihm bei und musste
ebenfalls lachen. »Ich wünschte, ich könnte dir helfen«,
fügte er dann hinzu. »Aber wir haben im Verlag nicht mal
eine Kantine. Und wir machen ja leider in Büchern und
nicht in Lebensmitteln.«

»Verkaufen funktioniert überall gleich«, wendete Leopold ein.

»Also, äh …«, stotterte Jonathan, weil er nicht wusste, was er dazu sagen sollte. Meinte Leopold das ernst?

»Keine Sorge, ich will mich nicht bei dir bewerben. Hab ja für mich erkannt, dass ich auf der Überholspur nichts verloren habe, ich suche mir lieber was Gemütliches. Ein bisschen Zeit habe ich noch, mit Sozialhilfe und Wohngeld komme ich ganz gut hin.«

»Ich sag dir trotzdem Bescheid, falls ich mal was hören sollte.«

»Mach das«, sagte Leopold, allerdings in einem Tonfall, der ziemlich nach »Wo solltest *du* denn was hören?« klang. »Jetzt habe ich so viel gesabbelt«, wechselte er das Thema. »Erzähl du doch mal, was in deinem Leben so passiert ist.«

»Eine ganze Menge«, berichtete Jonathan nicht ohne Stolz. »Ich habe mir deinen Rat zu Herzen genommen und richte mein Leben die meiste Zeit nach dem Kalender aus.«

»Und wie ist das so?«

»Prima!« Er begann, an den Fingern aufzuzählen. »Ich habe das Joggen aufgegeben und spiele mittlerweile Tennis, ich meditiere jeden Tag und schreibe morgens und abends auf, wofür ich dankbar bin. In den letzten zwei Monaten war ich so oft am Meer wie in den fünf Jahren davor insgesamt nicht, habe wieder Freude am Singen – wenn auch nur im Auto und unter der Dusche –, und seit Neuestem lerne ich Italienisch.«

»Wow!«, kommentierte Leopold anerkennend. »Das klingt nach einem vollen Programm.«

»Geht eigentlich. Die meisten Sachen mache ich so nebenbei.«

»Und wie geht's dem Verlag?«

»Ganz gut«, antwortete Jonathan ausweichend.

»Also alles wieder im grünen Bereich?«

»Noch nicht ganz.« Nun steckte Jonathan sich ein großes Stück Kuchen in den Mund.

»Du hast also noch nichts verändert«, schlussfolgerte Leopold.

»Ich bin dabei.«

»Hm.«

»Was, hm?«

Leopold machte eine wegwerfende Handbewegung. »Lassen wir das Thema, bevor ich wieder übergriffig werde. Holen wir uns stattdessen lieber noch ein Stück Kuchen.«

»Eine gute Idee!« Jonathan wollte sich schon erheben, als sein Blick auf die Tür fiel, durch die gerade zwei Frauen das Café betraten. Eine von ihnen war groß und schlank und hatte rote Locken, die andere war einen ganzen Kopf kleiner, hatte eine sehr frauliche Figur und im Kontrast dazu eine strubbelige Kurzhaarfrisur.

Jonathan N. Grief fühlte sich, als hätte ihm jemand eins mit der Keule übergebraten.

Oder als würde in seinem Inneren ein Feuerwerk zünden und binnen einer Sekunde abfackeln.

Als wäre er noch einmal vier Jahr alt und würde unterm Weihnachtsbaum die ersehnte Carrera-Bahn finden.

So als würde seine Mutter ihn in den Arm nehmen und ihm ein leises »Nicolino« ins Ohr flüstern.

So absurd es klang: Er, Jonathan N. Grief, wusste, dass er verliebt war. Und er hatte keine Ahnung, in wen.

Denn kaum, dass diese unfassbar schöne Frau mit

den roten Haaren im Café aufgetaucht war, war sie auch schon wieder fort, schwebte durch die Eingangstür nach draußen und entschwand seinem Blickfeld. Wie im Reflex erhob Jonathan sich ein paar Zentimeter von seinem Stuhl, wollte den Tisch zur Seite schubsen und der Frau nachlaufen – aber dann brachte ihn Leopolds Stimme zurück in die Wirklichkeit.

»Hallo? Was ist denn los?«

»Wie bitte?«

»Du siehst aus, als hättest du einen Geist gesehen.«

»Äh«, stotterte er, »nein, äh, es ist gar nichts.« Noch immer fixierte er die Eingangstür.

Nun drehte auch Leopold sich um. »Wer ist denn da?«

»Niemand«, erklärte Jonathan eilig. »Ich dachte nur, ich würde da jemanden kennen.«

»Und deshalb wirst du kreidebleich?«

»Wirklich?«

»Weiß wie eine Wand.«

»Äh.« Einen kurzen Moment zögerte Jonathan noch. Dann sprang er tatsächlich auf, drängte sich am Tisch vorbei, sodass dieser beinahe umfiel, und stürzte nach draußen. Es war ihm egal, ob sich das gehörte oder nicht – wenn er in den vergangenen Wochen etwas gelernt hatte, dann, dass es darum ging, zum Leben »Ja« zu sagen. Und aus diesem Grund musste er unbedingt herausfinden, wer die Frau war, die da eben im Café gestanden hatte. Ob er sich damit nun lächerlich machte oder nicht.

Unter den verwunderten Blicken der anderen Gäste erreichte Jonathan die Tür, riss sie auf und war mit einem Satz draußen auf dem Bürgersteig. Er blickte nach links – nichts. Nacht rechts – nichts. Mit rasendem Herzen lief er bis zur nächsten Straßenecke, aber auch hier keine Spur von der Frau mit den roten Locken. Er versuchte es am anderen Ende der Straße, ebenfalls ohne Erfolg.

Langsam ging er zurück zum Café und blieb draußen noch ein paar Minuten stehen in der wilden Hoffnung, die Frau würde vielleicht zurückkommen.

Sie tat es nicht.

Stattdessen öffnete sich nach einer Weile hinter ihm die Tür und Leopolds Stimme erklang.

»Kommst du noch mal rein?«, wollte er wissen. »Oder willst du die Zeche prellen? Musst du nicht, ich lad uns ein.«

Gegen seinen Willen und obwohl ihm überhaupt nicht danach zumute war, musste Jonathan lachen.

»Erzählst du mir, was los ist?«, fragte Leopold, als sie wieder am Tisch saßen und Jonathan noch immer vor sich hin gluckste. »Ich würde auch gern lachen.«

»Es ist absurd«, brachte Jonathan schnaufend hervor.

»Was meinst du denn?«

»Ich habe mich verliebt.«

»Verliebt?«

»Ja.« Er nickte. »So ist es, mich hat es voll erwischt.«

»Ich glaube, ich verstehe nicht ganz. Du hast dich verliebt? Jetzt gerade oder wie?«

»Ja«, wiederholte Jonathan. »Eben kam hier eine Frau herein. Ich habe sie nur angesehen, und es hat ›boom‹ gemacht.«

»Echt?«

»Ja, echt. Boom, beng, peng.«

»In welche denn?« Leopold drehte sich um, reckte den Hals und ließ seinen Blick durch das Café wandern.

»Das ist es ja«, erklärte Jonathan und musste schon wieder lachen. »Sie ist sofort wieder rausgegangen und war wie vom Erdboden verschluckt, ich habe sie nicht mehr finden können.«

»Mist.«

»In der Tat.«

»Passiert dir das öfter?«

»Was?«

»Na, dass du dich so Knall auf Fall verliebst?«

Noch einmal lachte Jonathan auf. »Nein, nie! Ich glaube wirklich nicht an die Liebe auf den ersten Blick.« Er schüttelte über sich selbst amüsiert den Kopf. »Aber diese Frau, die hatte irgendwas an sich ... Ach, ich weiß auch nicht, klingt ja total bekloppt.«

»Ich mag bekloppte Geschichten.«

»Ich eigentlich nicht so. Bisher ...« Er stutzte und sah Leopold groß an.

»Was ist denn jetzt schon wieder?«

»Sarasvati!«

»Was hat denn diese Hellseherin damit zu tun?«

»Lebensberaterin«, korrigierte Jonathan ihn.

»Was auch immer, aber wie kommst du jetzt auf die?«

»Sie hat mir vorausgesagt, dass ich noch in diesem Jahr eine Frau treffen werde, die ich vielleicht sogar heirate.«

»Und das glaubst du ernsthaft? Und dass das eben diejenige welche war?«

»Keine Ahnung.« Jonathan zuckte mit den Schultern. »Ich weiß nicht mehr, was ich glauben soll. Aber so viel ist klar: Mein Leben steht ziemlich kopf, seit ich den Kalender gefunden habe.« Seine Miene erhellte sich schlagartig. »Warte mal, jetzt hab ich eine Idee!«

»Die da wäre?«

»Der Kalender! Das ist es! Alles ist mit allem verbunden. Der Kalender, das Café hier, die Frau, die ich gerade gesehen habe – das hängt alles zusammen!«

»Ich verstehe nur Bahnhof.«

»In Ordnung, dann ganz langsam und von vorn: Warum sitzen wir denn hier?«

»Äh.« Leopold sah ihn verständnislos an. »Weil wir zusammen hierhergegangen sind?«

»Falsch!«, rief Jonathan aus.

»Falsch?«

»Wir sind hier, weil der Termin im Filofax stand. Wer auch immer ihn geschrieben hat – der- oder diejenige hat heute Geburtstag und wollte ihn hier feiern.«

»Sorry, aber ich glaube, ich steh auf dem Schlauch. Was willst du mir damit sagen?«

»Das ist doch ganz einfach!« Jonathan sprang von seinem Stuhl auf. »Ich frage einfach jeden Gast hier, ob er heute zufällig Geburtstag hat.«

»Und inwiefern bringt dich das weiter?«

»Im Ausschlussverfahren!«, rief Jonathan. »Wenn hier keiner ist, der heute Geburtstag hat, könnte es sein, dass die Frau, die ich eben gesehen habe, diejenige welche ist!«

»Diejenige welche?«

»Na, zum einen die, die heute Geburtstag hat und die sich hinter dem Buchstaben H. versteckt. Und damit eben auch die, die den Kalender geschrieben hat.« Jonathan war ganz begeistert von seinem schlauen Einfall.

»Jonathan?«

»Ja?«

»Du redest wirr.«

451

»Das macht nichts«, antwortete er lachend. »Das macht überhaupt gar nichts.«

»Nur damit ich das richtig verstehe: Wenn also hier niemand ist, der heute Geburtstag hat, könnte es sein, dass die Frau, in die du dich gerade Knall auf Fall verliebt hast, auch die Besitzerin des Kalenders ist.«

»Exakt!«

»Aber selbst wenn sie es ist, bringt dich das doch kein Stück weiter. Denn du hast ja keine Ahnung, wem der Kalender gehört.«

»Exakt«, bestätigte Jonathan erneut.

Leopold seufzte. »Dann begreife ich aber nicht, wie dir das helfen soll, die Frau zu finden.«

»Das weiß ich auch noch nicht«, gestand Jonathan und grinste noch immer. »Darüber mache ich mir Gedanken, wenn es so weit ist. Wie heißt es so schön? Don't cross the bridge until you come to it.«

»Aha.«

54

Hannah

16. März, Freitag, 15:47 Uhr

»Hannah! Hannah! Hannah!« Kaum hatte Hannah die Rasselbande betreten, da stürzten bereits vier Knirpse auf sie zu und klammerten sich an ihren Beinen fest.

»He! Nicht so wild, ihr werft mich ja sonst um!«, rief sie. Während sie gleichzeitig schon wieder mit den Tränen kämpfte. Drei Monate war sie – von ihrem einzigen Versuch, den sie nach wenigen Minuten hatte abbrechen müssen, mal abgesehen – nicht mehr hier gewesen. Für Kleinkinder eine Ewigkeit, in diesem Alter kam das in etwa zehn Jahren gleich. Und trotzdem wurde sie von ihren Schützlingen so herzlich begrüßt, als wäre sie der wichtigste Mensch auf Erden.

In ihre Rührung mischte sich ein Gefühl von Scham. Sie hatte diese Kinder, die schon nach kurzer Zeit so sehr an ihr hingen, einfach verlassen. Hatte sich stattdessen in ihrer Wohnung vergraben und im Selbstmitleid gesuhlt. Und darüber glatt vergessen, worum es im Leben ging. Zum Beispiel um die Freude und das Glück, das sie Tag für Tag von diesen Kindern bekam – und das sie ihnen gefälligst auch zurückzugeben hatte! Ja, Simon hatte sich einfach so davon gemacht. Aber das gab ihr noch lange nicht das Recht, den Menschen, denen sie wichtig war, dasselbe anzutun.

Bevor Hannah sich weiter in gedankliche Selbstvorwürfe verstricken konnte, legten sich plötzlich zwei Arme von hinten um sie und umschlossen sie fest. Nun konnte sie nicht verhindern, dass ihr doch ein Tränchen aus dem linken Augenwinkel kullerte. Sie wusste, wer das war, dafür musste sie sich erst gar nicht umdrehen. »Mama!« Jetzt drehte sie sich natürlich doch um.

»Mein Schatz.« Die Stimme ihrer Mutter zitterte, zärtlich legte sie eine Hand an die Wange ihrer Tochter. »Ich bin so froh, dass du hier bist!«

»Ihr kommt wohl mit den kleinen Rackern ohne mich nicht klar, wie?«, versuchte Hannah einen Scherz. Aber auch ihre eigene Stimme klang brüchig, sie musste sich wirklich zusammenreißen, um nicht vor den Augen der Kinder, die die Szene interessiert beobachteten, in haltloses Heulen auszubrechen. Zumal Sybille, normalerweise ein Ausbund an Vitalität und Lebenskraft, in etwa so mitgenommen aussah, wie Hannah sich fühlte. Ihre roten Locken, die sie ihrer Tochter vererbt hatte, wirkten stumpf und schienen von deutlich mehr grauen Strähnen durchzogen zu sein, als Hannah es in Erinnerung gehabt hatte. Ihre Haut war blass und fahl, ihre hellgrünen Augen hatte jegliches Leuchten verloren. Wieder wurde Hannah von einer Schamattacke heimgesucht – war das ihr Werk?

»Alles Liebe zum Geburtstag«, sagte ihre Mutter leise und zog sie noch einmal an sich. »Jetzt wird alles wieder gut«, flüsterte sie ihr ins Ohr.

»Ja«, erwiderte Hannah ebenfalls flüsternd. »Das wird

es.« Sie rückte von ihrer Mutter ab und lächelte sie tapfer an. »Heute ist schließlich mein Geburtstag!«

Und in diesem Moment beschloss sie, dass es genauso sein würde: Heute war ihr Geburtstag. Ihr zweiter Geburtstag. Der Beginn ihres Lebens »nach Simon«. Etwas anderes würde sie gar nicht zulassen.

55

Jonathan

16. März, Freitag, 17:33 Uhr

»Tja«, stellte Leopold zwei Stunden später fest. »Sieht so aus, als hätten wir soeben die Brücke erreicht. Und wie kommen wir jetzt auf die andere Seite?« Gemeinsam hatten er und Jonathan jeden einzelnen Gast im »Lütt Café« gefragt, ob er oder sie zufälligerweise heute Geburtstag hätte. Sogar die Bedienungen hatten sie gelöchert und sich außerdem erkundigt, ob denn heute vielleicht jemand einen Tisch für einen Geburtstagskaffee reserviert hätte. Dann hatten sie sich an der Eingangstür postiert und jeden neuen Gast, der das Café betrat, sofort mit der Frage nach seinem Geburtsdatum überfallen. Fehlanzeige, Fehlanzeige, Fehlanzeige, jedes Mal Fehlanzeige.

Nun saßen sie draußen auf einer Bank am Isebekkanal, nachdem der Inhaber des Cafés sie erst höflich, nach einer weiteren halben Stunde sehr bestimmt darum gebeten hatte, von Belästigungen seiner Kundschaft abzusehen. Dafür ginge ihr Verzehr dann auch aufs Haus, Hauptsache, sie würden sofort verschwinden. Jonathan hatte noch protestieren und auf seine Rechte als Bürger hinweisen wollen, war aber von Leopold am Ärmel mit einem zugezischten »Hier gilt das Hausrecht des Besitzers, du Idiot!« aus dem Laden gezerrt worden.

»Immerhin wissen wir nun, dass die rothaarige Frau vielleicht tatsächlich diejenige ist, die heute Geburtstag hat und der der Kalender gehört«, sagte Jonathan.

»Großartig!«, kommentierte Leopold. »Wie gesagt, wir stehen vor der Brücke, jetzt musst du mir nur noch sagen, wie wir rüberkommen.«

»Keine Ahnung«, gab Jonathan zu. »Aber ich *muss* sie einfach finden!«

»Herrgott, du klingst wie Romeo!«

»Genauso fühle ich mich auch.«

»Dann weißt du ja, was das für ein Ende nehmen wird. Falls du das Stück von Shakespeare nicht kennst: kein gutes. Also vergiss die Rothaarige und verlieb dich besser in eine andere.«

»Du verstehst das nicht!«, fuhr Jonathan ihn an.

Leopold hob abwehrend die Hände. »Oh, Verzeihung, Herr Grief! Natürlich hat jemand wie ich keine Ahnung, was Liebe ist. Ich bin ja nur ein blöder alter Penner.«

»So meine ich das doch nicht«, erwiderte Jonathan schon etwas versöhnlicher. »Aber während ich vor ein paar Wochen noch der festen Überzeugung war, dass so was wie Schicksal und Bestimmung und der ganze Kram totaler Unsinn ist ...«

»Da glaubst du jetzt, dass die Frau, die du ungefähr fünf Sekunden lang aus der Ferne gesehen hast, für dich bestimmt ist?«, vollendete Leopold seinen Satz.

»Ach, ich weiß auch nicht.« Er seufzte. »Ich bin total durcheinander. Als würde die Gedanken in meinem Kopf Pingpong spielen. So habe ich mich noch nie gefühlt.«

»Da hast du Glück. Mir geht es die meiste Zeit so.«

»Sehr lustig!«

»Ist aber wahr.«

»Na ja, als meine Mutter damals einfach komplett abgetaucht ist, das hat sich ganz ähnlich angefühlt.« Noch einmal seufzte er. »Scheint so, als würden sich alle Frauen, die mir wichtig sind, einfach in Luft auflösen.«

»Nu lass aber mal die Kirche im Dorf! Du hast dich Knall auf Fall verliebt, okay. Aber von ›wichtig‹ kann ja wohl noch keine Rede sein.«

»Hast ja recht.« Jonathan fixierte seine Schuhe, weil es ihm unangenehm war, Leopold anzusehen. Er kam sich vor wie ein zwölfjähriger Schulbengel nach einem vergeigten Mathetest.

»Wieso ist deine Mutter überhaupt abgehauen?«

»Sie hat sich in Hamburg nie wohlgefühlt und wollte zurück in ihre Heimat nach Italien.«

»Deshalb verlässt man doch sein Kind nicht!«, empörte sich Leopold.

»›Man‹ vielleicht nicht – meine Mutter schon.«

»Und danach hast du nie wieder was von ihr gehört oder gesehen?«

»In den ersten Jahren schon. Da kam sie zu Besuch, und ich bin auch ein paar Mal zu ihr nach Italien gereist. Aber dann …«

»Was dann?«

»Ach, dann habe ich mit dreizehn eine idiotische Karte an sie geschrieben, dass sie mir für immer und ewig gestohlen bleiben kann. So ein wütender Pubertätsmist halt.«

»Danach war Funkstille?«

»Absolute«, bestätigte Jonathan. »Hab nie wieder was von ihr gehört.«

»Tut mir leid, aber ich kann mir nicht vorstellen, dass eine dämliche Postkarte eines noch viel dämlicheren Teenagers solche Folgen haben sollte.«

»Hm.« Jonathan zuckte mit den Schultern. »Ich habe mich das auch lange gefragt. Aber irgendwann war's mir halt egal.«

»Was hat dein Vater dazu gesagt?«

»Mein Vater?« Jonathan lachte spöttisch auf. »Du kennst ihn nicht. Der hat rein gar nichts dazu gesagt, bis vor Kurzem hat er ihren Namen kein einziges Mal mehr erwähnt. Erst jetzt, in seiner Demenz, spricht er von ihr und denkt sogar, seine frühere Assistentin wäre meine Mutter.« Er sah wieder auf und grinste Leopold schief an.

»Klingt alles irgendwie nach dysfunktionaler Familie.«

»Das sagt der Richtige!«, schoss Jonathan zurück. »Was ist denn mit deinen Kindern? Hast du zu denen Kontakt?«

»Leider nein. Aber nicht, weil ich nicht will.«

»Sondern?«

»Weil ich nicht darf.«

»Oha.«

»Einstweilige Verfügung. Auch das Ergebnis meiner Säuferkarriere, da bin ich wohl einmal zu oft ausgeflippt.« Er ballte die Fäuste. »Aber ich schwöre dir: Sobald ich wieder festen Boden unter den Füßen habe, werde ich für mein Umgangsrecht kämpfen, damit ich für sie wieder ein richtiger Papa sein kann.«

»Äh, entschuldige bitte, aber sind die nicht schon längst volljährig?«

»Nein«, antwortete Leopold. »Tim ist dreizehn, Sarah fünfzehn. Und bevor du deine Augenbrauen so weit hochziehst, dass sie auf deinem Scheitel landen: Ja, ich bin ein später Vater.«

»Immerhin bist du überhaupt ein Vater«, gab Jonathan düster zurück.

»Kannst du ja auch noch werden.«

»Pffff.«

»Auch wieder wahr. Wer will schon einen steinreichen Junggesellen mit 'ner Villa am Innopark und einem eigenen Verlag?«

»Lass uns jetzt bloß nicht vom Verlag reden!«

»Okay«, sagte Leopold. »Dann wieder zurück zu den Frauen. Was ist denn eigentlich mit deiner Exfrau?«

»Was soll mit der sein?«

»Na, du hast eben gesagt, dass sich alle Frauen, die dir wichtig waren, in Luft aufgelöst haben. Dann ist sie also auch einfach verschwunden?«

»Tina? Nein, die ist noch da und erfreut sich mit ihrem zweiten Mann und deren gemeinsamer Tochter bester Gesundheit. Sie schickt mir sogar immer zum 1. Januar ein paar Neujahrsgrüße.«

»Ist doch nett von ihr!«

»Ja, ist es. Wenn man mal davon absieht, dass ihr zweiter Mann, Thomas, früher mal mein bester Freund war. Ich persönlich würde ihre ›Aufmerksamkeiten‹ eher als Kompensation eines schlechten Gewissens bezeichnen.«

»Und was ist nun mit Tina?«

»Was soll denn mit ihr sein?«

»Na ja, wenn ich erst nach ihr fragen muss, scheint sie ja nicht zu den ›wichtigen‹ Frauen zu zählen.«

»Natürlich tut sie das!«

»Ja?«

»Ich hab sie immerhin geheiratet!«

»Du leitest auch einen Verlag, der dich nicht interessiert.«

»Also, wirklich!« Empört sprang Jonathan von der Bank auf. »Ich finde, du gehst ein bisschen zu weit!«

Leopold lächelte ihn unschuldig an. »Was trifft, trifft zu.«

»Ich … ich … ich …« Ihm fehlten die Worte.

»Komm, setz dich wieder hin, du Hornochse.«

Jonathan N. Grief tat es. Obwohl er sich selbst nicht erklären konnte, warum er stattdessen nicht ohne ein weiteres Wort wegging.

»Jetzt mal Hand aufs Herz«, sprach Leopold weiter. »Hast du Tina wirklich geliebt? So richtig und aus vollem Herzen?«

»Ja!«

Leopold blickte ihn einfach nur stumm an, noch immer dieses provozierend unschuldige Lächeln auf den Lippen.

»Auf jeden Fall habe ich sie ziemlich gern gehabt.«

»Ziemlich gern gehabt?« Leopold klatschte sich mit beiden Händen auf die Oberschenkel. »Du sagst, du hättest deine Frau *ziemlich gern* gehabt? Und dann wunderst du dich, dass sie mit einem anderen durchbrennt?«

»Zwischen uns hat es einfach gut gepasst.«

»Scheinbar nicht so gut, wie du denkst.«

»Hm.« Jonathan überlegte einen Moment. »Kann sein«, gab er dann zu. Doch im nächsten Moment kehrte die Wut zurück. »Trotzdem! Ausgerechnet mit meinem besten Freund etwas anzufangen – das geht ja wohl gar nicht! Das hat mir das Herz gebrochen!«

»Ach? Bei einem anderen Kerl wäre es nicht so schmerzhaft gewesen?«

»Natürlich nicht!«

»Dann ist es ja nicht so schlimm.«

»Was, bitte, ist nicht so schlimm?«

»Die ganze Sache eben. Du hast kein gebrochenes Herz, sondern nur ein angeknackstes Ego. Das steckt man leichter weg. Man muss es nur wollen.«

»Vielen Dank für Ihre Analyse, Herr Psychologe!«

»Immer wieder gern, Herr Grief.«

»Du mich auch.«

Eine ganze Weile saßen sie einfach nur schweigend nebeneinander auf der Bank. Blickten aufs Wasser. Und schwiegen sich weiter beharrlich an. Ein Ausflugsdampfer tuckerte den Isebekkanal hinunter. Jonathan und Leopold sahen ihm schweigend nach. Zwei Achterruderboote, ein Kajak und ein Tretboot zogen vorüber, die beiden Männer sagten kein Wort. Erst als Jonathan einen Schwan entdeckte, der sich seinen Weg dicht vorbei an der Uferböschung bahnte, räusperte er sich.

»Du hast recht«, sagte er kleinlaut. »Ich habe sie wohl nie so richtig geliebt. Und vermutlich ist das tatsächlich der Grund, weshalb sie gegangen ist. Dass es ausgerechnet mit Thomas sein musste, hat mich offenbar am meisten getroffen.«

»Siehst du!« Leopold schlug ihm mit einer Hand auf die Schulter. »Das war doch gar nicht so schwer.«

»In jedem Fall war's billiger als mein Life-Coach.«

»Dein was?«

»Ist egal«, winkte Jonathan ab. »Jedenfalls: Wenn ich mein Gefühl vorhin, also, als ich diese Frau gesehen habe, mit meiner ersten Begegnung mit Tina vergleiche – dann … dann ist das ein Unterschied wie Tag und Nacht.«

»Okay. Dann müssen wir sie tatsächlich finden.«

»Das wäre zu schön, um wahr zu sein.«

»Meiner Meinung nach gibt's da nur zwei Möglichkeiten.«

»Die da wären?«

»Entweder wir schlagen vor dem ›Lütt Café‹ so lange unser Lager auf, bis sie wieder dort auftaucht. Falls wir nicht zuerst eine einstweilige Verfügung bekommen, dass wir uns bis auf fünfzig Meter nicht mehr nähern dürfen.«

»Oder?«

»Oder wir folgen deiner Theorie, dass das alles irgendwie mit dem Kalender zusammenhängt. Dann sollten wir dort nach weiteren Anhaltspunkten suchen.«

»Die zweite Idee gefällt mir deutlich besser.«

»Hast du das Teil dabei?«

»Natürlich!« Jonathan nahm seine Aktentasche auf den Schoß, öffnete sie und holte das Filofax hervor.

»Dann lass uns mal schauen.«

Leopold schlug es auf. »Na, das ist doch schon mal super!«, sagte er begeistert. »›Heute Abend ziehen wir über den Kiez, machen die Nacht durch und essen morgens um sechs auf dem Fischmarkt ein Krabbenbrötchen.‹ Immer eine klasse Idee!«

»Prima. Zusammen mit etwa einer Million anderer Leute friedlich über die Reeperbahn taumeln wollte ich immer schon mal. Du kriegst natürlich bloß Mineralwasser mit einem Scheibchen Zitrone, und ich finde mitten im wilden Getümmel auf dem Hans-Albers-Platz *garantiert* die Frau mit den roten Locken. Leider werde ich mich zum Abschluss auf ihre Füße übergeben, weil ich nichts auf der Welt mehr hasse als Krabben.« Er warf einen kritischen Blick auf das Blatt. »Und außerdem, mein Lieber, bist du gerade beim Eintrag für den 22. September, das ist ja quasi schon übermorgen.«

»Jetzt verlier mal nicht den Humor!«

»Lass uns lieber richtig suchen.«

»Mach ich ja schon.«

Leopold blätterte zurück zum heutigen Datum, bevor sie Seite um Seite mit zusammengesteckten Köpfen studierten. Zwischendurch lachte Leopold immer wieder begeistert auf, wenn ihm ein Eintrag besonders gut gefiel.

»Guck mal, das hier passt doch wie die Faust aufs Auge auf dich: ›Achte auf Deine Gedanken, denn sie werden Worte. Achte auf Deine Worte, denn sie werden Handlungen. Achte auf Deine Handlungen, denn sie werden Gewohnheiten. Achte auf Deine Gewohnheiten, denn sie werden Dein Charakter. Achte auf Deinen Charakter, denn er wird Dein Schicksal.‹ Das ist aus dem Talmud, steht hier.«

»Und wieso passt das auf mich?«

»Denk mal drüber nach!«

»Hab ich schon und kann mich deiner Meinung nun wirklich nicht anschließen.«

»Wer hat denn eben ›Pffff‹ gemacht, als ich meinte, dass du ja noch Vater werden könntest?«

»Und wer war noch gleich der Penner, der vor wenigen Wochen mit einer ganzen Flaschenbatterie mitten in der Nacht abgehauen ist?«, gab Jonathan empört zurück.

»Mit Betonung auf ›war‹.«

»Suchen wir weiter«, sagte Jonathan, bevor sich zwischen ihnen noch ein handfester Streit entwickeln konnte.

Mittlerweile hatten sie den April hinter sich gelassen – mit der besonders morbiden Aufforderung am 1. April, seine eigene Grabrede zu schreiben, was Jonathan für einen Aprilscherz, Leopold hingegen für eine tolle Idee hielt.

»Überleg doch mal«, hatte er gemeint, »was du bei deiner eigenen Beerdigung gern über dich hören würdest! Wie willst du gelebt haben, was willst du *er*lebt haben? Worum täte es dir leid, wenn du es nie getan hättest?«

»Wenn ich dich nicht in den Isebekkanal geschubst hätte«, hatte Jonathan zähneknirschend erwidert. »Und jetzt blätter um!«

Und dann: Endlich! Endlich, endlich, endlich wurden sie fündig. Mit einer konkreten Aufforderung am 11. Mai:

»›Geh heute in ein Geschäft in der Eppendorfer Landstraße 28c‹«, las Jonathan aufgeregt vor. »›Da liegt etwas für dich bereit. Wenn du es nimmst, bekommst du noch etwas dazu.‹«

»Was damit wohl gemeint ist?«

»Das werden wir bald wissen! Wir gehen da nämlich jetzt sofort hin, ist ja hier gleich um die Ecke.«

»Aber wir haben doch noch gar nicht den 11. Mai!«

»Du hörst dich an wie der alte Jonathan!«

»Häh?«

»Der neue Jonathan schert sich um so etwas nicht mehr.« Mit diesen Worten stand er auf und marschierte

465

entschlossen los. Leopold folgte ihm und hatte fast Schwierigkeiten, bei Jonathans Stechschritt mitzuhalten.

Zehn Minuten später erreichten sie die Eppendorfer Landstraße 28c. Überrascht stellten sie fest, dass es sich um eine kleine Goldschmiede handelte. Und gleich darauf bemerkten sie, dass der Laden seit sechs Uhr geschlossen hatte, sie waren ganze sieben Minuten zu spät.

»So ein Pech!«, sagte Jonathan und hielt nach einem Klingelknopf Ausschau. Als er keinen fand, pochte er energisch gegen die Schaufensterscheibe.

»Was machst du denn?«

»Vielleicht ist noch jemand da.«

»Ja«, sagte Leopold, »die Alarmanlage. Und die wird gleich losgehen, wenn du weiter gegen die Scheibe bollerst.«

Jonathan ließ die Hand sinken. »Na gut, so neu ist der neue Jonathan dann auch wieder nicht, dass er das riskieren will. Kommen wir halt morgen wieder.«

»Das wird nichts bringen«, sagte Leopold und deutete auf das Schild in der Tür. »Samstags geschlossen, die machen erst am Montag um zehn wieder auf.«

»So ein Mist!«

»Macht doch nichts«, entgegnete Leopold lapidar. »Wenn es um deine Frau fürs Leben geht, spielen zwei Tage doch keine Rolle.«

»Ha, ha!«

»Allerdings frage ich mich, was hier wohl für dich hinterlegt sein könnte. Ein paar Manschettenknöpfe?«

»Du vergisst, dass es genau genommen ja gar nicht für mich ist.«

»Auch wieder wahr. Dann vielleicht ein paar schicke

Strassohrringe? Könnte ich mir an dir ganz hübsch vorstellen.«

»Der Laden sieht nicht so aus, als hätten sie so was.«

Sie betrachteten die Auslage, in der verschiedene Schmuckstücke aus gehämmertem Gold und Silber lagen. Kleine Schildchen daneben wiesen sie als handgefertigte Unikate aus. Auch wenn Jonathan von Schmuck überhaupt keine Ahnung hatte, gefielen ihm die Arbeiten. Sie waren geschmackvoll und dezent, nicht solch protziger Glitzerkram, wie er in den teuren Läden in der Innenstadt ausgestellt wurde. Allerdings – gleichzeitig musste er sich zähneknirschend eingestehen, dass er ebensolchen Glitzerkram in früheren Zeiten recht oft für Tina gekauft hatte. Oder von Renate Krug hatte kaufen *lassen*.

Den Schmuck hatte Tina ihm nach der Trennung zurückgegeben mit dem Hinweis, der Krempel habe ihr ohnehin nie sonderlich gut gefallen. Nun ja, dachte Jonathan jetzt zynisch. Mittlerweile wurde sie von solchen geschmacklosen Zumutungen ja verschont, Thomas überhäufte sie vermutlich mit Geschmeide aus dem Kaugummiautomaten.

Hupsa!, ermahnte er sich selbst. Er dachte, das hätte er vorhin auf der Bank am Isebekkanal endgültig hinter sich gelassen, ausgeglichen und friedlich, wie er dank seines neuen Lebens und der Erkenntnis, dass es bei seiner Trennung mehr um verletzten Stolz als um ein gebrochenes Herz ging, jetzt war. Nun ja, er sollte sich vielleicht nicht gleich überfordern.

»Also, was machen wir jetzt?«, unterbrach Leopold seine Überlegungen.

»Ich würde sagen, wir gehen nach Hause. Und am Montag werde ich um Punkt zehn Uhr hier wieder auf der Matte stehen.«

»Ach, doof!«

»Wieso doof?«

»Da kann ich nicht mitkommen, ich hab genau zu der Zeit einen Termin beim Jobcenter.«

»Wie schade.«

»Sei nicht so ironisch!«

»Ironie ist mir völlig fremd.«

56

Hannah

19. März, Montag, 8:17 Uhr

Montage sind die besten Tage, um etwas Neues zu beginnen. Eine Diät, zum Beispiel. Oder ein Fitnessprogramm. Zu Hause mal ausrümpeln und richtig klar Schiff machen, dafür ist der Montag bestens geeignet. Sogar Trennungen gehen montags leichter von der Hand, ein befreiter und frischer Start in eine lupenreine Woche beschwingt die Seele ungemein. Jedenfalls war Hannah schon immer der festen Überzeugung, dass es sich genauso verhält. In der besten aller Welten fiel der Montag dann sogar auf den 1. eines Monats, aber da sie sich gerade nicht in der besten aller Welten befand, musste es nun eben auch der 19. tun.

Sie schloss die Tür zu Simons Wohnung auf und atmete noch einmal tief durch, bevor sie eintrat. Seit ihrem Ausraster hatte Hannah keinen Fuß mehr in sein Apartment gesetzt, und sie hatte ziemliche Angst davor, was sie hier erwarten würde. War es ihr schon unmöglich gewesen, am Freitag im »Lütt Café« ein Stück Kuchen zu essen, hatte sie sich hier vor eine Aufgabe gestellt, von der sie noch nicht wusste, ob sie sie bewältigen würde. Aber sie wollte es wenigstens versuchen. Kapitulieren könnte sie immer noch.

Zwar hatten sowohl Lisa als auch ihre Eltern und Sören nochmals angeboten, mitzukommen und ihr zu helfen, aber das hatte sie abgelehnt. Zum einen mussten Lisa und ihre Mutter ja in der Rasselbande sein, wenn Hannah heute zum hoffentlich letzten Mal ausfiel. Zum anderen wollte sie das hier unbedingt allein hinter sich bringen, es war ihre ganz private Katharsis, bei der niemand sonst etwas verloren hatte.

Hannah schob die vier mitgebrachten Umzugskartons in den Flur der Wohnung und machte sich daran, sie auseinanderzufalten und aufzubauen. Sie hatte gut drei Stunden eingeplant, um alles einzupacken, was sie von Simon behalten und erst einmal bei sich in den Keller stellen wollte. Um 12 Uhr würde eine Entrümpelungsfirma kommen, sämtliche Möbel, Klamotten, Bücher, CDs und was sich sonst noch hier befand, mitnehmen und die Wohnung besenrein hinterlassen. Morgen würde Hannah dem Vermieter sämtliche Schlüssel übergeben, und damit wäre das Thema dann abgeschlossen. Simons Leben aufgelöst und abgewickelt.

Noch einmal atmete sie tief durch. Ihr stand ein schwerer Gang bevor, aber sie wusste, dass er nötig war, damit sie mit ihrem eigenen Leben weitermachen konnte. Augen zu und durch, etwas anderes blieb nicht.

Bevor sie sämtliche Schubladen und Schränke unter die Lupe nahm, machte sie sich daran, die Spuren ihrer Verwüstung zu beseitigen. Die Küche sah am schlimmsten aus, sie fegte Nudeln, Cornflakes, Haferflocken, Teekrümel, Zucker, Salz und Mehl zusammen, wischte die Marmelade vom Boden auf und beförderte alles in einen großen Müllbeutel. Die Espressomaschine hatte es nicht überlebt, zusammen mit den zwei zerbrochenen Fliesen wanderte auch sie in den Müll.

Im Wohnzimmer sammelte Hannah ebenfalls alles auf, was kaputtgegangen war, und stellte zu ihrer Überraschung fest, dass der Fernseher ihre Vandalismusattacke unbeschadet überstanden hatte. Das Foto von sich und Simon nahm sie aus dem zerbrochenen Rahmen und steckte es in ihre Tasche, das wollte sie auf alle Fälle behalten.

Nach vollendeter Aufräumaktion schnappte Hannah sich den ersten Karton und begann im Schlafzimmer. Sie öffnete Simons Kleiderschrank und betrachtete seine Hosen, T-Shirts, Pullover, Hemden und Anzüge. Sein Geruch wehte sie an, und für einen kurzen Moment schloss sie die Augen. Dann schlug sie die Schranktüren mit einem energischen »Rumms« zu. Davon brauchte sie nichts, sie wollte kein T-Shirt von Simon haben, damit es an ihn erinnerte. An das sie sich nachts heulend klammern würde wie ein Kind an sein Stofftier, das würde die Wunde nur wieder und wieder aufreißen. Und viel zu schnell würde Simons Duft verfliegen, und diese Vorstellung fand sie ganz grauenvoll.

Hannah ließ ihren Blick durch das Zimmer schweifen. Packte letztlich überhaupt nichts ein, nicht mal ihr eigenes Nachthemd, das in der obersten Schublade der schmalen Kommode an der linken Wand lag. Auch nicht das große Bild von ihr und Simon, das gedruckt auf Leinwand über dem Bett hing. Was sollte sie damit? Sie hatte das kleine Foto von ihnen beiden, ein Porträt in Überlebensgröße würde bei ihr zu Hause nur wie ein Altar der Erinnerung wirken. Und vielleicht würde die Leinwand irgendwem Freude machen, wenn er sie übermalen konnte. Oder auch nicht. Es war ihr herzlich egal.

Auch in Bad, Küche und Wohnzimmer fand Hannah nichts, was sie aufheben wollte. Sie brauchte keine Stereoanlage von Bang & Olufsen, hatte keine Verwendung für Simons umfangreiche CD-Sammlung britischer Singer-Songwriter, von denen er ihr oft und gern ausgewählte Stücke vorgespielt hatte. Nein, gerade Simons Musik weckte so schmerzhafte Erinnerungen an ihn, dass schon ein kurzer Blick auf die CD-Hüllen reichte, um sie wieder zum Weinen zu bringen.

Blieb also nur noch sein Arbeitszimmer. Sein Notebook packte sie ein, vielleicht waren darauf irgendwelche Dateien, Fotos oder Mails, die sie später brauchen würde. Bei dem Gedanken an Simons Passwort, das er ihr mal in einem nicht ganz nüchternen, aber dafür extrem sentimentalen Moment verraten hatte, musste sie erst kurz lachen – und dann direkt wieder weinen: IlHMb2099. *Ich liebe Hannah Marx bis 2099.* »Mindestens«, hatte er damals augenzwinkernd hinzugefügt. Nun, die Liebe hatte nicht ganz so lange gehalten, sein Leben oder vielmehr sein Ableben war ihm dummerweise dazwischengekommen.

Hannah sah sich auf dem Schreibtisch um, der wie bei Simon üblich picobello aufgeräumt war. Nur ein Locher, ein kleiner Tacker, fünf Stifte sowie ein Posteingangs- und ein Postausgangskorb waren darauf zu finden. Hannah nahm die Post und legte sie in einen Umzugskarton. Die würde sie später sichten, ob sich darin noch wichtige Briefe oder Unterlagen befanden, bei denen etwas zu erledigen war. Dann zog sie die oberste Schublade des Rollcontainers unterm Schreibtisch auf. Auch hier nur Büro-artikel wie Heftklammern, Eddings, Post-its, Textmarker, eine Schere, nichts, was sie haben wollte.

Als sie die nächste Schublade öffnete, entdeckte sie einen dicken Aktenordner. Hier hatte Simon sämtliche seiner Artikel fein säuberlich in Klarsichtfolien gesteckt abgeheftet. Es waren so viele, dass in der Schublade sogar noch ein zweiter Ordner lag. Sein »Lebenswerk«, gelocht und ordentlich verwahrt. Auch das wollte sie nicht weg-werfen, also packte sie die Ordner zu Simons Post in den Karton.

In der letzten Schublade entdeckte sie etwas, das ihr für einen kurzen Moment den Atem stocken ließ. Ein weißes Blatt Papier. Darauf stand in großen gedruckten Lettern:

HANNAHS LACHEN

Ihre Hand zitterte, als sie danach griff. Und erst, als sie es herausnahm, bemerkte sie, dass es nur die erste Seite eines dicken Papierstapels war. Sie brauchte beide Hände, um den gesamten Packen aus der Schublade zu befreien. Dann legte sie ihn auf den Schreibtisch und setzte sich auf den Stuhl davor.

Sie musste schon wieder aufschluchzen, als sie den Text auf der zweiten Seite las:

Für meine geliebte Hannah, die so sehr an mich glaubt.
Hier ist er, mein erster Roman.

Ein Roman? Simon hatte einen Roman geschrieben? Warum hatte er ihr davon nie erzählt? Weshalb hatte er immer nur darüber geredet und so getan, als käme er einfach nicht dazu – und jetzt lag plötzlich dieses dicke Manuskript vor ihr?

Ihr Blick fiel auf die Fußnote unten rechts, in der neben dem Copyright-Vermerk »by Simon Klamm« auch ein Datum stand. Vier Jahre! Das Buch war schon beinahe vier Jahre alt, also musste er es direkt nach ihrem Kennenlernen und wie im Rausch geschrieben haben, denn es waren mehrere Hundert Seiten.

Umso rätselhafter, dass er nie ein Wort darüber verloren hatte. Hatte er es vielleicht nicht gut gefunden, war es ihm peinlich gewesen? Hatte er zuerst einen Verlag finden und sie dann damit überraschen wollen?

Was auch immer der Grund für dieses gut und lang gehütete Geheimnis war – Hannah blätterte zur nächsten Seite und begann zu lesen.

Wenn man Paare danach fragt, wie sie sich kennengelernt haben, sind die Geschichten meistens unspektakulär. Sie haben im Bus nebeneinandergesessen. Am Tiefkühlregel gleichzeitig nach der letzten Packung Salami-Pizza gegriffen. Sie teilten sich drei Jahre lang in der Firma ein Büro, ehe es zwischen ihnen gefunkt hat, oder sie hatten auf einer Party einen Zusammenstoß, bei dem einer den anderen mit einem Glas Rotwein überschüttet hat.

Und wenn man dann noch wissen will, was es denn war, was sie an dem anderen so anziehend fanden, hört man Dinge wie »Er hatte so unheimlich schöne Hände« oder »Sie sah in ihrem Sommerkleid einfach umwerfend aus« oder auch »Wir fanden nach und nach heraus, dass wir sehr viele Gemeinsamkeiten haben«.

Bei Hannah und mir war es nicht anders. Wir begegneten uns zum ersten Mal, als ich mein Patenkind aus dem Kindergarten abholte, in dem sie als Erzieherin arbeitete. Unspektakulär. Für Außenstehende jedenfalls. Für mich selbst hat sich in dem Moment, in dem ich sie sah, die Tür zu einem neuen Universum geöffnet. Und es waren weder ihre roten Locken noch ihre wunderschönen grünen Augen oder ihr hübsches Gesicht, das mein Leben von jetzt auf gleich komplett veränderte. Nein, das alles war es nicht. Es war ihr Lachen.

Ein Lachen, das sich kaum beschreiben lässt. Wenn ich es versuchen sollte, würde ich es am ehesten so tun: Stellen Sie sich einen Menschen vor, der so viel Liebe, Wärme und Freude ausstrahlt, als würde er damit die ganze Welt umarmen wollen – und es auch können. Dann haben Sie es in etwa. So ist Hannahs Lachen.

Hannah las und las und las, die Seiten flogen nur so an ihr vorüber. Sie konnte es nicht fassen, konnte nicht begreifen, dass Simon sein Buch vor ihr verheimlicht hatte. Und während sie immer mal wieder auflachen oder auch heulen musste, während sie erstaunt war über die Wendungen, die der Roman nahm (denn auch wenn es zu

Beginn ihre Geschichte war, hatte Simon sich nach ein paar Seiten von der Wahrheit gelöst und sich in eine Fantasiewelt geschrieben), während sie zwischendurch kurz wütend wurde, weil er Hannah als vorlaut und egozentrisch bezeichnete, während sie dann wieder gerührt war, als er den leicht verfremdeten Abschied von seiner Mutter beschrieb – während all dieser Gefühle, die in ihr hin und her tobten, spürte sie vor allem eines: Stolz. Sie war stolz auf Simon, was er hier erschaffen hatte. Dass er sich seinen großen Traum, Schriftsteller zu sein, doch noch hatte erfüllen können, ob das Buch nun veröffentlicht war oder nicht. Und gleichzeitig war Hannah unendlich traurig darüber, dass sie davon erst jetzt, nach seinem Tod, erfuhr.

Es war schon kurz nach fünf, als Hannah den letzten Satz las. Mittlerweile saß sie in Simons leerer Wohnung auf dem Fußboden, weil die Entrümpler in der Zwischenzeit gekommen waren. Drei junge Männer hatten um sie herum alles ausgeräumt – und ihr einige irritierte Blicke zugeworfen, weil Hannah vollkommen versunken mit dem Manuskript und ihren zwei gefüllten Umzugkartons in einer Ecke hocken blieb. Es war ihr egal gewesen, was die Möbelpacker über sie dachten, Simons Roman hatte sie komplett in seinen Bann gezogen.

Sie fand ihn gut. Sie fand ihn *richtig* gut. Nicht nur weil Simon ihn geschrieben hatte und er irgendwie von ihm und ihr handelte. Sondern weil sie ihn eben … na ja, eben richtig gut fand.

Nun also las sie den letzten Satz. Empört und unter Tränen lachend. Denn er lautete: »Ja, ich will!« Dieser selbstmörderische Mistkerl ließ sein Buch doch tatsächlich damit enden, dass er ihr einen Heiratsantrag machte! So viel mal zu Fiktion und Wirklichkeit.

Nachdenklich legte sie den Stapel zur Seite und überlegte, was sie damit nun tun sollte. Das Manuskript ebenfalls in einen der Kartons packen, alles in ihren Keller räumen und sich hin und wieder seufzend daran erinnern, dass Simon diese schöne Geschichte geschrieben hatte? Es rituell verbrennen? Oder sollte sie es an einen Verlag schicken? Durfte sie das überhaupt? Sowohl rechtlich als auch moralisch? Anscheinend hatte Simon es ja nicht veröffentlichen wollen, wenn er es einfach in seine Schublade gelegt und Hannah gegenüber noch nicht einmal erwähnt hatte.

Sie hatte keine Ahnung, was richtig war.

Allerdings, eine Sache würde sie jetzt sofort erledigen. Ihren Heiratsantrag hatte sie ja quasi nun »bekommen«. Da war es nur fair, dass sie die reservierten Ringe wieder freigab.

Hannah nahm ihr Handy, googelte die Nummer der Juwelierin in der Eppendorfer Landstraße und wählte deren Nummer.

»Bernadette Carlsen?«, meldete sie sich nach dem zweiten Klingeln.

»Hallo, Frau Carlsen! Hannah Marx hier.«

»Ach, hallo!«, rief die Goldschmiedin erfreut aus. »Sie haben es also schon gehört?«

»Äh, was habe ich gehört?«

»Na, dass alles geklappt hat!« Sie lachte. »Ich freue mich so für Sie!«

»Jetzt stehe ich gerade auf dem Schlauch. Was meinen Sie denn?«

»Was soll ich schon meinen?«, gab Bernadette Carlsen zurück und klang extrem amüsiert. »Ihr Freund war heute Vormittag hier und hat die Ringe gekauft! Er hat nicht mal eine Sekunde gezögert, als ich sie ihm gezeigt habe, sondern sofort zugeschlagen. Den Umschlag hab ich ihm dann auch gegeben.«

»Was?« Hannah wurde schwindelig. »Das kann doch gar nicht sein!«

»Ja, ich habe mich zuerst auch gewundert, weil Sie ja sagten, er würde am 11. Mai kommen. Aber er meinte, er wäre so neugierig, dass er bis dahin nicht mehr warten wollte.«

»Aber das kann wirklich nicht sein!«, rief Hannah lauter als beabsichtigt aus.

»Äh«, kam es nun verschüchtert vom anderen Ende der Leitung, »habe ich da einen Fehler gemacht? Hätte ich ihm die Ringe und den Brief doch nicht geben, sondern ihn auf den 11. Mai vertrösten sollen? Tut mir leid, ich habe mir dabei nichts …«

»Es kann nicht sein«, unterbrach Hannah sie, »weil mein Freund tot ist.«

Bernadette Carlsen schwieg.

»Er ist gestorben, verstehen Sie?«, sprach Hannah weiter, nun wieder etwas ruhiger. »Deshalb ist es unmöglich, dass er die Ringe gekauft hat.«

»Also, dann begreife ich gar nichts mehr.«

»Ich auch nicht«, sagte Hannah. »Ich habe Sie allein deswegen angerufen, weil ich Ihnen sagen wollte, dass Sie die Ringe nicht mehr reservieren müssen.«

»Ja, aber …« Sie stockte. »Wer war denn der Mann, der vorhin in meinem Laden war?«

»Das wüsste ich allerdings auch gern! Haben Sie ihn gefragt, wie er heißt?«

»Nein, natürlich nicht. Ich bin ja davon ausgegangen, dass er Ihr Freund ist. Er hatte den Kalender dabei und mir sogar den Eintrag gezeigt, da war die Sache für mich ganz klar.«

»Wie sah er denn aus?«

»Hm, ganz gut, würde ich sagen. Groß, schwarze Haare, hier und da schon ein bisschen grau, Ende dreißig oder vielleicht Anfang vierzig. Und er hatte extrem blaue Augen, ziemlich auffallend.«

»Okay«, sagte Hannah. »Das passt.«

»Was passt?«

»Ist nicht so wichtig«, erwiderte sie.

»Dann ist es also nicht so schlimm, dass ich die Ringe verkauft habe?«

»Nein, überhaupt nicht.«

»Da bin ich aber beruhigt.« Hannah hörte sie tief Luft holen. »Und dass mit Ihrem Freund tut mir entsetzlich leid, ich weiß gar nicht, was ich dazu sagen soll.«

»Schon gut«, antwortete Hannah, »dazu kann man auch nichts sagen.«

»Tja.« Bernadette Carlsen war ihre Verlegenheit anzuhören. »Dann, äh …«

»Machen Sie sich bitte keine Gedanken, wirklich.«

»Okay, dann wünsche ich Ihnen, dass Sie … Also, dass Sie gut durch diese schwere Zeit kommen.«

»Vielen Dank!«

Sie verabschiedeten sich und legten auf. Hannah blieb auf dem Fußboden hocken und starrte ratlos vor sich hin. Was lief hier bloß? Nicht nur dass sie gerade entdeckt hatte, dass Simon schon längst ein Buch geschrieben, es aber vor ihr verheimlicht hatte. Nein, da war offensichtlich auch irgendein Kerl unterwegs, der das Filofax hatte und den Einträgen darin folgte.

Und Bernadette Carlsens Beschreibung passte tatsächlich. Sie passte zu dem, wie Sarasvati ihren »Kunden« beschrieben hatte. Und sie passte vor allen Dingen zu dem Mann, der Hannah am Freitag im »Lütt Café« – also zu einem Zeitpunkt und an einem Ort, die ebenfalls im Kalender vermerkt waren – so dermaßen angestarrt hatte, dass ihr ganz anders geworden war. Das musste er gewesen sein, da war sie sich ganz sicher.

Das konnte schließlich kein Zufall mehr sein, das war unmöglich. Irgendwas war hier los! Und auch wenn es ihr Simon nicht mehr zurückbringen würde – jetzt wollte Hannah mit allen Mitteln herausfinden, was es war!

Also gut. Da war also dieser Mann, der Simons »perfektes Jahr« lebte. Und Hannah hatte keinen Schimmer, wer er war. Nur eine Sache wusste sie. Oder genau genommen zwei. Erstens: Er war nun nicht nur im Besitz des Kalenders, sondern hatte jetzt auch die Verlobungsringe, die für sie und Simon gedacht waren. Was auch immer er damit wollte. Zweitens: Er würde am 11. Mai um acht Uhr abends bei »Da Riccardo« auftauchen.

Und dann könnte er was erleben!

57

Jonathan

19. März, Montag, 18:23 Uhr

Ja. Jonathan N. Grief hatte ein schlechtes Gewissen. Denn er hatte gelogen. Und das war überhaupt nicht seine Art, war es noch nie gewesen. Aber etwas anderes war ihm gar nicht übrig geblieben. Also rechtfertigte er es vor sich selbst als lässliche Notlüge, wenn er sich gegenüber der Juwelierin als jemand ausgegeben hatte, der er nicht war. Dass er frech behauptet hatte, der Besitzer des Kalenders und somit der legitime Empfänger dessen zu sein, was hier für ihn hinterlegt worden war. Das *hatte* er behaupten müssen, nicht wahr? Schließlich ging es um ... um ... um ... Ja, um was eigentlich?

Er konnte ja nicht mal mit Sicherheit wissen, ob die ganze Sache hier was mit der Frau aus dem Café zu tun hatte. Denn es hätte wohl ziemlich seltsam gewirkt, wenn er die Goldschmiedin gefragt hätte: »Sagen Sie, ich bin zwar derjenige, für den hier Verlobungsringe hinterlegt worden sind – aber könnten Sie mir zufälligerweise sagen, wer genau das war? Also, eine Frau mit roten Haaren vielleicht? Und wenn Sie schon dabei sind: Kennen Sie auch ihren Namen und ihre Telefonnummer? Ich würde meine zukünftige Verlobte ganz gern mal anrufen!«

Als er jetzt in seinem Lesesessel saß, fragte er sich, ob er eigentlich noch ganz bei Sinnen war, irgendeinem Hirngespinst nachzujagen. Er war nun im Besitz von zwei Ringen, die ganz eindeutig nicht für ihn bestimmt waren. Bezahlt hatte er sie mit seinem eigenen Geld, obwohl ihm in dem Moment, als die Verkäuferin ihm gesagt hatte, dass sie genau fünfhundert Euro kosteten, schlagartig klar geworden war, wofür die Geldscheine aus dem Kalender gedacht waren. Trotzdem, da hatten ihn Skrupel überfallen. Die Ringe eines anderen zu kaufen, das mochte ja noch angehen. Sein oder ihr Geld ausgeben – da hörte der Spaß eindeutig auf.

Ebenfalls Skrupel hatte Jonathan nun, den Umschlag, den die Juwelierin ihm mitsamt den Ringen ausgehändigt hatte, zu öffnen. Schon seit dem Vormittag war er unruhig durchs Haus getigert, war immer wieder in sein Arbeitszimmer gegangen, hatte in seinem Sessel Platz und das Kuvert zur Hand genommen – es bisher aber noch nicht geöffnet. Was ein wenig seltsam war, denn nun war er schon so weit gegangen, da machte es doch keinen Unterschied mehr, ob er hineinschaute oder nicht. Aber Briefgeheimnis war nun einmal Briefgeheimnis, und die Lasche des Umschlags war zugeklebt und nicht einfach nur eingesteckt. Ob dieser Trick, den er als Junge mal in einem seiner heiß geliebten Yps-Hefte gelesen hatte, man könne einen Brief ohne verräterische Spuren öffnen, indem man ihn über heißen Wasserdampf hielt, wirklich funktionierte?

Er schüttelte über sich selbst den Kopf. Schon wieder war er mental zwölf Jahre alt, wenn das so weiterging, war er bald ein Fall für die Psychiatrie. Wenn auch für die

Kinder- und Jugendpsychiatrie, wie er sich gedanklich als kleinen Scherz erlaubte.

Gerade wollte er mit einem lauten »Was soll's?« den Umschlag aufreißen, als das Telefon auf seinem Schreibtisch klingelte. Fluchend schälte er sich aus seinem Sessel. Jetzt hatte er sich gerade durchgerungen, und nun diese Störung!

»Jonathan Grief!«, bellte er in den Hörer.

»Markus Bode hier, guten Abend!«

»Was gibt's?«

Sein Geschäftsführer antwortete nicht sofort, sondern fragte mit zweisekündlicher Verzögerung: »Verzeihung, störe ich gerade?«

»Nein«, erwiderte Jonathan in einem Tonfall, der vermutlich ein sehr entschiedenes »Ja!« suggerierte. »Was kann ich denn für Sie tun?«, fügte er als Ausgleich hinzu.

»Ich wollte eigentlich nur fragen, wann Sie mal wieder in den Verlag kommen. Das Geschäftsjahr ist ja nun bald um, und da dachte ich, wir wollten ...«

»Bald«, schnitt ihm Jonathan das Wort ab.

»Wie bitte?«

»Wie Sie eben selbst sagten: Es ist *bald* um. Also noch nicht *jetzt*.«

»Aber, Herr Grief, ich ...«

»Es tut mir leid, Herr Bode, aber ich habe jetzt gerade überhaupt keine Zeit.«

»In Ordnung«, kam es etwas verunsichert aus der Leitung. »Dann melden Sie sich ...«

»Das mache ich. Schönen Abend noch!« Jonathan legte auf.

Er schnaufte. Und sein Herz raste. Eigentlich müsste er jetzt sofort wieder zum Hörer greifen, seinen Geschäftsführer anrufen und sich für sein unmögliches Verhalten entschuldigen. Das war ja komplett geisteskrank. *Er*, Jonathan N. Grief, war offenbar komplett geisteskrank. Aber seine innere Anspannung war immens, sie war nahezu unerträglich, er erkannte sich selbst nicht mehr. Was war bloß mit ihm los, was war in den letzten Wochen mit ihm passiert?

Bevor er noch Gefahr lief, anstelle von Bode nun tatsächlich die Psychiatrie anzurufen und höflich um Abholung zu bitten, sein Fall sei einigermaßen dringlich, schnappte er sich den Umschlag und riss ihn auf.

Dieselbe Handschrift wie die Einträge im Filofax.

Du hast die Ringe also gekauft. Ich freue mich riesig! Wie sehr, das erfährst du heute Abend bei »Da Riccardo«. Ich habe für 20.00 Uhr »unseren« Tisch reserviert.
Ich liebe dich!
H.

H.! Wieder nur H.! H., H., H. Haaaaaaaah! Aber, immerhin: »Da Riccardo«. Ein konkreter Ort. Und eine konkrete Uhrzeit. Ha, ha! Allerdings: Heute war ja gar nicht *heute*. Sondern erst in sechs Wochen. Am 11. Mai!

Jonathan würde wohl doch in der Psychiatrie anrufen müssen, so lange hielte er nicht mehr durch.

Dann allerdings, bevor er sich zu einer Verzweiflungstat hinreißen ließ, kam ihm die Idee, dass er stattdessen besser bei »Da Riccardo« anrufen sollte. Denn ein reservierter Tisch war ein reservierter Tisch – und eine Reservierung machte man in der Regel mithilfe eines Namens, nicht wahr?

Fünf Minuten später war Jonathan wieder einmal sehr zufrieden. Er hatte sich an sein Notebook gesetzt, im Internet das italienische Restaurant ausfindig gemacht, dort angerufen und von einem sehr freundlichen und erfreulich indiskreten Herrn mit italienischem Akzent (Ein Zeichen? Ein Zeichen!) die Auskunft erhalten, dass es bisher nur eine einzige Reservierung für den 11. Mai gäbe. Ein Tisch für zwei Personen. Auf den Namen »Marks«, wie der freundliche Herr ihm netterweise auch noch buchstabiert hatte. Also »H. Marks«.

Jonathan surfte erneut zu Google. H. Marks. In Hamburg. Das konnte ja nicht so schwierig sein. H., das stand vielleicht für … Helga? Nein, dafür war die Frau, die er im Café gesehen hatte – wenn sie denn hoffentlich, hoffentlich, hoffentlich überhaupt diejenige welche war –, zu jung. Wobei man bei manchen Eltern ja nicht wusste, was sie sich bei der Namensgebung ihrer Kinder so dachten, gerade hier im feinen Harvestehude. Aber Helga schloss er trotzdem aus. Hannelore ebenfalls. Und Hedwig auch. Welche weiblichen Vornamen begannen mit »H«?

Er klickte sich zu der Seite eines Vornamenlexikons. Hadburga? Hadelinde? Hadwine? Ach du Schreck!

Eine Viertelstunde später hatte er sich für folgende Auswahl entschieden: Hanna. Oder Hannah. Heike. Helene. Henrike. Hilke – das war immerhin recht norddeutsch.

Zurück zu Google, diesmal zur Bildersuche.

Fünf Stunden später war Jonathan N. Grief nicht nur unzufrieden, sondern verzweifelt. Er hatte sich durch gefühlte 10 000 Fotos und 80 000 Seiten geklickt. Aber entweder hinter Hanna(h), Heike, Helene, Henrike, Helga, Hedwig, Hannelore, Hadburga, Hadelinde, Hadwine – ja, er hatte schließlich auch nach den Namen aus Absurdistan gegoogelt und seine Auswahl sogar noch um Helewidis, Heilgard und ein paar andere Körperverletzungen erweitert – Marks verbarg sich eben *nicht* die Frau, nach der er suchte. Oder aber sie war im Netz schlicht nicht zu finden. Jedenfalls nicht von ihm und nicht so.

Erschöpft ließ Jonathan seinen Kopf auf die Tischplatte neben sein Notebook sinken. Und war eine Sekunde später tief und fest eingeschlafen.

58

Hannah

19. März, Montag, 23:07 Uhr

»Denkst du, das war wirklich eine gute Idee?« Hannah
sah Lisa zweifelnd an, die neben ihr auf dem Beifahrersitz
ihres Twingos hockte.

»Nö«, antwortete sie lachend.

»Was? Wieso sagst du das jetzt erst?«

»War nur ein Witz«, gab Lisa zerknirscht zurück. »Tut
mir leid.«

»Mensch, sag nicht, dass es dir leid tut, sondern, ob die
Idee gut war oder nicht!«

»Jahaaa! Sie war gut! Sie *ist* gut! Außerdem ist es jetzt
eh zu spät, das Ding steckt im Briefkasten, da kommen
wir nicht mehr ran.«

»Ach, Mist!«, fluchte Hannah. »Wir hätten darüber
länger nachdenken sollen, das war viel zu spontan!«

»War es nicht. Du sagst doch immer, man soll seinem
Bauch folgen – und das hast du halt getan.«

»Stimmt auch wieder.«

»Und was soll auch schon groß passieren?«

»Dass Simon sich im Grab umdreht?«

»Soll er doch! Eh unfassbar, was er dir da verschwie-
gen hat.«

»Hm, tja.«

»Genau, tja. Und jetzt fahr los, ich muss ins Bett.«

Hannah startete den Motor und lenkte ihren Twingo von der breiten Auffahrt der Villa zurück Richtung Falkensteiner Ufer. Lisa hatte recht, sie sollte sich keine weiteren Gedanken darüber machen, ob sie das Richtige getan hatte oder nicht, denn sie hatte es ja nun mal getan.

Direkt von Simons Wohnung aus war sie zu ihrer Freundin gefahren, hatte ihr die Geschichte mit den Ringen erzählt und ihr Simons geheimes Manuskript gezeigt. Lisa war über beides ebenso fassungslos wie sie selbst gewesen – und hatte ebenfalls die Meinung vertreten, dass Hannah am 11. Mai unbedingt zu ihrem »Rendezvous« bei »Da Riccardo« gehen musste, um dort den Kerl, der den Kalender und nun eben auch die Ringe hatte, zu fragen, ob er eigentlich noch ganz dicht war.

Danach hatten sie gemeinsam die Idee mit dem Manuskript ausgeheckt. Hatten sich den renommiertesten Hamburger Verlag ausgesucht, waren zur Rasselbande gefahren, wo Lisa die insgesamt 323 Seiten durch ihren betagten Kopierer gezogen hatte, während Hannah ein kurzes, aber angemessen rührendes Anschreiben aufgesetzt hatte.

An den Geschäftsführer persönlich/vertraulich hatte sie nach Lisas Anweisung noch auf den großen Umschlag geschrieben, in den sie die Kopie des Manuskripts eingetütet hatten. »Damit es das nötige Gewicht hat«, hatte ihre Freundin befunden.

Und so war es nun. Simons Roman, »Hannahs Lachen«, steckte seit fünf Minuten im Briefkasten von Griefson & Books.

Hannah bog aufs Falkensteiner Ufer ab und drückte aufs Gas. Bevor ihre durchaus noch vorhandenen Zweifel sie dazu bringen würden, zurückzufahren und zu versuchen, den Postkasten des Verlags zu knacken.

59

Jonathan

30. April, Montag, 9:03 Uhr

Jonathan hatte es irgendwie geschafft. Hatte den April hinter sich gebracht, ohne komplett den Verstand zu verlieren. Geholfen dabei hatten ihm das Filofax (nein, er hatte seine eigene Grabrede *nicht* geschrieben, sondern sich auf einen knappen Eintrag im Notizteil des Kalenders beschränkt: Jonathan N. Grief — er war ein guter Mann, möge er in Frieden ruhen) und die Gespräche mit Leopold, der sich in den vergangenen Wochen zu einem echten Freund gemausert hatte. Mit seinen Durchhalteparolen à la »Auf etwas warten zu müssen macht es umso aufregender« (geklaut bei Andy Warhol, wie er zugegeben hatte) hatte der »Penner«, wie Jonathan ihn hin und wieder scherzhaft nannte, mehr therapeutischen Einfluss auf sein Seelenleben genommen, als es vermutlich sämtliche verfügbaren Life-Coaches zusammen könnten. Jonathan war ein Meister der Gelassenheit geworden. Quasi.

Bis auf die Tatsache, dass Markus Bode ihm mit seinem Gesprächsbedarf *noch immer* im Nacken saß und Jonathan *noch immer* nicht wusste, was er tun sollte.

Bis auf, dass er versuchte, mehr Zeit – wofür auch immer – herauszuschinden, und Bode mitgeteilt hatte, nach

März noch ein weiteres Quartälchen die Entwicklung des Verlages abwarten zu wollen. Nur um keine übereilten Entscheidungen zu treffen, die sie später bedauern würde. Oder so.

Mittlerweile kam Jonathan sich selbst schon bescheuert vor, dass es ihm schlicht nicht möglich war, seinem Geschäftsführer einfach ein beherztes »Machen Sie halt mal, mein alter Herr kriegt ja eh nichts mehr mit und geht stattdessen mit seiner ›Frau‹ Kuchen essen, ich selbst bin in kaufmännischer Hinsicht ahnungslos, und Sie werden das Kind schon schaukeln!« zuzurufen.

Lächerlich. Und vollkommen unverständlich. Was, bitte, war es nur, das ihn, Jonathan N. Grief, so hemmte? Was ihn so ängstlich machte, so zaudernd, so … so … entschlussunfähig? Er war doch ein erwachsener, intelligenter Mann, nicht wahr?

Nun saß er wie so oft am Morgen bei Kaffee und Croissant an seinem Esszimmertisch und überlegte, was genau eigentlich sein Problem war. Er wusste es nicht. Er wusste lediglich, dass es in seinem Inneren etwas gab; irgendeinen Knacks, ein Defizit, ein … ein …

»Du denkst zu viel«, würde Leo beherzt seine Grübeleien unterbrechen. Aber der »Penner« war gerade nicht hier, er hatte erfreulicherweise seit zwei Wochen einen Job als Koch in einem Hamburger Café und war in diesem Moment vermutlich gerade dabei, das beste Rührei der Stadt zu zaubern.

Seufzend schlug Jonathan das Filofax an der Stelle für den heutigen Tag auf. Na toll! Als würde ihm jemand (die Verfasserin des Kalenders?) heimlich über die Schultern gucken, passte der Eintrag wieder mal perfekt auf

die Gesamtsituation. Und auch auf Leopold, der gerade
Eier briet:

Mach eine innere Inventur!

*Kennst du das Programm der »Anonymen Alkoholiker«?
Nein? Schade, denn die »12 Schritte«, mit deren Hilfe sie
ihre Sucht bekämpfen, eignen sich für jeden Menschen, um
damit glücklich durchs Leben zu kommen. Der wichtigste Punkt dabei ist die innere und vor allem furchtlose Inventur. Die funktioniert wie folgt: Setz dich hin und denke
darüber nach, welche Fehler du in deinem Leben begangen hast. Wen du vielleicht verletzt, wem du geschadet
hast; wo du nicht aufrichtig warst – auch nicht dir selbst
gegenüber. Welche Dinge es gibt, die du mit anderen Menschen noch zu regeln hast? Sei dabei ganz ehrlich, egal, wie
schwer es fällt! Und dann mach dich daran, diese Fehler
dort, wo du es kannst, wiedergutzumachen. Mach dich
daran, alle Unklarheiten aus der Welt zu räumen. Und
geh ab sofort aufrichtig und ehrlich, dir selbst und anderen gegenüber, durchs Leben. Was das bringen soll? Inneren
Frieden. Unverletzbarkeit. Und vor allen Dingen Freiheit.
Die Freiheit von jeglicher Angst.*

Jonathan las den Eintrag wieder und wieder. Und noch
einmal. Aber sooft er ihn auch las – die Botschaft blieb so
klar und unmissverständlich, wie sie nun mal war. Egal,
wie er es drehte und wendete, hier stand sie, Schwarz auf
Weiß: die deutliche Aufforderung zum Handeln.

Schon seit seinem Gespräch mit Leo am Isebekkanal
hatte Jonathan die Befürchtung, dass es da vielleicht eine
klitzekleine Kleinigkeit in seinem Leben gab, die er mög-

lichweise und unter Umständen mal regeln oder klären müsste. Nur hatte sein innerer Dickschädel sich bisher standhaft geweigert, aus seiner Schmollecke herauszukommen. Denn auch wenn er mittlerweile wusste, dass er mit seinem persönlichen Gerechtigkeitsempfinden ein wenig danebenlag: es zuzugeben; es vor sich selbst und vor einem ANDEREN *wirklich* zuzugeben – das war ... das war ... notwendig. Das Richtige.

Entschlossen schob er seinen Stuhl zurück, stand auf und marschierte nach oben in sein Arbeitszimmer zum Telefon. Ergriff den Hörer. Merkte erst dann, dass er gar keine Festnetznummer des betreffenden Anschlusses hatte, nahm sein Handy, suchte im Adressbuch nach dem richtigen Kontakt und drückte auf »Wählen«.

»Jonathan?«, erklang kurz darauf eine verwunderte weibliche Stimme.

Er räusperte sich. »Ja, hallo Tina!«

»Das ist ja eine Überraschung!«

»Ja, äh ... Ich weiß.«

»Was gibt es denn, dass du mich anrufst?«

»Ich wollte mich entschuldigen.«

»Entschuldigen?«, kam es – nun noch eine Spur verwunderter – zurück. »Wofür denn?«

»Dafür, dass ich dir Unrecht getan habe.«

»Hast du?«

»Ja.«

»Hab ich gar nicht gemerkt. Ist was passiert?«

»Ja«, sagte er. Dann verbesserte er sich. »Das heißt, nein. Es ist nichts passiert.«

»Was denn nun?« Sie lachte.

»Mir ist nur etwas klar geworden.«

»Klingt ja interessant!«

»Mir ist klar geworden«, setzte er erneut an, »dass all die Wut, die ich seit Jahren auf dich und Thomas hatte, totaler Unsinn war.«

Schweigen. Dann, noch viel verwunderter: »Wirklich?«

»Ja. Du hast mich nicht für meinen besten Freund verlassen. Du bist gegangen, weil ich dich nie richtig geliebt habe.«

Erneutes Schweigen. Endlich korrigierte Tina ihn: »Ich bin gegangen, weil *wir uns* nie richtig geliebt haben.«

»Wir uns?«, wiederholte Jonathan erstaunt.

»Ja, Jonathan. Wir haben uns gegenseitig lange etwas vorgemacht, haben versucht, das tolle Paar zu sein, weil es doch rein äußerlich gut passte. Tat es ja auch, nur dass uns die echte Liebe gefehlt hat. Das war es, nachdem ich immer gesucht habe – und als mir das klar wurde, musste ich gehen.«

»Ehrlich?«

»Ehrlich.«

»Und warum hast du mir das nie gesagt?«

»Hab ich versucht, aber ich bin einfach nicht an dich herangekommen.«

»Nein?«

»Nein, Jonathan.« Wieder lachte sie, diesmal irgendwie traurig. »Aber ich bin sehr, sehr froh, dass du mich anrufst und mir das jetzt sagst.« Sie seufzte. »Dann ist für dich vielleicht doch noch nicht Hopfen und Malz verloren.«

»Wie meinst du das denn?«

»Nett, Jonathan. Ich meine es *nett*.«

»Verstehe«, sagte er – und verstand kein Wort.

»Wie geht es dir sonst so?«, wollte Tina dann wissen.

»Alles prima«, behauptete er. »Okay, Papa wird immer dementer, aber das ist eher ein Segen als ein Fluch. Im Verlag läuft alles wie immer, und außerdem …« Er stockte. Nein, das würde er jetzt nicht behaupten.

»Außerdem?«, hakte seine Ex nach.

»Außerdem habe ich eine echt tolle Frau getroffen.« Also, so GANZ gelogen war das ja nicht. Er hatte sie getroffen. Die rothaarige Frau. Irgendwie. Ja, doch, schon. Und wenn er Glück hatte, würde er sie bald wieder treffen.

»Wie schön!«, rief Tina aus. »Dann hoffe ich, dass es diesmal die Richtige für dich ist.«

»Ja. Das hoffe ich auch.«

»Du, ich muss auflegen, Tabea quengelt. Hat mich echt gefreut, von dir zu hören! Mach's gut!«

»Du auch«, erwiderte er. Dann schob er noch ein »Und es tut mir leid, dass ich mich nie für deine Neujahrsgrüße bedankt habe!« hinterher. Aber da hatte sie schon aufgelegt.

Jonathan fühlte sich trotzdem gut. Er horchte in sich hinein. Tatsächlich, er fühlte sich *richtig* gut. Ja, man konnte es vielleicht sogar als eine Art »inneren Frieden« bezeichnen. Dabei war es gar nicht mal so schwer gewesen und hatte auch überhaupt nicht wehgetan. Verrückt. Es war wirklich verrückt!

Beschwingt griff Jonathan erneut zum Telefon. Diesmal, um seine Assistentin Renate Krug anzurufen. Sie sollte jetzt gleich einen Termin mit Markus Bode anberaumen. Es war an der Zeit, sich mit seinem Geschäftsführer zusammenzusetzen und ein paar ehrliche Worte zu wechseln. Wenn das auch so einfach war wie das Gespräch mit Tina – was sollte ihm dann schon groß passieren?

»Wie gut, dass Sie sich melden!«, rief ihm Renate Krug entgegen, sobald sie abgehoben hatte. »Ich wollte Sie auch gerade anrufen! Markus Bode war vor zwei Minuten hier und hat …«

»Wie passend!«, unterbrach Jonathan sie belustigt. Ja, ja, das Schicksal! »Ich wollte gerade einen Termin mit ihm vereinbaren.«

»… gekündigt«, vollendete seine Assistentin ihren Satz.«

»Wie bitte?«

»Er hat gekündigt, Herr Grief. Markus Bode war soeben in meinem Büro und hat seine schriftliche Kündigung abgegeben.«

60

Hannah

11. Mai, Freitag, 19:53 Uhr

Aufgeregt. Wütend. Durcheinander. Traurig. Neugierig. Ängstlich.

Das alles war Hannah, als sie – beinahe zehn Minuten zu früh – an dem auf »Marx« reservierten Tisch bei »Da Riccardo« Platz nahm.

Nun war sie also gekommen, die Stunde der Wahrheit. Nun würde sie erfahren, wer der Mann war, der seit beinahe einem halben Jahr mit Simons Kalender durch die Gegend lief und seinen Spuren folgte. Jedenfalls hoffte Hannah, dass er hier auftauchen würde, denn die Frage, um wen es sich handelte, ließ ihr keine Ruhe mehr.

Wieder und wieder hatten sie und Lisa darüber diskutiert, welcher normale Mensch auf die Idee kommen könnte, ein Filofax zu finden und dann – statt es einfach abzugeben (bei der Polizei, im Fundbüro, wo auch immer) – nach den dort eingetragenen Terminen zu leben. Inklusive dem Kauf von fremden VERLOBUNGSRINGEN! Ihnen war kein nachvollziehbarer Grund dafür eingefallen, außer dass es sich dabei eben *nicht* um einen normalen Menschen handeln konnte, sondern nur um einen Verrückten.

Ursprünglich hatte Lisa deshalb darauf bestanden, Hannah heute Abend zu »Da Riccardo« zu begleiten, denn sie wollte nicht, dass ihre beste Freundin das Opfer eines potenziellen Kettensägenmörders wurde. Aber nach einigen Diskussionen konnte Hannah Lisa schließlich davon überzeugen, dass die Wahrscheinlichkeit relativ gering war, an einem Freitagabend in einem gut besuchten Restaurant und somit unter den Augen diverser Zeugen um die Ecke gebracht zu werden. Trotzdem hatte sie versprechen müssen, sich stündlich über Handy bei Lisa zu melden. »Sonst rufe ich die Polizei!«, hatte ihre Freundin gedroht. »Oder ich komme selbst!«

In der Zwischenzeit hatte auch Lisa Simons Roman gelesen. Und war davon ebenso hingerissen gewesen wie Hannah, es war also nicht nur ihrer eigenen Meinung nach ein gutes Buch.

Allerdings: Von Griefson & Books hatte Hannah bisher nichts gehört, was sie ein bisschen enttäuschte. Sie hatte zwar keine Ahnung vom Verlagswesen, aber irgendeine Rückmeldung innerhalb von sechs Wochen hätte sie schon erwartet. Na gut, eigentlich hatte sie sogar auf einen euphorischen Anruf in der Art von »Wir schicken sofort einen Vertrag!« gehofft.

Nicht des Geldes wegen, das nicht. Sie wusste ja nicht einmal, ob sie darauf irgendwelche Ansprüche hätte (die sie gar nicht haben *wollte*) – sondern weil sie der Ansicht war, dass Simons Roman es verdient hätte, selbst nach seinem Tod noch veröffentlicht zu werden.

Wie so oft dachte Hannah an die Geschichte, die ihr Freund da zu Papier gebracht hatte. So eine schöne Liebesgeschichte! Wieder einmal stiegen ihr Tränen in die

Augen. So eine wunderschöne Geschichte – und leider überhaupt nicht wahr.

Gerade wollte sie nach ihrer Handtasche greifen und ein Taschentuch heraussuchen, als der Vorhang zu ihrem kleinen Separée von Riccardo beiseite gezogen wurde.

Hannah sah auf.

Da stand er. Direkt vor ihr. Der Mann mit den blauen Augen und den schwarz melierten Haaren. Es war tatsächlich der Typ, der sie im Café so eigenartig fixiert hatte, sie konnte sich noch sehr genau an sein Gesicht erinnern.

Auch jetzt starrte er sie an. Allerdings etwas unsicher, sein Blick flackerte regelrecht.

»Guten Abend«, sagte er leise. »Mein Name ist Jonathan Grief. Sind Sie Frau Marks?«

Sie schob ihren Stuhl ein Stück zurück, stand auf und ging auf ihn zu.

»Hannah«, sagte sie.

61

Jonathan

11. Mai, Freitag, 19:55 Uhr

Jonathans Knie zitterten, also er um fünf vor acht vor dem italienischen Restaurant namens »Da Riccardo« aus seinem Auto stieg. Das Herz flatterte ihm in der Brust, anders konnte man es nicht bezeichnen, und es war ihm schleierhaft, wie er in diesem Zustand die nächsten fünf Minuten – geschweige denn einen ganzen Abend, zu dem es hoffentlich kommen würde – überstehen sollte. Jedenfalls, wenn er in wenigen Augenblicken tatsächlich der rothaarigen Frau aus dem Café gegenüberstehen sollte, was er ja noch immer nicht mit Sicherheit wusste. Weder ob »H. Marks« diejenige welche war, noch ob sie, falls ja, überhaupt in dem Restaurant sein würde.

Dementsprechend war er nervös wie noch nie zuvor in seinem Leben. Aber trotzdem kam es überhaupt nicht infrage, jetzt noch einen Rückzieher zu machen, dafür hatte er diesem Moment viel zu lang und inbrünstig entgegengefiebert.

In den vergangenen Tagen hatte er über den schicksalhaften 11. Mai allerdings nicht mehr allzu viel nachdenken können: Die letzten knapp zwei Wochen hatten sich nach dem überraschenden Weggang von Markus Bode als überaus arbeitsintensiv herausgestellt. Jonathan war seitdem jeden Tag im Verlag gewesen. Zum einen, um bei der Mannschaft Präsenz zu zeigen – zum anderen, um sich irgendwie in die Arbeit, die sein Geschäftsführer sonst erledigt hatte, reinzufuchsen. Zumindest halbwegs.

Mit qualmenden Reifen war Jonathan in den Verlag gerast und in Markus Bodes Büro gestürzt, nachdem Renate Krug ihn über dessen Kündigung unterrichtet hatte. Hatte mit Engelszungen auf ihn eingeredet, hatte ihm mehr Geld geboten, einen neuen Firmenwagen, die Alleinverantwortung über den gesamten Verlag, zur Not auch eine tägliche Massage in seinem Büro – es war zwecklos gewesen.

»Ich mag nicht mehr«, hatte sein Geschäftsführer erwidert. »Und das hat gar nicht nur etwas damit zu tun, dass ich mich seit Jahren nur wie ein Hampelmann fühle, der genau wie Sie am verlängerten Arm Ihres Vaters hängt und sowieso nicht wirklich etwas entscheiden darf...«

»Aber«, hatte Jonathan ihn unterbrechen wollen, »was meinen Sie denn mit ›Hampelmann‹ und genau wie ich?«

Doch Bode hatte seelenruhig die Sachen auf seinem Schreibtisch zusammengepackt und dabei unbeirrbar weitergesprochen: »Meine Frau und ich haben erkannt, dass es so nicht weitergeht.«

»Ach was?«, hatte Jonathan daraufhin erstaunt gefragt. »Sie und Ihre Frau? Ich dachte ...«

»Nun, wir haben uns wieder zusammengerauft.«

»Wirklich? Wie das?« Jonathan hatte gehofft, eher erfreut als entsetzt zu klingen. Er freute ihn ja auch, so ganz grundsätzlich jedenfalls. War doch schön, wenn Paare sich wieder »zusammenrauften« – aber sollte das der Grund für Bodes Kündigung sein, entsetzte es ihn eben mehr, als dass es ihn erfreute.

»Tja«, hatte sein Geschäftsführer – Exgeschäftsführer – geantwortet, »wie das im Leben so ist: Krise als Chance, Sie wissen schon. Meine Frau hat mir gestern bei einem langen Gespräch erläutert, dass sie mich zwar immer noch liebt– aber dass sie uns gar nicht mehr als Familie sieht, weil ich mich seit Jahren nur noch für den Job auf-reibe.« Er hatte gelacht. »Wie ich ja schon sagte, für einen Job, der … – aber lassen wir das.«

»Und was bedeutet das jetzt?«

»Ich nehme mir eine Auszeit. Wir machen mit den Kindern eine Weltreise.«

»Eine Weltreise?! Mit den *Kindern*?«

»Der Zeitpunkt dafür ist ideal, in zwei Jahren kommt unsere Älteste in die Schule, danach geht das nicht mehr.«

»Aber deshalb müssen Sie ja nicht gleich kündigen!«

»Doch«, hatte Bode erwidert. »Und ich habe auch nicht vor, im Anschluss daran zurückzukommen. Ich su-che mir was anderes, etwas weniger Stressiges.«

»Na, jetzt hören Sie aber mal auf! Sooo viel Stress ist es ja nun auch wieder nicht.«

»Ach, Herr Grief«, hatte Markus Bode gesagt und ihm dann freundschaftlich auf die Schulter geklopft. »Wenn Sie für mich übernehmen, werden Sie schnell verstehen, wovon ich rede.« Er hatte ihm zugezwinkert. »Sobald ich von unserer Reise zurück bin, können wir aber gern wie-der unsere gemeinsamen Tennispartien aufnehmen. Es macht langsam richtig Spaß, gegen Sie zu gewinnen.«

»Äh.« Jonathan war sprachlos gewesen. »Aber ... aber ... ab wann sind Sie denn weg? Also, nicht mehr im Verlag, meine ich?«

»Ab sofort.«

»Sofort?! Wie ...«

»Ich bin seit gut fünfzehn Jahren hier, habe also eine sechsmonatige Kündigungsfrist. Dagegen angesammelten Urlaub und Überstunden für mehr als ein halbes Jahr – ich denke, das geht schon okay so.«

»Herr Bode, ich ...«

»Machen Sie es gut, Herr Grief«, hatte Markus Bode gesagt und dabei den Karton mit seinen persönlichen Sachen geschultert. »Sie schaffen das schon! Und übrigens ...« Er hatte auf ein paar Papierstapel auf seinem Schreibtisch gedeutet. »Da liegen einige ganz hervorragende Manuskripte. Vielleicht schauen Sie bei Gelegenheit ja mal rein?« Sprach's – und ward seitdem nicht mehr gesehen.

So weit also zu Bode beziehungsweise dessen plötzlichem Weggang. Aber daran wollte Jonathan jetzt, in diesem entscheidenden, ja, nahezu schicksalhaften Moment gar nicht denken. Okay, wenn er ehrlich war, hatte er auch in den letzten Tagen darüber nicht groß nachdenken wollen. Im Verlag hatte er erst einmal die Marschroute »Alles weiter wie gehabt« ausgegeben – und ansonsten darum gebetet, dass sich alles wieder von allein finden würde. Irgendwie.

»Das wird nix«, hatte Leo sofort orakelt, als er ihm von der Misere berichtet hatte, was Jonathan lediglich mit einem »Kümmer du dich mal um deine Rühreier, du Penner!« quittiert hatte.

Nun also betrat er das »Da Riccardo«. Hinter der schweren Eingangstür entpuppte sich das Restaurant als kleiner, sehr geschmackvoll eingerichteter Italiener. Sämtliche Tische waren besetzt, Jonathan sah sich aufgeregt nach der rothaarigen Frau um, konnte sie aber nirgends entdecken. Überhaupt saß an keinem der Tische eine einzelne Person – bei dieser Erkenntnis spürte er eine Welle der Enttäuschung eiskalt über sich hinwegschwappen.

»Buonasera«, kam ihm ein Kellner lächelnd entgegen. »Sie haben reserviert?«

»Ja«, erwiderte Jonathan mutlos. »Auf den Namen Marks.«

»Bitte, folgen Sie mir!« Er nickte ihm verbindlich zu und marschierte ab. Jonathan folgte ihm quer durchs Restaurant, wieder begann sein Herz wild zu pochen. War sie doch da? WAR – SIE – ETWA – DOCH – DA?

Der Kellner trat an einen Vorhang heran und zog ihn mit einem »Bitte schön« beiseite.

Da saß sie. Direkt vor ihm. Die Frau mit den grünen Augen und den rot gelockten Haaren. Es war tatsächlich die Frau aus dem Café, er konnte sich noch sehr genau an ihr Gesicht erinnern.

Sie sah ihn ausdruckslos an.

»Guten Abend«, sagte er leise. »Mein Name ist Jonathan Grief. Sind Sie Frau Marks?«

Sie schob ihren Stuhl ein Stück zurück, stand auf und ging auf ihn zu.

»Hannah«, sagte sie. Dann holte sie aus – und versetzte ihm eine schallende Ohrfeige.

62

Hannah

11. Mai, Freitag, 21:20 Uhr

Auch an diesem Abend kam Hannah nicht in den Genuss des bei »Da Riccardo« angeblich so hervorragenden Essens. Nach ihrer etwas »frostigen« Begrüßung hatte wieder einmal der Chef höchstpersönlich ihnen ein Glas Gavi eingeschenkt und sich seither nicht mehr hinter dem Vorhang blicken lassen. Das würde er höchstwahrscheinlich auch nicht mehr tun – vermutlich hielt er Hannah für eine Verrückte, die lediglich hierherkam, um im Separée irgendwelche Männer zum Heulen zu bringen.

Nachdem Hannah Jonathan über den Grund für ihre Ohrfeige aufgeklärt hatte, nämlich, dass er sich das Geschenk eines Verstorbenen »unter den Nagel« gerissen hätte, hatte er aufrichtig betroffen gewirkt.

»Ich hatte ja keine Ahnung!«, hatte er gesagt. »Es tut mir so leid! Anfangs habe ich auch wirklich einfach nur versucht, den Besitzer des Kalenders ausfindig zu machen – aber mit der Zeit hat mich das, was Sie da geschrieben haben, absolut fasziniert. Und, na ja, mein Besuch bei dieser Kartenlegerin … Irgendwann danach fing ich an zu glauben, das Schicksal hätte mir einfach ein großes Geschenk gemacht. Dummerweise bin ich dadurch wohl etwas betriebsblind und verrückt geworden, sodass ich sogar die Ringe gekauft habe. Das war natürlich völlig übertrieben, verzeihen Sie mir. Aber wie gesagt, ich hab's einfach für Schicksal gehalten.«

Ab diesem Moment war Hannah entwaffnet gewesen – was hätte sie dagegen auch einwenden können, bei allem, an was sie glaubte?

Nun hörte sie Jonathan aufmerksam zu. Wie er ihr davon erzählte, dass die Tasche mit dem Kalender am Neujahrstag an seinem Fahrrad gehangen hatte. Dass die Handschrift ihn an seine Mutter erinnert hatte, die ihn in Kindheitstagen verlassen hatte. Und wie er den etwas verwirrten »Harry Potter« – von dem er erst jetzt begriff, um wen es sich dabei gehandelt haben musste – an der Alster getroffen hatte.

Sie redeten lange und ausführlich, nur zwischendurch hatte Hannah an Lisa eine SMS geschickt, dass alles in Ordnung war und sie bitte weder die Polizei schicken noch selbst auftauchen sollte. Und es stimmte auch, es war alles in Ordnung, nur dass Hannah immer mal wieder weinen musste, so sehr, dass Jonathan sogar einmal nach ihrer Hand griff, sie aber sofort wieder losließ, sobald sie sich etwas beruhigt hatte.

Sie klärten die Sache mit ihrem Namen auf, dass sie nämlich »Marx« hieß und nicht »Marks«. Hätte Jonathan im Netz eine »H. Marx« gesucht, wäre er ziemlich schnell über ihr Foto als Inhaberin der Rasselbande gestolpert. Hannah erzählte von Simons Krankheit und seiner Angst, über seine ohnehin schon vorhandene Verzweiflung wegen seines Jobverlusts, woraufhin Jonathan einwarf, dass ihm damals, als er die Meldung über den vermissten Simon Klamm in den »Hamburger Nachrichten« entdeckt hatte, gleich der Name so bekannt vorgekommen sei, weil er die Zeitung normalerweise täglich liest. Und dass, ebenfalls wieder Schicksal!, das Foto von Hannahs Freund abgerissen gewesen war. Sonst hätte er ihn sicher sofort als den Mann von der Alster identifiziert und sich bei der Polizei gemeldet.

Stundenlang unterhielten sie sich, und obwohl Hannah sich ja eigentlich vorgenommen hatte, dem »gemeinen Ring- und Kalenderdieb« bei »Da Riccardo« eine Standpauke zu halten, die sich gewaschen hatte, musste sie sich im Verlauf des Gespräches schon ziemlich bald eingestehen, dass sie Jonathan Grief mochte. Ihr gefiel seine etwas altmodische und ungelenke Art. Er hatte Charme, wie ihre Mutter sagen würde, wenn vielleicht auch einen etwas seltsamen.

»Jetzt haben wir so viel geredet«, stellte Hannah fest, als es schon weit nach Mitternacht war. »Und ich weiß noch nicht einmal, was Sie eigentlich machen. Also, außer ein Leben nach fremden Kalendern zu führen. Was sind Sie denn von Beruf?«

»Ich bin Verleger«, erklärte Jonathan.

»Verleger für was?«

»Für Bücher.«

»Nein!«, entfuhr es Hannah überrascht.

»Doch?«, gab ihr Gegenüber gedehnt und etwas unsicher zurück.

»Jonathan Grief?«, fragte sie nach. »Haben Sie etwas mit Griefson & Books zu tun?«

Nun grinste er sie an. »Hab ich. Das ist mein Verlag.«

»Das gibt's ja nicht!« Hannah schlug mit der flachen

Hand sehr undamenhaft auf die Tischplatte, so fest, dass die Gläser klirrten.

»Ich fürchte, ich verstehe nicht …«

»Simon hat einen Roman geschrieben«, klärte sie ihn auf. »Ich habe das Manuskript erst nach seinem Tod gefunden.« Sie räusperte sich und musste sich bei der Erinnerung an diesen Moment kurz sammeln. »›Hannahs Lachen‹ heißt das Buch – und vor ein paar Wochen habe ich den Roman bei Ihnen im Verlag in den Briefkasten geworfen.«

»Oh«, sagte Jonathan. Und geriet prompt ins Stottern. »Ich … also … bisher habe ich … also, mit dem Programm hatte ich …« Er setzte neu an. »›Hannahs Lachen‹, sagen Sie?«

»Ja.« Sie nickte.

»Von Simon …«

»Klamm.«

»Ich bin mir nicht sicher, ob mir das was sagt.« Er sah sie nahezu entschuldigend an.

»Ich hab's direkt beim Verlag eingeworfen. Mit der Aufschrift ›An den Geschäftsführer‹.«

»Ach so!« Nun wirkte Jonathan erleichtert. »Mein Geschäftsführer hat leider gerade gekündigt, deshalb … Nun ja, deshalb. Vermutlich liegt das Manuskript gerade irgendwo im Lektorat. Aber ich werde gleich mal danach forschen, sobald ich wieder im Verlag bin.«

»Wirklich?« Sie lächelte ihn an. »Es wäre natürlich toll, wenn Sie sich das mal ansehen.«

»Das mache ich doch gern!«

»Vielen Dank!«

Ein Räuspern erklang, der Vorhang wurde beiseitegezogen. Riccardo trat ein, fragte höflich, ob sie noch etwas bestellen wollten, er würde sonst bald schließen, es sei schließlich schon fast ein Uhr ...

»Nein, danke«, sagte Hannah. »Wir gehen auch gleich.« Sie sah Jonathan auffordernd an und meinte, einen Anflug von Enttäuschung in seinem Mienenspiel zu entdecken. Aber vielleicht bildete sie sich das auch nur ein.

Eine Viertelstunde später traten sie nach draußen auf die Straße. Blieben voreinander stehen, beide etwas unsicher, wie sie sich nun voneinander verabschieden sollten.

»Darf ich Sie vielleicht noch nach Hause fahren?«, fragte Jonathan und deutete auf einen Saab, der auf der anderen Straßenseite parkte. »Es ist ja schon sehr spät.«

»Das wäre prima.«

Sie gingen zu seinem Auto, er öffnete Hannah galant die Beifahrertür und sie nahm Platz. Dann setzte er sich selbst hinters Steuer.

»Wo darf ich Sie denn hinfahren?«

Hannah zögerte einen Moment. »Könntest du«, wollte sie wissen, wobei ihr das »Du« in diesem Moment ganz automatisch über die Lippen kam, »mir vielleicht noch die Stelle an der Alster zeigen, an der du Simon gesehen hast?«

Jonathan startete den Motor. »Natürlich mache ich das.«

63

Jonathan

12. Mai, Samstag, 8:30 Uhr

Das Manuskript. Wo war dieses verfluchte Manuskript? Fahrig durchforstete Jonathan die Papierstapel auf Markus Bodes Schreibtisch, die er bisher mit noch keinem Blick gewürdigt hatte. Er war einfach noch nicht dazu gekommen. Na ja, und Lust hatte er auch keine gehabt.

Aber jetzt, nach dem gestrigen Abend mit Hannah ... Nach dem Abend mit dieser wundervollen Frau musste, musste, *musste* er dieses verdammte Manuskript finden. Weil es *ihr* wichtig war. Und deshalb war es für ihn nun auch wichtig. Folgerichtig war er heute, am Samstag, in aller Frühe in den Verlag gefahren. Es kam ihm ganz gelegen, dass ihn keiner seiner Angestellten in seiner derzeitig etwas konfusen Verfassung zu Gesicht bekam.

Jonathan hatte die gesamte Nacht über kein Auge zugetan. Wieder und wieder hatte er den Abend mit ihr Revue passieren lassen, der so großartig gewesen war. Und natürlich auch furchtbar traurig. Sie hatte also gerade erst den Mann ihres Lebens verloren. Das war natürlich nicht nur schlimm, sondern machte die Angelegenheit auch kompliziert. Denn ursprünglich hatte er Hannah Marx einfach sagen wollen, dass er seit dem Moment, in dem er sie im Café gesehen hatte, unsterblich in sie verliebt war, ja, hatte sich die Szene bereits mit sämtlichen romantischen Einzelheiten in den buntesten Farben ausgemalt. Allerdings war er gedanklich sofort zurückgerudert, nachdem sie gleich zu Beginn ihres Gesprächs ihre Ohrfeige mit dem Tod ihres Freundes und der Wut auf ihn, weil er dessen Kalender quasi missbraucht hatte, erklärt hatte. Da war Jonathan seine spontane Liebeserklärung nicht mehr unbedingt als gute Idee erschienen. Denn natürlich hätte Hannah dafür überhaupt keinen Sinn gehabt. Jedenfalls wenn sie über so etwas wie ein Herz verfügte. Und darüber verfügte sie, da war Jonathan ganz sicher. Nach diesem Abend war er nämlich nicht nur von Hannahs Aussehen, sondern auch von ihrem gesamten Wesen, von ihrer warmherzigen Art und ihrem unwiderstehlichen Lachen komplett hingerissen. Sie hatte ein unfassbar positives Naturell. Und das, obwohl sie gerade erst einen so schweren Schicksalsschlag erlitten hatte, vor ihrer Tapferkeit konnte er innerlich nur den Hut ziehen.

Er musste daran denken, wie er mit ihr zu nächtlicher Stunde noch an der Alster gewesen war und ihr die Stelle gezeigt hatte, an der Simon und er das kurze Gespräch über die Schwäne als Symbol der Transzendenz geführt hatten. Wieder war Hannah in Tränen ausgebrochen, und Jonathan hatte sie in den Arm genommen und ganz festgehalten, etwas anderes hatte er in diesem Moment gar nicht gekonnt. Sie hatte sich schluchzend an ihn geklammert wie ein kleines Kind, war ihm so nah gewesen, dass er das Pochen ihres Herzens hatte spüren können. Dabei hatte er die Augen geschlossen und sich vorgestellt, dass sie nicht deshalb in seinen Armen lag, weil sie um einen anderen trauerte – sondern weil sie ihm, Jonathan N. Grief, nah sein wollte. Fast zu schön, um wahr zu sein, aber vielleicht, eines Tages … schließlich war in seinem Leben dank Hannah jetzt schon so unglaublich viel passiert, was er nie für möglich gehalten hätte.

Wo, also, war nun dieses blöde Manuskript? »Hannahs Lachen« hatte sie gesagt. Persönlich an den Geschäftsführer adressiert und in den Briefkasten am Verlagshaus eingeworfen. War es überhaupt auf Bodes Schreibtisch? Er hatte Jonathan gesagt, hier lägen ein paar »ganz hervorragende« Manuskripte. Was, wenn es eben *nicht* hervorragend, ja, wenn es nicht einmal gut war? Hatte Markus Bode es dann kurzerhand in den Papierkorb befördert?

Aber so was machten sie im Verlag generell nicht, sie archivierten normalerweise jedes unverlangt eingesandte Manuskript, selbst wenn es für sie nicht interessant war. Wobei »Archiv« in diesem Fall hieß, dass die Lektoratsassistentin alles in große Kisten packte und irgendwie im Keller einlagern ließ. In Gedanken sah er sich schon durch endlose Reihen gelber Postkisten wandern, nur im flackernden Licht einer einzelnen Neonröhre …

Da! Da war es! Aufgeregt griff Jonathan nach dem Stapel, auf dessen erster Seite in großen Lettern »Hannahs Lachen. Roman von Simon Klamm« stand.

Ungeduldig setzte er sich an Markus Bodes Schreibtisch, schob das Deckblatt zur Seite und begann noch an Ort und Stelle mit dem Lesen. Allerdings kam er nicht weit. Bereits nach dem ersten Absatz hörte er wieder auf.

Ihm war etwas übel. Simon Klamm. Ja, der Name sagte ihm tatsächlich etwas. Und leider nicht nur als Journalist der »Hamburger Nachrichten«. Nein, in Jonathan stieg eine weitere Erinnerung auf, die ihm erst mit dem Beginn der Lektüre von »Hannahs Lachen« gekommen war. Eine sehr, sehr unangenehme.

Er sprang von Bodes Stuhl auf. So hektisch, dass der schwere Drehsessel krachend umfiel, doch Jonathan schenkte diesem Umstand keine weitere Beachtung, sondern hetzte rüber in sein eigenes Büro.

Während sein Computer hochfuhr, trommelte er ungeduldig mit den Fingern auf der Platte seines Schreibtischs herum. Er hoffte, dass er sich irrte. Er hoffte es so sehr! Hoffte, hoffte, hoffte es.

Er irrte sich nicht. Die Dokumentensuche nach dem Namen »Klamm« hatte ein Ergebnis ausgespuckt. Ein Absageschreiben, das er höchstselbst vor etwa vier Jahren geschrieben und ebenfalls höchstselbst zusammen mit »Hannahs Lachen« eingetütet und an den Absender zurückgeschickt hatte.

Nun war Jonathan nicht mehr nur etwas übel. Ihm war totschlecht, als er noch einmal den Brief las, den er damals mit eigenen Fingern getippt hatte:

Werter Herr Klamm,
gestern habe ich mit immer größer werdender Begeisterung angefangen, das Manuskript Ihres Erstlingsromans zu lesen. Ich darf an dieser Stelle sagen, dass mir die Lektüre von Seite zu Seite mehr Spaß machte – abends nahm ich den Ausdruck sogar mit nach Hause, weil ich nicht aufhören wollte. Ihre Schreibe ist spritzig, witzig und derart unterhaltsam, dass die Zeit einfach verfliegt – und Sie besitzen

eine sehr schöne Gabe, nämlich die, Figuren so zu beschreiben, dass man das Gefühl hat, ihnen gegenüberzusitzen.

Ich kann nur sagen: WEITER SO! Da habe ich ein großes Talent entdeckt und darüber bin ich äußerst froh! Ich kann es kaum erwarten, den Rest des Manuskripts zu lesen und freue mich schon darauf, Sie hoffentlich bald persönlich kennenzulernen.

Solche Autoren wachsen nicht auf Bäumen.

So.
Punkt.
Absatz.
Neue Zeile.

Kleiner Scherz. Verehrter Herr Klamm, ich schreibe gar nicht lange herum, sondern fasse kurz zusammen: Ein derart schlechtes Manuskript (wobei hier das Wort Manuskript nicht wirklich zutrifft, nennen wir es eine Aneinanderreihung von überflüssig zusammengesetzten Wörtern) habe ich in meiner ganzen Laufbahn noch nicht auf den Schreibtisch bekommen. Ihnen auch nur ansatzweise zu empfehlen weiterzuschreiben, empfände ich als Sünde. Ich sage an solcher Stelle immer: Schuster, bleib bei deinen Leisten. Nun weiß ich nicht, welchen Beruf Sie erlernt haben, eins jedoch ist sicher: Autor ist es nicht. Insofern empfehle ich Ihnen (fast schon schreibe ich BITTE): Ziehen Sie das Manuskript auf Ihrem Monitor in den Papierkorb und vergessen Sie BITTE (nun schreibe ich es doch) nicht, diesen dann auch anschließend zu leeren.

Eine Antwort auf diesen Brief erwarte ich nicht (ich möchte nicht noch mehr lesen müssen …).

Hochachtungsvoll

Ihr Jonathan N. Grief

Heiß und kalt. Jonathan wurde heiß und kalt. Dann wieder heiß. Und dann wieder kalt. Eiskalt. Hatte er das *wirklich* geschrieben? Und dann auch noch *abgeschickt*?

Ja, das hatte er. Er konnte sich selbst nicht so recht erklären, in welcher geistigen Verfassung er damals gewesen war, um einen derart verletzenden Brief zu verfassen – aber er musste sich ehrlicherweise eingestehen, dass er sich jetzt, als er das Absageschreiben vor sich hatte, sehr wohl daran erinnern konnte.

Auch damals hatte er von »Hannahs Lachen« nicht viel gelesen. Nach nur zwei oder drei Seiten hatte er es unter »entsetzlicher Kitsch« verbucht. Etwas, was die Welt nicht brauchte, die literarische Welt schon gar nicht. Im Anschluss hatte er ebendiesen Brief verfasst und abgeschickt.

Warum? Warum nur? Das fragte er sich jetzt ganz ehrlich und aufrichtig, so, wie die »innere Inventur« es vorschrieb. Warum hatte er das getan?

Er wusste es nicht mehr, Jonathan N. Grief hatte schlicht keine Ahnung, was ihn da geritten hatte. Nur eines wusste er: Wenn er überhaupt eine klitzekleine Chance darauf haben wollte, mit Hannah noch mehr Zeit verbringen und sie vielleicht sogar für sich gewinnen zu können – dann dürfte sie hiervon nie, nie, NIEMALS erfahren!

64

Jonathan

20. Mai, Sonntag

»Sag mal, findest du das nicht ein bisschen albern?«

»Was ist denn bitte albern daran, barfuß über eine Blumenwiese zu laufen? Ich finde das schön!«, erwiderte Hannah.

»Die Sache an sich ist natürlich *nicht* albern. Aber so etwas extra als ›Termin‹ in einen Kalender einzutragen ist doch wohl nicht nötig. So was kann man doch ständig einfach so tun!«

»Denkst du?« Sie sah ihn herausfordernd an. »Wann hast du das denn das letzte Mal gemacht?«

»Äh …« Jonathan fühlte sich ertappt.

»Siehste«, sagte sie und wirkte dabei sehr zufrieden. »Und eben weil man das ›einfach so‹ nie macht, habe ich dafür einen Termin ausgesucht.«

»Ist ja schon gut«, murmelte er etwas beschämt und stapfte weiter auf nackten Füßen neben Hannah durchs Gras. Er hatte sich auch gar nicht beschweren wollen. Im Gegenteil! Jonathan war froh gewesen, dass sie ihn wieder hatte sehen wollen. Und ihren Vorschlag, sich fürs nächste Treffen einfach nach dem Kalender zu richten, hatte er prinzipiell auch gut gefunden.

Nur: Barfuß kam er sich so … na ja, eben nackt vor. Schutzlos. Unmännlich.

»Komm schon, du lahme Ente!«, rief sie lachend, als er sehr vorsichtig einen Bogen um ein Büschel Brennnessel machte. »Wer zuerst da unten an der Eisdiele ist, bezahlt.« Sie flitzte los.

»Wer gewinnt, bezahlt? Was ist das denn für eine Logik?«, schrie er ihr hinterher.

»Meine!«, krakeelte sie über ihre Schulter prustend zurück.

Ach, er mochte sie. Er mochte sie *wirklich*. Wirklich sehr!

Hannah

4. Juni, Montag

»Tut mir leid, aber ich kann nicht mehr. Nur noch einen einzigen Bissen, und ich platze«, erklärte Jonathan und schob mit angewidertem Gesichtsausdruck seinen Teller mit der nur zur Hälfte gegessenen Lübecker Nusstorte zur Seite.

»Platzen gilt nicht«, gab sie zurück. »Es geht darum, dass einem schlecht wird.«

»Schlecht ist mir schon seit dem vorletzten Stück.«

»Das hättest du ja mal sagen können.«

»Ich wollte dich nicht enttäuschen.«

»Aber es ist doch dein Geburtstag – und nicht meiner.«

»Wie hast du das Datum überhaupt rausgefunden?«, wollte Jonathan von Hannah wissen. Vorgestern hatte sie ihn mit der Mitteilung, dass sie ihn Montagnachmittag ins »Lütt Café« zu Kaffee und Kuchen einladen würde, überrascht. Das stand zwar für den 4. Juni gar nicht im Kalender, und Jonathan hatte Hannah gegenüber auch eingewendet, dass er wochentags nicht während der Arbeitszeit aus dem Verlag verschwinden könnte – aber sie hatte sich durchgesetzt. Denn das war nun mal das von ihr vorgeschriebene Programm für Geburtstage, basta!

»Ich hab bei dir im Büro angerufen und danach gefragt«, beantwortete sie seine Frage.

Hustend verschluckte Jonathan sich an dem Schluck Tee, den er gerade genommen hatte. »Du hast im Büro angerufen?«, echote er keuchend.

»Ja, klar. Warum denn nicht?« Sie grinste ihn an. »Deine nette Assistentin war überaus hilfsbereit.«

»So, so«, nun grinste er ebenfalls und sah dabei niedlich spitzbübisch aus. »Die liebe Frau Krug – na, mit der werde ich wohl mal ein ernstes Wörtchen in Sachen ›Datenschutz‹ reden müssen.«

»Keine Sorge, sie hat mir nur den Tag verraten – nicht das Jahr.«

»Was soll das denn bitte heißen?«, wollte er empört wissen.

»Gar nichts.« Sie kicherte. Sich mit Jonathan kabbeln machte einfach Spaß. Das war wie Kopf-Pingpong. Ping und Pong – und Pong und Ping. »Bei Verlag fällt mir ein: Hast du mittlerweile eigentlich Simons Manuskript finden können?«

Er sah sie zerknirscht an. »Leider nein. Keine Ahnung, wo Markus Bode das vor seinem Abgang hingeräumt hat.«

»Aber ich kann es dir wirklich noch einmal kopieren, das ist echt kein Problem!«

»Ich suche morgen noch einmal, okay? Und wenn ich es dann nicht finde, dann gern.«

Jonathan

15. Juli, Sonntag

»Mir macht die Sonne ja nichts aus, weißt du?«, erklärte Jonathan keuchend. »Italienische Gene, du verstehst schon.«

»Dafür sieht dein Rücken aber schon ziemlich rot aus«, gab Hannah, die hinter ihm saß, zurück. »Bist du ganz sicher, dass ich dich nicht doch lieber eincremen soll?«

»Nein, nein, nicht nötig.« Er spürte, dass nicht nur sein Rücken rot war, sondern auch sein Gesicht. Was nicht an der Sonne lag, die seit einer Stunde – seit sie in einem Boot durch die Kanäle der Alster schipperten – auf sie niederbrannte. Und es war auch nicht dem anstrengenden Rudern oder dem Umstand geschuldet, dass Jonathan aufgrund der Hitze und der schweißtreibenden Arbeit bereits nach zehn Minuten sein T-Shirt hatte ausziehen müssen (wobei Hannah seinen Oberkörper, wie Jonathan erfreut bemerkt hatte, zwar nur kurz, aber durchaus interessiert betrachtet hatte), wenn ihm das Blut in die Wangen schoss. Es war die Vorstellung, Hannah würde beim fürsorglichen Eincremen notgedrungen seine bloße Haut berühren, und dann … Ja, dann könnte selbst ein Jonathan N. Grief für nichts mehr garantieren!

»Hat das Lektorat mittlerweile eigentlich mal eine Einschätzung abgegeben?«, zerstörte Hannah diesen nahezu erotischen Moment.

Jonathan zuckte schuldbewusst zusammen. »Bisher noch nicht.«

Mist! Schon wieder fragte sie nach Simons Manuskript. In seiner Not hatte Jonathan behauptet, es gefunden und direkt ans Lektorat weitergegeben zu haben, weil die »Kollegen dort das viel besser beurteilen können als ich«.

Nun hatte er den Salat, Hannah erkundigte sich in regelmäßigen Abständen nach dem Stand der Dinge. Was er natürlich verstehen konnte. Sie wollte eben wissen, ob der Roman etwas taugte oder nicht. Wäre er doch damals gleich ehrlich zu ihr gewesen und hätte ihr gesagt, dass er mal reingelesen hätte und der Meinung war, dass es zwar für den privaten Hausgebrauch schön war, wenn jemand sich hinsetzte und schrieb – es aber nicht jedem gegeben war, das auch für die Öffentlichkeit zu tun. Aber er hatte Hannah eben nicht enttäuschen wollen.

Na ja, und wenn er ganz ehrlich war, hatte er sich bei ihr durch ein vernichtendes Urteil auch nicht sämtliche Chancen verbauen wollen, denn das hätte ihre Einstellung ihm gegenüber ja möglichweise ziemlich … belastet. Und natürlich befürchtete er nach wie vor, sie könnte irgendwie – wie auch immer – von seinem abscheulichen Absageschreiben erfahren. Obwohl er die Datei im Mai natürlich sofort und unwiederbringlich von seiner Festplatte gelöscht hatte.

Ach, bei dem Thema fühlte Jonathan sich schlecht. An der Sache mit dem immer ehrlich und aufrichtig durchs Leben gehen war schon was dran, wenn es um den inneren Frieden ging.

Er nahm sich vor, Hannah so bald wie möglich zu sagen,

dass das Lektorat Simons Roman leider abgelehnt hatte. Auch wenn er sie damit sicher sehr enttäuschte. Aber es musste eben sein. Nur jetzt noch nicht, nicht heute. Nicht an diesem wunderschönen Sommertag mit ihr …

Hannah

25. August, Samstag

»Ehrlich gesagt komme ich mir ziemlich bescheuert vor«, wisperte Lisa. »Ich bin doch kein Anstandswauwau!«

»Nicht so laut!«, zischte Hannah. »Sonst weckst du ihn noch!«

»Den da?« Lisa deutete auf den schnarchenden Jonathan. »Für mich sieht der aus, als läge er im Koma.«

Hannah lachte. »Ist dann aber ein ziemlich lautes Koma.«

»Wie war das noch gleich?«, wollte Lisa wissen. »Männer schnarchen nur deshalb, weil sie nachts die wilden Tiere fernhalten müssen?«

»Dann ist es doch gut. Wer weiß, welche wilden Tiere uns hier sonst anfallen würden?«

»Am Strand von St. Peter-Ording?«, fragte Lisa leise zurück. »Lass mich überlegen … Die gemeine Nordseekrabbe?«

Erneut musste Hannah lachen. Dann seufzte sie, zog ihren Schlafsack enger um sich und blickte hoch zu den Sternen. »Aber jetzt mal ehrlich: Ist es nicht wunderschön, in so einer Nacht unter freiem Himmel zu schlafen? Mit dem Rauschen des Meeres als Hintergrundmusik?«

»Ja«, bestätigte Lisa. »Ist es. Allerdings wäre es für euch noch schöner, wenn ihr mich nicht mitgenommen hättet, sondern hier allein wärt.«

»Ich kann doch nicht eine Nacht allein mit Jonathan verbringen!«

»Erstens liegen wir hier in Schlafsäcken am Strand – und zweitens: Seit wann bist du so prüde?«

»Ich bin doch nicht prüde!«

»Bist du wohl.«

»Bisher weiß ich ja nicht mal, wie gern ich ihn mag.«

»Glaub mir, du magst ihn sehr gern. Ich kenn dich ja schon ein paar Jährchen.«

Hannah schwieg einen Moment lang, weil sie nicht wusste, was sie darauf erwidern sollte. Schließlich flüsterte sie: »Ja, ich mag ihn sehr gern. Aber ich bin auch durcheinander. Simon ist nicht mal ein Jahr lang tot.«

»Na und?«, sagte Lisa. »In zehn Jahren, wenn du und Jonathan drei Kinder habt, fragt danach kein Mensch mehr danach, ob ihr bei eurem Kennenlernen auch die Regeln des Anstandes gewahrt und nach dem Ableben deines ersten Verlobten mit dem Verlieben mindestens zwölf Monate gewartet habt.«

»Ach, du!« Hannah griff eine Hand voll Sand und bewarf ihre Freundin damit.

»He!«, beschwerte sie sich. »Mit Sand treffen ist unfair!«

»Mit Worten auch!«

Jonathan

»Ich kann echt nicht glauben, dass du noch nie in deinem Leben eine Kiezsause gemacht hast«, sagte Hannah und schüttelte noch immer fassungslos den Kopf, während sie sich an den Menschenmasse auf der Reeperbahn vorbeischoben. »Das gibt's doch bei einem Hamburger Jung nicht!«

»Bei mir eben schon.« Jonathan fühlte sich peinlich berührt, irgendwie ertappt. Er hatte das ja selbst schon oft gedacht. Aber er hatte Hannah diesbezüglich nicht anschwindeln wollen und ihr deshalb, als der Kalender ihnen heute eine Nacht auf dem Kiez inklusive Frühstück auf dem Fischmarkt verordnete, sofort sein gänzlich Reeperbahn-freies Leben gebeichtet. »Hat sich halt nicht ergeben«, fügte er hinzu.

»Aber was war denn, als du ein rebellischer Teenager warst?«, wollte sie wissen.

»Da habe ich andere Dinge gemacht.«

»Was denn zum Beispiel? Segeln? Golf?«

»Golf, ja, zum Beispiel.«

»Und du bist noch nie volltrunken über den Hamburger Berg getorkelt, hast irgendwo hingekotzt und dich so richtig danebenbenommen?«

Er spürte Verärgerung in sich aufsteigen, blieb stehen und sah Hannah streng an. »Nein, das habe ich doch bereits gesagt! Könntest du jetzt bitte aufhören? Ist ja nicht nötig, dass ich mich noch blöder fühle als sowieso schon.«

Ein betroffener Ausdruck trat auf ihr Gesicht. »Tut mir

leid«, sagte sie. »Ich wollte bestimmt nicht, dass du dich blöd fühlst.«

»Tue ich aber«, gab er maulig zurück. »Wie ein kleiner doofer Schulbengel, der noch nichts erlebt hat.«

»Na, dann komm, du kleiner Schulbengel!« Sie griff nach seiner Hand, für Jonathan fühlte es sich an wie ein Stromschlag. »Dann holen wir das jetzt eben ganz schnell nach, damit du dich nie wieder so fühlen musst.« Lachend zerrte sie ihn hinter sich her Richtung Hans-Albers-Platz.

Vier Stunden später hatte Jonathan festgestellt, dass er trotz seiner Unerfahrenheit das Zeug zum routinierten Kiez-Gänger hatte. Wippend stand er neben Hannah auf dem Tresen der »La Paloma«-Bar und grölte gemeinsam mit etwa hundert anderen zumindest *leicht* angeheiterten Menschen die Hits von Roland Kaiser & Co.

Eine Stunde später tanzten sie im »Silbersack« weiter. Wobei »tanzen« in Anbetracht des Platzmangels nicht ganz der richtige Begriff war, vielmehr versuchten sie, sich wie zwei Sardinen in einer Dose möglichst gleichmäßig mit den anderen Sardinen mitzubewegen.

Eine weitere Stunde später spielte Jonathan zu den Klängen von U2s »With or without you« im »Molly Malone« Luftgitarre, während Hannah kreischend das begeisterte Groupie gab.

Um kurz vor halb sechs standen sie in der Fischauktionshalle. Ohne Krabbenbrötchen, dafür aber Arm in Arm, sahen sie dem Treiben der feierwütigen Gesellschaft zu, der sie ja irgendwie auch angehörten.

Und exakt um 5:34 beugte Jonathan sich zu Hannah hinunter, küsste sie auf den Mund und flüsterte dann in ihr Ohr: »Ich liebe dich.«

Hannah

Er hatte es getan. Jonathan hatte sie geküsst. Und sie hatte seinen Kuss erwidert. Zwar nur ganz kurz, aber trotzdem.

Seit Stunden saß Hannah nun in ihrer Wohnung auf dem Fußboden, neben sich die zwei Kartons mit Simons Sachen, die sie in einem Anfall von Nostalgie aus dem Keller hochgeholt hatte. Sie war ratlos. Durcheinander. Traurig. Glücklich. Ihr war zum Lachen, natürlich auch wieder zum Weinen, alles zusammen und gleichzeitig.

Jonathans Kuss war wunderschön gewesen, und bei seiner Liebeserklärung hatte sie weiche Knie bekommen.

Keine zwei Sekunden später aber hatten sie so starke Skrupel überfallen, dass sie sich von ihm gelöst hatte. Dass sie ihm gesagt hatte, sie sei noch nicht so weit, es sei zu früh und dass sie jetzt nach Hause müsse. Dann hatte sie sich allein ein Taxi genommen, hatte Jonathan einfach so in der Menge auf dem Fischmarkt stehen lassen. Sie war sich noch nicht einmal sicher gewesen, ob er ihre gestammelten Erklärungen überhaupt verstanden hatte. Aber sie hatte nicht anders gekonnt, in ihren Gedanken und in ihrem Herzen war es mit einem Mal so dermaßen drunter und drüber gegangen, dass es sich wie Notwehr angefühlt hatte, ganz, ganz schnell nach Hause zu fahren.

Nicht dass sie nun hier zu Hause in irgendeiner Art und Weise weniger konfus wäre als heute früh um kurz nach halb sechs. Im Gegenteil. Sie spürte ihren Empfindungen nach. Und kam trotzdem zu keinem Ergebnis.

Jonathan hatte ihr gesagt, dass er sie liebte. Liebte sie ihn auch? Nein. Das heißt, sie konnte es nicht sagen. Liebe, das war so ein großes, so ein starkes Gefühl. Eines, das wachsen musste. Eines, das mit Vertrauen zu tun hatte, das entstand nicht in wenigen Wochen. Aber dass sie etwas für Jonathan empfand, stand außer Frage. Sie mochte ihn. Sehr sogar. Ihr imponierte seine Ernsthaftigkeit, die Art und Weise, wie er sich in eine Sache verbeißen konnte. Sein unerwarteter Humor, der ebenso frech wie mitfühlend sein konnte. Und auch wenn das keine große Rolle spielte, ihr war nicht entgangen, wie andere Frauen ihm hinterherschauten; sie musste vor sich selbst zugeben, dass er ihr schon rein äußerlich gut gefiel. Und vielleicht, ganz vielleicht könnte aus diesem »Gefallen« und »Mögen« irgendwann Liebe werden.

Allerdings nur, wenn sie es zuließ. Wenn sie sich auf ihn *ein*ließ. Konnte sie das? Wollte sie das? Durfte sie das? Jetzt schon?

Sie öffnete einen der Kartons, ganz oben lag das Foto von Simon und ihr. Hannah hatte es dort hineingepackt, weil sie es nicht ertrug, es anzusehen. Jetzt betrachtete sie es lange. Ihn, der mal der Mann ihres Lebens gewesen war – und sich selbst.

»Was soll ich tun?«, fragte sie leise, während sie mit den Fingern über Simons Gesicht strich. »Kannst du es mir sagen?« Das Foto blieb stumm, natürlich.

Hannah dachte an den Kalender, den sie für Simon verfasst hatte. In dem sie versucht hatte, *ihm* einen Rat zu erteilen, was er tun sollte, um seine Krankheit und das kommende Jahr zu überstehen. Bei allen Vorwürfen, mit denen sie sich gequält hatte, bei allen schlimmen

Selbstzerfleischungen über ihren »Machbarkeitswahn«, mit dem Hannah nach Simons Tod gehadert hatte – mittlerweile hatte sie mit dem »schicksalhaften« Geschenk an ihren toten Freund ihren Frieden gemacht.

Weil es absurd war, auch nur in *Ansätzen* anzunehmen, dass er sich *allein deshalb* das Leben genommen hatte. Und weil alles, was sie in dem Kalender notiert hatte, genau das war, woran sie glaubte – und wozu sie nach wie vor stand: Jeder Tag, jede einzelne Sekunde des Lebens ist zu kostbar, um sie zu vergeuden. Um sie unter Kummer und Sorgen zu begraben. Das Leben musste GELEBT werden – vollkommen egal, wie lange es dauerte. Denn letztlich wusste kein Mensch, wann sein letzter Moment kommen würde. Ob er nun krank war oder nicht. Deshalb war es immer nur das JETZT, es war immer nur das HEUTE, was zählte. Das »Gestern« war egal und zählte nicht mehr, das »Morgen« konnte niemand beeinflussen.

Wenn auch Simon keine Verwendung mehr für dieses Geschenk von ihr gehabt hatte – ihr Freund hatte es dafür Jonathan »vermacht«. Ob nun mit Absicht, aus Schicksal, warum auch immer, Simon hatte ausgerechnet den Lenker von Jonathans Fahrrad ausgesucht, um daran die Tasche mit dem Filofax zu hängen. Und heute Nacht hatte Jonathan ihr versichert, dass der Kalender für ihn genau das getan hatte, was sie damit hatte bewirken wollen: Er hatte ihn ins Leben, mitten ins »Hier und Jetzt« geschubst. Sein bierseliges Geständnis war im Übrigen völlig unnötig gewesen, schließlich hatte sie selbst Augen im Kopf: Die Freude, die Unbefangenheit, die Jonathan ausstrahlte, sobald die Rede auf das Filofax kam, sprachen eine mehr als deutliche Sprache.

Sollte alles, was seit dem letzten Neujahr geschehen war, also in Wahrheit vielleicht *genau so* sein? Sollte es *genau so* passieren? *Musste* es so passieren? Und war es demnach richtig, wenn sie Jonathan und sich eine Chance gab? Wenn sie ihrem eigenen Rat folgte und sich keinen Deut mehr um das »Gestern« scherte?

Seufzend holte sie einen Aktenordner mit Simons Arbeitsproben aus dem Karton. Blätterte die Artikel durch, als würde sie hier eine Antwort auf alle ihre Fragen finden, als würde zwischen den Zeilen eine geheime Botschaft für sie stehen. Seite um Seite schlug sie um, durchforstete Simons Lebenswerk, konnte sich an die eine oder andere Geschichte noch gut erinnern, daran, wie aufgeregt ihr Freund bei der Arbeit dafür manchmal gewesen war.

Nur sein wichtigstes Werk, »Hannahs Lachen« – das hatte er ihr vorenthalten.

War es tatsächlich an der Zeit loszulassen? Sollte sie die Kartons einfach weggeben? Die Aktenordner im Altpapier entsorgen, die wenigen Sachen, die sie von Simon behalten hatte, wegwerfen? Sich wirklich lösen und ein neues Leben beginnen? Sie erreichte die letzten Seiten des Ordners. Ganz hinten hatte Simon Zeugnisse abgeheftet. Sein Abizeugnis. Seine Magisterurkunde. Etliche Praktikumszeugnisse. Seine Volontariats-Bescheinigung, alles steckte fein säuberlich und ordentlich in Klarsichtfolien. Ein ganzes Leben. Ein ganzes und verdammt kurzes Leben.

Bei einer der letzten Seiten stutzte Hannah. Es war der Brief eines Buchverlages.

»Sehr geehrter Herr Klamm«, stand dort. »Wir bedanken uns für die Einsendung Ihres Manuskripts ›Hannahs Lachen‹. Leider passt der Roman nicht in unser Verlagsprogramm, von daher bedauern wir, Ihnen keine positive …«

Simon hatte es also doch versucht. Hatte sein Buch an einen Verlag geschickt und eine Absage erhalten. Nicht schön – aber vermutlich auch nicht ungewöhnlich. Sie selbst hatte ja – trotz ihrer persönlichen, nun ja, Bekanntschaft mit dem Verleger – noch immer nichts aus dem Lektorat von Griefson & Books gehört und rechnete auch nicht mehr mit einer begeisterten Rückmeldung. Dafür dauerte das alles schon viel zu lange. Gute Nachrichten waren immer schnell.

Hannah blätterte die Seite um und fand noch eine Absage von einem anderen Verlag. Und noch eine. Und noch eine. Und auf der letzten Seite im Aktenorder noch eine. War das der Grund gewesen, weshalb Simon ihr nichts von seinem Roman erzählt hatte? Hatte er sich geschämt? Und nach all den Absagen nicht den Mut aufgebracht, das Manuskript weiter zu verschicken oder mit einem neuen Buch zu beginnen? Möglich. Allerdings: Was waren schon vier oder fünf Absagen? Es gab so viele Verlage, was hieß das schon?

Sie wollte den Ordner schließen, als ihr auffiel, dass sie ganz hinten doch noch eine Folie übersehen hatte. Sie war in sich zusammengefaltet und deshalb nicht gleich zu entdecken gewesen. Hannah blätterte zu der Seite um, wollte sie glattstreichen.

Beim Anblick des Briefkopfes runzelte sie die Stirn.

Griefson & Books?

Jonathan

»Gehen Sie mir sofort aus dem Weg, oder es passiert was!«

Jonathan zuckte zusammen, als er die laute und aufgeregte Stimme aus dem Vorzimmer von Renate Krug hörte. Das war doch Hannah!

»Ich rufe Sie später zurück«, würgte er den Agenten ab, den er gerade am Telefon hatte, und legte auf.

In diesem Moment flog auch schon die Tür zu seinem Büro auf, hereingestürmt kam eine aufgewühlte, nein, eine wütende und tobende Hannah. Dicht gefolgt von Renate Krug, die nur noch ein hilfloses »Es tut mir leid, Herr Grief, die Dame ist einfach so …« stammelte.

»Schon gut, Frau Krug«, beschwichtigte er seine Assistentin. »Ich kenne Frau Marx, das geht in Ordnung. Lassen Sie uns bitte allein?«

Einen Augenblick lang blieb Renate Krug perplex im Türrahmen stehen, offenbar unsicher, ob es richtig war, sich zurückzuziehen, oder ob sie lieber die Polizei rufen sollte. Verständlich, in Hannahs Augen spiegelte sich eine regelrechte Mordlust, die Jonathan ebenfalls erschreckte. Und die ihm unverständlich war. Er hatte sie geküsst, ja. Vermutlich hatte er sie damit auch überfallen – aber dieser Auftritt war doch wohl trotzdem ein bisschen übertrieben!

»Hannah«, sagte er deshalb ruhig und erhob sich von seinem Stuhl, sobald seine Assistentin sein Büro verlassen hatte. »Was ist denn bitte los?«

»Du!«, schleuderte sie ihm anstelle einer Antwort böse entgegen.

»Ich?«, fragte er verwirrt und wollte auf Hannah zugehen. Doch sie brüllte ihn sofort wieder so laut an, dass er wie zur Salzsäule erstarrte.

»Du Arschloch! Du Scheusal! Du Feigling! Du schlimmer, schlimmer Mensch!«, schrie sie, dass die Milchglasscheibe seiner Bürotür erzitterte.

»Hannah«, wiederholte er. »Es tut mir leid, aber ich verstehe nicht …«

»Nein?« Mit drei großen Schritten war sie direkt vor seinem Schreibtisch. Sah ihn angewidert an – und knallte dann donnernd ein Blatt Papier auf die Tischplatte.

Jonathan warf einen Blick darauf. Er begann zu zittern. Gern hätte er etwas gesagt. Aber er wusste, dass es nichts gab, was er sagen könnte. Innerlich sackte er in sich zusammen. Es war passiert. Hannah hatte seinen schrecklichen Brief gefunden.

»Du bist das Allerletzte«, sagte sie nun mit leiser, aber dennoch leider allzu deutlicher Stimme. »Nicht nur, dass du mich angelogen hast. Dass du dich wahrscheinlich sogar die ganze Zeit über mich und meinen toten Freund mit seinen Schriftstellerambitionen kaputtgelacht hast …«

»Hannah!«, ging er nun doch dazwischen.

»Halt den Mund!«, fuhr sie ihn an. »Du hast ein Leben zerstört. Du hast einem Menschen einfach so, weil es dir vermutlich Spaß gemacht hat, sämtliche Hoffnung genommen. Hast auf ihm rumgetrampelt und ihn ohne Not kaputt gemacht!

»Ich …«

»Halt den Mund, hab ich gesagt!« Nein, schrie sie. Dann wurde sie wieder leiser. »Ich will dich nie, nie in meinem Leben wiedersehen. Nie! Und nur damit das klar ist: Wenn ich mich jetzt gleich umdrehe und dieses Büro verlasse, will ich auch nie wieder etwas von dir hören.«

Jonathan schluckte schwer, doch er hielt den Mund. Was hätte er dazu auch sagen sollen? Dass er selbst wusste, wie schrecklich, furchtbar und unmöglich sein Verhalten gewesen war? Und ja, wie unverzeihlich?

»Aber wenn ich dir einen letzten Rat geben darf, damit du vielleicht noch eine geringe Chance hast, *nicht* in der Hölle zu landen: Mach deine innere Inventur. Und mach sie *richtig!* Ich kenne niemanden auf der Welt, der das so nötig hat wie du.«

Ehe er darauf noch irgendwie reagieren konnte, marschierte sie schon aus seinem Büro, riss die Tür dabei mit einem solchen Ruck auf, dass sie gegen die Wand knallte und ein bisschen Putz abbröckelte. Kurz darauf erklang ein weiteres Donnern, das Jonathan sagte, dass Hannah nun auch Renate Krugs Vorzimmer verlassen hatte.

Eine Sekunde später lugte seine Assistentin ängstlich um die Ecke.

»Alles in Ordnung, Herr Grief?«

Er antwortete nichts. Ließ sich stattdessen zurück auf seinen Stuhl sinken. Nein. Gar nichts war in Ordnung.

Hannah

Während der Fahrt nach Hause tat Hannah nichts anderes, außer zu weinen und weinen und weinen. Und zwischendurch wütend auf ihr Lenkrad einzuprügeln. Und jeden einzelnen der etwa fünfzehn Anrufe, die sie auf der Strecke zwischen Blankenese und Lokstedt erhielt, anzunehmen und dann sofort wegzudrücken.

Nie wieder würde sie mit ihm sprechen, das schwor sie sich. Nie wieder. Jonathan Grief war für sie gestorben.

65

Jonathan

2. Oktober, Dienstag, 11:08 Uhr

Um kurz nach acht landete Jonathan auf dem Flughafen »Amerigo Vespucci« in Florenz. Er war nervös. Sehr nervös. Sehr, sehr, sehr nervös.

Genau genommen war Jonathan N. Grief so nervös, dass er schon in der Ankunftshalle überlegte, ob es nicht besser wäre, mit seinem Bordcase eine möglichst gemütliche Bank aufzusuchen und darauf zu verharren, bis am selben Abend sein Flieger zurück nach Hamburg gehen würde.

Was sollte ihn hier schon groß erwarten? Vermutlich doch nur eine Mutter, die ihn nicht mal mehr erkannte. Eine Sofia, die ihn seit Jahrzehnten ignoriert hatte und die ihm nach einer lauwarmen Tasse Espresso eine angenehme Rückreise und alles Gute für die Zukunft wünschen würde. Wenn er Glück hatte. Mit Pech würde er auf überhaupt niemanden treffen und frustriert von dannen ziehen. Warum, um alles in der Welt, sollte er sich das antun?

Während er sich widerstrebend dem Counter der Autovermietung näherte, bei der er einen Wagen gebucht hatte, rief er sich die Antwort auf seine stumme Frage in Erinnerung: Hannah.

Weil dieses Unterfangen die einzige Verbindung war, die er noch zu ihr hatte. Weil der Kalender mit den von ihr gewählten Aufgaben der kümmerliche Rest war von dem, was einmal war. Von dem, was einmal hätte sein *können*. Und weil Hannah recht hatte. Nicht nur weil er ein Feigling war, der bei einer erneuten »furchtlosen Inventur« hatte erkennen müssen, wie fatal und falsch es gewesen war, Hannah bezüglich seines Absageschreibens an Simon zu belügen. Sondern weil es darüber hinaus noch etwas sehr Wichtiges gab, was er zu klären hatte, wollte er jemals auch nur ansatzweise seinen inneren Frieden finden: Weil er, Jonathan N. Grief, wissen *musste*, weshalb seine Mutter sich nie mehr bei ihm gemeldet hatte.

Wirklich nur wegen einer bescheuerten Postkarte? Geschrieben von einem zornigen Teenager, dem die Hormone oder was auch immer das Hirn vernebelt hatten? War das Anlass genug für eine Mutter, ihr einziges Kind zu verlassen?

Wobei Jonathan natürlich gar nicht mit Gewissheit sagen konnte, ob er Sofias einziges Kind geblieben war. Dreißig Jahre waren eine lange Zeit, vielleicht hatte er in Florenz sieben Halbbrüder und fünf Halbschwestern, die Italiener waren ja bekanntermaßen ein vermehrungsfreudiges Volk.

Die Vorstellung ließ ihn gleichzeitig erschaudern als auch frohlocken (er hatte sich an die neue ihm innewohnende Schizophrenie mittlerweile gewöhnt). War er womöglich Teil einer südländischen Sippe? Spross eines großen Clans inklusive Capo dei Capi, der sämtliche Geschicke der Florentiner Gesellschaft lenkte? Seine Fantasie ging mit ihm durch, dennoch musste er bei dem Gedanken grinsen, als er im Büro der Autovermietung die ihm vorgelegten Formulare ausfüllte.

Die fragende Augenbraue des jugendlichen Angestellten hinterm Tresen hätte Jonathan nur zu gern mit einem schmissigen »Wissen Sie eigentlich, wer ich bin?« pariert – aber dafür reichten seine Italienischkenntnisse dummerweise noch nicht aus. Außerdem wusste er selbst ja gar nicht, wer er für den jungen Mann war; ob nun einfach Jonathan N. Grief aus Hamburg oder aber ein illegitimer Nachfahre von Sofia der Großen, Gattin des berüchtigten Alfonso di Firenze, und somit … Nein, selbst wenn es so wäre, müsste er für eine solche Erklärung deutlich mehr Italienischstunden absolvieren als die bisherigen knapp vierzig mittels seiner Sprach-App. Also beließ er es bei einem schlichten »Mille grazie«, nachdem man ihm den Schlüssel für seinen Wagen und die Wegbeschreibung zu dessen Stellplatz ausgehändigt hatte.

Zehn Minuten später nahm er am Steuer des zugewiesenen Lancias Platz. Er atmete erleichtert aus. Bisher hatte alles reibungslos geklappt. Er war in Italien, er hatte ein Auto mit Navigationssystem und sogar eine Adresse in der Nähe von Florenz, zu der er nun hinfahren würde.

Die herauszufinden war allerdings nicht ganz so einfach gewesen, wie er angenommen hatte. Seine Assistentin Renate Krug hatte sich zunächst quergestellt, als er sie darum gebeten hatte. Und auch den Flug nach Florenz hatte sie ihm nicht buchen wollen, sondern ihm stattdessen erklärt, dass das ihrer Meinung nach ein unsinniges Unterfangen wäre und seine Mutter mit Sicherheit nach all den Jahren überhaupt nicht mehr dort wohnen würde.

Jonathan war irritiert gewesen. Seit ihren »gemein-samen Familienausflügen« verhielt sich Renate Krug ihm gegenüber zwar längst nicht mehr so förmlich wie zuvor. Widerworte oder gar Arbeitsverweigerung kannte er von ihr trotzdem nicht.

Und nachdem er zuerst versucht hatte, ihr zu erklä-ren, dass diese Reise für ihn aus persönlichen Gründen enorm wichtig wäre und er sie deshalb erneut um die letzte Adresse seiner Mutter bäte; nachdem er ihr ver-sichert hatte, selbst bei Misserfolg der Mission garantiert nicht in ein emotionales Loch zu fallen und darüber hi-naus mit über vierzig Jahren (!) durchaus selbst in der Lage zu sein, eigenständige Entscheidungen zu treffen und die sich daraus ergebenden Konsequenzen zu tra-gen; nachdem er ihr sogar gebeichtet hatte, dass er es der jungen Dame namens Hannah Marx, die sie neulich kurz hatte kennenlernen dürfen, als sie ihn im Verlag auf-gesucht hatte (über die genauen Umstände ihres denk-würdigen Auftauchens ließ er nichts verlauten, die ganze Angelegenheit rund um sein Absageschreiben würde er lieber mit ins Grab nehmen, als sie noch jemandem zu gestehen), auf gewisse Art und Weise schuldig sei, die-ses »lose Ende« in seiner Biografie zu klären; und als das alles nicht gefruchtet und Renate Krug weiterhin auf ih-rem Standpunkt, die Reise sei nichts für ihn, beharrt hat-te, war Jonathan N. Grief nichts anderes übrig geblieben, als seine Assistentin daran zu erinnern, dass er ihr Vor-gesetzter war und sie hingegen *nicht* seine Mutter, wes-halb er ihre persönliche Meinung zwar durchaus schätz-te, darüber hinaus aber nicht gewillt sei, sie bei seiner Entschlussfindung mit in Erwägung zu ziehen.

Erst nach diesem zähen Ringen hatte Renate Krug ihm mit sauertöpfischer Miene die Adresse aufgeschrieben und Flüge gebucht, allerdings nicht ohne den Hinweis, Jonathan würde vor Ort sowieso nichts Weiteres vorfinden als eine leerstehende Baracke und einen ausgedorrten Zypressenhain.

Nun denn, bald würde Jonathan es wissen, laut Navigationssystem war es vom Flughafen bis zur Via di Montececeri 20 in Fiesole, wo seine Mutter zuletzt gelebt hatte, nur eine knappe halbe Stunde.

Als er die Adresse noch in seinem Büro im Verlag sitzend zum ersten Mal bei Google eingegeben hatte, war ihm gleichzeitig zum Lachen und zum Weinen zumute gewesen. Denn »Monte Ceceri« bedeutete doch tatsächlich nichts Geringeres als »Hügel der Schwäne«, von dem aus Leonardo da Vinci im 16. Jahrhundert seine ersten Flugversuche gestartet hatte.

Leonardo war Jonathan bei dieser Entdeckung herzlich egal gewesen – aber die Schwäne! Sofort war er versucht gewesen, zum Hörer zu greifen, um Hannah anzurufen und ihr brühwarm von diesem eigenartigen Zufall zu berichten (»Schwäne – Alster – Simon – capito?«). Doch natürlich hatte er es bleiben lassen, denn er hatte ja gewusst, was sie darauf erwidern würde: nichts. Nur das Klacken eines aufgelegten Hörers, dicht gefolgt von einem Tuten in der Leitung.

Er war für sie auf immer und ewig eine Persona non grata, daran würden auch ein paar Schwäne nichts ändern. Vielleicht sogar im Gegenteil. Hannah ein weiteres Mal an den Moment zu erinnern, an dem Simon zuletzt lebend von ihm gesehen worden war – es war nicht

sonderlich viel Vorstellungskraft vonnöten, um sich aus-
zumalen, dass ihre Reaktion darauf nicht eine tränenrei-
che Versöhnung, sondern vielmehr ein hysterischer Anfall allererster Güte sein könnte.

Trotzdem. Es war richtig, dass er nun hier war. Unabhängig davon, dass Hannah ihm niemals verzeihen
würde und sein Herz bis zu seinem letzten Atemzug gebrochen bleiben würde – ja, jaa, jaaa, Pathos, das war
neben der Schizophrenie ebenfalls noch etwas neu für
ihn –, musste er diesen Weg bis ans Ende gehen. Denn
wenn er es nicht tat, bliebe ihm nur die Rückkehr in sein
altes Leben. Und wie auch immer das hier ausging – das
wollte Jonathan N. Grief auf gar keinen Fall.

Er startete den Motor und begab sich auf den Weg, den
das Navi ihm wies. Für die Schönheit der Landschaft, die
links und rechts an ihm vorüberzog, für die sanften Hügel, die ganz und gar nicht verdorrten Zypressen und Pi-
nien, für die Olivenbäume und die Weinreben hatte er
keinen einzigen Blick übrig, dafür war er viel zu aufgeregt.

Um seine Nervosität in den Griff zu bekommen, übte
er die Begrüßungssätze, die er sich für die erste Begegnung mit seiner Mutter zurechtgelegt hatte. Wenn es
denn hoffentlich dazu kommen würde: »Ciao, mamma!
Ich bin es, dein Sohn Jonathan. Wo warst du so lange?«
Ob er sie sofort mit der Frage ihres Verbleibs in den vergangenen Jahren konfrontieren sollte, darüber war er sich
noch nicht ganz schlüssig. Aber was sollte er lange drum-
herumreden? Zum einen ging sein Flieger ja bereits am
Abend zurück, zum anderen musste man sich nach dreißig Jahren nun wirklich nicht mehr mit irgendwelchen
Höflichkeitsfloskeln aufhalten.

»Ciao, mamma«, wiederholte er wie ein Mantra. »Ciao. Ciao, mamma!« Und noch einmal: »Mamma!« Mit einer energischen Handbewegung schaltete er die pustende Klimaanlage aus, denn ihm tränten doch glatt die Augen, während seine Hände schweißnass auf dem Lenkrad lagen.

Zwanzig Minuten später erreichte er den Ortseingang von Fiesole und suchte sich seinen Weg durch die engen und gewundenen Gassen. Er wusste, dass er als kleiner Junge schon ein paar Mal hier gewesen war, aber die Erinnerungen an das hübsche Örtchen lagen ähnlich tief verschüttet wie lange Zeit seine Gesangs- oder Tennisambitionen. Die Straße war gesäumt von hellgelben Häusern mit grünen Fensterläden und roten Dachschindeln, und allein die klangvollen Namen wie »Via Guiseppe Verdi«, »Via Santa Chiara« oder auch »Piazza Mino da Fiesole« ließen ihn erahnen, weshalb seine Mutter oben im Norden offenbar stets eine gewisse Lebensfreude vermisst hatte. Da musste er nur an Hamburger Straßennamen wie »Pepermölenbek« oder »Brandstwiete« denken. Die klangen im Vergleich hierzu charmant wie eine trockene Scheibe Knäckebrot.

Und diese Aussicht! Sobald Jonathan die Via di Montececeri erreicht hatte, hielt er am Straßenrand neben einer Steinmauer an – auch um sich vor dem Moment der Wahrheit eine kleine Galgenfrist zu verschaffen – und ließ den Blick über das vor ihm liegende Tal wandern. Er konnte nicht umhin, sich einzugestehen, dass sein Haus direkt am Innocentiapark in den Augen norddeutscher Immobilienmakler zwar das Nonplusultra bezüglich des Kriteriums »Lage! Lage! Lage!« sein mochte – aber hier und jetzt, an dieser Stelle und in diesem Augenblick wurde ihm klar, dass er letztlich einfach nur auf ein paar Bäume und drei Altpapiercontainer guckte, wenn er bei sich zu Hause aus dem Fenster sah. Der Hügel der Schwäne machte seinem Namen alle Ehre, bei seiner Betrachtung fühlte man sich regelrecht beschwingt. Kein Wunder, dass Leonardo da Vinci seinerzeit der Überzeugung gewesen war, dass hier, sollte es für den Menschen überhaupt möglich sein zu fliegen, der beste Ort dafür wäre.

Jonathan fuhr den Lancia ein Stückchen weiter rechts an die Mauer ran, stellte den Motor aus und schnallte sich ab. Er holte ein paar Mal tief Luft, bevor er die Fahrertür öffnete und ausstieg, um zu Fuß nach der Hausnummer 20 zu suchen.

Sie war leicht zu finden, und das ebenfalls gelb getünchte Gebäude wirkte weder zerfallen noch verlassen. In den Blumenkästen unterhalb der grünen Holzläden blühten … irgendwelche hübschen Blumen. Eines der Fenster hinter den geschwungenen Gittern stand auf Kipp, und die Klänge eines italienischen Gassenhauers drangen an sein Ohr.

Jonathan N. Grief schlug das Herz bis zum Hals, als er sich vor der Eingangstür positionierte. Als er noch einmal tief Luft holte. Und als er schließlich auf den Klingelknopf drückte.

Sekunden später erstarb die Musik. Jonathan hörte Schritte. Dann sah er, wie sich der Türknauf drehte. Und einen Moment später stand eine füllige Frau um die siebzig vor ihm, die eine bunte Kittelschürze trug und ihn mit einem fragenden »Sì?« begrüßte.

Sein Herzschlag setzte aus.

Das war nicht seine Mutter, das erkannte er sofort.

»Nicolò!« Mit einem Satz war die Frau bei ihm, riss ihn in die Arme und bedeckte sein Gesicht über und über mit Küssen.

Nein, sie war nicht seine Mutter. Aber irgendwie schien sie Jonathan zu kennen.

66

Jonathan

2. Oktober, Dienstag, 12:23 Uhr

Francesca. Seine Tante hieß Francesca. Jonathan hatte keine Ahnung, weshalb er »Nina« oder »Gina« in Erinnerung gehabt hatte, denn das hatte selbst mit gutem Willen mit Francesca rein gar nichts zu tun. Aber letztlich war das auch egal. Was zählte, war, dass er nun mit seiner Tante in deren toskanischer Bauernküche saß und einen Teller dampfende Pasta vor sich hatte. Jedem Autor hätte er diese klischeehafte Beschreibung vom Besuch bei der italienischen Verwandtschaft gnadenlos rauslektoriert – im wahren Leben war es *genau so.*

Kaum hatte er die euphorische Begrüßung mit all den Küssen und der Litanei bestehend aus für ihn unverständlichen Wortsalven überstanden, hatte Francesca ihn schon ins Haus gezerrt und ihm etwas zu essen serviert. So saßen sie nun also voreinander und sahen sich an, während Jonathan pflichtbewusst einen Riesenberg Nudeln in sich hineinschaufelte. Zwar hatte er nicht den geringsten Appetit, aber da sich seine rudimentären Italienischkenntnisse fürs Erste komplett verabschiedet hatten, war es immerhin ganz praktisch, wenn er gerade den Mund voll hatte.

Nachdem Jonathan den Teller geleert hatte, sprang Francesca auf, um ihm nachzufüllen, doch es gelang ihm, mithilfe von Gesten und einem gestotterten »No, basta, grazie!« einem Nachschlag zu entgehen.

»Alora«, setzte er schließlich an. Und verstummte.

Seine Tante sah ihn gespannt an.

»Hm«, machte er. Verdammt! Es gab so viel, was er fragen wollte. Ob seine Mutter noch hier wohnte. Und ob sie gerade da war, was er allerdings nicht glaubte, denn dann hätte seine Tante sie doch schon geholt. Aber es war zwecklos, ein paar Italienischstunden hatten aus ihm eben noch keinen Umberto Eco gemacht. »Parli tedesco?«, wollt er in seiner Hilflosigkeit wissen, ob Francesca vielleicht Deutsch sprach.

Sie zuckte mit den Achseln.

»Inglese?«, versuchte er es mit Englisch.

Wieder ein Achselzucken.

Schon wollte er nach Französisch oder Spanisch fragen, doch dann fiel ihm ein, dass er das selbst nicht konnte.

Was tun? Latein? Das war dem Italienischen immerhin sehr ähnlich. Aber wie weit würde er mit »Veni, vidi, vici« bei einer Unterhaltung mit seiner Tante kommen?

»Nicolò«, fing Francesca nun an zu sprechen. »Sono molti anni che non ci vediamo.«

Er nickte, obwohl er keinen Schimmer hatte, was das heißen sollte.

»Come stai?«

Ha! Das verstand er, sie wollte wissen, wie es ihm ging!

»Sto abbastanza bene, grazie«, antwortete er. Das entsprach zwar nicht der Wahrheit, war aber die einzige Antwort, die in seiner Italienisch-App auf diese Frage vorgegeben wurde. Komplexere Erwiderungen wie »Na ja, es geht so, meine Firma geht den Bach runter, Papa ist dement und hält seine Sekretärin für deine Schwester, mein Geschäftsführer hat gekündigt, und ich habe gerade die Frau verloren, in die ich mich unsterblich verliebt habe« kamen vermutlich erst etwas später dran.

Mist. So würden sie hier nicht weiterkommen, das war aussichtslos. Doch vielleicht war es gar nicht nötig, große Worte zu machen.

»Mamma?«, sagte er in fragendem Ton.

Seine Tante zog die Augenbrauen hoch und schlug eine Hand vor den Mund, sie sah regelrecht schockiert aus. Dachte sie, er hielt sie für seine Mutter?«

»Dove è Sofia?«, versuchte er es konkreter.

»Che Dio la protegé!«, rief sie aus. »Non ne hai idea?«

»Äh, scusi?« Was hatte sie gesagt?

»Tua madre è morta. Da molto.«

»Scusi?«, wiederholte er.

»Aspetti un momento.« Sie stand auf und ging hinaus. Jonathan blieb ratlos zurück, wo wollte sie denn hin?

Kurz darauf kehrte Francesca zurück. Sie hielt ein Foto in der Hand, das sie vor ihm auf den Tisch legte.

Beim Anblick des Bildes schossen ihm augenblicklich die Tränen in die Augen.

Es war die weiße Marmorplatte vor einem Urnengrab, wie sie in Italien typisch waren.

»Sofia Monticello«, stand darauf. »18. 07. 1952–22. 08. 1988«.

67

Jonathan

2. Oktober, Dienstag, 21:34 Uhr

Als das Flugzeug um halb zehn am Abend auf der Landebahn am Hamburger Flughafen aufsetzte, war Jonathan noch immer so wütend, dass er sich schwer beherrschen musste, trotz vorgerückter Stunde nicht sofort in den Sonnenhof zu fahren und dort seinen alten Herrn aus dem Ohrensessel zu prügeln.

Was für eine Lüge! Was für eine unfassbare Lüge, mit der sein Vater ihn durch sein gesamtes Leben hatte gehen lassen! All die Jahre, die Wolfgang Grief ihn um die Wahrheit betrogen hatte! Er musste nur daran denken, schon wurde er von einem derartigen Furor ergriffen, dass er versucht war, die Uhrzeit bei aller Vernunft einfach Uhrzeit sein zu lassen und seinen Vater ohne Umwege aufzusuchen und zur Rede zu stellen. Sollte Frau Dr. Knesebeck ruhig einen Herzinfarkt bekommen oder den Sicherheitsdienst rufen, das wäre ihm im Moment völlig egal.

Genau genommen gab es nur eine einzige Sache, die Jonathan davon abhielt, auf der Stelle Tabula rasa zu machen: der gesundheitliche Zustand seines Vaters.

Nein, nicht weil er Sorge hatte, dass Wolfgang einen

Tobsuchtsanfall seines Sohnes nicht überstehen würde. Sondern weil Jonathan ihn bei so klarem Bewusstsein wie möglich zur Rede stellen wollte, damit er wenigstens ansatzweise mitbekam, was sein Sohn ihm zu sagen hatte. Und die Chancen dafür standen tagsüber nun mal besser als zu nächtlicher Stunde.

Anderseits: So wütend, wie er in diesem Moment war, würde er mit einem eventuellen tätlichen Angriff vermutlich noch mit einer »Handlung im Affekt« durchkommen, wenn er jetzt sofort in die Seniorenresidenz fuhr. Hätte er erst einmal eine Nacht darüber geschlafen, würde man ihm mit Sicherheit Vorsatz unterstellen.

Jonathan ballte die Fäuste und wartete ungeduldig darauf, dass die Anschnallzeichen erloschen und der Flieger seine »endgültige Parkposition«, wie es immer so schön hieß, erreicht hatte. Er musste hier raus, er brauchte Luft! Allein wenn er den heutigen Tag noch einmal Revue passieren ließ, könnte er sofort losschreien.

Nachdem Francesca und er eingesehen hatten, dass jegliche Kommunikation, die über ein »Willst du noch etwas essen?« und »Heute ist ein schöner Tag« hinausging, an der Sprachbarriere zwischen ihnen scheitern würde, hatte Jonathan seine Tante kurzerhand in seinen Mietwagen gesetzt, war mit ihr nach Florenz ins »Deutsche Institut« kutschiert und hatte dort einen hilfsbereiten Mitarbeiter aufgetrieben. Der hatte das, was Francesca zu berichten hatte, mit immer röter werdenden Öhrchen für Jonathan übersetzt.

Die Geschichte war so banal wie geschmacklos. Von wegen, seine Mutter hätte so riesiges Heimweh nach Italien gehabt! Ha! Nein, die Wahrheit sah ein bisschen anders aus. Sein Vater, der ehrenwerte Wolfgang Grief, hatte sich eine Affäre gegönnt, so war das nämlich gewesen. Und als Sofia dahinterkam, war sie – waschechte Italienerin, die sie nun mal war – nicht länger gewillt, mit diesem ihrem ehebrecherischen Gatten noch länger verheiratet zu bleiben.

Natürlich, hatte Jonathans Tante ihm versichert, hätte sie ihren Sohn damals am liebsten mit nach Fiesole nehmen wollen. Aber sie hätte eben geglaubt, dass das Leben für ihren Sohn in Deutschland besser wäre. Schulausbildung, Studium und letztlich auch das Familienerbe, die irgendwann zu erwartende Übernahme des Verlages – das alles hätte sie ihm ermöglichen wollen. Sie hatte ja nicht ahnen können, wie die Dinge sich entwickeln würden. Aber an dem Tag, an dem sie Jonathans wütende Karte erhalten hatte, hatte sie sofort einen Flug nach Hamburg gebucht, um ihm vor Ort zu erklären, dass sie nicht »einfach so« gegangen war. Bis zu diesem Moment war Sofia der Ansicht gewesen, dass sie ihr Kind nicht mit ihren Eheproblemen belasten dürfe – aber als sie begriffen hatte, dass ihr Sohn sich von ihr im Stich gelassen fühlte, hatte sie keinen anderen Ausweg mehr gesehen, als ihm die Wahrheit zu erzählen.

Auf dem Weg zum Flughafen war Sofia offenbar vor Aufregung viel zu schnell gefahren – und in einer Kurve hatte es sie von der Straße geschleudert.

Seine Mutter war sofort tot gewesen.

»Sie wird nichts mehr gespürt haben«, hatte ihm seine Tante unter Tränen versichert, und selbst der freundliche Übersetzer hatte bei diesen Worten ergriffen aufgeschluchzt und sich in ein Taschentuch geschnäuzt.

Nichts mehr spüren. Jonathan konnte nicht behaupten, dass das auf ihn selbst auch zutraf. Im Gegenteil, im Moment spürte er sogar eine ganze Menge. Zum Beispiel einen riesigen, schrecklichen Kummer. Über all die Jahre, in denen er bei den Gedanken an seine Mutter immer nur diesen grässlichen Knoten in seinem Herzen gehabt hatte, diese ohnmächtige Wut, weil er der festen Überzeugung gewesen war, er sei ihr letztlich egal gewesen. Oder wenigstens nicht so wichtig wie ihr Dolce Vita in Italien.

Wie falsch hatte er damit gelegen! Was für ein Unrecht hatte er da – mal wieder! – einem anderen Menschen getan! Und letztlich: Was hatte das alles aus ihm selbst gemacht? Einen emotionalen Krüppel, einen vereinsamten Hagestolz, einen selbstgerechten Besserwisser, einen unerträglichen Blockwart. Und noch dazu einen Feigling, der es nicht mal schaffte, sich gegen seinen geistig umnachteten Vater durchzusetzen und seine eigenen Ansichten zu vertreten. Zum Beispiel, dass er überhaupt nichts gegen Unterhaltungsliteratur hatte, dass er diesen Schwachsinn ungefragt übernommen, ihn sogar verinnerlicht hatte. Dass er, wenn er endlich, endlich mal ehrlich zu sich selbst war, Autoren, die es schafften, ihre Leser wirklich, wirklich, *wirklich* zu bewegen, sie tief im Innern und im Herzen zu berühren, in Wahrheit bewunderte. Ob es nun eine J. K. Rowling war oder ein Sebastian Fitzek – oder ein Simon Klamm.

Ja, noch am Flughafen in Florenz hatte Jonathan tatsächlich angefangen, Simon Klamms »Hannahs Lachen«, das er sich von Renate Krug hatte einscannen und auf sein iPad ziehen lassen, zu lesen. Und sosehr es auch schmerzte zu lesen, was dieser nahezu fremde Mann über *seine* (wenn auch angeblich *rein fiktive*) Hannah schrieb, so sehr verstand er doch auch endlich, warum er solche Bücher bisher immer nur schwer hatte aushalten können. Weil sie eben auch *wehtun* konnten. Sehr sogar.

Er wollte sein Absageschreiben an Simon Klamm damit nicht rechtfertigen, das war und blieb ein einziger unverzeihlicher RIESIGER Fehler – aber er konnte sich nun selbst eingestehen, warum er das getan hatte. Nicht weil das Manuskript schlecht war, eher im Gegenteil. Weil er damals, in all seinem Kummer und seiner ungerechtfertigten Wut nach der Trennung von Tina, in seinem Unvermögen, über seinen eigenen Schatten zu springen und irgendwelche Gefühle zuzulassen, nicht ertragen hatte, so etwas zu lesen, und es deshalb nach wenigen Seiten als »grässlichen Kitsch« abgetan hatte.

Was war er, Jonathan N. Grief, nur für ein Mensch geworden? Natürlich war es übertrieben zu behaupten, dass sogar seine Ehe mit Tina ein Resultat seines emotionalen Unvermögens war. Dass er sich ganz bewusst für eine Frau entschieden hatte, die zwar irgendwie zu ihm passte, die er aber nicht wirklich liebte, die – wie hatte sie selbst es genannt? – nicht an ihn »herankam«. Nein, so weit wollte Jonathan nicht gehen, das wäre schließlich nur Küchenpsychologie.

Andererseits: Was war gegen Küchenpsychologie eigentlich einzuwenden? Am Küchentisch seiner Tante (na ja, fast, mit einem kleinen Umweg vom Tisch übers Deutsche Institut) hatte er immerhin über sich selbst einiges erfahren, was rückblickend betrachtet psychologisch gesehen ziemlich viel Sinn ergab.

Mit eiligen Schritten marschierte Jonathan durch den langen Gang Richtung Baggage Claim. Noch immer hatte er sich kaum beruhigt, und der Anblick der Menschen, die draußen vor der Schiebetür in der Ankunftshalle freudig winkend auf irgendwelche Reisenden warteten, trug nicht gerade zur Besserung seiner Stimmung bei. Hätte er nur einen einzigen Wunsch frei – dann würde er sich wünschen, dass Hannah hier nun stehen und ihn begrüßen würde.

Stattdessen würde er allein im Taxi in sein einsames Stadthaus am Innocentiapark fahren. Niemand, der ihn abholte. Kein Mensch, der sich für ihn interessierte. Okay, gut, wenn man von Leo vielleicht mal absah. Aber der hatte noch immer keinen Führerschein.

»Hallo, Herr Grief.«

Jonathan bremste mitten im Schritt ab und drehte sich überrascht um. Renate Krug stand vor ihm und lächelte ihn unsicher an.

»Was machen Sie denn hier?«

»Ich wollte Sie abholen, aber Sie sind ja so schnell unterwegs, dass Sie glatt an mir vorbeigerauscht sind.«

»Tut mir leid, damit hatte ich nicht gerechnet.«

»Konnten Sie ja auch nicht.« Noch immer wirkte sie unsicher.

»Ja, also dann, vielen Dank!«, sagte Jonathan und bemühte sich, nicht mehr ganz so finster zu blicken. Vermutlich vergeblich.

»Sie wissen es jetzt, oder?«

»Was weiß ich?«

»Dass Ihre Mutter tot ist.«

»Sie wissen das auch?«, fragte er perplex zurück.

Renate Krug nickte und senkte den Blick. »Ja«, erwiderte sie leise.

»Aber wieso … warum … weshalb …« Er geriet ins Stottern.

Seine Assistentin sah ihn wieder an. »Jonathan«, nannte sie ihn nun beim Vornamen, und ihre Stimme klang dabei fest und entschlossen. »Ich habe schon befürchtet, dass Sie nun vielleicht alles herausfinden. Oder fast alles. Deshalb bin ich hierhergekommen. Um Ihnen den Rest auch noch zu erzählen.«

»Welchen Rest denn?«

»Dass ich es war. Ich war die Frau, wegen der Ihre Mutter Ihren Vater verlassen hat.«

Jonathan N. Grief saß im Taxi vom Flughafen nach Hause und dachte nach. Seine Assistentin hatte angeboten, ihn zu fahren, aber das hatte er abgelehnt. Er hatte allein sein wollen, eben um in Ruhe nachdenken zu können. Darüber, was ihm Renate Krug an einem Bistrotisch in der Ankunftshalle des Flughafens gestanden hatte. Bei einem Kaffee, den letztlich keiner von ihnen getrunken hatte.

Wie sie und sein Vater vor Jahren eine Affäre miteinander gehabt hatten. Nicht einmal etwas Großes und Wichtiges, nur ein dummes Techtelmechtel – aber verletzend genug für Sofia Monticello, um ihren Mann zu verlassen. Wie sie alle beschlossen hatten, es »dem Jungen« nicht zu sagen, weil es so »besser« für ihn wäre. Erst recht nicht, als seine Mutter tot war, denn es hätte ihn sein Leben lang nur mit unnötigen Schuldgefühlen belastet, wenn er glaubte, dass er durch seine dumme Postkarte irgendwie Verantwortung an ihrem Unfall trug. Das alles hatte Renate Krug ihm erzählt. Hatte ihn um Verzeihung gebeten für ihr Verhalten, hatte ihm erklärt, dass da seit Jahren nichts mehr war zwischen ihr und Jonathans Vater (als würde das auch nur die geringste Rolle spielen!) und dass sie sich bewusst sei, was für einen unentschuldbaren Fehler sie begangen hätten, wie sehr sie sich an Jonathan versündigt hätten.

Sie hatte ihn darum gebeten, seinen Vater trotzdem nicht damit zu konfrontieren, weil sie wusste, dass er das nicht überstehen würde. Denn, so versicherte sie Jonathan, Wolfgang Grief war es tief in seinem Herzen nur allzu klar, welche große Schuld er auf sich geladen hatte. Und dass er es schon hundertfach bereut hatte, obwohl er das seinem Sohn nie hatte zeigen können. Es hatte ihm niemand beigebracht, so wenig, wie er Jonathan den richtigen Umgang mit Gefühlen hatte beibringen können. Unvermögen, ja. Aber keine Böswilligkeit. Jonathan wusste nicht, ob er das auch nur in Ansätzen glauben sollte. Glauben konnte. Glauben wollte. Aber war das letztlich nicht auch ganz egal?

So saß er also nun im Taxi und dachte nach. Darüber, was nun zu tun wäre. Und das war eine ganze Menge. Aber eins nach dem anderen. Jetzt war schon so viel Zeit vergangen, da käme es auf ein paar Wochen mehr auch nicht an. Das wollte alles in Ruhe überlegt und angegangen werden.

So ruhig, dass Jonathan N. Grief, kaum dass er zu Hause angekommen war, zum Telefonhörer griff und Leopold anrief.

»Jonathan?«, meldete sich sein Freund verschlafen.

»Was willst du? Es ist nach Mitternacht, ich muss morgen früh raus!«

»Jetzt hör mir mal zu, du Penner«, sagte Jonathan. »Du kündigst morgen im Café.«

»Was mache ich?«

»Kündigen!«

»Warum sollte ich?«

»Weil du ab sofort mein neuer Geschäftsführer bei Griefson & Books wirst.«

»Jonathan?«

»Ja?«

»Hast du getrunken?«

»Im Gegenteil. Ich war noch nie in meinem Leben so klar.«

»Aber wie soll das gehen?«

»Das werden wir dann ja sehen, wie das geht. Keine Sorge, ich achte schon darauf, dass es für dich nicht zu stressig wird. Und dass du immer genug Mineralwasser mit Zitronenscheibchen im Büro hast.«

»Du spinnst! Das kann ich gar nicht.«

»Verkaufen funktioniert überall gleich. Wer Rührei kann, der kann auch Bücher.«

Ohne Leopold noch die Möglichkeit für weitere Widerworte zu geben, legte Jonathan auf. Fein. Das wäre schon einmal erledigt. Und gleich Donnerstagfrüh, sobald die Geschäfte geöffnet nach dem Feiertag hätten, würde er losgehen und einen Kalender kaufen.

Einen Filofax, einen besonders schönen, in Leder gebundenen – für das kommende Jahr.

68

Hannah

24. Dezember, Montag, 12:28 Uhr

»O du fröhliche, o du selige ...«

Hannah schielte unauffällig auf ihre Armbanduhr. Gemeinsam mit ihren heutigen Schützlingen, die von ihren gestressten »Wir-müssen-noch-Geschenke-Shoppen-und-den-Baum-aufstellen«-Eltern um 10 Uhr bei der Rasselbande abgeliefert worden waren, schmetterten Lisa und sie einen Weihnachtsklassiker nach dem nächsten.

Die Kids hatten ihren Spaß – nur Hannah durchlitt regelrechte Höllenqualen. Allein wenn sie an dieses dämliche »Fest der Liebe« nur dachte, wurde ihr schon übel.

Das erste Mal seit fünf Jahren ohne Simon. Okay, der war noch nie ein Fan dieser ganzen Feiertagsangelegenheit gewesen, hielt Weihnachten gern für eine rein kommerzielle Erfindung des Einzelhandels (obwohl sie sich ja durchaus gegenseitig etwas schenkten) und Hannahs Faible für Glühwein und Bratwurst auf den Hamburger Märkten wie »Santa Pauli« & Co. für eine nicht nachvollziehbare Entgleisung ihres sonst so treffsicheren Geschmacks. Etwas, das man sich »zu dem ganzen Stress, den man in der Zeit ohnehin schon hat« nicht auch noch »on top« antun müsste.

Ausgerechnet in diesem Jahr hatte Hannah ihn mithilfe des Kalenders dazu zwingen wollen, zum ersten Mal mit ihr zusammen zumindest *nach* Weihnachten auf einen der Märkte zu gehen, die teilweise noch bis Silvester geöffnet waren. Hatte versuchen wollen, Simon die besondere und romantische Stimmung, die bei schummriger Beleuchtung und besinnlicher Musik herrschte, näherzubringen.

Nun ja, mit der besinnlichen Musik musste Hannah gerade selbst irgendwie klarkommen. Noch ein einziges Weihnachtslied aus einer kieksenden Kinderkehle, und sie würde mit sehr hoher Wahrscheinlichkeit durchdrehen.

Aber es war beinahe 13 Uhr, die letzte halbe Stunde würde sie auch noch überstehen. Dann würden sie für heute den Laden dichtmachen, und es wäre zum Glück »Schluss mit lustig«. Zumindest bis zum 31.12. An Silvester hätten sie noch einmal den gesamten Tag für alle »Wir-müssen-noch-fürs-Fondue-einkaufen-und-Raketen-besorgen-denn-auch-dieses-Jahr-kommt-Silvester-wieder-total-überraschend«-Eltern geöffnet, am 1. Januar dann geschlossen – und ab dem 2. Januar ginge es schon wieder voll los. Ja, die Rasselbande lief, man konnte es nicht anders sagen.

Was ebenfalls lief, waren mal wieder Hannahs Tränen. Sie hatte es selbst gar nicht bemerkt, erst als Lisa ihr sanft mit einer Hand über die Wange strich, fiel ihr auf, dass sie irgendwann im Verlauf von »Maria durch ein Dornwald ging« zu weinen angefangen haben musste.

Aber es war ja auch klar, dass sie immer noch sehr nah am Wasser gebaut war. Ihr Beinahe-Verlobter war tot –

und noch dazu hatte sie handfesten Liebeskummer. Nein, nicht so richtig handfest, dafür hatte sie Jonathan überhaupt nicht lange genug gekannt. Außerdem schämte sie sich, ein Wort wie »Liebeskummer« in Anbetracht des Umstands, dass Simon noch nicht mal ein Jahr lang tot war, auch nur zu denken. Es war mehr ... wie ein kleines, aber sehr konzentriertes, schmerzhaftes Gefühl von Wehmut. Ein Gefühl von Sich-verlassen-Fühlen. Verraten von dem, den sie – wenn auch nur für kurze Zeit – für etwas ganz Besonderes gehalten hatte. Für jemanden, der ihr vom Schicksal geschickt worden war.

Dämliches Schicksal! Da war die Deutsche Post ja verlässlicher!

»Wird es denn gehen?«, wollte Lisa wissen, als sie um kurz vor zwei endlich den letzten Knirps nach draußen in glückliche Elternhände bugsiert und aufgeräumt hatten. »Mit Weihnachten, meine ich?«

»Ja, natürlich«, antwortete Hannah und wischte sich dabei mit einem Ärmel schniefend über die Nase. »Ich lege mich nachher bei meinen Eltern unter den Tannenbaum und stehe erst an Silvester wieder auf.«

»Guter Plan«, teilte Lisa ihr grinsend mit.

»Und du?«

Lisa zuckte mit den Achseln. »Ich werde wohl dasselbe machen. Aber wir können uns auch an den Feiertagen sehen.«

»Sehr gern«, meinte Hannah. »Wenn wir dabei bloß nicht auf einen Weihnachtsmarkt gehen!«

Lisa hob abwehrend die Hände. »Auf gar keinen Fall! Ich weiß ja, wie sehr du so was *hasst*. Allein die Bratwurst und der Glühwein – brrrr!«

Nun mussten sie beide lachen.

Zehn Minuten später waren sie fertig und zogen ihre Mäntel an, um sich auf den Weg zu ihren jeweiligen Eltern zu machen. Lisa öffnete die Tür der Rasselbande – und hob ein Päckchen auf, das draußen davorgelegen hatte.

»Guck mal«, sagte sie und hielt es Hannah unter die Nase. »Da steht dein Name drauf.«

Tatsächlich hatte jemand »Hannah« auf das Paket geschrieben.

»Ja, ist denn schon Weihnachten?«, versuchte Hannah einen Scherz. Gleichzeitig spürt sie, wie ihr die Wärme ins Gesicht schoss. Denn sie erkannte die Handschrift. Es war die von Jonathan.

»Denkst du, was ich denke?«, wollte Lisa prompt wissen.

»Ja«, bestätigte Hannah.

»Dann mach's schon auf!«, drängelte Lisa.

»Meinst du?«

»Natürlich meine ich das, was für eine Frage!«

»Okay!« Sie schlossen die Tür und gingen zurück in ihren Laden, setzten sich in die kleine Teeküche, wo Hannah mit zitternden Fingern und mithilfe einer Schere das dicke Paketpapier aufschlitzte.

Zum Vorschein kamen ein Umschlag und ein in Weihnachtspapier gewickeltes Geschenk.

»Zuerst das Geschenk!«, forderte Lisa ungeduldig.

»Nein«, widersprach Hannah. »Es ist *mein* Päckchen – und ich will erst den Umschlag öffnen.«

Sie zog die Lasche heraus, die nur eingesteckt war. Dann zog sie den gefalteten Briefbogen heraus, der darin war, und fing an zu lesen.

Sehr verehrte Frau Marx,

mit großer Begeisterung habe ich das Manuskript »Hannahs Lachen« Ihres leider verstorbenen Freundes Simon Klamm gelesen. Es wäre mir eine große Freude, den Roman im Verlagshaus Griefson & Books veröffentlichen zu dürfen, weshalb ich Ihnen gern ein Angebot dafür machen möchte. Hätten Sie Interesse, sich mit mir darüber zu unterhalten? Ich halte »Hannahs Lachen« wirklich für ein großartiges Buch. Und denke, dass das Vermächtnis Ihres Verlobten sehr vielen Menschen eine Freude machen würde.
Herzlich
Ihr
Jonathan N. Grief

P.S.: Liebe Hannah, es stimmt, ich war ein Feigling. Und ein Arschloch. Gern würde ich mich für das, was ich getan habe, entschuldigen. Nur fürchte ich, es gibt dafür keine Entschuldigung. Aber ich denke, ich kann es dir zumindest erklären. Wenn du das überhaupt noch willst.
Jonathan
P.P.S.: Auch wenn du keine Erklärung und nie wieder mit mir reden möchtest — das Angebot, »Hannahs Lachen« zu veröffentlichen, ist ernst gemeint!

»Scheiße!«, schniefte Hannah.

»Scheiße schön!«, kommentierte Lisa. »Und jetzt bitte das Päckchen!«, drängelte sie. »Sofort!«

Hannah nickte und riss das Papier auseinander. Zum Vorschein kam ein Filofax. Ein in dunkelblaues Leder gebundener Kalender, mit weißen abgesteppten Nähten.

»Ich glaub's ja nicht!«, rief Lisa aus.

»Ich auch nicht.« Dann schlug Hannah das Büchlein auf.

Es war ein Kalender für das kommende Jahr. Mit handgeschriebenen Einträgen für jeden Tag, vom 1. Januar bis zum 31. Dezember. Wieder Jonathans Handschrift. Und bei jedem Datum nur ein einziger, immer wiederkehrender Satz:

1.1. Jonathan verzeihen.
2.1. Jonathan verzeihen.
3.1. Jonathan verzeihen.
4.1. Jonathan verzeihen.
5.1. Jonathan verzeihen …

Fassungslos starrte Hannah auf die Seiten des Kalenders. Fassungslos und sprachlos. Sie atmete tief ein und wieder aus. Und dann, ganz langsam, schlug sie das Filofax zu.

»Komm, wir fahren zu unseren Eltern«, sagte sie zu Lisa.

»Du kannst doch jetzt nicht zu deinen Eltern fahren, als wäre nichts!«

»Warum? Es ist doch nichts.«

»Hannah, ich bitte dich! Was Jonathan dir geschickt hat, ist hinreißend.«

»Stimmt«, gab Hannah zu. »Aber was er getan hat, das kann man wirklich nicht verzeihen.«

Lisa sah sie provozierend an. »Und wer genau ist eigentlich dieser ›man‹?«

»Okay, ich. Ich kann das nicht verzeihen.«

»Wirklich nicht?«

Hannah dachte einen Moment nach. Dann schüttelte sie langsam und traurig den Kopf. »Nein. Dafür hat es zu sehr wehgetan. Und dafür ...« Sie unterbrach sich. »Jonathan hat Simon mit seinem Brief etwas wirklich Schreckliches angetan. Er hat mutwillig und bösartig jemanden verletzt.«

»Ja«, stimmt Lisa ihr zu, »aber es war ihm mit Sicherheit nicht bewusst, was er damit anrichtet. Jedenfalls kann ich mir das nicht vorstellen.«

»Wir müssen trotzdem mit den Konsequenzen unseres Handelns leben, jeder von uns. Ob es Absicht war oder nicht.«

Lisa seufzte. »Da hast du wohl recht.« Sie zuckte mit den Schultern. »Ich finde Jonathans Geschenk trotzdem süß. Ob er nun bösartig ist oder nicht.«

»Es ist süß, aber es macht die Sache nicht wieder gut.«

»Denkst du denn über das Buchangebot nach?«

»Vielleicht. Ich weiß es noch nicht.«

Draußen vor der Rasselbande verabschiedeten sie sich mit einer langen und festen Umarmung, dann marschierte Lisa Richtung U-Bahn, Hannah ging zu ihrem Auto. Sie schloss auf, setzte sich ans Steuer und fuhr los.

Zehn Minuten später parkte sie ihren Twingo wieder ein. Allerdings nicht vor dem Haus ihrer Eltern. Sie ging zur Eingangstür des Mehrfamilienhauses, suchte den richtigen Klingelknopf und drückte darauf.

Beinahe hätte sie vor Erleichterung aufgeschrien, als nur Sekunden später der Türöffner summte. Hannah rannte die Stufen durchs Treppenhaus hoch und kam schwer atmend oben an.

»Bin ich froh, dass Sie da sind!«, rief sie. »Ich bin's,

Hannah Marx. Haben Sie vielleicht ein bisschen Zeit für mich? Also, ich weiß, es ist Weihnachten, aber es ist sehr dringend und ich …«

»Natürlich habe ich Zeit. Kommen Sie gern rein!« Sarasvati lächelte Hannah an und ließ ihre Wohnungstür weit nach innen aufschwingen.

69

Jonathan

27. Dezember, Donnerstag, 17:28 Uhr

Jonathans Handy klingelte, aber er machte sich nicht die Mühe, aus seinem Sessel aufzustehen, zum Schreibtisch zu gehen und nachzusehen, wer es war. Hannah konnte es nicht sein, für sie hatte er sich einen speziellen Klingelton eingerichtet. Jeder andere Anrufer interessierte ihn nicht, dafür war er zu beschäftigt.

Gerade steckte er nämlich Hals über Kopf im Show-Down eines Manuskripts, das er gern im nächsten Herbstprogramm veröffentlichen würde. »Mein Herz so kalt« hieß das Erstlingswerk einer begabten jungen Autorin, das Jonathan vollkommen in seinen Bann geschlagen hatte.

Hätte er so einen Roman vor einem halben Jahr schon allein wegen des Titels auf gar keinen Fall angerührt – geschweige denn gelesen – war er nun hin und weg von den Charakteren und Wendungen, die die Schriftstellerin sich hatte einfallen lassen. Was für ein Buch! Was für eine Geschichte! Epochal! Eine Geschichte, wie … wie … ja, so spannend wie das Leben selbst!

Denn auch das wusste Jonathan mittlerweile: Das Leben schrieb die erstaunlichsten Geschichten, da musste er nur an sich selbst denken. Und an Hannah, die sich leider nach seinem Weihnachtspäckchen nicht gemeldet hatte, es vermutlich auch nicht mehr tun würde. Was ihm immer noch das Herz brach – und das lag nicht im Geringsten daran, dass er die Rechte für »Hannahs Lachen« nicht würde erwerben können. Nein, es brach ihm das Herz, dass er Hannahs Lachen wohl nie wieder persönlich zu Gesicht bekommen würde.

Er seufzte und vertiefte sich erneut in »Mein Herz so kalt«. Kurz darauf wanderten seine Gedanken noch einmal ab, als es in der Geschichte zum großen Finale kam, bei dem die Hauptfigur das ganze perfide Ausmaß vom Verrat ihres Geliebten erkannte.

Diesmal musste er nicht an Hannah, sondern an seinen Vater denken. Tatsächlich hatte er, wie Renate Krug ihn gebeten hatte, mit Wolfgang nicht über das gesprochen, was er in Italien herausgefunden hatte. Hatte beschlossen, es gut sein zu lassen und dass es genügte, es nun selbst zu wissen. Und sich damit all seine emotionalen Defizite erklären und aus der Welt schaffen zu können. Was ihn bezüglich Hannah zwar nicht weiterbrachte, aber vielleicht ansonsten im Leben. Oder wenigstens im Verlag, die ersten Vormerkerzahlen für das gemeinsam mit Leopold vollkommen neu zusammengestellte Frühjahr-/Sommerprogramm sahen jedenfalls recht erfreulich aus.

Was seinen Herrn Vater ansonsten betraf, hegte Jonathan mittlerweile tatsächlich fast keinen Groll mehr. Nein, Wolfgang Grief tat ihm eher leid. Denn er musste schließlich mit sich selbst leben – und noch dazu in seinen wachen Momenten erkennen, wie er mehr und mehr geistig verfiel. Renate Krug kümmerte sich wirklich rührend um ihn. Jonathan hatte sie in den vorzeitigen Ruhestand geschickt, und so konnte seine ehemalige Assistentin nun tagein, tagaus als »Sofia« in den Sonnenhof fahren.

Erneut klingelte sein Handy. Mürrisch legte er nun doch das Manuskript beiseite und stand auf. Wer war denn da so hartnäckig, noch dazu an einem Tag zwischen den Jahren? Wenn das jetzt nichts Wichtiges war, dann …

»Hallo, Jonathan. Hier ist Lisa, die Freundin von Hannah«, erklang ein Flüstern.

Oh. Es *war* wichtig.

»Äh, ja?«, fragte er, sein Herz wummerte.

»Wir sind gerade auf dem Marie-Jonas-Platz in Eppendorf«, sagte sie, wieder so leise, dass er sie kaum verstand.

»Ja, und?«

»Auf dem Weihnachtsmarkt!«

»Ich verstehe kein Wort.«

»Guck mal in den Kalender, du Idiot!«

Einen Moment lang wusste Jonathan mit dem, was Hannahs Freundin da sagte, nichts anzufangen. Dann aber griff er mit beiden Händen nach dem blauen Filofax, das auf seinem Schreibtisch lag. Schlug die Seite für den 27. Dezember auf.

Die beste Zeit für Bratwurst auf dem Weihnachtsmarkt ist NACH Weihnachten. Der ganze Feiertagsstress ist vorbei, und man hat endlich Zeit für Besinnlichkeit. Deshalb geht's heute um fünf nach Eppendorf auf den Marie-Jonas-Platz. Wenn du dich weigerst, kette ich dich da ans Kinderkarussell und lass dich so viele Runden drehen, bis du einsiehst, dass Weihnachtsmärkte toll sind!

»Soll ich etwa hinkommen?«, fragte Jonathan, und seine Stimme zitterte.

»Du bist ja doch nicht ganz so dumm und blöd, wie Hannah immer sagt. Ja, du Depp!«

»Hannah will mich aber nicht sehen, ich hab ihr …«

»Schwachsinn!«, zischte Lisa. »Sie war sogar extra bei Sarasvati deinetwegen und hat sich von ihr die Karten legen lassen. Leider hat die Gute ihr nur was von ›Wenn es ein soll, dann wird es auch sein‹ erzählt. Tja, und jetzt muss ich wohl dafür sorgen, dass es endlich was wird mit euch beiden!«

»Glaubst du denn, Hannah will das?«

Von der anderen Seite der Leitung erklang ein wenig damenhaftes Stöhnen. »Ich hab Hannah gestern extra ihr Handy geklaut, deine Nummer rausgesucht und sie gegen ihren Willen hier auf den Markt geschleppt, damit das Schicksal endlich zuschlagen kann und ich mir ihr grauenhaftes Gejammer nicht mehr anhören muss. Also schwing deinen dämlichen Verlegerhintern endlich hierher! Und zwar pronto, wenn ich bitten darf!«

»Okay, bin unterwegs!« Jonathan legte auf.

Und dann rannte er los. So, wie er war. In Jeans, T-Shirt und Hausschuhen stolperte er die Treppe runter, riss die Haustür auf und lief hinaus in den bereits dunklen Dezembertag.

Denn Kälte – also Kälte war Jonathan N. Grief in diesem Moment ganz egal.

70

Epilog

Hannah

31. Dezember, Montag, 18:28 Uhr

»Na toll!«, sagte Lisa, während sie den letzten Kinderstuhl umgedreht auf einen der kleinen Tische stellte, damit sie und Hannah durchfegen und so die letzten Spuren der Verwüstung des heutigen Rasselbande-Tages wegfegen konnten. Sie hatten mit den Kindern eine »Silvesterparty« veranstaltet, inklusive wilder Luftschlangen- und Konfetti-Schlacht. »Nur noch fünfeinhalb Stunden bis zum neuen Jahr!«

»Ja, und?«, wollte Hannah wissen, während sie die krümeligen Überbleibsel des Kuchenbuffets in einem Müllbeutel entsorgte.

»Was schon, und?«, fragte Lisa zurück und bedachte ihre Freundin mit einem vorwurfsvollen Blick.

»Tut mir leid, aber ich verstehe gerade nicht, was du meinst.«

»Natürlich verstehst du das nicht!« Lisa verzog ihren ohnehin schon vorhandenen Schmollmund zu einem schmollenden Schmollmund. »Du gehst ja nachher mit Jonathan toll essen und feierst mit ihm ins neue Jahr – nur ich bin allein!«

»Willst du vielleicht mitkommen?«

»Zu eurem Date?« Lisa sah sie entsetzt an. »Bloß nicht!«

»Das ist kein ›Date‹«, wurde sie von Hannah korrigiert. »So weit sind wir noch lange nicht. Oder jedenfalls bin ich es noch nicht. Ich mag Jonathan, das ist alles. Wie es weitergeht, werden wir sehen.«

»Wenn ich mit euch zusammen am Tisch hocke, hätte ich da schon eine vage Vermutung, wie es weitergeht«, gab Lisa zurück und musste schon wieder grinsen. »Auf gaaaaar keinen Fall in eine romantische Richtung.«

»Sei nicht blöd! Ich fänd es wirklich vollkommen okay, wenn du mitkommst. Und Jonathan bestimmt auch.«

»Was Jonathan betrifft, kann ich mir das nicht so recht vorstellen. Auch wenn er natürlich den perfekten Gentleman geben würde. Und ich fänd's auch nicht okay. Außerdem geht's mir ja gar nicht darum, dass ich heute Abend allein bin. Dieser ganze Silvesterhype ist mir eh ein Graus, ich bin meistens schon vor Mitternacht im Bett.«

»Dann verstehe ich erst recht nicht, was gerade das Problem ist.«

»Na, weil das Jahr bald um ist!«

»Richtig. Und dann beginnt ein neues. Wie übrigens jedes Jahr.«

»Aber ich habe niemanden kennengelernt!«, stieß Lisa nun aus.

Jetzt endlich fiel bei Hannah der Groschen. »Mist, das habe ich total vergessen! Du meinst, weil Sarasvati dir gesagt hat, dass du noch in diesem Jahr einen Mann triffst.«

»Exakt.« Wieder schmollender Schmollmund.

»Ach, Süße!« Hannah ließ den Müllbeutel fallen, ging

auf ihre Freundin zu und nahm sie in den Arm. »Dann wird es bestimmt was im nächsten Jahr«, erklärte sie, während sie Lisa über den Rücken streichelte.

»Ich versteh das nicht«, nuschelte Lisa an Hannahs Schulter gelehnt. »Sarasvati hat sich noch nie geirrt.«

»Vielleicht hatte sie ja einen schlechten Tag.«

»Sehr witzig.«

»Oder …« Hannah überlegte einen Moment. »Oder sie hat von einer anderen Art von Jahr gesprochen.«

»Häh?« Lisa hob den Kopf und sah Hannah irritiert an.

»Ja, kann doch sein. Zum Beispiel der … chinesische Kalender? Oder war es der indische? Der gregorianische? Ist ja auch egal, es gibt jedenfalls irgendeinen Kalender, bei dem das neue Jahr erst Ende Januar oder sogar Februar beginnt. Oder so in der Art.«

Lisa musste prusten. »Prima! Dann verliebe ich mich also demnächst in einen Chinesen?«

»Oder in einen Gregorianer. Wer oder was auch immer das dann ist.«

»Lieb von dir, dass du versuchst, mich aufzuheitern.« Lisa seufzte. »Aber ich glaube, ich sollte mein Geld in Zukunft lieber in eine Online-Partnerbörse statt in weitere Tarot-Sitzungen investieren, wenn ich noch mal jemanden kennenlernen will.«

»Bloß nicht! Denk an die ganzen bierbäuchigen Muttersöhnchen, die sich da rumtreiben! Außerdem bist du viel zu pessimistisch, noch ist das Jahr schließlich nicht um.«

»Genau. Vermutlich stolpere ich auf dem Heimweg über den Mann meines Lebens.«

»Möglich wäre es.«

Ein Klopfen ließ Lisa und Hannah herumfahren. Draußen vor der gläsernen Eingangstür stand eine vermummte männliche Gestalt und bat mithilfe von wilden Gesten um Einlass.

»Wir haben für heute geschlossen!«, rief Lisa ihm zu.

Der Mann faltete die behandschuhten Hände wie zum Gebet und deutete einen Kniefall an.

»Vielleicht ein Papa, der was vergessen hat?«, mutmaßte Hannah und ging zur Tür, um sie aufzuschließen.

»Oder jemand, der uns überfallen will!«, rief Lisa ihr nach.

»Klar! Der hat es auf die restlichen angematschten Schokoküsse abgesehen«, gab Hannah zurück und öffnete die Tür.

»Vielen Dank!«, brachte der Mann keuchend hervor, während er eintrat und sich dabei von Mütze und Schal befreite. Zum Vorschein kam ein recht verzweifelt aussehender Kerl mit leichten Segelohren und kinnlangen Haaren. Vermutlich eine Frisur, die seinen Ohren geschuldet war. In Kombination mit seiner tragischen Miene wirkten seine braunen Augen wie die eines Dackels, der unbedingt zu Frauchen aufs Sofa hüpfen möchte, aber genau weiß, dass er das nicht darf. Niedlich, irgendwie.

»Wie können wir Ihnen denn helfen?«, fragte Hannah.

Er würdigte sie keines Blickes, sondern sah ausschließlich Lisa an. Und sagte keinen Ton mehr. Als hätte ihm jemand den Mund zugetackert.

»Hallo?« Hannah betrachtete ihn irritiert. Erst wollte er unbedingt rein, und jetzt schwieg er sie an? »Was wollen Sie denn?«

»Wie?« Sein Kopf fuhr zu ihr herum. »Entschuldigung, ich war … also, ich bin …«

»Ja, was denn nun?« Hannah warf Lisa einen amüsierten Seitenblick zu – und musste feststellen, dass sich ihre Freundin in einer ähnlichen Schockstarre befand wie der seltsame Kerl.

»Äh, also, ich wollte fragen … Bitten sagen Sie mir, dass Sie in der ersten Januarwoche geöffnet haben! Und Sie dann noch Platz für ein vierjähriges Mädchen hätten!«

»Da haben Sie aber Glück«, sagte Hannah. »Wir haben nur morgen geschlossen, ab dem zweiten sind wir wieder da und können ein weiteres Kind aufnehmen.«

»Gott sei Dank!«, seufzte der Mann. Mittlerweile war sein Blick wieder Richtung Lisa gewandert. »Sie retten mir das Leben!«

»So schlimm?«, wollte Hannah wissen.

Mister Dackelblick nickte. »Ja. Ich habe ein total wichtiges Projekt, das ich bis nächste Woche abwickeln muss. Eigentlich wollte sich meine Mutter um meine Tochter kümmern, weil die Kita erst am 6. Januar wieder öffnet. Aber ausgerechnet heute ist sie auf einer Eisplatte ausgerutscht und richtig böse gefallen. Jetzt liegt sie mit doppeltem Beinbruch im Krankenhaus.«

»So ein Pech!«, meldete sich nun endlich auch mal Lisa zu Wort. Dabei klang sie allerdings nicht sonderlich bedauernd.

»Das können Sie wohl sagen!«, erwiderte der Mann und lächelte Lisa so breit an, als befände sich seine arme Frau Mutter nicht gerade in der orthopädischen Abteilung eines Krankenhauses, sondern wäre mit einem

Lottomillionär auf die niederländischen Antillen durchgebrannt.

»Dann sind wir froh, dass wir Ihnen helfen können«, sagte Lisa. Schmollender Schmollmund der Sorte supersüß.

»Ja, Sie können sich kaum vorstellen, wie erleichtert ich bin.« Er senkte sowohl den Blick als auch die Stimme. »Wissen Sie, ich bin nämlich alleinerziehend.«

Ach. Hannah musste sich wirklich zusammenreißen, um angesichts dieses platten Schlags mit dem Holzhammer nicht in schallendes Gelächter auszubrechen.

»Gut, dann gehe ich mal schnell rüber ins Büro und hole ein Anmeldeformular«, erklärte sie und ließ die beiden allein.

»Wie heißt denn Ihre Kleine?«, hörte sie Lisa noch fragen.

»Luzie«, antwortete er.

»Was für ein hübscher Name! So würde ich meine Tochter auch nennen – wenn ich denn eine hätte.«

»Ach, wirklich?«

Hannah schlug sich mit einer Hand vor den Mund, weil ihr da dringend ein Prusten entweichen wollte. Das war ja vollkommen – verrückt!

Während sie im Büro das richtige Formular für Neuanmeldungen heraussuchte, korrigierte sie sich in Gedanken. Nein, es war nicht verrückt. Es war schön.

Genauso schön, wie die Tatsache, dass sie den heutigen Abend mit Jonathan verbringen würde, denn wenn sie ehrlich zu sich selbst war, freute sie sich schon sehr darauf. Wie gut, dass Lisa ihr Angebot mitzukommen ausgeschlagen hatte. Hannah schickte einen kurzen und stummen Gruß an Simon. Hoch zu seiner Wolke, oder wo auch immer er gerade saß: Nimm's mir nicht übel, mein Herz. Aber ich könnte mir vorstellen, dass ich mich im nächsten Jahr vielleicht verliebe. Du hast es dir schließlich für mich selbst gewünscht. Und du weißt ja, was ich immer sage: Achte auf deine Gedanken!

Dank an ...

... Dr. Angelika Künne sowie an das gesamte Team des Hoffmann und Campe Verlags in Hamburg. Ich freue mich SEHR darüber, dass Sie mir als Charlotte Lucas eine neue Heimat geben. Und Jonathan N. Grief freut sich ebenfalls – denn Hoffmann und Campe diente von jeher als Inspiration für Jonathan

... meine Agenten Nadja Kossack und Lars Schultze-Kossack. Ihr seid nicht nur absolute Profis, sondern auch echte Freunde, die mich unterstützt und getragen haben, wenn die Zeiten mal etwas ruckeliger waren. Schön, dass es euch gibt!

... meinen Mann Markus Henneberg sowie meine Tochter Luzie und meine großartigen Bonus-Kinder Eric und Rebecca. Wir haben gemeinsam zwei Jahre Home-Schooling überlebt, was soll uns da noch passieren? Ich bin unendlich stolz auf euch und sehr glücklich darüber, dass ich euch habe! Markus: Du hältst mir in jeder Lebenslage den Rücken frei, und das, obwohl du selbst sowohl beruflich als auch als Vater rund um die Uhr im Einsatz bist – ich liebe dich!

... die Produzentin Doris Zander, die so sehr an »Dein perfektes Jahr« geglaubt hat, dass sie nicht lockergelassen hat, bis der Roman nun tatsächlich fürs ZDF verfilmt wurde. Von daher natürlich auch großen Dank an Katharina Görtz vom ZDF! Vielen Dank an Bert Koß, der meine Geschichte als Drehbuch umgesetzt und dabei einen tollen Job gemacht hat! Ich danke Hannah Liebrenz, Producerin von Bavaria Fiction, der Regisseurin Luise Brinkmann, dem Kameramann Philip Jestädt sowie der gesamten Filmcrew Es war eine besondere Erfahrung, ein paar Tage am Set sein zu dürfen!

… Stefan Jürgens als Jonathan, Anneke Kim Sarnau als Hannah, Jamie Watson als Lisa sowie Thomas Niemann als Simon. Danke, dass ihr meine Figuren zum Leben erweckt habt!

… Ilona Kaiser-Walpert. Best »Partner in Crime« – mehr ist nicht zu sagen :-)

… Wibke Bode. Nicht nur eine wunderbare Freundin, sondern auch eine klasse Ärztin, die mir bei allen medizinischen Fragen mit ihrem Rat zur Seite gestanden hat!

… meine Cousine Heike Lorenz für das Brainstorming auf meinem Sofa. Und dafür, dass ich mit dir immer schön lachen kann!

… meine Freundin Sybille Schrödter für die Diskussionen zum Thema Lebensglück.

… meine Freundin und Kollegin Jana Voosen für ihren wertvollen Input und ihre Anregungen als Testleserin.

… Alexandra Heneka, meine wunderbare Dramaturgin –
was wären meine Geschichten ohne Deine Unterstützung?

… Holger Vehren von der Polizeipressestelle Hamburg
für seine stets anregenden fachlichen Tipps.

… Regine Weisbrod, eine super Lektorin, die mich bei der
Entwicklung des Plots begleitet hat.

… Jutta Verständig für Ihren Expertenrat zum Thema
Tarot«. Und für die private Lege-Session!

… das Team von »Laufwerk Hamburg« (www.laufwerk-
hamburg), die mir »Sportskanone« (hüstel) für die Ein-
gangsszene mit Jonathan alles Wichtige zum Thema Lauf-
geschwindigkeit und Herzfrequenz erklärt haben.

… meine Cousine Caroline Dimpker, Nicole Dolif und
Adriano Liotta von »Mamma Leone« im Eppendorfer
Weg in Hamburg fürs Aufpolieren meiner rudimentären
Italienischkenntnisse.

Und noch eine Anmerkung:
Bei dem im Roman verwendeten Absageschreiben eines
Lektors handelt es sich um ein ECHTES Dokument. Aber
ich verrate nicht, an welchen Autor es ging (nur dass er –
oder sie, wer weiß? – später sehr erfolgreich wurde) – und
erst recht nicht, von welchem Lektor diese Absage kam …
Um Spekulationen vorzubeugen: Ich war NICHT der
arme Mensch, der so was mal im Postfach hatte.